Lilli Wiemers

Bernsteinzauber und Liebesglück

Ein Sommer auf Rügen

Liebe, zart wie Porzellan

Prickelnde Küsse am Nordseestrand

MIRA® TASCHENBUCH
Band 26103

Neuauflage im MIRA Taschenbuch
Copyright © 2018 by MIRA Taschenbuch
in der HarperCollins Germany GmbH

Ein Sommer auf Rügen
© 2015 by HarperCollins Germany

Liebe, zart wie Porzellan
© 2015 by HarperCollins Germany

Prickelnde Küsse am Nordseestrand
© 2016 by HarperCollins Germany

Umschlaggestaltung: büropecher, Köln
Umschlagabbildung: Wahoo, Zoonar, greenphotoKK, mykeyruna,
Deyveone / Shutterstock
Satz: GGP Media GmbH, Pößneck
Printed in Germany
Dieses Buch wurde auf FSC®-zertifiziertem Papier gedruckt.
ISBN 978-3-95649-777-3

www.mira-taschenbuch.de

Werden Sie Fan von MIRA Taschenbuch auf Facebook!

Lilli Wiemers

Ein Sommer auf Rügen

Roman

Prolog

Die drei Mädchen tanzten im Wind.

Die Luft roch nach Salz und Tang, würzig und verheißungsvoll nach fremden Ländern und Abenteuer. So zumindest empfand es Susanne, die mit ihren vierzehn Jahren die jüngste der Freundinnen war.

Sie seufzte, als sie ein Segelschiff am Horizont verschwinden sah. »Manchmal beneide ich die Seemänner um ihre Freiheit und die Möglichkeit, die ganze Welt zu bereisen.«

»Das ist doch albern«, entgegnete Christiane und zog eine Augenbraue hoch. »Das hier ist die Ostsee. Wenn du die große weite Welt willst, dann musst du schon an den Atlantik oder wenigstens ans Mittelmeer.«

Die Jüngere zuckte mit den Achseln. Sie versuchte, sich nicht anmerken zu lassen, wie sehr die herablassenden Worte ihrer Freundin sie trafen. Immerhin wusste sie, dass Christiane es nicht so meinte. Sie war einfach nur frustriert, weil Margarete, die Dritte im Bunde, in ein paar Tagen wegziehen würde.

Sankt Peter-Ording mochte nicht das Ende der Welt sein, aber den Mädchen kam es so vor.

»Hey! Susi, Chrissi, kommt mal her! Das müsst ihr euch ansehen!«

Die blonde Margarete war ein kleines Stück am Strand vorausgelaufen. Jetzt blieb sie plötzlich stehen und winkte ihren beiden Freundinnen zu.

Neugierig gingen Christiane und Susanne auf Margarete zu, die auf einen goldbraun schimmernden Klumpen im feinen Sand deutete.

»Deshalb rufst du uns?« Christiane schnaubte leise. »Wegen eines Steins? Wie alt bist du? Fünf?«

»Das ist nicht *irgendein* Stein«, entgegnete Margarete mit einem wissenden Lächeln. »Das ist Bernstein.«

Christiane wirkte skeptisch, doch Margarete war diejenige von ihnen, die sich mit solchen Dingen am besten auskannte, daher widersprach sie ihr nicht.

»Das ist ja aufregend«, rief Susanne, die immer schnell zu begeistern war. »So ein großer Bernstein ist doch sicher unheimlich wertvoll, oder? Der ist ja mindestens so groß wie meine Faust!«

Margarete nickte. »Ja, aber ehrlich gesagt, ist es nicht der materielle Wert, der mich interessiert.«

»Was sonst?«, fragte Susanne.

»Na, wisst ihr … Es sind meine letzten Tage mit euch. Und deshalb möchte ich, dass wir hieraus etwas machen, das uns immer aneinander erinnern wird.«

»Ja, das ist eine tolle Idee!« Christiane war sofort Feuer und Flamme. »Im Ort habe ich einen Juwelier gesehen, der anbietet, Bernstein zu schneiden und zu schleifen, den man am Strand gefunden hat. Was meint ihr, sollen wir das machen lassen?«

Susanne bückte sich, hob den Stein auf und musterte ihn eingehend. Er schimmerte goldbraun und war von dunklen Adern und Wolken durchzogen. Als sie ihn gegen die Sonne hielt, wirkte er wie zu Stein gewordener Honig. »Sieht ein bisschen aus wie ein Herz, findet ihr nicht?«

Die Freundinnen nickten.

»Dann soll der Juwelier ihn in Herzform schleifen und anschließend in drei Teile schneiden. Wenn er danach noch jeweils ein Loch hineinbohrt, kann jede von uns ihr Stück an einer Kette tragen«, schlug Christiane vor.

»Genau«, stimmte Susanne ihr zu. »Und wir werden die Teile so lange tragen, bis wir unserer einzig wahren Liebe begegnen. Dann geben wir sie dem Jungen, dem unser Herz gehört.«

Christiane lachte. »Du bist wirklich eine hoffnungslose Romantikerin, weißt du das eigentlich?«

»Ich finde die Idee sehr hübsch«, widersprach Margarete. »Wir wollen uns gegenseitig schwören, dass wir es so machen. Dann werden wir uns niemals vergessen, richtig?«

Susanne juchzte vergnügt. »Richtig.« Sie knuffte Christiane spielerisch in die Seite. »Komm schon, sei kein Spielverderber. Du findest die Idee doch eigentlich auch gut. Wer weiß, vielleicht kannst du deinen Teil des Amuletts gleich dem Dieter geben. Dem machst du doch schon ewig schöne Augen.«

»Ach, du …!«, setzte Christiane an, doch Susanne war längst losgesprintet. Ihr Haar wehte im Wind, und sie spürte den feuchten Sand zwischen den Zehen. In ein paar Tagen waren die Ferien vorbei, und damit auch einmal wieder die gemeinsame Zeit mit ihren Freundinnen. Genauso wie in jedem Sommer, seit sie sich als kleine Mädchen zum ersten Mal am Ostseestrand begegnet waren.

Diesmal war es jedoch etwas anderes. Margarete würde fortziehen in den Westen und Christiane und sie zurücklassen. Nein, daran mochte Susanne jetzt nicht denken. Wenn dies ihre letzten unbeschwerten Sommertage sein sollten, dann wollte sie sie bis zur Neige auskosten.

Lachend landete sie mit den Knien in der Brandung, als Christiane sie erwischte. Ihre Mutter würde ihr später die Ohren langziehen, weil sie ihr gutes Kleid schmutzig gemacht hatte, aber das war im Moment ohne Bedeutung.

Denn wichtig war nur das Hier und Jetzt.

1. Kapitel

Entschlossen ging Hanna, ihren knallgrünen Trolley im Schlepptau, auf das kleine Café zu, das sich in einem weiß getünchten, im Bäderstil errichteten Haus befand. Die hoch am wolkenlosen Himmel stehende Sonne blendete sie, sodass sie immer wieder blinzeln musste.

Von der Ostsee her wehte eine frische Brise, die einen salzigen Geschmack auf ihren Lippen hinterließ. Touristen kreuzten ihren Weg; einige von ihnen schlenderten gemächlich und Eis schleckend von Haus zu Haus, um sich die Auslagen der ansässigen Geschäfte anzusehen, andere eilten mit großen Badetaschen die Straße zum Strand entlang.

Einen Augenblick lang gestattete Hanna sich, all diese Leute zu beneiden. Sie waren nach Rügen gekommen, um die schönsten Wochen des Jahres hier zu verbringen. Sie selbst hingegen war nicht hier, um Urlaub zu machen.

Sondern um ihrer Großmutter deren allergrößten Wunsch zu erfüllen.

Als sie das Café betrat, war sie sehr aufgeregt. Ihre Finger strichen über die glatte Oberfläche des Bernsteinanhängers, den sie in ihrer Hosentasche aufbewahrte. Es mochte Einbildung sein, aber sie hatte das Gefühl, dass er sich warm und irgendwie *lebendig* anfühlte.

Ein Glöckchen über der Tür läutete, und sobald sie über die Schwelle getreten war, umfing sie der wunderbare Duft nach frisch gebackenem Brot. Hinter der Theke packte eine ältere Angestellte gerade Brötchen in einen Stoffbeutel und überreichte ihn einer Kundin. Eine andere, weitaus jüngere Bedienung eilte mit einem Tablett voller dampfender Kaffeetassen an Hanna vorbei in den hinteren Teil des Raumes, wo sich das eigentliche Café befand. Der Kaffeeduft stieg Hanna in die Nase. Automatisch blickte sie der Bedienung hinterher, die die Tassen gerade auf einem Tisch abstellte, an dem ein altes Ehepaar saß, das sich verliebt anblickte. Unwillkürlich musste Hanna an ihre Großmutter denken – und an deren erste große Liebe.

Joachim …

Wäre damals alles anders gekommen, könnten die beiden dort zusammen am Tisch sitzen und Kaffee trinken. Sich verliebt ansehen und auf ihr gemeinsames Leben zurückblicken.

Doch dann wären weder meine Mutter noch ich je zur Welt gekommen …

Hanna spürte, wie sich ihr Herz bei dem Gedanken schmerzhaft zusammenzog. Vielleicht hatte sie sich deshalb verpflichtet gefühlt, nach Rügen zu kommen und ihrer Großmutter zu helfen – natürlich ohne ihr zu sagen, was sie vorhatte. Die Großmutter wähnte ihre Enkelin auf einer Fortbildung in Rostock. Hanna wollte nicht, dass sie sich zu große Hoffnungen machte, für den Fall, dass …

»Was kann ich für Sie tun?«

Die weibliche Stimme riss Hanna aus ihren Gedanken. Hastig wirbelte sie herum und blickte in das freundliche, fragende Gesicht der Verkäuferin. Vor der Theke wartete kein anderer Kunde mehr auf Bedienung.

»Ich … ähm …« Hanna räusperte sich. »Ich bräuchte Ihre Hilfe«, brachte sie schließlich hervor. »Ich suche nämlich einen Mann.«

Die ältere Frau lächelte. »Nun, ich weiß zwar nicht, wie ich Ihnen dabei behilflich sein kann, aber hier auf Rügen ist die Auswahl nicht gerade klein. Zumindest zu dieser Jahreszeit.«

»Oh.« Hanna lief rot an. »Nein, so … so war das nicht gemeint«, stellte sie rasch klar. Auf gar keinen Fall! fügte sie in Gedanken hinzu. Denn wenn sie eines nicht gebrauchen konnte, dann irgendeinen Kerl, der ihr Leben wieder durcheinanderbrachte. Nein, von Männern hatte sie die Nase gestrichen voll! »Ich meine nur, dass ich auf der Suche nach jemand Bestimmtem bin. Sein Name ist Joachim. Joachim Hansen.«

Die Verkäuferin zog nachdenklich die Brauen zusammen. »Joachim Hansen?« Sie schüttelte den Kopf. »Ich fürchte, da kann ich Ihnen nicht weiterhelfen.«

Enttäuscht senkte Hanna den Blick. So etwas hatte sie bereits befürchtet. »Um ehrlich zu sein, weiß ich nicht einmal, ob er überhaupt noch lebt«, erklärte sie niedergeschlagen. »Er hat vor der Teilung Deutschlands hier gewohnt. Ich weiß nur, dass er Koch war und sich bei der freiwilligen Feuerwehr engagiert hat.«

»Könnte es sein, dass Sie den alten Jo meinen?« Die hilfsbereite Verkäuferin lachte. »Aber ja, Jo ist die Abkürzung für Joachim. Das könnte der Mann sein, den Sie suchen.«

»Sie kennen ihn also?« Hanna fühlte sich plötzlich wie elektrisiert. Sollte sich die Reise nach Rügen doch gelohnt haben?

»Sicher. Hier wird er seit jeher nur Jo genannt, seinen vollen Namen kennt man eigentlich gar nicht mehr, daher konnte ich ihn anfangs nicht zuordnen. Aber ja, ich denke, ich weiß, wen Sie meinen. Allerdings …«

»Ja?«

»Ich fürchte, wenn Sie ihn sprechen wollen, werden Sie kein Glück haben. Er empfängt nämlich grundsätzlich keinen Besuch.«

Aus den Augenwinkeln sah Hanna, wie die andere Bedienung an der Theke zwei Tortenstücke abschnitt und auf Tellern arrangierte, die sie anschließend auf ein Tablett stellte und damit wieder zu dem Tisch eilte, an dem das ältere Ehepaar saß.

»Jo lebt völlig zurückgezogen in einem alten Leuchtturm«, erklärte die ältere Dame nun. »Drüben beim Kap Arkona. Einmal in der Woche versorgt ihn der Besitzer eines Ladens mit den nötigsten Lebensmitteln, aber auch mit ihm wechselt er praktisch kein Wort.«

»Aber ich muss unbedingt mit ihm sprechen«, stieß Hanna verzweifelt hervor. »Es ... es geht um meine Großmutter. Sie und Joachim ... Jo ... also, sie standen sich vor langer Zeit einmal sehr nah, und ... sie wünscht sich, dass ich ihm etwas von ihr gebe. Etwas sehr Persönliches.«

Die Verkäuferin nickte langsam. »Hm, Sie können natürlich versuchen, ihn einfach aufzusuchen, aber ich kann Ihnen wirklich keine großen Hoffnungen machen. Seit er sich mit seiner Familie überworfen hat, nimmt er praktisch nicht mehr am öffentlichen Leben teil. Er hat sich komplett abgeschottet und eingeigelt. Und nach allem, was man so hört, kann er sehr ärgerlich werden, wenn sich Fremde seinem Leuchtturm nähern. Gerüchten zufolge schreckt er nicht einmal davor zurück, zu seiner alten Schrotflinte zu greifen, um Störenfriede in die Flucht zu schlagen. Aber vielleicht gibt es einen anderen Weg, an ihn heranzukommen.«

»Und der wäre?«

»Sein Neffe Niels. Vielleicht könnten Sie über ihn Kontakt bekommen.«

Hanna kniff die Augen zusammen. »Sagten Sie nicht eben, Jo habe sich mit seiner Familie zerstritten?«

»Nicht ganz. Im Grunde ist es umgekehrt. Nach einem ... Vorfall hat sich der Rest der Familie von Jo abgewendet.«

Hanna entging nicht, wie sich bei den Worten ein Schatten über die Züge der Frau legte.

»Jedenfalls weiß man hier, dass Jo ziemlich daran zu knacken hat, weil der Kontakt zu seinem Neffen abgerissen ist«, fuhr diese fort und fügte hinzu: »Wenn es Ihnen also gelänge, in dieser Angelegenheit zu vermitteln ...«

»Sie meinen, so könnte ich an Jo herankommen?«

»Das wäre sicherlich besser, als direkt mit der Tür ins Haus zu fallen.«

Gar keine schlechte Idee, dachte Hanna und schürzte die Lippen. »Und dieser Niels – wo finde ich den?«

»Oh, das ist ganz einfach! Er führt zusammen mit seiner

Mutter ein kleines Restaurant ganz hier in der Nähe. Wenn Sie wollen, erkläre ich Ihnen, wie Sie dorthin finden.«

»Sehr gerne!« Hanna atmete erleichtert auf. Sie hatte zwar keine Ahnung, ob ein Treffen mit diesem Niels sie tatsächlich weiterbringen konnte, aber einen Versuch war es allemal wert.

»Ich werde in meinem Restaurant ganz bestimmt keine tiefgefrorenen Lebensmittel aus dem Supermarkt verarbeiten!«, stellte Niels entgeistert klar und legte die Einkäufe in der Küche ab. »So etwas kommt bei mir nicht auf den Tisch, niemals!«

»Aber es wäre doch viel günstiger, und wir bräuchten auch nicht mehr jeden Tag zum …«

»Nein, Mutter!«, widersprach er scharf. »Nein, nein und nochmals nein!« Seufzend schüttelte er den Kopf und bemühte sich, etwas ruhiger weiterzusprechen. Ihm war natürlich klar, dass seine Mutter es nur gut meinte, und er wollte sie nicht vor den Kopf stoßen. Aber nachdem sie auf dem Bauernmarkt gewesen waren, hatte es auf dem Rückweg nur dieses Thema gegeben, und inzwischen war er genervt.

»Hör zu, ich weiß, du machst dir Sorgen. Und was die momentane Situation des Restaurants betrifft, mache ich mir da auch nichts vor. Ich kenne den Ernst der Lage, das kannst du mir glauben. Es vergeht keine Nacht, in der ich nicht aufstehe und die Bücher durchgehe, weil ich nicht schlafen kann. Aber das, was du da vorschlägst, würde das endgültige Aus für uns bedeuten, da bin ich mir absolut sicher. Weder die Einheimischen noch die Touristen hätten für derartige Sparmaßnahmen Verständnis. Qualitativ hochwertige Lebensmittel aus der Region, das ist es, was von uns erwartet wird. Wir müssen in anderen Bereichen sparen.«

»Und in welchen?« Seine Mutter, die begonnen hatte, die Einkäufe in den Regalen zu verstauen, hielt inne und sah ihn fragend an. In ihrem Blick lag tiefe Besorgnis. »Sag mir, wo sollen wir noch sparen?«

»Woher soll ich das wissen?«, entgegnete er nun wieder

deutlich schärfer. »Und warum überhaupt muss *ich* das wissen? Wenn Vater das Restaurant nicht in einem solchen Zustand hinterlassen hätte …«

Er brach ab, als er sah, dass seine Mutter zusammenzuckte. Tränen stiegen ihr in die Augen, und sie wandte sich hastig ab. Kopfschüttelnd trat er von hinten an sie heran und legte ihr beschwichtigend eine Hand auf die Schulter. »Es tut mir leid, Mutter. Das habe ich so nicht sagen wollen, aber …« Er seufzte. »Es ist doch wahr. Dem Lokal ging es doch schon lange schlecht, und als Papa dann ins Gefängnis musste …«

Seine Mutter senkte den Blick. »Dein Vater hat sich immer bemüht …«

Niels winkte ab. Das hatte er schon unzählige Male gehört. So recht daran glauben konnte er allerdings nicht. Was aber nicht bedeutete, dass er seinem Vater die Schuld an allem gab. Nein, die Katastrophe wäre zu verhindern gewesen. Alles, was es gebraucht hätte, wäre …

Mit einem hastigen Kopfschütteln verdrängte er den Gedanken. Er musste jetzt einen kühlen Kopf bewahren und eine Lösung für seine Probleme finden. Das würde ihm nicht gelingen, wenn er sich immer wieder von der Vergangenheit einholen ließ.

»Lass es, Mutter. Das ist eine Unterhaltung, die wir schon unzählige Male geführt haben. Und letztlich läuft es doch immer wieder auf dasselbe hinaus. Denn im Grunde ist nur einer an dieser vertrackten Situation schuld.«

»Du sprichst von Joachim …«

Niels verzog das Gesicht. Wie immer, wenn der Name seines Onkels fiel, spürte er Wut in sich hochkochen. Deshalb vermieden seine Mutter und er es in der Regel, über den älteren Bruder seines Vaters zu sprechen.

Über den Mann, der seine Familie zerstört hatte.

Der seinen Vater in den Tod getrieben hatte.

Der ihn gezwungen hatte, seinen großen Traum aufzugeben, um seiner Mutter zu helfen. Niels schüttelte den Kopf. Dabei war er so froh gewesen, Rügen hinter sich zu lassen. Doch er konnte seine Mutter nicht einfach im Stich lassen.

Zuerst die Verurteilung seines Vaters zu einer Gefängnisstrafe, dann dessen Selbstmord. Sie war nicht in der Lage gewesen, das Restaurant allein weiterzuführen. Und die *Strand-Schenke* war nun einmal ihre Existenz.

»Ich hole dann mal die restlichen Einkäufe aus dem Wagen«, sagte Niels und verließ die Küche. Er brauchte frische Luft. Als er kurz darauf nach draußen trat, blendete ihn der strahlende Sonnenschein. Das Wetter war herrlich, es war Ferienbeginn. Viele Touristen hielten sich auf Rügen auf, und es würden noch mehr werden. Eigentlich gute Voraussetzungen für ihn und das Restaurant. Die Frage war bloß, wie er es schaffen sollte, wieder mehr Leute anzulocken.

Aber darüber würde er sich später Gedanken machen. Für den Augenblick hatte er genug gegrübelt. Und eines stand fest: Sollte ihn heute noch irgendjemand auf seinen Onkel ansprechen, würde derjenige wünschen, den Mund gehalten zu haben.

Hanna lachte vergnügt, als sie die Füße von den Pedalen nahm und sich den Hügel hinunterrollen ließ. Der Fahrtwind spielte mit ihrem Haar, und sie musste ihren Sonnenhut festhalten, damit er ihr nicht vom Kopf flog.

Es war lange her, dass sie sich so locker und gelöst gefühlt hatte, fast wie ein junges Mädchen, das das Leben und die Freiheit genoss. Eigentlich ein Wunder, dass sie noch so voller Energie war. Während der knapp fünf Stunden dauernden Zugfahrt von Hamburg nach Rügen war sie schrecklich nervös und angespannt gewesen. Und auch während der anschließenden Weiterfahrt mit dem Bus von Bergen nach Sellin hatte sie sich immerzu den Kopf darüber zerbrochen, was sie tun sollte, wenn sie nicht auf Anhieb jemanden fand, der Joachim kannte.

Zum Glück hatte sie sich ganz umsonst Sorgen gemacht, denn schließlich war sie schon im ersten Café fündig geworden. Und dort hatte sie es auch einfach nur versucht, weil Cafés ihrer

Erfahrung nach kostbare Informationsquellen waren – zumindest was die nähere Umgebung und deren Bewohner anging.

Die Sonne stand hoch am strahlend blauen Himmel, an dem sich lediglich ein paar harmlose weiße Wölkchen tummelten. Reetgras und Sand säumten den Weg, und zur Rechten fiel die Landschaft sanft zum Strand hin ab. Auf dem Meer waren einige Windsurfer unterwegs. Weiter entfernt konnte Hanna bis zum Horizont Boote verschiedener Größe ausmachen.

Und als verschwommenen Umriss die Selliner Seebrücke. Das Bauwerk faszinierte sie auf den ersten Blick. Ein langer Steg führte vom Ufer aus bis zu einer Plattform, auf der ein Gebäude errichtet war. Zwei Glockentürme flankierten den Eingang, und rechts und links erstreckte sich je ein Seitenflügel. Hinter dem Gebäude ragte der Steg noch weiter in die Ostsee.

Als sie den Fuß des Hügels erreichte, musste sie wieder in die Pedale treten, doch das machte ihr nichts aus. Da sie keinen Führerschein besaß und gern unabhängig von Fahrplänen öffentlicher Verkehrsmittel blieb, war sie ans Fahrradfahren gewöhnt.

Zum Glück verlieh die Inhaberin der Pension an der Ortsgrenze zwischen Sellin und Baabe, in der sie nach ihrem Gespräch mit der Angestellten des Cafés ihr Zimmer bezogen hatte, Fahrräder gegen eine kleine Gebühr.

Zu Fuß wäre es weitaus beschwerlicher gewesen, das Restaurant am nordwestlichen Rand von Sellin zu erreichen, das von Joachims Neffen und dessen Mutter betrieben wurde.

Weit konnte es nicht mehr sein, denn sie war schon eine ganze Weile unterwegs. Martha, die Pensionswirtin, hatte ihr die Strecke noch einmal genau beschrieben und gesagt, dass sie einfach nur dem Radweg folgen müsse, der unmittelbar am Restaurant vorbeiführte.

Der Weg beschrieb eine Kurve, hinter der ein himmelblaues zweistöckiges Gebäude im Bäderstil auftauchte. Hanna hielt den Atem an. Das musste es sein. Beiden Stockwerken war eine Veranda vorgelagert, und zu den Seiten ragte jeweils ein Türmchen, mit schwarzen Schieferschindeln gedeckt, in den makellosen Sommerhimmel. Über der Eingangstür hing ein Schild mit der Aufschrift *Strand-Schenke*.

Hannas Herz pochte schneller. Ja, hier war sie richtig.

Rechts und links der Tür standen Kübel mit bunten Blumen, und auch an den Geländern der Verandas hingen prachtvoll bepflanzte Kästen. Das Restaurant wirkte sehr einladend. Umso mehr verwunderte es Hanna, dass draußen auf der unteren Veranda keine Gäste saßen. Und das bei dem Wetter … Ob das Lokal geschlossen war?

Sie stieg vom Rad und stellte es neben der Treppe ab. Erst jetzt bemerkte sie, dass sie kein Schloss dabeihatte. Unschlüssig blickte sie sich um. Es sah nicht gerade so aus, als ob sich in der Gegend Fahrraddiebe tummelten. Andererseits …

Vielleicht fand sie in ihrer Handtasche ja etwas, mit dem sich improvisieren ließ.

Schließlich benutzte sie einen alten Kugelschreiber, um ihn zwischen die Speichen zu stecken. Das musste reichen. Wenn irgendjemand versuchte, mit dem Fahrrad wegzufahren, würde er sein blaues Wunder erleben.

Hanna schulterte ihre Tasche und stieg die Stufen zur Veranda hinauf. Auch aus der Nähe betrachtet, wirkte das Restaurant verwaist, daher war sie fast ein bisschen überrascht, als sich die Tür einfach aufdrücken ließ. Ein Glöckchen läutete leise.

»Hallo?« Suchend ließ sie ihren Blick durch das Lokal schweifen. Dabei ließ sie die Einrichtung auf sich wirken. Die bestand aus ziemlich dunklen und schweren Eichenmöbeln, Lampen mit beigen Keramikschirmen und künstlichem Efeu, der um Deckenbalken gewunden war. Auf den ersten Blick schien alles sauber und gepflegt zu sein – einladend wirkte es jedoch nicht. Vor allem, wenn man bedachte, wie hell und freundlich die Außenfassade aussah.

In den Siebziger- und Achtzigerjahren mochte ein solches Interieur vielleicht einmal modern gewesen sein. Aber jetzt war hier dringend eine Renovierung notwendig. Als PR-Beraterin war Hanna schon öfter für Restaurantbesitzer tätig geworden, daher kannte sie den Teufelskreis: Die Gäste blieben früher oder später aus, wenn ein Lokal optisch nichts hermachte – da konnte das Essen noch so gut sein. Und für Renovierungen war kein Geld da, weil die Gäste fehlten.

Aber das ging sie alles nichts an. Sie war nicht hier, um einem angeschlagenen Restaurant aus der Krise zu helfen.

Sondern um Joachim zu finden.

Für ihre Großmutter.

Hanna ging ein paar Schritte weiter in den Schankraum hinein. Bisher hatte sich niemand blicken lassen. Auch kein Zeichen von Gastfreundschaft. »Hallo? Ist da jemand?«

In einiger Entfernung ertönte ein Poltern, dann hörte Hanna jemanden fluchen. »Herrgott noch mal, ich komme ja schon!«

Irritiert hob sie eine Braue. Obwohl sie eigentlich hergekommen war, um Niels Hansen um Hilfe zu bitten, lag ihr ein bissiger Kommentar auf der Zunge. Doch als sie den Mann erblickte, der in diesem Moment durch eine Tür im hinteren Bereich des Raumes trat, fehlten ihr die Worte.

Groß, dunkelhaarig, mit breiten Schultern und durchtrainierter Statur entsprach er genau dem Typ Mann, auf den sie im Allgemeinen ansprang. Er war praktisch das Ebenbild von ihrem Ex-Freund Andreas. Zumindest auf den ersten Blick.

Beim zweiten Hinsehen erkannte sie aber glücklicherweise einige signifikante Unterschiede. Seine Augen waren nicht blau, sondern von einem faszinierenden Türkisgrün, und sein Haar war mindestens zwei Nuancen dunkler. Davon abgesehen hätten sie Brüder sein können.

Eine Feststellung, die sie nicht unbedingt für ihn einnahm, obwohl sie sich eingestehen musste, dass ihr Herz bei seinem Anblick schneller pochte.

Vor allem, als sich nun ein Lächeln auf seine Lippen legte. »Oh, entschuldigen Sie bitte! Ich dachte …« Er hielt kurz inne, ehe er andeutungsweise mit den Achseln zuckte. »Egal. Was kann ich für Sie tun? Heute haben wir Flunder auf der Tageskarte. Möchten Sie nicht lieber auf der Terrasse Platz nehmen? Bei dem herrlichen Wetter ...«

Seine Stimme klang warm und weich. Noch etwas, das ihn ganz eindeutig von Andreas unterschied. Aber sie wollte jetzt lieber nicht an ihren Ex denken. Zu tief saß noch immer der Schmerz über das, was er ihr angetan hatte.

Hanna zwang sich in die Gegenwart zurück. »Ich ... ich bin nicht hier, um zu essen, obwohl Flunder sehr verlockend klingt.«

Er zog die Brauen hoch. »Sie wollen nicht essen? Ich hoffe, Sie verzeihen mir die Frage, aber ... Warum sind Sie dann hier?«

Hanna atmete tief durch. Jetzt, wo der Moment der Wahrheit gekommen war, wusste sie nicht, wie sie anfangen sollte. Aber vermutlich war es am besten, wenn sie einfach mit der Tür ins Haus fiel.

»Sie sind der Inhaber des Restaurants, richtig? Niels Hansen?« Als er nickte, sprach sie weiter: »Ich würde mit Ihnen gern über Ihren Onkel sprechen. Joachim ... Jo Hansen.«

Noch nie hatte sie gesehen, dass sich auf dem Gesicht eines Menschen innerhalb von Sekunden so viele widersprüchliche Emotionen abzeichnen konnten. Doch am Ende war es eindeutig Wut, die die Oberhand gewann.

Wut und – Hass?

Hanna schluckte hart. Ihr war nicht klar, was sie getan hatte, um so heftige Gefühle in ihm auszulösen.

Niels Hansen schüttelte den Kopf. »Das Thema ist für mich absolut uninteressant. War es das dann? Ich würde wirklich gern weiterarbeiten. Sie entschuldigen mich?«

Brüsk wandte er sich ab, ehe sie noch etwas erwidern konnte. Doch so leicht wollte Hanna sich nicht geschlagen geben. Sie griff nach seinem Arm, um ihn zurückzuhalten.

Steif drehte er sich zu ihr um. »Habe ich mich irgendwie unklar ausgedrückt? Ich denke nicht daran, mit Ihnen über meinen Onkel zu sprechen. Dieser Mann hat für mich keinerlei Bedeutung mehr.«

»Ach, tatsächlich?« Herausfordernd reckte sie das Kinn. »Und warum reagieren Sie dann so empfindlich?«

Einen Moment lang fürchtete sie, dass er sie auf der Stelle achtkantig vor die Tür setzen würde, doch er schien sich im letzten Augenblick zu besinnen.

»Hören Sie, Frau …«

»Ritter«, sagte sie. »Mein Name ist Hanna Ritter.« Sie holte tief Luft. »Bitte glauben Sie mir, es lag nicht in meiner Absicht, Sie zu verärgern. Aber ich muss unbedingt mit Ihrem Onkel sprechen, weil …«

»Tut mir leid, ich kann Ihnen nicht helfen. Mein Onkel und ich reden nicht miteinander. Ich habe ihn seit Jahren nicht mehr gesehen, und ich hege auch keinerlei Interesse daran, das zu ändern. Und nun muss ich Sie wirklich bitten zu gehen.«

Hanna schüttelte den Kopf. »Aber …«

»Kein Aber«, entgegnete er kühl, umfasste ihren Oberarm und führte sie zur Tür.

Hanna versuchte, sich loszumachen, doch obwohl er ihr ganz offensichtlich nicht wehtun wollte, war er doch sehr viel stärker als sie. Und er ließ sie erst los, als sie draußen auf der Veranda stand. »Ich wünsche Ihnen noch einen schönen Tag«, sagte er und wandte sich ab.

»Aber das ist doch …« Hanna verstummte, als die Tür vor ihrer Nase zuschlug. Kurz blieb sie wie angewurzelt stehen, dann wirbelte sie auf dem Absatz herum, eilte die Stufen hinunter und schwang sich wütend auf das Fahrrad. Wie sollte es denn jetzt weitergehen? Wenn Niels Hansen sich weigerte, ihr zu helfen, war sie aufgeschmissen. Verflixt!

Sie atmete noch einmal tief durch, um sich zu beruhigen. Dann trat sie kräftig in die Pedale und …

Erschrocken schrie Hanna auf, als das Rad plötzlich mit einem heftigen Ruck stehen blieb. Sie versuchte noch, sich mit den Füßen abzustützen, doch ihre Reaktion kam zu spät.

Im nächsten Moment kippte das Fahrrad, und sie stürzte zu Boden.

2. Kapitel

Niels hörte den Schrei und runzelte die Stirn. *Was zum Teufel…?*

Im nächsten Moment erklang ein Poltern, dann ein herzerweichendes Wehklagen im raschen Wechsel mit unflätigem Fluchen, für das seine Mutter ihm selbst heute noch die Ohren langziehen würde.

Hastig eilte er zur Tür hinaus.

Im ersten Moment wusste er nicht, ob er lachen oder weinen sollte. Die junge Frau von eben – Hanna Ritter, wenn er sich recht erinnerte – lag, scheinbar in inniger Umarmung mit ihrem Fahrrad, auf dem Boden. Es sah tatsächlich beinahe komisch aus, und seine Mundwinkel zuckten zunächst. Doch dann sah er, dass ihre Jeans am Knie aufgerissen war. Darunter kam eine blutende Wunde zum Vorschein.

Schlagartig wurde er ernst.

Mit zwei langen Schritten war er bei Hanna. Vorsichtig zog er das Fahrrad von ihr weg, sie setzte sich auf und umklammerte ihr rechtes Bein mit beiden Händen.

»Aua«, stieß sie hervor. »Himmel, wie kann ein kleiner Kratzer so wehtun?«

»Na, ein bisschen mehr als ein Kratzer ist es schon.« Er kniete sich neben sie. »Lassen Sie mal sehen«, sagte er und schob ihre Hände beiseite. Dann verzog er das Gesicht. »Das sieht tatsächlich schmerzhaft aus, aber sehr schlimm ist es nicht.«

Ärgerlich funkelte sie ihn an. »Ach, und das wissen Sie *woher*? Sind Sie vielleicht Arzt?«

Niels hob eine Braue. »Man muss kein Arzt sein, um eine harmlose Schürfwunde erkennen zu können.« Er stand auf und streckte ihr die Hand entgegen. »Kommen Sie mit rein, ich schaue mir das Malheur drinnen genauer an.«

Sie zögerte kurz, ehe sie sich von ihm aufhelfen ließ. Es war offensichtlich, dass sie noch immer verärgert war. Auf der anderen Seite glaubte er, auch Hoffnung in ihren großen grauen Augen zu erkennen.

Aber wenn sie glaubte, dass er ihr bei ihrem Anliegen helfen würde, hatte sie sich geschnitten. Joachim war ein heikles Thema, das er ganz gewiss nicht mit einer Wildfremden diskutieren würde. Am liebsten wollte er seinen Onkel vergessen – doch das war nicht so leicht, nach allem, was dieser der Familie angetan hatte.

Schon spürte er, wie sein Puls zu rasen begann. Verdammt, das konnte er jetzt gar nicht gebrauchen! Das Gespräch mit seiner Mutter hatte ihm mehr als gereicht. Er sollte sich auf die Gegenwart konzentrieren, und das bedeutete, dass er die Vergangenheit hinter sich lassen musste.

Hanna humpelte, und er reichte ihr seinen Arm, um sie zu stützen. Dabei musste er sich wohl oder übel eingestehen, dass die Berührung ihm durchaus angenehm war. Jedenfalls durchfuhr ihn eine Wärme, die gewiss nicht von der strahlenden Sommersonne kam.

Er schüttelte den Kopf. Noch etwas, das jetzt äußerst ungelegen kam.

»Was ist denn eigentlich passiert?«, fragte er, als sie durch die Tür in den dunklen, kühlen Gastraum traten. »Ich dachte immer, jeder Idiot kann Fahrrad fahren.«

Sie ließ seinen Arm so hastig los, als hätte sie sich daran verbrannt. »Wie bitte?«, fauchte sie. »Zu Ihrer Information: Ich *kann* Fahrrad fahren. Und zwar sehr gut. Ich hatte einfach nur vergessen ...« Sie verstummte. Ihre Wangen färbten sich zartrosa.

Niels sah sie leicht verträumt an. Das sah hübsch aus. Niedlich. Er schlug sich diesen Gedanken aus dem Kopf. »Was hatten Sie vergessen?«, fragte er, noch immer geistesabwesend.

»Ach, vergessen Sie es. Ist nicht so wichtig.«

»Jetzt bin ich erst recht neugierig.« Er neigte den Kopf. »Sie werden wohl kaum vergessen haben, wozu die Pedalen da sind. Oder wie man den Lenker bedient. Also?«

»Natürlich ist es nichts dergleichen«, entgegnete sie giftig. »Es ist ... ich ...« Sie holte hörbar Luft. »Ich hatte einen Stift zwischen die Speichen im Hinterrad gesteckt. Damit das Fahrrad nicht geklaut wird.«

»Einen Stift?« Er sah sie einen Moment unverständlich an. »Benutzt man dafür nicht normalerweise ein Schloss?«

»Schon, aber es war keins am Rad. Es ist nur geliehen, und ...«

Er winkte lachend ab. »Man merkt, dass Sie nicht von hier sind. In Sellin und Umgebung ist die Gefahr, dass ein Fahrrad geklaut wird, wohl kleiner, als von einem Dinosaurier gefressen zu werden. Von einem pflanzenfressenden, wohlgemerkt.«

»Ich wollte eben auf Nummer sicher gehen.«

»Ach, tatsächlich? Und wenn der Dieb den Stift einfach herausgezogen hätte?«

Sie seufzte genervt auf. »Es ging doch nur darum, einen schnellen Diebstahl zu vermeiden. Natürlich habe ich mich darauf verlassen, dass er den Stift nicht entdeckt. Dann hätte er sich aufs Fahrrad geschwungen, wäre losgefahren und auf die Nase gefallen. Das hätte ich gehört und wäre zur Stelle gewesen. So einfach ist das.«

»Tja. Und jetzt sind Sie diejenige, die auf die Nase gefallen ist.« Er deutete ein Kopfschütteln an. Vielleicht sollte er aufhören, ständig auf ihr herumzuhacken. Sie konnte schließlich nichts dafür, dass sie ihn auf dem falschen Fuße erwischt hatte. »Hören Sie, es tut mir leid. Ich wollte mich nicht über Sie lustig machen, schließlich haben Sie sich verletzt.« Er rückte ihr einen Stuhl zurecht. »Und jetzt setzen Sie sich, damit ich Sie verarzten kann. In der Küche habe ich eine kleine Notfallapotheke für den Fall der Fälle. Ist Vorschrift.«

Hanna zögerte kurz, nickte aber schließlich und ließ sich mit einem leisen Ächzen auf den Stuhl sinken.

Auf dem Weg zur Küche blickte er sich zu ihr um. Sie wirkte so verletzlich und hilfsbedürftig, gleichzeitig aber auch stark und unabhängig. Und er fühlte sich, auch wenn es ihm nicht gefiel, zu ihr hingezogen.

Unsinn! Du kennst diese Frau doch überhaupt nicht. Und daran wird sich auch nichts ändern. Du klebst ihr jetzt ein Pflaster auf ihre Wunde und schickst sie fort. Danach geht jeder von euch seiner Wege. So einfach ist das.

Einen Moment lang stand er reglos in der Küche und starrte ins Leere. Dann rief er sich zur Ordnung, nahm den Erste-Hilfe-Kasten aus dem Schränkchen über dem Gewürzregal und kehrte damit in den Gastraum zurück.

Hanna saß noch immer dort, wo er sie zurückgelassen hatte. Vorsichtig tupfte sie mit einer Serviette, die sie vom Tisch genommen hatte, die Wunde ab. Dabei verzog sie immer wieder das Gesicht und atmete scharf ein.

»Hören Sie auf damit«, wies er sie sanft zurecht, stellte den Kasten auf dem Tisch ab und zog sich einen Stuhl heran. »Lassen Sie mal sehen.«

Behutsam versuchte er, ihr Hosenbein hochzukrempeln, doch sie keuchte sofort auf vor Schmerz. Als er zu ihr aufschaute, sah er, dass sie kreidebleich geworden war, und spürte, wie leid sie ihm tat. Es kostete ihn alle Selbstbeherrschung, die er aufbringen konnte, sich nicht anmerken zu lassen, was in ihm vorging. Nach außen hin gelang es ihm, eine kühle, ungerührte Miene zu bewahren, und das war gut so.

»Ich hoffe, Sie hängen nicht besonders an dieser speziellen Hose«, sagte er mit einem kaum hörbaren Beben in der Stimme. »Um die Wunde reinigen und versorgen zu können, werde ich das Hosenbein aufschneiden müssen.«

»Nun machen Sie schon«, drängte sie. »Solange es nur das Hosenbein ist, geht es ja noch. Aber passen Sie bitte auf, ja?«

Es war beinahe anrührend, wie ängstlich sie wirkte. Er holte eine Schere aus der Notfallapotheke und machte sich ans Werk. Lange dauerte es nicht, bis er den Stoff vorsichtig lösen konnte. Bei der ganzen Prozedur hatte sie die Augen fest zugekniffen.

»Und?«, fragte sie schließlich und kaute dabei mit den Schneidezähnen auf ihrer Unterlippe.

Er verkniff sich ein Lächeln. »Wie ich schon sagte, es ist halb so schlimm. Ich reinige jetzt die Wunde, dann verbinden wir sie, und alles ist wieder in Ordnung.« Nun konnte er das Zucken seiner Mundwinkel nicht mehr unterdrücken. »Wer weiß? Wenn Sie brav sind, bekommen Sie vielleicht sogar das letzte Hello-Kitty-Pflaster. Na, was sagen Sie?«

Sie öffnete die Augen wieder. »Wie könnte ich einem solch verlockenden Angebot widerstehen?«

Täuschte er sich, oder knisterte die Luft zwischen ihnen?

Um sich abzulenken, suchte er ein bisschen im Verbandskasten herum und holte schließlich die antibakterielle Lösung und einen Tupfer heraus. »Das könnte jetzt ein bisschen zwicken«, erklärte er, während er die Watte mit der klaren Flüssigkeit tränkte.

Als er aufblickte, waren Hannas Augen riesig. Sie wirkte verkrampft, und er brauchte einen Moment, um zu begreifen, dass sie wirklich ängstlich war. Aufmunternd lächelte er ihr zu. »Keine Angst, so schlimm wird es schon nicht werden. Eigentlich tut es gar nicht weh. Es ist einfach nur ein wenig unangenehm.«

Sie schluckte hörbar. »Sicher?«

Er nickte. »Ganz sicher.«

So behutsam wie nur möglich tupfte er die Wunde mit dem Antiseptikum ab und bemühte sich dabei, sämtliche Fremdkörper wie Schmutz und Staub zu beseitigen. Hin und wieder hörte er Hanna scharf einatmen oder leise durch die Zähne zischen. Doch immerhin zuckte sie nicht allzu heftig zusammen, das war auch schon viel wert.

Zu guter Letzt holte er ein größeres Pflaster – wie versprochen, mit Hello-Kitty-Aufdruck – hervor und klebte es ihr aufs Knie.

»So, fertig.« Fragend schaute er sie an. »Tut's noch sehr weh?«

Hanna wirkte wie weggetreten. Musste er sich Sorgen machen? War sie vielleicht doch schwerer verletzt, als es zunächst den Anschein hatte? Eine Gehirnerschütterung vielleicht? Doch dann blinzelte sie plötzlich, und ihre Wangen überzogen sich mit einer feinen Röte. Ihm wurde klar, dass sie aus einem völlig anderen Grund so abwesend gewesen war.

Spürte sie es etwa ebenfalls?

Das war nicht gut. Ganz und gar nicht gut. Er sollte sie jetzt besser schnell loswerden, wenn er nicht riskieren wollte, dass die Angelegenheit aus dem Ruder lief.

Falls es dafür nicht schon längst zu spät war.

Hanna biss sich auf die Unterlippe. Sie fühlte sich verwirrt – und mit ihrem kleinen Unfall hatte das nichts zu tun. Nein, dafür war ein gewisser dunkelhaariger Mann verantwortlich. Ein Mann, den sie gerade vor einer halben Stunde zum ersten Mal gesehen hatte.

Was stimmte bloß nicht mit ihr? Schlimm genug, dass sie auf die Hilfe dieses Niels angewiesen war. Er hatte sich ihr gegenüber nicht besonders freundlich gezeigt. Und dennoch ...

Sie fuhr sich mit beiden Händen übers Gesicht. Ihr Herz flatterte, doch davon durfte sie sich nicht ablenken lassen. Sie war mit einem klaren Vorsatz hergekommen. Und vielleicht war dies ihre zweite und womöglich letzte Chance, Joachims Neffen davon zu überzeugen, ihr zu helfen.

Verdammt, das konnte doch nicht so schwer sein. Verlangte sie denn wirklich so viel von ihm? Es sollte doch möglich sein, seinen Groll zu überwinden, wenn es um die Familie ging – oder?

Hanna selbst jedenfalls wäre froh gewesen, wenn sie eine Familie gehabt hätte, mit der sie sich versöhnen könnte. Doch ihre

Eltern waren jung bei einem Autounfall ums Leben gekommen, und ihre Großmutter war der einzige Mensch, den sie auf der Welt noch hatte. Hanna hatte nie eine Wahl gehabt. Niels schon. Und er sollte sie, verdammt noch mal, besser nutzen, solange das noch möglich war.

Warum reagierst du so emotional auf die ganze Sache? Du schuldest ihm nichts. Er gehört nicht zur Familie, er ist nicht einmal ein Freund. Niels Hansen ist nur ein ziemlich ungehobelter Fremder, der zufälligerweise eine extrem starke Anziehungskraft auf dich ausübt.

Sie schüttelte den Kopf. Hier ging es um ihre Großmutter, um Susanne. Und nur um sie. »Ich … Vielen Dank, dass Sie mir geholfen haben. Wir hatten nicht gerade einen besonders guten Start miteinander, aber …«

»Dafür muss ich mich entschuldigen«, unterbrach er sie. »Es ist sonst nicht meine Art, so unfreundlich zu reagieren. Aber wenn es um meinen Onkel geht, sehe ich leider schnell rot. Und als Sie nach ihm fragten …« Er zuckte mit den Schultern. »Tut mir leid.«

Hanna winkte ab. »Nicht der Rede wert.« Im selben Augenblick überlegte sie fieberhaft, wie sie das Thema erneut zur Sprache bringen konnte, ohne sich seinen immerwährenden Zorn zuzuziehen. Dann seufzte sie, als ihr klar wurde, dass das vermutlich so gut wie unmöglich war. Trotzdem durfte sie nicht einfach so aufgeben. Das war sie ihrer Großmutter schuldig. »Allerdings …«

Niels runzelte die Stirn. »Sie werden keine Ruhe geben, oder?«

Sie schüttelte den Kopf. »Es tut mir sehr leid, aber ich bin extra von Hamburg nach Rügen gereist, um mit Joachim Hansen zu sprechen. Und wie es aussieht, sind Sie die einzige Chance, dieses Ziel zu erreichen.«

Seine Miene zeigte überdeutlich, wie sehr ihm allein der Gedanke missfiel, mit ihr über seinen Onkel zu sprechen. Andererseits wirkte er auch widerwillig neugierig.

»Also schön, erklären Sie mir, warum Ihnen das so wichtig ist. Nach allem, was ich heraushöre, kennen Sie Joachim überhaupt nicht. Wieso ist es Ihnen so schrecklich wichtig, ihn zu treffen?«

Ein zaghaftes Lächeln ließ ihre Mundwinkel zucken. Zumindest hatte er nicht sofort kategorisch abgelehnt – und das war mehr, als sie zu hoffen gewagt hatte.

»Es geht um meine Großmutter. Sie ist beim Gardinenabhängen von der Leiter gestürzt und liegt nun mit einem Oberschenkelhalsbruch im Krankenhaus. Die Ärzte meinten, sie sei noch mal glimpflich davongekommen.«

»Das ist ja alles äußerst interessant«, kommentierte Niels. »Aber was hat das mit meinem Onkel oder mir zu tun?«

»Dazu komme ich gleich noch«, versprach Hanna rasch. »Jedenfalls hat meine Großmutter angefangen, sich Gedanken zu machen. Was, wenn sie … Sie wissen schon, wenn die Sache weniger glücklich für sie ausgegangen wäre?« Mit einem Nicken bedeutete er ihr, weiterzusprechen. »Ich denke, das war der Grund, warum sie mir schließlich von ihrer ersten großen Liebe erzählt hat.«

Er hob eine Braue. »Moment mal, Sie wollen mir jetzt nicht sagen, dass …«

»Sie hat mir keine Details verraten, aber ich habe bei ihr zu Hause einen Stapel alter Briefe gefunden, die von einem Mann namens Joachim verfasst worden waren«, fiel sie ihm ins Wort. »Joachim Hansen. Genau deshalb muss ich ihn auch unbedingt finden.«

Seufzend fuhr sie sich durchs Haar. Sie wusste nicht recht, wie sie Niels das alles erklären sollte. Doch sie kam zu dem Schluss, dass es am besten war, einfach alles der Reihe nach zu erklären.

»Meine Großmutter und ihre beiden besten Freundinnen haben als junge Mädchen jedes Jahr die Sommerferien hier an der Ostsee verbracht. In ihrem letzten gemeinsamen Urlaub haben sie am Strand einen großen Bernstein gefunden. Bei einem Juwelier ließen sie ihn schneiden und zu einem dreiteiligen herzförmigen Amulett schleifen. Jedes der Mädchen bekam einen Teil, und sie schworen sich, dass sie ihn so lange tragen würden, bis sie ihre einzig wahre große Liebe gefunden hätten. An diese wollten sie den Anhänger dann weitergeben. Nun, und die wahre, große Liebe meiner Großmutter war ...«

»Mein Onkel?«, fragte er skeptisch.

Hanna nickte. »Genau. Ich weiß nicht, was genau zwischen den beiden vorgefallen ist, aber fest steht, dass meine Großmutter das Amulett noch besitzt. Sie hat es mir sogar anvertraut – wenn Sie es also sehen möchten, um sich von meiner Geschichte zu überzeugen ....« Sie zuckte mit den Schultern. »Ich nehme an, dass es mit der Teilung Deutschlands zu tun hatte. Ihr Onkel lebte im Osten, meine Großmutter ging mit ihren Eltern in den Westen. Sie lernte einen anderen Mann kennen, meinen Großvater, und heiratete ihn. Danach verfolgte sie die alte Sache wohl nie weiter, auch nach der Wiedervereinigung nicht.«

»Dann kann die Liebe zu meinem Onkel ja nicht so groß gewesen sein«, spottete Niels.

»Das würde ich nicht sagen. Ich glaube eher, dass es etwas mit Respekt vor meinem Großvater zu tun hat, der inzwischen nicht mehr lebt. Fakt ist, dass sie ihren Teil des Amuletts immer behalten hat. Und dass es insgeheim immer ihr Wunsch war, dass eines Tages ...«

»Schluss damit!« Ärgerlich schaute Niels sie an. »Das ist es also, ja? Das ist die Geschichte, wegen der Sie so dringend mit meinem Onkel sprechen wollen?« Einen Moment lang herrschte Schweigen, dann fing er an zu lachen. Aber es klang nicht besonders freundlich. »Das kann unmöglich Ihr Ernst sein! Wegen so einer rührseligen Story erwarten Sie von mir, dass ich Joachim mit offenen Armen wieder in die Familie aufnehme?« Er schüttelte den Kopf. »Tut mir leid, Hanna, aber das können Sie vergessen.«

»Offenbar habe ich nicht klar genug dargestellt, wie wichtig meiner Großmutter diese Sache ist«, warf Hanna verzweifelt ein. Sie spürte, dass er kurz davor stand, sie vor die Tür zu setzen. Doch das durfte sie nicht zulassen. Sie brauchte seine Hilfe – und sie würde nicht gehen, ohne alles in ihrer Macht Stehende getan zu haben, sie auch zu bekommen.

»Und ich habe mich offenbar nicht klar genug ausgedrückt«, entgegnete er ärgerlich. »Sie verschwenden meine Zeit, Hanna. Ich habe ein Geschäft zu führen und ...«

»Ich *bitte* Sie«, unterbrach sie ihn mit hochgezogenen Brauen. »Wenn ich mich hier so umsehe, kann ich mir kaum vorstellen, dass Sie sich allzu bald überarbeiten werden.« Sie runzelte die Stirn. »Ist es hier immer so ruhig?«

Er stieß ein leises Schnauben aus. »Ruhig? Das haben Sie wirklich hübsch ausgedrückt. Es ist wie ausgestorben. Tot. Und wenn sich daran nicht bald etwas ändert, werde ich das Lokal demnächst schließen müssen.« Mit beiden Händen fuhr er sich durchs Haar. »Aber was rede ich? Das sind meine Probleme, und die werden Sie ganz sicher nicht interessieren.«

»Und wenn ich Ihnen sage, dass ich Ihnen helfen kann?« Hannas Herz fing an, wie verrückt zu klopfen. Sie hatte die Worte ausgesprochen, bevor sie darüber nachgedacht hatte, doch es gab keine Garantie, dass sie mit ihrem Vorschlag erfolgreich sein würde. Sie konnte nur hoffen, dass er ihren Köder schlucken würde.

Niels runzelte die Stirn. »Was soll das nun wieder heißen?«

»Haben Sie schon einmal überlegt, warum Ihr Restaurant so schlecht läuft?«

»Natürlich habe ich das«, entgegnete er hitzig und bedachte sie mit einem verärgerten Blick. »Was denken Sie denn? Ich bin schließlich kein Idiot. Mir ist schon klar, dass die Lage nicht unbedingt optimal ist, und die Einrichtung ist auch nicht mehr auf dem neuesten Stand. Aber daran kann ich momentan beim besten Willen nichts ändern. Dummerweise herrscht in meiner Kasse nämlich absolute Ebbe. Und ich übertreibe nicht etwa.

Wenn sich nicht ganz schnell etwas ändert, werden wir schon bald zumachen müssen.«

»Zumindest in einem Punkt möchte ich Ihnen definitiv widersprechen: Die Lage Ihres Restaurants ist nämlich nicht schlecht, im Gegenteil. Sie ist ideal. Mit der richtigen Werbestrategie könnte die *Strand-Schenke* eine echte Goldgrube werden.«

Skeptisch schaute er sie an. »Das klingt, als würden Sie sich mit der Materie auskennen.«

»So könnte man es ausdrücken.« Sie lächelte. »Ob Sie es glauben oder nicht, ich bin ausgebildete PR- und Marketing-Fachfrau. Und wenn es etwas gibt, worüber ich Bescheid weiß, dann sind es Werbestrategien für Restaurants.«

Er schien noch immer zu zweifeln. »Das sagen Sie jetzt doch nur, weil Sie hoffen, mich damit rumkriegen zu können.«

»Wenn es so wäre, würden Sie das vermutlich ziemlich rasch merken.«

Er stand auf und fing an, rastlos auf und ab zu gehen. »Ich kann mir schon denken, was Sie im Gegenzug für meine Hilfe erwarten. Aber meine Entscheidung steht fest: Ich werde mich nicht mit meinem Onkel aussöhnen – und wenn Sie die *Strand-Schenke* in einen Prominententreff verwandeln könnten.« Dies murmelte er eher vor sich hin, als es ihr zu sagen.

Hanna spürte, dass er längst nicht so unbeirrbar war, wie er zu sein vorgab. Seine Verzweiflung und sein Widerwille rangen um die Oberhand, und sie konnte nur hoffen und bangen, dass dieser innere Kampf zu ihrem Vorteil ausgehen würde.

»Und wenn ich Ihnen versichern könnte, dass das tatsächlich möglich wäre?«, versuchte sie ihm einen letzten Schubs in die richtige Richtung zu geben. »Aber, ja, Sie müssten dafür natürlich auch etwas für mich tun. Eine Hand wäscht die andere.«

Er schwieg, und mit jeder Sekunde, die sein Schweigen anhielt, wurde Hanna unruhiger. Sie wollte ihrer Großmutter liebend gern deren großen Wunsch erfüllen. Es bedeutete der alten Dame so viel. Und Hanna verstand gut, was in ihr vorging. Außerdem brannte sie darauf, diesen Joachim kennenzulernen und zu erfahren, was damals wirklich vorgefallen war. Wie und warum sich ihre Wege getrennt hatten.

Nachdem Susanne ihr am Krankenbett von ihrer großen Liebe erzählt hatte, war Hanna sofort klar gewesen, dass sie die Geschichte so auf keinen Fall enden lassen konnte. Ihrer Großmutter war deutlich anzumerken, dass sie mit dem Thema auch nach all den Jahren nicht abgeschlossen hatte.

Nach so vielen Jahren erwartete ihre Großmutter sicherlich kein Happy End wie im Kino. Aber sie musste das alles irgendwie hinter sich lassen. Und das funktionierte nur, wenn Joachim das Amulett erhielt, das ihm bereits zugestanden hatte, als Susanne und er Teenager gewesen waren.

Hanna nickte sich innerlich selbst aufmunternd zu. Genau deshalb hatte sie nicht lange gezögert und sich auf den Weg nach Rügen gemacht – im Gepäck das Amulett aus der Schmuckschatulle ihrer Großmutter, das sie nach deren Beschreibung sofort erkannt hatte. Irgendwie musste sie Joachim ja beweisen, dass sie die Wahrheit sagte. Sofern sie überhaupt dazu kam, mit ihm zu sprechen.

Sie wusste nicht, ob die zwei Wochen Urlaub, die sie sich für dieses Unterfangen genommen hatte, ausreichen würden. Aber wenn nicht, würde es kein Problem sein, noch mehr freie Tage zu bekommen. In dem großen Callcenter, in dem sie als Hilfskraft arbeitete, war sie ohnehin nur irgendeine x-beliebige Frau mit einer Personalnummer.

»Also schön«, sagte Niels. »Überzeugen Sie mich. Als Gegenleistung biete ich Ihnen an, mit meinem Onkel zu sprechen und so den Kontakt für Sie herzustellen. Aber ich warne Sie – wenn Sie Ihren Versprechungen nicht gerecht werden, sehe ich keine Veranlassung, meinerseits etwas zu unternehmen.«

»Das ist nur fair«, entgegnete sie und nickte. »Also dann.« Nervös streckte sie ihm die Hand entgegen. »Deal?«

Er schlug ein. »Deal.«

3. Kapitel

Als Hanna am nächsten Morgen aus den Federn kroch, flatterte ihr Herz bereits vor Aufregung. Obwohl sie in der vergangenen Nacht kaum ein Auge zugetan hatte, fühlte sie sich kein bisschen müde. So viel hing davon ab, wie die nächsten Tage verliefen. Niels hatte seinen Standpunkt mehr als deutlich gemacht: Wenn sie es nicht schaffte, ihn zu überzeugen, dann würde er ihr nicht helfen. Ihre einzige Chance bestand also darin, die *Strand-Schenke* auf Vordermann zu bringen.

Nicht, dass sie sich diese Aufgabe nicht zutraute. Ganz im Gegenteil. Sie war gut in ihrem Job, und das wusste sie auch. Wobei … nun, zumindest war sie es *gewesen*. Und dass sie karrieretechnisch bislang nichts vorzuweisen hatte, lag gewiss nicht an fehlendem Können. Nein, das hatte sie vor allem Andreas zu verdanken. Wenn sie wegen ihm damals nicht alles aufgegeben, sondern ihre eigenen Ziele weiterverfolgt hätte …

Mit aller Macht verdrängte sie den Gedanken an ihren Ex und zwang sich, ihre Aufmerksamkeit auf das zu konzentrieren, was vor ihr lag. Nachdem sie sich rasch geduscht und angezogen hatte, ging sie hinunter in den Frühstücksraum der Pension.

»Guten Morgen«, begrüßte sie Martha, die Hauswirtin. »Im Augenblick sind Sie die einzige Urlauberin hier. Morgen checken neue Gäste ein. Normalerweise mache ich das nicht, aber … Wollen Sie nicht gemeinsam mit mir draußen auf der Terrasse frühstücken?«

Hanna lächelte. Vielleicht war das genau das Richtige, um ihre angespannten Nerven zu beruhigen.

So früh am Morgen war es noch recht kühl draußen, doch

in der Sonne war es gut auszuhalten. Auf dem Tisch, zu dem Martha sie führte, standen bereits allerhand Leckereien. Selbst gemachte Marmeladen, frische Wurst und würziger Käse. Die noch warmen Croissants und Brötchen dufteten so köstlich, dass Hanna das Wasser im Munde zusammenlief. Und als ihr dann auch noch der würzige Geruch von Kaffee in die Nase stieg …

Ihr Magen knurrte laut und vernehmlich, und Martha lachte. »Na, da hat aber jemand ordentlich Hunger!« Einladend deutete sie mit der Hand in Richtung Tisch. »Bitte, setzen Sie sich doch. Und greifen Sie zu – es ist mehr als genug für uns beide da.«

Das musste sie Hanna nicht zweimal sagen. Obwohl sie morgens für gewöhnlich nicht viel aß, langte sie an diesem Morgen mit großem Appetit zu. Martha schien sich darüber zu freuen.

»Und, was haben Sie heute noch Schönes vor?«, erkundigte sich die ältere Frau.

Hanna wollte der Pensionswirtin nicht die ganze Geschichte erzählen, deshalb antwortete sie mit einer Gegenfrage: »Kennen Sie das Restaurant *Strand-Schenke*?«

»Aber sicher. Früher war ich öfter mit meiner Familie dort essen. Aber das muss Jahre her sein. Warum fragen Sie?«

»Ich habe dem Besitzer versprochen, seinen Laden wieder flottzumachen. Warum gehen Sie denn nicht mehr dorthin?«

Darüber schien Martha einen Moment nachdenken zu müssen. »Um ehrlich zu sein, weiß ich das gar nicht mehr so genau. Ich glaube, es hat alles angefangen, als der Vater von Niels, dem jetzigen Besitzer, noch lebte. Allerhand zwielichtiges Gesindel trieb sich damals dort herum. Das hat die Leute verständlicherweise abgeschreckt. Hinzu kommt, dass die Einrichtung noch aus dem vergangenen Jahrhundert stammt.«

Hanna nickte. Die Sache mit der Einrichtung war ihr bekannt, der Rest hingegen … Sie beschloss, Niels darauf anzusprechen, wenn sich die Gelegenheit bot.

»Übrigens habe ich gestern aus der Ferne diese wunderschöne Seebrücke gesehen. In dem Gebäude darauf, ist da ein Restaurant oder etwas in der Art?«

Martha nickte. »Ja, auch. Und man kann dort standesamtlich heiraten.«

»Tatsächlich?« Hanna blinzelte. Im Gegensatz zu den meisten Standesämtern, die doch eher schlicht und nüchtern wirkten, war das sicher ein hübscher Kontrast. Aber das konnte ihr nun wirklich egal sein. Denn eines wusste sie ganz sicher: Sie selbst würde niemals heiraten. Früher einmal, ja, da hatte sie auch davon geträumt. Aber nach der Sache mit Andreas ...

Noch am Vormittag machte sie sich mit dem Fahrrad erneut auf den Weg zum Restaurant. Die Bewegung tat ihr gut. Der Wind kühlte ihre erhitzten Wangen, und sie trat kräftig in die Pedale, obwohl die Wunde am Knie ein wenig spannte.

Der Gedanke daran ließ ihr die Röte ins Gesicht steigen. Es war ihr peinlich, dass sie so eine alberne Methode gewählt hatte, das Rad vor einem Diebstahl zu sichern. Und dann ihr Verhalten, als Niels sie verarztet hatte. Aber sie hatte einfach nicht anders gekonnt. Plötzlich war sie wieder das kleine Mädchen gewesen, das bei dem Autounfall mit im Wagen gesessen hatte, bei dem ihre Eltern ums Leben gekommen waren.

Immer wieder passierte es ihr bei kleineren Unfällen, dass sie praktisch in die Vergangenheit zurückkatapultiert wurde. Und als sie die Nachricht erhalten hatte, dass ihre Großmutter von der Leiter gestürzt und ins Krankenhaus gebracht worden war, hatte sie unglaubliche Angst gehabt. Angst, sie ebenfalls zu verlieren.

Als Hanna die *Strand-Schenke* erreichte, waren die Türen noch verschlossen. Sie legte die Hände gegen ein Fenster und versuchte, hindurchzusehen. Hm, alles dunkel. Seltsam. Irritiert runzelte sie die Stirn. Auf dem Schild neben dem Eingang stand aber doch, dass das Restaurant tagsüber von elf bis vierzehn Uhr geöffnet war, weil auch Brunch angeboten wurde. Und jetzt war es schon fast halb zwölf!

Unzuverlässigkeit war im Geschäftsleben noch verheerender als eine unmoderne Einrichtung oder eine schlechte Lage. Restaurantgäste nahmen nichts übler, als mit knurrendem Magen vor verschlossenen Türen zu stehen.

Hanna ging um das Gebäude herum zur Rückseite, wo sie die Küche vermutete. Auch hier lag alles still und verlassen da. Und so langsam begann sie, sich zu ärgern. Sie hatte mit Niels abgesprochen, dass sie sich heute Vormittag gleich hier treffen wollten. Und wo steckte er nun? Ihre gute Stimmung war wie weggeblasen. Was dachte dieser Kerl sich eigentlich? Sie mochte auf seine Hilfe angewiesen sein, aber das bedeutete nicht, dass sie sich von ihm eine solch herablassende Behandlung gefallen lassen würde!

Gerade als sie wieder auf ihr Fahrrad steigen wollte, hörte sie jedoch einen Wagen die Zufahrt hinauffahren. Sie schaute auf und sah Niels hinter dem Steuer sitzen. Er parkte über zwei Parkplätze quer vor dem Gebäude und stieg aus, kaum dass er den Motor abgestellt hatte.

»Es tut mir leid«, rief er. Sein Haar sah aus, als wäre er gerade erst aus dem Bett gefallen. Dunkle Schatten lagen unter seinen Augen, und auf seinem Kinn zeichnete sich ein Bartschatten ab. »Ich bin sonst eigentlich nicht unpünktlich, aber meiner Mutter ging es heute Morgen nicht gut. Seit dem Tod meines Vaters ist sie …« Er unterbrach sich, und seine Miene zeigte deutlich, dass er fürchtete, bereits zu viel gesagt zu haben. »Wie auch immer, jetzt bin ich ja hier, und von mir aus können wir auch gleich anfangen.«

Verwundert schaute Hanna ihn an. »Müssen Sie denn gar nichts für den Tag vorbereiten?« Sie runzelte die Stirn. »Sagen Sie mir jetzt bitte nicht, dass Sie mit Tiefkühlkost und Fertigware arbeiten.«

»Was? Schuhsohlenschnitzel und Sauce hollandaise aus dem Tetrapack?« Allein der Gedanke schien seinen Küchenstolz zu beleidigen. »Nein, so etwas gäbe es hier nur, wenn es nach meiner Mutter ginge. Sie sieht es praktisch als letzten Rettungsweg, um Kosten und Arbeit zu sparen. Aber trotz aller Probleme und Geldsorgen bleibe ich dabei, dass frisch zubereitete Lebensmittel aus der Region genau das sind, was die Gäste von einem Restaurant wie diesem erwarten. Aber ich habe beschlossen, dass es besser ist, das Restaurant für die nächsten zwei Tage zu schließen. Ich nehme an, dass einiges an Arbeit auf uns zukommen wird.« Seufzend zuckte er mit den Schultern. »Und es ist ja nun nicht gerade so, als würden die Gäste uns die Tür einrennen.«

Hanna verbiss sich einen Kommentar darüber, wie unprofessionell es war, so eine Maßnahme ohne vorherige Ankündigung durchzuführen. Aber wenn die Geschäfte wirklich so schlecht liefen, wie es den Anschein hatte, dann würde sich kaum jemand daran stören. Und es vereinfachte ihr die Arbeit auf jeden Fall sehr.

»Da haben Sie allerdings recht. Und es wird tatsächlich einfacher sein, einige der notwendigen Veränderungen vorzunehmen, wenn wir uns nicht gleichzeitig noch um das Wohl der Gäste kümmern müssen. Dennoch sollten Sie als Erstes ein entsprechendes Schild gut sichtbar am Eingang anbringen. Am besten, wir veranschlagen zwei Wochen. Vierzehn Tage, in denen wir mit der Renovierung, dem Internetauftritt und den Planungen für die Werbung fertig werden müssen. So ist das Restaurant nicht allzu lange geschlossen, und wir haben gleichzeitig ein festes Ziel vor Augen. Ach ja, und Sie sollten auch auf der Internetseite darauf hinweisen, dass das Lokal in den nächsten Tagen renoviert wird.«

»Internetseite?«

Sie blinzelte. »Ja, natürlich, das ist ... Moment mal, soll das heißen, Ihr Restaurant hat überhaupt keinen Online-Auftritt?«

Er winkte ab. »Was soll das schon bringen? Wir sind nur ein kleines Lokal, so etwas lohnt sich für uns doch gar nicht. Und davon abgesehen, habe ich dafür auch gar keine Zeit.«

»Nicht zu fassen.« Sie lachte bitter auf. »Du meine Güte, wo haben Sie denn in den letzten Jahren gelebt? Selbst die

Bäckerei in der Nähe meiner Pension hat eine Homepage. Die Adresse steht sogar im Schaufenster. Und mein Zimmer habe ich ebenfalls online gebucht. Auf so einer Website könnten sich potenzielle Gäste über Ihr Lokal informieren und von unterwegs Tische reservieren. Wir sprechen hier schließlich nicht nur von einheimischen Gästen, sondern vor allem von Touristen. Ist Ihnen eigentlich schon mal aufgefallen, dass die schon lange nicht mehr mit Reiseführern aus Papier herumlaufen, sondern stattdessen andauernd auf ihre Smartphones starren. Und warum? Weil sie sich im Internet über die Umgebung informieren. Und damit auch über Restaurants und ...«

»Schon gut, schon gut«, unterbrach er sie genervt. »Sie haben ja recht. Wahrscheinlich bräuchte ich wirklich so eine Website.«

»Ganz sicher sogar. Aber keine Sorge, darum kümmere ich mich ebenfalls.«

Fragend schaute er sie an. »Und was haben Sie sonst noch mit meinem Restaurant im Sinn?«

Sofort spürte Hanna, dass ihre Nervosität zurückkehrte. Sie hatte die halbe Nacht damit verbracht, sich Gedanken darüber zu machen. Die Möglichkeiten, bahnbrechende Veränderungen vorzunehmen, waren ohne den entsprechenden finanziellen Hintergrund natürlich beschränkt – und der war wirklich alles andere als vielversprechend, wie sie den Unterlagen entnehmen konnte, die er ihr am Abend überlassen hatte. Doch das bedeutete nur, dass sie improvisieren mussten.

»Das Erste, was mir auffiel, als ich die *Strand-Schenke* gestern betrat, waren die schweren dunklen Möbel und die altmodischen Lampen.«

Er seufzte. »Die sind mir auch schon lange ein Dorn im Auge. Aber was soll ich machen? Ich kann mir nicht einfach so eine neue Einrichtung leisten.«

»Das dachte ich mir bereits«, entgegnete Hanna. »Genau deshalb habe ich mir auch etwas überlegt. Hier in der Nähe gibt es doch bestimmt einen Baumarkt, oder?«

Skeptisch runzelte er die Stirn. »Wenn Sie das vorhaben, was ich denke, dann weiß ich ehrlich gesagt nicht recht, was ich von der Idee halten soll.«

Sie zog eine Augenbraue hoch. »Ich habe vor, die Tische abzuschleifen und neu zu lackieren. Für die Sitzbänke dachte ich an einen neuen Bezug. Das ist zwar nicht das Nonplusultra, aber es dürfte genügen, bis Sie endlich wieder schwarze Zahlen schreiben.«

Noch immer wirkte er nicht überzeugt. »Ich weiß nicht. Wirkt so etwas nicht immer ein bisschen billig? Ich meine, ich habe ehrlich gesagt noch nie gesehen, dass man überlackierten Möbeln nicht schon auf den ersten Blick ansieht, dass sie eigentlich alt und hässlich sind.«

Hanna lachte. »Nun, zaubern kann man mit einem Eimerchen Farbe ganz sicher nicht. Aber wenn man weiß, wie man es anstellen muss, kann man schon recht ordentliche Ergebnisse damit erzielen. Außerdem werden wir die Speisekarte gemeinsam durchgehen und optimieren, und anschließend überlege ich mir ein paar kostengünstige, aber effektive Werbemaßnahmen.« Sie atmete tief durch. »Vertrauen Sie mir?«

Darüber schien er kurz nachdenken zu müssen. Aber war das verwunderlich? Er kannte sie im Grunde überhaupt nicht. Sie waren sich gestern zum ersten Mal begegnet, und dass sie heute hier zusammenstanden, hatte vor allem mit Notwendigkeit zu tun. Sie beide hofften, von ihrem Arrangement profitieren zu können.

»Ich würde sagen, meine Lage ist so verzweifelt, dass mir keine andere Wahl bleibt, als es zumindest mit Ihnen zu versuchen.« Mit einem bitteren Lachen sprach er weiter: »Schlimmer, als es momentan ist, kann es kaum werden.«

Das klang zwar nicht sonderlich enthusiastisch, aber etwas anderes hatte Hanna auch nicht erwartet. Sie nickte ihm zu. »Wollen wir dann?«

»Glaub mir, Mutter«, sagte Niels seufzend, »ich weiß, worauf ich mich da einlasse. Es ist das Beste so. Zwei Wochen ohne Einnahmen sind zwar eine lange Zeit, aber du darfst nicht vergessen, dass wir zurzeit ohnehin nicht viele Gäste haben. Und wenn wir dann in vierzehn Tagen neu eröffnen, mitten in der Hochsaison, könnte das eine echte Chance für uns sein.«

Hanna hielt sich ein wenig abseits. Es kam ihr nicht richtig vor, sich in Familienangelegenheiten einzumischen. Außerdem sagten die Blicke der älteren Frau eindeutig, was sie von ihr hielt.

Es war bereits früher Nachmittag, und soeben hatten sie die *Strand-Schenke* wieder erreicht. Als sie gerade aus dem Auto gestiegen waren, war Niels' Mutter aus dem Restaurant gekommen. Sofort hatte er die Gelegenheit genutzt, sie über seine Pläne in Kenntnis zu setzen. Wie es sich anhörte, schien sie nicht begeistert zu sein, aber Niels würde es schon gelingen, sie zu überzeugen.

Sich mit diesem Gedanken beruhigend, öffnete Hanna den Kofferraum des Wagens, in dem sich gleich mehrere Töpfe weißer Farbe, Schleifpapier, Pinsel und Farbrollen befanden. Nach dem Baumarkt hatten sie noch bei einem Stoffladen angehalten und eine Rolle schlichten marineblauen Stoff eingekauft. Hanna hatte bei allem darauf geachtet, dass das Preis-Leistungs-Verhältnis stimmt.

Sie begann gerade mit dem Ausräumen, als Niels wieder zu ihr kam.

»Und, was sagt Ihre Mutter?«

Er winkte ab. »Sie ist gar nicht begeistert. Jetzt, wo das Geld ohnehin knapp ist, noch zu renovieren, hält sie für falsch. Aber ich habe ihr dargelegt, wie wichtig das gerade in der momentanen Situation ist. Da sie im Restaurant jetzt nicht gebraucht wird, hat sie spontan beschlossen, morgen zu einer alten Freundin nach Rostock zu fahren und zwei Wochen bei ihr zu bleiben. So läuft sie auch nicht Gefahr, mit ansehen zu müssen, was aus dem Restaurant wird.«

Hanna lachte. »Na, wir wollen es ja verschönern und nicht schlimmer machen.«

»Schon klar. Aber ich glaube, es wird schwer für sie. Die alten Erinnerungen, auch an meinen Vater ...« Er verstummte abrupt. »Lassen wir das. Womit fangen wir an?«

»Erst einmal laden wir zu Ende aus. Dann sollten wir uns an die Tische machen. Die Oberflächen müssen angeschliffen werden, damit sie neu lackiert werden können. Wenn wir parallel arbeiten, dürften wir schon bald damit durch sein. Und anschließend nehmen wir uns dann die Sitzbänke vor.« Fragend schaute sie ihn an. »Passt Ihnen das so?«

»Sie sind die Expertin«, antwortete er. »Ich bin wirklich beeindruckt, dass eine PR-Beraterin sich so gut auf Möbelrestauration versteht.«

Sie grinste. »Ach, das ist mehr so etwas wie ein Hobby. Ich habe immer schon gern mit den Händen gearbeitet. Es ist ein guter Ausgleich, wenn man sonst immerzu vor dem Computer sitzt.«

»Das kann ich mir vorstellen. Aber haben Sie eigentlich gar keinen Hunger?«

Ob sie ...? Erst jetzt, wo er davon angefangen hatte, merkte sie, wie hungrig sie war. Ihr Magen knurrte vernehmlich, und als sie aufblickte, sah sie Niels schmunzeln.

»Nun, vielleicht könnte ich tatsächlich einen winzigen Snack vertragen«, gab sie lächelnd zu. »Aber ich will Ihnen wirklich keine Umstände bereiten und ...«

Er winkte ab. »Unsinn, Sie bereiten mir keine Umstände. Das hier ist ein Restaurant, schon vergessen? Und ich bin mit Leib und Seele Koch.« Er lachte leise. »Und wenn ich mich auf diese Weise vor dem Abschleifen von ein paar Tischen drücken kann ...«

Nun musste auch sie lachen. »Jetzt verschwinden Sie schon. Ich fange hier schon mal allein an.«

Die nächsten anderthalb Stunden stürzte sie sich in die Arbeit und kam auch tatsächlich gut voran. Sie war nicht immer handwerklich begabt gewesen, aber als sie nach der Trennung von ihrem Ex mit so gut wie nichts dastand und eine kleine Wohnung beziehen musste, die zwar billig in der Miete, aber auch stark renovierungsbedürftig gewesen war, hatte sie aus der Not heraus das meiste selbst gemacht. Das Internet war ihr dabei eine große Hilfe gewesen. Praktisch zu allem gab es leicht verständliche Anleitungen und sogar Videos. Und so hatte sie sich mit wenigen Mitteln und viel Eigeninitiative ein gemütliches kleines Reich geschaffen.

Hanna hatte bereits zwei Tische fertig geschliffen, als ihr ein unwiderstehlicher Duft in die Nase stieg.

Sie hielt inne, schloss die Augen und atmete tief ein. War das etwa …? Ja, tatsächlich, das roch ganz nach gegrilltem Fisch. Ihr lief das Wasser im Mund zusammen. Es war ewig her, dass sie zum letzten Mal frischen Fisch gegessen hatte.

Wie aufs Stichwort trat in diesem Moment Niels aus der Küche. In einer Hand balancierte er geschickt zwei Teller, in der anderen eine Flasche Wein und zwei Gläser. »Kommen Sie?«, fragte er und nickte mit dem Kopf in Richtung eines der noch unangetasteten Tische. »Wenn ich mich recht erinnere, mögen Sie Flunder. Ich hatte sie gestern auf der Tageskarte, aber es ist so viel übrig geblieben, weil wir, wie immer, kaum Gäste hatten. Es wäre doch schade, das alles wegzuschmeißen, finden Sie nicht?«

»Auf jeden Fall!«, entgegnete sie eifrig. »Oh Gott, ich *liebe* Fisch.« Sie reckte den Hals. »Hm, ist das daneben etwa Blattspinat?«

»Allerdings.« Er schmunzelte. »Aus eigenem Anbau, ebenso wie die Kartoffeln. Sie stammen direkt aus dem Gemüsegarten meiner Mutter.«

»Das nenne ich Frische aus der Region auf die Spitze getrieben.« Lachend schüttelte Hanna den Kopf. »Und wenn es ebenso gut schmeckt, wie es riecht, müsste es schon mit dem Teufel zugehen, wenn wir den Laden nicht wieder zum Laufen bekommen.«

»Oh, ich kann Ihnen versichern, dass es schmeckt«, sagte er und stellte zuerst die Teller, dann die Gläser und die Flasche auf dem Tisch ab. Anschließend zog er ihr, ganz Gentleman, den Stuhl zurück. »Aber probieren Sie selbst. Und nach dem Essen können wir uns dann weiter über Ihr Konzept für das Restaurant unterhalten.«

Sie schüttelte den Kopf. »Na, na, nicht so schnell. Zuerst erledigen wir mal diese Sache hier, ehe wir uns das nächste Projekt vornehmen.«

Er seufzte. »Einen Versuch war es wert. Aber nun lassen Sie uns essen, bevor alles kalt wird.«

Die nächsten zwanzig Minuten verbrachten sie in einvernehmlichem Schweigen. Die einzigen Geräusche waren das Klirren von Besteck und Gläsern. Schließlich lehnte sich Hanna in ihrem Stuhl zurück. »Ich schaffe beim besten Willen keinen Bissen mehr«, stöhnte sie. »Aber die Flunder war wirklich fantastisch.« Sie lachte leise. »Allerdings habe ich dummerweise so viel gegessen, dass ich nicht mal mehr den kleinen Finger rühren kann.«

»Dann sollten wir lieber erst einmal einen kleinen Verdauungsspaziergang machen«, schlug Niels zu ihrer Überraschung vor. Wobei – so überraschend war das eigentlich gar nicht. Handwerksarbeiten waren ganz offensichtlich nicht so sein Ding.

Doch wenn sie ehrlich war, konnte sie sich auch Angenehmeres vorstellen, als noch weiter in der prallen Sonne Tische abzuschleifen. Und ein Spaziergang am Wasser klang nach einer herrlichen Abwechslung.

»Gut, warum nicht? Und währenddessen erzählen Sie mir von sich. Wenn ich ein passendes Konzept für ein Restaurant erstellen soll, dann muss ich auch etwas über den Besitzer wissen.«

Er zögerte zunächst, nickte aber schließlich. »Das ist vermutlich nur fair«, murmelte er und stand auf. Als Hanna keinerlei Anstalten machte, sich zu rühren, streckte er ihr schmunzelnd die Hand entgegen. »Zu schlapp zum Aufstehen?«

Zur Antwort stieß sie lediglich ein erschöpftes Stöhnen aus und griff nach seiner Hand. Er zog sie hoch – und zwar mit so viel Schwung, dass sie unvermittelt in seinen Armen landete.

Einen Moment lang war sie wie erstarrt. Sie schaute zu ihm hinauf, ihre Hände lagen flach auf seiner Brust, und sie konnte seinen Herzschlag unter ihren Fingerspitzen fühlen. Wie ihr eigenes schien auch sein Herz schneller zu schlagen. Seine türkisgrünen Augen hielten ihren Blick gefangen. Sie fuhr sich mit der Zunge über die Lippen und sah, dass seine Pupillen sich weiteten.

Spürte auch er dieses Knistern, das in der Luft lag? Ging ihre Nähe an ihm ebenso wenig spurlos vorüber, wie es umgekehrt der Fall war?

Der Augenblick dauerte an, dehnte sich zu einer kleinen Ewigkeit. Hanna konnte nicht mehr sagen, ob sie Sekunden, Minuten oder Stunden so dastanden. Sie wusste lediglich, dass ihr Verstand ihr sagte, dass sie lieber ganz rasch das Weite suchen sollte. Ihr Herz aber …

Unsinn! Dein Herz hat hiermit rein gar nichts zu tun! Du kennst Niels überhaupt nicht. Attraktiv mag er ja sein, aber deshalb sind noch lange keine Gefühle im Spiel.

Abrupt trat sie einen Schritt zurück und wandte sich ab. Er sollte nicht sehen, wie schwer ihr das gefallen war. »Wir sollten dann besser los«, sagte sie und war erschrocken darüber, wie gekünstelt fröhlich ihre Stimme klang. »Wir haben noch einiges zu tun, wenn wir bis morgen Abend mit dem Nötigsten fertig sein wollen.«

»Ja, natürlich.« Er ging an ihr vorbei und steuerte die Strandpromenade an. »Kommen Sie, ich zeige Ihnen die Gegend. Dabei können wir dann meinetwegen reden – wenn es denn unbedingt sein muss.«

Eine Weile gingen sie schweigend nebeneinander her. Das Meeresrauschen und die Schreie der Möwen halfen Hanna dabei, sich ein wenig zu entspannen. Sie genoss die Sonnenstrahlen auf ihrer Haut und den Wind in ihrem Haar. Einem spontanen Impuls folgend, zog sie ihre Schuhe aus und lief barfuß durch den warmen Sand bis zur Wassergrenze und in die Brandung hinein. Sie atmete scharf ein und musste kichern. »Du meine Güte, ist das kalt!«

»Es wird noch ein bisschen dauern, bis das Meer warm genug ist, um darin baden zu können.« Zu ihrer Überraschung erklang Niels' Stimme unmittelbar hinter ihr. Als sie sich umdrehte, sah sie, dass er die Hosenbeine hochgekrempelt hatte und sich ebenfalls das Wasser um die Knöchel spülen ließ.

Bisher war er ihr nicht wie ein Mann vorgekommen, der so etwas tun würde. Dazu wirkte er viel zu steif. Auf der anderen Seite eigentlich auch nicht. Nur wenn es um seinen Onkel ging – um seine Familie –, wurde er so ernst und abweisend. Ansonsten ...

Ihr Puls beschleunigte sich. Niels stand so nah hinter ihr, dass sie glaubte, seine Körperwärme zu spüren. Der ihm eigene Duft – eine Mischung aus Sandelholz und, überraschenderweise, Lavendel – stieg ihr in die Nase, und sie musste sich zusammenreißen, um sich ihm nicht gleich an den Hals zu werfen.

Bist du verrückt geworden? Du willst dich ihm natürlich keineswegs an den Hals werfen! Nichts liegt dir ferner!

Sie atmete tief durch. Dummerweise fiel es ihr selbst schwer, das zu glauben. Die Reaktion ihres Körpers sprach nämlich eine vollkommen andere Sprache. Und deshalb musste sie sich überlegen, ob es nicht einen anderen Weg gab, an ihr Ziel zu gelangen.

Konnte sie nicht doch einfach versuchen, mit Joachim Hansen direkt Kontakt aufzunehmen? Aber dann musste sie an die Schrotflinte denken, von der die freundliche Dame im Café berichtet hatte.

Nein, da war es ihr doch lieber, sich weiterhin mit Niels zu beschäftigen. Sie musste halt auf Abstand gehen.

»Was ist eigentlich mit Ihrem Knie? Tut es noch sehr weh?« Mit diesen Fragen riss er sie plötzlich aus ihren Grübeleien.

Hanna musste einen Moment überlegen, wovon er sprach. Dann spürte sie, wie ihr das Blut ins Gesicht schoss, als sie daran dachte, wie ängstlich sie gestern gewesen war, während er ihre Wunde versorgt hatte.

»Ich spüre es kaum noch«, entgegnete sie mit einem verlegenen Lächeln. »Tut mir leid, dass ich mich deswegen so angestellt habe.«

Er winkte ab und schüttelte den Kopf. »Dafür müssen Sie sich nun wirklich nicht entschuldigen. Sie standen unter Schock – das ist nicht ungewöhnlich nach einem Sturz.«

Sie schüttelte den Kopf. »Es ist ... es ist bei mir wohl ein bisschen anders. Es gab mal einen Unfall. Meine Eltern sind mit dem Auto verunglückt, und ich saß auch im Wagen. Ich habe überlebt, sie nicht ...« Der Gedanke an damals raubte ihr den Atem. Alles war so schrecklich gewesen. Mitzuerleben, wie die Sanitäter erfolglos versucht hatten, ihre Eltern noch am Unfallort zu reanimieren. Ihr Vater war auf dem Weg ins Krankenhaus gestorben, ihre Mutter ein paar Stunden später.

Manchmal erwachte Hanna noch heute schweißgebadet und glaubte, das Trommeln des Regens auf dem Wagendach zu hören und das Flackern des Blaulichts aus den Augenwinkeln zu sehen.

Allein bei dem Gedanken daran zog sich ihr Magen schmerzhaft zusammen, und ihre Kehle war wie zugeschnürt. Sie bemühte sich, es sich nicht anmerken zu lassen, aber der Versuch misslang wohl.

»Mein Gott ...« Niels legte ihr eine Hand auf die Schulter. »Das tut mir sehr leid.«

Hastig winkte sie ab. »Es ist lange her. Aber es hat Spuren hinterlassen. Ich fahre selbst kein Auto. Mitfahren ist inzwischen zwar kein Problem mehr, aber wenn ich einen noch so kleinen Unfall sehe, stürzt mich das jedes Mal in eine Art Schockzustand. Aber lassen wir das jetzt, ja? Ich würde gern ...«

Ehe sie zu Ende sprechen konnte, kam eine größere Welle angerollt und schwappte bis über ihre Oberschenkel und Hüften. Das Wasser war so kalt, dass es ihr den Atem raubte und sie vor Schreck aufschrie.

Und dann spürte sie plötzlich, wie etwas ihre Waden streifte. Hanna stolperte zurück, verlor das Gleichgewicht. Verzweifelt ruderte sie mit den Armen – doch es half nichts. Sie wusste, dass es keine Chance mehr gab, das Unheil aufzuhalten, kniff die Augen zusammen und fügte sich in das Unvermeidliche.

Als sich starke Arme um ihre Taille legten und sie aufrecht hielten, blinzelte sie überrascht. Damit hatte sie nicht gerechnet.

Sie schaute zu Niels auf. Ihr Herz fing an, Purzelbäume zu schlagen, und sie konnte nicht mehr klar denken. Ihr Blick wanderte von seinen Augen zu seinem Mund. Wie es sich wohl anfühlen mochte, von diesen Lippen geküsst zu werden?

Die Zeit schien stillzustehen. Das Schreien der Möwen und das Rauschen der Brandung traten in den Hintergrund, bis das einzige Geräusch, das Hanna noch hörte, das Hämmern ihres eigenen Herzens war.

Im Nachhinein vermochte sie nicht zu sagen, von wem die Initiative ausgegangen war. Fest stand nur, dass Niels ihr Gesicht mit einem Mal in den Händen hielt und sie sich sanft und zugleich leidenschaftlich küssten.

Es war genau so, wie Hanna es sich heimlich erträumt hatte – nur noch besser. Mit Worten ließ sich nicht beschreiben, was sie in diesem Moment empfand. Am besten konnte man es wohl mit dem Gefühl vergleichen, auf einer Achterbahn zu sitzen, die immer schneller und schneller in den Abgrund rast – beängstigend, aufregend und wunderbar zugleich.

Ihr rationales Denken war ausgeschaltet, aber das war ihr egal. Sie wollte nur fühlen. Sich fallen lassen. Genießen – auch wenn eine leise innere Stimme sie warnte, dass sie einen riesigen Fehler beging.

Es war Niels, der den Kuss schließlich beendete. Er ließ so abrupt von ihr ab, als hätte er sich verbrannt, und taumelte zwei Schritte zurück, ehe er sich abwandte.

Im ersten Moment wusste Hanna nicht, wie ihr geschah. »Niels?« Sie trat auf ihn zu und legte ihm von hinten eine Hand auf die Schulter, doch er schüttelte sie ab. Ohne sie auch nur eines Blickes zu würdigen, kehrte er an den Strand zurück und ließ sie einfach stehen.

Irritiert schaute Hanna ihm nach, ehe sie sich selbst in Bewegung setzte und ihm folgte. Sie war verwirrt. Auf der einen Seite wusste sie, dass sie vermutlich froh sein sollte, weil er die Notbremse gezogen hatte, ehe noch mehr passieren konnte. Doch sie war nicht froh. Ganz und gar nicht. Im Gegenteil sogar. Am liebsten wäre sie gleich wieder in seine Arme gesunken, hätte ihn geküsst und sich von ihm küssen lassen.

Er schritt so schnell aus, dass sie Mühe hatte, zu ihm aufzuschließen. Als sie ihn schließlich erreichte, packte sie ihn am Oberarm und hielt ihn zurück. »Warte doch bitte mal. Ich ... Können wir nicht in Ruhe darüber sprechen?«

»Was gibt es da noch zu reden?«, entgegnete er kühl. »Wir haben uns geküsst. Das war vermutlich nicht besonders schlau, aber so etwas passiert wohl manchmal. So ist das Leben. Zum Glück sind wir beide alt genug, damit umgehen zu können – nicht wahr?«

Sie nickte hastig. Er sollte bloß nicht glauben, dass ihr die Sache etwas bedeutet hatte. Schließlich war es nur ein Kuss gewesen. Nicht mehr ... und auch nicht weniger. Und er musste ja nicht wissen, dass ihr Herz immer doppelt so schnell klopfte, wenn er in ihrer Nähe war. Nein, dachte sie entsetzt. Das *durfte* er auch niemals erfahren, denn dann würde sie vor Scham im Boden versinken.

»Sie ...« Hanna schüttelte den Kopf. »Du hast recht. Wir sind erwachsene Leute, und außerdem haben wir eine Vereinbarung. Und ich halte es für besser, Privates und Geschäftliches nicht zu vermischen.«

»Das sehe ich genauso«, stimmte Niels ihr zu. »Und deshalb sollten wir auch wieder zur *Strand-Schenke* zurück. Wir haben noch eine Menge zu tun, und die Zeit ist knapp. Ich kann das

Restaurant nicht unbegrenzt schließen, sonst vergraule ich mir auch noch die letzten Stammkunden ... Außerdem bist du nass geworden.«

Hanna nickte. Er hatte sicher recht. Trotzdem konnte sie nicht umhin, einen Anflug von Enttäuschung zu fühlen. Sie wollte keinen professionellen Abstand, wollte nicht vernünftig sein. Doch dann dachte sie an ihre Großmutter und an den Grund, weshalb sie nach Rügen gekommen war.

Einen Mann kennenzulernen und sich Hals über Kopf in ihn zu verlieben, gehörte ganz sicher nicht dazu.

Sie musste sich zusammenreißen und ihre Gefühle in den Griff bekommen. Es hing zu viel davon ab, dass sie das hier hinbekam. Es ging immerhin um das Glück ihrer Großmutter – und sie würde alles daransetzen, der alten Dame ihren Herzenswunsch zu erfüllen.

4. Kapitel

Zwei Tage nach ihrem gemeinsamen Strandspaziergang saß Niels im Hinterzimmer des Restaurants und studierte die Bücher. Die Zahlen waren zum Haareraufen. Eigentlich sollte ihn das nicht mehr überraschen, trotzdem war es jedes Mal wie ein Schlag in die Magengrube. Vor allem, wenn er sich vor Augen führte, dass ihm kaum noch Zeit blieb, um das Ruder herumzureißen.

Er war fast ein wenig überrascht darüber gewesen, dass Hanna gestern wiedergekommen war. Sie hatte sein ruppiges Verhalten vom Vortag mit keinem Wort erwähnt und sich schweigend an die Arbeit gemacht. Auch jetzt war sie wieder draußen und brachte die restlichen Tische auf Vordermann. Niels sollte ihr eigentlich dabei helfen, doch das Problem war, dass er nicht wusste, wie er mit ihr umgehen sollte.

Es stimmte schon, was er zu ihr gesagt hatte: Sie waren beide alt genug, um mit einem albernen Kuss umgehen zu können. Theoretisch. Aber wenn dem so war, wieso konnte er dann an nichts anderes denken? Weshalb fiel es ihm so verdammt schwer, das einzig Vernünftige zu tun und sich von Hanna fernzuhalten?

Sie war schließlich nur aus einem Grund bereit, ihm zu helfen: um über ihn an seinen Onkel heranzukommen. Eigentlich sollte das schon reichen, um ihn abzuschrecken. Tat es aber nicht. Ganz im Gegenteil sogar. Er *wollte* Zeit mit ihr verbringen, sie besser kennenlernen – ihre Motive begreifen.

Die Geschichte ihrer Großmutter hatte ihn gegen seinen eigenen Willen fasziniert. Ausgerechnet Joachim sollte der Mann sein, der dieser Frau so den Kopf verdreht hatte, dass sie ihn in all den Jahren nicht hatte vergessen können?

Niels runzelte die Stirn und überlegte, wie er eigentlich früher mit seinem Onkel ausgekommen war. Vor der Sache mit seinem Vater. Ehe seine Familie zerbrochen war.

Als kleiner Junge hatte er seinen Onkel Jo vergöttert. Er war so viel cooler gewesen als sein Vater. Mit ihm hatte man Pferde stehlen können.

Wenn Niels einmal ein Problem hatte, war Joachim immer für ihn da gewesen. Ob es nun um die erste große Liebe gegangen war oder um Ärger in der Schule. Jo hatte stets Rat gewusst. Bei allem.

Mit neunzehn war Niels schließlich nach Berlin gegangen, um seine Ausbildung in einem Sternerestaurant anzutreten. Sein Vater war dagegen gewesen, doch Joachim hatte ihn unterstützt. Nur ihm hatte er es zu verdanken, dass er der Mann geworden war, der ihm heute aus dem Spiegel entgegenblickte.

Und dennoch …

Er fuhr sich mit der Hand über die Augen und schob die Gedanken an Joachim beiseite. Jetzt musste er sich wirklich auf andere Dinge konzentrieren.

Zum Beispiel darauf, Hanna nicht bis zur Besinnungslosigkeit zu küssen.

Er schüttelte den Kopf über sich selbst. Wo, zum Teufel, war das wieder hergekommen?

Aber wem wollte er hier eigentlich etwas vormachen? Etwas an Hanna faszinierte ihn, das konnte er nicht abstreiten. Dabei war sie vollkommen anders als die Frauen, für die er sich für gewöhnlich interessierte. Klug, ein wenig schüchtern und dennoch durchaus in der Lage, ihren Standpunkt zu vertreten. Und die Art und Weise, wie sie für die Sache ihrer Großmutter kämpfte, bewies, dass sie außerdem ein großes Herz besaß.

Die perfekte Frau – wenn man einmal davon absah, dass sie Dinge von ihm erwartete, die er nicht leisten konnte.

Aber das war ja im Grunde auch vollkommen egal, denn er war nicht auf der Suche. Seine letzte Beziehung lag bereits zwei Jahre zurück und war daran gescheitert, dass er all seine Energie in seine Arbeit steckte. Er war praktisch mit seinem Job verheiratet. Das zumindest hatte seine Ex ihm vorgeworfen. Und Julia war, weiß Gott, nicht die Erste gewesen.

Damit hatte sie nicht einmal falschgelegen. Das Kochen war schon immer seine Passion gewesen, die ihm wichtiger war als alles andere, und keine Frau hatte es bisher geschafft, seine Prioritäten ins Wanken zu bringen. Zumindest bis zu dem Moment, in dem Hanna vor ein paar Tagen in sein Leben getreten war.

Ein Klopfen riss ihn aus seinen Gedanken. Er räusperte sich, ehe er rief: »Ja, bitte?«

Es war Hanna, die im nächsten Augenblick den Kopf durch die Tür steckte. »Ich störe wirklich nur ungern, aber ...«

Niels klappte das Kassenbuch zu und verschränkte die Hände auf dem Deckel. »Nein, du störst überhaupt nicht. Was kann ich für dich tun?«

»Ich würde gern kurz mit dir sprechen, wenn du Zeit hast.«

Mit einer einladenden Handbewegung deutete er auf den Besucherstuhl vor seinem Schreibtisch. Nach kurzem Zögern durchquerte Hanna den Raum und nahm Platz.

Er legte die Fingerspitzen aneinander. »Nun, worum geht's?«

»Ich habe vorhin mit einer alten Kollegin von mir telefoniert, Marianne, und die hat mir etwas erzählt, wovon die *Strand-Schenke* wirklich profitieren könnte.«

»Und das wäre?«

»Eine andere ehemalige Kollegin arbeitet inzwischen für eine Frauenzeitschrift und ist dort für die Reise- und Gastrorubrik zuständig. Es wäre natürlich nicht *die* Lösung für all deine Probleme, aber ein wohlwollender Bericht in einem überregional erscheinenden Magazin wird sicher neue Gäste in dein Restaurant locken.«

Skeptisch hob Niels eine Braue. »Du meinst, so ein Artikel würde wirklich helfen? Ich weiß nicht. Ist denn sichergestellt, dass die *Strand-Schenke* in dem Bericht positiv dargestellt wird?«

»Ich bitte dich!« Sie lachte hell auf. »Du bist ein exzellenter Koch, Niels. Wer über dein Essen irgendetwas Schlechtes zu sagen hat, leidet ganz eindeutig an Geschmacksverkalkung.«

Er konnte ein leises Zucken seiner Mundwinkel nicht unterdrücken. Natürlich freute ihn ein Kompliment – ganz gleich, von wem es stammte. Aber aus Hannas Mund bedeutete es ihm noch ein ganzes Stück mehr.

»Also schön«, sagte er. »Dann müssen wir uns wohl wegen meiner Kochkünste keine Gedanken machen. Aber was ist mit der Inneneinrichtung? Deine Ideen und dein Eifer in allen Ehren, aber mit einem dieser modernen, schicken Restaurants kann die *Strand-Schenke* nicht mithalten. Und ob unser etwas verlebter Charme bei der Redakteurin einer Frauenzeitschrift ankommt ...«

Er ließ die Worte bedeutungsschwanger in der Luft hängen. Doch wenn er geglaubt hatte, dass sich Hanna so leicht entmutigen ließ, sah er sich getäuscht.

»Ein paar Kleinigkeiten sollten wir sicherlich noch ändern, aber im Großen und Ganzen finde ich, dass wir gute Arbeit geleistet haben. Natürlich ist die *Strand-Schenke* kein Sternerestaurant. Aber sie besitzt ihren eigenen Charakter – und genau den müssen wir Ina, so heißt meine Bekannte, verkaufen.«

Nachdenklich lehnte Niels sich in seinem Stuhl zurück. Vielleicht war die Idee ja tatsächlich gar nicht so schlecht. Und überhaupt – was hatte er schon für eine Wahl? Unter den gegebenen Umständen musste er bereit sein, nach jedem Strohhalm zu greifen.

»Gut, gehen wir einmal davon aus, ich wäre einverstanden. Wie würde es nun weitergehen?«

Hanna wippte aufgeregt mit den Beinen. Wieder hätte er sie fast angegrinst.. Er konnte sich aber gerade noch davon abhalten.

Reiß dich zusammen, Niels! Es geht hier um dein Restaurant, deine Existenz. Dein Verhalten ist nicht bloß unprofessionell, sondern auch schlichtweg gefährlich. Wenn du dich nicht langsam auf das Wesentliche konzentrierst, wirst du am Ende alles verlieren.

»Ich schlage vor, dass ich meine Bekannte kontaktiere und ein Vorgespräch vereinbare.«

»Und wo soll dieses Gespräch stattfinden?« Er sah sie eindringlich an. »Vergiss nicht, dass wir auch noch mit der Renovierung fertig werden müssen. Ich kann es mir nicht leisten, das Restaurant länger zu schließen als unbedingt nötig.«

Sie winkte ab. »Keine Sorge. Wenn ich Inas Interesse wecken kann, wird sie ohnehin nach Rügen kommen wollen, um die Lage zu checken. *Points of Interest*, die Geheimtipps der Region ...«

»*Points of Interest*«, wiederholte er mit hochgezogener Braue. »Jetzt klingst du wirklich ganz wie die toughe PR-Frau.«

»Na und?« Sie verschränkte die Arme vor der Brust. Obwohl sie streitlustig das Kinn reckte, merkte er, dass sie unwillkürlich in die Defensive gegangen war. »Ich *war* schließlich PR-Beraterin. Und eine verdammt gute noch dazu.«

»War?« Fragend schaute er sie an. »Du hast aufgehört?«

Nach kurzem Zögern nickte sie. »Ja, ich habe den Job vor ein paar Jahren an den Nagel gehängt.«

»Ich will ja nicht unverschämt klingen, aber wenn du wirklich so gut bist, wie du sagst, warum arbeitest du dann nicht mehr in der Branche?«

Damit hatte er ganz offensichtlich einen wunden Punkt berührt. Hanna atmete scharf ein. Ihre Augen wurden schmal. »Das klingt, ehrlich gesagt, sogar reichlich unverschämt. Und wenn du bisher noch nicht begriffen hast, dass du dich auf meinen Sachverstand verlassen kannst, ist das alles hier sinnlos.«

Mit diesen Worten erhob sie sich, wirbelte herum und stürmte wütend aus seinem Arbeitszimmer.

»Hanna ...« Zögernd stand er auf, blieb aber stehen und sah ihr nach, bis sie aus seinem Blickfeld verschwunden war. Dann ließ er sich schwer auf seinen Stuhl zurücksinken.

Er verspürte den heftigen inneren Drang, ihr nachzulaufen. Doch sein Verstand sagte ihm, dass dies ein Fehler wäre.

Sein Herz jedoch sprach eine vollkommen andere Sprache.

Zwei Tage später saßen Hanna und Niels in seinem alten Mercedes-Benz Cabriolet, auf dem Weg nach Bergen. Es war später Vormittag, und sie lagen noch recht gut in der Zeit. Den Termin mit Ina Markgraf hatte Hanna für dreizehn Uhr vereinbart, und bis zur größten Stadt der Insel war es nicht mehr weit. Sie konnten also ganz in Ruhe fahren. Dass Niels trotzdem immer am Tempolimit kratzte, deutete sie als unübersehbares Zeichen seiner Nervosität.

Sie wusste, dass er nicht überzeugt war von ihrem Vorschlag, weil er vor allem die möglichen Nachteile sah. Natürlich konnte auch immer etwas schiefgehen. Aber um dem Glück auf die Sprünge zu helfen, musste man manchmal eben auch bereit sein, ein Risiko einzugehen. Die Website allein, die sie gestern fertiggestellt hatte, und ein paar frisch getünchte Bänke und Tische waren jedenfalls noch keine Garantie für die Rettung der *Strand-Schenke*.

Oder ging sie das ganze Projekt zu ehrgeizig an? Es stimmte schon, sie war in ihrem Element. Die ganzen Planungen, die Website ... es fühlte sich einfach gut an, wieder in dieser Richtung tätig zu sein, und mit jeder Stunde, die verging, vermisste sie ihren alten Job immer mehr.

Wahrscheinlich war das die ganzen Jahre schon so gewesen, bloß hatte sie es sich bislang nicht eingestanden. Jetzt aber tat sie es, und aus diesem Grund hatte sie am Vorabend kurz entschlossen damit begonnen, per E-Mail Initiativbewerbungen an verschiedene Hamburger Agenturen zu schicken. Vielleicht hatte sie ja doch mal wieder Glück, und es tat sich irgendetwas?

Und was wird aus Niels und dir, wenn du wieder nach Hamburg gehst?

Was für ein abwegiger Gedanke. Sie kannte diesen Mann doch kaum! Hanna schüttelte den Kopf und blickte angestrengt aus dem Beifahrerfenster. Auf keinen Fall wollte sie, dass Niels die Röte bemerkte, die ihr ins Gesicht geschossen war.

Sie verstand sich ja selbst nicht mehr, aber sie konnte einfach nicht aufhören, immerzu an Niels zu denken und daran, wie gern sie ihn wieder küssen würde. Und das, obwohl sie sich größte Mühe gab, ihm aus dem Weg zu gehen, sofern das unter den gegebenen Umständen möglich war. Aber sobald sie auch nur eine Sekunde nichts zu tun hatte, schlich sich dieser Kerl sogleich wieder in ihre Gedanken. Dabei gab es so viele andere Dinge, die sehr viel wichtiger waren. Dinge, von denen das Glück anderer Menschen abhing. Wie egoistisch war es da, immerzu an sich selbst zu denken?

Sei nicht albern, vor allem geht es dir doch darum, dein Herz nicht wieder in Gefahr zu bringen. Nach der Sache mit Andreas bist du ein gebranntes Kind und scheust das Feuer. Das ist normal. Aber früher oder später musst du versuchen, die Vergangenheit hinter dir zu lassen ...

Innerlich seufzend, fuhr Hanna sich durchs Haar. Sie wusste, dass es an der Zeit war, nach vorn zu blicken. In so gut wie jeder Hinsicht war ihr das auch bereits gelungen. Nur nicht, was Beziehungen und Männer betraf. Sie brachte es einfach nicht über sich, ihre Schutzmauern fallen zu lassen aus Angst, noch einmal so verletzt zu werden wie damals.

Während sie wirklich etwas für ihn empfunden hatte, hatte Andreas sie lediglich benutzt. Wie sollte sie ihrem Menschenverstand vertrauen, der sie schon einmal so im Stich gelassen hatte?

»Was ist los?«, fragte Niels, ohne den Blick von der Straße zu nehmen. »Du bist schon die ganze Zeit so schweigsam. Stimmt etwas nicht?«

Hanna schüttelte den Kopf. »Nein, was soll denn nicht stimmen? Es ist alles in bester Ordnung.« Doch sie hörte selbst, wie hohl ihre Stimme klang.

Einen Moment lang schien er zu überlegen, ob er etwas sagen sollte, doch schließlich zuckte er mit den Schultern. »Wie du meinst. Wir sind übrigens in etwa zehn Minuten da. Wo treffen wir uns noch gleich mit der Dame?«

»In einem Café in der Nähe vom Kirchplatz.« Sie warf einen Blick auf die Uhr im Armaturenbrett. »Wir sind zu früh. Hast du hier sonst noch etwas zu erledigen?«

»Nein, eigentlich nicht. Ich bin nur hier, um an diesem Treffen teilzunehmen, dass du ausgemacht hast.«

»Eigentlich wäre es schön, wenn du mir die Stadt zeigen könntest, aber dazu ist die Zeit dann doch zu knapp.« Sie blinzelte. »Vielleicht im Anschluss an den Termin?«

»Warum nicht?«, entgegnete er. »Heute werden wir ohnehin nichts anderes mehr schaffen. Ich kann nur hoffen, dass wir hiermit nicht meine … *unsere* Zeit verschwenden.«

Sie schüttelte den Kopf. »Nein, ganz sicher nicht. Ina war sehr interessiert, als ich mit ihr telefonierte. Sie wollte dich unbedingt kennenlernen und schien mir ziemlich angetan von der Idee, einen Bericht über die *Strand-Schenke* zu schreiben.«

»Nun, wir werden ja sehen.« Sie hatten die Stadt erreicht, und der Verkehr nahm merklich zu. Hanna hatte längst den Überblick darüber verloren, in welche Richtung sie fuhren, als Niels den Wagen auf einen Parkplatz lenkte und den Motor ausschaltete.

»Wenn mich nicht alles täuscht, müsste das Café, von dem du gesprochen hast, gleich hier um die Ecke sein.«

Hanna nickte. »Ja, ich glaube, so etwas in der Art hat Ina beschrieben.« Sie seufzte. »Wir haben noch eine Viertelstunde Zeit.«

»Trotzdem sollten wir schon einmal losgehen. Besser wir sind etwas zu früh dran, als dass wir am Ende zu spät kommen. Schließlich will ich ja nicht bereits beim Sondierungsgespräch einen schlechten Eindruck hinterlassen, nicht wahr?«

Sie stiegen aus, und Hanna ließ sich von Niels führen. Weit war es wirklich nicht. Das Café war, vermutlich wegen des schönen Wetters, so gut besucht, dass die Terrasse bis auf den letzten Platz besetzt war. Ihnen blieb also nichts anderes übrig, als hineinzugehen. So konnte Hanna zwar die Kirche nicht sehen, die dem Platz seinen Namen verlieh, aber sie tröstete sich damit, dass Niels ihr ja später den Ort zeigen wollte.

Ina Markgraf wartete bereits im hinteren Bereich des Cafés. Als sie Hanna und Niels hereinkommen sah, stand sie auf und ging auf sie zu. Schon auf den ersten Blick fiel Hanna auf, wie sehr sich ihre ehemalige Kollegin verändert hatte. Früher war sie eher rundlich und gemütlich gewesen, doch jetzt hatte sie mindestens fünfzehn Kilo abgenommen und wirkte beinahe ein wenig verhärmt. Und auch das Lächeln, das sie Niels und ihr schenkte, machte keinen besonders fröhlichen Eindruck.

Irritiert runzelte Hanna die Stirn. Zum ersten Mal fragte sie sich auch, ob es wirklich eine so gute Idee gewesen war, Ina hinzuzuziehen. Doch sie schob den Gedanken rasch beiseite. Es war sinnlos, sich darüber den Kopf zu zerbrechen. So ziemlich jede Publicity ist gute Publicity, sagte sie zu sich selbst. Aber aus Erfahrung wusste sie sehr wohl, dass das nur zum Teil stimmte.

Sie streckte ihrer Ex-Kollegin, die ihr Haar zu einem knallroten Stufenschnitt frisiert trug, die Hand entgegen. »Schön, dich wiederzusehen, Ina. Gut siehst du aus.«

Inas Lächeln wurde noch breiter. »Ja, vielen Dank, du brauchst dich aber auch nicht zu verstecken, meine Liebe. Du meine Güte, wir haben uns ja wirklich schon ewig nicht mehr gesehen! Wie ist es dir ergangen? Als du deine Karriere einfach so hingeschmissen hast, waren wir alle ziemlich überrascht. Vor allem, da du ja praktisch so etwas wie der Protegé vom Seniorchef warst.«

Hanna atmete tief durch. Sie spürte Niels' fragenden Blick. Gezwungen lächelnd zuckte sie mit den Achseln. »Das war mir einfach alles zu stressig«, sagte sie – eine Lüge, aber das musste Ina ja nicht wissen. »Ich konnte mir einfach nicht vorstellen, bis zu meiner Rente jeden Tag vierzehn Stunden zu arbeiten. Daher habe ich mich entschieden, einfach einen Gang zurückzuschalten.«

Ina Markgraf zog die Augenbrauen hoch. »Ach, tatsächlich? Mir war zu Ohren gekommen, dass du hingeschmissen hast, um deinen Freund besser unterstützen zu können. Er soll dich dazu gedrängt haben ... Aber vermutlich waren das nur irgendwelche albernen Gerüchte ...«

Hanna nickte steif. Ihre Kehle war wie zugeschnürt. Sie wagte es nicht, in Niels' Richtung zu sehen. Sicher war in ihrem Gesicht deutlich abzulesen, was in ihr vorging. Was mochte er jetzt von ihr denken?

Doch sie musste ihm zugutehalten, dass er nicht auf das Thema einging. Ganz im Gegenteil – er wandte sich selbst an Ina, um die unangenehme Situation zu beenden.

»Niels Hansen«, stellte er sich vor. »Ich trübe die Wiedersehensfreude ja nur ungern, aber bedauerlicherweise habe ich heute noch andere Termine ...«

»Aber ja, natürlich, wie unhöflich von mir, Herr Hansen.« Ina zeigte auf den Tisch, von dem sie aufgestanden war. »Folgen Sie mir doch bitte. Möchten Sie etwas trinken?«

Er schüttelte den Kopf. »Nein danke. Ich würde gern sofort zum Thema kommen, wenn Sie nichts dagegen haben.«

»Sie sind direkt«, stellte Ina fest, nachdem sich alle gesetzt hatten. »Das gefällt mir. Dann wollen wir also nicht lange um den heißen Brei herumreden. Hanna deutete an, dass es um Ihr Restaurant geht. Sie möchten, dass ich einen Artikel darüber schreibe, richtig?« Der Blick, mit dem sie Niels maß, war durchdringend. »Warum?«

Irritiert runzelte er die Stirn. »Wie meinen Sie das – warum?«

»Nun, da Hanna vom Fach ist, nehme ich an, dass es um PR geht. Ihr Laden läuft nicht so gut, wie Sie's gern hätten, nehme ich an?«

Die Stimmung am Tisch wurde eisig. Hanna rechnete es Niels hoch an, dass er nicht einfach aufstand und ging. Sie war irritiert. Was war bloß mit Ina los? So kannte sie ihre frühere Kollegin überhaupt nicht. Oder war sie womöglich schon immer so gewesen und es war ihr nur nie aufgefallen, weil sie in diesem Job ständig solchen Menschen begegnet war? Hanna runzelte die Stirn. Unwillkürlich fragte sie sich, ob sie selbst früher oder später auch so geworden wäre.

»Was soll das, Ina? Warum benimmst du dich so? Dein Verhalten Niels gegenüber ist mehr als unhöflich.«

Ina sah sie direkt an. »Ach, findest du? Das tut mir wirklich leid. Nichtsdestotrotz stellt sich mir die Frage, warum ich euch beiden den Gefallen tun soll, über diese *Strand-Schenke* – so heißt der Laden doch, nicht wahr? – einen Artikel zu schreiben. Was hätte ich davon?«

Niels verschränkte die Arme vor der Brust. »Wenn dieses Gespräch darauf hinausläuft, dass Sie Geld wollen, muss ich Sie enttäuschen. Wie Sie bereits korrekt festgestellt haben, läuft mein *Laden* zurzeit nicht so gut.« Er stand auf. »Es war mir ein Vergnügen, Sie kennenzulernen, aber Sie werden verstehen, dass ich unter diesen Umständen nicht mit Ihnen zusammenarbeiten kann. Hanna?« Fragend schaute er sie an. »Kommst du?«

Unschlüssig blickte sie zwischen Ina und Niels hin und her. Sie verstand die Welt nicht mehr. Niemals hätte sie es für möglich gehalten, dass das Treffen eine solche Wendung nehmen könnte.

Irgendwie musste sie versuchen, zu retten, was noch zu retten war. Sie stand auf und legte Niels beschwichtigend eine Hand auf den Arm. »Bitte«, flüsterte sie, »setz dich doch wieder. Ich bin sicher, dass Ina es nicht so gemeint hat.« Sie wandte sich an ihre Bekannte. »So ist es doch, oder?«

Die schüttelte den Kopf. »Vermutlich habe ich mich ein wenig unbeholfen ausgedrückt. Natürlich werden nicht Sie mir ein Honorar zahlen, sondern umgekehrt. Ich habe bereits mit dem Chefredakteur und der Verlagsleitung gesprochen und die Zustimmung bekommen. Aber ich sage es Ihnen gleich – reich werden Sie auf diese Weise ganz sicher nicht.«

Niels stand noch einen Moment lang wie angewurzelt da, und Hanna hielt gespannt den Atem an. Dann ließ er sich mit einem leisen Seufzen wieder auf seinen Stuhl zurücksinken.

»Also schön, unterhalten wir uns. Wie genau soll es nun weitergehen?«

Die Redakteurin rieb sich die Hände. »Also, ich würde in ein paar Tagen zu Ihnen kommen und mir ein erstes Bild von der *Strand-Schenke* machen. Ich weiß natürlich von Hanna, dass die Neueröffnung noch bevorsteht und erwarte nicht, dass alles schon fertig ist. Allerdings können wir nicht lange warten, da der Bericht über Ihr Lokal in einer Sommer-Spezialausgabe unserer Zeitschrift erscheinen wird, deren Schwerpunkt auf Rügen liegt. Daher ist die Zeit ein bisschen knapp. Eine Probe Ihrer Kochkünste käme mir aber schon sehr gelegen.«

Niels nickte nur. Hanna fand, dass er sich, angesichts des arroganten Tonfalls ihrer ehemaligen Kollegin, sehr gut hielt.

»Gut«, sprach Ina weiter. »Ich werde auch Informationen über Sie und Ihre Familie benötigen. Eine Geschichte wird für den Leser erst dann interessant, wenn man ihm einen Einblick in das Leben der Personen gewährt, über die berichtet wird.«

Misstrauisch runzelte Niels die Stirn. »Von welcher Art von Informationen sprechen wir hier? Ich bin gern bereit, Ihnen in Bezug auf das Restaurant Rede und Antwort zu stehen. Mein Privatleben allerdings geht Sie nichts an.«

Es war eindeutig Missfallen, das sich nun auf Inas Züge legte. Doch sie hatte sich schnell wieder im Griff. »Es besteht für Sie wirklich kein Anlass zur Sorge. Wir betreiben hier schließlich keinen Investigativjournalismus.«

»Nein«, entgegnete er und entspannte sich ein wenig, »vermutlich nicht. Also schön, Sie werden sich die *Strand-Schenke* ansehen und mein Essen probieren. Sonst noch etwas, auf das ich mich vorbereiten sollte?«

Sie schüttelte den Kopf. »Nein, eigentlich nicht. Alles Weitere ergibt sich zumeist spontan, im Zuge der Zusammenarbeit. Aber da es in meinem Artikel schließlich auch – oder sogar vorrangig – um Rügens Vorzüge als Urlaubsinsel geht, werden sich die Passagen, die sich direkt auf die *Strand-Schenke* beziehen, ohnehin in Grenzen halten.« Mit diesen Worten stand sie auf, nahm ihre Handtasche, die sie über die Rückenlehne ihres Stuhls gehängt hatte, und streckte Niels die Hand entgegen. »Ich habe noch einiges zu tun, daher muss ich mich bereits verabschieden. Ich melde mich dann wieder.«

Im Gehen nickte sie Hanna noch zu. »Gut, dass du dich gemeldet hast. Es ist doch immer wieder schön, mit alten Kollegen zusammenzuarbeiten.«

Hanna blickte ihr ein wenig traurig nach. Irgendwie hatte sie sich das Treffen ganz anders vorgestellt.

»Was für eine unangenehme Person«, kommentierte Niels.

»Es tut mir wirklich leid«, sagte sie. »Ich weiß nicht, was in Ina gefahren ist. Früher war sie nicht so.«

Er winkte ab. »Hauptsache, sie versteht etwas von ihrem Job. Alles andere braucht mich ja im Grunde nicht zu interessieren.« Lächelnd legte er Hanna eine Hand auf den Arm, was sogleich die Schmetterlinge in ihrem Bauch aufflattern ließ. »Wollen wir uns dann jetzt den Ort ansehen? Es sei denn, du willst lieber noch hierbleiben und …«

»Nein«, stieß sie hervor – ein wenig zu hastig vielleicht, aber daran ließ sich nun auch nichts mehr ändern. »Nein, ich möchte gern jetzt gehen.«

Mit ihren Gedanken war sie jedoch immer noch bei Ina. War es wirklich eine gute Idee gewesen, ihre Ex-Kollegin um Hilfe zu bitten?

5. Kapitel

»… ist die St.-Marien-Kirche das älteste Bauwerk der Stadt und zusammen mit der Pfarrkirche Altenkirchen das älteste Gebäude auf ganz Rügen.«

Hanna musste sich sehr konzentrieren, um auch nur einen Bruchteil dessen zu verarbeiten, was Niels erzählte. Dabei war es nicht so, dass sie sich nicht für die Geschichte der schönen dreischiffigen Backsteinkirche interessierte, vor der sie standen. Es fiel ihr nur unglaublich schwer, ihre Gedanken zusammenzuhalten, wenn sie Niels zuhörte.

Er war wirklich ein sehr talentierter Reiseführer und wusste überraschend viel über die Historie und die Sehenswürdigkeiten von Bergen. Sie hatten bereits die Altstadt gesehen, einige Bürgerhäuser sowie ein ehemaliges Kloster, in dem sich heute ein Museum befand. Und das alles bei schönstem Frühsommerwetter. Aber dennoch … Irgendwie ging das alles ein wenig an ihr vorbei. In ihrem Kopf war anscheinend nur Platz für eine einzige Person.

Niels, Niels und noch mal Niels …

Sie seufzte. Dabei sollte sie sich stattdessen über ganz andere Dinge den Kopf zerbrechen. Während der letzten Tage hatte sie gemerkt, wie sehr sie ihren alten Job vermisste. Sie hatte neuen Mut gefasst und einige Bewerbungen abgeschickt, in der festen Überzeugung, dass sie nicht den Rest ihres Arbeitslebens in irgendeinem Callcenter verbringen wollte. Doch das Wiedersehen mit Ina hatte sie verunsichert. So wollte sie nicht werden. Aber entwickelte man sich vielleicht automatisch in diese Richtung, wenn man karrieretechnisch weiterkommen wollte?

»Was ist los mit dir?«, durchbrach Niels irgendwann das Schweigen.

Hanna zuckte mit den Schultern. »Was soll los sein?«

»Ach, komm. Mir brauchst du nichts vorzumachen. Du bist schon die ganze Zeit so schweigsam. Das passt gar nicht zu dir.«

»Ach, tatsächlich?« Sie blinzelte. »Wie soll ich das denn verstehen?«

»Na ja.« Er grinste. »So, wie ich dich kennengelernt habe, bist du eigentlich eher vorlaut als zu ruhig.«

Jetzt musste sie lachen. »Vorlaut also, ja? Dieses Kompliment hat mir in der Tat noch kein Mann gemacht.« Sie senkte den Blick. »Aber es stimmt schon, ich bin ein bisschen in Gedanken.«

»Es liegt daran, was diese Ina gesagt hat, oder? Über deinen Job. Und deinen … Freund«, fügte er vorsichtig hinzu.

Hanna verspannte sich unwillkürlich. Natürlich war ihr klar gewesen, dass Niels sie irgendwann darauf ansprechen würde, trotzdem kam es jetzt irgendwie überraschend. »Ich … möchte eigentlich nicht darüber reden«, sagte sie ausweichend.

Er winkte ab. »Ich kann dich natürlich nicht zwingen, aber vorhin, als deine Bekannte davon sprach, habe ich gemerkt, dass dich das Ganze belastet.« Er wandte sich ihr so zu, dass er sie direkt ansehen konnte. »Manchmal hilft es einfach, über das, was einen belastet, zu sprechen.«

Hanna erwiderte seinen Blick. Sie wusste nicht, woher es kam, aber in diesem Moment fühlte sie sich Niels so nah, als würde sie ihn schon ewig kennen. Dabei hatten sie sich vor ein paar Tagen zum ersten Mal gesehen! Dennoch … da war etwas zwischen ihnen, eine Art Verbindung, die so stark war, dass Hanna jetzt nur noch einen Wunsch verspürte: Niels' Angebot anzunehmen und sich ihm anzuvertrauen. Ihm alles von damals zu erzählen.

»Ich glaube, ich war nie wirklich dafür geschaffen, Karriere zu machen«, sprudelten die Worte schließlich aus ihr heraus, ehe sie begriff, dass sie tatsächlich redete. »Schon in der Schule war ich zu schüchtern. Meine Klassenarbeiten waren gut, aber die mündlichen Leistungen fielen immer stark ab. Wirklich zum Verhängnis wurde mir aber schließlich später meine grenzenlose Naivität.«

Niels runzelte die Stirn. »Inwiefern?«

»Ich war einfach zu brav, zu gutmütig«, erklärte sie nachdenklich. »Nachdem ich trotz meiner eher schlechten mündlichen Leistungen die Schule ganz gut abgeschlossen habe, machte ich ein Praktikum in einer PR-Agentur. Ich weiß nicht genau, warum – aber es war schon zu Schulzeiten mein Traum, so etwas zu machen und vielleicht sogar eines Tages meine eigene Agentur zu gründen. Andere Unternehmen, ob nun kleine Start-ups oder große Firmen, zu unterstützen, eine Erfolgsstrategie für sie aufzubauen, hat mich fasziniert, mich gereizt. Und was soll ich sagen? Ich war gar nicht mal so schlecht in dem, was ich tat. Nach dem Praktikum wollte die Agenturchefin unbedingt, dass ich weiter für sie arbeite. Ein Angebot, das ich natürlich nicht ablehnen konnte. Ich sammelte also weiter meine Erfahrungen, wechselte schließlich zu einer anderen Agentur und kletterte die Karriereleiter hinauf.«

»Und dann?«

Sie zuckte die Achseln. »Dann tat ich wohl das Dümmste, was ich hätte tun können. Ich verliebte mich.«

»Na, na.« Er lachte leise auf. »Das ist ja nicht generell etwas Dummes. Zudem hat man darauf für gewöhnlich keinerlei Einfluss.«

»Letzteres stimmt wohl – und wurde mir zum Verhängnis. Wobei ich natürlich auch selbst schuld war an allem.« Sie spürte, dass ihr die Tränen in die Augen stiegen, und versuchte mit aller Kraft, es zu verbergen. Sie wollte nicht weinen. Nicht hier, nicht jetzt – und ganz besonders nicht vor Niels.

Doch natürlich entging ihm ihre Verzweiflung nicht. Sanft legte er ihr eine Hand auf den Unterarm. »Was ist passiert, Hanna?«

Sie atmete tief ein. Die Erinnerungen kamen jetzt mit einer solchen Heftigkeit, dass Hanna das Gefühl hatte, alles noch einmal zu erleben. Wie glücklich sie damals gewesen war, als sie Andreas kennenlernte. Für sie war es Liebe auf den ersten Blick, zumindest glaubte sie es damals. In Wahrheit aber hatte sie durch die rosarote Brille gesehen. Vor Andreas hatte sie keinen Freund gehabt, was vor allem an ihrer Schüchternheit lag. Sie hatte immer geglaubt, kein Mann interessiere sich für sie, und als Andreas ihr das Gegenteil bewies, war sie fest entschlossen gewesen, alles für ihn zu tun.

»Ich will es kurz machen«, sagte sie, um Niels und sich selbst die Details zu ersparen. »Andreas, so hieß er, war sehr einnehmend. Er wollte, dass ich ihn bei all seinen Plänen unterstütze, war aber gleichzeitig nicht bereit, dasselbe für mich zu tun. Er studierte noch und kam wohl nicht damit zurecht, dass ich schon Karriere machte. Vor allem passten ihm meine Überstunden nicht, die ihm Zeit mit mir raubten.«

Sie seufzte schwer. »Das Ende vom Lied war, dass ich alles für ihn aufgab, um mich voll und ganz ihm und seinen Plänen widmen zu können. Ich schmiss meinen Job in der Agentur und hielt Andreas in allem den Rücken frei, während ich uns mit Gelegenheitsjobs und meinen Ersparnissen über Wasser hielt. Er beendete sein Studium – und ließ mich sitzen. Für eine Frau, mit der er schon seit einer ganzen Weile eine Affäre hatte.«

Hanna lächelte gequält. »Tja, das ist meine Geschichte. Seitdem verbringe ich meine Zeit im Großraumbüro eines Callcenters, weil ich in der PR-Branche keinen Fuß mehr in die Tür bekomme.«

Niels spürte heiße Wut in sich hochkochen. So ein Schuft! Am liebsten hätte er diesen Andreas auf der Stelle aufgesucht und ihm kräftig die Leviten gelesen. Aber Moment … Warum sollte er das tun? Für eine Frau, die er kaum kannte und deren Privatleben ihn im Grunde nichts anging?

Sicher lag es gar nicht an Hanna. Sondern allein an der Vorstellung, wie es sich anfühlen musste, wenn man derart behandelt wurde. Das brauchte Niels doch nur auf sich selbst zu übertragen. Nicht auszudenken, wenn jemand versucht hätte, ihn dazu zu bringen, seine Leidenschaft, das Kochen, aufzugeben.

Er musste ja nur an Julia denken, die ihm stets damit in den Ohren gelegen hatte, dass er weniger arbeiten und kürzertreten sollte. Was wäre passiert, wenn er sich darauf eingelassen hätte? Eine Zeit lang wäre es vielleicht gut gegangen. Und wenn sie ihn dann einfach sitzen gelassen hätte? Wie hätte er sich gefühlt? Er hätte alles verloren. Privat und beruflich. Ein schrecklicher Gedanke.

Am unbegreiflichsten aber war Niels, wie jemand so etwas ausgerechnet einer so wunderbaren Frau wie Hanna hatte antun können.

»So ein Scheißkerl!«

Erst Hannas amüsierter Blick machte ihm klar, dass er die Worte tatsächlich laut ausgesprochen und nicht bloß gedacht hatte.

»So nenne ich ihn heute auch am liebsten«, erwiderte sie – lächelnd zwar, aber der Ausdruck in ihren noch immer tränennassen Augen machte deutlich, wie sie sich wirklich fühlte.

Niels räusperte sich. »Leider ist man im Leben vor solchen Enttäuschungen nie gefeit«, sagte er – und verdrehte im selben Moment über sich selbst die Augen. Wie abgekaut war der Spruch denn? Er beschloss, etwas Sachlichkeit in die Unterhaltung zu bringen. »Aber warum das Callcenter? Hättest du dich nicht einfach wieder bei Agenturen bewerben können?«

Sie lachte bitter auf. »Glaubst du, das habe ich nicht versucht? Aber ich war ganz einfach raus aus der Branche, zudem konnte ich ja nicht erklären, warum ich damals gekündigt und dann eine ganze Weile nichts gemacht habe. Wahrscheinlich war es auch nicht klug, dass ich im Lebenslauf ›private Probleme‹ angegeben habe. Das wurde mir wahrscheinlich zum Verhängnis.« Sie schüttelte den Kopf. »Irgendwann begann ich dann mir einzureden, dass mir das alles auch nichts mehr bedeutet. Eine schöne Träumerei, nicht mehr und nicht weniger. Und so fand ich mich einfach mit allem ab.« Sie seufzte schwer. »Das Dumme ist nur, dass ...«

»... sich deine Einstellung jetzt geändert hat, nicht wahr?«, führte er ihren Satz zu Ende.

Sie blinzelte. »Woher weißt du ...?«

Niels lachte. »Meinst du, mir ist nicht aufgefallen, wie sehr du in deiner Aufgabe hier aufgehst? Die ganzen Planungen, wie wir mein Restaurant wieder auf Erfolgskurs bringen können, die Homepage ... das alles hat dich regelrecht aufblühen lassen.«

»Das ist dir aufgefallen?« Sie lächelte wieder, und jetzt erreichte ihr Lächeln auch ihre Augen.

Niels spürte, dass er seine Zuneigung nun wirklich nicht mehr leugnen konnte, und nickte stumm.

»Es stimmt«, sagte sie daraufhin. »Hier auf Rügen habe ich gemerkt, wie sehr mir diese Tätigkeit fehlt. Ich vermisse das alles so sehr, und stell dir vor, ich habe sogar schon Bewerbungen abgeschickt.« Sie winkte ab. »Natürlich ist mir klar, dass das nichts bringen wird, es hat schließlich die ganze Zeit nicht geklappt. Aber irgendwie wollte ich es zumindest noch einmal versuchen. Bloß ...«

»Bloß?«

»Ich weiß nicht recht, aber nach dem Treffen mit Ina bin ich mir nicht mehr so sicher, ob das alles wirklich meine Welt ist. Ina hat Karriere gemacht, sich aber auch sehr verändert. Und nicht gerade zu ihrem Vorteil ...«

»Ja, das kann man wohl so sagen.« Er nickte zustimmend. »Ich weiß zwar nicht, wie sie früher war, aber heute ... Ich will ehrlich sein: Ginge es nicht um das Restaurant, würde ich mich mit dieser Person ganz bestimmt nicht abgeben. Aber was hat das mit dir zu tun? Ina arbeitet schließlich nicht mehr als PR-Beraterin, sondern für eine Frauenzeitschrift. Das ist doch etwas völlig anderes.«

»Schon. Aber … ich weiß nicht, wenn ich darüber nachdenke, hatte ich mit solchen Leuten wie Ina schon oft zu tun. In der Agentur, in der ich beschäftigt war, haben auch genug karrieregeile Frauen gearbeitet, die selbst ihre Großmutter verkauft hätten, wenn sie damit irgendetwas erreicht hätten.«

Er musste lachen. »So schlimm?«

»Ich denke, schon. Vielleicht wird man so, wenn man Karriere macht, ich weiß es nicht. Der Punkt ist nur, dass ich mir einfach nicht mehr vorstellen kann, mit solchen Leuten zusammenzuarbeiten.«

»Dann musst du halt dein eigener Chef werden.«

Jetzt war sie es, die lachte, wenngleich auch bedeutend freudloser. »Du machst wohl Witze. Ich soll mir eine eigene Agentur aufbauen? Weißt du, was man dafür an Kapital braucht? Allein für die Räumlichkeiten. Ich kann meine Geschäftspartner schließlich nicht in meiner Zweizimmerwohnung in Hamburg empfangen, für die ich nebenbei bemerkt schon ein Heidengeld an Miete bezahle.«

Plötzlich kam Niels eine Idee. Eine verrückte Idee. Eine absurde Idee. Aber eine fantastische Idee.

Ruckartig sprang er auf. »Komm«, sagte er und hielt Hanna die Hand hin. »Ich will dir etwas zeigen.«

Nanu, was war das jetzt wieder?

Einmal mehr stellte Hanna fest, dass sie aus Niels einfach nicht schlau wurde. Manchmal war er so abweisend und unfreundlich, dass sie ihm am liebsten einen Tritt in den sexy Allerwertesten verpassen würde. Aber dann gab er sich wieder so einfühlsam und besorgt, dass sie sich nichts sehnlicher wünschte, als in seine starken Arme zu sinken. So wie sie es vorhin am liebsten getan hätte, als sie ihm von ihrer Vergangenheit erzählt hatte.

Und jetzt? Jetzt wirkte er plötzlich wie ein aufgeregter Junge, der eine sagenhafte Entdeckung gemacht hatte.

»Wohin fahren wir denn?«, fragte sie halb amüsiert, halb irritiert, als er sie zu seinem Wagen führte.

»Lass dich überraschen.«

Kurze Zeit später erreichten sie schließlich wieder Sellin. Während der Fahrt hatte Niels beharrlich geschwiegen, sodass Hanna noch immer völlig im Dunkeln tappte.

Niels fuhr an dem Café vorbei, in der sie sich am Tag ihrer Ankunft nach Joachim erkundigt hatte. Dort hatte Hanna überhaupt erst von Niels erfahren. Und inzwischen hatte sie das Gefühl, ihn schon ewig zu kennen.

Ja, so kam es ihr tatsächlich vor – und genau dort lag das Problem. Sie half ihm bei seinem Restaurant, verbrachte Zeit mit ihm, sogar geküsst hatten sie sich schon.

Und dabei wollte sie doch eigentlich etwas ganz anderes: seinen Onkel kennenlernen. Mit dem Mann sprechen, den ihre Großmutter einst so sehr geliebt hatte.

Doch leider geriet ihr dies immer mehr aus dem Fokus.

Kaum merklich schüttelte Hanna den Kopf. Daran musste sich dringend etwas ändern. Sie hatte sich nur auf die Sache mit dem Restaurant eingelassen, um ihr Ziel zu erreichen. Deshalb sollte sie das Lokal so schnell wie möglich wieder flottmachen und dann darauf bestehen, dass Niels seinen Teil der Abmachung einhielt. Alles, was sie davon ablenken konnte, musste sie von jetzt an strikt unterbinden.

»So, da wären wir. Aussteigen, bitte!«

Niels' Stimme riss sie aus ihren Gedanken. Zu ihrer Verwunderung hatten sie längst angehalten, und Niels saß auch nicht mehr hinter dem Lenkrad, sondern stand rechts neben dem Auto und hielt ihr die Tür auf.

Irritiert stieg Hanna aus und blickte sich um. Sie befanden sich nicht weit von dem Café entfernt. Häuser im Bäderstil, in denen sich größtenteils Pensionen und Hotels befanden, reihten sich aneinander. Die Fassaden erstrahlten in den schönsten Eiscremefarben. Angehalten hatte Niels direkt vor einem etwas unscheinbareren Gebäude, dessen

Front fast komplett von einem großen Fenster eingenommen wurde.

Sie sah ihn fragend an. »Und was wollen wir hier?«

»Die Frage ist, was *du* hier willst. Und ob überhaupt.«

Sie zuckte mit den Schultern. »Jetzt verstehe ich gar nichts mehr.«

»Wirst du schon noch.« Lächelnd deutete er auf das Schaufenster des leer stehenden Ladens. »Hier drin hatte bis vor einiger Zeit ein Versicherungsmakler sein Büro«, erklärte er. »Jetzt steht das Objekt leer.«

Sie nickte. »Und?«

»Nun, ich für meinen Teil könnte mir sehr gut vorstellen, dass sich eine PR-Agentur hier ganz gut machen würde ...«

Es dauerte einen Moment, bis seine Worte zu ihr durchdrangen. Dann riss sie die Augen auf. »Du bist verrückt«, stieß sie hervor. »Du meinst, *ich* soll hier ...«

»Warum nicht? Soweit ich weiß, ist die Miete nicht allzu hoch.«

»Das mag ja sein. Aber nicht allzu hoch bedeutet wahrscheinlich noch immer nicht billig. Und wie du dir sicher vorstellen kannst, habe ich nicht allzu viel auf die Seite legen können. So gut bezahlt ist mein Job nämlich nicht. Und überhaupt – eine PR-Agentur muss man in der Großstadt leiten und nicht in so einem kleinen ...« Sie schluckte das letzte Wort hinunter. »Also, ich glaube jedenfalls nicht, dass ...«

»Dann solltest du dir vielleicht erst mal darüber klar werden, was du genau willst«, unterbrach er sie.

»Wie meinst du das?«

»Wie soll dein Kerngeschäft aussehen? Wenn du große Firmen, Kaufhäuser oder Verlage auf Kurs bringen willst, ist das hier sicher der falsche Ort. Aber Rügen hat auch einiges zu bieten, weißt du? Hier gibt es große Hotels, Freizeitanbieter, Ferienhausketten und vieles mehr. Ich will nicht sagen, dass es allen so schlecht geht wie mir und meinem Restaurant im Moment. Aber jeder hat hier seine Probleme. Und ein Grund dafür ist mit Sicherheit, dass Rügen eigentlich nur eine einzige Marketingstrategie zu kennen scheint.«

Hanna horchte auf. »Und die wäre?«

»Es geht immerzu nur um den Vergleich zu Sylt. Alles muss größer, besser, schöner als auf Sylt angepriesen werden. Ost gegen West. Mir missfällt das schon lange. Man muss die Konkurrenz nicht schlecht machen, um selbst gut dazustehen. Ich finde, es bringt viel eher etwas, an sich selbst zu arbeiten, als ständig nur andere mies zu machen. Wenn es jetzt jemanden gäbe, der den Leuten das klarmachen könnte, wäre das sicher ein großer Gewinn.«

Nachdenklich zog Hanna die Stirn kraus. Was Niels sagte, ergab schon Sinn. Und wenn sie über die nötigen Mittel verfügte und etwas mutiger wäre – womöglich hätte sie sich auf dieses Abenteuer eingelassen. Aber so …

»Ich glaube nicht, dass das klappen könnte«, sagte sie, bemüht, sich ihre Traurigkeit nicht anmerken zu lassen. Aber Niels konnte sie nichts vormachen.

»Hey«, sagte er und hob die Hände, »ich werde dich bestimmt zu nichts zwingen, und ich will dich auch nicht überreden. Aber ich habe gemerkt, wie sehr du deinen alten Job vermisst. Und der Glanz in deinen Augen, als ich davon sprach, dass du dich ja selbstständig machen könntest, ist mir auch nicht entgangen. Deshalb habe ich dich hierhergeführt. Um dir eine Möglichkeit aufzuzeigen. Nicht mehr und nicht weniger.«

»Danke, das ist …« Sie schluckte, während sie ihn gerührt ansah. »Das hat noch niemand für mich getan, weißt du das eigentlich?« Einem plötzlichen Impuls folgend, stellte sie sich auf die Zehenspitzen und hauchte Niels einen Kuss auf den Mund. »Danke.«

Einen Augenblick lang sah Niels sie einfach nur schweigend an. Ein Ausdruck von Überraschung lag in seinem Blick, aber Hanna war sicher, noch etwas anderes darin zu erkennen. Verlangen?

Er räusperte sich hörbar. »Gern geschehen«, sagte er knapp. Seine Stimme klang heiser und belegt. »Ich ...«

Doch er sprach nicht weiter und beugte sich vor. Im nächsten Moment legte er seine Arme um Hanna und zog sie an sich. Und ehe sie noch irgendetwas sagen konnte, spürte sie seine Lippen auf ihrem Mund.

In diesem Augenblick versank die restliche Welt in Bedeutungslosigkeit. Waren da Fußgänger um sie herum? Fuhren da Autos? War der Himmel noch blau oder regnete es inzwischen in Strömen? Ging die Welt gerade unter?

Selbst wenn – in diesem Augenblick war Hanna alles egal. Es zählten nur noch Niels und sie. Und dieser Kuss, der ihr Herz zum Hämmern und ihr Blut zum Kochen brachte.

Als sie sich schließlich voneinander lösten, war es nicht so abrupt wie beim letzten Mal. Sondern langsam, beinahe vorsichtig. Sie sahen sich tief in die Augen. In Niels' Blick lag etwas ungemein Zärtliches. Noch immer kribbelte es wie verrückt in Hannas Bauch.

»Danke«, sagte sie noch einmal.

Er lächelte. »Hast du dich nicht eben schon bedankt?«

»Schon, aber dieses Mal danke ich dir für den Kuss.« Sie ergriff seine Hand. »Das, was du vorhin gesagt hast ... dass es manchmal hilft, zu reden ...«

»Ja?«

»Meinst du nicht, das könnte auch für dich gelten?«

Er blinzelte. »Wie meinst du das?«

»Nun, bei unserem Treffen mit Ina ... Als sie das Wort Familie fallen ließ, habe ich gemerkt, wie du dich verkrampft hast. Es ist wegen deines Onkels, nicht wahr? Also, wenn du darüber reden willst ...«

Nun starrte Niels sie fassungslos an, dann trat er hastig einen Schritt zurück. »Du bist wirklich unglaublich, Hanna, weißt du das?«

Sie erschrak angesichts seines finsteren Gesichtsausdrucks. »Was ... ich wollte doch nur ...«

»Ich denke, die paar Schritte bis zu deiner Pension schaffst du auch ohne mich, oder? Ich jedenfalls habe noch in meinem Restaurant zu tun – und zwar allein!«

Mit diesen Worten wandte er sich ab ging zu seinem Wagen und stieg ein. Keine zwei Sekunden später hörte Hanna den Motor aufheulen, dann brauste Niels mit quietschenden Reifen davon.

6. Kapitel

Den Rest des Abends – und der halben Nacht – verbrachte Hanna vor ihrem Laptop. Nur kurz hatte sie sich die Zeit genommen, bei ihrer Großmutter anzurufen, um nachzuhören, wie es ihr ging. Zum Glück kam die ältere Frau wunderbar zurecht und hatte sich sogar schon mit ihrer Zimmernachbarin angefreundet.

Zu Hannas großer Freude schien die neue Homepage der *Strand-Schenke* schon auf Interesse zu stoßen. Der Besucherzähler zeigte eine dreistellige Zahl an, und es gab sogar schon Anfragen per E-Mail, wann genau die Neueröffnung stattfand.

Das war ein Erfolg – und gleichzeitig Ansporn für Hanna, es nicht dabei zu belassen. Es musste mehr getan werden, einiges mehr – das war ihre Chance, endlich zu beweisen, was in ihr steckte. Ihre Chance, zu beweisen, dass sie Berufliches von Privatem trennen konnte. Und genau aus diesem Grund war sie Niels dankbar. Dankbar dafür, dass er sie heute einfach stehen gelassen hatte und davongefahren war.

Dieser neuerliche Kuss war ein noch größerer Fehler als der erste gewesen. So etwas durfte einfach nicht noch einmal passieren – auf keinen Fall!

So erwähnte sie den Vorfall am nächsten Tag auch mit keiner Silbe. Niels tat es ebenso wenig. Allerdings merkte man ihm deutlich an, dass er nach wie vor sauer auf sie war. Das ärgerte Hanna. Schließlich hatte sie nur nett sein und ihm eine Möglichkeit bieten wollen, sich ebenfalls auszusprechen. Warum behandelte er sie so?

Doch sie zeigte ihren Ärger nicht. Stattdessen tat sie, was sie sich vorgenommen hatte, und konzentrierte sich voll und ganz auf ihre Arbeit.

»Wir sollten nun einen endgültigen Eröffnungstermin festlegen«, sagte Hanna, als sie am zweiten Tag nach dem unsäglichen Kuss das Restaurant betrat.

Niels, der hinter dem Tresen stand und einige Unterlagen durchsah, blickte auf. »Gute Idee«, antwortete er. »Übrigens, deine Ex-Kollegin hat angerufen. Sie hat ihre Pläne geändert und kommt doch nicht mehr.«

»Bitte was?« Hanna riss die Augen auf. »Also will sie den Artikel nicht mehr schreiben? Und warum sagt sie das nicht mir?«

Er hob beschwichtigend eine Hand. »Nein, nein, keine Bange, ganz so ist es nicht. Sie meint nur, dass es sinnvoller wäre, direkt von der Eröffnung zu berichten. Fotos von einem rauschenden Fest und vielen strahlenden Besuchern machen sich einfach besser, wie sie sagt, und ich denke, da hat sie recht.«

Hanna, nun wieder ruhiger, nickte. »Das stimmt sogar. Aber passt das denn noch zeitlich mit dem Erscheinungstermin der Sonderbeilage?«

»Sie sagt, ja, sofern wir in den kommenden zwei Wochen eröffnen, aber das war ja ohnehin so geplant. Ich habe übrigens die Nacht damit verbracht, mich mit der Speisekarte zu befassen und sie übersichtlicher zu machen.« Er reichte ihr einige Ausdrucke. »Hier, falls du einen Blick drauf werfen willst …«

Interessiert nahm sie die Blätter entgegen. Doch es kostete sie Mühe, sich darauf zu konzentrieren, denn ihre Gedanken kreisten gerade mal wieder um Niels. Er wirkte heute viel gelöster und vor allem freundlicher als gestern. Seine schlechte Laune schien vergessen zu sein, und Hanna fragte sich, woher dieser Wandel wohl kommen mochte.

»Und, was sagst du?«

Seine Stimme riss sie aus ihren Überlegungen, und Hanna wurde klar, dass sie eine ganze Weile auf die Ausdrucke gestarrt hatte, ohne den Inhalt wahrzunehmen. »Kleinen Moment noch«, sagte sie rasch und sah sich nun alles an. Wow! Niels hatte wirklich ganze Arbeit geleistet.

»Das ist perfekt«, sagte sie und schenkte ihm ein anerkennendes Lächeln. »Die Karte ist nun viel übersichtlicher. Weniger Gerichte, dafür ist der Fokus aufs Wesentliche gerichtet. Und schon auf den ersten Blick merkt man, was dir wichtig ist: hochwertige Lebensmittel aus der Region. Sehr schön!«

»Danke für das Lob.« Er lächelte nun auch, und sofort spürte Hanna, wie ihr Herz höher schlug. Oh Mann, hatte sie sich nicht vorgenommen, sich nur noch auf ihre Aufgabe zu konzentrieren? Warum klappte das einfach nicht?

»Übrigens habe ich auch noch einen Flyer entworfen, schließlich müssen wir den Eröffnungstag ja auch bekannt geben. Da sollten wir nachher deinen Drucker ein paar Stunden laufen lassen.«

»Geht klar. Und wie verteilen wir die am besten?«

»Darüber habe ich mir auch schon Gedanken gemacht. Von meiner Pensionswirtin habe ich gestern Abend noch erfahren, dass am Wochenende ein Fest in Sellin stattfindet?«

»Ein Weinfest, ja. Morgen und übermorgen.« Niels nickte nachdenklich. »Das wäre natürlich eine passende Gelegenheit. Da kommen die Leute auch aus Bergen und dem weiteren Umkreis, denn so was findet nicht allzu oft statt. Die Frage ist bloß, ob wir damit wirklich viel Interesse wecken können. Ich meine, wir wissen doch beide, wie das mit solchen Flyern läuft. Meistens landen sie im nächsten Papierkorb.«

»Daran habe ich auch gedacht und mir deshalb überlegt, dass wir die Leute gleich auf den Geschmack bringen müssen. Was hältst du davon, wenn wir nicht nur Flyer, sondern auch kleine Kostproben verteilen. Tellergerichte, die es später bei dir im Restaurant geben wird, in Form von kleinen Häppchen. Und jeder, der probiert, bekommt auch gleich einen Flyer in die Hand gedrückt. Na, was sagst du?«

»Was ich sage?« Niels breitete die Arme aus. »Im Grunde eine wirklich tolle Idee. Das könnte genau das sein, was wir brauchen, um am Tag der Neueröffnung möglichst viele Gäste begrüßen zu können. Nur …«

»Nur?«

Er seufzte. »Wir sprechen von morgen und übermorgen. Wie soll ich das bis dahin alles schaffen? Ich müsste einen Großeinkauf machen, und zubereitet werden muss ja auch alles. Und meine Mutter, die mich sonst in der Küche unterstützt, ist nicht da, wie du weißt. Das schaffe ich nie und nimmer.«

»Dann helfe ich dir eben. Und wenn wir die ganze Nacht in der Küche verbringen – wir schaffen das!« Entschlossen reckte sie das Kinn und sah Niels an. »Also, worauf warten wir noch? Lass uns einkaufen!«

Draußen dämmerte es bereits, doch Hanna und Niels waren noch immer in der Küche beschäftigt.

»Schneid mir die Möhren bitte in möglichst feine Streifen«, wies Niels sie an und reichte ihr ein extrascharfes Messer.

Hanna nickte. »Wie viele soll ich schneiden?«

»Am besten gleich alle – die eine Hälfte davon in Streifen, die andere in kleine Würfel.«

Sie salutierte grinsend. »Wird sofort erledigt, Chef!«

Schweigend arbeiteten sie nebeneinander, beide konzentriert auf ihre jeweilige Aufgabe. Die Stille war nicht unangenehm – es war ein produktives Schweigen, bei dem keiner von ihnen beiden den Drang verspürte, es zu durchbrechen. Niels war überrascht darüber, wie gut es wieder zwischen ihnen lief. Nicht nur beruflich, sondern auch privat.

Er verbrachte gern Zeit mit ihr, und das war mehr, als er von den meisten Menschen behaupten konnte. Hannas Gesellschaft war ihm angenehm. Sie war intelligent, scharfsinnig und sah gut aus. Nicht, dass Letzteres für ihn von Bedeutung gewesen wäre …

»Schau mal, mache ich es so richtig?«, fragte Hanna.

Er betrachtete die Möhrenstreifen, die sie bereits geschnitten hatte, und nickte. »Versuch vielleicht, sie noch ein kleines bisschen dünner zu schneiden. Aber davon abgesehen machst du schon einen ziemlich guten Job.«

Ihr Lächeln wirkte so zufrieden, dass es sein Herz unwillkürlich schneller schlagen ließ. Was war bloß dran an dieser Frau? Er ließ sich doch sonst nicht so schnell vom weiblichen Geschlecht beeindrucken. Oder lag es an seinem schlechten Gewissen? Denn das hatte er immer noch, nachdem er Hanna in den letzten Tagen so schlecht behandelt hatte.

Aber es war wie verhext – sobald die Sprache auf seinen Vater oder seinen Onkel kam, hatte er sich einfach nicht mehr unter Kontrolle. Dabei fragte er sich inzwischen schon, ob es wirklich reine Berechnung von Hanna gewesen war, dass sie das Thema angeschnitten hatte.

Einerseits wusste er natürlich, dass es ihr Ziel war, mit seinem Onkel zu sprechen. Andererseits konnte er sich einfach nicht vorstellen, dass sie wirklich eine so kühle Geschäftsfrau war. Nicht nach allem, was sie ihm anvertraut hatte.

Außerdem leistete sie wirklich tolle Arbeit und zeigte unglaublich viel Einsatz – allein die Idee mit den Flyern und dazugehörigen Häppchen ... darauf wäre er selbst nie gekommen. Und heute war sie stundenlang mit ihm unterwegs gewesen und stand jetzt noch mit ihm in der Küche.

»Was soll das eigentlich werden, wenn es fertig ist?«, fragte sie und riss ihn aus seinen Gedanken.

»Was meinst du?«

Sie deutete auf die Möhren.

»Die sind für das Zanderfilet mit Möhren-Fenchel-Gemüse«.

Sie stieß einen genießerischen Seufzer aus, der ihn kurz innehalten ließ. Einen Moment lang stellte er sich vor, dass nicht die Aussicht auf ein köstliches Menü ihr einen solchen Laut entlockte, sondern seine Berührung und ...

Bist du verrückt geworden? schalt er sich selbst und konzentrierte sich wieder auf die Zubereitung des Fischs – was ihm auch einigermaßen gelang, bis plötzlich ein metallisches Scheppern erklang und Hanna ein schmerzerfülltes Keuchen ausstieß.

»Was ist los?«, fragte er besorgt, als er sich zu ihr umwandte.

Sie hielt den Mittelfinger ihrer rechten Hand umklammert, der heftig blutete.

»Nichts weiter«, antwortete sie, trat an die Spüle und hielt ihren Finger unter laufendes Wasser. »Das Messer ist doch schärfer, als ich dachte.«

Sofort verspürte er wieder einen Anflug von schlechtem Gewissen. Er hätte sie vorwarnen müssen. Es war schon etwas anderes, mit Profi-Equipment zu arbeiten als mit gewöhnlichen Küchenmessern.

»Das stimmt wohl«, entgegnete er, umfasste ihr Handgelenk und beugte sich darüber. Stirnrunzelnd betrachtete er die Schnittwunde.

»Es scheint sich zu einer schlechten Angewohnheit zu entwickeln, dass ich dich ständig verarzten muss«, erklärte er schmunzelnd, während er den Verbandskasten aus dem Regal holte.

Sie hob eine Braue, lächelte aber. »Auch wenn du es nicht glaubst, ich mache das wirklich nicht absichtlich.«

Er lachte leise. »Stell dir vor, das habe ich mir tatsächlich bereits gedacht.« Nachdem er die Wunde desinfiziert hatte, nahm er ein Pflaster aus der Box und klebte es vorsichtig auf Hannas Finger.

Ein Gefühl der Wärme machte sich in ihm breit. Wie gebannt hielt er noch immer ihre Hand in seiner. Ihm war klar, dass das merkwürdig wirken musste, doch er konnte sich einfach nicht überwinden, ihre Hand wieder freizugeben.

»Ich ... möchte mich bei dir entschuldigen. Ich habe mich dir gegenüber gestern Abend unmöglich benommen.«

Hanna lächelte. »Ist schon gut. Mir tut es leid, sollte ich ein empfindliches Thema berührt haben.« Noch immer hielt er ihre Hand. »Niels?«

Er holte tief Luft und ließ Hanna los, als hätte er sich verbrannt. Hastig schloss er den Verbandskasten und stellte ihn zurück. Dabei ließ er sich Zeit, um das kribbelige Gefühl in seiner Magengegend unter Kontrolle zu bekommen. Eine solche Ablenkung konnte er im Augenblick wirklich nicht gebrauchen. Ausgerechnet jetzt, wo die Dinge sich endlich in eine positive Richtung zu entwickeln schienen.

»Wir sollten uns besser beeilen.« Mit einem aufgesetzten Lächeln drehte er sich wieder zu ihr um. »Wir wollen schließlich nicht die ganze Nacht durcharbeiten, oder?«

»Oh, das macht mir nichts aus. Zum Schlafen haben wir später noch Zeit. Das hier ist wichtig. Wenn es uns gelingt, die Leute aus der weiteren Umgebung herzulocken, könnte das wirklich einen Unterschied machen. Ist dir eigentlich klar, was für ein Potenzial dieses Weinfest hat?«

Ihre Begeisterung war ansteckend. Und unglaublich attraktiv.

Er wandte sich wieder dem Zander zu, aber es gelang ihm nicht, sich wirklich auf die Arbeit zu konzentrieren. Plötzlich war er fahrig und nervös und musste aufpassen, dass er sich nicht als Nächstes selbst in den Finger schnitt.

Und dann stand sie auf einmal neben ihm und reichte ihm die Schale mit den gestifteten Möhren. Sie war ihm so nah, dass ihm ihr süßer, blumiger Duft in die Nase stieg.

»So, die erste Hälfte habe ich erledigt«, verkündete sie.

Sie blickte zu ihm auf, und die Luft zwischen ihnen begann zu knistern. Etwas an ihr zog ihn unglaublich an. Wie von selbst hob er eine Hand und strich ihr eine Haarsträhne, die sich aus ihrem Zopf gelöst hatte, hinters Ohr. Dabei streifte er ihre Wange. Ihre Haut war so weich und zart. Er wusste, er sollte Abstand zu ihr gewinnen. Doch alles, was er wollte, war, ihr noch näher zu kommen.

Zum Glück trat Hanna selbst einen Schritt zurück und sorgte somit für die dringend benötigte Distanz. Auf diese Weise kam er zumindest nicht in Versuchung, eine Dummheit zu begehen.

»Machen wir Schluss für heute«, sagte er, obwohl es eigentlich noch einiges zu tun gab.

Überrascht schaute sie ihn an. »Sicher?«

Er nickte. »Den Rest schaffen wir problemlos morgen früh.«

»Also schön, wenn du meinst.« Hanna zog ihre Schürze aus und hängte sie an den Haken neben der Tür. Dann reckte sie sich gähnend und entblößte dabei einen hellen Streifen Haut auf ihrem flachen Bauch.

Er schluckte hart. »Ich ... Wir sehen uns dann morgen. Schlaf gut.«

»Ja, du auch. Bis morgen.«

Er schaute ihr noch eine ganze Weile lang nach, auch nachdem sie schon längst verschwunden war. An Schlaf war in dieser Nacht gar nicht zu denken, und so verbrachte er die kommenden Stunden in der Küche.

Allein.

7. Kapitel

Als Hanna am nächsten Morgen die Küche der *Strand-Schenke* betrat, wehte ihr bereits der köstliche Duft von frisch gegrilltem Fisch und Gemüse entgegen. Da sie in der Pension nur rasch eine Scheibe trockenes Toastbrot heruntergeschlungen hatte, meldete sich sogleich lautstark ihr Magen.

»Da hat offenbar jemand Hunger«, lautete Niels' trockener Kommentar.

Er sah nicht von den Appetithäppchen auf, die er gerade vorbereitete, um Hanna zu begrüßen, doch das störte sie nicht. Ihr Umgang miteinander war überraschend locker und selbstverständlich geworden. Das hätte sie nach ihrer ersten Begegnung niemals für möglich gehalten.

»Nun ja«, entgegnete sie schmunzelnd. »Eine Kleinigkeit könnte ich schon vertragen, ehe wir loslegen.«

Er deutete auf die Arbeitsplatte beim Kühlschrank. »Da drüben liegt das Brot. Butter, Aufschnitt und Käse findest du im Kühlschrank. Kaffee habe ich bereits gekocht, ganz frisch dürfte er aber nicht mehr sein.«

»Möchtest du nicht eine kleine Pause einlegen und mit mir frühstücken?«

Zum ersten Mal an diesem Morgen schaute er sie an, und sie war überrascht darüber, wie müde er aussah. Er hatte dunkle Ringe unter den Augen, und seine Haut wirkte blass und fahl. »Oh, ich habe schon vor Stunden gefrühstückt«, entgegnete er augenzwinkernd. »Einer musste hier ja schließlich noch die restliche Arbeit erledigen.«

»Das heißt, du bist schon mit allem fertig?«, fragte sie entgeistert.

»So gut wie. Sonst hätten wir es heute auch kaum noch geschafft.«

»Du meine Güte!« Stirnrunzelnd schüttelte sie den Kopf. »Hast du überhaupt geschlafen? Du siehst ehrlich gesagt nicht danach aus. Bevor wir dich auf die Leute im Ort loslassen, müssen wir dich aber noch ein wenig herrichten.«

Er hob eine Braue. »Du denkst hoffentlich nicht, was ich denke, das du denkst.«

Über seine Formulierung musste Hanna lachen. »Nun, ein bisschen Abdeckstift, um die Augenringe zu kaschieren, sollte theoretisch reichen. Aber jetzt lass uns erst einmal einen Kaffee trinken.«

Sie setzten sich an den Küchentisch und gingen noch einmal durch, wie genau sie vorgehen wollten. Dabei nahm Hanna ein einfaches, aber köstliches Frühstück zu sich, während Niels nur an seinem Kaffee nippte.

»Du wirkst nervös«, stellte Hanna nach einer Weile fest.

Er zuckte mit den Achseln. »Das bin ich. Ich gebe es gern zu. Es ist nicht so mein Ding, fremde Menschen auf der Straße anzusprechen. So etwas mag ich normalerweise gar nicht.«

Du meine Güte, ist das sein Ernst? Hanna stutzte. Niels war so charmant, dass er mühelos imstande wäre, Kühlschränke an Eskimos zu verkaufen. Und da war es ihm nicht geheuer, ein paar Flyer und Häppchen auf einem Fest zu verteilen?

Sie lachte. »Diese Hemmschwelle müssen die meisten Leute erst einmal überwinden. Aber glaube mir, wenn ich dir aus Erfahrung sage, dass es gar nicht so schrecklich schwer ist.«

»Ach, und woher weißt du das?«

Sie trank einen Schluck Kaffee. »Ganz einfach: Ich habe zum Ende meiner Schulzeit nebenher als Promoterin gejobbt.« Bei der Erinnerung daran musste sie lachen. »Damals hoffte ich, dass es mir vielleicht helfen würde, meine Schüchternheit zu überwinden.«

»Ist nicht dein Ernst? Lass mich raten, du bist im knappen

Sportoutfit auf der Straße herumgelaufen, um Abos für ein Fitnessstudio zu verkaufen?«

»Nah dran«, erwiderte sie schmunzelnd. »Und vielen Dank, dass du mir das zutraust. Für so einen Job muss man nämlich eine perfekte Figur haben.«

»Na und? Die hast du doch«, platzte es aus ihm heraus – offenbar unbeabsichtigt, denn im nächsten Moment wich er ihrem Blick aus. »Stimmt doch«, murmelte er, »mit deinen Kurven musst du dich ganz sicher nicht verstecken.«

Hanna klopfte das Herz bis zum Hals. Sie wusste selbst nicht, warum – aber aus seinem Mund bedeutete ihr dieses Kompliment eine ganze Menge.

Rasch erhob sie sich. »Komm, es gibt noch einiges zu tun. Wir sollten zusehen, dass wir nicht zu spät zum Weinfest kommen. Ich denke, wenn wir so gegen elf anfangen, wäre das ideal.«

Er nickte. »Ja, das passt gut. Bis dahin dürfte auch wirklich alles fertig sein.«

Sie machten sich wieder an die Arbeit, luden anschließend die verpackten Tabletts mit den Häppchen sowie die Kartons mit den Flyern in Niels' Lieferwagen, und tatsächlich waren sie eine Stunde früher fertig als erwartet. Ihnen blieb also noch genug Zeit, sich selbst in aller Ruhe fertig zu machen. Damit sie nicht wieder zur Pension zurückmusste, hatte Hanna sich extra Kleidung zum Wechseln mitgebracht. Niels überließ ihr das Badezimmer seiner Wohnung, die sich über dem Restaurant befand, während er sich selbst in seinem Schlafzimmer umzog.

Hanna war zuerst fertig. Kritisch betrachtete sie ihr Spiegelbild und nickte zufrieden. Sie wusste, dass sie kein Model war, ganz gleich, was Niels auch sagte. Aber in dem knielangen Sommerkleid mit Blumendruck, das ihre weibliche Figur umspielte, konnte sie sich durchaus sehen lassen.

Ob es Niels wohl auch gefallen würde?

Sie hatte keine Ahnung, wo immerzu solche Gedanken herkamen. Es sollte sie nicht interessieren, was er von ihr dachte. Sie hatten einen Deal, mehr war da nicht zwischen ihnen.

Aber du wünschst dir, dass da mehr wäre, gib es doch zu …

Sie atmete tief durch und strich den Rock ihres Kleids glatt, ehe sie aus dem Bad trat. Im selben Moment öffnete sich auch die Tür am Ende des Korridors, und Niels kam aus dem Schlafzimmer.

Einen Moment lang konnte sie ihn nur sprachlos anstarren. Sie hatte von Anfang an einen attraktiven Mann in ihm gesehen, aber in den engen schwarzen Jeans, die er mit einem weißen Hemd und einem perfekt sitzenden grauen Jackett kombiniert hatte, sah er einfach atemberaubend aus.

Ihr Herz fing an, wie verrückt zu hämmern, doch sie zwang sich, es sich ihm gegenüber nicht anmerken zu lassen.

»Nicht schlecht.« Sie nickte anerkennend. »Die weiblichen Besucher des Weinfests werden dir unsere Kostpröbchen auf jeden Fall aus den Händen reißen.«

Verlegen fuhr er sich mit einer Hand durchs Haar. Er wirkte längst nicht mehr so erschöpft und zerschlagen wie vorhin noch, sodass der Einsatz des Abdeckstifts nicht mehr notwendig war.

»Wollen wir dann?«, fragte er und hielt ihr einen Arm hin.

Sie nickte und hakte sich bei ihm unter. »Aber auf jeden Fall. Lass uns den Leuten zeigen, was sie bisher verpasst haben, indem sie die *Strand-Schenke* so schmählich ignorierten.«

Sie stiegen in den Lieferwagen und fuhren los. Das Weinfest fand im Herzen Sellins statt, wo sich auf der für den Autoverkehr gesperrten Hauptstraße Stände und Zelte aneinanderreihten. In einer Seitenstraße stellte Niels das Auto ab und holte tief Luft.

»Immer noch nervös?«, erkundigte sich Hanna. Als er nickte, lachte sie leise. »Keine Sorge, ich bin ja bei dir. Und nun los. Es ist einfacher, wenn man direkt ins kalte Wasser springt.«

Während sie den ersten Schwung Tabletts aus dem Laderaum des Transporters holten, stieß Martha zu ihnen. Hanna war froh darüber, dass ihre Pensionswirtin zugesagt hatte, mitzuhelfen und Flyer zu verteilen, denn zu zweit wäre es wohl schwierig geworden, alles zu stemmen.

Das Fest war bereits im vollen Gange. An den Ständen, die allesamt tiefrote Markisen besaßen und vor denen runde Stehtische mit bordeauxfarbenen Wachstischdecken standen, tummelten sich viele Menschen, probierten Wein und aßen kleine Snacks.

Es dauerte nicht lange, bis die ersten Besucher auch auf Hanna, Niels und Martha aufmerksam wurden, und die ersten Häppchen verteilt waren. Doch es lief noch lange nicht so, wie Hanna sich das vorgestellt hatte. Sie wollte ein regelrechtes Feuerwerk der Begeisterung entfachen, nicht nur ein paar Knaller zünden, die schon nach ein paar Sekunden verpufft sein würden.

Also atmete sie noch einmal tief durch, straffte die Schultern und rief dann, so laut sie konnte: »Kommen Sie ruhig heran, meine Herrschaften. Hier gibt es exquisite Köstlichkeiten, exklusiv kreiert von unserem Chefkoch Niels Hansen.«

Niels warf ihr einen alarmierten Blick zu. Damit, dass in ihr eine kleine Marktschreierin steckte, hatte er offenbar nicht gerechnet. Sie grinste. Es war ganz sicher nicht jedermanns Sache, sich so in den Vordergrund zu spielen – ihre eigene eigentlich auch nicht. Doch sie hatte gelernt, über ihren Schatten zu springen – und ihr Plan schien aufzugehen.

Die Leute traten näher und musterten neugierig die Häppchen und Snacks. Im Nu waren sie von einer kleinen Menschentraube umringt, was wiederum weitere Schaulustige anzog. Alle wollten etwas probieren, und ungefähr anderthalb Stunden später holte Hanna die allerletzten Häppchen aus dem Wagen.

Als sie zurückkam, war sie positiv überrascht darüber, dass Niels sich völlig unbefangen mit ein paar jungen Frauen unterhielt. Was ihr allerdings ganz und gar nicht gefiel, war die Tatsache, dass die Damen ganz ungeniert mit ihm flirteten.

Warum stört dich das? Du hast keinerlei Besitzansprüche an ihn, schon vergessen?

Nein, vergessen hatte sie das keineswegs. Aber das musste schließlich noch lange nicht bedeuten, dass es ihr auch gefiel – oder? Obwohl sie nicht recht wusste, was da eigentlich zwischen ihnen war, war klar, dass es immer heftiger knisterte.

Allein der Gedanke daran, wie sich seine Lippen auf ihren angefühlt hatten ...

Schluss jetzt! Sei professionell, um Himmels willen!

Dennoch stellte sie sich dicht neben ihn und konnte nicht umhin – sehr zu ihrer Freude – festzustellen, wie enttäuscht seine Verehrerinnen wirkten. Niels schien von alldem gar nichts bemerkt zu haben – weder von dem offenkundigen Interesse der Damen noch von ihrer Eifersucht.

Er strahlte. »Das läuft ja viel besser, als ich zu hoffen gewagt habe«, stieß er begeistert hervor. »Wenn auch nur ein Drittel der Leute auftaucht, die es mir fest zugesagt haben, dann dürfte die *Strand-Schenke* bald wieder brummen.« Er legte sein leeres Tablett auf den Boden und drückte Hannas einem verdutzten älteren Herrn in die Hand, dann hob er Hanna hoch und drehte sich mit ihr im Kreis.

Überrascht schrie sie auf, als sie sich in seinen Armen wiederfand. Es war ein schönes, aber auch beängstigendes Gefühl. Beängstigend, weil sie nicht wollte, dass er sie jemals wieder losließ.

Doch viel zu schnell setzte er sie wieder ab. »Das ist wirklich super gelaufen. Haben wir noch Häppchen im Wagen?«

Ehe Hanna dazu kam, seine Frage zu beantworten, stieß auch Martha zu ihnen. »Sind noch Prospekte übrig? Ich habe schon alle verteilt.«

»Nein, das waren alle.« Sie schüttelte den Kopf. »Vielen Dank noch mal, dass Sie uns geholfen haben. Ohne Sie wären wir ganz schön ins Schleudern gekommen.«

Die ältere Frau winkte ab. »Ach, das war doch nicht der Rede wert. Aber wenn Sie mich jetzt nicht mehr brauchen, gehe ich zur Pension zurück. Dort gibt es ja immer was zu tun.«

Niels wartete, bis sie fort war, dann pfiff er durch die Zähne. »Das ging wirklich schnell. Wir haben nicht einmal zwei Stunden gebraucht, um alles loszuwerden. Und die Leute waren begeistert!« Er strahlte über das ganze Gesicht. »Danke, Hanna. Deine Idee hat mich gerettet.«

Beschwichtigend hob sie die Hände. »Nicht so schnell – das weißt du erst, wenn nach der Wiedereröffnung dauerhaft mehr Gäste kommen. Nicht, dass ich daran zweifeln würde …« Sie zuckte die Schultern. »Was meinst du, wenn wir schon einmal hier sind, sollen wir uns nicht vielleicht ein Gläschen Wein genehmigen? Ich meine, wir sind immerhin auf einem Weinfest.«

Einen Moment lang schien er zu zögern, dann schüttelte er den Kopf. »Lieber nicht. Ich habe noch ein paar Dinge zu erledigen, aber ich würde dich bitten, dir für heute Abend nichts vorzunehmen.«

Sie blinzelte überrascht. »Was führst du denn im Schilde?«

»Das wird nicht verraten. Also?«

»Na gut.«

Sein Lächeln ließ ihr Herz schneller klopfen.

Er nickte. »Dann ist es also abgemacht. Ich hole dich um neun bei deiner Pension ab, einverstanden?«

Den Rest des Tages verbrachte Hanna in einer Art Schwebezustand. Sie wusste selbst nicht, was mit ihr los war. Aber wenn sie ehrlich sein wollte, dann ahnte sie zumindest, dass es etwas mit Niels zu tun hatte.

Sie hatte sich nicht in ihn verlieben wollen, hatte sich mit aller Kraft dagegen gewehrt. Doch am Ende war sie machtlos gewesen gegen ihre Gefühle. Dieses Kribbeln im Bauch, das sie empfand, wenn sie mit ihm zusammen war, ließ keinen anderen Schluss zu.

Als es langsam Abend wurde, fing Hanna an, sich für ihr Date mit Niels fertig zu machen.

Date? Du weißt doch gar nicht, ob es wirklich eines ist. Vielleicht will er mit dir nur noch einmal die weitere Planung durchgehen.

Trotzdem nahm sie das hübsche Sommerkleid mit den Blockstreifen aus dem Schrank, das sie so gern mochte. Es war ärmellos und vorn relativ hoch geschnitten – dafür setzte es den Rücken mit einem tiefen Ausschnitt in Szene. Sie drehte sich vor dem Spiegel hin und her und lächelte. Ja, das war genau das Richtige. Weder zu aufreizend noch zu schlicht. Es würde Niels gewiss gefallen.

Im nächsten Moment runzelte sie die Stirn. Darum sollte es ihr nicht gehen. Es war nicht wichtig, ob es Niels gefiel – sie selbst musste sich wohlfühlen. Hatte sie denn gar nichts gelernt aus der Geschichte mit Andreas?

Sie atmete tief durch und wandte sich vom Spiegel ab. Ein Blick auf die Uhr sagte ihr, dass es Zeit war, nach unten zu gehen. Wahrscheinlich wartete Niels bereits auf sie.

Und tatsächlich stand sein Wagen schon vor der Eingangstür, als sie aus dem Haus trat. Niels selbst lehnte lässig an der Beifahrertür, die er nun für sie öffnete.

»Du siehst hübsch aus«, sagte er, ehe er die Tür schloss.

Sofort fingen die Schmetterlinge in Hannas Bauch wieder an, aufgeregt zu flattern, und sie war dankbar, dass ihr eine kurze Atempause blieb, während er um den Wagen ging und die Fahrertür öffnete.

Hanna blickte sich um. Auf dem Rücksitz lag eine Decke über etwas ausgebreitet, das ein Paket sein konnte.

»Nicht gucken«, ermahnte er sie spaßhaft, als er ihren Blick bemerkte.

»Heißt das, du verrätst mir immer noch nicht, wohin wir fahren?«

»Genau das heißt es«, entgegnete er. »Aber du wirst es schon bald sehen – es ist nicht weit.«

Sie fuhren los. Schnell ließen sie die Ortsgrenze hinter sich. Hier, wo keine Straßenlaternen die Nacht erleuchteten, war es bereits ziemlich dunkel. Die Sonne stand sehr tief am Horizont, warf ihre letzten Strahlen beinahe waagerecht durch die Baumstämme hindurch und verlieh allem einen regelrecht magischen Schimmer.

Nach einiger Zeit bog Niels in einen kleinen Seitenweg ein, der tiefer in den Wald zu führen schien. Umso überraschter war Hanna, als sie ganz plötzlich wieder im Freien waren und sich zu beiden Seiten ein langer, verlassener Strandabschnitt eröffnete.

Verlassen zumindest insofern, dass keine anderen Personen anwesend waren. Doch dass vor nicht allzu langer Zeit jemand hier gewesen war, ließ sich deutlich daran erkennen, dass ein gutes Dutzend Fackeln den Sand ringsum in goldenes Licht tauchten. Und inmitten des Fackelkreises lag eine große rotblau karierte Decke ausgebreitet.

Erstaunt schüttelte Hanna den Kopf. »Was ist das hier?«

Niels lachte. »Ich dachte eigentlich, das sei offensichtlich. Wir machen ein Picknick!«

»Das hast du alles vorbereitet?« Überrascht schaute sie ihn an. »Womit habe ich denn das verdient?«

Er lächelte sie strahlend an. »Es ist ein kleines Dankeschön für alles. Ich stand mit dem Rücken zur Wand, als du in mein Leben getreten bist, und ich gebe zu, dass ich kurz davor war, aufzugeben. Doch dann hast du mir gezeigt, dass es sich immer lohnt, für das zu kämpfen, was man liebt.«

Hanna schluckte hart. Seine Worte rührten etwas tief in ihrem Inneren an.

Niels holte das »Paket« vom Rücksitz, bei dem es sich um einen prall gefüllten Picknickkorb handelte, der allerlei Köstlichkeiten enthielt, von Krabbensalat über selbst gemachte Frikadellen bis hin zu kleinen Schälchen mit verschiedenen Dips. Dann ergriff er Hannas Hand und ging mit ihr hinunter zum Strand.

Sie aßen und tranken im Schein der Fackeln und unterhielten sich dabei sehr angeregt. Es war lange her, dass sich Hanna so gelassen und locker gefühlt hatte. Und mit jeder Minute, die sie in Niels' Gesellschaft verbrachte, wurde ihr klarer, dass sie sich mehr wünschte. Mehr von ihm ...

Es mochte verrückt sein, und vermutlich würde sie es in nicht allzu ferner Zukunft bitter bereuen. Doch sie war es leid, sich immerzu etwas vorzumachen.

Nachdem sie aufgegessen hatten, streckte Hanna sich auf der Decke aus und blickte zu den Sternen empor, die am Himmel über ihnen glitzerten. Hier draußen wirkten sie so viel heller, so viel klarer als in der Stadt.

Sie war überrascht, als Niels sich plötzlich neben sie legte, nach ihrer Hand griff und seine Finger mit ihren verschränkte.

»Wunderschön, nicht wahr?«

Hanna nickte, unsicher, ob sie überhaupt ein Wort rausbringen konnte. Ihr Herz hämmerte wie verrückt. Sie drehte sich auf die Seite, sodass sie sein Profil betrachten konnte. Jedoch nur für einen Moment – denn dann wandte er sich ihr zu.

»Hör mal, Hanna«, sagte er leise. »Wegen der Sache neulich ... Ich möchte mich bei dir entschuldigen.«

Sie runzelte die Stirn. »Wofür genau?«

»Dafür, dass ich dich so behandelt habe. Als du mich auf meine Familie angesprochen hast.«

Seine Entschuldigung bedeutete ihr viel. »Ich wollte mich nicht in deine Angelegenheiten einmischen«, erklärte sie. »Ich wollte nur helfen, mehr nicht. Und da du selbst gesagt hast, dass es manchmal hilft, über das zu sprechen, was einen belastet, dachte ich ...«

»Du hast richtig gedacht«, sagte er. »Und deshalb möchte ich dein Angebot heute annehmen. Würdest du mir zuhören?«

»Natürlich«, antwortete sie schnell. »Solange du willst.«

Niels atmete noch einmal tief durch, dann begann er zu sprechen: »Die *Strand-Schenke* wurde ursprünglich von meinem Vater und seinem fünfzehn Jahre älteren Bruder, also meinem Onkel, geführt. Da unsere Vater-Sohn-Beziehung nie besonders gut war, wurde mein Onkel im Laufe der Jahre für mich zur wichtigsten Bezugsperson. Zeitweise stand er mir um einiges näher als meine Eltern.

Er war es auch, der mich unterstützte, als ich nach Berlin gehen wollte, um dort meine Ausbildung zu machen. Mutter und Vater waren strikt dagegen, doch mit Joachims Hilfe setzte ich mich am Ende durch. In den folgenden sieben Jahren war mein Leben so hektisch und stressig, dass ich ein wenig den Kontakt nach Hause verlor. Wir telefonierten zwar hin und wieder, aber trotzdem bekam ich nicht mit, was hier auf Rügen passierte.

Heute bereue ich oft, dass ich mich nicht mehr um meinen Vater bemüht habe. Aber er war mir gegenüber immer so distanziert. Wir sind einfach nicht miteinander ausgekommen. Als ich dann aber die Nachricht von meiner Mutter erhielt, dass Papa in Untersuchungshaft sitzt ...« Er schüttelte den Kopf und schloss kurz die Augen. »... habe ich sofort alles stehen und liegen lassen. Weil mein Chef sich weigerte, mir so kurzfristig freizugeben, kündigte ich sogar meinen Job.

Ich war geschockt – doch der wirkliche Tiefschlag erwartete mich hier auf Rügen. Ich erfuhr, dass die Geschäfte in den vergangenen Jahren immer schlechter und schlechter gelaufen waren, und dass darunter auch das Verhältnis meines Onkels zu meinem Vater gelitten hatte. Trotzdem hätte ich es niemals für möglich gehalten, dass Onkel Joachim zu so etwas fähig wäre.«

»Was hat er denn getan?«, fragte Hanna bestürzt.

»Er hat meinen Vater bei der Polizei angeschwärzt. Angeblich soll er Geld unterschlagen haben. Seinen eigenen Bruder hat er hinter Gitter gebracht! Und weshalb? Wegen Geld! Um meine Mutter zu unterstützen, musste ich im Restaurant die Aufgaben meines Vaters *und* meines Onkels übernehmen, der es vorgezogen hatte, sich aus dem Staub zu machen, nachdem er uns ins Unglück gestürzt hatte. Es war eine elende Schufterei, doch ich konnte meine Eltern schließlich nicht auch noch im Stich lassen. Der Gastbetrieb lief weiter, obwohl es längst nicht mehr so viele Gäste gab wie zu den Zeiten, bevor ich nach Berlin ging.

Und dann, ein paar Tage später – noch ehe ich es geschafft hatte, eine Besuchserlaubnis für die Untersuchungshaft zu bekommen – erreichte uns die schreckliche Nachricht. Mein Vater hatte sich im Gefängnis das Leben genommen. Einfach so. Ohne Abschiedsbrief. Ohne jede Erklärung ... Tja, das alles ist nun drei Jahre her.«

Hanna spürte, wie sehr ihn das, was er sich eben von der Seele geredet hatte, belastete. Tiefes Mitgefühl stieg in ihr auf. »Das mit deinem Vater ... tut mir sehr leid.« Es klang wie eine Floskel, aber sie wusste nicht, was sie sonst sagen sollte. Sie legte ihm eine Hand auf den Arm und sah ihm tief in die Augen.

Er erwiderte ihren intensiven Blick. Sofort fing ihr Herz an, heftiger zu pochen. Mehr und mehr fühlte sie sich von seinen türkisgrünen Augen angezogen. Und ehe sie Zeit hatte, zu begreifen, was hier gerade passierte, beugte sie sich zu ihm und küsste ihn.

Sie spürte, dass er im ersten Augenblick zögernd innehielt. Doch dann legte er ihr eine Hand in den Nacken und zog sie an sich.

Es war nicht ihr erster Kuss, doch genau so fühlte er sich an.

Eine Hitzewelle schien ihren Körper zu erfassen. Sie hatte das Gefühl, in Flammen zu stehen, und jeder Zentimeter zwischen ihr und Niels war ein Zentimeter zu viel.

Sie rollte sich herum und kniete sich über ihn, sodass sie sich zu beiden Seiten seines Kopfes mit den Händen abstützte.

Normalerweise war es überhaupt nicht ihre Art, die Initiative zu ergreifen, dazu war sie viel zu schüchtern. Doch sie hatte das Gefühl, nicht mehr sie selbst zu sein. Eine mutigere, stärkere Hanna hatte die Kontrolle übernommen. Und diese Hanna würde sich das nehmen, was sie wollte.

Und sie wollte Niels.

Sie zog eine Spur heißer Küsse über sein Kinn und seinen Hals. Gleichzeitig knöpfte sie mit zitternden Fingern sein Hemd auf und schob den störenden Stoff beiseite.

Niels stöhnte erstickt auf und vergrub seine Hände in ihrem

Haar, als sie seine Brustwarzen nacheinander mit den Lippen umschloss und sanft daran saugte.

Als sie den Kopf wieder hob und seinen Blick bemerkte, dunkel und voller Verlangen, fühlte sie sich so mächtig wie noch nie zuvor in ihrem Leben. Sie fühlte sich angenehm berauscht, konnte nicht mehr klar denken. Und wollte es auch gar nicht.

Sie wollte nur noch fühlen. Sich mitreißen lassen vom Sog der Leidenschaft. Über die Konsequenzen würde sie sich morgen Gedanken machen.

Ein bisschen erschrak sie über sich selbst. Es passte eigentlich gar nicht zu ihr, so zu denken. Doch sie schob die Zweifel beiseite und konzentrierte sich wieder auf den Mann unter ihr.

Der hatte seine Passivität inzwischen aufgegeben, schob ihr Kleid über die Hüften nach oben und ließ die Hände über ihre Taille gleiten. Was er damit in ihr auslöste, war der pure Wahnsinn.

Ihr Puls raste. Ihr Atem ging stoßweise.

Sie hielt ihn nicht davon ab, ihr das Kleid auszuziehen und es achtlos in den Sand zu werfen. Nur noch mit einem knappen schwarzen Slip und einem BH bekleidet, hockte sie über ihm. Und der Blick, mit dem er sie maß, fachte ihr Verlangen nur noch mehr an.

Hastig öffnete sie seine Hose und zog sie herunter. Als Nächstes griff sie mit einer Hand hinter sich und öffnete den Verschluss ihres BHs. Als der zarte Spitzenstoff hinabglitt, hörte sie Niels scharf einatmen.

»Du bist wunderschön«, stieß er rau hervor. »Einfach atemberaubend.«

Sie wusste nicht, was sie darauf erwidern sollte. Also küsste sie ihn einfach wieder, und legte all ihre Hingabe in diesen Kuss. Und er erwiderte ihn so voller Leidenschaft, dass sie einfach wusste, das Richtige zu tun.

»Ich will dich«, flüsterte sie an seiner Wange.

Er nahm ihr Gesicht in beide Hände und sah sie mit feurigem Blick an. »Bist du dir sicher?«

Energisch nickte sie. »Das bin ich. Wenn du mich auch willst.«

»Hanna ... Wie kannst du auch nur eine Sekunde daran zweifeln?«

Nun hielten sie sich nicht mehr zurück. Hanna ließ es zu, dass er sich gemeinsam mit ihr herumrollte, sodass sie nun auf dem Rücken lag. Er kniete sich zwischen ihre Schenkel und streifte ihr langsam, ganz langsam den Slip ab.

Dann küsste er sie dort, wo sie sich am meisten nach ihm sehnte.

Ihr Oberkörper bäumte sich auf, und sie stöhnte laut, als seine Zunge sie liebkoste. Es war eine süße Qual. Hilflos warf sie den Kopf hin und her, bis sie das Gefühl hatte, es keine Sekunde länger mehr auszuhalten.

»Niels, bitte ...«

Sie musste ihn nicht zweimal bitten. Er war bei ihr, noch ehe ihre Worte verklungen waren. Und sie seufzte auf, als er sie endlich ausfüllte. Es war, als sei er für sie geschaffen. Als seien sie füreinander bestimmt.

Sie bewegten sich in einem einvernehmlichen Rhythmus, wurden zu einem Wesen, einer Seele. Und als Hanna den Höhepunkt erreichte, fühlte sie sich schwerelos. Dieses Gefühl war so unglaublich, so wunderbar, dass sie sich wünschte, es würde niemals aufhören.

Sie klammerte sich an ihn, und als auch er am ganzen Körper erbebte, wusste sie, dass er ebenfalls die Erfüllung gefunden hatte.

8. Kapitel

Als Hanna am nächsten Morgen in ihrem Pensionsbett erwachte, dachte sie kurz, sie hätte die Ereignisse des vergangenen Abends nur geträumt. Doch dann sah sie das gestreifte Sommerkleid, das zerknittert am Boden lag und noch voller Sand war, und ihr wurde klar, dass dem nicht so war.

Sie atmete tief durch. Nun hatte sie also mit Niels geschlafen. Im Grunde kein Problem, schließlich waren sie beide erwachsene Menschen, die in der Lage sein sollten, mit einer solchen Entwicklung umzugehen. Doch sie war sich auch schmerzlich der Tatsache bewusst, dass es für sie vermutlich mehr bedeutete als für ihn.

Mit den Händen fuhr sie sich durch das Gesicht. Sie hatte sich in Niels verliebt, daran bestand kein Zweifel, sonst hätte sie niemals mit ihm geschlafen. Und das war definitiv etwas, das sie nicht vorausgesehen hatte. Schon gar nicht, da sie sich anfangs alles andere als gut verstanden hatten.

Doch nun, wo sich ihre Gefühle für ihn geändert hatten, musste sie sich wohl oder übel mit den Konsequenzen auseinandersetzen.

Wenn sie ehrlich zu sich selbst war, musste sie sich eingestehen, dass ihr diese Entwicklung Angst machte. Seit der Sache mit Andreas hatte sie es nicht mehr zugelassen, dass irgendein Mann ihr so nahekam wie Niels jetzt. Und sie wollte sich auf keinen Fall wieder in eine solche Abhängigkeit begeben. Sie hatte ihre Lektion gelernt.

Doch im Grunde ihres Herzens wusste sie, dass Niels sie nie so behandeln würde, wie Andreas es getan hatte. Er achtete und respektierte sie. Nahm ihre Träume und Wünsche ernst. Die Tatsache, dass er sich sogar schon Räumlichkeiten für ihre Agentur angesehen hatte, zeigte dies überdeutlich.

Die Sache war nur – woher sollte sie wissen, was Niels wirklich für sie empfand? Vielleicht war das gestern am Strand für ihn nur eine einmalige Sache gewesen. Ein flüchtiges Abenteuer. Immerhin wusste er ja, dass sie nicht ewig auf Rügen bleiben würde. Und von so etwas wie Liebe war bisher keine Rede gewesen.

Hanna nahm das Bernsteinamulett zur Hand, das neben ihr auf dem Nachttisch lag, und betrachtete es. Die verschiedenen Gold- und Bronzetöne schimmerten in der Morgensonne, die durch das Fenster drang. Dieses Schmuckstück hatte sie hierhergeführt. Ihm verdankte sie, dass sie Niels begegnet war.

Ihre Brust zog sich schmerzhaft zusammen, als sie realisierte, dass sie nicht sicher war, ob sie wirklich froh darüber sein sollte. Sie hatte ihr Herz einem Mann in die Hände gelegt, den sie kaum kannte. Was sollte sie tun, wenn er ihre Gefühle nicht erwiderte?

Konnte sie nach Hamburg zurückkehren und ihr Leben einfach so weiterleben, als wäre nichts geschehen?

Als sie zum Frühstück hinunterging, stand Martha gerade hinterm Herd und setzte einen Kessel Wasser auf. Lächelnd drehte sie sich um, runzelte bei Hannas Anblick jedoch die Stirn.

»Welche Laus ist Ihnen denn über die Leber gelaufen?«

Hanna schüttelte den Kopf. »Es ist nichts, machen Sie sich um mich keine Gedanken.«

»Tut mir leid, aber das kann ich nicht einfach so abstellen. Ich mag Sie, Kindchen. Sie sind mir sympathisch, und es gefällt mir nicht, Sie unglücklich zu sehen. Also, wenn Sie jemanden zum Reden brauchen – ich bin jederzeit gern für Sie da.« Sie zwinkerte ihr zu. »Wobei jetzt zufällig ein sehr günstiger Zeitpunkt wäre. Die anderen Gäste sind nämlich nicht so früh auf den Beinen wie Sie.«

Seufzend ließ Hanna sich auf den Stuhl sinken, an dem sie seit ihrer Ankunft auf Rügen jeden Morgen gesessen hatte, obwohl für das Frühstück der Gäste eigentlich ein Speisezimmer zur Verfügung stand. Doch Martha hatte es ihr angeboten, und sie fühlte sich hier wohl. Sie wusste nicht, ob es eine gute Idee war, Martha ins Vertrauen zu ziehen, aber sie kannte sonst niemanden auf der Insel und sie brauchte dringend jemanden, der ihr zuhörte.

Vielleicht wusste die ältere Frau ja sogar Rat. Sie verfügte schließlich über ungleich mehr Lebenserfahrung als Hanna. Und über Männer wusste sie sicher auch besser Bescheid. Vielleicht konnte sie ihr sagen, wie sie Niels' Verhalten ihr gegenüber einschätzen sollte.

Doch es war gar nicht so leicht, mit jemandem, den man kaum kannte, über so etwas Persönliches zu sprechen.

Trotzdem. Irgendwie spürte sie, dass sie Martha vertrauen konnte.

Sie fuhr sich durchs Haar. »Ehrlich gesagt, bin ich ziemlich durcheinander. Es geht um einen Mann ...«

»Kann es sein, dass es sich dabei um einen gewissen Niels Hansen handelt?«

Überrascht schaute Hanna die ältere Frau an. »Wie kommen Sie darauf?«

»Nun, das war nicht weiter schwer zu erraten. Soweit ich weiß, kennen Sie hier sonst niemanden. Und Sie arbeiten recht eng mit Herrn Hansen zusammen. Außerdem habe ich Sie beide ja auf dem Weinfest beobachten dürfen. Da brauche ich bloß eins und eins zusammenzählen.« Sie legte den Kopf zur Seite. »Ich habe also recht?«

Hanna nickte. »Ich sehe schon – leugnen ist zwecklos. Ja, ich glaube, ich habe mich ein wenig in ihn verliebt.«

Die Pensionswirtin lachte laut auf. »Ein wenig verliebt? Tut mir leid, aber das gibt es ebenso wenig wie ein bisschen schwanger. Und was ist denn auch dabei? Sie sind beide jung und ungebunden.«

»Ja schon, aber ...« Erneut fuhr sich Hanna durchs Haar. »Es ist kompliziert.«

Martha stützte die Ellbogen auf den Tisch, verschränkte die Finger und legte das Kinn auf die Hände. »Nun, das ist leider in der Liebe nur allzu oft der Fall ... Also, wo drückt der Schuh?«

Hanna seufzte. »Ehrlich gesagt, weiß ich das selbst nicht so genau. Meine Erfahrungen mit Männern waren in der Vergangenheit nicht unbedingt positiv.«

Die ältere Frau nickte verständnisvoll. »Sie müssen mir nicht erzählen, was vorgefallen ist. Aber letzten Endes läuft es immer wieder auf dieselbe Erkenntnis hinaus: Nicht alle Männer sind gleich, Liebes. Es ist wie beim Fahrradfahren: Wenn man hinfällt, sollte man am besten gleich wieder aufsteigen. Ansonsten kann es vorkommen, dass man sich nie wieder traut.«

Hanna zog die Brauen zusammen. Bei Marthas Worten musste sie an den schrecklichen Autounfall denken. Sie selbst hatte sich danach zwar durchaus getraut, wieder als Beifahrerin in ein Auto zu steigen, aber den Führerschein hatte sie nie gemacht.

Vielleicht hätte sie es tun sollen. Vielleicht hätte sie dann heute nicht das Problem, bei kleineren Unfällen wie einem Sturz mit dem Fahrrad gleich in Panik zu geraten. Wäre sie eventuell sogar besser mit allem zurechtgekommen? Wäre es ihr leichter gefallen, Dinge zu verarbeiten? Womöglich sogar die Enttäuschung mit Andreas?

»Ich will damit sagen, dass Sie sich von einer schlechten Erfahrung nicht entmutigen lassen sollten«, sprach die ältere Frau weiter, als Hanna nichts erwiderte. »Wichtig ist, dass man offen miteinander spricht. Über seine Gefühle, seine Erwartungen und Ängste.«

»Und was, wenn er für mich gar nicht so empfindet wie ich für ihn?«

Martha lächelte. »Nun, dann wissen Sie es wenigstens. Das ist immer noch besser, als sich immerzu mit Fragen zu quälen, auf die Sie allein ohnehin keine Antwort finden werden.«

Ja, das stimmte wohl. Nur Niels allein wusste, was er wollte und was nicht. Und wenn sie herausfinden wollte, was ihr so auf der Seele brannte, musste sie mit ihm sprechen. Und zwar so schnell wie möglich.

»Danke«, sagte sie, schob ihren Stuhl zurück und stand auf. »Vielen Dank. Sie haben mir wirklich sehr geholfen.«

»Warten Sie, Kindchen«, rief Martha. »Wollen Sie denn gar nicht frühstücken?«

Hanna lächelte. »Ich glaube nicht, dass ich auch nur einen Bissen hinunterbekomme.«

Mit diesen Worten eilte sie aus der Küche und verließ das Haus.

Als Hanna kurz darauf mit ihrem Fahrrad die *Strand-Schenke* erreichte, musste sie feststellen, dass Niels nicht dort war. Da sie inzwischen längst seine Handynummer hatte, rief sie ihn kurzerhand an.

»Ich bin leider geschäftlich unterwegs«, erklärte er knapp. »Wie es aussieht, werde ich wohl erst am Abend zurück sein.«

Damit beendete er das Gespräch auch schon. Enttäuschung machte sich in Hanna breit. Nicht nur, weil sie jetzt nicht mit ihm reden konnte, sondern vor allem, weil er so kurz angebunden gewesen war. Kein gutes Zeichen. Gar kein gutes Zeichen ...

Da sie nicht recht wusste, was sie ohne ihn anfangen sollte, fuhr sie an den Strand und verbrachte den größten Teil des Tages damit, den Wellen zuzusehen und dem Kreischen der Möwen zu lauschen. Währenddessen drehte sich in ihrem Kopf alles um Niels.

War es wirklich Liebe, was sie für ihn empfand?

Sei nicht albern, was soll es denn sonst sein? Dein Herz flattert wie verrückt, wenn er in deiner Nähe ist. Du willst ihn am liebsten immerzu um dich haben, und das eigentliche Ziel deiner Rügenreise ist doch schon längst in den Hintergrund gerückt.

Ein wenig beschämt musste sie sich eingestehen, dass es stimmte. Zu Anfang war es ihr ausschließlich darum gegangen,

Kontakt mit Joachim Hansen aufzunehmen, um ihrer Großmutter deren größten Wunsch zu erfüllen. Die Zusammenarbeit mit Niels war lediglich ein Mittel zum Zweck gewesen, um dies zu erreichen.

Aber jetzt ...

Sie hatte einige Male mit ihrer Großmutter telefoniert, ja. Und natürlich hatte die Vereinbarung mit Niels nach wie vor Bestand. Aber sonst?

Hanna konnte nicht genau sagen, wann sie angefangen hatte, sich mehr für Niels' Belange zu interessieren als für alles andere. Ihr ging es wirklich darum, ihm zu helfen – und sie würde es auch weiterhin tun, selbst wenn er seinen Teil der Vereinbarung nicht erfüllen sollte. Und warum?

Weil du ihn liebst, du Närrin!

Einmal mehr musste sie an Andreas denken und daran, wie er sie benutzt hatte. Ließ sie sich jetzt nicht schon wieder ausnutzen?

Nein, ganz und gar nicht. Das hier war anders. Weil sie genau wusste, dass Niels sie ebenso unterstützen würde. Sofern ... ja, sofern er auch tiefere Gefühle für sie hegte. Sollte der Sex mit ihr aber nur eine nette Abwechslung für ihn gewesen sein, würden sich ihre Wege schon sehr bald trennen.

Der Sonnenuntergang war wunderschön. Am Horizont erglühte der Himmel in einem strahlenden Purpur, während er sich über ihr bereits tiefblau wölbte.

Gedankenverloren blickte Hanna über das Meer, bis die Sonne verschwunden war. Eine tiefe Sehnsucht ergriff Besitz von ihr. Und diese Sehnsucht galt Niels. Es ließ sich nicht mehr leugnen.

Mit ihm zu schlafen, war wunderschön gewesen. Doch sie wollte mehr als das. Sehr viel mehr. Sie wusste zwar nicht, ob und wie es funktionieren sollte, doch sie wünschte sich eine Beziehung mit ihm.

Warum auch nicht? Immerhin war sie ungebunden. Ihren Traumjob hatte sie für Andreas aufgegeben, und es bestand kaum die Aussicht, dass eine der Agenturen, bei denen sie sich neulich beworben hatte, sie einstellen würde. Dazu war sie viel zu lange aus dem Business raus.

Im Grunde sprach also nichts dagegen, auf Rügen zu bleiben. Abgesehen von ihrer Großmutter – aber die würde sicher Verständnis für ihre Enkelin aufbringen. Und kam zudem sehr gut allein zurecht.

Entschlossen stand Hanna auf und klopfte sich energisch den Sand von der Hose. Dann hob sie ihr Fahrrad auf und schob es zurück zum Weg. Sie würde noch einmal zum Restaurant fahren und nachsehen, ob Niels wieder da war. Und dann würde sie ihm endlich ihre Gefühle gestehen.

Vor Aufregung klopfte ihr das Herz bis zum Hals, als sie durch das abendliche Sellin radelte. Straßenlaternen tauchten die Häuser, die die Hauptstraße säumten, in ein diffuses goldenes Licht. Natürlich hatte Hanna auch das Licht an ihrem Fahrrad eingeschaltet, doch das war allenfalls nützlich, um für entgegenkommende Fahrzeuge sichtbar zu sein.

Sie kam an dem Café vorbei, in dem sie sich am Tag ihrer Ankunft nach Joachim Hansen erkundigt hatte. Die Bedienung war damals so freundlich gewesen, ihr zu raten, sich an Niels zu wenden.

Wäre ich wohl heute hier, wenn ich woanders gefragt hätte?
Oder wenn an dem Tag eine andere Angestellte Dienst gehabt hätte?

Allein der Gedanke, Niels womöglich niemals kennengelernt zu haben, kam ihr vollkommen unwirklich vor. Innerhalb kürzester Zeit war er zu einem festen Bestandteil ihres Lebens geworden. Das mochte albern klingen, aber sie konnte es nicht ändern. So war es nun mal.

Es war nur noch ein kurzes Stück bis zu der Abbiegung, die zur *Strand-Schenke*, und von dort aus zur Promenade führte. Vor einem anderen Lokal am Straßenrand stand ein Pärchen. Nichts Besonderes also. Ein Mann und eine Frau, die sehr vertraut miteinander waren. Hanna wusste selbst nicht genau, warum sie ein zweites Mal hinschaute – doch als sie es tat, blieb ihr fast das Herz stehen.

Das war doch ... Nein, das konnte nicht sein!

Sie schaffte es gerade noch, ihr Rad herumzureißen, bevor sie gegen den Bordstein prallte. Einen Moment lang schlingerte sie und musste sich mit dem Fuß abstützen, doch sie schaffte es, sich aufrecht zu halten. Hastig trat sie in die Pedale. Der Weg verschwamm vor ihren Augen – dafür sah sie ein Bild so deutlich vor sich, als hätte es sich für alle Zeiten in ihre Netzhäute gebrannt. Denn bei dem Mann, der die Frau so innig umarmt hatte, handelte es sich um niemand anderen als ...

Niels!

Wie betäubt fuhr Hanna weiter. Einfach weiter. Weg von hier. Es war ein Wunder, dass sie nicht im Graben landete. Schließlich hielt sie einfach irgendwo an, ließ ihr Fahrrad achtlos zu Boden fallen und lief zum Strand hinunter. Dort ließ sie sich im noch warmen Sand auf die Knie sinken und barg verzweifelt das Gesicht in den Händen.

Sie schluchzte laut. Noch nie zuvor hatte sich ihr Herz so schwer angefühlt. Es war plötzlich wie ein Fremdkörper.

War es das, was Menschen empfanden, wenn sie von einem gebrochenen Herzen sprachen? Sie hatte so etwas noch nie erlebt. Nicht einmal bei der unschönen Trennung von Andreas.

Bist du dir sicher, dass du ihn jemals wirklich geliebt hast? Du warst abhängig von ihm. Er hat dich kontrolliert. Aber Liebe?

Das, was sich zwischen Niels und ihr entwickelt hatte, war anders. Zumindest was die Gefühle auf ihrer Seite betraf.

Aber offensichtlich bedeutete sie Niels nicht allzu viel. Und sie konnte ihm deswegen ja nicht einmal einen Vorwurf machen. Immerhin hatte er nie etwas versprochen. Nur weil sie sich ein paarmal geküsst und nun auch miteinander geschlafen hatten, bedeutete das noch lange nicht, dass sie ein Paar waren. Männer konnten Sex von Liebe ja anscheinend recht gut trennen ...

Es war dumm von ihr gewesen, anzunehmen, dass er ihre Gefühle erwiderte. Und nun zahlte sie den Preis für ihre Naivität. Mal wieder!

Langsam und schwerfällig erhob sie sich und wischte sich mit dem Handrücken die Tränen aus dem Gesicht. Ihr Blick fiel auf die Selliner Seebrücke, die in der Ferne, von Scheinwerferspots angestrahlt, in die Ostsee ragte.

Sie erinnerte sich daran, dass man dort auch heiraten konnte. Wie viele glückliche Paare mochten sich dort Jahr für Jahr das Jawort geben? Nun, eines stand fest – für sie würde es das wohl tatsächlich niemals geben.

Erst recht nicht mit Niels.

Erneut füllten sich ihre Augen mit Tränen, doch sie blinzelte sie hastig weg. Zumindest wusste sie nun, was sie von diesem Kerl zu erwarten hatte – nämlich nichts. Aber wie sollte es nun weitergehen? Konnte sie einfach hierbleiben und so tun, als sei nichts geschehen? Sie hatte keinen Schimmer, wie sie Niels nach alldem noch einmal unter die Augen treten sollte.

Mit gesenktem Kopf ging sie zu ihrem Fahrrad zurück, stieg auf und radelte das letzte Stück bis zur Pension. Sie beeilte sich, an der Küche vorbeizukommen. Martha sollte sie auf keinen Fall so sehen. Die ältere Frau würde sofort eins und eins zusammenzählen. Und ein Gespräch über ihre Gefühle war im Augenblick das Allerletzte, was Hanna wollte. Sie wollte nur noch ins Bett und sich die Decke über den Kopf ziehen.

Und genau das tat sie schließlich auch.

9. Kapitel

Als Hanna am nächsten Morgen die Augen aufschlug, lag eine mehr als unruhige Nacht hinter ihr. Es war schon fast wieder hell geworden, als die Müdigkeit sie am Ende doch übermannt hatte, und nun war sie weder ausgeruht noch erholt. Ganz im Gegenteil. Sie fühlte sich sogar noch schlechter als am Vorabend.

Ihre Glieder waren schwer wie Blei, jede Bewegung kostete sie viel Kraft. Am liebsten wäre sie einfach liegen geblieben und hätte an die Zimmerdecke gestarrt. Ihr fehlte jeglicher Antrieb, und das kannte sie gar nicht von sich. Sie war immer ein Mensch gewesen, der Stillstand mit Rückschritt gleich setzte. Doch im Augenblick war ihr jede noch so kleine Bewegung bereits zu viel.

Sie schloss die Augen, dann rappelte sie sich auf. So konnte es nicht weitergehen. Wenn sie es nicht schaffte, ihre Gefühle für Niels unter Kontrolle zu halten, dann würde sie Rügen verlassen müssen. So schnell wie möglich. Auf keinen Fall wollte sie, dass er mitbekam, was mit ihr los war.

Am besten zog sie sofort die Konsequenzen und packte ihre Koffer jetzt. Niels liebte sie nicht, und sie glaubte nicht, dass es ihr gelingen würde, damit umzugehen. Allein der Gedanke an ihn schmerzte sie tief in ihrem Herzen. All ihre Bemühungen, ihn nicht zu nah an sich heranzulassen, waren umsonst gewesen. Sie hatte einfach nichts gegen ihre Empfindungen ausrichten können.

Sie hatte sich verliebt und sie würde es nicht ertragen, ihn mit einer anderen Frau zu sehen. Von daher blieb ihr gar keine andere Wahl, als die Flucht zu ergreifen.

Und der Zeitpunkt dafür hätte perfekter kaum sein können.

Für die *Strand-Schenke* hatte sie getan, was in ihrer Macht stand. Alles Weitere würde sich zeigen. Aber sie war guter Hoffnung, dass es mit dem Restaurant in naher Zukunft bergauf gehen würde. Auch ohne ihr weiteres Zutun.

Nur eines hatte sie im Laufe ihres Aufenthalts auf Rügen vollkommen aus den Augen verloren. Und das war der eigentliche Grund für ihre Reise.

Rasch schob sie den Gedanken beiseite. Ihre Großmutter wusste schließlich nichts von ihren Plänen, also konnte sie auch nicht enttäuscht sein. Außerdem gab es sicher einen anderen Weg, Joachim Hansen das Amulett zukommen zu lassen, jetzt, wo Hanna sicher wusste, wo er lebte. Vorrangig war sie ja hierhergekommen, um den Kontakt zwischen ihm und ihrer Großmutter herzustellen. Ob sie ihm das Schmuckstück am Ende wirklich gegeben hätte, wusste sie nicht. Wahrscheinlich nicht ohne die Erlaubnis ihrer Großmutter.

Ihre Gedanken kehrten zu Niels zurück. Hier ging es um ihn und darum, dass sie ihn wirklich von ganzem Herzen liebte. Obwohl er nicht das Gleiche für sie empfand, wünschte sie sich, dass es ihm gelang, die Schatten der Vergangenheit abzuschütteln.

Dazu gab es nur einen einzigen Weg. Und den würde sie beschreiten, bevor sie abreiste.

Sie hatte einfach das Gefühl, dass sie Niels das noch schuldig war.

Der Leuchtturm stand auf einer kleinen Halbinsel, die in die bleigraue Ostsee hinausragte. Über die schmale Landzunge führte ein holpriger Weg zu dem rot-weiß gestrichenen Gebäude, das sich dem Himmel entgegenreckte, der noch im zarten Rosé des Sonnenaufgangs schimmerte.

Ein hübscher Anblick, doch genießen konnte Hanna ihn nicht. Der Schmerz tief in ihrer Brust, der einfach nicht weichen wollte, trübte die Postkartenidylle. Sie trat energischer in die Pedale. Sie war hier, um eine letzte Sache zu erledigen, ehe sie Rügen verließ, und von dieser würde sie sich auf keinen Fall abbringen lassen.

Selbst wenn Joachim Hansen tatsächlich mit einem Gewehr auf sie losging – sie würde mit ihm sprechen, und wenn es das Letzte war, was sie tat.

Allerdings wollte sie es nicht für sich oder ihre Großmutter tun. Sogar das Amulett hatte sie in der Pension zurückgelassen, denn es sollte nicht das Thema ihrer Unterhaltung sein. Jetzt ging es um Niels.

Als sie den Leuchtturm erreichte, ließ sie ihr Fahrrad achtlos ins Gras fallen und eilte zu der niedrigen Stahltür hinüber. Vergeblich suchte sie nach einer Klingel oder etwas Ähnlichem. Schließlich hob sie die Hand und klopfte. Zögernd zunächst, dann immer energischer.

»Herr Hansen?«, rief sie, als auch eine Minute später noch keine Reaktion erfolgt war.

Sie trat ein paar Schritte zurück und legte den Kopf in den Nacken, um am Turm hochzusehen.

»Herr Hansen«, versuchte sie es erneut. »Ich weiß, dass Sie da sind. Hören Sie doch auf, sich zu verstecken, und zeigen Sie sich!«

Es war lediglich ein verzweifelter Versuch. Natürlich konnte sie nicht mit Sicherheit sagen, ob er zu Hause war. Sie vermutete es nur – schließlich lebte er ja angeblich wie ein Einsiedler. Und die forsche Art, die sie an den Tag legte sollte ihn aus der Reserve locken. Besonders erfolgreich schien ihre Strategie allerdings nicht zu sein. Sie atmete tief durch.

Obwohl es noch gar nicht lange her war, dass sie nach Rügen gekommen war, um Joachim Hansen aufzusuchen, kam es ihr wie eine kleine Ewigkeit vor. Und nun stand sie hier, mit demselben Ziel – allerdings aus vollkommen anderen Beweggründen. Sie wollte Niels helfen.

Obwohl er ihre Gefühle für ihn nicht erwiderte, wollte sie, dass er glücklich wurde. Und sie wusste, dass es eine Sache gab, die zwischen ihm und seinem Glück stand.

Die Geschichte um seinen Vater und seinen Onkel.

Sie musste mit Joachim Hansen sprechen und sich dessen Version der Ereignisse anhören. Vielleicht gab es ja doch noch einen Weg, die beiden miteinander auszusöhnen.

Erneut ging sie dazu über, gegen die Tür zu hämmern – dieses Mal mit den Fäusten. Gerade fragte sie sich, ob er womöglich wirklich nicht da war, als sich ein Stück über ihr ein Fenster öffnete.

»Verdammt noch mal, machen Sie endlich, dass Sie verschwinden! Das hier ist ein Privatgrundstück. Wenn Sie nicht freiwillig gehen, rufe ich die Polizei!«

Hanna trat wieder zurück und schaute nach oben. Zum ersten Mal erhaschte sie einen Blick auf den berüchtigten Joachim »Jo« Hansen. Und es war ein Schock zu erkennen, wie ähnlich Niels und er sich waren. Dieselben türkisgrünen Augen, die kantigen Züge, das volle Haar – nur dass Joachims längst ergraut war, was seinem guten Aussehen jedoch keinen Abbruch tat.

Sie konnte verstehen, was ihre Großmutter einst so sehr an ihm fasziniert hatte, dass sie ihn noch heute nicht vergessen konnte. Wenn er als junger Mann zumindest halb so attraktiv gewesen war …

Doch jetzt war nicht der Moment, ihren Gedanken nachzuhängen.

»Tun Sie, was Sie nicht lassen können, Herr Hansen«, rief sie ihm zu. »Aber ich werde wiederkommen. So lange, bis Sie endlich bereit sind, mit mir zu reden. Fünf Minuten, mehr verlange ich nicht von Ihnen.«

»Sie haben überhaupt nichts zu verlangen«, entgegnete er eisig. »Ich kenne Sie nicht einmal.«

Hanna atmete tief durch. Jetzt musste sie echte Überzeugungsarbeit leisten. Und nach allem, was sie über Joachim Hansen gehört hatte, würde das nicht einfach werden.

»Es ist wirklich wichtig«, beharrte sie. »Bitte, Herr Hansen. Nur fünf Minuten Ihrer Zeit …«

»Ich sage es Ihnen jetzt noch ein letztes Mal – und meine

Antwort ist endgültig: Nein! Hauen Sie ab, bevor ich mich gezwungen sehe, meine Schrotflinte hervorzuholen. Und glauben Sie nur nicht, dass ich mich nicht traue, sie zu benutzen!«

Daran zweifelte Hanna keineswegs. Trotzdem würde sie jetzt nicht aufgeben. Sie *konnte* es nicht. Niels wollte sie nicht, so viel stand fest. Für ihn war sie nicht mehr gewesen als eine flüchtige Affäre. Austauschbar. Doch Hanna konnte nichts dagegen tun, dass sie nun einmal anders empfand. Sie wollte ihm helfen. Ihm *wirklich* helfen. Und dazu war es nicht damit getan, dass sie gemeinsam die *Strand-Schenke* wieder zum Laufen brachten.

Nein, sie wollte mehr als das. Sie wollte, dass er seinen Seelenfrieden fand. Und das war nur möglich, wenn er endlich mit der Vergangenheit abschloss. Was ihn und seinen Onkel entzweit hatte, durfte nicht länger sein Leben bestimmen. Hanna würde es ganz einfach nicht zulassen.

Sie schüttelte den Kopf. »Tut mir leid, aber ich kann Ihrer Aufforderung nicht nachkommen. Und wenn Sie mich erst einmal angehört haben, werden Sie auch verstehen, warum.«

Der Mann schnaubte. »Also schön, ganz wie Sie wollen.« Er trat vom Fenster weg und machte Anstalten, es zu schließen. Jetzt musste Hanna schnell reagieren. Ansonsten bestand die Gefahr, dass sich keine weitere Gelegenheit mehr ergeben würde, mit Joachim zu sprechen.

»Es geht um Ihren Neffen«, rief sie rasch. »Um Niels. Es ... es geht ihm nicht sehr gut.«

Einen Moment lang geschah gar nichts. Das Fenster blieb halb geschlossen, und sie konnte Joachim Hansens Umriss als Schatten dahinter sehen. Das Herz klopfte ihr bis zum Hals. Wie würde er reagieren – wenn überhaupt?

Schließlich trat der ältere Mann ans Fenster zurück. »Was ist mit ihm?«

Hanna ließ den Atem entweichen, von dem sie gar nicht bemerkt hatte, dass sie ihn angehalten hatte. »Er ist unglücklich, wütend und verbittert«, rief sie nach oben, in der Hoffnung, dass er nun bereit war, ihr zuzuhören.

111

Doch Hansen lachte nur. »Erzählen Sie mir etwas Neues. Ich habe immer wieder versucht, mit ihm zu sprechen, aber er ist einfach nicht bereit, mir auch nur eine Minute zuzuhören.«

»Nun, vielleicht kann ich Ihnen helfen«, entgegnete Hanna mit vor Anspannung bebender Stimme. »Aber dazu müsste ich zunächst einmal erfahren, was genau damals zwischen Ihnen und seinem Vater vorgefallen ist. Aus Ihrer Sicht.«

Von oben erklang ein Schnauben. »Es wäre das erste Mal, dass sich jemand für meine Sicht der Dinge interessiert. Aber schön, warum nicht? Was kann es schaden?«

Er schloss das Fenster, und eine Weile lang tat sich nichts. Hanna befürchtete schon, dass er es sich anders überlegt hatte, doch dann wurde die Tür des Leuchtturms aufgestoßen. »Kommen Sie schon rein«, brummte Hansen. »Das ist kein Thema, das ich zwischen Tür und Angel besprechen will.«

Hanna brauchte keine zweite Einladung.

Im Inneren des Leuchtturms führte eine enge Wendeltreppe steil nach oben. Schon nach wenigen Stufen fühlte Hanna sich ein wenig schwindelig, doch sie versuchte, das Gefühl zu ignorieren. Sie war heilfroh darüber, dass Joachim Hansen mit ihr nicht ganz nach oben stieg, sondern schon im ersten Stockwerk durch eine Tür trat.

Hanna folgte ihm und war verblüfft darüber, wie urgemütlich das Innere des Leuchtturms eingerichtet war. Zwar war es nicht besonders geräumig, und die runden Wände waren auch etwas gewöhnungsbedürftig, doch gleichzeitig machten die Besonderheiten auch den Charme des Gebäudes aus.

Hansen hatte sie offenbar in sein Wohnzimmer mit angeschlossener Küche geführt. Mit einer knappen Handbewegung bot er ihr einen Platz auf einem bequem aussehenden, wenn auch ziemlich durchgesessenen marineblauen Samtsofa an, während er selbst eine Kanne mit Wasser füllte und sie auf den Herd stellte.

»Schwarzer Tee ist hoffentlich in Ordnung für Sie«, sagte er, ohne sich zu ihr umzuwenden. »Ich bekomme nicht gerade häufig Besuch, wie Sie vielleicht schon gehört haben.«

»Schwarzer Tee klingt wunderbar«, entgegnete Hanna ein wenig schüchtern. Nun, wo sie hier war, bekam sie ein bisschen Angst vor der eigenen Courage. Im Grunde ging sie das alles nichts an, es waren nicht ihre Angelegenheiten. Und für Niels war sie doch nichts weiter als ein netter Zeitvertreib gewesen. Dennoch ... sie verspürte den dringenden Wunsch, etwas für ihn zu tun, ehe sie Rügen für immer verließ. Sie hatte nun mal Gefühle für ihn, und die ließen sich nicht einfach abstellen.

Heftig blinzelnd hielt sie die Tränen zurück, die ihr in die Augen zu steigen drohten. Sie war froh darüber, dass Joachim Hansen ihr noch immer den Rücken zuwandte. Doch schließlich kochte das Teewasser, er füllte zwei Tassen und kehrte damit zu ihr zurück. Er reichte ihr eine, während er die andere selbst behielt und sich in einen Ohrensessel fallen ließ, der weder im Muster noch im Material zu dem Sofa passte, auf dem sie selbst saß.

»Über meinen Neffen wollen Sie also mit mir sprechen, ja?«

Hanna nickte. »Er hat mir erzählt, was passiert ist. Stimmt es, dass Sie seinen Vater der Polizei ausgeliefert haben, als Sie merkten, dass er Geld aus dem Restaurant unterschlagen hat?«

Nach kurzem Zögern nickte Joachim. »Ja«, sagte er. »Und nein.«

Sie hob eine Braue. »Wie darf ich das verstehen?«

Seufzend lehnte er sich in seinem Sessel zurück und blies über den heißen Tee in seiner Tasse, ehe er weitersprach. »Es war nicht ganz so, wie es zunächst scheint. Ja, ich habe meinen Bruder an die Polizei verraten. Aber ich kann Ihnen versichern, dass ich mir diese Entscheidung nicht leicht gemacht habe. Es ging mir nicht ums Geld. Ich habe lange mit mir gerungen und die Fehlbeträge ausgeglichen, die Jakob verursacht hat. Doch es ging immer weiter bergab mit ihm, und er wollte sich einfach nicht helfen lassen. Am Ende glaubte ich, dass mir keine andere Wahl mehr blieb – und ich bereue es bis heute, angesichts des dramatischen Endes, das mein Bruder genommen hat.«

»Wie meinen Sie das: Es ging bergab mit ihm? Hatte Ihr Bruder Probleme?«

Er nickte. »Es wundert mich nicht, dass Niels Ihnen davon nichts erzählt hat. Vermutlich weiß er es nicht einmal. Ja, mein Bruder war spielsüchtig. Zuerst hat er jeden Cent, den er besaß, an irgendwelchen Spieltischen verzockt. Später kamen dann noch Automaten hinzu. Ich habe ihn gedeckt, solange es ging, und immer wieder versucht, ihn zu einer Therapie zu bewegen. Doch er weigerte sich, sodass ich schließlich keine andere Möglichkeit mehr sah, als ihn dazu zu zwingen, sich seinen Problemen zu stellen.«

»Indem Sie ihn anzeigten.«

»Ja. Ich ahnte ja nicht, dass er sich in der Untersuchungshaft etwas antun würde. Doch offenbar habe ich seine Verzweiflung unterschätzt. Petra, seine Frau, wird mir das wohl niemals verzeihen. Ebenso wenig wie Niels, der den Worten seiner Mutter natürlich mehr Glauben schenkte als meinen.«

Langsam schüttelte Hanna den Kopf. Damit hatte sie nicht gerechnet. Doch nun fügte sich das Puzzle zusammen. Plötzlich ergab alles einen Sinn. Joachim hatte lediglich versucht, seinem Bruder zu helfen. Wenn Niels davon erfuhr, gab es vielleicht noch eine Chance für die beiden, sich miteinander auszusöhnen.

Vielleicht.

»Und Sie schwören mir, dass das, was Sie mir gerade erzählt haben, der Wahrheit entspricht?«

Er begegnete ihrem Blick ernst. »Jedes einzelne Wort ist wahr.«

»Dann verspreche ich Ihnen, dass ich versuchen werde, Niels alles zu erklären. Er hängt immer noch sehr an Ihnen. Viel mehr, als er sich selbst einzugestehen bereit ist.«

Die Augen des älteren Mannes glitzerten verdächtig, als er an seinem Tee nippte. »Es wäre sehr schön, wenn es Ihnen gelingen würde, den Kontakt mit Niels wiederherzustellen. Wir hatten immer eine sehr enge Beziehung. Er war wie ein Sohn für mich, und ich habe mich immer bemüht, für ihn da zu sein, wenn sein eigener Vater dazu nicht in der Lage war.«

Hanna nickte entschlossen. Die Frage war nur, wie sie Niels dazu bewegen sollte, ihr zuzuhören.

Vermutlich war es am besten, einfach mit der Tür ins Haus zu fallen. Auf diese Weise blieb ihm überhaupt keine Gelegenheit, sie abzuweisen.

Sie stand auf. »Ich danke Ihnen für Ihre Gastfreundschaft und Ihre Offenheit, Herr Hansen. Ich werde tun, was in meiner Macht steht. Versprechen kann ich Ihnen jedoch nichts.«

»Das ist mir klar, mein Kind«, erwiderte er mit einem traurigen Lächeln, in dem allerdings auch ein wenig Hoffnung zu erkennen war. »Ich bin froh, dass Sie es zumindest versuchen wollen. Das ist bereits mehr, als ich je zu hoffen gewagt habe.«

»Ach, verflixt!« Petra Hansen war gerade auf dem Heimweg vom Bahnhof, als sie merkte, dass der Vorderreifen ihres Fahrrads Luft verlor. Sie hielt an, stieg ab und betrachtete das Malheur. »Na wunderbar ...«

Seufzend fuhr sie sich durchs Haar. Das hatte ihr gerade noch gefehlt. Und sie hatte kein Flickzeug dabei!

Wie ärgerlich!

Sie schaute sich um, doch natürlich war niemand in der Nähe, der ihr helfen konnte. Ihr Blick fiel auf den Leuchtturm.

Joachim.

Nein, ihn würde sie auf keinen Fall fragen. Niemals!

Ihre Stirn legte sich in Falten, während sie das Gebäude anstarrte, in dem ihr verhasster Schwager wohnte. Als sich die Tür zum Leuchtturm plötzlich öffnete, blinzelte sie verblüfft – nur um im nächsten Moment scharf einzuatmen, als sie sah, wer da ins Freie trat.

»Na, das darf ja wohl nicht wahr sein ...«

Sie umfasste die Griffe des Lenkers so fest, dass ihre Fingerknöchel weiß hervortraten. Dann marschierte sie los.

Sie musste mit ihrem Sohn sprechen – und zwar sofort!

10. Kapitel

Niels stand in der Küche, um ein neues Fischgericht auszuprobieren, das ihm ein Bekannter empfohlen hatte, als seine Mutter hineinstürmte.

»Mein Junge, du wirst nicht glauben, was ich gerade gesehen habe!«, stieß sie atemlos hervor.

Er blinzelte. »Mutter, du bist schon zurück? Wolltest du nicht erst heute Abend ...«

»Ich habe einen Zug eher genommen.« Sie winkte ab. »Aber darum geht es jetzt nicht.«

»Sondern? Willst du dich nicht erst einmal setzen? Was ist denn los? Du bist ja völlig aus der Puste. Möchtest du ein Glas Wasser?«

Energisch schüttelte sie den Kopf. »Nein, ich will kein Wasser. Niels, du wirst es mir vermutlich nicht glauben – ich kann es ja selbst kaum glauben, aber ...«

Beschwichtigend hob er die Hände. »Jetzt beruhige dich. Was immer auch passiert ist, wir werden schon eine Lösung finden. Vertrau meiner Erfahrung als Küchenmeister: Nichts wird so heiß gegessen, wie es gekocht wird.«

»Da bin ich mir nicht so sicher. Niels, es geht um deine Freundin, diese Hanna ...«

Er zog eine Braue hoch. »Ich weiß, dass du nicht sonderlich begeistert davon warst, dass ich mit ihr den Laden umgekrempelt habe. Aber du wirst schon sehen, dass unsere Bemühungen Früchte tragen werden. Ich bin davon überzeugt, dass ...«

»Das spielt jetzt keine Rolle«, fiel seine Mutter ihm ins Wort. »Auf dem Weg vom Bahnhof hierher bin ich am Leuchtturm vorbeigefahren.«

Sofort verengten sich seine Augen. »Du warst bei Joachim?«

»Ich sagte, ich bin in der Nähe vorbeigefahren. Dummerweise hatte ich genau dort einen Platten, sodass ich erst mal stehen bleiben musste. Tja, und dann habe ich gesehen, wie jemand aus dem Leuchtturm kam. Eine junge Frau.«

Niels sah sie an. »Und? Dein Schwager kann doch wohl machen, was er will, ich …«

»Niels, ich habe diese Frau, mit der du zusammenarbeitest, zwar nur einmal kurz gesehen, aber ich bin sicher, dass sie es war, die aus dem Leuchtturm kam. Meine Augen sind auch auf die Entfernung noch ganz gut.«

»Hanna?« Ungläubig starrte Niels seine Mutter an. Hatte er da gerade richtig gehört? Hanna war bei Joachim gewesen? Obwohl sie wusste, wie er zu seinem Onkel stand? Er schüttelte den Kopf. »Nein, das kann nicht sein …«

Wirklich nicht? Niels atmete scharf ein. Schließlich war sie nur wegen seines Onkels nach Rügen gekommen.

Aber sie hatten doch eine Vereinbarung! Sie half ihm, und er versuchte im Gegenzug, sie mit Joachim in Kontakt zu bringen. Dass sie seinen Onkel nun vorzeitig und ohne sein Wissen aufgesucht hatte, konnte nur bedeuten, dass …

Kurz schloss er die Augen und unterdrückte ein Aufstöhnen. Er hatte geglaubt, dass sich zwischen ihnen in den letzten Tagen eine echte Vertrauensbasis entwickelt hätte. Sollte er sich wirklich so in ihr getäuscht haben?

Anscheinend. Auf jeden Fall hatte sie sich wohl dazu entschlossen, auf eigene Faust zu handeln. Allein der Gedanke, dass sie hinter seinem Rücken zu seinem Onkel gegangen war, machte ihn so wütend, dass er nicht mehr klar denken konnte.

Ganz offensichtlich hatte ihr das, was zwischen ihnen geschehen war, nicht so viel bedeutet wie ihm. Verdammt, er hatte sich am vergangenen Abend sogar mit einer befreundeten Maklerin getroffen, die das leer stehende Ladenlokal auf der Hauptstraße vermittelte. Er hatte gehofft, Hanna dazu bewegen zu können, auf Rügen zu bleiben und hier eine Agentur zu gründen.

Er hatte es gehofft, weil er sich in sie verliebt hatte. Und seine Zukunft mit ihr verbringen wollte.

Aber das war ja jetzt wohl hinfällig.

»Und? Was wirst du jetzt unternehmen?«, riss ihn die Stimme seiner Mutter aus seinen Gedanken.

Er zuckte mit den Schultern, bemüht, sich seinen Zorn nicht anmerken zu lassen. Doch das war kaum möglich. Die Enttäuschung über Hanna saß zu tief.

Mit einer Frau, die sich einfach so über die Gefühle anderer Menschen hinwegsetzte, wollte er nichts zu tun haben. Sie konnte ihm gestohlen bleiben. Er wollte sie niemals wiedersehen, selbst wenn es ihm das Herz brach.

Und das würde es.

Daran zweifelte er keine Sekunde.

»Und Sie sind wirklich sicher, dass Sie abreisen wollen?«, fragte Martha am nächsten Morgen sichtlich überrascht. »Ich meine ... Was ist mit Niels Hansen? Haben Sie alles miteinander klären können?«

Hanna lachte bitter auf. »So könnte man sagen«, entgegnete sie, dann seufzte sie und schenkte ihrer Pensionswirtin ein bemühtes Lächeln. »Es ist alles in Ordnung. Ich habe mir meine Entscheidung, Rügen zu verlassen, reiflich überlegt. Ich will nicht zu sehr ins Detail gehen, aber es ist das Beste für alle Beteiligten.«

Die Frauen saßen gemeinsam in der Küche, wo Martha ihnen soeben eine Tasse Kaffee eingeschenkt hatte. Nun hob sie eine Braue. »Wenn es stimmt, was ich mir aus Ihren Worten zusammenreime, dann bin ich ehrlich gesagt überrascht. Ich habe Niels zwar in letzter Zeit nicht oft zu Gesicht bekommen, aber wenn, dann wirkte er um einiges gelöster als früher. Ihre Gesellschaft schien ihm gutzutun.«

»Nun, anscheinend nicht gut genug.« Hanna trank einen Schluck Kaffee. »Glauben Sie mir, ich wünschte auch, die Dinge hätten sich anders entwickelt. Aber es ist nun einmal so, wie es ist – und ich muss lernen, damit umzugehen. Aber das kann ich nicht, wenn ich Niels jeden Tag sehe. Ich brauche Abstand.«

Martha nickte nachdenklich. »Wirklich schade. Ich hatte nämlich den Eindruck, dass Sie sich hier auf Rügen wirklich wohlfühlen. Irgendwie habe ich wohl gehofft, dass Sie bleiben würden. Ich mag Sie nämlich sehr, mein Kind.«

Über den Tisch hinweg griff Hanna nach der Hand der älteren Frau, die sie immer mehr an ihre Großmutter erinnerte. »Ich mag Sie auch, Martha. Und ich werde Sie anrufen, sobald ich zurück in Hamburg bin. Wer weiß, vielleicht verschlägt es mich ja eines Tages wieder hierher. Wenn ich über Niels hinweg bin.«

»Ich würde mich jedenfalls sehr freuen.« Die Pensionswirtin stellte ihre Tasse auf dem Küchentisch ab, stand auf und umarmte Hanna, die nach einem kurzen Moment der Überraschung die herzliche Geste erwiderte.

Sie mochte Martha wirklich. Sie war innerhalb kurzer Zeit zu so etwas wie einer mütterlichen Freundin für sie geworden. Was sehr schön war, da sie außer ihrer Großmutter niemanden mehr hatte.

Großmutter ...

Erneut meldete sich Hannas schlechtes Gewissen, doch es nutzte ja nichts. Sie konnte nicht bleiben. Nicht unter diesen Umständen.

Nachdem sich die Frauen voneinander gelöst hatten, stand auch Hanna auf. »Ich muss los. Das Taxi wartet sicher schon, und ich will auch noch zur *Strand-Schenke*, um mich von Niels zu verabschieden. Selbst wenn es zwischen uns nicht geklappt hat, bedeutet er mir noch immer sehr viel. Und ich fürchte, daran wird sich auch so schnell nichts ändern ...«

Sie nahm ihren Trolley, der bereits fertig gepackt im Flur stand, und verließ die Pension. Nachdem sie ihr Gepäck im Kofferraum des Taxis verstaut hatte und eingestiegen war, wandte sie sich an den Fahrer: »Ich möchte zum Bahnhof nach Bergen. Wir müssten auf dem Weg allerdings einen kurzen Zwischenstopp bei der *Strand-Schenke* einlegen.«

Je näher sie dem Restaurant kam, desto nervöser wurde Hanna. Ihr Herz klopfte wie verrückt. Wie würde Niels reagieren, wenn sie ihm ihre Entscheidung mitteilte?

Wie soll er schon reagieren? Vergiss nicht, dass er nicht dasselbe für dich empfindet wie du für ihn. Er wird dir alles Gute wünschen, sich umdrehen und sein Leben weiterleben. Und dasselbe solltest du auch tun. Oder es zumindest versuchen ...

Als sie die *Strand-Schenke* erreicht hatten, hielt der Fahrer an. Hanna atmete noch einmal tief durch. Nun war es so weit.

»Ich bin sofort wieder da.« Sie stieg aus, ging mit zittrigen Knien zur Eingangstür – und war überrascht, diese verschlossen vorzufinden. Als niemand auf ihr Klopfen reagierte, ging sie um das Haus herum zum Hintereingang. Doch auch hier war die Tür verriegelt, und in der Küche war alles dunkel.

»Niels?« Hanna trat ein paar Schritte zurück und versuchte, durch das Fenster im oberen Stockwerk, wo sich seine Wohnung befand, etwas zu erkennen. Sie sah, wie der Vorhang zurückfiel, und wusste sofort, dass er da war. Warum machte er nicht auf? Er musste doch inzwischen wissen, dass sie es war.

»Niels, was soll das? Mach bitte auf, ich möchte mit dir reden.«

Keine Reaktion.

So langsam fragte Hanna sich wirklich, was hier gespielt wurde. Was war mit Niels los? War er etwa krank oder verletzt und konnte deshalb nicht zur Tür kommen? Blödsinn, bis zum Fenster hatte er es ja auch geschafft. Und er hätte es zumindest öffnen und ihr die Situation erklären können. Aber ganz offensichtlich *wollte* er nicht mit ihr sprechen. Weshalb, das war ihr allerdings ein Rätsel.

Sie ging wieder dazu über, gegen die Tür zu hämmern. Irgendwie erinnerte sie die ganze Szene an den vergangenen Tag, als sie verzweifelt versucht hatte, Joachim Hansen zu einem Gespräch zu bewegen. Die Ähnlichkeit der beiden Männer bestand also nicht nur im Aussehen.

»Niels, bitte! Das ist doch albern, ich …«

Sie verstummte, als sie durch die Milchglaseinlage in der Tür sah, dass sich ein Schatten näherte. Na endlich, dachte sie und war erstaunt darüber, wie erleichtert sie sich fühlte.

Die Tür öffnete sich einen Spalt – doch statt Niels sah sie sich seiner Mutter gegenüber. Sie war also schon zurück von ihrer Reise?

»Guten Tag, Frau Hansen, ich würde gern mit Ihrem Sohn sprechen. Ist er zu Hause?«

»Er ist oben«, entgegnete die Frau kühl. »Und da wird er auch bleiben. Er will nicht mit Ihnen reden. Und offen gestanden, ich auch nicht.«

Hanna runzelte die Stirn. Was hatte das denn zu bedeuten?

»Hören Sie, ich möchte mich lediglich verabschieden. Ich werde Rügen verlassen und …«

»Das trifft sich hervorragend.« Petra Hansens Stimme klang eisig. »Ich weiß nämlich rein zufällig, dass mein Sohn Sie nicht wiedersehen will.«

Mit diesen Worten knallte sie Hanna die Tür vor der Nase zu.

Verblüfft und irritiert stand sie einen Moment lang einfach nur regungslos da. Dann hob sie den Kopf. »Niels?«, rief sie und ging solange rückwärts, bis sie das Fenster wieder im Blick hatte. »Niels, was soll das? Ich …« Sie schüttelte über sich selbst den Kopf. Was tat sie hier eigentlich? Es war doch alles ganz eindeutig: Niels hatte sie abserviert.

Eiskalt abserviert.

Sie dachte an die andere Frau, mit der sie ihn im Ort gesehen hatte. *Da war dir doch schon klar, dass du für ihn nur ein netter Zeitvertreib warst. Wieso schockiert dich sein Verhalten dann jetzt so?*

Niels hatte den Sex mit ihr zwar genossen, aber nie mehr gewollt. Für ihn gab es vermutlich nur die Frau, mit der Hanna ihn gesehen hatte.

Ja, das hätte sie sich schon klarmachen müssen, bevor sie hierhergekommen war, um sich zu verabschieden. Dennoch – so behandelt zu werden, tat weh. Dass er nicht einmal den Mut besaß, mit ihr zu sprechen, traf sie tief.

Niels stand in seinem Büro und beobachtete durchs Fenster, wie Hanna wieder ins Taxi stieg. In seiner Brust machte sich ein so schweres Gefühl breit, als würde ein Felsbrocken darauf lasten. Aber warum? Sollte er nicht froh sein, dass er sie los war?

Seufzend presste er die Handballen fest gegen seine Schläfen. Als er hörte, dass hinter ihm die Tür geöffnet wurde, ließ er die Arme sinken und straffte die Schultern.

»Ach, hier steckst du«, erklang die Stimme seiner Mutter. »Ich muss schon sagen, diese Frau ist ganz schön hartnäckig. Sie wollte unbedingt mit dir sprechen, bevor sie Rügen verlässt.«

»Sie reist ab?« Niels atmete tief durch. »Gut so.« Er sah seine Mutter an und wandte sich dann wieder dem Fenster zu. »Bitte lass mich jetzt allein, Mutter. Ich brauche etwas Zeit für mich.«

»Natürlich, mein Junge …«

Ihre Schritte entfernten sich, kurz darauf fiel die Tür mit einem leisen Klicken ins Schloss. Mit Daumen und Zeigefinger rieb Niels sich die Nasenwurzel. Was war bloß mit ihm los? Hanna verdiente es nicht, dass er ihr auch nur eine Träne nachweinte!

Sie hatte ihn hintergangen. Ohne es mit ihm abzusprechen, war sie zu seinem Onkel gegangen. Dabei wusste sie doch, was das für ihn bedeutete. Das war so ziemlich der größte Vertrauensbruch, den er sich vorstellen konnte.

Aber es passte alles zusammen: Sie wollte vorzeitig abreisen, aber natürlich nicht ohne zuvor noch zu erledigen, wofür sie nach Rügen gekommen war. Deshalb hatte sie Joachim heimlich aufgesucht.

So etwas Verlogenes! Wütend kniff Niels die Augen zusammen. Er konnte froh sein, dass Hanna nun fort war, ja, das konnte er wirklich.

Und dennoch ... Allein bei dem Gedanken, sie womöglich niemals wiederzusehen, zerriss es ihm schier das Herz.

Er konnte auch vor sich selbst nicht mehr leugnen, dass er sich in Hanna verliebt hatte. Im Grunde sollte es ihn nicht sonderlich wundern, dass sie ihn hintergangen hatte. Er hatte ja schon immer den falschen Menschen sein Vertrauen geschenkt. Man brauchte ja nur an Joachim zu denken ...

Niels schloss die Augen. Sofort sah er Hannas Gesicht vor sich, und sein Blutdruck erhöhte sich merklich. Plötzlich drängte sich ihm die unbequeme Frage auf, ob er sich wirklich richtig verhielt.

Oder stand er im Begriff, einen folgenschweren Fehler zu begehen?

Was war denn schon geschehen? Sein Stolz war verletzt worden, weil Hanna auf eigene Faust Kontakt zu Joachim aufgenommen hatte. Konnte er ihr das wirklich verübeln? Immerhin hatte er bislang keinerlei Anstalten gemacht, ihr zu helfen. Und wenn er ehrlich zu sich selbst war, dann musste er eingestehen, dass er nicht einmal mit Sicherheit sagen konnte, ob er sich am Ende wirklich an ihre Vereinbarung gehalten hätte.

Machte das nicht viel mehr *ihn* zu einem Verräter?

Niels ballte die Hände zu Fäusten. Er wusste genau, was seine Mutter sagen würde, wenn sie wüsste, was in seinem Kopf vorging. Aber sie kannte Hanna nicht. Und sie wusste nicht, wie er für sie empfand. Sie würde es nicht verstehen.

Verdammt!

Erneut rieb er sich die Nase. Was sollte er bloß tun? Er liebte Hanna – aber verzeihen konnte er ihr nicht.

Ebenso wenig wie er Onkel Joachim verzeihen konnte.

11. Kapitel

Hanna konnte sich nicht erinnern, jemals in ihrem Leben so unglücklich gewesen zu sein. Zurück in Hamburg, versuchte sie, alles, was auf Rügen geschehen war, hinter sich zu lassen. Doch es half nichts. Sie konnte immerzu nur an Niels denken.

Das Herz war ihr noch immer schrecklich schwer. Und obwohl ihr Verstand sagte, dass es vermutlich besser so war, tat es einfach schrecklich weh. Die Tatsache, dass sie für Niels nur eine unbedeutende Affäre gewesen war, dass er sie kurze Zeit später nicht mehr hatte sehen wollen und ihr nicht einmal die Gelegenheit gegeben hatte, sich zu verabschieden …

Aus ihrem Augenwinkel löste sich eine einzelne Träne und rann ihre Wange hinab. Ungeduldig wischte sie sie fort. Niels verdiente es nicht, dass sie seinetwegen weinte! In gewisser Weise war er wie Andreas. Er hatte sie ausgenutzt, sich genommen, was er wollte, und sie dann einfach fallen gelassen wie eine heiße Kartoffel. Sie konnte von Glück reden, dass sie dieses Mal nicht erst nach Jahren gemerkt hatte, an was für einen Mann sie geraten war.

Wobei sie dies wohl kaum sich selbst zuschreiben durfte. Wäre es nach ihr gegangen …

Sie hielt es nicht länger aus in der Enge ihrer Wohnung, deshalb beschloss sie, zu ihrer Großmutter in die Rehaklinik zu fahren. Obwohl sie bereits vor einigen Tagen zurückgekommen war, hatte sie diesen Besuch bis jetzt aufgeschoben. Sie fürchtete, dass es ihr nicht gelingen würde, ihrer Großmutter etwas vorzumachen, die so eine Art siebten Sinn besaß, wenn es darum ging, die Gefühle ihrer Enkelin zu ergründen und ihr direkt bis ins Herz zu blicken.

Doch da musste sie jetzt durch. Irgendwie würde es ihr schon gelingen, gute Miene zum bösen Spiel zu machen.

Aber weit gefehlt. Als sie eine halbe Stunde später das Zimmer der älteren Frau betrat, zog diese sofort alarmiert die Augenbrauen hoch.

»Was ist los, Liebes? Du siehst aus, als hättest du seit vielen Nächten kein Auge zugetan! Deine Reise war wohl ziemlich anstrengend, was?«

Wenn es nicht so schrecklich traurig wäre, hätte Hanna fast drüber lachen können. Doch danach war ihr nun wirklich nicht zumute. Ganz im Gegenteil …

Mit Macht brachen sich nun die Tränen Bahn und ließen sich einfach nicht zurückdrängen. Hanna durchquerte den Raum – zum Glück handelte es sich um ein Einzelzimmer, sodass niemand sonst ihren Gefühlsausbruch mitbekam –, und fiel praktisch neben dem Bett ihrer Großmutter auf die Knie. Den Kopf auf die Matratze gelehnt, griff sie nach ihrer Hand und drückte sie.

»Ich hab dich schrecklich vermisst, Oma.«

Susanne Müller streichelte ihr beruhigend übers Haar. »Na, na«, sagte sie lächelnd. »Ich bin aber doch sicher nicht der Grund, warum du direkt in Tränen ausbrichst, oder? Heraus mit der Sprache: Was ist geschehen?«

Hanna unterdrückte ein weiteres Schluchzen. Wo sollte sie anfangen? Ihre Großmutter wusste ja nicht, dass sie nach Rügen gereist war, um Joachim ausfindig zu machen. Sollte sie es ihr sagen? Und auch, dass sie ihre Jugendliebe tatsächlich kennengelernt hatte?

»Es geht um einen Mann«, sagte sie schließlich ausweichend.

»Das dachte ich mir bereits.« Susannes Lächeln wurde breiter. »Es wurde ja auch Zeit, dass du dein Herz nach dieser hässlichen Geschichte mit Andreas endlich wieder öffnest.«

Hanna verzog das Gesicht. »Dummerweise scheine ich eine Veranlagung zu besitzen, mir immer die falschen Typen auszusuchen. Niels jedenfalls …«

»Ach, so heißt er also? Niels?«

»Ja«, sagte sie. »Niels Hansen.«

Die Miene ihrer Großmutter nahm einen träumerischen Ausdruck an. »Das muss in der Familie liegen. Dieser Junge, von dem ich dir erzählt habe – meine erste große Liebe – hieß auch Hansen.«

»Ich weiß«, entgegnete Hanna kleinlaut. »Er ist Niels' Onkel.«

Überrascht schaute Susanne sie an. »Was sagst du da? Aber wie ...?«

»Das ist eine lange Geschichte.«

»Na, dann leg mal los. Oder sehe ich so aus, als wäre ich im Augenblick schwer beschäftigt?«

Hanna fuhr sich seufzend durchs Haar. »Ich bin nach Rügen gefahren, um nach Joachim Hansen zu suchen. Damit du deinen Traum verwirklichen und ihm das Bernsteinamulett zukommen lassen kannst.«

Ungläubig schaute ihre Großmutter sie an. »Ist das dein Ernst? Das wolltest du für mich tun?«

»Natürlich«, entgegnete Hanna mit tränenerstickter Stimme. »Immerhin bist du der einzige Mensch auf der Welt, den ich noch habe. Ich will, dass du glücklich bist.«

»Ach, Kleines, das ist schrecklich lieb von dir. Ich gebe gerne zu, dass ich mir wirklich sehr wünsche, Joachim wiederzusehen. Aber es gefällt mir nicht, dass du meinetwegen jetzt so traurig bist.«

Hanna lächelte schwach. »Es ist doch nicht deine Schuld, Oma. Ich ...« Sie schüttelte den Kopf. Noch war sie nicht bereit, darüber zu sprechen, sie brauchte noch einen Moment. Ein paar Minuten nur. »Ich habe deinen Joachim besucht. Er lebt zurückgezogen in einem Leuchtturm. Auf den ersten Blick wirkt er ziemlich brüsk und abweisend, aber ich glaube, im Grunde seines Herzens ist er ein guter Kerl.«

Ihre Großmutter nickte. »Alles andere hätte mich auch stark gewundert.« Verträumt blickte sie ins Leere. »Ich war schrecklich verliebt in ihn. Alle Mädchen waren hinter ihm her, doch er hat sich für mich entschieden. Dann hieß es, dass die Grenzen geschlossen werden sollten. Wir lebten ja damals beide mit unseren Familien in Jena. Meine Eltern haben sich entschieden, in den Westen zu gehen, solange es noch möglich war. Ich wollte zuerst nicht mit, doch Joachim überzeugte mich, diese Chance zu nutzen. Er versprach mir, dass er nachkommen würde, sobald es ihm möglich war.«

»Aber dazu ist es nie gekommen, oder?«

»Nein.« Traurig schüttelte Susanne den Kopf. »Wir haben uns noch eine Weile regelmäßig geschrieben, doch schließlich ist er weggezogen – wohl nach Rügen – und der Kontakt brach ab. Tja, und dann traf ich deinen Großvater und …«

»Und der Rest ist Geschichte«, beendete Hanna den Satz. »Ich habe am Ende übrigens mit Joachim gar nicht über dich gesprochen. Es tut mir leid, Oma.«

»Aber das macht doch nichts, Kleines. Nun erzähl mal lieber, was es mit dir und Joachims Neffen auf sich hat. Ich kann nur für ihn hoffen, dass er dir nicht irgendwie zu nahe getreten ist.«

»Nein, es ist nichts geschehen, mit dem ich nicht einverstanden gewesen wäre. Aber …« Sie schloss die Augen. Es schmerzte, auch nur darüber nachzudenken. »Ich habe mich in ihn verliebt, aber er empfindet nicht so für mich wie ich für ihn. Und als ich mich gestern von ihm verabschieden wollte, hat er sogar seine Mutter vorgeschickt, um mich abzuwimmeln.« Traurig schüttelte sie den Kopf. »Ich habe mich schwer in ihm getäuscht. Offenbar lasse ich mich immer auf die falschen Männer ein.«

Ihre Großmutter schnaubte. »Du meinst wegen Andreas, diesem Schuft? Du machst dir doch hoffentlich deswegen nicht immer noch Gedanken, oder? Dieser Mensch hat dich einfach nicht verdient. Und du solltest wirklich damit aufhören, von seinem Verhalten auf andere zu schließen.«

»Das mag sein, aber die Geschichte mit Niels hat auf jeden

Fall auch keine Zukunft. Ich habe ihn mit einer anderen Frau gesehen, nachdem wir ...« Sie brach ab. Es gab Themen, die sie lieber nicht mit ihrer Großmutter besprach. »Auf jeden Fall wirkten die beiden ziemlich vertraut.«

»Was nichts heißen muss. Aber ich will dir nicht in deine Angelegenheiten hereinreden, Kleines. Du weißt am allerbesten, was gut für dich ist und was nicht.«

Hanna nickte. Wenn sie sich, was das betraf, nur selbst so sicher sein könnte.

Es war bereits spät am Abend, als Hannas Handy klingelte. Überrascht erkannte sie die Nummer von Marianne, ihrer Bekannten, die den Kontakt zu Ina hergestellt hatte. Seit ihrem eher kurzen Telefonat hatten sie nicht mehr miteinander gesprochen.

»Marianne, so spät noch? Ist etwas passiert?«

»Mir geht's gut, keine Sorge«, entgegnete ihre ehemalige Kollegin. »Aber ich hielt es für besser, dir die Information, die mich vorhin erreicht hat, noch heute zukommen zu lassen. Es geht um Ina.«

»Was ist mit ihr? Will sie etwa einen Rückzieher machen, was die Story betrifft?«

»Ganz im Gegenteil«, entgegnete Marianne. »Sie will die Sache auf Biegen und Brechen durchziehen – obwohl unsere Chefredakteurin alles andere als angetan ist von ihrem Plan.«

»Plan?« Hanna runzelte die Stirn. Sie verstand nicht, worauf Marianne hinauswollte. »Was denn für ein Plan? Sie schreibt einen Reisebericht über Rügen, in der sie das Restaurant meines ... Bekannten positiv erwähnt.«

»Eben nicht! Das hat sie vielleicht anfänglich vorgehabt. Aber wie es scheint, ist sie einer interessanteren Geschichte auf die Spur gekommen. Sag, kann es sein, dass es in der Vergangenheit deines Bekannten irgendwelche dunklen Geheimnisse gibt?«

Niels' Vater! Sofort musste Hanna an ihn denken, an seine

Spielsucht und daran, dass er wiederholt Geld aus der *Strand-Schenke* in die eigene Tasche gewirtschaftet hatte, um seine Sucht zu befriedigen. Das allein war schon Stoff für eine Story – auch ohne die Tatsache, dass er von seinem eigenen Bruder an die Polizei verraten worden und ins Gefängnis gekommen war, wo er sich kurze Zeit später das Leben genommen hatte.

Hanna ärgerte sich über sich selbst. Wie hatte sie nur so blind sein können?

Ina plante eine Art Enthüllungsstory! Und die würde der *Strand-Schenke* zwar Aufmerksamkeit einbringen – aber um welchen Preis?

»Danke für die Warnung«, stieß sie atemlos hervor.

»Also weißt du, worum es geht?«

»Allerdings. Nochmals vielen Dank.«

»Ehrensache. Schließlich war ich es, die den Kontakt zu Ina für dich hergestellt hat. Hätte ich gewusst, was für eine intrigante …«

»Schon gut«, unterbrach Hanna sie. »Es gibt keinen Grund, sich schuldig zu fühlen. Du konntest ja nicht ahnen, was geschehen würde.«

»Und was willst du jetzt unternehmen?«

Nachdenklich krauste Hanna die Stirn. Ja, was wollte sie unternehmen? Sie konnte nicht zulassen, dass Ina einfach Niels' Privatleben an die Öffentlichkeit zerrte. Schon gar nicht, wo sie wusste, wie sehr er noch immer mit den Geistern der Vergangenheit zu kämpfen hatte.

Obwohl sein Verhalten sie zutiefst verletzt hatte, konnte sie nicht zulassen, dass Ina Markgraf ein falsches Spiel mit ihm spielte. Nicht, wo sie wusste, wie sehr ihm das Schicksal seines Vaters noch immer zu schaffen machte.

Hanna musste etwas unternehmen, um Ina aufzuhalten.

Bloß was?

Am Tag der Wiedereröffnung der *Strand-Schenke* strahlte die Sonne vom wolkenlosen Himmel und vom Meer blies eine leichte Brise herüber, die die Temperaturen in einem angenehmen Bereich hielt. Alles war perfekt.

Eigentlich.

Seufzend fuhr Niels sich durchs Haar.

Zusammen mit seiner Mutter hatte er alles vorbereitet. Die Terrasse erstrahlte in neuem Glanz, und der frisch renovierte Gastraum wirkte freundlich und einladend. Für den heutigen Tag waren bereits zahlreiche Reservierungen eingegangen, und Niels war zuversichtlich, dass sich die verbliebenen freien Tische mit Laufkundschaft füllen würden.

Wenn die Geschäfte in Zukunft so weiterliefen, musste er sich keine Gedanken mehr über das Fortbestehen seines Restaurants machen. Und dass es so kommen würde, daran zweifelte er nicht.

Ina Markgraf hielt sich im Gastraum auf und machte Fotos für ihren Artikel. Wenn der erst einmal veröffentlicht wurde … Alles würde gut werden.

Und wem hast du das zu verdanken?

Obwohl der Himmel nach wie vor in makellosem Blau erstrahlte, kam es Niels vor, als hätte sich eine düstere Wolke vor die Sonne geschoben. Seit Tagen versuchte er, jeden Gedanken an Hanna zu vermeiden. Die Betonung lag auf *versuchte*.

Er atmete tief durch, wieder fühlte er diese Schwere auf seiner Brust. So ging es ihm jedes Mal, wenn er an Hanna dachte. Also praktisch andauernd.

Petra Hansen machte sich schon Sorgen um ihren Sohn. Seit dem Frühstück hatte sie ihn bereits mehrmals gefragt, ob mit ihm alles in Ordnung sei. Aber was sollte er ihr sagen? Dass ihm Hanna immerzu im Kopf herumspukte? Dass ein Teil – ein *großer* Teil – von ihm sich wünschte, sie wäre hier, um ihren Erfolg zusammen mit ihm zu feiern?

Dass es dazu nicht kommen würde, dafür hatte er gesorgt. Und das war auch besser so. Sagte ihm zumindest sein Verstand.

Sein Herz sah das jedoch vollkommen anders.

Die ersten Gäste trafen ein, und Niels kam nicht mehr dazu, dumpf vor sich hin zu brüten. Was allerdings nicht bedeutete, dass er aufhörte, an Hanna zu denken. Nie hätte er geglaubt, dass eine Frau einmal einen so starken Einfluss auf sein Leben und seine Arbeit haben könnte.

Schon gar nicht eine Frau, die sich in sein Herz geschlichen und ihn dann ohne mit der Wimper zu zucken hintergangen hatte.

Es wurde hektisch, sodass die beiden Aushilfen im Service nicht mehr allein zurechtkamen und von seiner Mutter unterstützt werden mussten.

So kam es, dass Niels allein in der Küche war, als sich die Hintertür öffnete und jemand eintrat.

Niels legte das Messer, mit dem er die Karotten geschnitten hatte, auf die Arbeitsplatte, drehte sich um – und erstarrte.

»Was, zum Teufel, willst *du* hier?«, stieß er heiser hervor, nachdem er seine Sprache wiedergefunden hatte.

Joachim wirkte nicht überrascht über den wenig herzlichen Empfang. Warum sollte er auch? Niels hatte ihm bei ihrer letzten Begegnung mehr als deutlich zu verstehen gegeben, dass er für ihn gestorben war.

Warum also war er jetzt hier? Wieso ausgerechnet jetzt?

Sein Onkel räusperte sich. »Du sprichst mit mir – ich werte das als Fortschritt.«

»Das würde ich an deiner Stelle nicht überbewerten. Du hast mich einfach überrascht, das ist alles. Und du erinnerst dich vielleicht noch daran, dass ich kein großer Freund von Überraschungen bin.«

Joachim nickte langsam. Er hatte Ringe unter den Augen und wirkte insgesamt müde und zerschlagen, und Niels konnte nicht umhin, einen Anflug von Sorge zu empfinden, über den er sich im nächsten Moment aber auch schon wieder ärgerte.

»Also? Was willst du?«

»Mit dir reden«, entgegnete sein Onkel. »Hast du ein paar Minuten für mich?«

Niels fühlte sich hin- und hergerissen. Auf der einen Seite hatte er sich geschworen, seinem Onkel niemals zu verzeihen. Immerhin trug er die Schuld am Tod seines Vaters. Andererseits fragte er sich, was wohl der Grund für seinen plötzlichen Entschluss sein mochte, den Kontakt mit ihm zu suchen. Nachdem Niels ihm doch beim letzten Mal unmissverständlich klargemacht hatte, dass er nicht vorhatte, jemals wieder mit ihm zu sprechen.

»Bitte«, sagte Niels nun ruppig. »Ich höre. Mach es aber kurz, ich habe nicht viel Zeit. Heute ist die Neueröffnung des Restaurants, und es können jeden Moment neue Bestellungen hereinkommen.«

Joachim neigte den Kopf. »Ich könnte dir helfen, wenn du ...«

»Nein danke«, fiel Niels ihm ins Wort. »Kein Bedarf. Nun?«

»Ich habe vor ein paar Tagen unerwartet Besuch von einer hübschen jungen Dame bekommen«, begann sein Onkel.

Niels wusste natürlich, von wem die Rede war. Bei dem Gedanken an Hannas Verrat zog sich sein Magen schmerzhaft zusammen, doch er bemühte sich, es sich nicht allzu sehr anmerken zu lassen.

»Eigentlich hatte ich nicht vor, mit ihr zu sprechen, aber als sie mir sagte, dass es um dich ginge, horchte ich auf.«

»Um mich?« Niels hob eine Braue. »Wie meinst du das?«

»Sie sagte, dass du heute noch unter unserem Zerwürfnis leidest. Und sie wollte meine Sicht der Geschehnisse hören. Ich habe ihr alles erzählt, und dabei wurde mir einmal mehr klar, wie sehr ich dich vermisse. Du warst immer so etwas wie ein Sohn für mich und ...«

»Ach, hör doch auf!«, fiel sein Neffe ihm ins Wort. »Ich bin an deinen rührseligen Geschichten oder irgendwelchen Rechtfertigungen nicht interessiert. Du bist dafür verantwortlich, dass Vater sich das Leben genommen hat.«

Joachim senkte den Blick. »Ja, das bin ich wohl. Ich habe mir nur leider keinen anderen Rat mehr gewusst. Auf mich wollte er ja nicht hören, und Petra hat das Problem einfach ignoriert. Was sollte ich tun? Weiter stillschweigend die Schulden begleichen, die Jakob bei Kredithaien machte, und dabei zusehen, wie er mit seiner Spielsucht immer weiter auf den Abgrund zusteuerte?«

Niels runzelte die Stirn. Spielsucht? Sein Vater war spielsüchtig gewesen und hatte sich bei dubiosen Halsabschneidern Geld geliehen? Warum wusste er davon nichts? Seine Mutter hatte nie etwas in der Richtung angedeutet.

Ist doch klar, warum du nie davon gehört hast. Joachim lügt! Er lügt, sobald er auch nur den Mund aufmacht!

Doch irgendwie spürte er, dass sein Onkel die Wahrheit sagte. Was hatte das alles zu bedeuten?

»Dann hast du ihn nicht wegen der Unterschlagung angezeigt?«

Joachim lachte bitter auf. »Versteh mich nicht falsch – ja, ich *habe* Jakob angezeigt. Allerdings nicht, weil ich ihm schaden wollte. Im Gegenteil, ich wollte ihm helfen. Im Gefängnis hätte er keine Gelegenheit mehr gehabt, noch weiter abzurutschen. Vielleicht hätte er endlich eine Therapie gemacht und …« Er wischte sich mit dem Handrücken über die Augen. »Ach, verdammt! Ich hätte nicht gedacht, dass er so drastisch reagieren würde. Selbstmord? Niemals! Als mich die Nachricht von seinem Tod erreichte, brach für mich eine Welt zusammen. Ich machte mir die schlimmsten Vorwürfe. Er war schließlich mein Bruder!«

»Aber im Grunde hast du nur deshalb so gehandelt, weil du ihn aus dem Sumpf herausholen wolltest, in dem er feststeckte. Willst du mir das sagen?«

Joachim nickte schweigend. Er schaute Niels noch immer nicht an, doch der konnte sehen, wie mitgenommen sein Onkel war.

Er schluckte. Sollte er sich all die Jahre so getäuscht haben? Ja, Joachim hatte seinen Vater ins Gefängnis gebracht, und war somit natürlich auch indirekt verantwortlich für dessen Tod.

Allerdings – wie hätte er ahnen können, dass sein Bruder sich umbringen würde?

In Niels kämpften sich widersprechende Gefühle miteinander – Jahre der Wut und des Misstrauens ließen sich nicht von einem Moment auf den anderen ausmerzen –, als sich die Schwingtür zum Gastraum öffnete und seine Mutter hereinkam.

»Niels, wir brauchen noch …« Mitten im Satz hielt sie inne, als sie Joachim sah. Ihre Miene wurde eisig. »Was, um alles in der Welt, hat *der* hier zu suchen?«

»Joachim hat mir soeben eine ziemlich interessante Geschichte erzählt. Sag mal, Mama, warum wusste ich eigentlich nicht, dass Papa spielsüchtig war?«

Die Augen seiner Mutter verengten sich zu Schlitzen. »Was macht das für einen Unterschied? Ich wollte dich damit nicht belasten. Es war auch so schon schwer genug für dich, mit der Situation umzugehen.«

»Und da dachtest du, es würde mir die Sache leichter machen, wenn ich alle Schuld auf Onkel Jo schieben kann?«

Wütend blickte Petra Hansen zwischen Niels und Joachim hin und her. »Aber er *ist* schuld! Hätte er deinen Vater nicht angezeigt und ins Gefängnis gebracht, wäre er heute noch am Leben.«

»Wenn ihn nicht irgendein Kredithai in die Finger bekommen oder er sich endgültig in den Ruin getrieben hätte. Denn eines steht fest: Vater wäre lieber gestorben, als die Schande zu ertragen, als Versager dazustehen.«

»Ich …« Petra Hansen schüttelte den Kopf. »Das …« Sie zog die Schürze aus und stürmte zur Hintertür hinaus. Niels blickte ihr nach. Er würde später alles in Ruhe mit ihr klären.

Tief atmete er durch, dann wandte er sich wieder seinem Onkel zu. »Diese junge Frau – ihr Name war Hanna, richtig?«

Joachim nickte.

»Sie kam also zu dir, um deine Seite der Geschichte zu hören. Und was wollte sie sonst noch?«

»Nichts«, entgegnete Joachim. »Sie versprach mir, dass sie versuchen wollte, bei dir ein gutes Wort für mich einzulegen, mehr nicht.«

»Sie hat also nicht mit dir über ihre Großmutter gesprochen?«

Irritiert schaute sein Onkel ihn an. »Über ihre Großmutter? Ich fürchte, ich verstehe nicht …«

Plötzlich fühlte sich Niels, als hätte jemand einen Eimer Eiswasser über seinem Kopf ausgeleert. Hanna hatte ihn also gar nicht hintergangen, um ihre eigenen Interessen zu verfolgen, sondern einfach nur versucht, ihm zu helfen?

Er war so dumm gewesen. So furchtbar dumm! Doch dieses Wissen half ihm jetzt leider auch nicht weiter.

Konnte er denn noch irgendetwas tun, um seinen Fehler wiedergutzumachen?

12. Kapitel

Angespannt saß Hanna auf der Rückbank des Taxis. Sie war wütend, nervös und ängstlich zugleich. Ihre Wut richtete sich auf Ina, und sie konnte es kaum erwarten, diese falsche Schlange in die Finger zu bekommen.

Nervös und ängstlich war sie aber vor allem wegen Niels. Wie würde er reagieren, wenn sie plötzlich wieder bei ihm auftauchte? Sie fürchtete, dass er alles andere als erfreut sein würde. Vor allem, wenn er erfuhr, was Ina vorhatte. Hanna schluckte. Immerhin war sie es gewesen, die ihn zur Zusammenarbeit mit der Journalistin überredet hatte.

Sie holte tief Luft, als sie schließlich die *Strand-Schenke* am Straßenrand erblickte. In ein paar Minuten würde sie Antworten auf all ihre Fragen bekommen. Sie zweifelte allerdings daran, dass ihr diese besonders gefallen würden …

Der Taxifahrer hielt direkt vor der Tür. Hanna zahlte, stieg aus und eilte in den Gastraum.

Obwohl es recht voll war, dauerte es nicht lange, bis sie Ina entdeckte, die zwischen den Tischen hin und her ging und fleißig Fotos knipste. Ihr Anblick reichte aus, um Hannas Blut wieder zum Kochen zu bringen.

»Hey!«, rief sie und eilte auf ihre ehemalige Kollegin zu.

Ina drehte sich zu ihr um und lächelte, als sie sie erkannte. »Hanna, wie schön dich zu sehen! Ich …«

»Spar dir dein Getue. Ich weiß genau, was du vorhast!«

Die Reporterin blinzelte irritiert. Eines musste man ihr lassen – sie war wirklich eine gute Schauspielerin. »Ich habe absolut keine Ahnung, wovon du da eigentlich redest.«

»Ich rede davon, dass du keineswegs vorhast, einen harmlosen Artikel über Rügen und die *Strand-Schenke* zu schreiben, Ina. Du willst eine reißerische Schicksalsstory herausbringen!«

Ina verdrehte die Augen. »Mein Gott, du weißt doch, wie so was läuft. Als ich hörte, was mit Hansens Vater passiert ist, konnte ich mir die Gelegenheit doch nicht entgehen lassen.«

»Du hast es also erfahren, und uns weiterhin dreist ins Gesicht gelogen?« Hanna verschränkte die Arme vor der Brust und bedachte Ina mit einem frostigen Blick. »Ich untersage dir, diesen Artikel zu veröffentlichen. Etwas Derartiges war nicht abgesprochen, und solltest du dich darüber hinwegsetzen, werden wir nicht zögern, rechtliche Schritte gegen dich einzuleiten.«

»Ich höre immer nur *wir*.« Ina grinste hämisch. »Wenn ich mich nicht sehr täusche, hat Niels dich doch abserviert, oder? Warum gibst du dir eigentlich noch so viel Mühe mit ihm? Schlag dich doch lieber auf meine Seite. Ich werde dafür sorgen, dass du es nicht bereust.«

»Ich bereue bereits, dass ich überhaupt Kontakt zu dir aufgenommen habe«, entgegnete Hanna fest. »Und jetzt sieh zu, dass du verschwindest, ehe ich mich vergesse.«

Herablassend blickte Ina sie an. »Du hast mir überhaupt nichts zu sagen. Und wenn du Hansen gegenüber irgendetwas von dem behauptest, werde ich einfach alles leugnen.«

»Zu dumm, dass er Ihnen nicht glauben wird.«

Beide Frauen erstarrten, als Niels' Stimme neben ihnen ertönte.

Er klang wütend. Nein, nicht nur wütend – außer sich vor Zorn. Und einen Moment lang fürchtete Hanna, dass sich dieser Zorn gegen sie richtete. Doch dann wandte er sich Ina zu, und seine Augen schienen förmlich Funken zu sprühen.

»Verschwinden Sie«, sagte er in einem Tonfall, der keinen Widerspruch duldete. »Und denken Sie daran, was Hanna Ihnen gesagt hat – wenn Sie auch nur ein Wort über meine Familie veröffentlichen, werde ich … werden *wir* Sie mit Klagen förmlich überschütten. Haben wir uns verstanden?«

Ina nickte. Zuerst langsam, wie betäubt, dann immer schneller und energischer.

»Na wunderbar«, sagte Niels zufrieden. »Dann ist ja alles geklärt und Sie können sich auf den Weg zurück dorthin machen, wo Sie hergekommen sind. Auf Nimmerwiedersehen.«

Einen Augenblick lang wirkte Ina noch wie versteinert vor Schreck, dann wirbelte sie auf dem Absatz herum und stürmte wütend aus dem Restaurant.

»Das wäre erledigt«, murmelte Niels und wandte sich nun Hanna zu.

»Ich …« Sie schaute zu Boden. Nun, wo Ina als Bedrohung nicht mehr da war, hatte sich ihr Zorn in Luft aufgelöst. Stattdessen empfand sie nun eine beinahe lähmende Unsicherheit.

Aber warum? Er hat schließlich dich mies behandelt, nicht umgekehrt. Du hast dir nichts vorzuwerfen – ganz im Gegensatz zu ihm …

Sie atmete tief durch und zwang sich, zu ihm hochzusehen. Zu ihrer Überraschung war es kein wütender oder auch nur ärgerlicher Blick, dem sie begegnete, sondern viel mehr ein fragender und zugleich schuldbewusster.

»Es tut mir leid …«

Hanna blinzelte irritiert, als sie diese Worte aus seinem Munde hörte. Damit hatte sie nun wirklich nicht gerechnet, nach allem, was geschehen war.

»Und wofür genau entschuldigst du dich?«

»Dafür, dass ich dir nicht vertraut habe.«

Hanna hatte keine Ahnung, worauf er hinauswollte. »Vertraut? Ich verstehe nicht, was du mir damit sagen willst. Hast du dich deswegen neulich Abend mit einer anderen Frau getroffen und dich am nächsten Morgen von deiner Mutter verleugnen lassen?«

»Andere Frau?« Nun war es an Niels, irritiert dreinzublicken. Doch dann schien plötzlich der Groschen zu fallen. »Ach, du meine Güte, jetzt weiß ich, was du meinst. Aber …«

Sie hob die Hand. »Du brauchst mir nichts zu erklären,

Niels. Du bist mir keine Rechenschaft schuldig. Nur weil wir miteinander geschlafen haben …« Kurz stockte sie. »Wir sind beide erwachsen und sollten damit umgehen können. Es war nur Sex, nicht mehr und nicht weniger.«

»Für mich war es durchaus mehr«, widersprach Niels sofort, und Hanna riss überrascht die Augen auf. Als sie etwas entgegnen wollte, hielt er sie mit einer knappen Geste davon ab. »Nein, bitte lass mich erklären. Diese Frau, die du gesehen hast, ist eine gute Bekannte, die hier im Ort als Maklerin arbeitet. Sie kümmert sich um die Vermietung des Ladenlokals, das ich dir gezeigt habe. Ich habe sie um eine Besichtigung der Räumlichkeiten gebeten.«

Nun konnte Hanna nicht mehr an sich halten. »Du hast – was? Aber warum?«

Er atmete tief durch und sagte langsam: »Weil ich mich in dich verliebt habe und möchte, dass du hier bei mir auf Rügen bleibst.«

Sie schüttelte den Kopf. »Und warum hast du dich dann verleugnen lassen, als ich mit dir reden wollte?«

Seufzend fuhr er sich durchs Haar. »Meine Mutter hat dich am Abend zuvor beim Leuchtturm gesehen. Du hast dich mit meinem Onkel getroffen, und ich dachte …«

Auf einmal ergab alles einen Sinn, die einzelnen Puzzleteile fügten sich zusammen. »Du dachtest, ich wäre nur deshalb zu Joachim gegangen, um endlich meinen Plan in die Tat umzusetzen …«

»Dabei hast du lediglich versucht, mir zu helfen.«

»Du weißt davon?«

Er nickte. »Ja, Joachim war hier und hat mir alles erzählt. Wir haben uns ausgesprochen. Ich weiß jetzt, was damals wirklich geschehen ist. Und ich wollte mich gerade auf den Weg zu deiner Pension machen, um deine Adresse in Erfahrung zu bringen.«

Hanna klopfte das Herz bis zum Hals. »Wirklich?«

»Wirklich. Hanna, ich … du hast mir gefehlt. Sehr sogar.«

Tränen stiegen ihr in die Augen, doch dieses Mal waren es keine Tränen der Wut oder der Trauer … »Du mir auch. Ich dachte schon, ich hätte dich endgültig verloren, dabei konnte ich an nichts anderes denken als an dich.«

»Das bedeutet, du erwiderst meine Gefühle?«

Sie schlang die Arme um seinen Nacken und stellte sich auf die Zehenspitzen. »Da fragst du noch?«

Und dann küsste sie ihn, während die Gäste der *Strand-Schenke* um sie herum in lauten Beifall ausbrachen.

Zwei Wochen später

»Man sollte meinen, dass man sich in meinem Alter nicht mehr aufgeregt fühlen kann wie ein Backfisch, aber es ist tatsächlich so«, sagte Susanne Müller, als sie an Hannas Arm aus dem Bus stieg. Tief atmete sie die frische, klare Seeluft ein. Herrlich!

Es war jetzt zwei Wochen her, dass ihre Enkelin und Joachims Neffe zueinandergefunden hatten. Hanna war kurz darauf nach Hamburg gefahren, um ihrer Großmutter persönlich davon zu berichten. Dabei hatten sie auch über Joachim gesprochen und beschlossen, dass Susanne ebenfalls nach Rügen kommen sollte, sobald sie aus der Reha entlassen wurde.

Nun war es endlich so weit, und die ältere Dame konnte es gar nicht mehr abwarten, ihre erste große Liebe endlich wiederzusehen. Das Bernsteinamulett hatte sie natürlich dabei.

Hanna war ebenfalls aufgeregt, und das war auch kein Wunder, denn heute konnte sie ihren Niels endlich wieder in die Arme schließen. In den letzten Tagen hatten sie nur telefoniert und Mails geschrieben. Und obwohl es nur einige Tage gewesen waren, war Hanna die Zeit unendlich lang vorgekommen.

Niels wartete bereits am Straßenrand – gemeinsam mit einem älteren Mann, dessen Anblick Susanne hörbar Luft holen ließ. »Joachim …«

Nach all den Jahren, in denen sie sich nicht gesehen hatten, hatte sie doch nur Sekunden gebraucht, um den Mann zu erkennen.

»Er wollte unbedingt gleich mitkommen«, flüsterte Niels ihr ins Ohr, als Hanna aus dem Bus gestiegen war. »Nachdem ich ihm von deiner Großmutter erzählt hatte, konnte er es gar nicht mehr abwarten, sie wiederzusehen.«

Joachim wirkte fast ein wenig schüchtern, als er hinter Niels langsam auf die beiden Frauen zuging. Doch als er Susannes Strahlen sah, lächelte auch er. Seine Schritte beschleunigten sich, und er umarmte die ältere Frau, die noch immer an einer Krücke ging, vorsichtig.

Es war, als hätten sich ihre Wege niemals getrennt. Susannes Herz klopfte wie verrückt, und in ihrem Bauch flatterten tausend Schmetterlinge. »Ich habe dich vermisst«, sagte sie leise.

Joachim lächelte. »Ich dich auch, Suse, ich dich auch. Ich habe oft an dich denken müssen seit damals. Und ich kann es kaum glauben, dass du jetzt wieder vor mir stehst.« Sanft strich er ihr eine Haarsträhne aus dem Gesicht. »Du hast dich überhaupt nicht verändert. Immer noch so schön wie eh und je.«

»Ach, sei nicht albern!«, protestierte sie errötend. Dann atmete sie tief durch. »Ich habe hier etwas für dich.« Sie kramte in ihrer Jackentasche und holte schließlich ein Etui hervor, das sie ihm überreichte.

»Was ist das?«

»Mach es auf, dann siehst du es.«

Er öffnete das Etui mit dem Anhänger. Das Sonnenlicht ließ ihn tiefgold leuchten und die eingeschlossenen Luftbläschen wie Sterne funkeln. »Ist das nicht ... das Bernsteinamulett, das du immer getragen hast?«

Sie nickte. »Margarete, Christiane und ich hatten alle so ein Amulett. Wir haben uns geschworen, dass es der Mann erhalten soll, dem unser Herz gehört, und ...«

»Du willst, dass *ich* es bekomme?« Erstaunt sah er Susanne an. »Bist du dir sicher?«

Anstatt ihm zu antworten, ergriff sie seine Hand und drückte sie.

Danach fielen nicht mehr viele Worte, doch die Tränen in den Augen der beiden sprachen Bände. Hand in Hand gingen sie die Hauptstraße hinunter.

Hanna atmete tief durch, während sie mit Niels dem älteren Pärchen folgte, das sich nach so langer Zeit wiedergefunden hatte. Als die Selliner Seebrücke in Sichtweite kam, huschte ein Lächeln über ihre Lippen. Vorgestern hatte sie mit Petra Hansen telefoniert – und da diese sich verplappert hatte, wusste sie, dass Niels plante, ihr bei einem romantischen Abendessen einen Antrag zu machen.

Petra hatte inzwischen eingesehen, dass die *Strand-Schenke* von Hannas Vorschlägen nur profitiert hatte, denn das Restaurant lief jetzt besser denn je. Und sie verstand auch, warum Hanna sich mit Joachim getroffen hatte. Das Verhältnis zwischen ihr und ihrem Schwager war zwar noch immer angespannt, aber es besserte sich offenbar langsam.

Nun würde es doch noch zu der Hochzeit auf der Seebrücke kommen, von der Hanna nicht einmal zu träumen gewagt hatte.

»Was ist?« Niels maß sie mit einem fragenden Seitenblick. »Was hat es mit diesem geheimnisvollen Lächeln auf sich?«

Sie ergriff seinen Arm, blieb stehen und küsste ihn. »Nichts, ich bin einfach nur glücklich, das ist alles …«

Er legte einen Arm um sie und zog sie an sich. Sie schauten zu Joachim und Susanne, die wie Teenager miteinander turtelten. »Die beiden scheinen sich immer noch gut zu verstehen …«

Hanna nickte. Sie hatte sich während ihres Aufenthalts in Hamburg Gedanken darüber gemacht, was wohl aus den Freundinnen ihrer Großmutter geworden sein mochte. Und diese Gedanken ließen sie einfach nicht mehr los.

Von Joachim hatte sie einen Tipp bekommen, wo sie Christiane Fliedner finden könnte. Diese war vor Jahren mit seinem ehemals besten Freund Laurenz liiert gewesen und mit ihm in die Sächsische Schweiz gezogen.

Hanna würde Niels davon überzeugen, sich mit ihr auf Spurensuche zu begeben und die Freundinnen ihrer Großmutter ausfindig zu machen.

Sie musste erfahren, welches Schicksal den anderen Mädchen und ihren Teilen vom Bernsteinamulett widerfahren war ...

– ENDE –

Lilli Wiemers

Liebe, zart wie Porzellan

Roman

1. Kapitel

»Celina Tannert? Ach du meine Güte, dass du mich tatsächlich mal besuchen kommst, damit habe ich ja überhaupt nicht mehr gerechnet. Wie lange ist es her? Ein Jahr? Zwei?«

»Fast drei Jahre«, entgegnete Celina schuldbewusst. So lange hatte sie ihre Freundin Sandra aus der Ausbildung nicht mehr gesehen. Drei Jahre, in denen eine Menge passiert war – und nicht viel davon war positiv. Seufzend presste sie ihr Handy ans Ohr. »Ich weiß, ich weiß, ich habe schon lange versprochen, mal vorbeizukommen. Aber jetzt hat es sich endlich ergeben.«

In der Hand hielt sie ein altes, bereits ziemlich vergilbtes Foto, das drei junge Mädchen zeigte, die in die Kamera strahlten. Jedes von ihnen trug eine Kette um den Hals. Und an jeder dieser Ketten hing ein wunderschöner Anhänger.

Ein Anhänger aus Bernstein.

Die Schwarzweißfotografie wurde der Schönheit des Schmuckstücks nicht gerecht – das jedenfalls hatte Celinas Großmutter Christiane behauptet, als vor etwas mehr als zwei Wochen völlig überraschender Besuch in Form eines jungen Pärchens vor der Tür gestanden hatte. Hanna und Niels. Die beiden waren extra von Rügen nach Leipzig gereist, um mit Christiane zu sprechen.

»Was genau hat sich denn ergeben?«, fragte Sandra nun. Man konnte das Grinsen förmlich in ihrer Stimme hören. »Lass mich raten: Es geht um einen Mann.«

Nein, dachte Celina, das nun wirklich nicht. Oder? Nun ... eigentlich doch. »Ich bin hier in Meißen, weil mein leiblicher Großvater zuletzt hier gewohnt haben soll. Viel mehr weiß ich nicht über ihn. Ich habe lediglich ein Foto und einen Namen.«

»Und damit willst du ihn suchen?« Sandra machte eine kurze Pause. »Warum ausgerechnet jetzt?«

Nun, das war gar nicht so leicht zu erklären. Aber Celina erinnerte sich noch gut an eine Begebenheit, bei dem sie Zeugin gewesen war.

»Und Sie sind wirklich Susannes Enkelin?« Celinas Groß-mutter wirkte überrascht, aber auch erfreut. »Wie, um alles in der Welt, haben Sie mich gefunden?«

»Oh, das war gar nicht so schwer«, antwortete Hanna, eine junge Frau in Celinas Alter, die neben ihrem Begleiter Niels auf dem Sofa im Wohnzimmer der Tannerts saß. »Von Niels' Onkel haben wir den Tipp bekommen, dass Sie mit seinem ehemals besten Freund Laurenz in die Sächsische Schweiz gezogen sind.

Tja, und durch einige Recherchen bei verschiedenen Ämtern fanden wir heraus, dass Sie offenbar nicht mehr mit ihm zusammen sind, sondern einen anderen Mann geheiratet und dessen Namen angenommen haben. Übers Einwohnermeldeamt brachten wir in Erfahrung, dass Sie inzwischen in Leipzig wohnen. Und der Rest war dann ganz einfach.«

Celina, die die ganze Zeit schweigend zugehört hatte, schüttelte den Kopf. »Ich verstehe immer noch nicht so recht, was Sie jetzt eigentlich genau wollen. Es geht um irgendein Schmuckstück?«

»Nicht um irgendein Schmuckstück«, korrigierte Niels Hansen, der einen Arm um seine Freundin gelegt hatte. »Nicht wahr, Frau Tannert?«

Christiane nickte. »Allerdings«, erklärte sie. »Den Bernstein, der zur Herstellung dieser drei Amulette benutzt wurde, haben wir damals am Strand gefunden.«

»Wir?«, hakte Celina nach.

»Susanne, Margarete und ich. Seit Jahren verbrachten wir jeden Sommer mit unseren Eltern auf Rügen und waren dort zu besten Freundinnen geworden. In diesem Jahr, das war 1956, ließen wir den Bernstein von einem Juwelier in Herz-

form schneiden und in drei gleich große Stücke teilen.« Ihre Augen nahmen einen verträumten Ausdruck an. »Wir haben uns geschworen, dass jede von uns ihren Anhänger so lange tragen wird, bis sie ihn an den Mann weitergibt, mit dem sie den Rest ihres Lebens verbringen will.«

»Dann hast du es also, Opa?«, fragte Celina. Christianes Mann, der ebenfalls anwesend war, hatte bisher kein Wort gesagt.

»Nein, Liebes«, erwiderte dieser. »Deine Oma hatte den Anhänger schon längst nicht mehr, als wir uns kennenlernten.«

»Und warum nicht?« Fragend schaute Celina zwischen ihren Großeltern hin und her. Die ganze Geschichte war verwirrend, und sie wusste nicht recht, was sie davon halten sollte. Warum hatte ihre Oma ihr nie von diesem Bernsteinamulett erzählt?

Celina musste sich eingestehen, dass sie die ganze Idee schon ziemlich romantisch fand. Das Amulett an seine einzig wahre große Liebe weiterzugeben – an den Menschen, dessen Herz mit dem eigenen in Einklang schlug, der mühelos tief in einen hineinblicken konnte, ein Seelengefährte war ...

Christiane räusperte sich. »Ich habe ihn damals ein wenig voreilig Laurenz gegeben, dem Vater deiner Mutter, also deinem leiblichen Großvater. Ich war mir so sicher, dass er die Liebe meines Lebens ist. Aber das stellte sich ja leider recht schnell als Trugschluss heraus. Er hat sich einfach aus dem Staub gemacht und mich schwanger sitzen lassen. Nach der großen Liebe klingt das nicht unbedingt, oder?« Sie seufzte. »Ich kann gar nicht in Worte fassen, wie sehr ich bereut habe, nicht noch gewartet zu haben.« Sie warf ihrem Mann Manfred einen halb sehnsuchtsvollen, halb entschuldigenden Blick zu. »Es gibt in meinem Leben nur einen einzigen Mann, dem das Amulett wirklich zusteht.«

»Genau so hat meine Großmutter es auch empfunden«, erklärte Hanna. »Sie hat ihren Mann, meinen Großvater, zwar sehr geliebt, aber tief in ihrem Herzen wusste sie wohl immer, dass das Amulett einem anderen zusteht. Ihrem Joachim.« Die junge Frau lächelte. »Tja, und deshalb habe ich mich kurz entschlossen auf den Weg gemacht, um eben diesen Mann ausfindig zu machen. Meine Oma hatte sich zuvor bei einem dummen Haushaltsunfall verletzt und lag im Krankenhaus. Und ich konnte immer nur daran denken, dass es eines Tages vielleicht zu spät sein würde.«

»Und? Waren Sie erfolgreich?«, fragte Celinas Großvater.

»Allerdings.« Hanna warf ihrem Begleiter einen verliebten Blick zu. »Mehr als das. Nicht nur meine Oma und ihre große Liebe sind nun wieder vereint – auch ich habe den Mann gefunden, mit dem ich den Rest meines Lebens verbringen will.« Sie ergriff Niels' Hand und drückte sie. »Und nachdem meine Großmutter endlich ihr Glück gefunden hatte, wollte ich unbedingt wissen, was aus den anderen Mädchen geworden ist. Tja, und meine erste Spur führte uns zu Ihnen.«

»Das freut mich. Es ist schön, mal wieder etwas von Susanne zu hören. Viel zu lange ist es her, dass wir uns zum letzten Mal gesehen haben. Wir haben uns damals wegen eines dummen kleinen Streits aus den Augen verloren. Sie wissen ja, wie so etwas läuft. Zuerst ist man zu stolz, um aufeinander zuzugehen, und dann schämt man sich zu sehr. Allerdings muss ich sagen, dass die Erinnerung an das Bernsteinamulett schon ein wenig schmerzt.«

»Warum hast du dir das Amulett dann nicht einfach zurückgeholt?«, wollte Celina wissen.

Ihre Oma lächelte bedrückt. »Anfangs war ich einfach noch zu wütend und verletzt, um mich auf die Suche nach Laurenz zu machen«, entgegnete sie schließlich. »Und dann gab es irgendwie immer andere Dinge, die wichtiger waren. Tja, und irgendwann blieb mir gar keine andere Wahl mehr, als mit der Sache abzuschließen …«

Doch der traurige Ausdruck im Gesicht ihrer Großmutter machte Celina klar, dass die Sache sie bis heute sehr belastete. In diesem Moment fasste sie einen Entschluss.

Einen Entschluss, der sie zwei Wochen später ins wunder-
schöne Meißen führte ...

Tja, und hier war sie nun. Saß in ihrem Wagen vor der Pension, in der sie untergekommen war, und telefonierte mit ihrer alten Freundin.

»Mein leiblicher Großvater hat etwas, das meine Großmutter gern zurückhätte«, erklärte sie knapp. »Und außerdem brauchte ich nach der Sache mit Fe...« Ihr versagte die Stimme. Wusste Sandra überhaupt, was mit Felix passiert war?

Sie spürte, wie sich ihre Kehle zusammenschnürte. Nein, sie konnte es ihrer Freundin nicht sagen. Auf gar keinen Fall. Sandra würde sich von ihr abwenden! Wobei – sie konnte sie kaum mehr hassen, als sie das selbst schon tat.

»Ist ja auch egal«, wich sie hastig aus. »Jedenfalls bin ich jetzt hier, und da dachte ich, wir könnten uns vielleicht mal treffen.«

»Ja, sicher«, erwiderte ihre Freundin enthusiastisch. »Allerdings muss ich im Moment jede Menge Überstunden machen, weil wir hier im Hotel aktuell einen Fachkongress ausrichten. Aber gegen Ende des Monats sollte der größte Stress vorbei sein. Bist du dann noch hier?«

»Das kommt darauf an.« Celina zuckte mit den Schultern.

Sie hatte ihrer Großmutter angemerkt, dass der Besuch von Hanna und Niels sie aufgewühlt hatte. Und dass sie am liebsten selbst nach Laurenz gesucht hätte, um den Bernsteinanhänger zurückzuholen. Aber Christiane war mittlerweile nicht mehr die Jüngste und wollte und konnte und sollte sich derartigen Strapazen nicht mehr aussetzen. Entsprechend hatte sie das Ganze heruntergespielt.

»Es ist ja nur eine Sache«, waren ihre Worte gewesen, nachdem Hanna und Niels fort gewesen waren.

Doch Celina wusste, dass der Anhänger für sie mehr war als nur ein Gegenstand. Viel mehr. Und ihr war klar geworden, dass sie ihrer Großmutter das Amulett zurückholen musste.

Seltsamerweise war ihr noch mehr klar geworden. Nämlich,

dass sie es nicht nur für ihre Großmutter tun wollte. Sondern auch für sich selbst.

Sie wollte nach ihrem leiblichen Großvater suchen, ihn endlich kennenlernen. Schon immer hatte sie mehr über ihn wissen wollen. Ihre Mutter war gestorben, da war Celina noch ganz klein gewesen, und ihren Vater hatte sie nie kennengelernt – ebenso wie ihr Großvater hatte dieser bereits vor der Geburt seiner Tochter das Weite gesucht.

Celina mochte Manfred, den jetzigen Mann ihrer Großmutter, den sie liebevoll »Opa Manni« nannte. Sehr sogar. Auch wenn sie nicht blutsverwandt waren, standen sie sich so nahe, wie es nur irgend möglich war. Und dennoch … Sie wollte ihre Wurzeln kennenlernen. Wollte wissen, woher sie kam.

»Vermutlich werde ich dann aber noch hier sein«, antwortete sie nun. »Es wäre schon eine ziemliche Überraschung, wenn ich meinen Großvater auf die Schnelle ausfindig machen könnte.« Bisher hatte sie in dieser Hinsicht nicht viel erreicht. Besser gesagt gar nichts.

Allerdings war sie auch erst vor ein paar Stunden in Meißen angekommen. Nachdem sie ihr Pensionszimmer bezogen hatte, war sie sofort ins Bürgerbüro geeilt, doch dort hatte man ihr auch nicht weiterhelfen können. Das bedeutete jedoch nicht, dass sie aufgeben würde. Natürlich nicht. Bei all dem Pech, das sie in letzter Zeit gehabt hatte, musste sie doch auch einfach einmal Glück haben …

In den vergangenen Monaten war ihr Leben mehr als einmal auf den Kopf gestellt worden. Angefangen hatte alles mit einem tragischen Schicksalsschlag – dem Tod ihres besten Freundes Felix vor einem halben Jahr.

Danach war sie in ein tiefes Loch gefallen, aus dem sie sich aus eigener Kraft nicht hatte befreien können. In ihrer WG in Rostock hatte sie es schließlich nicht länger ausgehalten und war zu ihren Großeltern nach Leipzig geflüchtet, wo sie sich in ihrem alten Jugendzimmer eingeigelt hatte. Ihr schlechtes Gewissen hatte sie förmlich aufgefressen. Weil sie nicht für

Felix da gewesen war, als er sie brauchte. Weil sie ihn im Stich gelassen hatte.

»Am besten, ich checke in Ruhe die Lage und rufe dich dann wieder an, einverstanden?«

»Geht klar«, antwortete Sandra. »Also, bis dann.«

Celina legte ihr Handy beiseite; dann lehnte sie sich in den Fahrersitz ihres treuen alten VW Käfers zurück, betrachtete noch einmal das Foto der drei Mädchen und verstaute es anschließend wieder in ihrer Tasche. Als sie kurz darauf den Zündschlüssel ins Schloss steckte und herumdrehte, tat sich … gar nichts.

Celina schluckte und versuchte es noch einmal. Wieder nur Stille.

Der Wagen gab noch nicht mal das übliche heisere Wiehern von sich, das sie dank einer schwachen Batterie im letzten Winter häufiger hatte hören müssen. Doch die konnte in diesem Fall unmöglich der Übeltäter sein. Immerhin war Celina letzten Monat extra in die Werkstatt gefahren und hatte ganze zwei Tage auf ihren geliebten Wagen verzichtet, um ihn rundum auf Vordermann bringen zu lassen. Und laut Reparaturbericht war dabei auch die Batterie erneuert worden. Und doch …

Erneut griff sie zum Zündschlüssel und drehte ihn herum – doch nichts.

Der Motor blieb stumm.

Sie ließ den Kopf aufs Lenkrad fallen.

Einmal.

Das …

Zweimal.

… darf …

Dreimal.

… nicht …

Viermal.

… wahr…

Fünfmal.

… s…

Sie schrak zusammen, als plötzlich jemand aufs Autodach klopfte. Unwillkürlich schoss ihr das Blut ins Gesicht. Wie unbeschreiblich peinlich!

Celina schloss die Augen und atmete kurz durch, ehe sie sie wieder öffnete. Dann blickte sie nach links – und sah sich durchs geöffnete Seitenfenster der Person gegenüber, vor der sie sich gerade vollkommen lächerlich gemacht hatte.

Zu allem Überfluss handelte es sich natürlich ausgerechnet um einen gut aussehenden Mann. Nein, das war mehr als untertrieben: um den attraktivsten Mann, dem sie je in ihrem Leben begegnet war.

Ihr wurde schlagartig heiß, und das lag nicht an den sommerlichen Temperaturen. Wie er so dastand, vorgebeugt und die Arme auf den Rahmen des Seitenfensters gestützt, das dunkle Haar vom Wind leicht zerzaust und ein strahlendes Lächeln auf den Lippen, erinnerte er sie sofort an den Mann aus der Cola-Werbung.

Ihr Herz hämmerte. Sie schluckte. Konnte das wirklich möglich sein? Konnte sie wirklich so viel Pech haben? Warum stand da *so ein Typ*? Und nicht irgendjemand, bei dem sie sich nicht sofort gleich ganz klein und unbedeutend fühlte?

»… mich nicht lange genug angestarrt?«

Seine Stimme riss Celina aus ihren Gedanken. Hastig räusperte sie sich. »Was?«, fragte sie, wobei ihre Stimme nicht vielmehr als ein heiseres Krächzen war. Sie räusperte sich noch einmal. »Ähm, was haben Sie gesagt?«

»Ich fragte, ob Sie nicht finden, mich lange genug angestarrt zu haben.«

Sie spürte, wie sie noch mehr errötete. »Ich … Entschuldigung, ich wollte nicht …«

Er hob die rechte Hand und winkte ab. »Vergessen Sie es. Eigentlich wollte ich mich nur erkundigen, ob alles in Ordnung ist oder Sie vielleicht Hilfe brauchen.«

Automatisch betastete sie ihre Stirn, schüttelte aber den Kopf. »Nein danke, es ist alles in Ordnung. So fest war es ja nicht.«

Er schien nicht sofort zu verstehen, was sie meinte, dann jedoch klärte sich sein Blick, und er lächelte. »Ich meine auch nicht Ihre Stirn, sondern vielmehr Ihren Wagen. Er springt nicht an, was?«

»Der Wagen, ach so!« Celina hätte am liebsten laut aufgeschrien. Konnte man sich in Gegenwart eines solchen Mannes noch dämlicher anstellen? Hilflos hob sie die Schultern. »Er gibt überhaupt keinen Mucks mehr von sich.« Fragend schaute sie den Unbekannten an. »Kennen Sie sich mit so was aus?«

Er lachte leise. »Ich bin kein Automechaniker, aber ein bisschen was verstehe ich schon davon. Soll ich ihn mir mal ansehen?«

Ohne große Begeisterung erwiderte sie: »Warum nicht? Schaden kann's ja wohl nicht.«

Nachdem sie den Hebel für die Verriegelung der Heckklappe betätigt hatte, trat der Fremde hinter den Wagen. Im nächsten Moment beugte er sich über den Motorraum und verschwand aus ihrem Blickfeld.

»Und?«, rief sie ihm zu, halb aus dem Seitenfenster gelehnt. »Schon irgendwas entdeckt?«

Sie hörte ihn leise lachen. »So gut kenne ich mich nun wirklich nicht damit aus. Versuchen Sie's noch mal?«

Celina drehte den Schlüssel im Schloss.

Nichts.

Er richtete sich auf und schaute sie fragend an. Ein Lächeln huschte über ihre Lippen, als sie sah, dass sich ein breiter Streifen Öl quer über seine Stirn zog. Nun wischte er mit dem Handrücken darüber und verteilte ihn noch weiter. Grinsend schüttelte sie den Kopf.

Ihre plötzliche Heiterkeit schien ihn zu irritieren, denn er runzelte die Stirn. Schließlich verschwand er aber wieder hinter der Motorhaube. Nach ein paar weiteren Minuten bat er sie darum, es erneut zu probieren.

Dieses Mal röchelte der Anlasser, der Wagen sprang aber immer noch nicht an. Celinas Hoffnung schwand bereits, doch der Fremde lachte nur. »Na, wer sagt's denn? Ich glaube, ich habe den Übeltäter gefunden.«

Und tatsächlich – das nächste Mal, als Celina die Zündung betätigte, sprang der Wagen ohne jedes Problem an. Als wäre nie etwas gewesen.

Entzückt stieß Celina die Fahrertür auf, stieg aus und eilte um den Wagen herum. »Sie haben es tatsächlich geschafft«, rief sie und fiel ihrem Retter spontan um den Hals. Als ihr klar wurde, was sie da tat, ließ sie ihn hastig los und trat ein paar Schritte zurück. »Verzeihung, Herr ...« Sie senkte verlegen den Blick. »Ich weiß nicht einmal Ihren Namen.«

»Marc«, sagte er und streckte ihr die Hand entgegen. »Ich bin Marc. Und es war mir eine Freude, einer so bezaubernden Frau zu helfen. Davon abgesehen war es wirklich nur eine Kleinigkeit. Der Magnetschalter beim Käfer spinnt manchmal. Einmal fest dagegen hauen kann da Wunder bewirken.«

»Celina«, entgegnete sie. »Also kennen Sie sich doch recht gut mit Autos aus?«

»Nicht unbedingt. Aber mit Käfern schon ein bisschen, und diese Macke habe ich gut in Erinnerung.«

»So oder so.« Sie lächelte. »Angemessen bedanken möchte ich mich aber auf jeden Fall. Gibt es hier in der Nähe vielleicht ein nettes Café?«

»Sie sind nicht von hier, oder?«

»Wie Ihnen vermutlich ein kurzer Blick auf mein Nummernschild verraten haben dürfte.«

Er lachte. »Stimmt. Leipziger Kennzeichen sieht man hier in der Gegend ebenso selten wie VW Käfer. Was treibt Sie nach Meißen? Sind Sie beruflich hier oder privat?«

»Oh, ich bin in einer Familienangelegenheit hier, nutze die Gelegenheit aber auch, um eine alte Freundin wiederzusehen, die hierhergezogen ist.«

»So sollte man es immer machen – das Schöne mit dem Notwendigen verbinden«, entgegnete Marc. »Und was Ihre Frage betrifft – ja, es gibt ein sehr hübsches Café hier gleich um die Ecke in der Altstadt. Ich lade Sie ein.«

»Oh nein, kommt gar nicht infrage! *Ich* lade *Sie* ein. Immerhin haben Sie mir geholfen, meine Mareike wieder flottzumachen.« Kurz wunderte sie sich, warum er sie so verblüfft und irritiert anschaute. Dann wurde ihr klar, was sie da gerade gesagt hatte. Sie schlug die Hand vor den Mund. »Oje, wie peinlich! Habe ich das gerade etwa wirklich laut ausgesprochen?«

»Mareike? Sie nennen Ihren Wagen Mareike? Hat das eine Bedeutung?«

Sie seufzte. »Das erzähle ich Ihnen am besten bei einer Tasse Kaffee, was meinen Sie?«

Marc hatte nicht zu viel versprochen, das Café lag tatsächlich direkt um die Ecke, unmittelbar am Marktplatz mit dem Rathaus, der Frauenkirche und den hübschen Häusern im Renaissancestil. Da die Augustsonne mit voller Kraft vom Himmel strahlte und es herrlich warm war, setzten sie sich nach draußen auf die Terrasse. Ein hübscher, weiß-gelb gestreifter Schirm spendete Schatten, sodass es auch nicht zu heiß werden konnte.

Sie befanden sich in einer belebten Fußgängerzone, wo Kinder spielten und die Leute auch mal Zeit hatten, fünf Minuten stehen zu bleiben und sich miteinander zu unterhalten. Celina lehnte sich auf ihrem – ebenfalls mit weiß-gelben Kissen dekorierten – Stuhl zurück und fühlte sich zum ersten Mal seit ihrer Ankunft in Meißen richtig entspannt.

Und das ausgerechnet in Gegenwart eines wildfremden Mannes.

Nun, ganz wildfremd war er nun ja nicht mehr, immerhin kannte sie bereits seinen Namen. Und sie hatte ihm zu verdanken, dass sie nicht stundenlang an der Straße stehen und auf den Pannendienst warten musste. Diese weniger schöne Erfahrung hatte sie nämlich schon des Öfteren machen müssen.

Die Bedienung riss sie aus ihren Überlegungen. »Was darf ich Ihnen bringen?«

»Für mich bitte nur ein stilles Wasser«, sagte Celina. Sie war im Moment chronisch knapp bei Kasse. Kein Wunder, schließlich hatte sie zurzeit keinen Job.

Marc schaute sie fragend an, dann bestellte er sich eine Tasse Kaffee.

Celina hob eine Braue. »Haben Sie das jetzt wegen mir gemacht?«

»Gemacht?« Er tat, als wüsste er nicht, worauf sie hinauswollte. »Was soll ich denn gemacht haben?«

»Sie haben sich lediglich eine Tasse Kaffee bestellt.«

Er zuckte mit den Schultern. »Das war doch der Deal, oder? Sie laden mich auf eine Tasse Kaffee ein.«

Leise lachend schüttelte Celina den Kopf. »Ein Stückchen Kuchen hätte es schon noch sein dürfen.«

»Mit Sahne?«

»Ja«, entgegnete sie schmunzelnd. »Auch mit Sahne.«

Marc winkte die Bedienung zurück an ihren Tisch. »Entschuldigen Sie, aber wir hätten gern noch zwei Stücke Meißner Quarktorte dazu. Mit Sahne, bitte.«

Die Kellnerin notierte die Bestellung lächelnd und verschwand.

»Zwei Stücke?«, bemerkte Celina.

Er nickte. »Ja, zwei Stücke. Und die gehen auf meine Rechnung.«

»Aber ...«

»Kein Aber. Ich bestehe darauf. Sie zahlen die Getränke, ich den Kuchen. Und als kleine Entschädigung erzählen Sie mir jetzt, warum Sie Ihren Käfer Mareike nennen.«

Verlegen senkte Celina den Blick. Sie spürte, wie ihre Wangen heiß wurden und ihr Herz Purzelbäume schlug. »Na gut, ich schätze, das ist nur fair. Aber wehe, Sie lachen mich aus.«

Er legte eine Hand über sein Herz. »Niemals! Großes Indianerehrenwort. Also?«

»Als kleines Mädchen hatte ich eine Schildkröte namens Mareike.« Sie schaute ihn mit großen Augen an. »Und als ich den grünen Käfer zum ersten Mal sah, hat er mich irgendwie an diese Schildkröte erinnert. Tja, und so kam es dann zu dem Namen ...«

Marc lächelte. »Ich hoffe, Sie finden das jetzt nicht allzu dreist, aber das ist ziemlich süß.«

»Süß?«, wiederholte sie halb empört, halb amüsiert. »Na, hören Sie mal, Sie kennen mich doch überhaupt noch nicht.«

»Noch nicht?« Er lächelte. »Heißt das, es besteht die Hoffnung, daran etwas zu ändern?«

Sie schwieg zwar, doch tief in ihrem Inneren hoffte auch sie, dass dies nicht gleichzeitig ihr erstes und letztes Kaffee-Date war. Gleichzeitig zweifelte sie an ihrem Verstand. Du lieber Himmel, sie sollte wirklich anderes im Sinn haben, als irgendwelche Männer kennenlernen zu wollen! Sie hatte hier eine Aufgabe zu erledigen, doch das würde nur gelingen, wenn sie sich voll und ganz darauf konzentrierte und sich nicht von irgendwelchen Schönlingen ablenken ließ!

Nach Felix' plötzlichem Tod hatte sie einfach nicht mehr in die Spur zurückgefunden. Sie war nicht mehr arbeiten gegangen, hatte kaum noch etwas gegessen und sich in ihrem Zimmer verkrochen. Zu Anfang hatte ihr Hausarzt sie noch krankgeschrieben, doch schließlich meinte er, dass sie sich einfach zusammenreißen müsse.

Es sei schließlich nicht ihre Schuld, dass ihr Freund gestorben war.

Doch genau da täuschte er sich. Auch heute fühlte Celina sich noch schuldig. Aber sie konnte zumindest wieder frei atmen und musste nicht immerzu an Felix denken. Ihren Job als Hotelfachfrau hatte sie trotzdem verloren, weil sie schließlich einfach ohne Krankenschein zu Hause geblieben war. Ihr Chef war ein verständnisvoller Mann gewesen, aber auch seine Geduld hatte Grenzen. Doch das gehörte der Vergangenheit an, und sie befand sich nun auf einem guten Weg, wieder auf die Beine zu kommen.

Eine Affäre mit einem wildfremden Mann anzufangen, gehörte ganz sicher nicht dazu.

»Jetzt wissen Sie bereits ein ziemlich peinliches Detail über mich, und ich weiß überhaupt nichts über Sie. Wer sind Sie? Was treiben Sie so?«

»Dass ich Marc heiße, habe ich Ihnen ja bereits verraten. Ich lebe und arbeite hier in Meißen.«

Ihre Bestellung wurde gebracht, und Celina wartete, bis die Kellnerin wieder gegangen war. »Ein bisschen mehr in die Tiefe dürfen Sie schon gehen«, sagte sie tadelnd. »Was genau machen Sie denn beruflich?«

»Ich bin Sozialarbeiter und kümmere mich um Jugendliche«, erwiderte er und nahm einen Schluck von seinem Kaffee.

Sofort war Celina Feuer und Flamme. Sie war schon immer sozial sehr engagiert gewesen, hatte zu Hause in Leipzig bereits als Teenager in Suppenküchen und Jugendtreffs geholfen. Es war immer ihr Wunsch gewesen, sich beruflich in diese Richtung zu orientieren, doch ihre Familie war dagegen gewesen. Sie sollte sich die Flausen aus dem Kopf schlagen und sich lieber einen vernünftigen Job mit Perspektive suchen.

So war sie auf die Idee gekommen, eine Ausbildung zur Hotelfachfrau zu machen – tja, so viel zum Thema Beruf mit Perspektive …

Damals während der Ausbildung hatte sie Sandra kennengelernt und sich sofort mit ihr angefreundet. Als diese am Ende, anders als Celina, nicht von ihrem Ausbildungsbetrieb übernommen worden war, hatte sie sich überregional beworben und schließlich eine Stelle in Meißen bekommen. Celina war traurig gewesen, Sandra ziehen lassen zu müssen. Aber damals hatte sie ja auch noch Felix gehabt, mit dem sie schon von Kindesbeinen an befreundet gewesen war.

Sie schob den schmerzlichen Gedanken beiseite.

»Das ist ja toll«, sagte sie und setzte sich interessiert auf. »Und wo findet das statt? Draußen auf der Straße? Oder in einem Gemeindehaus?«

»Weder noch«, entgegnete Marc. »In einem früheren Schullandheim am Stadtrand. Es ist sehr hübsch da draußen. Und was noch viel wichtiger ist, es gibt viele Möglichkeiten, sich mit den Jugendlichen zu beschäftigen. Denn genau das ist es, was sie am dringendsten brauchen: Beschäftigung.«

»Handelt es sich allesamt um Jugendliche, die schon einmal Schwierigkeiten hatten?«

Lächelnd schüttelte Marc den Kopf, offenbar erfreut über ihr großes Interesse. »Nein. Einige meiner Schützlinge stammen zwar aus zerrütteten Familien, aber viele kommen einfach nur, weil es ihnen bei uns gefällt.«

»Und Sie schaffen es, all diese Jugendlichen zusammenzubringen? Das finde ich unglaublich spannend! Meinen Sie, ich könnte vielleicht …? Ach nein, vergessen Sie es, das war ein alberner Gedanke.«

Über den Tisch hinweg ergriff er ihre Hand, und sie ignorierte verzweifelt, dass ihr Herz sofort anfing, schneller zu pochen.

»Ob der Gedanke albern ist oder nicht – ich würde ihn doch gerne hören.«

»Nun, ich würde mir dieses Schullandheim gern einmal ansehen, wenn ich darf. Und vielleicht ein paar von Ihren Schützlingen kennenlernen?«

Erstaunt schaute er sie an. »Ist das Ihr Ernst?«

Sie lachte leise. »Warum schauen Sie so überrascht? Ich wette, Sie schleppen auf diese Weise eine Menge Frauen ab. Die soziale Masche zieht doch sicher gut, oder?«

Er fiel in ihr Lachen mit ein. »Soziale Masche? Na, Sie sind mir ja eine. Aber falls es Sie ernsthaft interessiert: Nein, ich habe noch nie eine Frau mit in die Einrichtung genommen – was ehrlich gesagt aber vor allem daran liegt, dass nie eine etwas davon wissen wollte.«

Celina schüttelte den Kopf. »Versteh einer die Frauen …«

Sie nahm ihre Gabel und machte sich mit großem Genuss über den Kuchen mit Schlagsahne her. »Mein Gott, der ist ja köstlich!«, stieß sie zwischen zwei Bissen hervor.

Schmunzelnd beobachtete er sie. »Sie sind wirklich anders als die meisten Frauen, denen ich in meinem Leben begegnet bin.«

Celina hielt, die Gabel halb zum Mund geführt, inne. »Ich bin ehrlich gesagt nicht sicher, ob ich das als Kompliment verstehen darf.«

Wieder lachte er – und wieder ließ der tiefe, etwas heisere Klang ihr Herz Purzelbäume schlagen.

Reiß dich zusammen, Celina, und hör endlich auf, dich wie ein liebeskrankes Schulmädchen aufzuführen!

Doch das war leichter gesagt als getan.

»Sie dürfen es als Kompliment verstehen«, entgegnete er grinsend. »Ich mag Frauen, die nicht stundenlang an einem Salatblatt herumknabbern. Und dass Sie sozial engagiert sind, macht Sie mir nur noch sympathischer. Um Ihre Frage zu beantworten: Klar, Sie können mich gern mal begleiten. Jetzt gleich habe ich einen Termin, aber … Wie sieht es denn morgen bei Ihnen aus?«

Sie nickte enthusiastisch. »Ja, sehr gern.« Nachdem sie ihm gesagt hatte, in welcher Pension sie untergekommen war, verabredeten sie sich für den Nachmittag des kommenden Tages.

Als Celina etwas später in ihrem Pensionszimmer auf dem Bett lag und an die Decke starrte, wollte das Lächeln einfach nicht von ihren Lippen weichen. Sie wusste nicht, was mit ihr los war.

Aber immer, wenn sie die Augen schloss, sah sie Marcs Gesicht vor sich.

2. Kapitel

Zwei Tage später stand Celina vor dem Spiegel und musterte sich kritisch. Marc hatte sie gestern angerufen, sich tausendmal entschuldigt und sie gefragt, ob sie ihre Verabredung vielleicht um einen Tag verschieben könnten.

Natürlich hatte Celina Ja gesagt, obwohl sie schon ein wenig enttäuscht gewesen war. Aber sie hatte die Zeit genutzt, sich auf einen Kaffee mit Sandra zu treffen, die kurzfristig ein paar Stunden freibekommen hatte. Es hatte gutgetan, ihre alte Freundin wiederzusehen und ein bisschen zu reden. Dabei war Celina auch bewusst geworden, dass es ihr nicht gutgetan hatte, sich in der letzten Zeit so abzuschotten.

Nach dem Treffen hatte sie in Bäckereien und Lebensmittelmärkten – an Orten eben, wo viele Menschen vorbeikamen – das Foto ihres Großvaters herumgezeigt.

Ohne Erfolg.

Doch seltsamerweise war sie deshalb nicht so bedrückt, wie sie es vermutlich vor ein paar Tagen noch gewesen wäre. Stattdessen musste sie immerzu an Marc denken und daran, dass sie heute gemeinsam den Jugendtreff besuchen würden.

Sie runzelte die Stirn. War sie richtig angezogen für einen solchen Anlass? Sie hatte sich für eine schmal geschnittene dunkelblaue Jeans und eine schlichte weiße Bluse entschieden. Damit war sie gewiss nicht overdressed, aber wirkte es nicht vielleicht ein bisschen ... bieder?

Verärgert schüttelte sie den Kopf. Warum war es ihr so wichtig, was Marc von ihr dachte? Es konnte ihr doch egal sein, ob er ihr Outfit bieder oder langweilig fand. Ob er *sie* bieder oder langweilig fand.

Celina atmete tief durch. Sie kannte die Antwort auf diese

Frage. *Natürlich* kannte sie sie. Es lag ganz einfach daran, dass sie Marc attraktiv fand und sich zu ihm hingezogen fühlte. Aber genau das war etwas, das sie im Augenblick am allerwenigsten gebrauchen konnte.

Ein Klopfen an der Tür riss sie aus ihren Gedanken. Sofort beschleunigte sich ihr Puls – erst recht, als sie kurz darauf Marcs Stimme hörte.

»Celina? Sind Sie so weit?«

Sie schloss kurz die Augen – und als sie sie wieder öffnete, war sie so bereit, wie sie nur sein konnte.

Marc strahlte, als er sie erblickte. Dieses Lächeln, dachte Celina verträumt ... Doch sie rief sich rasch wieder zur Ordnung. Er reichte ihr einen Arm, und sie hakte sich bei ihm unter. Als sie ins Freie hinaustraten, deutete er auf die andere Straßenseite. »Ich darf vorstellen?« Er grinste. »Gustav.«

Celina blinzelte überrascht, doch als sie den himmelblauen VW Käfer erblickte, strahlte sie.

»Gustav«, wiederholte sie. »So so ...«

Mit ausgreifenden Schritten ging Marc voraus und öffnete ihr mit einer einladenden Geste die Beifahrertür. »Ja, genau. Und ehe Sie fragen – nein, zu dem Namen gibt es keine wirklich interessante Geschichte. Zumindest keine, von der ich weiß. Der Wagen hat früher meiner Mutter gehört, und sie hat ihn schon so genannt.«

»Und Sie haben sie nie danach gefragt?«

Er lachte. »Oh doch, aber irgendwie hat sie es immer geschafft, sich vor einer Antwort zu drücken. Ich vermute, dass es ihr irgendwie peinlich ist.«

Celina ließ sich auf den Beifahrersitz sinken. Es fühlte sich fast ein bisschen merkwürdig an, in einem anderen Käfer zu sitzen. Sie waren sich ähnlich, aber eben doch nicht gleich. Die Sitze waren mit hellem Leder bezogen und, ebenso wie alles andere, top in Schuss und originalgetreu erhalten. Das Einzige, was nicht so recht ins Bild passte, waren die schmutzverkrusteten Stiefel, die auf der Rückbank lagen. Über die wunderte sie sich zwar, fragte aber nicht nach.

»So ein Schmuckstück sieht man nur noch selten«, sagte sie, nachdem Marc sich hinters Steuer gesetzt hatte.

Ihm stand sein Stolz deutlich ins Gesicht geschrieben. »Ich weiß. Als sie ihn vor ein paar Jahren nicht mehr durch den TÜV bekam, wollte meine Mutter Gustav eigentlich nach Polen verkaufen. Aber da habe ich nicht mitgespielt. Stattdessen habe ich mir eine kleine Garage gemietet und den Wagen zusammen mit meinem Großvater und ein paar Jungs aus der Einrichtung wieder flottgemacht.« Er lächelte. »Mein Opa ist ein toller Mann. Sie würden ihm übrigens gefallen.«

Celina lachte auf. »Na, das ist ja sehr interessant. Ich fühle mich geschmeichelt. Nehme ich zumindest an. Aber wie war das vorgestern? Haben Sie da nicht behauptet, dass Sie kein Mechaniker sind?«

»Bin ich auch nicht – zumindest kein ausgebildeter. Alles, was ich kann, habe ich mir selbst beigebracht. Und es hat mich so einiges an Schweiß, Zeit und Nerven gekostet, bis das Schätzchen wieder lief. Aber jetzt bin ich froh, dass ich es gemacht habe. Ich meine, ein Auto von der Stange kann ja jeder haben. Unsere Autos haben wenigstens noch Charakter!«

Damit sprach er Celina aus der Seele. Sie hatte damals lange und ausdauernd mit ihren Großeltern darüber diskutiert. Die waren nämlich alles andere als begeistert über den Wunsch ihrer Enkelin gewesen, sich einen Oldtimer anzuschaffen. Warum nicht einen hübschen kleinen Stadtflitzer? Ein Wagen, bei dem man sich keine Sorgen machen musste, ob er am nächsten Morgen noch ansprang oder ob man ihn über den Winter bekam. Am Ende hatte sie, wie so oft, ihren Kopf durchgesetzt. Und in den letzten fünf Jahren, in denen Mareike treu ihre Dienste geleistet hatte, hatte sie nie einen Anlass gehabt, ihren Entschluss zu bereuen.

»Aber jetzt wissen Sie so viel über mich, und ich habe keine

Ahnung von Ihnen. Wo wohnen Sie? Was treibt Sie nach Meißen? Was machen Sie beruflich?«

Celina lachte. »Das sind aber eine Menge Fragen auf einmal. Wie schon gesagt, bin ich eigentlich aus familiären Gründen hier«, begann sie, zögerte dann aber wieder. Sie kannte Marc nicht – es erschien ihr ein wenig voreilig, ihm gleich ihre ganze komplizierte Familiengeschichte auf die Nase zu binden. Vor allem, da sie fürchtete, ihn damit gleich wieder zu verprellen.

Dabei sollte es sie doch nicht interessieren, was er von ihr hielt. Er war ein Fremder in einer fremden Stadt, den sie nach dem heutigen Tag vermutlich niemals wiedersehen würde. Seine Meinung konnte ihr egal sein.

War sie aber nicht. Dieser Mann hatte etwas an sich, das sie unwiderstehlich in seinen Bann zog. Und was immer es auch sein mochte – sie konnte es einfach nicht abschütteln. Dabei war es verrückt, auch nur so zu denken. Nach allem, was passiert war, sollte sie erst einmal selbst wieder auf die Beine kommen, bevor sie sich auf einen anderen Menschen einließ.

Sie war noch nicht so weit.

Noch längst nicht.

Und dennoch ertappte sie sich bei dem Gedanken, wie schön es doch wäre, Marc näher kennenzulernen.

Unauffällig warf Marc der jungen Frau neben sich neugierige Seitenblicke zu. Celina war mit ihren tizianroten Locken und den strahlend grünen Augen nicht nur hinreißend schön – nein, sie war auch clever, schlagfertig und witzig. Eine Kombination, für die er schon immer eine Schwäche gehabt hatte.

Reiß dich zusammen, Marc. Hast du denn wirklich nichts dazugelernt? Du weißt doch genau, dass du einer Frau niemals all das geben kannst, was sie sich wünscht.

Widerwillig wandte er den Blick wieder der Straße zu. Es stimmte, dies war tatsächlich das allererste Mal, dass er eine Frau mit zur Einrichtung nahm. Keine hatte sich sonst auch nur ansatzweise für seinen Beruf – seine Leidenschaft – interessiert.

Die Jugendlichen waren so etwas wie seine Familie. Klar, hatte er auch eine richtige Familie, also einen Vater, eine Mutter – sogar seine Großeltern lebten noch. Und auch wenn er seine Leute von ganzem Herzen liebte, so richtig zu Hause fühlte er sich nur dann, wenn er im ehemaligen Schullandheim bei seinen Schützlingen war.

Sie gaben seinem Leben einen Sinn. Etwas, für das es sich lohnte, sich Morgen für Morgen aus dem Bett zu quälen.

Dass jemand sich so für seine Arbeit begeisterte wie Celina, war neu.

Und es wäre gelogen, wenn er behauptet hätte, dass ihm ihr Interesse nicht gefiel.

Sie verließen die Innenstadt von Meißen, die Gegend wurde ländlicher und spärlicher besiedelt. Doch nicht überall hier war es so ruhig, wie es zunächst den Anschein erweckte. Am Stadtrand gab es auch weniger schöne Ecken, wo die weniger gut situierten Meißner wohnten.

Die meisten seiner Schützlinge stammten aus eben solchen Verhältnissen. Ihre Eltern interessierten sich mehr für die nächste Kindergeldzahlung als für den Nachwuchs. Und für genau diese Jugendlichen war Marc da. Um sie aufzufangen, so gut es ihm eben möglich war.

Das war kein Job, bei dem man um siebzehn Uhr den Stift fallen lassen und Feierabend machen konnte. Es war eine Fulltime-Beschäftigung. Wenn einer der Jugendlichen einmal mitten in der Nacht ein Problem hatte, dann war er jederzeit auf seinem Handy erreichbar. Im Zweifelsfall gingen seine Schützlinge immer vor.

Leider war das etwas, womit kaum eine Frau umgehen konnte. Wobei sich das Problem für ihn ja schon seit Langem nicht mehr stellte …

Marc runzelte die Stirn. Und es stellte sich auch jetzt nicht. Celina interessierte sich für seine Arbeit, ja. Aber davon abgesehen war sie eine Fremde. Sie lernten sich gerade erst kennen. Es war wohl ein bisschen voreilig, darüber hinaus über irgendetwas nachzudenken.

»Wir sind gleich da«, sagte er, mehr um sich selbst abzulenken. »Sehen Sie das große Ziegelgebäude am Ende der Straße?«

Celina blickte in die entsprechende Richtung. Ein Lächeln huschte über ihre Lippen. »Das sieht wirklich einladend aus. Ich bin sicher, dass sich die Kinder dort sehr wohlfühlen.«

»Kinder? Lassen Sie sie das bloß nicht hören. Sie halten sich für schrecklich erwachsen, dabei sollten sie eigentlich noch die Zeit genießen, in der sie einfach nur jung und unbeschwert sein dürfen. Nur dass es für einige von ihnen gar nicht so leicht ist.«

Sie fuhren vor dem Gebäude vor, und Marc stellte seinen Wagen neben dem Haupteingang ab. Schon als sie ausstiegen, hörte er zwei Mädchen miteinander streiten.

»… aber genau gewusst, dass ich ihn gut finde. Wie konntest du dich trotzdem an ihn ranmachen? Ich dachte, du bist meine Freundin!«

»Das bin ich doch auch, Emma, ich …«

»Schöne Freundin!«

Die blonde Emma stapfte wütend an ihnen vorbei durch die Haustür ins Freie, dicht gefolgt von Janine. Sie würdigten weder Marc noch Celina eines Blickes und liefen in Richtung Wald davon.

»Huch«, rief Celina. »Was war das denn?«

Marc seufzte. »Eigentlich sind sie die besten Freundinnen. Aber sie kriegen sich ständig wegen irgendwelcher Jungs in die Haare. Danach sprechen sie ein paar Tage lang nicht miteinander, nur um sich dann tränenreich wieder zu versöhnen.« Er winkte ab. »Ich kenne das schon«, sagte er und hielt Celina die Tür auf. »Na, dann kommen Sie mal hinein in die gute Stube …«

Ein wenig schüchtern folgte sie ihm ins Innere des Gebäudes. Im Korridor war es dunkel, was Marc mit einem entschuldigenden: »Die Birne ist kaputt, und ich bin bisher nicht dazu gekommen, sie auszutauschen« erklärte. Er ging voraus, bis sie zu einem Türdurchgang kamen. Dort vollführte er eine einladende Handbewegung. »Immer hereinspaziert. Das hier ist unser Hauptaufenthaltsraum.«

Celina war positiv überrascht, als sie den Raum betrat. Er war sehr viel größer, als sie erwartet hatte – etwa so groß wie ein Tennisplatz –, und um einiges gemütlicher. Überall standen bequeme Sofas und Sessel, die allesamt nicht zueinanderpassten. Regale in verschiedenen Höhen und Breiten säumten die Wände. Darin stapelten sich Bücher, Gesellschaftsspiele und aller möglicher Krimskrams. Alles sah so aus, als käme es geradewegs vom Flohmarkt, was der Behaglichkeit jedoch keinen Abbruch tat. Im Gegenteil.

Auf dem Parkettboden lagen mehrere bunte Flickenteppiche. Die Lampen rundeten das bunte Sammelsurium ab. Celina sah mit Kristallen behängte Kronleuchter, Hängelampen aus Edelstahl und mehrere Stehlampen mit Original-Siebzigerjahre-Retromuster, die allerdings so scheußlich waren, dass sie sich wahrscheinlich nicht einmal der größte Vintage-Fan in die Wohnung gestellt hätte.

Doch irgendwie machte genau diese eigentümliche Mischung den Charme der Einrichtung aus. Und wie es schien, fühlten sich die Jugendlichen hier durchaus wohl.

Celina zählte mindestens fünfzehn Kids im Alter von etwa zehn bis sechzehn Jahren. Ein paar Jungs standen bei einem – ebenfalls schon ziemlich mitgenommen aussehenden – Billardtisch zusammen, während andere Kicker oder Flipper spielten. Wieder andere lasen einfach nur ein Buch oder saßen am Tisch zusammen, um Hausaufgaben zu machen.

Es herrschte ziemlicher Betrieb, und es war auch nicht gerade leise, aber niemand beschwerte sich. Insgesamt war es eine entspannte, ausgelassene Stimmung.

»Und?«, riss Marc sie aus ihren Gedanken. »Was sagen Sie?«

»Ich glaube, wenn es in meiner Jugend so einen Ort bei mir in der Nähe gegeben hätte, wäre ich auf jeden Fall hingegangen.« Sie schenkte ihm ein anerkennendes Lächeln. »Sie scheinen hier wirklich gute Arbeit zu leisten.«

Er vergrub die Hände in den Hosentaschen und zuckte gleichzeitig mit den Schultern. Es war eine geradezu anrührend jungenhafte Geste, die Celina ein Schmunzeln entlockte.

»Ich tue, was ich kann«, erklärte er. »Mit den begrenzten Mitteln, die uns zur Verfügung stehen, können wir keine großen Sprünge machen. Die meisten Sachen, die Sie hier sehen, stammen entweder vom Flohmarkt oder wurden uns kostenlos von Leuten aus der Umgebung zur Verfügung gestellt. Die Finanzierung und damit auch meine Bezahlung laufen über einen privaten Förderverein, der verschiedene Projekte finanziert. Das Geld stammt von einem Großunternehmer aus der Region, der ohne Nachkommen war, als er verstarb. Testamentarisch hat er verfügt, was mit seinem Vermögen geschehen soll. Über größere Ausgaben entscheidet ein Gremium. Zwar sind die Mittel, die zur Verfügung stehen, nicht gerade gering, aber wir sind eben auch nicht das einzige Projekt, das gefördert wird. Wir haben bisher einfach Glück gehabt, dass der Besitzer des Grundstücks uns das Gebäude kostenlos überlassen hat.« Seine Miene verfinsterte sich. »Leider ist er vor Kurzem verstorben, und sein Enkel, der alles geerbt hat, ist nicht ganz so sozial eingestellt.«

»Aber dieser Förderverein wird doch sicher in der Lage sein, eine kleine Miete zu entrichten, oder?«, fragte Celina.

»Vermutlich wäre er das sogar«, entgegnete Marc. »Aber der neue Besitzer hat es sich in den Kopf gesetzt, alles zu verkaufen. Natürlich habe ich einen entsprechenden Antrag beim Gremium gestellt, allerdings …«

»… sieht es nicht gut aus?«, schloss Celina, als er nicht weitersprach.

Er schüttelte den Kopf. »Leider ganz und gar nicht. Vor allem, da die Zeit drängt.«

Fragend schaute Celina ihn an. »Warum das?«

»Nun, der neue Besitzer war wenigstens so freundlich, uns ein Vorkaufsrecht einzuräumen. Aber wir müssen bis zum Ende des Monats zuschlagen, sonst wird er das Objekt an jemand anderen veräußern.«

»Und es gibt schon einen Interessenten?«

Celina bemerkte, dass Marc die Hände unbewusst zu Fäusten ballte. »Allerdings – und unserem Konkurrenten ist jedes Mittel recht, um sein Ziel zu erreichen. Dabei ist er, weiß Gott, nicht darauf angewiesen. Für seine Zwecke wäre jedes Grundstück in der Umgebung geeignet. Aber nein, es muss ja unbedingt dieses hier sein. Wenn Sie mich fragen, handelt es sich um einen persönlichen Rachefeldzug gegen mich.«

Aha, da liegt der Hase also im Pfeffer, dachte Celina.

»Lassen Sie mich raten«, sagte sie und hob eine Braue. »Eine Frauengeschichte?«

Einen Moment lang starrte er sie fassungslos an, dann fing er an zu lachen und winkte ab. »Nein, ganz gewiss nicht. Ich kann mir nicht vorstellen, dass Ralf Wiesener und ich zur selben Zielgruppe gehören – wobei mich bei diesem Geldgeier tatsächlich überhaupt nichts wundern würde.«

»Was ist dann zwischen Ihnen beiden vorgefallen?«

Marc seufzte. »Zwischen uns? Gar nichts. Aber er ist wütend auf meinen Vater, weil der ihm damals meine Mutter vor der Nase weggeschnappt hat. Tja, Wiesener ist kein besonders guter Verlierer. Und jetzt, wo er endlich einmal am längeren Hebel sitzt, nutzt er diese Gelegenheit genüsslich aus.«

»Also doch eine Frauengeschichte«, bemerkte Celina augenzwinkernd. »Und Sie meinen wirklich, er würde die Jugendlichen leiden lassen, nur um Ihnen und Ihrem Vater eins auszuwischen?«

»Allerdings«, entgegnete Marc. »Diesem Kerl traue ich alles zu. Ihm ist es ganz egal, was aus den Jugendlichen wird, solange er nur seine Rache bekommt. Das ist alles, was ihn interessiert.«

»Marc, kannst du mal schnell kommen?« Ein Junge kam auf sie zu – er sah Celina mit unverhohlener Neugier an.

»Celina, das ist Karsten«, erklärte Marc, der sich dann dem Jungen zuwandte. »Was ist los? Wo brennt's denn?«

»Der Flipperautomat spinnt mal wieder. Kannst du ihn dir mal ansehen?«

Marc stöhnte theatralisch. »Schon wieder? Das Ding raubt mir noch den letzten Nerv!« Er drehte sich zu Celina um. »Ich werde hier echt noch zum Experten für die Technik von Flipperautomaten, so oft wie ich daran herumfummle. Sie haben doch noch ein bisschen Zeit? Oder wollen Sie gleich wieder nach Hause?«

Celina schüttelte den Kopf. Sie hatte es überhaupt nicht eilig, wieder in ihre Pension zurückzukehren. Das Zimmer war zwar wirklich hübsch, aber sie fühlte sich doch ein wenig einsam. Da gefiel es ihr wesentlich besser, noch ein wenig Zeit mit Marc zu verbringen.

Vor allem, da er ihr wirklich sympathisch war.

Sie mochte Leute, die sich für Dinge einsetzten, die ihnen wichtig waren. Die meisten Menschen lebten einfach in den Tag hinein, und nur die wenigsten interessierten sich dafür, was rechts und links von ihnen passierte.

So wollte Celina niemals werden. Und es gefiel ihr, dass Marc offenbar genauso dachte.

Sie folgte ihm zum Flipperautomaten, dessen Beleuchtung flackerte wie eine Lichterkette mit Wackelkontakt. Seufzend zog er sich den Werkzeugkasten heran, der vermutlich nicht ohne Grund gleich neben dem Gerät auf dem Boden stand.

»Kann ich irgendwie helfen?«

Überrascht schaute Marc sie an. »Ist das Ihr Ernst?«

»Was? Sind Sie das von anderen Frauen etwa auch noch nie gefragt worden?«

Er lachte leise. »Um ehrlich zu sein, nein. Aber das bedeutet nicht, dass es mir nicht gefällt. Ich glaube, ich könnte mich sogar daran gewöhnen.«

Darüber musste nun auch Celina lachen. »Was ist jetzt, kann ich helfen oder nicht?«

»Sie können mir die Werkzeuge anreichen, wenn es Ihnen nichts ausmacht.«

»Natürlich nicht. Was darf es denn sein?«

Marc war inzwischen unter den Flippertisch gekrochen und streckte die Hand darunter hervor. »Einen großen Schlitzschraubendreher, bitte.«

Für Celina, die oft genug selbst Möbel zusammengebaut hatte, stellte es kein Problem dar, ihm das herauszusuchen, was er brauchte. In Gemeinschaftsarbeit hatten sie das Gerät bald auseinandergenommen, und Marc war in dessen Eingeweiden verschwunden.

»Schon etwas gefunden?«, rief Celina.

Ein lauter Rums war zu hören, dann Marcs unterdrücktes Fluchen.

»Alles in Ordnung da unten?«

Marc kam unter dem Automaten hervorgekrochen. Er hielt sich die Stirn. »Ich habe mir den Kopf gestoßen«, sagte er. Da er jedoch noch grinste, konnte es nicht so schlimm sein.

Ihr erster Impuls war, ebenfalls zu lachen – doch dann sah sie das Blut, das durch seine Finger rann. »Um Himmels willen …!«

Sie kniete sich vor ihn hin und zog seine Hand weg, sodass sie die Wunde inspizieren konnte.

Sofort setzte Marc zum Protest an. »Das ist wirklich nicht nötig, ich …«

»Und ob das nötig ist«, entgegnete sie und bedachte ihn mit einem tadelnden Blick. »Sie bluten. Ich hoffe, Sie haben hier irgendwo einen Erste-Hilfe-Kasten versteckt?«

Einen Moment lang schaute er sie an, als hätte er einen Geist gesehen – dann nickte er. »Ja, natürlich.« Er machte Anstalten aufzustehen, doch sie hielt ihn zurück.

»Sie bleiben schön sitzen«, stellte sie energisch fest und

winkte einen Jungen heran, der gerade vorbeikam. »Weißt du, wo der Erste-Hilfe-Kasten ist?«

Er öffnete den Mund, um etwas zu sagen, überlegte es sich aber anders, als er Marc erblickte. »Scheiße«, murmelte er.

»Das trifft den Nagel so ziemlich auf den Kopf«, entgegnete Celina trocken. »Was ist jetzt? Bringst du uns den Kasten, oder muss ich selbst gehen?«

»Nein, nein, ich mach das schon.« Der Junge verschwand eilig.

»Kennen Sie sich denn mit so was aus?«, fragte Marc, und ihr entging der etwas besorgte Klang in seiner Stimme nicht.

Sie unterdrückte ein Grinsen. »In etwa so gut, wie Sie sich mit Autos auskennen – ich würde also sagen, gut genug.« Celina zuckte mit den Achseln. »Ich war früher in der Jugendgruppe einer Sanitätervereinigung. Man hat uns zwar nie an die wirklich schwierigen Fälle rangelassen, aber Erste Hilfe beherrsche ich aus dem Effeff.«

»Und?«, fragte er. »Wie schlimm ist es? Werden Sie amputieren müssen?«

Sie lachte auf. »Ich denke, das werden wir ganz knapp vermeiden können.« Der Junge kam mit dem Verbandskasten zurück, und sie machte sich daran, die Wunde zu reinigen. Erst danach konnte sie sie genauer untersuchen. Celina schnalzte mit der Zunge. »Noch mal Glück gehabt – es muss nicht einmal genäht werden. Ich denke, um die Amputation des Kopfes kommen wir gerade noch mal herum.«

»Da bin ich aber erleichtert«, seufzte er. »Irgendwie hänge ich nämlich an meinem Kopf.«

Celina stutzte. Sie wusste nicht, was es war, aber diese Witzeleien und einfach die Tatsache, dass sie so miteinander lachen konnten, waren unglaublich angenehm. Die Atmosphäre zwischen ihnen war locker und entspannt. Fast so, als würden sie sich schon seit einer Ewigkeit kennen – gar kein bisschen, als wären sie sich erst vor zwei Tagen zum ersten Mal über den Weg gelaufen.

Plötzlich bemerkte sie, wie nah sich ihre Gesichter waren. Unwillkürlich wurde ihr Blick von seinem Mund angezogen. Ihr Herz hämmerte, und ihre eigenen Lippen kribbelten sehnsüchtig.

Sie konnte es nicht verleugnen – in diesem Moment wollte sie nur eins: diesen Mann küssen.

Erschrocken zuckte Celina zurück. Was war bloß in sie gefahren, auch nur daran zu denken? Das war vollkommen verrückt – vor allem in ihrer Situation!

Es gab nun wirklich andere Dinge, mit denen sie sich befassen sollte. Immerhin hatte sie keinerlei Garantie dafür, dass ihr Großvater überhaupt noch hier lebte. Aber es war der einzige Anhaltspunkt, den sie hatte.

Hastig nahm sie ein Pflaster aus dem Kasten und klebte es über Marcs Wunde. Sie atmete tief durch. »Geschafft. Und jetzt sollte ich wohl auch langsam aufbrechen …«

»Jetzt schon?« Er lächelte sie so herzlich an, dass Celina einen Moment lang vergaß, dass sie sich ihn aus dem Kopf schlagen wollte.

Es war ein Fehler gewesen, mit einem Wagen hier rauszufahren. Jetzt war sie davon abhängig, dass er sie chauffierte. Außerdem konnte sie sich Angenehmeres vorstellen, als die nächste halbe Stunde neben ihm auf dem Beifahrersitz ausharren zu müssen.

Nicht weil seine Gegenwart ihr Unbehagen bereitete. Ganz im Gegenteil sogar. Das war ja das Problem.

Als sie nichts erwiderte, fuhr er sich seufzend durchs Haar. »Also schön, ich bin in fünf Minuten zum Aufbruch bereit. Halten Sie es so lange noch hier aus?«

Celina zog die Augenbrauen nach oben. Sie hatte nicht gewollt, dass er den Eindruck gewann, ihr gefiele es hier nicht. Aber warum kümmerte sie das eigentlich? Sollte er doch von ihr denken, was er wollte. Sie kannte ihn schließlich nicht, und würde ihn nach dem heutigen Tag vermutlich nicht wiedersehen.

Ein seltsames Gefühl machte sich in ihr breit, das sie nicht recht einzuordnen wusste. War es Bedauern?

Ja, es war definitiv Bedauern, und das gefiel ihr ganz und gar nicht.

»Natürlich«, entgegnete sie schließlich. »So eilig ist es nun auch wieder nicht. Erledigen Sie ruhig, was Sie noch zu erledigen haben. Ich schaue mich derweil ein bisschen um.«

Gesagt, getan. Sie ließ ihn allein und schlenderte durch die Einrichtung, wobei sie mal hier, mal dort stehen blieb, um sich etwas genauer umzusehen.

Soweit sie es beurteilen konnte, fühlten sich die Jugendlichen, die Marc hier betreute, wirklich wohl. Es wäre eine Schande, wenn der Treff geschlossen und den Kids damit dieser Rückzugsort genommen würde. Aber man konnte nichts dagegen tun – oder?

Nachdenklich neigte Celina den Kopf zur Seite. Wirklich nicht? Man konnte immer etwas tun – wenn es auch nicht unbedingt zum gewünschten Ziel führte. Aber wenn man es nicht versuchte, konnte man auch nichts gewinnen.

Und der Gedanke, dass das Jugendzentrum geschlossen werden sollte, machte sie wütend. Vor allem, da es lediglich um einen persönlichen Rachefeldzug ging, wenn es stimmte, was Marc behauptete. Wie so oft stellte jemand seine eigenen Interessen über die anderer Menschen – und dass es sich in diesem Fall um Jugendliche und Kinder handelte, machte die Sache nur schlimmer.

Dass manche Leute so gedankenlos sein konnten, wollte ihr einfach nicht in den Kopf gehen. Doch daran ließ sich kaum etwas ändern.

Worauf sie jedoch selbst einen Einfluss hatte, war ihr eigenes Handeln. Und genau darüber dachte sie jetzt nach. War es nicht genauso schlimm, wenn sie über einen Missstand informiert war, aber nichts unternahm?

Und was genau willst du unternehmen, Schlaumeierin?

Sie drehte sich um und kehrte zu Marc zurück. »Was haben

Sie für Alternativen geplant, wenn die Finanzierung des Gebäudes nicht genehmigt wird?«, fragte sie unverwandt, während er gerade das Werkzeug einsammelte, das auf dem Boden verstreut lag.

Ganz eindeutig ein Chaot – hoffentlich einer, der das Durcheinander, das er anrichtete, auch beherrschte.

Er zuckte mit den Schultern. »Nichts.«

»Was meinen Sie damit – nichts?« Sie schüttete den Kopf. »Sie müssen doch einen Plan B haben.«

»Was soll es da schon groß für einen Plan geben? Ich kann mir das Geld nicht aus den Rippen schneiden. Schon gar nicht innerhalb von vier Wochen. Im Grunde ist der Zeitfaktor das viel größere Problem. Ich bin sicher, dass ich es schaffen könnte, den Kauf genehmigt zu bekommen. Ein guter Bekannter meiner Eltern sitzt im Gremium. Er kann natürlich nicht über den Kopf der anderen Mitglieder entscheiden, aber die Chancen stehen gar nicht so schlecht, sofern es mir gelingt, dass sich das Projekt zumindest für vierzehn Tage am Stück selbst finanziert.«

»Sie meinen, damit die Leute im Gremium sehen, dass der Jugendtreff kein Fass ohne Boden ist?«

Er nickte. »Wir haben eine reelle Chance. Und wäre da nicht das Zeitlimit des jetzigen Besitzers – ich würde mir eigentlich gar keine Sorgen machen. Aber so, wie die Dinge liegen, bleiben mir nur noch etwas mehr als drei Wochen, um alles unter Dach und Fach zu bringen. Und Sie wissen ja selbst, wie die Mühlen der Bürokratie mahlen.«

»Langsam, sehr langsam.« Diese Erfahrung hatte sie selbst schon des Öfteren machen müssen. »Haben Sie denn wenigstens schon Ideen, wie Sie Einnahmen erwirtschaften wollen?«

»Na ja, besonders viele Optionen gibt es da ja nicht. Ich dachte daran, einen Spendenaufruf zu starten, aber das Projekt ist in Meißen nicht sonderlich bekannt.« Er zog die Stirn kraus. »Warum fragen Sie mich das alles? Wollten Sie nicht zurück in die Stadt? Ich hatte vorhin den Eindruck, dass Sie bereits genug von uns haben.«

Energisch schüttelte Celina den Kopf. »Nein, nein, so ist es nicht! Ich ...« Sie stockte. Den wahren Grund dafür, warum sie es plötzlich so eilig gehabt hatte, fortzukommen, konnte sie ihm schlecht sagen. »Ich finde, das hier ist eine ganz wunderbare Sache. Und ich würde gern helfen, die Einrichtung am Leben zu erhalten, wenn ich kann.«

Das Lächeln, das sich auf seinem Gesicht ausbreitete, hatte mindestens eintausend Watt, und Celina musste feststellen, dass es sich fatal auf ihren Herzrhythmus auswirkte.

Einen Moment lang konnte sie ihn nur anstarren. Es gehörte verboten, so zu lächeln. Gab es kein Gesetz dagegen, mit der Sonne zu konkurrieren?

Vermutlich nicht.

»Wir können jede Hilfe gebrauchen«, erklärte er. »Dieses Projekt und die Jugendlichen liegen mir wirklich am Herzen, wissen Sie?«

Sie blinzelte. Es fiel ihr zunehmend schwer, seinen Worten zu folgen, so sehr war sie von seinem Anblick gefesselt. Was, um Himmels willen, war bloß mit ihr los? So kannte sie sich überhaupt nicht!

»Ja«, erwiderte sie abwesend.

Hallo, Erde an Celina!

Sie stöhnte innerlich. Es wäre alles so viel leichter, wenn seine Nähe sie nicht so durcheinanderbringen würde. Doch sie konnte es nicht ändern. Entweder sie fand sich damit ab, oder sie zog an dieser Stelle einen Schlussstrich.

Lieber jetzt, bevor es womöglich noch zu spät war.

Doch zu ihrer eigenen Überraschung – und sehr zu ihrem Entsetzen! – musste sie feststellen, dass es bereits zu spät war. Sie konnte sich nicht einfach abwenden und davongehen, so als wüsste sie von nichts.

»Vielleicht kann ich bei der Spendenaktion helfen«, schlug sie vor. »Ich habe so etwas früher häufiger organisiert. Allerdings müssten wir schon ziemlich die Werbetrommel rühren, um eine Einrichtung dieser Größe längerfristig aus Spendengeldern zu finanzieren.«

»Wissen Sie was?«

Wieder dieses Lächeln – es würde sie irgendwann noch um den Verstand bringen.

Sie schüttelte den Kopf. »Nein – was?«

»Das muss gefeiert werden! Ich lade Sie zum Essen ein. Dabei können wir dann alles Weitere ganz in Ruhe besprechen.«

Celina wusste, sie sollte dankend ablehnen. *Ablehnen!* Und deshalb schockierten sie die Worte, die nun ihren Mund verließen, selbst am meisten:

»Sehr gern. Sagen wir, um acht?«

3. Kapitel

»Nun, wohin fahren wir?«, fragte Celina, nachdem Marc sie vor der Pension abgeholt hatte und sie in seinen Wagen gestiegen war.

»Warum lassen Sie sich nicht einfach überraschen?«, schlug er vor und fuhr los.

Sie rümpfte die Nase. »Ich *hasse* Überraschungen.«

»Ich hege die Hoffnung, dass Ihnen diese Überraschung gefallen wird. Es ist auch wirklich nichts Besonderes, falls Ihnen das Sorgen bereiten sollte. Wir setzen uns einfach gemütlich zusammen, essen eine Kleinigkeit und unterhalten uns.«

»Na, dann können Sie mir ja auch gleich sagen, wohin wir fahren, oder?« Sie wusste selbst nicht, warum es sie so störte, dass er ihr seine Pläne nicht verraten wollte. Schließlich kannte sie sich in Meißen ja nicht einmal aus. Fest stand nur, dass es ihr gegen den Strich ging. Unruhig rutschte sie auf dem Beifahrersitz hin und her und versuchte, sich auf die Musik zu konzentrieren, die aus den Autolautsprechern drang.

Sie wusste nicht, was es war, das sie so aus dem Konzept brachte. Vielleicht lag es daran, dass Felix damals ebenso ein Geheimnis aus ihrem Ziel gemacht hatte, als er mit ihr essen gegangen war. An ihrem letzten gemeinsamen Abend, bevor er …

Hastig versuchte sie, den Gedanken beiseitezuschieben. Doch es war wie verhext – jetzt, wo die Erinnerungen einmal über sie hereingebrochen waren, ließen sie sich nicht einfach so verdrängen. Dabei waren Marc und Felix sich noch nicht einmal ansatzweise ähnlich. Und an Felix hatte sie keinerlei romantisches Interesse gehabt.

Anders als bei Marc …

Lass das! Bist du verrückt geworden?
»So, da wären wir.«

Sie hielten vor einem alten Fachwerkgebäude an, bei dem nichts darauf hindeutete, dass es sich um ein Restaurant handelte.

Ein ungutes Gefühl ergriff von ihr Besitz. »Was wollen wir hier?«

Marc zog eine Braue hoch. »Nun, das sagte ich doch bereits, oder nicht? Wir werden gemeinsam zu Abend essen.« Er stieg aus und ging um den Wagen herum, um ihr die Beifahrertür zu öffnen.

»Aber ...« Wie automatisch ließ sie sich von ihm beim Aussteigen helfen. »Das sieht mir nicht aus wie ein Restaurant.«

»Ist es auch nicht«, entgegnete er trocken. »Im obersten Stockwerk dieses Gebäudes befindet sich mein bescheidenes Domizil. Es verfügt über eine gut ausgestattete offene Küche, und ich war so frei, bereits etwas für unser keines Beisammensein heute Abend vorzubereiten.«

»Wir essen bei Ihnen?« Ungläubig starrte Celina ihn an. »Ich soll mit zu Ihnen in die Wohnung kommen?«

»Ist das ein Problem?«

»Allerdings!« Sie stemmte die Hände in die Seiten. »Ich kenne Sie doch gar nicht. Niemals hätte ich zugestimmt, wenn ich gewusst hätte ...«

»... dass ich selbst koche?«, vollendete er den Satz für sie. »Sie beleidigen meine gastronomischen Künste. Ich versichere Ihnen, dass ich ganz passabel den Kochlöffel schwinge. Vielleicht probieren Sie es einfach mal, bevor Sie urteilen?«

Sie winkte ab. »Darum geht es nicht. Ich ... ich mache so etwas normalerweise nicht – mit einem fremden Mann in dessen Wohnung gehen. Sie könnten immerhin auch ein Serienmörder sein«, fügte sie ernst hinzu.

Marc lachte. »Sehe ich wirklich so aus? Aber Sie haben schon recht, man kann einem Menschen immer nur vor die Stirn gucken. Vielleicht fühlen Sie sich wohler, wenn Sie in

Ihrer Pension anrufen und dort Bescheid sagen, wo Sie sind? Selbst ein ziemlich dummer Serienmörder würde in diesem Fall wohl lieber nicht zuschlagen.«

Celina stieg die Röte ins Gesicht, doch sie tat trotzdem, was er vorgeschlagen hatte. Sozialarbeiter hin oder her, sie konnte nicht wissen, ob er vertrauenswürdig war. Und es war besser, auf Nummer sicher zu gehen, als hinterher die eigene Nachlässigkeit zu bereuen.

Nachdem das erledigt war, folgte sie ihm zum Haus. Er hielt ihr die Tür auf und ließ ihr den Vortritt. Das Treppenhaus war schmal und ziemlich dunkel, daran änderte selbst die Lampe nichts, die so tief von der Decke hing, dass man sich ducken musste, um nicht mit dem Kopf dagegen zu stoßen.

Als sie das oberste Stockwerk erreichten, trat er auf dem Treppenabsatz an ihr vorbei und schloss eine dunkle Eichentür auf.

Was sie sah, als diese aufschwang, traf Celina vollkommen unvorbereitet. Sie hatte eine enge dunkle Wohnung mit viel Holz und kleinen Fenstern erwartet, doch das genaue Gegenteil war der Fall.

Auf einer Seite war das Dach zu über zwei Dritteln durch große Fenster ersetzt worden, die so viel Licht hereinließen, dass der Raum praktisch darin badete. Heller Parkettboden und Tapeten in Cremetönen ließen alles noch größer und weiter aussehen. Vermutlich waren gleich mehrere Wände einer Renovierung zum Opfer gefallen, denn alles schien nahtlos ineinander überzugehen.

Von der Tür aus konnte Celina die offene Küche erblicken, von der Marc gesprochen hatte. Mit modernen Geräten und einer Kochinsel, wie sie selbst auch immer gern eine gehabt hätte.

»Das ist … beeindruckend«, stieß sie nach einigen Sekunden staunenden Schweigens hervor. »Ich …«

Er lachte. »Damit haben Sie wohl nicht gerechnet, wie? Ich muss aber auch sagen, dass ich wirklich Glück habe. Mein Vermieter überlässt mir die Wohnung zu einem äußerst günstigen Preis. Ansonsten könnte ich mir so einen Luxus nämlich nicht leisten.«

Celina konnte ein Grinsen nicht unterdrücken. »Oje, soll ich nun Mitleid mit Ihnen haben, Sie armer, armer Mann?«

»Ich weiß nicht, sollten Sie?« Er trat näher hinter sie und legte ihr eine Hand auf die Schulter – eine harmlose Berührung, die dennoch ihren Körper in Aufruhr versetzte. Ihr Herz flatterte, und das Blut schoss ihr heiß in die Wangen.

Hastig trat sie einen Schritt nach vorn. Sie musste Abstand schaffen. Seine Hand rutschte von ihrer Schulter, und er ließ sie einfach an der Seite herabhängen, als wüsste er nicht recht, was er nun damit anfangen sollte.

Schließlich fing er sich wieder und deutete zum Esstisch, der geschmackvoll dekoriert und eingedeckt war. Ein Gesteck aus Blumen in zarten Farben bildete eindeutig das Herz der gesamten Komposition. Celina erkannte Steckrosen und Schleierkraut, die mit einfachem Grün arrangiert worden waren. Die zwei Kerzen, die rechts und links davon standen, zündete Marc jetzt mit einem Feuerzeug an.

»Warum setzen Sie sich nicht schon mal, während ich mich um das Essen kümmere?«, fragte er und rückte ihr einen Stuhl zurecht.

»Kann ich nicht vielleicht helfen? Ich komme mir so nutzlos vor, wenn ich hier nur herumhocke, während Sie arbeiten.«

Er lachte – und Celina spürte mehr und mehr, wie das Geräusch anfing, sie süchtig zu machen.

»So viel gibt es gar nicht mehr zu tun. Wie gesagt – ich habe bereits alles vorbereitet. Das meiste muss nur noch aufgewärmt werden. Es wird keine zehn Minuten dauern, versprochen. Aber wenn Sie darauf bestehen, könnten Sie ja schon mal den Wein aufmachen, damit er ein wenig atmen kann.«

Celina nahm die Flasche vom Tresen, auf die er gezeigt hatte. Der Öffner lag direkt daneben, doch sehr zu ihrer Frustration kam sie mit dem Werkzeug nicht zurecht. Sie fummelte ergebnislos damit herum, bis Marc hinter sie trat und seine Hände über ihre legte.

»Warten Sie, ich helfe Ihnen.«

Er demonstrierte ihr, wie sie den Öffner bedienen musste, doch davon bekam Celina nur am Rande etwas mit. Stattdessen nahm seine Nähe sie völlig gefangen, seine Wärme, sein männlicher Duft – eine Mischung aus Sandelholz und etwas, das sein ganz eigener Geruch zu sein schien. Äußerst angenehm.

Als der Korken schließlich aus der Flasche ploppte und Marc sie wieder losließ, musste Celina ein Frösteln unterdrücken. Einen Moment lang fühlte es sich an, als hätte man ihr im tiefsten Winter den Mantel weggenommen.

Zum Glück merkte Marc nichts von dem Aufruhr, der in ihrem Inneren stattfand. Und wenn er es doch tat, so ließ er es sich zumindest nicht anmerken.

Während er in der Küche herumwerkelte, stellte sie den Wein auf den Tisch und nahm Platz. Sie war inzwischen ganz froh darüber, dass er noch ein paar Minuten beschäftigt sein würde. So blieb ihr Zeit, sich wieder einigermaßen in den Griff zu bekommen.

Wieso hatte dieser Mann eine solche Wirkung auf sie? Verdammt, er musste ihr ja nur nahe kommen, und schon konnte sie nicht mehr geradeaus denken!

Schneller, als ihr lieb war, kehrte er mit zwei Tellern an den Tisch zurück. Einen stellte er vor ihr ab, und der Duft, der ihr in die Nase stieg, ließ ihren Magen so laut knurren, dass ihr vor Verlegenheit wieder das Blut ins Gesicht schoss.

»Da scheint aber jemand hungrig zu sein«, stellte Marc nüchtern fest.

Sie lächelte verschämt. »Ich bin seit heute Mittag irgendwie nicht zum Essen gekommen.«

Tadelnd zog er die Brauen nach oben. »Das ist aber kein gesunder Essensrhythmus. Doch Sie haben Glück. Ich werde persönlich dafür Sorge tragen, dass Sie zumindest ein vernünftiges Abendessen in den Magen bekommen. Schließlich kann ich es nicht verantworten, Sie verhungern zu lassen.«

»Ich verhungere schon nicht. Ich bin nämlich schon ein großes Mädchen, wissen Sie?« Doch als sie auf den Teller blickte, auf dem Filets mit Fenchel und Champignons kunstvoll angerichtet waren, verflog ihre innere Anspannung sofort. Ihr lief das Wasser im Mund zusammen. Es duftete einfach himmlisch, und sie musste sich zusammenreißen, um nicht gleich wie ein halb verhungerter Wolf über das Essen herzufallen.

Marc schien ihre Seelenqual zu bemerken, denn er lachte leise. »Nun fangen Sie schon an. Es ist ja nicht mit anzusehen, wie Sie leiden.«

Das ließ Celina sich nicht zweimal sagen.

Sie führte die erste Gabel zum Mund, und der Geschmack war so überwältigend, dass ihr ein leises Stöhnen entfuhr. Erschrocken hob sie eine Hand vor die Lippen. »Oh Gott, Entschuldigung.«

»Wofür entschuldigen Sie sich?«, fragte er breit grinsend. »Ich betrachte es als Kompliment für meine Küche, wenn Sie nichts dagegen haben.«

»Nein, natürlich nicht.« Sie senkte den Blick. »Es schmeckt wirklich fantastisch. Ich glaube nicht, dass ich schon einmal so zarte Filets gegessen habe. Sind Sie neben Ihrer Arbeit als Sozialarbeiter auch noch Sternekoch oder etwas in der Richtung?«

Er lachte. »Das nun nicht gerade. Aber das Kochen ist ein guter Ausgleich. Oft habe ich allerdings nicht die Gelegenheit, so groß aufzufahren. Die meiste Zeit halte ich mich, wie die meisten Junggesellen, mit Tiefkühlkost und Dosensuppen über Wasser.«

»Sie sind Junggeselle?«, fragte sie, ohne nachzudenken, und hätte sich im nächsten Moment am liebsten dafür geohrfeigt. Wie klang denn das?

Ganz klar – so als wärst du an ihm interessiert und wolltest deine Chancen abklopfen.

Sie unterdrückte ein weiteres Aufstöhnen, und zu ihrer Erleichterung schien ihn ihre Frage nicht sonderlich stutzig zu machen. Er nickte, während er nun selbst anfing zu essen. »Ja, bin ich. Ich schätze, ich bin einfach nicht der Typ für eine feste Beziehung. Davon abgesehen, finden die meisten Frauen es offensichtlich schwierig, mit einem Mann zusammen zu sein, der so in seiner Arbeit aufgeht.« Er zuckte mit den Schultern. »Die Betreuung meiner Schützlinge hört für mich nicht auf, wenn ich nach Feierabend nach Hause gehe. Die Jugendlichen haben alle meine Handynummer und wissen, dass sie mich jederzeit erreichen können, wenn sie mal in Schwierigkeiten stecken.«

Celinas Herz schlug Purzelbäume. Dieser Mann war einfach unglaublich. Wie selbstlos konnte man sein? Er opferte sich wirklich für seinen Beruf auf, und sie bewunderte ihn dafür über die Maßen.

Doch das war nichts, worüber sie vergessen sollte, weswegen sie eigentlich hier war. Sie war nach Meißen gekommen, um ihren Großvater zu finden und das Bernsteinamulett ihrer Großmutter zurückzuholen – nicht, um etwas mit einem Mann anzufangen, den sie gerade mal seit ein paar Tagen kannte.

Ein paar Tage … Sie konnte selbst kaum fassen, dass es wirklich erst so kurz her war. Marc war ihr so vertraut, als würde sie ihn schon seit einer kleinen Ewigkeit kennen. Und es knisterte ganz eindeutig zwischen ihnen, das konnte sie nicht verleugnen. Doch gleichzeitig war ihr klar, dass das nicht sein durfte.

In ihrem Leben war kein Platz für einen Mann. Sie hatte schon ihren besten Freund verloren. Felix. Sie hatte seine Probleme nicht erkannt, nicht gesehen, was mit ihm los war. Und in einer Partnerschaft ging es um Verantwortung. Für sich und für den Partner. Wie sollte sie eine solche Verantwortung übernehmen, wo sie schon einmal derart versagt hatte?

»Was ist los? Sie wirken plötzlich so nachdenklich«, riss er sie aus ihren Grübeleien.

»Nichts.« Sie winkte ab. »Wollten wir uns nicht eigentlich

darüber unterhalten, wie ich dabei helfen kann, den Jugendtreff zu retten?«

»Das stimmt, aber ich dachte, wir könnten damit noch bis nach dem Dessert ...«

Sie schüttelte den Kopf. »Mir wäre es lieber, wenn wir gleich damit beginnen könnten. Schließlich bin ich extra deswegen hergekommen, nicht wahr?«

»Natürlich«, sagte er, und für den Bruchteil einer Sekunde glaubte sie, so etwas wie Enttäuschung in seinem Blick aufflackern zu sehen.

Aber da täuschte sie sich bestimmt – oder?

Marc musterte Celina eindringlich.

Sie hatten sich so gut unterhalten, und plötzlich war sie wie ausgewechselt. Über das Warum konnte er nur Vermutungen anstellen. Er hoffte, dass sie es sich nicht anders überlegt hatte. Nicht, weil er auf ihre Hilfe dringend angewiesen wäre. Im Moment wusste er ja noch nicht einmal, wie sie ihn überhaupt unterstützen wollte. Fest stand nur, dass ihm der Gedanke, sie könne einfach wieder aus seinem Leben verschwinden, nicht behagte.

Er wollte mehr über diese Frau erfahren, die so anders war als alle anderen, denen er bisher in seinem Leben begegnet war. Und das reizte ihn mindestens ebenso sehr wie ihr Aussehen und ihre fröhliche Art, hinter der er immer eine gewisse Traurigkeit zu erahnen glaubte.

Leider war es offensichtlich, dass sie nicht dasselbe Interesse an ihm hatte.

Das war schade, aber er konnte es nicht ändern. Außerdem: Dass sie lustig und aufgeschlossen war, bedeutete ja nicht, dass sie auch mit seiner Geschichte umgehen konnte – oder wollte.

Er nahm seine Serviette und tupfte sich die Mundwinkel ab, um ein wenig Zeit zu gewinnen. »Also schön, was genau haben Sie sich denn vorgestellt? Wie glauben Sie, dabei helfen zu können, den Jugendtreff zu retten?«

Sie schien sich bereits Gedanken darüber gemacht zu haben, denn sie musste nicht lange überlegen. »Sie sagten, dass die Einrichtung für einen gewissen Zeitraum schwarze Zahlen schreiben muss, richtig?« Als er nickte, fuhr sie fort. »Natürlich können Sie eine Spendenaktion starten, aber ich bezweifle, dass diese dauerhaft genug einbringen wird, um die Bedingungen zu erfüllen.«

Er hob eine Braue. »Und was schlagen Sie stattdessen vor?«

»Nun, der Jugendtreff war doch früher mal ein Schullandheim, stimmt's?«

»Ja, das ist richtig. Aber vor ungefähr zehn Jahren hat die Stadt beschlossen, ein neues zu bauen.«

»Von der Infrastruktur ist aber noch alles erhalten geblieben?«, hakte sie nach. »Es gibt die Zimmer, in denen die Kinder früher übernachtet haben, eine große Küche, einen Speisesaal ...«

Wieder nickte Marc. »Ja, natürlich. Das ist alles noch vorhanden. Vieles wurde allerdings schon seit einer Ewigkeit nicht mehr benutzt. In den Zimmern im Obergeschoss lasse ich hin und wieder Jugendliche übernachten, wenn sie Stress mit ihren Eltern haben – mit deren Einwilligung natürlich. Was die Küche betrifft – wir kochen hin und wieder zusammen, aber dafür brauchen wir nur einen kleinen Teil des Raumes. Der Zustand ist vermutlich nicht optimal, die Geräte sind nicht auf dem neuesten Stand, aber ...«

Celina winkte ab. Was auch immer sie vorhin bedrückt haben mochte – sie schien darüber hinweg zu sein. »Das ist für unsere Zwecke nicht hinderlich.«

Er lachte leise. »Mich würde schon interessieren, welche Zwecke das sind?«

»Oh, habe ich das noch gar nicht erwähnt? Ich dachte, wir könnten vielleicht Aktivferien für Jugendliche anbieten. Natürlich müsste ein echter Experte dabei sein, der sich auskennt mit Dingen wie ... ich weiß auch nicht, was es da so alles gibt ... Mountainbiking, Freeclimbing, Wandern ...«

»Sie machen Witze?« Die ganze Zeit über hatte er ihr aufmerksam zugehört. Doch jetzt konnte er nicht länger stillsitzen. Er sprang auf und fing an, aufgeregt im Zimmer auf und ab zu laufen. Das Essen war vergessen, ebenso wie alles, was ihn bis gerade noch beschäftigt hatte.

Aktivferien? Du liebe Güte, das war *die* Idee! Und er wusste auch schon, wen er als Experten einspannen konnte.

Sich selbst.

»Neben dem Kochen habe ich noch ein oder zwei andere Hobbys zum Ausgleich«, sagte er. »Unter anderem bin ich gern mit dem Fahrrad im Gelände unterwegs, klettere und wandere. Außerdem kann ich mit einem Kanu umgehen und liebe Camping.«

Entgeistert starrte Celina ihn an. »Sie ...?«

»Ja«, entgegnete er schmunzelnd. »Ich weiß, ich bin ein toller Typ.«

Sie hob eine Braue. »Ach, hören Sie schon auf. Also, was halten Sie von meiner Idee?«

»Was ich davon halte? Ich bin begeistert! Das könnte wirklich funktionieren.« Er lief weiter auf und ab, während sein Kopfkino ihm schon alles in den schönsten Farben präsentierte. All die Unternehmungen, die man hier in der Gegend anbieten konnte, mit dem Spaargebirge und der Sächsischen Schweiz direkt um die Ecke ... Die Möglichkeiten waren unglaublich. »Und Sie glauben, das ließe sich auf die Schnelle organisieren?«

»Nun, ich denke schon. Als ausgebildete Hotelfachfrau bin ich mit solchen Dingen vertraut. Und ich wüsste auch schon, wen wir um ein kleines Sponsoring bitten könnten.« Sie strahlte. »Meine Freundin Sandra arbeitet in einem Hotel hier in der Stadt. Im Meißner Hof. Ich bin sicher, dass sie ihren Chef überreden kann, einen kleinen Obolus für die gute Sache zu leisten. Sie meinte, dass er sehr großzügig ist.«

Mit einem Schlag war Marcs spontane Begeisterung erloschen. »Sagten Sie gerade Hotel Meißner Hof?«

Irritiert schaute sie ihn an. »Ja. Wieso?«

Er lachte bitter auf. »Ich habe Ihnen doch von dem anderen Kaufinteressenten für das Schullandheim erzählt, oder?« Als sie nickte, sprach er weiter: »Nun, der Name dieses Interessenten lautet Ralf Wiesener, und er ist der Besitzer des Meißner Hofs.«

4. Kapitel

»Oh!« Celina runzelte die Stirn, während sie verarbeitete, was Marc gerade gesagt hatte. »Das ist natürlich … ungünstig.«

»Das kann man wohl sagen«, entgegnete er knapp.

Sie zuckte mit den Schultern. »Na und, es wird sicher noch andere Unternehmer geben, die sich gern mit der Unterstützung eines sozialen Projekts schmücken. Wir werden schon jemanden finden. Jedenfalls bin ich nicht bereit, mich so leicht entmutigen zu lassen.«

»Wir kämpfen also gemeinsam?« Das alte Strahlen kehrte auf sein Gesicht zurück. »Seite an Seite?«

Celina lachte auf. »Ja, genau. Seite an Seite – und wehe dem, der sich uns in den Weg stellt. Also …« Suchend blickte sie sich um. »Haben Sie einen Stift und ein Blatt Papier für mich? Wir sollten ein Brainstorming machen, solange wir so begeistert und motiviert sind.«

»Kleinen Moment.« Marc verschwand kurz im angrenzenden Wohnzimmer und kehrte mit einem Notizblock und einem Kugelschreiber zurück. Nachdem er Celina beides überreicht hatte, setzte er sich wieder.

»Nun, dann fangen wir mal an. Was für Sportarten und Freizeitaktivitäten bieten sich denn hier in der Gegend so an?«

Die folgende halbe Stunde verbrachten sie damit, Ideen zu diskutieren. Einige Punkte wurden sofort wieder verworfen, weil sie einfach zu gefährlich oder zu teuer waren, wie zum Beispiel Fallschirmspringen und Rundflüge über die Sächsische Schweiz.

»Wir dürfen nicht aus den Augen verlieren, dass es hier um Ferien für Jugendliche geht«, gab Celina zu bedenken. »Die Eltern haben zumeist das Geld auch nicht so locker sitzen, dass sie, ohne mit der Wimper zu zucken, mehrere Hundert Euro zahlen können.«

Marc nickte zustimmend. Zu ihrer eigenen Überraschung machte es Celina richtig Spaß, mit ihm ein Konzept auszuarbeiten. Schon lange hatte sie nicht mehr das Gefühl gehabt, so richtig ernst genommen zu werden. Die Lücke in ihrem Lebenslauf und ihre Erklärung dafür schreckten die meisten Menschen ab. Sie wurde in eine Schublade mit der Aufschrift »labil« gesteckt und kam dort einfach nicht mehr heraus.

Marc jedoch ging vollkommen normal mit ihr um. Er interessierte sich für das, was sie sagte. Er nahm sie ernst.

Kein Wunder. Er weiß ja nichts von der Sache mit Felix. Er weiß nicht, dass du deinen besten Freund im Stich gelassen hast. Dass er tot ist – deinetwegen. Er hat keine Ahnung, wie du die Monate seit Felix' Freitod verbracht hast. Dass du in ein schwarzes Loch gefallen bist, immer tiefer und tiefer ...

Die Schwermut drohte Besitz von ihr zu ergreifen. Also scheuchte sie die Geister der Vergangenheit zurück in den hintersten Winkel ihres Unterbewusstseins. Sie wusste, dass sie sie nicht in Ruhe lassen würden. Nicht auf Dauer. Doch im Moment wollte sie darüber nicht nachdenken.

Zu ihrem Entsetzen musterte Marc sie eindringlich. »Alles in Ordnung?«, fragte er mit hochgezogenen Brauen. »Sie waren plötzlich ganz weggetreten.«

Beschämt senkte sie den Blick. Es war nicht das erste Mal, dass ihr so etwas passierte.

»Ja, alles okay. Ich ... ich musste nur gerade an etwas denken. Aber das ist jetzt unwichtig. Zurück zum Thema. Wenn wir zum Beispiel Mountainbike-Touren anbieten wollen, wo können wir Fahrräder herbekommen?«

Erleichtert atmete sie auf, als er sofort auf ihr Ablenkungsmanöver einstieg.

»Oh, das ist kein Problem. Ich kenne da jemanden, der einen Fahrradverleih besitzt. Ich werde ihn gleich morgen anrufen und klären, wie viele Räder er uns zu welchem Preis zur Verfügung stellen kann und ...«

Sie redeten, planten und diskutierten bis spät in die Nacht hinein. Irgendwann hatte Marc eine weitere Flasche Wein aufgemacht, und Celina merkte erst, dass sie ein bisschen beschwipst war, als sie versuchte aufzustehen.

»Du liebe Güte«, rief sie lachend. »Wie viele Gläser Wein hatte ich?«

»Um ehrlich zu sein, ich habe nicht darauf geachtet. Allerdings bezweifle ich, dass einer von uns heute Abend noch in der Lage sein wird, Auto zu fahren.«

Celina unterdrückte ein Gähnen. »Dann werde ich mir wohl besser ein Taxi rufen.«

»Nicht nötig. Sie können auch gern hier übernachten, wenn Sie wollen.« Er sah sie an und lachte. »Natürlich nicht mit mir in einem Bett. Ich werde auf der Couch schlafen, Sie bekommen das Bett. Und morgen beim Frühstück können wir uns dann weiter unterhalten. Na, was sagen Sie?«

»Ich weiß nicht, Marc ...«

Er lächelte. »Machen Sie sich etwa meinetwegen Gedanken?«

»Nein!« Energisch schüttelte sie den Kopf – vielleicht ein wenig *zu* energisch. Denn in Wahrheit wusste Celina nicht so recht, was sie davon halten sollte. Sie kannte Marc ja wirklich noch nicht lange, doch sie spürte, dass sie ihm vertrauen konnte. »Ich ... mache so etwas üblicherweise eigentlich nicht ...«

Das klingt beinahe so, als würde zwischen euch etwas laufen. Tut es aber nicht, schon vergessen? Es geht ihm nur um den Jugendtreff – ebenso wie dir ...

Zumindest war es das, was sie versuchte, sich selbst einzureden. Obwohl ihre Gefühle für ihn alles andere als rein professioneller Natur waren. Was nach so kurzer Zeit doch gar nicht möglich sein konnte ...

Sie unterdrückte ein Seufzen. »Also schön«, sagte sie schließlich, »warum eigentlich nicht?«

»Nein«, flüsterte Celina, als sie Felix entdeckte. Sein lebloser Körper lag halb auf dem Bett und halb auf dem Boden. Aus den Augenwinkeln sah sie die leere Packung Tabletten auf dem Nachttisch.

»Nein!« Sie kniete sich neben ihn, packte seine Schultern und schüttelte ihn verzweifelt. »Nicht, Felix, bitte, bitte nicht …«

Sie erwachte mit einem erstickten Keuchen. Im ersten Moment wusste sie gar nicht, wo sie sich befand. Jedenfalls nicht in ihrem eigenen Bett, so viel konnte sie im schwachen Morgenlicht erkennen, das durch eine Lücke zwischen den Vorhängen drang. Und auch nicht in ihrem Pensionszimmer.

Hastig setzte sie sich auf – da kehrte die Erinnerung an den vergangenen Abend zurück. Sie war bei Marc, einem Mann, dessen Nachnamen sie noch nicht einmal kannte. Sie trug eines seiner T-Shirts, das er ihr zum Schlafen überlassen hatte. Es war ihr viel zu groß und reichte fast bis zu den Kniekehlen.

Mit einem erleichterten Seufzen ließ sie sich wieder in die Kissen zurücksinken, als die eisigen Klauen des Albtraums, von dem sie regelmäßig heimgesucht wurde, langsam von ihr abließen. Celina zwang sich, stattdessen an etwas anderes zu denken.

Sie war froh, dass sich Marc nicht als geisteskranker Kettensägenmörder entpuppt hatte. Ganz im Gegenteil – er schien tatsächlich ein echter Gentleman zu sein, wenn er ihr sein Bett überließ und stattdessen mit der Couch vorliebnahm. Vor allem angesichts der Tatsache, dass es sich bei besagter Couch um einen Zweisitzer mit hohen Armlehnen handelte, was ein bequemes Schlafen für einen Mann seiner Größe praktisch unmöglich machte.

Celina konnte ein Grinsen nicht unterdrücken, als sie daran dachte, was für einen niedlichen Anblick er geboten hatte, als sie mitten in der Nacht an ihm vorbei ins Bad gegangen war – verbogen wie eine Brezel unter einer Wolldecke schlafend.

Sie sah sich um. Gestern Abend hatte sie nicht viel Gelegenheit dazu gehabt. Der Raum war in kühlem Grau und Weiß gehalten. Alles wirkte schlicht und funktionell – eben sehr männlich. Das Bett war mit einfacher Baumwollbettwäsche im grau-blauen Nadelstreifenlook bezogen, und auf dem Nachttisch stand eine lackweiße Lampe, die zwar kunstvoll geschwungen war, aber trotzdem schlicht aussah.

Draußen war es also bereits hell – und ihr Magen fing an zu knurren. Oh Gott, wie spät war es? Sie warf einen Blick auf ihre Armbanduhr und stellte fest, dass Marc Wort gehalten oder sie zumindest nicht hatte verschlafen lassen.

Es war gerade mal kurz nach acht – ihr blieb also noch mehr als genug Zeit, um in aller Ruhe zu frühstücken, ehe sie sich wieder auf Spurensuche machte.

Ihre Sachen hatte sie auf einen Stuhl geworfen, der neben dem Fenster stand. Kurz überlegte sie, ob sie sich gleich anziehen sollte. Ach, das konnte sie auch nach dem Frühstück machen. Marcs Shirt war lang genug, um als statthaft durchzugehen.

Sie öffnete die Schlafzimmertür. Sofort blieb sie stehen, schloss die Augen und sog genießerisch die Luft durch die Nase ein, als ihr der Duft von frisch aufgebrühtem Kaffee entgegenwehte.

Sie folgte dem Geruch zur Küche, wo Marc in Boxershorts und Unterhemd dabei war, etwas in einer Pfanne zuzubereiten, das ihr das Wasser im Munde zusammenlaufen ließ. Als er sie bemerkte, drehte er sich um, und für einen Moment war jeder Gedanke ans Essen verflogen.

Seine Schultern waren breit, und seine Oberarme wirkten ebenso trainiert wie das, was sie vom Rest seines Oberkörpers sehen konnte, der nicht unter dem schon etwas fadenscheinigen Hemd verborgen war. Und auch seine Beine waren alles andere als unansehnlich.

Wow, war ihr erster Gedanke. Unwillkürlich fing ihr Herz an, schneller zu pochen. Sie wusste, sie sollte nicht so empfinden, aber die Anziehungskraft, die er auf sie ausübte, war kaum zu leugnen.

Verflixt! Das ging alles viel zu schnell. Sie wollte sich nicht Hals über Kopf in irgendetwas hineinstürzen. Bevor es dazu kam, musste sie erst einmal selbst wieder fest auf den Beinen stehen.

»Guten Morgen, Sie Schlafmütze«, begrüßte Marc sie und schenkte ihr ein schiefes Grinsen. »Hatten Sie eine angenehme Nacht?«

»Angenehmer als Ihre, nehme ich an«, entgegnete sie schmunzelnd. »Was riecht denn da so verführerisch?«

»Rührei mit Speck, dazu Toast, Obst, Gemüse und Kaffee. Ich kann Ihnen aber auch ein paar Pfannkuchen machen, wenn Ihnen das lieber ist.«

Abwehrend hob Celina die Hand. »Nein, nein, Eier mit Speck sind wunderbar. Ein richtiges Katerfrühstück.«

»Haben Sie denn einen?«, fragte er. »Einen Kater, meine ich.«

Ein wenig überrascht schüttelte Celina den Kopf. »Nein, erstaunlicherweise nicht. Und das, obwohl ich sonst nie viel trinke.«

»Sie Glückliche«, entgegnete Marc und streckte sich mit einem gequälten Grinsen. »Ich habe einen mächtigen Brummschädel und mir tut jeder Knochen im Leib weh. Aber keine Sorge, nach einem ordentlichen Frühstück bin ich sicher wieder in Ordnung und wir können unser kleines Brainstorming fortsetzen.«

Ach ja, richtig, dachte Celina. Da war ja noch etwas. Beinahe hätte sie vergessen, warum sie den gestrigen Abend mit Marc verbracht hatte. Was unter anderem daran lag, dass sie die Zeit mit ihm sehr genoss.

Das Frühstück, das er ihr servierte, konnte mit dem Abendessen durchaus mithalten. Ein atemberaubend attraktiver Mann, sozial engagiert, der überdies auch noch kochen konnte? Was wollte man mehr?

Mehr und mehr drängte sich ihr das Gefühl auf, mit Marc einem echten Traummann begegnet zu sein. Dumm nur, dass es ausgerechnet *jetzt* hatte passieren müssen.

Nach der Geschichte mit Felix war sie einfach noch nicht bereit, sich auf irgendetwas einzulassen – sei es Freundschaft, Affäre oder Beziehung.

Sie hatte Monate damit verbracht, so weit zu kommen, dass sie wieder unter Menschen gehen konnte. Sie war froh, endlich die Angstzustände überwunden zu haben. Die Panikattacken. Die Schuldgefühle.

Wobei ... Schuldgefühle quälten sie immer noch, und daran würde sich wohl auch nie etwas ändern. Wäre sie eine bessere, eine aufmerksamere Freundin gewesen ...

»Schmeckt es Ihnen nicht?«

Marcs Stimme holte sie in die Gegenwart zurück. Erst jetzt merkte sie, dass sie die ganze Zeit ihr Essen mit der Gabel auf dem Teller hin und her geschoben hatte. Sie zwang ein Lächeln auf ihre Lippen. »Nein, es ist ganz köstlich. Ich war nur gerade mit den Gedanken woanders.«

»Und wo, wenn ich fragen darf?«

Es war eigentlich nur so eine leere Phrase gewesen. Etwas, auf das man keine Antwort erwartete. Und schon gar nicht so eine Frage. Jetzt wusste Celina nicht, wie sie darauf reagieren sollte.

»Ich ... also ...« Als sie endlich ihre Fassung wiederfand, verschränkte sie die Arme vor der Brust. »Nein, dürfen Sie nicht. Und ich glaube auch nicht, dass wir uns schon gut genug kennen, um eine solche Frage zu rechtfertigen. Aber wollten wir nicht eigentlich weiter über unsere Pläne für das Jugendzentrum sprechen?«

Er nickte. »Ja, natürlich. Das Zentrum.«

Täuschte sie sich, oder klang er ein wenig enttäuscht? Aber das war vermutlich reines Wunschdenken, wie so vieles andere, was ihn betraf. Wahrscheinlich interessierte er sich für nichts anderes als ihre Ideen für die Rettung des Zentrums.

»Sie sagten, dass Sie jemanden wüssten, der uns vielleicht mit Rädern aushelfen könnte. Wichtig wäre aber zuerst einmal, dass wir das Schullandheim selbst auf Vordermann bringen. Wir müssen es ja nicht gleich in eine Luxusherberge verwandeln, aber eine Grundreinigung, ein neuer Anstrich und solche Sachen wie neue Matratzen und Bettwäsche dürfen es schon sein. Meinen Sie, das kriegen wir irgendwie finanziert?«

Er fuhr sich mit einer Hand über die kurzen Stoppeln in seinem Nacken. »Offen gestanden herrscht im Moment in unserer Kasse ziemliche Ebbe. Aber vielleicht könnten wir die Spendenaktion ja dafür nutzen.«

»Natürlich, das ist ja überhaupt *die* Idee!« Celina setzte sich kerzengerade auf. »Wenn wir es geschickt anfangen, bekommen wir bestimmt genug Geld zusammen, um alles zu renovieren. Und wenn wir das meiste in Eigenleistung machen, sparen wir uns die Handwerkerkosten. Ich bin sicher, dass die Jugendlichen gerne mit anpacken, wenn wir ihnen erklären, was auf dem Spiel steht. Vielleicht kann ich das als Außenstehende nicht wirklich beurteilen, aber die meisten ahnen ohnehin sicher längst, dass etwas im Busch ist – sie sind jung, aber nicht blöd. Und sie wissen ganz bestimmt auch, was sie am Jugendtreff haben. Wo gibt es so etwas heute noch – und dazu mit einem so engagierten Sozialarbeiter?«

Er grinste. »Vielen Dank für die Blumen. Aber ja, ich bin sicher, dass das kein Problem sein wird. Die Jugendlichen wissen ohnehin nicht wirklich etwas mit ihrer Freizeit anzufangen. Ein paar werden zwar erst mal meckern, aber am Ende helfen sie doch alle mit.«

»Dann ist es also abgemacht?«, fragte sie und versuchte ihr eigenes albernes Herzklopfen zu beruhigen.

»Abgemacht.« Über den Tisch hinweg reichte er ihr die Hand. »Aber zunächst müssen wir uns etwas für die Spendenaktion einfallen lassen. Das Geld sitzt bei den meisten Leuten ja nicht mehr so locker. Die Tatsache allein, dass irgendein Jugendtreff am Stadtrand schließt, wird wohl kaum genug Interesse hervorrufen, um unser Vorhaben zu finanzieren.«

Sie beugte sich vor, stützte die Ellbogen auf den Tisch und den Kopf auf die Hände. Nachdenklich runzelte sie die Stirn. »Irgendwelche Ideen?«

»Ich?« Er lachte auf. »Sie sind doch das kreative Genie hier. Sagen Sie mir, was ich tun soll, und ich werde Ihre Anweisungen mit Freude umsetzen. Darin, mir selbst etwas einfallen zu lassen, bin ich bedauerlicherweise eine echte Niete«, gestand er und zuckte mit den Schultern. »Ansonsten hätte ich wohl schon längst selbst etwas in die Wege geleitet, um den Treff zu retten.«

Nach kurzem Schweigen nickte Celina. »Ich glaube, zuallererst braucht das Kind einen Namen.«

Verwirrt schaute Marc sie an. »Welches Kind? Wovon sprechen Sie?«

Celina lachte. »Vom Jugendtreff natürlich. Wir brauchen einen Namen dafür. Irgendetwas Prägnantes, vielleicht etwas Witziges. Hm, ich weiß auch nicht ...«

Sofort war er mit voller Begeisterung dabei. »Was halten Sie von ›Die Herberge‹?«

Kurz dachte sie darüber nach, dann schüttelte sie den Kopf. »Der Name ist nicht schlecht, aber er sagt so gar nichts über den Charakter der Einrichtung aus ...«

Schweigend brütete sie vor sich hin, bis sie schließlich einen Einfall hatte. »Wie klingt *Camp Hideout* für Sie?«

»*Hideout* ... Schlupfloch« Nachdenklich ließ er den Namen auf der Zunge zergehen. Schließlich erhellte wieder dieses Strahlen sein Gesicht, das Celinas Herz unwillkürlich Purzelbäume schlagen ließ.

»Gefällt mir«, sagte er. »Sehr sogar. Es wird dem Zweck der Einrichtung gerecht, stellt aber auch den Spaßfaktor heraus. Nicht zu ernst, nicht zu albern. Genau richtig.«

»Dann haben wir also unseren Namen. Jetzt brauchen wir nur noch eine zündende Idee für die Spendenaktion.« Fragend schaute sie ihn an. »Haben Sie schon einmal Spenden gesammelt?«

Mit einem Mal wirkte er ein wenig verlegen. »Ja, aber eher halbherzig, wir haben uns einfach in der Innenstadt in die Fußgängerzone gestellt und Passanten angesprochen.«

»Und das hat funktioniert?« Zweifelnd zog Celina die Augenbrauen nach oben.

»Mehr schlecht als recht«, gab er zu. »Ein bisschen Geld kam zwar immer zusammen, aber große Sprünge konnte man damit nicht machen.« Er blickte sie unverwandt an. »Haben Sie eine bessere Idee?«

»Schon möglich«, sagte sie mit einem breiten Grinsen. »Lassen Sie mich nur machen.« Sie warf einen Blick auf ihre Armbanduhr und erschrak. »Was, schon so spät? Tut mir leid, Marc, aber ich muss jetzt wirklich zusehen, dass ich wegkomme. Ich habe leider auch noch ein paar andere Dinge zu erledigen – obwohl ich zugeben muss, dass ich mich am liebsten gleich mit Ihnen in die Arbeit stürzen würde.«

»Ja, mir kribbelt es auch in den Fingern.« Er zögerte kurz, ehe er weitersprach. »Sie erwähnten schon einmal, dass Sie in einer Familienangelegenheit hier sind.«

»Richtig.«

»Worum geht es denn genau?«

Sie seufzte. Es war ja kein Geheimnis, dass sie nach ihrem Großvater suchte. Dennoch wollte sie Marc nicht die ganze Geschichte erzählen. Nicht etwa, weil sie ihm nicht vertraute – seltsamerweise tat sie das bereits. Nein, sie fürchtete einfach, dass sie unwillkürlich auch zum Thema Rostock und Felix kommen würde, wenn sie von ihrer Vergangenheit sprach. Und das war etwas, worüber sie im Moment weder nachdenken noch reden wollte.

»Das ist eine lange Geschichte. Wenn wir einmal ein bisschen Ruhe und Zeit haben, erzähle ich Ihnen vielleicht davon. Aber es ist wirklich nicht so ungemein spannend. Sie werden sich nur langweilen.«

»Ich bezweifle, dass mich irgendetwas, das Sie sagen, langweilen könnte.«

Seine Worte schmeichelten ihr sehr, doch einmal mehr schob sie das Gefühl beiseite – obwohl sie zugeben musste, dass es ihr zunehmend schwerfiel.

»Ich sollte jetzt wirklich gehen.« Hastig erhob sie sich. »Ich habe heute noch einiges zu tun.«

Er lächelte. »Ist schon gut«, sagte er. »Kommen Sie, ich bringe Sie zurück zu Ihrer Pension.«

Sie schüttelte den Kopf. »Das ist nicht nötig, es ist ja nicht so weit. Und die frische Luft wird mir guttun.«

»Celina?« Sie war schon fast bei der Tür angelangt, als der Klang seiner Stimme sie innehalten ließ.

»Ja?«

»Ich würde Sie gern wiedersehen ...«

Oh Gott, ihr Herz raste. Sie räusperte sich mühsam. »Ich ... nun ...«

»Morgen Nachmittag vielleicht? Wir müssen ja noch ein paar Dinge besprechen.«

Sie nickte langsam. Es klang wie ein Vorwand, und das war es vermutlich auch. Aber – verflixt! – sie wollte Marc auch wiedersehen. Unbedingt.

»Fabelhaft! Dann treffen wir uns um drei vor dem Café, in dem wir Kuchen gegessen haben, ja?«

Er wartete ihre Antwort gar nicht ab, sondern beschloss einfach, dass es so ablaufen würde – etwas, das Celina hasste.

Normalerweise.

In diesem Fall aber musste sie zu ihrer eigenen Überraschung zugeben, dass es ihr gefiel.

5. Kapitel

»Ja, Oma«, sagte Celina am nächsten Vormittag zu ihrer Großmutter, mit der sie telefonierte, während sie in der Fußgängerzone stand und Passanten ein altes Foto von ihrem Großvater
zeigte – das einzige, das ihre Oma noch besessen hatte. Vielleicht erkannte ihn ja jemand.

Bisher jedoch: Fehlanzeige.

Sie sprach weiter: »Sandra und ich haben schon einiges
unternommen. Du brauchst dir wirklich keine Gedanken zu
machen, dass ich meine Zeit mit der Suche nach meinem leiblichen Großvater verschwende ... Ja, natürlich weiß ich, dass
dir das mit dem Amulett nicht so wichtig ist ... schließlich nur
ein Gegenstand, ja ... Ich dich auch, Oma. Liebe Grüße an
Opa Manni!«

Seufzend beendete sie das Gespräch. Sie flunkerte ihre Oma
wirklich nicht gern an, aber manchmal heiligte der Zweck nun
einmal die Mittel. Und wenn es ihr am Ende tatsächlich gelang,
ihren Großvater ausfindig zu machen und ihr das Bernsteinamulett zurückzubringen ...

Sie ging gerade auf eine kleine Gruppe von Spaziergängern
zu, als ihr Blick auf die Auslage eines Juweliergeschäfts fiel. Ein
besonders schöner, in Silber eingefasster Bernsteinanhänger
hatte ihre Aufmerksamkeit auf sich gezogen. Er war tropfen-
förmig geschliffen, sodass er sie ein wenig an ein Herz erinnerte. Die Oberfläche des Steins funkelte honigfarben.

So ähnlich musste das Amulett ihrer Großmutter aussehen.
Sie hatte bisher nur die Schwarzweißfotografie davon gesehen,
doch die spiegelte die Realität nur äußerst unvollkommen
wider. Wie von selbst streckte Celina die Hand aus, doch ihre
Finger stießen nur gegen das kalte Glas der Schaufensterscheibe.

Über sich selbst den Kopf schüttelnd, wandte sie sich ab. Dabei bemerkte sie die Uhr, die über der Eingangstür des Ladens hing. Sie erschrak. Was, schon wieder so spät? Sie hatte gar nicht gemerkt, wie die Zeit verflogen war.

Hastig steckte sie das Foto zurück in ihre Umhängetasche und eilte los. Es war schon kurz nach drei, sicher wartete Marc bereits auf sie. Und sie hasste es, zu spät zu kommen.

Sie schritt schneller aus, je näher sie ihrem Ziel kam. Und als sie Marc schließlich auf dem Gehweg vor dem Café stehen sah, fingen die Schmetterlinge in ihrem Bauch sofort wieder an zu flattern.

Das Gefühl lenkte sie so ab, dass ihr die beiden Fahrräder, die auf einem Träger an Marcs Wagen befestigt waren, erst auf den zweiten Blick auffielen. Ebenso wie die Helme, die er in den Händen hielt.

Als Marc sie bemerkte, strahlte er wieder über das ganze Gesicht. Er eilte auf sie zu und drückte ihr als Erstes einen der Fahrradhelme in die Hand. »Hier, für Sie.«

Celina runzelte die Stirn. »Ich fürchte, ich komme nicht ganz mit. Wofür brauche ich den?«

»Wir machen eine Radtour«, erklärte er, als sei es das Normalste der Welt. »Ich dachte, auf diese Weise bekommen Sie gleich ein Gefühl dafür, ob ich zum Coach für abenteuerdurstige Teenager tauge.«

Sie lachte. Einmal mehr war es ihm gelungen, sie zu überraschen und spielend um den kleinen Finger zu wickeln. Dabei war sie nun wirklich kein großer Fan von sportlichen Aktivitäten, ganz gleich welcher Art.

»Ich bin doch gar nicht richtig angezogen für so etwas«, protestierte sie schwach, doch im Grunde wusste sie bereits, dass sie verloren hatte.

»Für so etwas gibt es keine falsche Kleidung – abgesehen vielleicht von einem Taucheranzug. Also kommen Sie schon, seien Sie kein Frosch. Sie wollen doch sicher etwas von Meißen und Umgebung sehen, oder etwa nicht?«

Das wollte Celina schon. Oder genauer gesagt – sie wollte es jetzt. Mit ihm. So sehr, dass wieder einmal alles andere in den Hintergrund rückte.

»Also schön«, sagte sie. »Aber nur, wenn Sie mir im Gegenzug erklären, wie ich es am besten anstelle, jemanden ausfindig zu machen, von dem ich lediglich eine uralte Adresse habe.«

Interessiert neigte er den Kopf zur Seite. »Die familiäre Angelegenheit?«

Seufzend fuhr sie sich mit einer Hand durchs Haar. »Ja, ich glaube, ich gehe die Sache nicht richtig an. Vor allem nicht intensiv genug. Es wird Zeit, dass ich endlich in die Gänge komme. Aber ehrlich gesagt weiß ich nicht einmal genau, wo ich anfangen soll.«

»Um wen handelt es sich denn?«

»Um meinen Großvater mütterlicherseits. Er hat meine Oma vor der Geburt meiner Mutter verlassen und sich seitdem nie wieder blicken lassen.«

Marc runzelte die Stirn. »Das klingt aber nicht nach einem besonders sympathischen Mann. Warum machen Sie sich die Mühe, nach ihm zu suchen – nach all den Jahren?«

»Nun, es gibt da noch etwas zu klären zwischen meiner Großmutter und ihm«, antwortete sie ausweichend. »Und ja, ich bin auch neugierig. Meinen Vater habe ich auch niemals kennengelernt – es scheint in der Familie zu liegen, dass die Männer Reißaus nehmen, bevor ihre Kinder das Licht der Welt erblicken. Die Chancen, dass ich meinen Vater jemals finden werde, stehen alles andere als gut, denn über ihn weiß ich noch viel weniger. Aber bei meinem Großvater besteht zumindest ein wenig Hoffnung, dass es mir gelingt. Und ich glaube, dass ich es ewig bereuen würde, wenn ich es nicht wenigstens versuche.« Sie seufzte schwer. »Ergibt das irgendeinen Sinn?«

»Allerdings.« Er nickte. »Ich kann das sehr gut nachvollziehen. Und ich werde mir Gedanken machen, wie ich Sie bei Ihrem Vorhaben unterstützen kann. Aber jetzt …« Er zeigte auf die Fahrräder. »Wir fahren raus zu einer der schönsten Strecken, die ich kenne. Ich verspreche Ihnen, Sie werden es lieben, wenn Sie Ihren inneren Schweinehund erst einmal überwunden haben.«

Skeptisch musterte Celina das Mountainbike, das offenbar für sie gedacht war. Sie konnte sich wirklich nicht vorstellen, dass es Spaß machen sollte, auf einem solchen Folterinstrument durch die Gegend zu fahren. Der Sattel sah furchtbar unbequem aus – schon allein vom Hinschauen tat ihr der Hintern weh. Doch für Marc war sie bereit, es zumindest auszuprobieren. Was hatte sie schon zu verlieren?

»Also schön«, sagte sie und stieg auf der Beifahrerseite in den Wagen. »Aber auf Ihre Gefahr.«

Marc konnte sich das Grinsen nicht verkneifen, als er Celina zum x-ten Mal innerhalb der vergangenen Stunde stöhnen und »Wie weit müssen wir denn noch?« fragen hörte.

»Nicht mehr weit«, erwiderte er und trat weiter in die Pedale. »Halten Sie durch! Sie werden es nicht bereuen, das verspreche ich Ihnen.«

»Das haben Sie schon vor einer halben Stunde behauptet – und im Übrigen bereue ich es schon längst.« Als er sich zu ihr umdrehte, sah er, wie sie sich mit dem Handrücken über die Stirn wischte. Zu ihrer Ehrenrettung musste er gestehen, dass die Steigung, mit der sie kämpfte, es tatsächlich ziemlich in sich hatte. Noch dazu in der prallen Sonne und bei sommerlichen Temperaturen. Doch wie sagte das alte Sprichwort noch so schön? Ohne Fleiß kein Preis. Davon abgesehen – konnte es für ihn eine bessere Übung dafür geben, mit einer Gruppe untrainierter Jugendlicher in die Berge zu fahren?

»Wenn wir die Kuppe des Hügels erreicht haben, legen wir eine Pause ein«, versprach er.

»Hügel?«, wiederholte sie empört. »Das ist kein Hügel, sondern ein ausgewachsener Berg!«

»Ganz wie Sie meinen«, entgegnete er schmunzelnd. »Auf

jeden Fall haben Sie es fast geschafft. Nur noch bis zur nächsten Biegung.«

Er erwähnte lieber nicht, dass das steilste Stück des Weges noch vor ihnen lag. Celina würde es noch früh genug bemerken – und er wollte sie nicht schon jetzt demotivieren. Immerhin würden sie in maximal zwanzig Minuten den Aussichtspunkt erreicht haben, der das Ziel ihrer heutigen Radtour war.

Während er beschwingt weiterstrampelte, ließ er den Blick über die Umgebung schweifen. Es war schon eine ganze Weile her, dass er zuletzt so weit aus der Stadt herausgekommen war. Der Jugendreff – das *Camp Schlupfloch* – hielt ihn ganz schön auf Trab, und es war gut zu sehen, dass er noch nicht vollkommen aus der Form gekommen war.

Im Gegensatz zu der armen Celina fühlte er sich kein bisschen erschöpft, sondern voller Tatendrang. Wenn es nach ihm gegangen wäre, hätte er noch bis zum Abend so weitermachen können. Doch er befürchtete, Celina würde kein Wort mehr mit ihm sprechen, wenn er ein so strammes Programm mit ihr durchzog.

Er war mit ihr aus der Stadt herausgefahren, um ihr zu zeigen, wie schön die Gegend war. Sie sollte mit eigenen Augen sehen, was sie gemeinsam auf die Beine stellen könnten – und außerdem hatte er den dringenden Wunsch verspürt, Zeit mit ihr zu verbringen. Was selbstsüchtig war, denn er wusste doch genau, dass aus ihnen nie etwas werden konnte.

Sobald sie die ganze Wahrheit über ihn erfuhr, wäre sie fort. Sobald sie wusste, dass er ihr niemals das geben konnte, was sie sich früher oder später von ihm wünschen würde …

Hastig scheuchte er den Gedanken fort. Es brachte nichts, so zu denken. Und außerdem hatte er ja nicht vor, ihr gleich einen Heiratsantrag zu machen. Sie verbrachten einfach nur einen schönen Nachmittag miteinander.

Als Freunde. Nicht mehr und nicht weniger.

Marc erreichte den Aussichtspunkt als Erster, von dem aus man einen herrlichen Blick über das gesamte Elbtal hatte.

Celina folgte ein paar Minuten später, keuchend und mit hochrotem Kopf.

»Sie hätten ruhig erwähnen dürfen, dass es noch schlimmer wird«, stieß sie atemlos hervor. Sie stieg vom Rad und ließ es neben sich am Wegesrand ins weiche Gras fallen. »Keinen Meter fahre ich mehr mit diesem Teufelsgerät! Ich …«

Sie verstummte abrupt – und Marc, der sich den Grund dafür denken konnte, grinste wissend. »Hübsch, nicht wahr?«

»Hübsch?« Mit großen Augen trat sie neben ihn. »Ich würde eher sagen, atemberaubend. Ich habe gar nicht gewusst, dass es hier auch landschaftlich so wunderschön ist. Sind das Weinberge?«

Er folgte ihrem Blick über das Tal, durch das träge und gemächlich die Elbe floss. In den Hängen und Hügeln standen, üppig und grün, die Weinreben, von denen Celina gesprochen hatte.

Er nickte. »Das Weinanbaugebiet rund um Meißen ist das nordöstlichste Europas. Aber die Region ist auch für den Obstanbau bekannt – aber vor allem wohl für das berühmte Meißner Porzellan.«

»Ja, das wusste selbst ich«, erklärte Celina lachend. »Meine Großmutter ist eine leidenschaftliche Sammlerin. Und das Meißner Porzellan gehört zu ihren absoluten Lieblingsstücken.«

Marc lächelte. »Ihre Großmutter verfügt über einen exzellenten Geschmack.«

Celina runzelte die Stirn. »Sollen wir das nicht endlich lassen? Dieses dumme Sie, meine ich. Wir kennen uns noch nicht lange, das stimmt, aber es fühlt sich langsam merkwürdig an, finden Sie … findest *du* nicht?«

Sein Herz schlug schneller. Sie hatte recht. Er empfand ganz genauso. Mehr als einmal hatte er sich daran erinnern müssen, dass sie keine alten Freunde waren. Und das Du fühlte sich einfach viel richtiger, viel natürlicher an.

»Finde ich auch«, stimmte er zu. »Aber du musst wissen, dass es hier bei uns in Meißen ein Ritual gibt, wenn man zur vertraulicheren Anrede übergeht.«

»Ach ja?« Skeptisch hob sie eine Braue. »Ist ja interessant. Und wie funktioniert das?«

»Oh, es ist nicht weiter schwer«, sagte er und trat auf sie zu, bis er ihr so nah war, dass er die Wärme spürte, die ihr Körper abstrahlte. Er legte ihr beide Hände um die Taille und schaute ihr tief in die Augen. Dann neigte er langsam seinen Kopf zu ihr hinunter und küsste sie.

Im ersten Moment war Celina stocksteif vor Überraschung. Niemals – niemals! – hätte sie damit gerechnet, dass Marc sie einfach so küssen würde. Und nun, wo es tatsächlich passierte, wusste sie nicht, wie sie darauf reagieren sollte. In ihrem Inneren gab es zwei sehr starke, sehr widersprüchliche Empfindungen, die miteinander rangen. Zum einen Empörung darüber, dass er sich einfach so das Recht herausnahm, ihr so nahe zu kommen, zum anderen der unwiderstehliche Drang, ihm noch näher zu sein.

Das alles spielte sich innerhalb von Sekundenbruchteilen ab, doch ihr Körper schien bereits entschieden zu haben, was er wollte. Wie von selbst schlangen sich ihre Arme um Marcs Nacken, und Celina stellte sich auf die Zehenspitzen, um seinem Kuss besser begegnen zu können.

Ihr Herz hämmerte wie verrückt, und sie hatte das Gefühl, auf Wolken zu schweben. Alles andere war bedeutungslos, es zählten nur noch Marc und sie.

Sie strich mit den Fingern durch das kurze Haar an seinem Hinterkopf, und als er mit seiner Zunge über ihre Lippen fuhr, zögerte sie nicht, diese für ihn zu öffnen.

Das Gefühl, das der Kuss in ihr auslöste, war mit Worten kaum zu beschreiben. Sie hatte vor Marc schon andere Männer geküsst, keine Frage. Aber so wie in diesem Moment hatte sie sich noch nie gefühlt. So leicht und frei und sorglos. Ihr war schwindelig vor Glück, und im selben Moment verspürte sie eine bislang noch nicht gekannte Klarheit.

Sie schlang die Arme noch fester um ihn, worauf er zunächst

überrascht reagierte, nur um den Kuss dann noch weiter zu vertiefen. Es war, als würde zusammenfinden, was zusammengehörte. Das klang wie in einem kitschigen Liebesfilm, doch so fühlte es sich für Celina nun einmal an.

Jetzt und für alle Zeit wollte sie mit Marc zusammen sein und …

Das Bild von Felix, wie er bewusstlos dalag, kam so plötzlich, so überraschend, dass es ihr für einen Moment regelrecht den Boden unter den Füßen wegzog. Ihr wurde schwarz vor Augen, und ihr ganzer Körper versteifte sich.

Ihre Reaktion entging auch Marc nicht, der sie von sich fortschob und eindringlich musterte. »Was ist los?«, fragte er besorgt. »Ist dir nicht gut?«

Sie schüttelte den Kopf. »Nein, es … es geht schon wieder. Vermutlich war das alles doch ein bisschen zu viel für mich.« Sie zwang ein schiefes Grinsen auf ihre Lippen. »Ich bin wohl nicht so fit, wie ich es gern hätte, und hinzu kommt noch die Hitze. Mein Kreislauf hat einfach schlappgemacht. Mach dir keine Sorgen.«

Skeptisch runzelte er die Stirn, ließ sich dann aber doch überzeugen. »Also schön«, sagte er. »Aber wir schieben die Räder zum Auto zurück.«

»Jetzt, wo es endlich bergab geht?«, protestierte Celina empört.

»Ich will es nicht riskieren, dass du mir beim Fahren ohnmächtig wirst. Ernsthaft, Celina, ich bin lieber ein bisschen übervorsichtig, als es am Ende zu bereuen.«

Sie nickte. Er hatte ja recht, und sie wusste es – zumindest wusste sie, dass es richtig wäre, wenn sie wirklich Kreislaufprobleme hätte. Doch sie konnte ihm ja schlecht sagen, dass dies gar nicht der Fall war.

Celina war noch nicht bereit, ihm alles über sich zu erzählen, unabhängig von ihren Gefühlen für ihn. Oder vielleicht gerade, weil sie etwas für ihn empfand. Was musste er von ihr denken, wenn er alles erfuhr? Sie war ja nicht einmal in der Lage, sich selbst ihr Versagen zu verzeihen. Wie sollte sie es da von jemand anderem erwarten?

Die Tatsache, dass er Felix nicht gekannt hatte, beruhigte sie keineswegs. Marc war ein unglaublich sozialer Mensch, der sich für jeden einsetzte, der seine Hilfe benötigte. Und Celina zweifelte nicht daran, dass er auch Felix geholfen hätte. Weil er in der Lage gewesen wäre, das Problem zu erkennen und rechtzeitig zu handeln.

Sie hingegen …

»Celina, was ist los? Willst du mir nicht sagen, was dich bedrückt?«

Sie schüttelte den Kopf. »Nein, ehrlich gesagt nicht. Bist du mir jetzt böse?«

Er lachte hell auf. »Warum, um Gottes willen, sollte ich dir böse sein? Es ist deine Entscheidung, wann und ob du irgendetwas Persönliches von dir preisgeben willst. Ich kann dich nicht dazu zwingen, und ich möchte es auch gar nicht. Es ist mir viel lieber, wenn du mir freiwillig etwas gibst, verstehst du?«

Ja, sie verstand ihn tatsächlich. Und sie war ihm dankbar, dass er sie nicht bedrängte. Wie konnte ein Mann nur so unglaublich perfekt sein?

»Ich glaube, ich möchte jetzt lieber zurück«, sagte sie.

»Natürlich. Und keine Sorge, wir werden nicht allzu lange brauchen. Ich kenne eine Abkürzung. Bis zum Wagen sind es zu Fuß keine zwanzig Minuten, wenn dir ein paar Stufen nichts ausmachen.«

Schmunzelnd schüttelte Celina den Kopf. »Du bist ein Schuft, weißt du das eigentlich?«

»Mag schon sein«, entgegnete er. »Aber ich bin *dein* Schuft.«

Celina gelang es nicht zu verbergen, wie sehr sie seine Worte freuten – mochten sie nun ernst gemeint sein oder nicht.

Oje, Celina. Du steckst ganz schön in der Patsche!

6. Kapitel

Die Renovierungsarbeiten am alten Schullandheim waren bereits in vollem Gange. Marc hatte einige der Jugendlichen überreden können, ihm bei den einfachen Dingen zur Hand zu gehen. Sie hatten damit begonnen, die Tapeten und Bodenbeläge in den Schlafsälen herauszureißen, was mit einer Menge Arbeit verbunden war.

»Wenn ich den erwische, der das Linoleum mit dem Boden verklebt hat …«, grummelte Henrik, einer der älteren Jungs, missmutig. »Hey!«, wandte er sich an Nelly, die schüchtern in der Ecke stand. »Du kannst ruhig auch mal mit anfassen, Blondie. Keine Angst, wirst dir schon keinen Fingernagel abbrechen.«

Die anderen Jungs lachten, Nelly aber lief hochrot an und senkte den Blick. Marc kannte das schon. Nelly war unglaublich schüchtern und redete kaum mit irgendjemandem. Offen gestanden wunderte es ihn, dass sie überhaupt noch regelmäßig zum Jugendtreff kam. Die meisten anderen Jugendlichen hielten sie für eingebildet und arrogant, dabei war sie genau das Gegenteil. Doch egal, wie oft er auch versuchte, eine Lanze für Nelly zu brechen – es wollte nicht so recht funktionieren.

Die jetzige Situation mit Henrik bildete da keine Ausnahme.

»Zuallererst einmal«, verkündete Marc in seinem typischen Tonfall, der den Jugendlichen klarmachte, dass er nicht zu Späßen aufgelegt war, »kennt ihr alle Nellys Namen – es wäre schön, wenn ihr diesen auch benutzen könntet. Und davon abgesehen, sind wir alle hier doch praktisch eine große Familie, oder? Wir sollten füreinander da sein und uns gegenseitig helfen, anstatt uns runterzuputzen. Kapiert, Henrik?« Er zog dem Jungen die Baseballkappe vom Kopf, die er immer trug, und zerstrubbelte das haselnussbraune Haar, das darunter zum Vorschein kam.

Henrik schubste seine Hände weg, grinste aber. »Alles klar, Chef«, murrte er. Und mit einem kurzen Blick in Nellys Richtung murmelte er: »Sorry.«

Marc unterdrückte ein Seufzen. Mit mehr hatte er gar nicht gerechnet. Trotzdem wünschte er sich manchmal, seine Schützlinge würden weniger Zeit darauf verwenden, sich gegenseitig niederzumachen. Immerhin saßen sie doch alle im selben Boot.

Er beschloss, später noch einmal zu versuchen, mit Nelly zu sprechen. Bisher war er bei dem Mädchen nur auf Granit gestoßen. Ob es daran lag, dass er ein Mann war, konnte er nicht sagen. Sie war extrem verschlossen und fasste offensichtlich nicht so leicht Vertrauen. Es tat ihm in der Seele weh, dass sie keine einzige Freundin zu haben schien. Wann immer er sie sah, schlich sie allein herum, und wenn er irgendwelche Gruppenaktivitäten organisierte, war sie stets diejenige, die zuletzt in eine Gruppe gewählt wurde. Sie beschwerte sich nie, aber glücklich wirkte sie auch nicht. Wenn es doch wenigstens einen Menschen gäbe, dem sie sich anvertrauen könnte ...

Seine Gedanken wurden abgelenkt, als Celina plötzlich im Türrahmen stand. Er konnte ein erfreutes Lächeln nicht unterdrücken. Obwohl er die junge Frau erst seit so kurzer Zeit kannte, war sie ihm bereits ans Herz gewachsen. Ganz davon abgesehen, dass sie in einer wunderbar unaufgeregten Art und Weise unglaublich attraktiv war, hatte sie auch das Herz auf dem rechten Fleck und schien ein ähnliches Helfergen zu besitzen wie er selbst.

»Hey«, rief er und eilte zu ihr hinüber. Er versuchte, die schmatzenden Kussgeräusche, die Henrik und seine Freunde von sich gaben, zu ignorieren. Verdammt, ja, er wollte Celina am liebsten in seine Arme ziehen und wieder küssen. Ihr gemeinsamer Moment beim Aussichtspunkt erschien ihm inzwischen fast wie ein schöner Traum. War das wirklich geschehen, oder hatte er es sich nur eingebildet?

Sie trug jetzt locker sitzende, verwaschene Jeans und ein viel zu großes Hemd, das er bei näherem Hinsehen als sein eigenes erkannte. Er hatte es ihr geliehen, als sie bei ihm übernachtet hatte – und obwohl in jener Nacht nichts zwischen ihnen geschehen war, reichte der Anblick aus, um seinen Mund trocken werden zu lassen.

Er schluckte, bemüht, sich seinen inneren Aufruhr nicht anmerken zu lassen. Nicht vor Celina und schon gar nicht vor den Jugendlichen. Es reichte, dass diese seine plötzliche Nervosität auch so schon mit seiner neuen Bekannten in Verbindung zu bringen schienen. Aber das war vermutlich nicht anders zu erwarten, denn die meisten der Jugendlichen mochten in der Schule zwar alles andere als herausragend sein, besaßen aber eine verflixt gute Auffassungsgabe.

Das Herz klopfte ihm bis zum Hals, als er Celina erreichte. Sie hatten bislang noch keine Gelegenheit gehabt, über den Kuss zu sprechen. Und er wusste nicht, ob er das Gespräch wirklich führen wollte. Schon jetzt empfand er viel zu viel für diese tolle Frau. Wenn sie sich am Ende tatsächlich mehr mit ihm vorstellen konnte – wie sollte es dann weitergehen?

Unwillkürlich musste er daran denken, dass all seine Beziehungen stets an dem einen Punkt gescheitert waren – und zwar genau dann, wenn das Thema Familienplanung auf den Tisch kam. Mittlerweile wusste er, dass er von keiner Frau erwarten konnte, sich an ihn zu binden. Und bisher war er mit dieser Einstellung auch gut durchs Leben gekommen. Doch da war Celina noch nicht in sein Leben getreten.

Es mochte albern sein, so zu denken – vor allem, wo sie sich erst seit so kurzer Zeit kannten und im Grunde nicht viel voneinander wussten –, aber Marcs Herz sagte ihm ganz klar, dass er mit Celina nicht nur befreundet sein wollte.

Er sehnte sich nach mehr.

Und genau dieses *Mehr* konnte es nicht geben. Er wusste doch, wie das enden würde, und das wollte er weder Celina noch sich selbst antun. Über dieses Thema waren, weiß Gott, schon zu viele Tränen vergossen worden. Er hatte endgültig damit abschließen wollen, und das war ihm auch gelungen.

Hatte er gedacht.

Celina aber hatte ihn eines Besseren belehrt. Und er wusste absolut nicht, wie er jetzt damit umgehen sollte. An den Tatsachen ändern konnte er nichts, so viel stand fest.

Er war damals erst Anfang zwanzig gewesen, als er mit dem Fahrrad unterwegs gewesen war und der Autofahrer ihm an einer Kreuzung die Vorfahrt genommen hatte. An den Unfall selbst oder an die Schmerzen konnte er sich nicht mehr erinnern. Seine früheste Erinnerung stammte aus dem Krankenhaus, als man ihm behutsam das Ausmaß seiner Verletzungen mitteilte.

Damals waren die Ärzte nicht einmal sicher gewesen, ob er jemals wieder würde laufen können. Das zumindest hatte sich als unnötige Sorge erwiesen. Marc war die Reha wie ein Besessener angegangen und hatte erst wieder aufgehört, sich zu pushen als er – zwar mit Hilfe von Krücken, aber immerhin – wieder auf seinen eigenen Beinen stehen konnte.

An der anderen Diagnose aber konnten keine noch so großen Anstrengungen etwas ändern.

»Marc, kann ich kurz mit dir sprechen?« Celinas Stimme holte ihn in die Gegenwart zurück, und er verdrängte die düsteren Gedanken. »Unter vier Augen?«, fügte sie hinzu, als er nichts erwiderte.

Er atmete tief durch und nickte. »Klar«, sagte er und führte sie über den Korridor in ein anderes Zimmer, in dem gerade niemand arbeitete. Die Möbel waren bereits rausgeräumt worden, daher konnte er ihr keinen Platz zum Sitzen anbieten. Aber Celina schien ihm ohnehin zu nervös, um sich ganz in Ruhe hinzusetzen.

»Marc, ich habe vorhin einen Anruf von meiner Freundin Sandra bekommen. Du weißt schon, die, die im Meißner Hof arbeitet.«

Er blinzelte erstaunt. Okay, das war definitiv nicht das, was er erwartet hatte. Marc brauchte einen Moment, um sich von der Überraschung zu erholen. Schließlich hatte er sich wieder so weit im Griff, dass er glaubte, seiner Stimme vertrauen zu können. »Was …« Er räusperte sich mühsam. »Ja, und?«

»Ich habe ihr von dir und deiner tollen Arbeit für das Projekt hier erzählt und … Na ja, sie hat mir im Vertrauen etwas verraten. Du musst mir aber versprechen, dass du es nicht an die große Glocke hängen wirst, denn sie könnte sonst echt Probleme bekommen.«

»Natürlich.« Er runzelte die Stirn. »Was ist denn los? Du machst mich ja ganz nervös!«

»Nun, Sandra hat mitbekommen, dass sich Herr Wiesener mit jemandem aus dem Gremium getroffen hat. Sie konnte mir nicht sagen, um wen es sich handelt, aber offenbar hat Wiesener etwas gegen den Mann in der Hand …«

Marc horchte auf. »Du meinst, er erpresst ihn?«

»So ganz sicher kann ich dir das auch nicht sagen. Aber für mich klingt das alles nicht koscher. Und ich dachte, es ist besser, wenn du davon erfährst. Immerhin gibt es in dem Gremium ja auch jemanden, der auf deiner Seite steht, richtig?«

»Sagen wir, er ist mir zumindest wohlgesonnen – und dafür musste ich ihn nicht einmal unter Druck setzen.« Frustriert und wütend, ballte er die Hände zu Fäusten. »Dieser verdammte Wiesener! Dem ist auch wirklich jedes Mittel recht, um seinen Willen durchzusetzen. Aber das lasse ich mir nicht gefallen, darauf kann er sich verlassen!« Ohne darüber nachzudenken, legte er Celina eine Hand auf die Schulter. Die Berührung sandte warme Schauer durch seinen Körper, die er jedoch ignorierte – wenigstens versuchte er es.

»Celina«, sagte er leise. »Ich bin froh, dass du mir das gesagt hast. Mir war schon klar, dass Wiesener etwas im Schilde führt. Aber nun, wo ich mehr weiß, kann ich vielleicht etwas dagegen unternehmen.« Er legte ihr eine Hand unters Kinn und hob ihr Gesicht an, sodass sie ihm in die Augen sehen musste. »Danke.«

Als sich ihre Blicke begegneten, schien die Zeit plötzlich stillzustehen. Marc stockte der Atem. Mit einem Mal konnte er nur noch daran denken, wie sich ihre Lippen auf seinen angefühlt hatten. So zart und sanft und unglaublich verführerisch.

Sein Herz hämmerte wie verrückt, und er konnte förmlich spüren, wie das Blut durch seine Adern schoss. Sein Blick fiel auf ihren verführerischen Mund, als sein Körper über seinen Verstand siegte. Er beugte den Kopf zu ihr hinunter, während sie sich ihm entgegenstreckte.

Ihre Lippen trafen sich, und es war wieder wie beim ersten Kuss. Seine Gedanken wirbelten im Kreis, und er konnte nicht mehr klar denken. Er war sich auch gar nicht sicher, ob er das überhaupt wollte. Warum sollte er denken, wenn er fühlen konnte? Doch in diesem Moment machte sich Celina abrupt von ihm los.

Schwer atmend stand sie vor ihm, den Blick gesenkt. »Entschuldige«, sagte sie. Warum nur? Immerhin hatte er diesen Kuss initiiert. »Das war keine besonders gute Idee. Vielleicht sollten wir lieber ...« Sie brach ab. »Womit warst du eigentlich gerade beschäftigt, als ich kam?«

Sein Herz pochte noch immer heftig, doch da sie ganz offensichtlich so tun wollte, als sei nichts geschehen, sagte er nichts. Wahrscheinlich war es auch besser so. Er wusste genau, dass es falsch war, es immer wieder so weit kommen zu lassen. Das, was zwischen Celina und ihm war – was immer es auch genau sein mochte –, konnte auf Dauer nicht funktionieren. Er hatte diese und ähnliche Situationen zu oft erlebt, um noch daran zu glauben, dass es *dieses Mal* anders sein würde. Das hatte er sich schon viel zu oft eingeredet.

Er winkte ab. »Wir haben angefangen, schon mal einige Zimmer vorzubereiten. Tapeten und Bodenbeläge rausreißen, die groben Arbeiten eben.« Fragend schaute er sie an. »Hast du etwas Zeit? Ich habe heute Nacht ein bisschen an einem Flyer für die Spendenaktion gebastelt.«

»Zeig her.«

Er ging mit ihr hinunter in den Aufenthaltsraum, wo sein Laptop stand. Er fuhr das Gerät hoch und öffnete ein Grafikprogramm. Sie wirkte überrascht, als er ihr das Ergebnis seiner Mühe präsentierte.

»Das ist ... ziemlich gut!«, stieß sie hervor, offensichtlich sehr beeindruckt. »Hast du das alles selbst gemacht?«

»So schwer war das gar nicht«, entgegnete er und betrachtete nicht ohne Stolz sein Werk. Der Hintergrund bestand aus einem Foto des alten Schullandheims, mit einer Gruppe freundlich dreinblickender Jugendlicher davor. Die Schrift war fett und klar leserlich, ohne aufdringlich zu wirken.

LASSEN SIE UNS NICHT IM REGEN STEHEN!
SCHAUEN SIE NICHT WEG!
WIR BRAUCHEN IHRE HILFE, UM DAS CAMP
HIDEOUT ZU ERHALTEN!

»Ich habe einfach nur ein paar Sachen zusammengewürfelt und einen Text dazu entworfen.«

»Und der ist wirklich gut. Ich glaube nicht, dass ich das besser hinbekommen hätte.« Sie lachte auf. »Komm, in der Stadt gibt es doch bestimmt einen Copyshop, der uns die Flyer drucken kann, oder?«

»Ja, sicher«, erwiderte er. »Aber ... Meinst du wirklich?«

Sie nickte energisch. »Natürlich. Wir sollten gleich los, damit wir hinterher noch Zeit haben, sie zu verteilen. Was meinst du?«

Er war überrascht – sehr angenehm überrascht. »Ja, warum eigentlich nicht? Die Kids kommen hier auch eine Weile allein zurecht.«

Keine zwei Stunden später standen sie in der Meißner Innenstadt und verteilten ihre ersten Spendenaufrufe in der Fußgängerzone. Das Interesse war größer, als Celina zu hoffen gewagt hatte. Die meisten Menschen schienen ihnen wirklich zuzuhören, und sie nahmen auch schon die ersten Euros an Spendengeldern ein.

»Für den ersten spontanen Versuch war das doch schon einmal gar nicht so übel«, bemerkte Marc. »Wenn wir in den nächsten Tagen noch die Jugendlichen mit einspannen, bin ich ziemlich sicher, dass wir schon bald genug Geld für die Renovierung zusammenbekommen.«

Hinter ihnen erklang ein heiseres Lachen. »Glauben Sie wirklich, dass Sie mir auf diese Weise die Stirn bieten können? Lächerlich!«

Celina und Marc drehten sich gleichzeitig um. Obwohl ihr der Mann, der ihnen gegenüberstand, vollkommen fremd war, konnte Celina sich sofort denken, um wen es sich handelte – denn Marcs Reaktion ließ keinen anderen Schluss zu.

»Wiesener!« Er spie den Namen förmlich aus, als hätte er etwas Widerwärtiges auf der Zunge. »Was wollen Sie? Es ist ziemlich unhöflich, sich einfach in fremde Unterhaltungen einzumischen, finden Sie nicht?«

Der Mann lachte. Auf den ersten Blick fand Celina, dass er ziemlich durchschnittlich aussah. Weder dick noch dünn, mit eher unauffälligen Zügen und blassblauen Augen. Auch seine Kleidung stach nicht aus der Menge hervor. Doch sein Lächeln erinnerte sie an das Grinsen eines Haifischs.

»Ihre Unterhaltung interessiert mich kein bisschen. Allerdings halte ich es nur für fair, Sie darüber aufzuklären, dass Sie mit ein paar mickrigen Spendengeldern ganz sicher nicht den Kauf des Schullandheims finanzieren können. Tja, und den Ausschuss werden Sie auch nicht überzeugen, dafür werde ich schon sorgen.«

Marc runzelte die Stirn. »Soll das etwa eine Drohung sein?«

»Nein«, sagte Wiesener, gespielt unschuldig. »Das ist ein Versprechen. Ich werde das Grundstück bekommen, ganz gleich, wie sehr Sie auch dagegen ankämpfen. Am Ende werde ich am längeren Hebel sitzen, verlassen Sie sich darauf.« Mit diesen Worten wandte er sich ab und stolzierte mit steifen Schritten davon.

»Das war er also, der berüchtigte Hotelier, der dir das Leben schwer macht.«

Marc nickte. Seine Miene war düster. »Ja, allerdings. Und ich traue diesem Kerl durchaus zu, dass er uns Schwierigkeiten macht – ich weiß nur noch nicht, wie er das anstellen will!«

»Lass dich nicht aus der Ruhe bringen«, sagte Celina. »Darauf legt er es doch nur an. Außerdem habe ich gute Nachrichten, die dich ein bisschen ablenken und positiv stimmen dürften. Ich habe nämlich eine Website für ein Schnupper-Aktivwochenende eingerichtet und auf verschiedenen anderen Seiten Werbung dafür geschaltet.« Sie grinste zufrieden. »Einen genauen Termin habe ich noch nicht festgelegt, das können wir noch nachholen. Aber es gibt schon vier Interessenten. Besonders viel Geld kommt auf diese Weise zwar nicht in die Kasse, aber es dürfte beweisen, dass sowohl Bedarf als auch Interesse an einem solchen Angebot besteht.«

Ungläubig schüttelte Marc den Kopf. »Wirklich? Ist das dein Ernst?«

»Du glaubst doch nicht, dass ich dir zu diesem Thema irgendeinen Unsinn erzählen würde, oder?« Sie runzelte die Stirn. »Mir ist das alles hier auch wichtig, Marc. Ich will, dass der Jugendtreff erhalten bleibt.«

Er schaute sie an, und sie hatte plötzlich das Gefühl, dass er bis auf den Grund ihrer Seele blicken konnte. Sie fühlte sich entblößt, beinahe nackt. Seltsamerweise machte sie das weder unruhig noch nervös. Ganz im Gegenteil sogar. Sie vertraute darauf, dass er ihre Verletzlichkeit nicht ausnutzen würde.

»Ich weiß«, sagte er schließlich leise. »Und ich habe mich noch gar nicht richtig für dein Engagement bedankt. Ohne dich hätte ich wahrscheinlich noch gar nichts auf die Beine gestellt. Du bist wirklich ein Organisationstalent.«

Sie lächelte. Seine Worte gaben ihr Auftrieb. In den letzten

Monaten hatte sie nicht unbedingt viel Lob bekommen – was sie allerdings vor allem sich selbst zuzuschreiben hatte.

Nach Felix ... nach seinem Selbstmord ... war sie so mit sich selbst beschäftigt gewesen, dass nichts anderes zu ihr durchgedrungen war. Die Welt um sie herum hätte untergehen können, es wäre ihr gleichgültig gewesen.

Immerzu hatte sie nur daran denken können, dass sie die Schuld an seinem Tod trug. Weil sie die Zeichen nicht erkannt hatte. Die stummen Hilferufe, die es doch sicher gegeben haben *musste*!

Sie erinnerte sich an seinen Abschiedsbrief. »Manchmal gibt es Dinge, die einfach passieren, ohne dass man etwas dagegen tun kann«, hatte darin gestanden. »Dinge, die man akzeptieren muss, ohne jemals eine Erklärung dafür zu erhalten.«

Wieder und wieder hatte sie diese Worte gelesen. Sie sich wieder und wieder vorgehalten. Doch so gern sie es auch wollte, sie konnte einfach nicht damit aufhören, sich die Schuld zu geben, sich verantwortlich zu fühlen.

»Celina?«

Sie blinzelte, und als ihr klar wurde, dass sie vermutlich eine ganze Weile wie weggetreten ins Leere gestarrt hatte, errötete sie. »Es tut mir leid, ich bin gerade nicht ganz bei der Sache.«

Lächelnd strich er ihr eine Strähne aus dem Gesicht. Es war eine harmlose und zugleich so intime Geste, dass sie Celinas Herz schneller klopfen ließ. Doch sie verdrängte das Gefühl so rasch, wie es aufgekommen war.

Aber warum eigentlich? Sie konnte nicht bestreiten, dass es sich gut anfühlte, mit Marc zusammen zu sein. Bei ihm konnte sie einfach nur sie selbst sein. Es gab keinen Grund, sich zu verstellen. Er akzeptierte sie so, wie sie war.

War es wirklich so falsch, das festhalten zu wollen?

Doch ehe sie eine Chance hatte, dies zu entscheiden, wandte er sich ab. »Es wird langsam dunkel«, sagte er. »Und du hast sicher etwas Besseres zu tun, als deine Zeit mit mir zu verplempern ...«

Das hatte sie nicht. Aber sie wusste auch, dass sie vermutlich alles noch einmal in Ruhe überdenken sollte, ehe sie sich zu voreiligen Schlüssen hinreißen ließ. Sie stellte sich auf die Zehenspitzen und hauchte ihm einen Kuss auf die Wange. »Wir sehen uns morgen, ja?«

Er nickte. »Ja. Bis morgen.«

7. Kapitel

»Los, beeilt euch«, rief Celina aufgeregt. »Die ersten Gäste können jeden Moment ankommen!«

Eine Woche war vergangen – und sie hatte sich noch immer nicht entschieden, wie es mit Marc und ihr weitergehen sollte. Sie waren einander nicht wirklich aus dem Weg gegangen, was auch kaum möglich war, so eng wie sie für das Projekt zusammenarbeiteten. Doch sie hielten beide Abstand voneinander.

Es war zu keinem weiteren Kuss oder anderen Berührungen gekommen. Professionell hatten sie die Spendenaktion durchgezogen, die zu einem großen Erfolg geworden war. Parallel waren Teile des Schullandheims renoviert worden, zunächst nur ein paar Zimmer und notdürftige Reparaturen in der Küche und im Gemeinschaftsbad.

Um alles Handwerkliche hatte sich Marc gekümmert, während Celina dafür sorgte, dass die notwendigen Genehmigungen zur Unterbringung von Gästen eingeholt wurden.

Christian, einer der älteren Jungs, grinste, als er Celinas offensichtliche Nervosität bemerkte. »Warum die ganze Aufregung? Das sind doch auch nur ein paar Jugendliche, die ein bisschen Spaß haben wollen. Wir reißen die schon mit, keine Sorge.«

»Genau das *macht* mir Sorgen, Chris«, meldete sich eine tiefe Stimme von der Tür her zu Wort.

Marc. Vor ein paar Stunden hatte er sich auf den Weg zu seinem Bekannten gemacht, der sich bereit erklärt hatte, ihnen leihweise ein halbes Dutzend Mountainbikes kostenfrei zur Verfügung zu stellen.

»Hast du die Räder bekommen?«, fragte Celina.

Er strahlte übers ganze Gesicht. »Komm, sieh sie dir an.«

Sie wollte ablehnen – es gab noch so viel zu organisieren, bevor die ersten Gäste eintrafen. Doch dann wurde ihr klar, dass sie es vermutlich ein wenig übertrieb. Christian hatte schon recht: Sie versuchten hier nicht, ein neues Hotel Adlon aufzuziehen. Die Jugendlichen, die sich für das Schnupperwochenende angemeldet hatten, waren auf der Suche nach Spaß und Abenteuer. Die Einrichtung ihrer Zimmer interessierte sie vermutlich herzlich wenig. Sie würden sich ohnehin nur nachts darin aufhalten.

Es wurde Zeit, dass sie sich ein wenig entspannte.

Seufzend fuhr sie sich durchs Haar und ergriff Marcs Hand, die dieser ihr entgegenstreckte.

»Komm«, sagte er, und sie folgte ihm widerspruchslos. Draußen angekommen, sog sie die herrlich laue Sommerluft tief in ihre Lungen. Es war ein wunderbarer Tag. Der Himmel war so blau, dass es fast schon unwirklich erschien, und hinter dem alten Schullandheim ragten stolz die Bäume in die Höhe, deren Kronen sanft im Wind rauschten.

Marcs Wagen stand vor dem Eingang. Auf dem Anhänger dahinter waren die Fahrräder festgezurrt. Celina sah auf den ersten Blick, dass es sich um beinahe neue Mountainbikes handelte, die ganz sicher nicht billig gewesen waren.

»Sind die nicht spitze?« Marc wirkte so zufrieden mit sich selbst, dass der Funke auf sie übersprang. Sie wusste nicht, woher der plötzliche Impuls rührte, aber in diesem Moment wollte sie nichts lieber, als ihn in ihre Arme zu schließen und zu küssen.

Zum Glück näherte sich ein Wagen, ehe sie die Chance hatte, etwas Unüberlegtes zu tun.

Die ersten Jugendlichen wurden von ihren Eltern gebracht. Stolz führte Marc die Familien herum. Und er hatte auch allen Grund, ein wenig anzugeben. In der kurzen Zeit hatten sie wahre Wunder geleistet. Und nun zu sehen, wie der Traum langsam Gestalt annahm …

Der Ausschuss, der über den Kauf des Schullandheims entschied, musste einfach begreifen, wie wichtig dieses Projekt war. Und wenn die Gremiumsmitglieder auch noch sahen, dass es mehr oder weniger in der Lage war, sich selbst zu tragen, konnten sie sich doch gar nicht dagegen entscheiden, oder?

Zumindest hoffte Celina das aus tiefstem Herzen. Marc verdiente es, für all seine Mühen belohnt zu werden. Die Jugendlichen verdienten es. Und auch sie selbst hatte so hart dafür gearbeitet, dass sie fand, es durchaus auch ein bisschen zu verdienen.

Es war ihr sogar gelungen, ein paar Frauen aus der Nachbarschaft zu überreden, für die Jugendlichen zu kochen, die das Wochenende hier verbrachten. Das war natürlich nur eine vorübergehende Lösung, aber immerhin. Am Ende zählte nur, dass das Schnupper-Aktivwochenende ein Erfolg wurde.

»Ich schlage vor, dass ihr euch erst einmal einrichtet und miteinander bekannt macht«, sagte Marc, als endlich alle Teilnehmer versammelt waren. »Gleich morgen früh werden wir eine Radtour unternehmen, und wer sich dafür interessiert, kann einen Parcours im Kletterpark ausprobieren.«

Die Jugendlichen tuschelten bereits aufgeregt miteinander, man näherte sich einander an, erste Freundschaften wurden geschlossen.

Wie im Flug verging die Zeit, bis es bereits kurz vor Mitternacht war und die Jugendlichen sich in ihre Zimmer zurückzogen. Doch Celina hatte noch keine Lust, aufzubrechen. Nach Schlaf war ihr ganz und gar nicht zumute.

Und als Marc vorschlug, sie zu ihrer Pension zu bringen, fühlte sie sich regelrecht schüchtern.

»Ich weiß nicht … Das ist eigentlich nicht nötig und …«

»Mag sein, dass es nicht nötig ist«, entgegnete er lächelnd. »Aber ich möchte es gern. Also?«

Sie nickte. »Na schön, warum nicht?«

Celina verfluchte sich selbst dafür, dass sie plötzlich so nervös war. Das passte überhaupt nicht zu ihr – und vor allem entsprach es der Situation auch gar nicht. Sie führte sich auf wie ein aufgeregtes Schulmädchen bei der ersten Verabredung, und das war nun wirklich kein Eindruck, den sie bei Marc hinterlassen wollte.

Doch er schien ihr merkwürdiges Verhalten gar nicht zu bemerken. »Der Tag war wirklich ein voller Erfolg«, erklärte er lächelnd. »Und das habe ich nicht zuletzt dir zu verdanken. Ohne dich wären wir sicher nie so weit gekommen.«

Sie winkte ab. »Unsinn. Du bist das Herz und die Seele des *Camp Hideout*. Die Jugendlichen vergöttern dich – und das zu Recht. Du gibst ihnen einen Ort, an dem sie dem Alltag entfliehen können. Das ist mehr, als die meisten Menschen je für sie getan haben.«

Er schaute ihr direkt in die Augen, und ihre Knie wurden weich. Dann wandte er sich plötzlich um und nahm ihre Jacken vom Garderobenhaken. »Komm, ich bringe dich nach Hause.«

Die Worte klangen seltsam aus seinem Munde. Nach Hause. Das war für sie ganz sicher nicht die Pension, allerdings auch nicht mehr Leipzig und das Haus ihrer Großeltern. Sie fühlte sich entwurzelt. Felix' Tod hatte ein tiefes Loch in ihrem Leben hinterlassen. Es schien keinen Ort zu geben, an den sie wirklich gehörte. Und zu ihrem eigenen Erstaunen gab es nur einen Platz auf der Welt, an dem sie sich zumindest ein wenig heimisch fühlte – und das war das *Camp Hideout*.

Der Gedanke, dass es dieses womöglich nicht mehr lange geben würde, wurde ihr von Tag zu Tag unerträglicher.

»Alles in Ordnung?« Marc war ihre nachdenkliche Stimmung offenbar nicht entgangen. »Wollen wir vielleicht noch ein bisschen spazieren gehen?«

»Können wir die Jugendlichen denn einfach so allein lassen?«

»Sind sie ja nicht«, entgegnete er. »Meine Nachbarin, Frau Volkmer, ist vorhin gekommen, um schon alles fürs Frühstück vorzubereiten. Falls irgendetwas ist, hat sie meine Handynummer und kann mich jederzeit erreichen.«

Er reichte ihr seinen Arm, und nach kurzem Zögern hakte

sie sich bei ihm unter. Was war schon dabei? Gar nichts, wenn man davon absah, dass ihr mit einem Mal heiß und kalt zugleich war und Schmetterlinge in ihrem Bauch aufflatterten.

Die Nacht war lau und wie geschaffen für einen Spaziergang. Am Himmel funkelten die Sterne so hell, als würden sie sich nicht in der Nähe der Stadt, sondern irgendwo fernab jeglicher Zivilisation befinden, wo weit und breit kein elektrisches Licht zu sehen war.

»Wie schön«, sagte Celina seufzend und legte den Kopf in den Nacken. »Ich wünschte, ich würde mich besser mit Sternbildern auskennen.« Sie lächelte ein wenig verlegen. »Als junges Mädchen war es mein Traum, eines Tages zum Mond zu fliegen.«

»Und was kam dazwischen?«

»Meine angeborene Abneigung gegen Mathematik und sämtliche Naturwissenschaften.«

Er lachte. »Ja, ich fürchte, ein paar Grundkenntnisse sind wohl erforderlich.«

»Leider«, entgegnete sie schmunzelnd. »Was ist mit dir? Wolltest du immer schon Sozialarbeiter werden?«

Nach kurzem Überlegen schüttelte er den Kopf. »Nein, wohl nicht. Aber wenn ich dir sagen soll, was der Traumberuf meiner Kindheit war, musst du mir versprechen, nicht zu lachen.«

Allein der Hinweis machte es ihr schon schwer, sich zusammenzureißen. Trotzdem nickte sie. »Nun? Ich bin ganz Ohr.«

»Es gab zwei Berufe, die sich ein Kopf-an-Kopf-Rennen lieferten. Ich wollte entweder Müllmann oder Bundeskanzler werden.«

Sosehr sich Celina auch bemühte, sie konnte ihr Versprechen einfach nicht halten und prustete los. Einen Moment lang versuchte Marc, ernst zu schauen, doch seine Mundwinkel zuckten verdächtig und kurz darauf stimmte er in ihr Lachen mit ein. Sie lachten, bis sie sich die Bäuche hielten und nach Atem rangen.

Dann ergriff Marc plötzlich ihre Hand. »Komm mit, ich möchte dir etwas zeigen.«

Sie ließ sich von ihm mitziehen, ohne auch nur eine Sekunde zu zögern. Am Waldrand blieb er stehen.

»Vertraust du mir?«, fragte er und schaute ihr tief in die Augen.

Sie wusste, sie sollte seine Frage eigentlich mit Nein beantworten. Wie konnte sie einem Mann vertrauen, den sie erst seit so kurzer Zeit kannte? Doch alles andere als ein Ja wäre lediglich ein schwacher Versuch gewesen, sich selbst etwas vorzumachen.

Langsam nickte sie. »Ja«, stieß sie mit heiserer Stimme hervor. »Ja, ich vertraue dir.«

Er führte sie in den Wald hinein. Dabei umklammerte sie seine Hand so fest, als wolle sie ihn niemals wieder loslassen. Als sich ihre Augen an die Dunkelheit gewöhnt hatten, konnte sie die Umrisse von Bäumen und Parkbänken gegen den etwas helleren Himmel erkennen. Zu ihrer Überraschung war es auch kein Problem, dem Weg zu folgen, sodass sie sich zunehmend entspannte.

»Was ist das?«, fragte sie und kniff die Augen zusammen. Waren das … Schaukeln? Und eine Rutsche?

»Ein Spielplatz«, erklärte er in dem Moment, in dem sie ihn selbst erkannte. Sanft drückte er ihre Hand und führte sie zu einer Schaukel, die so breit war, dass sie Platz für zwei Personen bot. Sie setzten sich darauf, und holten Schwung. Dann lehnten sie sich zurück, sodass sie zum Himmel hinaufschauen konnten.

Der Mond wirkte riesig, und die Sterne waren hier noch deutlicher zu sehen. Wie Diamanten funkelten sie am samtschwarzen Nachthimmel. Die Luft war klar und angenehm kühl. Der Wind fuhr raschelnd durch die Kronen der Bäume, und hin und wieder war der Ruf eines Nachtvogels zu hören.

Es schien, als sei die Stadt plötzlich ganz weit entfernt. Als würden sich Marc und Celina in ihrem eigenen Universum befinden.

Nur sie beide, ganz allein.

Unwillkürlich fing Celinas Herz wieder an, schneller zu klopfen. Marc saß so dicht neben ihr, dass sie seine Körperwärme spüren konnte. Es fühlte sich unglaublich vertraut und richtig an. So, als würde sie ihn schon eine Ewigkeit kennen. Sie kämpfte gegen den Drang an, ihren Kopf gegen seine Schulter zu lehnen, die Augen zu schließen und einfach nur den Moment zu genießen.

Doch dann schlich sich Felix wieder in ihre Gedanken … Sie verdiente ein solches Glück nicht.

Hastig sprang sie von der Schaukel und machte ein paar Schritte von Marc weg. Mit Macht versuchte sie, die Tränen zurückzuhalten, die ihr beim Gedanken an ihren besten Freund unwillkürlich in die Augen stiegen. Es gab nichts, was sie dagegen tun konnte. Wenn die Geister der Vergangenheit sie heimsuchten, gab es kein Entkommen.

Hilflos war sie dem Chaos der Gefühle ausgeliefert, das in ihrem Inneren tobte. Und sie wollte auf keinen Fall, dass Marc etwas davon mitbekam. Was sollte er von ihr denken? Er musste sie für vollkommen verrückt halten.

Doch seltsamerweise klang seine Stimme weder vorwurfsvoll noch gereizt, als er zu ihr trat und ihr mit einer zärtlichen Geste das Haar aus dem Gesicht strich.

»Celina?«

Sie atmete tief ein. Er wollte sicher wissen, was mit ihr los war. Verdammt, das hätte sie selbst gern gewusst. Es war doch nicht normal, dass sie es einfach nicht schaffte, über Felix' Tod hinwegzukommen.

Und es war ganz sicher auch nicht normal, dass sie drauf und dran war, sich in einen Mann zu verlieben, den sie gerade einmal seit ein paar Tagen kannte. Andererseits gab es ja auch so etwas wie Liebe auf den ersten Blick. Ach, das war alles so verwirrend. Und hinzu kam, dass das alles Dinge waren, über die sie kaum mit ihm sprechen konnte. Oder?

»Dich bedrückt etwas«, flüsterte Marc, als sie nichts sagte.

Seine Hand berührte ihre Wange, und ein Zittern durchlief ihren Körper.

»Ich ...« Doch mehr bekam sie nicht heraus.

Marc schwieg einen Moment, bevor er leise sagte: »Wenn du darüber reden willst ... Du sollst einfach wissen, dass ich jederzeit für dich da bin.«

Ihre Augen füllten sich mit Tränen, aber dieses Mal wandte sie sich nicht ab. Und in seinem Blick spiegelte sich kein Mitleid wider, sondern Wärme und Verständnis – und das, obwohl er keine Ahnung hatte, was mit ihr eigentlich los war.

Vermutlich war es das, was in ihr den Impuls auslöste, ihm tatsächlich ihr Herz ausschütten zu wollen. Seine ehrliche Bereitschaft, ihr zuzuhören. Nicht, dass ihre Familie dazu nicht bereit gewesen wäre. Doch irgendwie hatte sie es nicht über sich gebracht, die Dunkelheit in ihrem Inneren mit ihrer Großmutter oder Opa Manni zu teilen.

Zu groß war ihre Angst davor gewesen, dass sie hinterher anders – schlechter – über sie denken würden. Obwohl das vermutlich unsinnig war, denn sie wusste ja, wie sehr ihre Großeltern sie liebten.

Dennoch ...

Sie atmete tief durch. »Du hast recht«, sagte sie leise. »Mich bedrückt tatsächlich etwas. Oder vielleicht sollte ich lieber sagen, es verfolgt mich.«

Schweigend zog Marc seine Jacke aus und breitete sie wie eine Decke auf der Wiese aus. Dann bedeutete er Celina, sich zu setzen.

Zu ihrer Überraschung lehnte er sich zurück und verschränkte die Arme hinter dem Kopf. Er blickte zu den Sternen hinauf, und irgendwie machte es die Sache für sie leichter, zu wissen, dass er sie nicht die ganze Zeit abschätzend mustern würde.

Sie folgte seinem Beispiel und legte sich neben ihn. Der Himmel spannte sich über ihnen wie ein nachtschwarzes Tuch, das mit zahllosen winzigen Diamantsplittern bestickt war. Der Anblick war atemberaubend. Magisch.

Die Traurigkeit, die Celinas Herz fest umklammert gehalten hatte, ebbte ein wenig ab. Ihr Puls beruhigte sich, und zum ersten Mal seit langer Zeit konnte sie den Gedanken an Felix zulassen, ohne dabei das Gefühl zu haben, jeden Moment die Kontrolle zu verlieren.

Noch einmal atmete sie tief durch – dann begann sie zu erzählen ...

8. Kapitel

»Es geht um meinen besten Freund. Felix und ich kannten uns seit Ewigkeiten, wir sind zusammen zur Schule gegangen und waren einfach unzertrennlich. Wir waren kein Paar, es lief nie etwas zwischen uns. Alle haben immer gesagt, reine Freundschaft zwischen Männern und Frauen kann es nicht geben. Aber wir wussten es besser. Und Felix war einer der wichtigsten Menschen in meinem Leben. Ich war so glücklich, als wir beide in Rostock eine Ausbildungsstelle fanden. Wir hatten immer davon geträumt, zusammen in einer WG zu wohnen – und nun, endlich, wurde dieser Traum wahr. Es hätte nicht perfekter sein können.«

»Aber?«, hakte Marc leise nach, als Celina plötzlich schwieg.

Sie schüttelte den Kopf. »Ich dachte, Felix sei glücklich. Verdammt, ich war davon überzeugt, dass er es war. Nie hätte ich es für möglich gehalten, dass er … dass er …« Ihre Kehle zog sich schmerzhaft zusammen, und Tränen strömten ihr über die Wangen. Mühsam räusperte sie sich, ehe sie zwischen Schluchzern weitersprechen konnte: »Er hat sich umgebracht, Marc! Einfach so! Hinterher hieß es dann, er hätte Depressionen gehabt, aber ich habe nicht einmal gemerkt, dass er unglücklich war. Er war wie immer – zumindest glaubte ich das. Und noch heute zermartere ich mir jeden Tag das Hirn darüber, welche Alarmzeichen ich übersehen habe. Ich meine, es *muss* doch welche gegeben haben, oder? Ein Mensch beschließt doch nicht einfach so von einem Tag auf den anderen, dass er nicht mehr weiterleben will.«

Tief seufzend zog Marc den Arm unter seinem Kopf weg und griff nach ihrer Hand. Er drückte sie sanft, ehe er sprach: »Ich bin kein Psychologe, Celina, aber ich hatte schon so oft mit Depressionen zu tun, dass ich eines weiß: Menschen, die unter dieser Krankheit leiden, handeln nicht immer rational. Sie treffen Entscheidungen, die ihr Umfeld nicht nachvollziehen kann. Und es ist tatsächlich nicht so, dass man ihnen immer anmerkt, was in ihrem Kopf vor sich geht.« Mit dem Daumen strich er über ihren Handrücken. »Ich kann mir vorstellen, dass du dir schreckliche Vorwürfe machst. Und es tröstet dich vermutlich nicht wirklich, wenn ich dir sage, dass du nichts hättest tun können. Es war die Krankheit, die deinen Freund zu diesem drastischen Schritt getrieben hat.«

Er drehte sich so, dass er ihr direkt in die Augen schauen konnte. »Weißt du, es gibt da einen Jungen, der oft in den Jugendtreff kommt. Jan. Sein zwei Jahre älterer Bruder Alex hat sich vor einen Zug geworfen, als Jan gerade vierzehn war. Für ihn ist damals eine Welt zusammengebrochen, vor allem, weil er nicht verstehen konnte, warum Alex so gehandelt hatte. Wieso er nicht zu ihm gekommen ist, um mit ihm zu reden. Es hat lange gedauert, bis er begriff, dass Alex ihn einfach nicht mit seinen Problemen belasten wollte. Für ihn war Jan so etwas wie das Licht in einer Welt voller Dunkelheit. Das wollte er um jeden Preis bewahren.«

»Wie geht es ihm heute? Jan, meine ich?«

»Viel besser. Natürlich vermisst er seinen Bruder immer noch, aber die Schuldgefühle erdrücken ihn nicht mehr.« Marc lächelte. »Bist du schon mal auf den Gedanken gekommen, dass Felix einfach nicht wollte, dass du etwas merkst? Dass er sich nur gewünscht hat, dass *du* glücklich bist? Ganz sicher war es nicht seine Absicht, dass du in dasselbe schwarze Loch fällst, aus dem er selbst keinen Ausweg mehr gesehen hat.«

Celina schluckte hart. Natürlich hätte Felix nicht gewollt, dass sie unglücklich ist. Er war immerhin ihr bester Freund.

»Danke«, stieß sie heiser hervor. »Und … ja, ich weiß das alles. Mein Verstand sagt mir, dass Felix krank war und niemand für seinen Tod verantwortlich ist.« Sie holte zittrig Luft. »Aber es ist so verdammt schwer, Marc. Anfangs war es, als könnte ich nicht mehr atmen. Ich fühlte mich so schrecklich schuldig und habe mich in meiner Trauer vollkommen vom Rest der Welt abgekapselt. Und auch jetzt tut es noch weh, an ihn zu denken. Er ... er fehlt mir so ...«

Sie schloss die Augen, und so hörte sie nur, dass Marc sich aufsetzte. Kurz darauf spürte sie, wie starke Arme sie umfingen und festhielten. Es fühlte sich so gut an, dass ihr gleich wieder die Tränen kamen. Was war bloß los mit ihr? Warum konnte sie nicht aufhören zu weinen?

»Lass es raus«, flüsterte Marc und streichelte ihr übers Haar. »Lass es einfach raus. Manchmal muss man die Trauer zulassen, um ins Leben zurückzufinden.«

Celina klammerte sich mit beiden Händen an seine Schultern und barg das Gesicht an seiner Brust. Für einen Moment war alles andere vergessen, grenzenlose Traurigkeit ergriff Besitz von ihr. Doch irgendwann, langsam, ganz langsam, ebbte sie ab und zurück blieb ein Gefühl der Erleichterung. Es fühlte sich an, als hätte man ihr eine zentnerschwere Last von den Schultern genommen.

Ihr Schluchzen verstummte, ihre Tränen versiegten.

»Celina?«

Sie sah zu ihm auf. In seinen Augen spiegelten sich Besorgnis, aber auch Zuneigung und Wärme wider. Sein Blick zog sie unweigerlich in seinen Bann. Sie wollte mehr, wollte ihm nah sein, wollte ...

Ohne lange darüber nachzudenken, legte sie den Kopf in den Nacken und reckte den Hals, bis ihre Gesichter sich so nah waren, dass nur wenige Millimeter sie voneinander trennten. Und auch diese letzte Distanz überwand Celina und küsste ihn.

Im ersten Moment wirkte er wie erstarrt, dann vergrub er seine Hände in ihrem Haar und erwiderte den Kuss voller Hingabe.

Celina schlug das Herz bis zum Hals. Sie wusste, es war verrückt, sich so gehen zu lassen. Noch dazu im Freien, wo man sie zufällig entdecken konnte, so unwahrscheinlich es auch sein mochte. Doch die Stimme der Vernunft wurde übertönt vom Tosen der Leidenschaft.

Sie hatte keinen Schimmer, wo sie den Mut hernahm, sein Hemd aus dem Bund seiner Hose zu ziehen und mit den Händen darunter zu fahren. Doch sein erregtes Stöhnen belohnte sie für ihre Verwegenheit. Seine Haut fühlte sich glatt und warm an unter ihren Fingerspitzen. Als sie über seine Brust strich und eine seiner Brustwarzen streifte, atmete er scharf ein.

»Du bringst mich um den Verstand«, flüsterte er heiser, und sein heißer Atem an ihrem Ohr ließ auch sie ihre letzten Zweifel über Bord werfen.

Sie *wollte* das hier.

Sie *wollte* Marc. *Brauchte* ihn.

Ihr Kuss wurde immer stürmischer und hastiger. Es schien, als könnten sie beide nicht genug voneinander bekommen. So als fürchteten sie, der Moment würde vorübergehen, wenn sie auch nur für den Bruchteil einer Sekunde voneinander abließen.

Durch den Stoff ihrer Bluse hindurch streichelte Marc ihre Brüste, und nun war es an Celina, verzückt zu seufzen. Sie hatte stets geglaubt, nicht besonders empfänglich für solche Berührungen zu sein, da der Sex mit ihren vorherigen Partnern eher unerfüllt gewesen war, doch Marc bewies ihr, dass das Gegenteil der Fall war.

Sie drängte sich ihm entgegen, wie besessen von dem Gedanken, ihm noch näher zu kommen. Ihre Hände folgten den Konturen seiner Taille, seiner Hüften. Wie konnte dieser Mann nur so perfekt sein? Und wie konnte er sie nach wie vor wollen, nach allem, was sie ihm erzählt hatte?

Celina konnte es nicht nachvollziehen, aber es freute sie mehr, als sie in Worte zu fassen vermochte. Nach langen Monaten, in denen sie wie in einer dunklen Blase gefangen gewesen war, sah sie nun endlich wieder Licht, und die Welt um sie herum verlor ihre trübe Graufärbung.

Sie spürte, wie sein Blick über sie glitt. Es war wie eine

Berührung, zart wie der Flügelschlag eines Schmetterlings. Ihr Herz pochte immer heftiger. Die Sehnsucht, die in ihr heranwuchs, war so heftig, dass sie es beinahe als schmerzhaft empfand. Doch Marc war da, er hielt sie, und sie wusste, dass sie in seinen Armen sicher war. Also schloss sie die Augen und gab sich ganz den unglaublichen Gefühlen hin, die er in ihr auslöste.

Es war, als stünde ihr Körper in Flammen. Marc streichelte sie, als wäre sie das Schönste, Bewundernswerteste, Wertvollste, das er je berührt hatte. Und sie schmolz unter seinen Zärtlichkeiten dahin.

Langsam öffnete er die Knöpfe ihrer Bluse und streifte den Stoff beiseite. Nur noch ein Hauch von roséfarbener Spitze bedeckte ihre Brüste. Marc umfasste sie, durch den Stoff hindurch, der sich an ihren aufgerichteten Brustspitzen rieb und das Feuer in Celina noch weiter anfachte.

So etwas hatte sie noch nie zuvor erlebt. Es war, wie auf Wolken zu schweben. Oder nein, nicht schweben. Sie flog. An Marcs Seite, in seinen Armen, flog sie durch die Nacht. Und anstatt Angst davor zu haben, fühlte sie nur grenzenlose Freiheit.

Seine Hände schienen überall gleichzeitig zu sein. Schließlich unterbrach er den Kuss und zog mit den Lippen eine brennende Spur über ihren Hals hinunter zu ihrem Schlüsselbein. Schauer der Erregung erfassten ihren Körper. Zum ersten Mal in ihrem Leben fühlte sie sich wirklich begehrt. Marc wollte sie, und er machte keinen Hehl daraus. Und dieses Wissen machte sie trunken.

Aufstöhnend vergrub sie die Hände in seinem vollen dunklen Haar. Sie bog sich ihm entgegen, zeigte ihm, wie sehr sie seine Berührungen, seine Küsse genoss, und wie sehr sie sich nach ihm sehnte.

Ihre Haut prickelte. Alle Zurückhaltung, alle Zweifel fielen von ihr ab. Hastig half sie Marc dabei, ihr die Jeans abzustreifen, sodass sie nun nur noch in ihrer Unterwäsche vor ihm im Sternenschein lag.

Sie blickte zu ihm auf, und in seinen Augen lag eine solche Zärtlichkeit, dass sie nur noch eines denken konnte: Sie liebte ihn.

Doch kaum hatte sie diesen Gedanken zu Ende gedacht, erschrak sie. Liebe? Davon konnte doch wohl kaum die Rede sein. Nicht nach so kurzer Zeit. Aber wenn es nicht Liebe war, was war es dann?

Marc hatte bisher nie von irgendwelchen Beziehungen gesprochen. Sie wusste nicht einmal, ob er überhaupt daran interessiert war.

Bist du es denn? Bist du an einer Beziehung interessiert?

Zu ihrer eigenen Überraschung lautete die Antwort auf diese Frage Ja. Sie konnte sich vorstellen, mit Marc zusammen zu sein – und zwar nicht nur körperlich.

Sie wollte mit ihm lachen, über belanglose Dinge diskutieren und gemütliche Filmabende auf der Couch verbringen. Nach Felix' Tod hätte sie nicht geglaubt, dass sie ihr Herz jemals wieder für einen anderen Menschen würde öffnen können. Doch irgendwie war es Marc gelungen, all ihre Barrieren zu überwinden.

Und nun lag sie beinahe nackt vor ihm – nicht nur ihr Körper, sondern auch ihre Seele war entblößt. Wenn er es wollte, konnte er ihr ohne Weiteres das Herz brechen – und Celina war sich nicht sicher, ob sie eine weitere Katastrophe in ihrem Leben überstehen konnte.

Doch sämtliche Zweifel vergingen in einem Funkenregen der Lust, als Marc geschickt den Verschluss ihres BHs öffnete und abwechselnd die Spitzen ihrer Brüste mit den Lippen verwöhnte. Währenddessen streifte er ihr zärtlich den Slip herunter.

Celina glaubte, vor Lust zerspringen zu müssen. Jeder einzelne Muskel in ihrem Körper war angespannt, und sie fieberte voller Erregung dem Augenblick entgegen, der unweigerlich folgen musste.

Auch Marc entledigte sich jetzt rasch seiner Kleidung. Was

sie bisher nur hatte erahnen können, vermochte sie nun in all seiner Pracht zu bewundern. Und was sie sah, raubte ihr schier den Atem. Es war offensichtlich, dass er in seiner knappen Freizeit viel Sport trieb. Seine Brustmuskeln waren klar definiert, ebenso seine Oberarme und seine breiten Schultern. Celina konnte den Blick nicht von ihm wenden. Sie wollte ihn berühren, ihn spüren und schmecken. Niemals zuvor hatte sie so intensiv für einen Mann empfunden – und würde es wahrscheinlich auch bei keinem anderen mehr.

Marc ließ sich wieder neben sie auf den Boden sinken. Er stützte sich auf seinen Ellbogen und betrachtete sie, so wie ein Kunstliebhaber ein altes Meisterwerk bewundert. Dann begann er, sie zärtlich und fordernd zugleich zu streicheln.

Sie hörte sich selbst stöhnen und seufzen, als seine Hände über ihre Brüste, ihren flachen Bauch und ihre Schenkel wanderten. Als seine Finger sanft ihre intimste Stelle liebkosten, konnte Celina einen heiseren Aufschrei nicht unterdrücken.

Und dann war Marc endlich über ihr, und die Welt um sie herum wurde davongerissen von einem Strudel aus Lust und Leidenschaft.

Celina bog sich ihm entgegen. Sie schlang die Arme um seinen Nacken und zog sich dichter an ihn. Jeder Millimeter, der zwischen ihnen lag, war ein Millimeter zu viel. Sie waren zwei Menschen und zugleich eine Einheit. Und das unglaubliche Glücksgefühl, das dieser Zustand in ihr auslöste, ließ sich nicht mit Worten beschreiben.

Marcs Bewegungen, anfangs noch beherrscht und kontrolliert, wurden zunehmend schneller und zügelloser. Und auch Celina spürte, wie sie langsam, aber sicher dem Höhepunkt entgegenstrebte.

Sie begegnete seinen Bewegungen, und sie verschmolzen miteinander, wurden zu einem Wesen, einem Herzen, einer Seele …

Das Gefühl war so überwältigend, dass es ihr fast den Verstand raubte. Ihr Stöhnen vermischte sich mit Marcs. Die

ganze Zeit schauten sie einander an, unfähig, den Blick abzuwenden.

Und als sie gemeinsam den Gipfel der Lust erreichten,
glaubte Celina, zu ertrinken in den blauen Tiefen seiner Augen.

Celina hatte sich in Marcs Armbeuge gekuschelt, und ihr warmer Atem streifte seine Haut. Die ganze Zeit hatte er nicht
eine Sekunde lang auch nur gefröstelt. Jetzt aber bemerkte er
die Kühle der Nacht.

Und mit ihr kamen die Bedenken.

Es war wunderschön gewesen mit Celina. Marc würde sogar so weit gehen zu behaupten, dass er niemals zuvor so etwas
Intensives erlebt hatte. Aber das änderte nichts an der Tatsache, dass sie keine gemeinsame Zukunft haben konnten. Sosehr er es sich auch wünschen mochte, er konnte Celina das
nicht antun.

Er wollte nicht, dass sie sich an ihn band und am Ende feststellen musste, dass er sie nicht glücklich machen konnte. Damit würde er weder ihr noch sich selbst einen Gefallen tun. Das
Problem war nur, dass er sich so unglaublich zu ihr hingezogen
fühlte. So stark, wie er es bisher noch bei keiner anderen Frau
erlebt hatte. Er wollte Celina nicht gehen lassen. Nicht jetzt,
niemals.

*Reiß dich zusammen, Marc! Wenn du wirklich etwas für sie
empfindest, dann musst du jetzt die Notbremse ziehen. Oder
willst du sie ins Unglück stürzen?*

Er fuhr sich mit der freien Hand übers Gesicht. Es war vermutlich besser, die ganze Sache zu beenden, ehe es zu spät war.
Das war er sich selbst und Celina schuldig.

Unwillkürlich musste er an den Moment zurückdenken, der
sein Leben verändert hatte. Er war damals in einer Beziehung
gewesen. Rieke und er hatten sogar schon übers Heiraten gesprochen, darüber, eine Familie zu gründen.

Dann hatte der Unfall all ihre Hoffnungen und Träume zerstört.

Seine Verletzungen waren schwer gewesen, doch Marc hatte sich fast vollständig davon erholt. Aber nur fast …

Als Marc erfuhr, dass er niemals Kinder würde zeugen können, hatte es ihn traurig gemacht. Er war in einer großen, liebevollen Familie aufgewachsen. Seine Eltern liebten sich aufrichtig, ebenso seine Großeltern. Sie alle hatten stets ein offenes Ohr für seine Sorgen und Probleme gehabt, nie hatte er sich für etwas schämen müssen. Und ihre Beziehung zueinander war auch heute noch mehr als gut. Er besuchte seine Familie regelmäßig – nicht nur zu Geburtstagen oder wichtigen Feiertagen.

Natürlich wollte er Kinder. Am liebsten eine ganze Fußballmannschaft. Aber daran war seit dem Unfall nicht mehr zu denken. Doch letztlich war es etwas, mit dem er sich arrangieren konnte. Musste.

Bei Rieke aber hatte das anders ausgesehen. Als sie von der Diagnose erfuhr, sagte sie ihm klipp und klar, dass sie unter diesen Umständen nicht länger mit ihm zusammen sein konnte.

Und so oder ähnlich hatten auch die beiden anderen Frauen reagiert, für die er nach Rieke Gefühle entwickelt hatte.

Bei Celina war er unvorsichtig gewesen – weil er nie beabsichtigt hatte, mehr in ihr zu sehen als eine Bekannte. Vielleicht eine Freundin. Und doch lag er nun zusammen mit ihr hier unter dem Sternenhimmel, und alles, was er als gegeben angenommen hatte, war hinfällig.

Er hatte sich die ganze Zeit etwas vorgemacht. Celina war keine Freundin für ihn. Sie war viel mehr als das. Und er wusste doch genau, wohin so etwas führte. Wollte er dieses ganze Drama wirklich erneut durchmachen?

Celina regte sich neben ihm. Sie winkelte den Ellbogen an und stützte den Kopf auf eine Hand. »Marc, ich hätte nicht …«

»Du hast recht«, sagte er, ohne sie überhaupt ausreden zu lassen. Er setzte sich auf und suchte ihre Sachen zusammen. »Das hier war keine besonders gute Idee. Es war schön«, fügte er sanft hinzu. »Sehr sogar. Aber ich glaube trotzdem, dass es besser wäre ...« Er schüttelte den Kopf. »Ich kann das einfach nicht. Es geht nicht.«

Celina runzelte die Stirn. Was glaubte Marc, was sie hatte sagen wollen? Was immer es auch war, es war jedenfalls nicht das, was ihr tatsächlich auf der Zunge gelegen hatte.

Ich hätte nicht geglaubt, dass es mit einem Mann so schön sein könnte ...

Doch sein plötzlicher Sinneswandel wirkte auf sie wie ein Eimer Eiswasser, der über ihrem Kopf ausgeleert wurde. Verärgert griff sie nach ihrer Kleidung, die er ihr hinhielt. Wie konnte er nach allem, was gerade zwischen ihnen passiert war, so kalt und abweisend sein? Bedeutete sie ihm denn überhaupt nichts?

Sie drängte die Tränen zurück, die ihr in die Augen stiegen. Er verdiente es nicht, dass sie seinetwegen weinte. Nicht, wenn er sich so schäbig verhielt. Sie schüttelte den Kopf.

Und sie hatte wirklich gedacht, das mit ihm sei etwas Besonderes. Wie konnte man sich bloß so in einem Menschen täuschen? Sie verstand es einfach nicht. Eben war er noch so einfühlsam und verständnisvoll gewesen, hatte die richtigen Worte gefunden, um ihr die Schuldgefühle wegen Felix ein wenig zu nehmen. Und nun?

Hastig zog sie sich an. »Es ist wohl besser, wenn ich jetzt gehe«, sagte sie, auf einem Bein balancierend, während sie versuchte, ihren Schuh anzuziehen.

Seufzend fuhr er sich durchs Haar. »Ich fahre dich.«

»Nein!« Energisch schüttelte sie den Kopf. »Das will ich nicht. Hör zu, ich rufe mir einfach ein Taxi und ...«

Ihr fehlten die Worte. Sie hatte keine Ahnung, wie es weitergehen sollte. Konnte sie unter diesen Umständen überhaupt noch mit ihm zusammenarbeiten? Sie wusste nicht, wie sie ihm jemals wieder unter die Augen treten sollte. Wenn überhaupt, dann würde es nur funktionieren, wenn sie beide absolut professionell miteinander umgingen.

Sie atmete tief durch. Was sie jetzt brauchte, war Abstand. Zeit für sich, um in Ruhe über alles nachzudenken.

»Sehen wir uns morgen?«, fragte er, als hätte er ihre Gedanken erahnt.

»Ich weiß es nicht«, entgegnete sie ehrlich. Doch dann fiel ihr ein, dass die Gäste ja da waren. Sie konnte ihn mit der ganzen Arbeit jetzt unmöglich alleinlassen. Es ging hier schließlich nicht nur um sie und ihn – es ging um die Jugendlichen, um den Treff. Celina wusste genau, dass sie sich niemals verzeihen könnte, wenn das alles den Bach hinunterging, nur weil sie ihre Gefühle nicht im Griff hatte. »Was liegt morgen alles an?«

Er rieb sich mit den Handballen über die Augen, ehe er seufzte. »Ich hatte eigentlich vor, eine Radtour mit den Jugendlichen zu machen. Auf dem Weg liegt ein Kletterpark – ich bräuchte aber jemanden, der bei denen bleibt, die auf so ein Abenteuer keine Lust haben …«

»Mit anderen Worten, du brauchst *mich* dort.«

Er senkte den Blick. »Hör zu, ich verstehe, dass du sauer auf mich bist …«

»Sauer?« Sie hob eine Braue. »Glaub mir, das beschreibt nicht im Entferntesten, was gerade in mir vorgeht.« Abwechselnd ballte und öffnete sie die Hände. »Irgendwie habe ich mir wohl eingebildet, dass ich dir vertrauen kann. Doch wie es aussieht, habe ich mich getäuscht. Nichtsdestotrotz werde ich dir weiterhin helfen. Nicht um deinetwillen, Marc, sondern für die Kinder. Sie verdienen es, dass man sich für sie einsetzt. Und genau deshalb werde ich morgen hier sein.« Sie bedachte ihn mit einem kühlen Blick. »Um wie viel Uhr brauchst du mich?«

»Ich dachte, wir könnten so gegen neun losfahren und …«

»Dann bin ich um acht Uhr dreißig da.« Sie nickte ihm noch einmal knapp zu, dann wandte sie sich ab und ging zum Haus zurück.

Er folgte ihr. Als sie sich zu ihm umdrehte, um zu protestieren, hob er die Hand. »Ich lasse dich nicht allein mitten in der Nacht durch den Wald laufen. Ganz gleich, was du auch sagen willst, daran wird sich nichts ändern.«

Sie ging weiter, dankbar für die Dunkelheit, die sie umfing. Auf diese Weise konnte er zumindest die Tränen nicht sehen, die ihr über die Wangen strömten.

Mit dem Handy rief sie sich ein Taxi. Marc bestand darauf, mit ihr vor der Tür zu warten, bis es eintraf. Jede Minute schien sich wie eine kleine Ewigkeit hinzuziehen, doch dann endlich saß sie im Wagen auf dem Rückweg zu ihrer Pension. Ehe sie jedoch dort ankam, überlegte sie es sich anders und gab dem Fahrer eine andere Adresse.

Sie brauchte jemanden zum Reden. Und hier in Meißen fiel ihr nur eine Person ein, der sie ihr Herz ausschütten konnte.

Kurz darauf stand sie vor einer nichtssagenden weißen Wohnungstür und klingelte. Sobald sie das rundliche Gesicht der jungen Frau erblickte, die sie zuerst ein wenig erschrocken und dann besorgt anschaute, kamen ihr wieder die Tränen.

»Oh Sandra«, schluchzte sie. »Du musst mir helfen. Ich glaube, ich habe mich verliebt ...«

9. Kapitel

Marc saß allein im stillen Aufenthaltsraum des Jugendtreffs. Das Licht war zu einem schwachen Glühen heruntergedimmt, das gerade ausreichte, um die Umrisse der Einrichtung zu erkennen, viel mehr aber auch nicht.

Es war die richtige Entscheidung gewesen, die Notbremse zu ziehen, davon war er überzeugt. Er hatte es bereits viel zu weit kommen lassen. Celina und er waren Freunde, nicht mehr und nicht weniger.

Zumindest hoffte er, dass sie das noch waren.

Stöhnend legte er den Kopf in die Hände. Verdammt, er fühlte sich, als hätte man ihm bei lebendigem Leib das Herz herausgerissen. Und was blieb, war kein überwältigender Schmerz, keine brennende Qual, sondern nur Taubheit.

Ja, genau so fühlte er sich. Wie betäubt. So, als wären in dem Moment, in dem er Celina von sich gestoßen hatte, sämtliche Gefühle in ihm gestorben. Natürlich waren sie noch da. Er konnte sie förmlich spüren, wie das Kribbeln von winzigen Ameisenfüßchen, die er nicht sehen, nicht erreichen konnte. Es war, als hätte sich zwischen seinem Verstand und seinem Herzen eine Mauer aufgebaut, sodass die beiden nicht mehr in der Lage waren, miteinander zu kommunizieren.

Und das alles nur wegen einer Frau?

Hör auf, dir den Kopf darüber zu zerbrechen. Du konntest nicht anders handeln, Marc. Es wäre unverantwortlich gewesen, sie noch weiter an dich zu binden. Verdammt, sie weiß ja nicht einmal, was mit dir los ist! Celina hat keine Ahnung, worauf sie sich mit dir einlässt. Das kannst du doch nicht wirklich wollen, oder?

Er zuckte zusammen, als ihm jemand eine Hand auf die Schulter legte. Sofort wirbelte er auf dem Sofa herum.

»Nelly?« Marc runzelte die Stirn. »Was machst du denn noch hier? Ist zu Hause irgendwas nicht in Ordnung?«

Sie schüttelte den Kopf. »Ist alles okay«, sagte sie leise. »Ich hatte einfach nur Sehnsucht nach dir ...«

Oh ... Marcs Stirnrunzeln vertiefte sich. Er kannte diesen Tonfall – sehr gut sogar. Nelly wäre nicht der erste seiner Schützlinge, der sich in ihn verliebte. Das passierte mit schöner Regelmäßigkeit, und Marc wusste auch, dass es nicht wirklich etwas mit ihm persönlich zu tun hatte. Er war so etwas wie ein Fixpunkt im Leben dieser Kids, jemand, zu dem sie aufblickten. Der Fels in der Brandung für eine Gruppe Jugendlicher, die von ihrem Umfeld oft nur Ablehnung und Zurückweisung erfahren hatten. Es war ganz natürlich, dass man sich zu einer Person, die einem die so lange entbehrte Aufmerksamkeit schenkte, hingezogen fühlte.

Er unterdrückte ein Seufzen. Dies war einer der Aspekte seines Jobs, die er nicht mochte. Es tat ihm jedes Mal aufs Neue weh, wenn er eines der Kids leiden sah. Doch in einem solchen Fall brachte es nichts, um den heißen Brei herumzureden. Das würde am Ende nur zu Verwirrungen führen, und alles noch weiter verkomplizieren.

Nein, hier waren klare, bestimmte Worte gefordert – auch wenn es schmerzte.

Nelly versuchte, offensichtlich ermuntert durch sein kurzes Zögern, ihn zu umarmen, doch so weit ließ Marc es gar nicht erst kommen. Er stand auf und brachte einen angemessenen Abstand zwischen das Mädchen und sich.

»Nein«, sagte er. »Hör zu, Nelly, ich kann mir vorstellen, dass du das jetzt nicht gerne hörst, aber ... Was immer du für mich auch empfinden magst, ich erwidere deine Gefühle nicht. Und selbst wenn ich es täte, Nelly – es geht ganz einfach nicht. Ich würde mich strafbar machen und im Gefängnis landen. Willst du das?«

Nelly blinzelte gegen die Tränen an. Es war ihr deutlich anzusehen, dass sie am liebsten einfach nur davonlaufen wollte. Doch gleichzeitig wirkte sie erstarrt. Ein Reh im Scheinwerferlicht war das Erste, woran er denken musste. Sie tat ihm leid, aber ihm blieb nichts anderes übrig, als hart zu bleiben.

»Komm, ich fahre dich nach Hause«, sagte er sanft. »Deine Eltern fragen sich sicher schon, wo du steckst.«

Doch Nelly starrte ihn nur aus großen Augen an, dann wirbelte sie herum und stürmte davon.

Marc rannte ihr hinterher, doch als er die Tür erreichte, war das Mädchen bereits in der Dunkelheit verschwunden.

»Nelly?«, rief er, erhielt aber keine Antwort. Seufzend fuhr er sich mit beiden Händen durchs Haar. Im Augenblick ging aber auch wirklich alles schief!

Nein, das stimmte natürlich nicht wirklich. In der gemeinsamen Zeit mit Celina hatte sie mehr auf die Beine gestellt, als er jemals für möglich gehalten hätte. Die Zukunft des Jugendtreffs stand zwar noch immer auf der Kippe, doch nun hatte er wirklich eine reelle Chance, die Einrichtung zu retten.

Und das alles verdankte er nur Celina.

Verdammt!

Er ging zurück in den Aufenthaltsraum, ließ sich wieder auf die Couch fallen und schloss die Augen. Doch im selben Moment fielen auch gleich die Erinnerungen über ihn her. Eine Mischung aus alten und neuen Szenen. Der Unfall. Das schmerzvolle Erwachen im Krankenhaus. Rieke, die ihm ins Gesicht sagte, dass sie die Trennung wollte. Dann Celina. Ihr erster Kuss. Ihr Strahlen, als sie den Einfall hatte, der das Potenzial besaß, den Jugendtreff vor dem Aus zu bewahren. Dann vorhin, so offen und verletzlich. Sie hatte ihm ihre Seele offenbart – und er …?

Eine Welle von Schuld riss ihn mit sich. Er hatte das alles nicht gewollt. Es wäre vermutlich besser gewesen, von Anfang an mit offenen Karten zu spielen. Aber wie hätte er denn ahnen können, dass die Dinge sich zwischen ihnen innerhalb so kurzer Zeit auf so überwältigende Weise entwickeln würden?

Und wenn er noch einmal mit ihr redete und ihr alles erklärte? Vielleicht würde sie ja anders reagieren als die Frauen vor ihr. Die Wahrscheinlichkeit war zwar verschwindend gering, aber das bedeutete nicht, dass es nicht trotzdem funktionieren konnte.

Möglicherweise war sie ja bereit, sich auf eine Beziehung mit ihm einzulassen – trotz der Tatsache, dass sie keine Familie würden gründen können. Es gab schließlich auch Frauen, die sich gar keine Kinder wünschten. Vielleicht gehörte auch Celina dazu.

Doch die Tatsache, dass sie sich so vehement für die Angelegenheiten seiner Schützlinge einsetzte, stimmte ihn nicht gerade zuversichtlich. Sie war der Typ Frau, der darin aufging, für andere zu sorgen. Die perfekte Mutter. Es wäre eine Schande, wenn sie diese einmalige Gabe verschwenden würde.

Und dennoch ... so viel Ehrlichkeit war er ihr schuldig. Sie sollte zumindest verstehen, warum ihm keine andere Wahl blieb, als das mit ihnen zu beenden, noch ehe es richtig begonnen hatte. Dass er es für sie tat, ebenso wie für sich selbst.

Doch das musste bis morgen warten. Er konnte das Schullandheim jetzt nicht verlassen und die Wochenendgäste allein lassen. Außerdem war es vermutlich besser, wenn er alles noch ein wenig sacken ließ und in Ruhe darüber nachdachte, bevor sie dieses Gespräch führten.

Morgen, sagte er zu sich selbst. *Morgen ...*

»Nun setz dich erst mal hin«, sagte Sandra. Beruhigend legte sie Celina eine Hand auf den Rücken und führte sie in ihr kleines, aber gemütliches Wohnzimmer. Alles war lebhaft und farbenfroh eingerichtet. Ein kunterbunter Mix aus Formen und Farben.

Celina ließ sich auf das mit lilafarbenem Samt bezogene Sofa sinken und legte das Gesicht in die Hände.

»Möchtest du vielleicht eine Tasse Kaffee oder Tee?«

»Ein Kamillentee wäre schön«, entgegnete Celina heiser. »Vielen Dank.«

»Nichts zu danken.« Ihre Freundin tätschelte ihr die Schulter. »Ich bin gleich wieder zurück, und dann unterhalten wir uns über alles, ja?«

Celina nickte. Mit dem Handrücken wischte sie sich die Tränen aus dem Gesicht. Marc war es ganz offensichtlich nicht wert, dass sie seinetwegen weinte. Nicht, nachdem er sich so schäbig verhalten hatte.

Warum sie es trotzdem einfach nicht schaffte, ihn aus ihrem Herzen zu reißen, war ihr ein Rätsel. Im Grunde aber auch wieder nicht. Er war so lieb, so einfühlsam zu ihr gewesen wegen der Sache mit Felix. Spätestens in dem Moment war sie rettungslos verloren gewesen.

Verdammt, sie liebte ihn. Warum nur tat sie sich das selbst an?

»So, bitte schön.« Sandra reichte ihr eine dampfende Tasse Kamillentee, und Celina nickte dankbar.

Das war genau das, was sie jetzt gerade brauchte. Vorsichtig nippte sie daran. Dann stellte sie die Tasse auf dem Couchtisch ab.

»Du sagtest gerade etwas davon, dass du dich verliebt hättest?« Fragend schaute Sandra sie an. »Aber in wen denn so plötzlich? Und wo? Bei dir zu Hause oder – etwa hier?«

»Hier«, entgegnete Celina kleinlaut. »Es ist Marc, der Sozialarbeiter, von dem ich dir erzählt habe. Und ehe du fragst: Nein, das mit uns hat keine Zukunft. Und zwar nicht nur, weil ich lediglich zu Besuch in Meißen bin.«

»Sondern?« Wenn Sandra erschrocken darüber war, wie schnell ihre Freundin ihr Herz an einen Mann verloren hatte, so ließ sie es sich nicht anmerken. Sie wirkte besorgt – aber aus ganz anderen Gründen. »Was ist passiert? Hat er dich schlecht behandelt?« Ihre Hände ballten sich zu Fäusten. »Na, der kann was erleben, wenn ich ...«

»Nein.« Celina zwang sich zu einem winzigen Lächeln. »Ich trage mindestens ebenso viel Verantwortung für das Ganze. Niemand hat mich gezwungen, gleich Gefühle für ihn zu entwickeln. Ich dachte nur …« Sie straffte die Schultern. »Ich habe mir eingebildet, dass er auch etwas für mich empfindet, sonst hätte ich wohl nicht mit ihm geschlafen.«

»Du hast – bitte was?«

Dieses Mal war Celinas Lächeln schon etwas weniger gezwungen. »Ich habe mit ihm geschlafen und …« Sie seufzte. »Ehrlich, Sandra, ich hätte nicht gedacht, dass Sex *so* schön sein kann. Mit keinem anderen Mann habe ich bisher so etwas erlebt. Darum bin ich ja jetzt so enttäuscht, dass er die ganze Sache offenbar nur als belanglose Affäre betrachtet.«

»Und was macht dich so sicher, dass dem so ist?« Fragend schaute Sandra sie über den Rand ihrer eigenen Tasse hinweg an. »Hat er irgendetwas in der Richtung gesagt?«

»Oh, er meinte, es war schön, aber trotzdem hätten wir es lieber lassen sollen.«

Ihre Freundin riss die Augen auf. »Wie bitte? Na, das ist ja wohl so ziemlich das Mieseste, was man in so einer Situation sagen kann.«

»Tja, und daraus schließe ich, dass er an keiner längerfristigen Beziehung mit mir interessiert ist. Ansonsten hätte er sich wohl nicht auf so eine schäbige Art und Weise aus der Affäre gezogen, oder?«

»Nun …«

Celina runzelte die Stirn. »Was? Siehst du das etwa anders, Sandra?«

»Ein bisschen vielleicht«, gab sie zu. »Schon mal überlegt, dass es vielleicht einen Grund gibt, warum er so reagiert hat? Ich meine, jeder Mensch hat schließlich eine Geschichte. Dinge, die sein Denken und Handeln bestimmen. Und immerhin hat er ja gesagt, dass es schön war, oder nicht? Vielleicht solltest du versuchen, herauszufinden, warum er glaubt, dass euer Zusammensein ein Fehler war.«

»Ihm nachlaufen? Nein, dazu bin ich mir zu schade«, entgegnete Celina und verschränkte die Arme vor der Brust. Doch in Wahrheit dachte sie durchaus über die Worte ihrer Freundin nach.

Sandra hatte schon recht. Wenn sie überlegte, wie oft der Gedanke an Felix sie beeinflusst hatte, etwas zu tun oder nicht zu tun ... Vielleicht tat sie Marc ja tatsächlich unrecht. Sollte sie ihm nicht zumindest eine Chance geben, sich zu erklären?

»Ich rufe dir ein Taxi«, sagte Sandra und riss sie damit aus ihren Grübeleien.

»Was?« Celina blinzelte überrascht.

»Na, mit deinem Wagen bist du ja vorhin nicht gekommen – der wäre mir vor der Haustür sicher aufgefallen. Und irgendwie musst du ja zu deinem Süßen zurückkommen, richtig?«

»Du meinst ...? Jetzt?«

»Geh zu ihm. Sprecht euch aus. Sag ihm, was dir nicht gepasst hat, und finde heraus, ob es einen Grund für sein Verhalten gab. Wenn du es nicht tust, wirst du es eines Tages bitter bereuen – davon bin ich felsenfest überzeugt.«

Je länger Celina darüber nachdachte, umso sicherer war sie sich, dass Sandra recht hatte. Ihr Herzschlag beschleunigte sich, und die Schmetterlinge in ihrem Bauch erwachten zu neuem Leben. Vielleicht würde sie eine Enttäuschung erleben, wenn sich herausstellte, dass sie sich tatsächlich schwer in Marc getäuscht hatte. Aber wenn nicht ...

Die Chance war da – wenn sie sie jetzt nicht ergriff, würde sie sich das niemals verzeihen.

»Danke!« Sie stand auf und zog eilig ihre Jacke an, während Sandra mit ihrem Handy den Taxiruf wählte. Zum Abschied umarmte Celina ihre Freundin. »Du bist die Beste. Ich weiß nicht, was ich ohne dich gemacht hätte.«

»Dasselbe vermutlich«, entgegnete Sandra augenzwinkernd. »Du hättest vielleicht nur ein bisschen länger gebraucht, um auf die richtige Spur zu kommen, aber am Ende hättest du es schon selbst hingekriegt. Ich habe dir nur einen Schubs in die richtige

Richtung gegeben.« Es klingelte an der Tür. »Hey, das Taxi ist schon da.« Sandra lächelte aufmunternd. »Nun hau schon ab. Und halt mich auf dem Laufenden, ja?«

Celinas Knie waren vor Aufregung ganz zittrig, als sie keine zwei Minuten später unten an der Straße in den wartenden Wagen stieg. Sie nannte dem Fahrer die Adresse. Angespannt blickte sie zum Fenster hinaus und beobachtete, wie das nächtliche Meißen an ihr vorüberflog.

Ihr Herz hämmerte, als das alte Schullandheim in Sichtweite kam. Obwohl sie noch ein gutes Stück entfernt waren, konnte sie bereits sehen, dass im Untergeschoss noch Licht brannte.

Offenbar hielt Marc sich noch im Aufenthaltsraum auf. Celina warf einen Blick auf die Uhr. Es war schon weit nach Mitternacht, und morgen sollte der erste große Ausflug mit den Wochenendgästen stattfinden. Da wäre es vermutlich besser, wenn sowohl Marc als auch sie frisch und ausgeruht wären. Doch sie war sich ziemlich sicher, dass keiner von ihnen in den nächsten Stunden Schlaf finden würde.

Das Taxi hielt vor dem Haus. Celina atmete tief durch und bezahlte den Fahrer. Dann stieg sie aus und sah unschlüssig zu, wie die Rücklichter des Taxis in der Dunkelheit verschwanden. Nervös zupfte sie am Ärmel ihrer Jacke und trat von einem Fuß auf den anderen. *Los, mach schon, Celina. Es wird auch nicht leichter, wenn du dir hier draußen die Beine in den Bauch stehst!*

Mit einem unterdrückten Seufzen ging sie schließlich zur Tür. Sie war nicht verschlossen. Marc hatte es sich zur Angewohnheit gemacht, sie tagsüber offen stehen zu lassen, damit die Jugendlichen jederzeit einen Ort hatten, zu dem sie gehen konnten. Abgeschlossen wurde nur, wenn nachts niemand mehr im *Camp Hideout* war – üblicherweise.

Ihr Puls raste, als sie in den düsteren Korridor trat, in den nur ein wenig Licht aus dem Aufenthaltsraum fiel. Es war so still, dass Celina das Pochen ihres eigenen Herzens hörte. Sie schluckte hart. Jetzt, wo sie hier war, verließ sie der Mut, und sie musste sich förmlich zwingen, einen Fuß vor den anderen zu setzen. Doch schließlich stand sie im Aufenthaltsraum.

Marc saß auf der Couch im hinteren Bereich des Zimmers. Die Ellbogen auf die Oberschenkel gestützt, den Kopf in die Hände gelegt. Er hatte sie offenbar noch nicht bemerkt, und Celina wusste nicht recht, wie sie ihn auf sich aufmerksam machen sollte.

Ach, das ist doch albern!

»Marc?«

Ruckartig hob er den Kopf. Es wäre beinahe komisch gewesen, hätte er dabei nicht so verloren ausgesehen. Seine gesamte Haltung war nicht die eines Mannes, der froh darüber war, eine lästige Affäre beendet zu haben. Viel mehr wirkte er bedrückt, beinahe niedergeschlagen.

Ihretwegen?

»Celina? Was machst du denn hier?« Fragend sah er sie an. »Ich hätte ehrlich gesagt nicht damit gerechnet, dich so bald wiederzusehen.«

»Offen gestanden, ich auch nicht. Aber ich hatte Zeit, mich ein wenig abzukühlen und über alles nachzudenken. Und mir will einfach nicht einleuchten, warum ein Mann wie du, der sich mir gegenüber stets von seiner besten Seite gezeigt hat, plötzlich wie ausgewechselt ist.« Sie zuckte mit den Achseln. »Nun bin ich gekommen, um genau das herauszufinden.«

»Ich bin froh«, entgegnete er leise. »Ich wäre auch zu dir gekommen, aber ich konnte hier ja schlecht weg und die Kids allein lassen.«

Sie musste ihm zustimmen. Wäre er ihr einfach nachgelaufen, hätte sie das in gewisser Weise ziemlich enttäuscht. Er wäre nicht der Mann gewesen, in den sie sich verliebt hatte.

Zögernd blieb sie im Türrahmen stehen.

»Willst du nicht reinkommen und dich setzen? Ich würde mich gern ganz in Ruhe mit dir unterhalten und dir ein paar Dinge erklären ...« Hilflos zuckte er mit den Schultern. »Ich schätze, zumindest das bin ich dir schuldig, nachdem ich ... nachdem ich mich dir gegenüber so widerlich aufgeführt habe.«

Celinas Herzschlag beschleunigte sich. Sollte Sandras Prophezeiung tatsächlich zutreffen und es gab eine Erklärung für alles? Sie drängte die aufkeimende Hoffnung zurück. Noch war es zu früh, irgendwelche Mutmaßungen anzustellen, sonst würde es am Ende nur auf eine große Enttäuschung hinauslaufen. Sie sollte lieber abwarten, was Marc zu sagen hatte, und danach ihr Urteil fällen.

Sie setzte sich neben ihn, darauf bedacht, ausreichend Abstand zwischen ihnen zu halten. Dann schaute sie ihn auffordernd an. »Nun? Ich bin ganz Ohr ...«

Mit einem tiefen Seufzen fuhr Marc sich mit beiden Händen durchs Haar. »Ich ... Zum Teufel, ich weiß gar nicht, wo ich anfangen soll. Celina, als wir uns kennenlernten, da ... Ich hätte nicht geglaubt, dass ich so schnell so starke Gefühle für dich entwickeln würde. Du hast mich sozusagen kalt erwischt, und ehe ich wirklich begriff, was mit mir passierte, war es auch schon zu spät.« Er schüttelte den Kopf. Den Blick hielt er gesenkt, als könne er es nicht über sich bringen, sie anzusehen. »Ich weiß, ich hätte es dir von Anfang an sagen sollen, aber ...«

»Du bist verheiratet«, beendete Celina den Satz für ihn. Ein heftiges Gefühl von Bitterkeit übermannte sie. Warum war sie nicht gleich darauf gekommen? Marc war einfach perfekt. Es war doch nur natürlich, dass das bereits eine andere Frau vor ihr erkannt hatte.

Ihr wurde ganz übel, als sie daran dachte, dass sie vermutlich in seinem Ehebett übernachtet hatte. In der Wohnung hatte sie zwar nirgends Bilder von einem glücklichen Paar gesehen, aber das musste nichts heißen. Ebenso wenig wie die Tatsache, dass Marcs bessere Hälfte nicht anwesend gewesen war. Vielleicht war sie auf einer Geschäftsreise oder besuchte ihre Familie.

Celinas Gedanken drehten sich wie wild im Kreis. Oh Gott! Sie hatte mit einem verheirateten Mann geschlafen? Das war so demütigend. Sie wollte einfach nur weg.

Hastig sprang sie auf, doch Marc hielt sie zurück. »Nein.«
Sie blinzelte verwirrt. »Nein?«

»Nein, ich bin weder verheiratet noch anderweitig vergeben.« Er schaute sie jetzt direkt an, und sie konnte in seinen Augen sehen, dass er die Wahrheit sagte.

»Wirklich nicht?«

»Wirklich nicht. Meine letzte Beziehung liegt bereits mehrere Jahre zurück.«

Nun verspürte Celina enorme Erleichterung. Was für ein Wechselbad der Gefühle! »Das überrascht mich aber«, sagte sie, nur halb im Scherz. »Ein Charmeur wie du, der vermutlich Heizgeräte in der Sahara verkaufen kann, kommt doch bei Frauen bestimmt super an.«

Er seufzte erneut. »Ich fürchte, es gibt da ein wichtiges Detail, dass du nicht über mich weißt, Celina. Eines, das dafür gesorgt hat, dass all meine früheren Beziehungen in die Brüche gegangen sind ...«

Celinas Herz klopfte heftig. Was, um Himmels willen, konnte so schlimm sein, dass er ein solches Gewese darum machte?

»Und was bitte soll das sein?«

»Ich hatte einen Unfall«, erklärte er, und sein Blick schien jetzt ins Leere zu gehen. »Vor vielen Jahren. Ich war damals auf dem besten Weg, mich zu verloben, und wollte nichts lieber, als eine Familie gründen. Doch ein betrunkener Autofahrer, der mir die Vorfahrt nahm, machte mir einen Strich durch die Rechnung.« Ein trauriges Lächeln umspielte seine Lippen. »Ich erwachte im Krankenhaus mit schweren Verletzungen, die ich zum Glück alle mit der Zeit überwand. Nur eines blieb zurück. Etwas Unsichtbares, das jedoch die Macht besaß, mein ganzes Leben, meine Zukunft zu verändern.«

Celina schaute ihn voll banger Erwartung an. »Dir geht es aber doch gut, oder?«

»Oh ja.« Bitter lachte er auf. »Mir geht es blendend – ich kann nur keine Kinder mehr zeugen.«

Entsetzt starrte Celina ihn an, als sonst nichts mehr folgte. »Das ist es?« Sie schüttelte den Kopf. »Darum ging es die ganze Zeit? Du kannst keine Kinder zeugen und glaubst, dass ich deshalb nicht mit dir zusammen sein will?«

»Am Ende wünscht sich doch jede Frau, mit dem Mann, den sie liebt, eine Familie zu gründen. Ich habe es oft genug erlebt, Celina. Seit dem Unfall ist jede meiner Beziehungen genau an diesem Thema zerbrochen. Ich ...« Er atmete tief durch. »Ich wollte nicht, dass du dich an mich bindest und dann herausfindest, dass du unter diesen Umständen nicht mit mir leben kannst.«

»Aber, Marc, es gibt doch auch so etwas wie Adoption. Hast du nie darüber nachgedacht? Es gibt so viele Kinder, die nach einem warmen und liebevollen Zuhause suchen. Warum müssen es denn immer eigene Kinder sein?«

Marc konnte kaum glauben, was er da hörte. War das wirklich Celinas Ernst? Alle anderen Frauen, mit denen er über dieses Thema gesprochen hatte, waren sich in einem Punkt stets einig gewesen – dass das Aufnehmen eines fremden Kindes niemals das eigene Kind ersetzen konnte.

»Ich ... das würde für dich keinen Unterschied machen?«

»Nein, aber wieso denn? Natürlich wünsche ich mir eine Familie und Kinder, aber es spielt doch keine Rolle, ob ich diese nun selbst auf die Welt gebracht habe oder nicht. Wichtig ist doch nur, dass man sich liebt – oder siehst du das etwa anders?«

»Nein.« Marc schüttelte den Kopf. »Überhaupt nicht.« Er sprang auf und fing an, im Zimmer auf und ab zu laufen, verzweifelt bemüht, seine übersprudelnden Emotionen unter Kontrolle zu halten. »Ich hätte nur niemals erwartet, eine Frau zu treffen, die das genauso sieht.« Er spürte, wie sich von hinten zwei Arme um seine Brust schlangen.

»Schhh ... Wir hätten gleich darüber sprechen sollen, dann hätten wir uns dieses ganze Drama ersparen können.« Sie presste ihr Gesicht zwischen seine Schulterblätter, und er spürte ihren warmen Atem auf seiner Haut. »Aber ich bin froh, dass du es mir jetzt erzählt hast. Auf diese Weise können wir noch einmal von vorn anfangen – dieses Mal ohne Missverständnisse und Geheimnisse.«

Noch nie in seinem ganzen Leben hatte Marc sich so verstanden und geliebt gefühlt wie in diesem Moment. Wenn er sich vor Augen führte, dass er dieses Glück beinahe mit seinem Verhalten zerstört hätte, bevor es wirklich erblühen konnte ... Nein, darüber durfte er nicht einmal nachdenken!

Behutsam machte er sich von Celina los und drehte sich um. Dann neigte er den Kopf und küsste sie sanft, aber leidenschaftlich. Sie zögerte keine Sekunde, seinen Kuss zu erwidern. Ihre Hände schlangen sich um seinen Nacken, und sie hielten einander fest.

Als sie sich schließlich voneinander lösten, ergriff Marc ihre Hand. »Komm«, sagte er leise und zog sie mit sich zu einem der größeren Sofas in der Nähe des Flipperautomaten. Während sie es sich gemütlich machte, ging er nach nebenan, um ein paar Decken und Kissen zu holen. Als er zurückkehrte, war sie bereits eingeschlafen. Ein Lächeln umspielte seine Lippen. Er nahm die Decke und breitete sie über Celina aus. Dann legte er sich neben sie, kroch ebenfalls unter die Decke und schlang einen Arm um ihre Taille.

Sie seufzte zufrieden und kuschelte sich im Schlaf noch enger an ihn. Dieses Gefühl, dachte er, als er die Augen schloss und sich von ihrer Wärme und ihrem Duft umfangen ließ, muss Liebe sein. Er hatte schon nicht mehr gewagt, daran zu glauben. Doch vielleicht gab es sie ja tatsächlich – und er hatte das große Glück gehabt, sie zu finden.

Ein lautes Klopfen riss Celina am nächsten Morgen aus dem Schlaf. Sie schreckte auf, und Marcs Arm, der sie gehalten hatte, rutschte von ihr herunter. Marc murmelte etwas im Halbschlaf, wachte aber nicht auf – ganz im Gegensatz zu ihr, die hellwach war.

Ein paar Sekunden lang blieb es still, dann wieder dieses Klopfen. Ihr Blick fiel auf die große Uhr an der Wand. Halb sechs. Schon hörte sie, wie sich im Obergeschoss die ersten Gäste regten.

Verflixt! Wer machte denn in aller Herrgottsfrühe so einen Lärm? Sie eilte zur Tür, ehe der morgendliche Besucher noch alle aus den Betten riss. Rasch fuhr sie sich noch glättend übers Haar, ehe sie öffnete. »Meine Güte, ich …« Die Worte blieben ihr im Halse stecken, als sie sah, wer da vor der Tür stand.

Der kleinere der beiden uniformierten Polizisten räusperte sich. »Entschuldigen Sie die Störung, aber wir würden gern mit Herrn Marc Heidenkamp sprechen. Ist er hier?«

Celina runzelte die Stirn. »Ja, aber … um was geht es denn?«

»Das können wir nur mit Herrn Heidenkamp persönlich klären. Dürfen wir reinkommen?«

»Ja, natürlich …« Sie machte die Tür ganz auf und trat zur Seite, sodass die beiden Männer eintreten konnten. Im selben Moment erschien Marc im Türrahmen. Er sah noch total verschlafen aus. Sein Haar war zerzaust, und er rieb sich die Augen. Als er die Polizisten erblickte, hielt er mitten in der Bewegung inne. »Kann ich Ihnen irgendwie helfen?«

»Das kommt ganz darauf an. Herr Heidenkamp?«

Er nickte. »Ja, der bin ich. Um was geht es denn bitte?«

»Sollten wir das nicht besser unter vier Augen …?«

»Nein, ist schon in Ordnung. Ich habe keine Geheimnisse vor Celina.«

Die Männer zuckten mit den Schultern. »Ganz wie Sie wollen. Es sind einige Vorwürfe gegen Sie erhoben worden«, sagte einer der Beamten. »Angeblich kommt es des Öfteren vor, dass Ihnen gegenüber Ihren Schutzbefohlenen die Hand ausrutscht und …«

10. Kapitel

»Was?« Marc starrte die Polizisten fassungslos an. »Das kann unmöglich Ihr Ernst sein!«

Er hatte das Gefühl, im falschen Film gelandet zu sein. Noch nie – nicht ein einziges Mal! – hatte er seinen Schützlingen gegenüber die Beherrschung verloren. Wieso sollte irgendjemand …

Oh …

Es kam eigentlich nur eine Person infrage, die für einen solchen Vorwurf verantwortlich sein konnte.

Ralf Wiesener.

Dass der aber so weit gehen würde, hätte Marc niemals für möglich gehalten.

Er schaute Celina an. Was mochte sie jetzt von ihm denken? Ob sie den Vorwürfen glaubte?

»Das ist vollkommen absurd!«, wetterte sie und ergriff seine Hand.

Sein Herzschlag, der eh schon vor Aufregung raste, beschleunigte sich noch mehr. Es war ein gutes Gefühl, sie auf seiner Seite zu haben.

»Ich habe niemals etwas Derartiges getan«, stellte er klar. »Wer auch immer so etwas behauptet, lügt. Darf ich erfahren, wer diese Vorwürfe gegen mich erhoben hat?«

Der ältere Polizist schüttelte den Kopf. »Nein, tut mir leid, das kann ich Ihnen leider nicht sagen. Ich kann Ihnen nur raten, einen Anwalt hinzuzuziehen. Dieser kann Sie beraten, wie weiter zu verfahren ist.« Bedauernd zuckte er mit den Schultern. »Es tut mir leid, aber dieses Vorgehen dient dem Opferschutz. Gleichzeitig kann ich Ihnen zusichern, dass die gesamte Angelegenheit von unserer Seite aus nicht an die Öffentlichkeit gelangen wird.«

»Na wunderbar«, sagte Marc. »Wie soll ich denn unter diesen Umständen beweisen, dass an den Vorwürfen nichts dran ist?«

»Besprechen Sie das bitte mit Ihrem Anwalt, Herr Heidenkamp. Wir möchten uns dann jetzt auch verabschieden. Es ging uns lediglich darum, Ihre Aussage aufzunehmen und uns Ihre Version der Geschichte anzuhören.« Die Männer tippten sich gegen die Schirmmütze. »Einen schönen Tag noch.«

»Unglaublich«, wandte Celina sich an Marc, sobald sie wieder allein waren. »Ich kann nicht fassen, dass jemand eine so dreiste Lüge über dich in Umlauf bringt. Warum auch? Davon hat doch niemand etwas!«

Seufzend ließ Marc sich auf die Couch fallen. »Das würde ich so nicht sagen. Wenn die Sache an die Öffentlichkeit kommt, kann ich hier einpacken, Celina. Niemand vertraut sein Kind einem Mann an, der als gewalttätig gilt. Und selbst wenn sich die Vorwürfe im Nachhinein als unbegründet erweisen … So etwas klebt an einem wie Pech.«

Celina nickte. »Du denkst, Wiesener steckt dahinter, oder?«

Er nickte. »Allerdings. Eine solche Vorgehensweise passt zu ihm. Und da alles andere nicht geholfen hat, muss er jetzt zu härteren Mitteln greifen. Die Frage ist nur, wie beweise ich, dass er dahintersteckt? Wiesener hat sich ganz sicher nicht selbst die Finger schmutzig gemacht. Nein, es muss jemand aus unserem direkten Umfeld sein, damit die Vorwürfe überhaupt ernst genommen werden.«

Celina runzelte die Stirn. »Ich habe da eine Idee. Aber ich kann nicht garantieren, dass mein Plan funktioniert.«

»Immerhin ist das schon einmal viel besser, als überhaupt keinen Plan zu haben«, entgegnete Marc. Er drückte Celinas Hand, die noch immer in seiner lag. »Danke, dass du mir glaubst. Das … das bedeutet mir sehr viel.«

»Aber was redest du denn?« Sie schüttelte den Kopf. »Natürlich glaube ich dir! Wir mögen uns noch nicht allzu lange kennen, aber ich weiß genau, dass du so etwas niemals tun würdest. Allein der Gedanke ist vollkommen absurd!«

Marc nickte. Es tat gut, diese Worte aus ihrem Mund zu hören. Jetzt konnte er nur noch hoffen, dass ihr Plan, wie auch immer der aussehen mochte, funktionierte.

Denn wenn nicht, war er vollkommen aufgeschmissen.

Celina zweifelte keine Sekunde daran, dass sie Marc hundertprozentig vertrauen konnte. Niemals würde er die Hand gegen einen der Jugendlichen erheben. Dazu bedeuteten sie ihm viel zu viel. Aber etwas zu wissen und etwas zu beweisen, waren zwei völlig unterschiedliche Dinge.

Nach der Aufregung am frühen Morgen hatte sie ein Taxi in die Stadt genommen und war zu Sandra gefahren. Natürlich hätte sie ihre alte Freundin auch anrufen können, doch das, was sie mit ihr besprechen wollte, war einfach zu sensibel – sie wollte es lieber persönlich tun.

»Und ihr beide glaubt, dass mein Chef dahintersteckt?«, fragte Sandra nun, nachdem sie sich Celinas Schilderungen ganz in Ruhe angehört hatte.

»Ansonsten gibt es niemanden, der einen Vorteil davon hätte, Marcs Ruf derartig zu schaden«, erwiderte Celina.

Sandra nickte nachdenklich. »Und was erwartest du nun von mir? Soll ich meinen Chef für dich ausspionieren?«

»So würde ich es nicht nennen. Du sollst einfach nur Augen und Ohren offen halten, das ist alles. Ich will natürlich nicht, dass du meinetwegen in Schwierigkeiten kommst. Und ich verspreche dir, dass niemand erfahren wird, von wem wir unsere Informationen haben.«

Sandra seufzte. »Also schön. Vielleicht habe ich sogar schon etwas für euch. In letzter Zeit kam häufiger ein junges Mädchen im Hotel vorbei, um mit meinem Chef zu sprechen. Eine kleine Blondine, hübsch, aber ein bisschen blass um die Nase. Typ verhuschtes Mäuschen. Nora oder Nina oder so ähnlich.«

»Und?«

»Ich habe ganz zufällig einen Teil eines Gesprächs mit angehört. Der Chef wollte, dass sie etwas für ihn tut. Richtig Druck gemacht hat er ihr. Sie tat mir beinahe ein bisschen leid.«

»Hast du gehört, worum genau es ging?« Angespannt saß Celina auf der äußersten Sitzkante des Sofas. »Was wollte Wiesener von dem Mädchen?«

»Tut mir leid, das müsst ihr schon selbst herausfinden. Aber wenn sie das nächste Mal im Hotel auftaucht, rufe ich dich sofort auf dem Handy an. Mehr kann ich im Moment wirklich nicht für euch tun.«

»Du hast schon mehr getan, als ich jemals von dir erwarten konnte«, entgegnete Celina. »Vielen Dank, Sandra. Du bist wirklich eine wahre Freundin.«

»Nelly«, sagte Marc sofort, nachdem Celina ihm erzählt hatte, was sie von Sandra wusste. »Kein Zweifel. Sie hat sich letztens schon so merkwürdig mir gegenüber verhalten. Und seitdem weicht sie mir aus – sie kommt nicht mehr in den Treff, und wenn ich sie auf dem Handy anrufe, geht sie nicht ran. Ihre Eltern behaupten aber, dass es ihr gut geht.«

»Und warum sollte diese Nelly so etwas tun?«

»Das frage ich mich allerdings auch. Wiesener muss etwas gegen sie in der Hand haben. Ansonsten würde sie so etwas garantiert niemals tun. Eigentlich ist sie ein ganz freundliches, eher stilles Mädchen.« Er schüttelte den Kopf. »Ich muss versuchen, herauszufinden, womit Wiesener sie unter Druck setzt. Und dann werde ich meinen Anwalt anrufen, damit er sich um alles kümmert. Aber nicht mehr heute. Wir müssen uns um unsere Gäste kümmern. Und heute Abend muss ich zu meinen Eltern. Mein Vater hat Geburtstag, da versammelt sich bei uns immer die ganze Familie. Ich habe mich schon darum gekümmert, dass in der Zeit jemand für uns einspringt.«

»Für uns?«

»Wenn du mich begleitest, würde mich das sehr freuen. Ich ... ich möchte, dass das zwischen uns mehr ist als nur eine kurze, bedeutungslose Affäre. Ich weiß, es ist noch ziemlich früh, und ich möchte dich wirklich nicht überrumpeln, aber ... Ich würde dich einfach gern meiner Familie vorstellen. Was meinst du?«

Celina strahlte. »Ja, ich begleite dich gern. Sehr gern sogar. Glaubst du denn, dass deine Eltern damit einverstanden sind, wenn du einfach so jemanden mitbringst?«

»Sie werden begeistert sein«, entgegnete er. »Vor allem, wenn ich ihnen mitteile, dass du und ich ... dass wir zusammen sind?«

Sie lachte auf. »Warum sagst du das so fragend? Bist du dir nicht sicher, ob du eine Beziehung mit mir willst?«

»Doch«, sagte er und schloss sie in seine Arme. »Ich war mir in meinem ganzen Leben noch nie einer Sache so sicher, Celina. Ich glaube, ich habe mich in dem Moment in dich verliebt, als ich dich zum ersten Mal gesehen habe. Als du vollkommen frustriert in deinem Wagen gesessen hast.« Lächelnd schüttelte er den Kopf. »Und ich weiß noch, wie ich dachte: Was für eine hinreißende Frau. Wenn ich sie nur zum Lächeln bringen könnte, wäre ich ein glücklicher Mann.«

Celina konnte nicht anders, als übers ganze Gesicht strahlen. »Ich liebe dich, Marc.«

»Und ich«, sagte er, nahm ihre Hand und küsste nacheinander jeden ihrer Fingerknöchel, »meine Schöne, liebe dich.«

Dann legte er ihr die Arme um die Taille, zog sie an sich und verschloss ihre Lippen mit einem langen leidenschaftlichen Kuss, der erst endete, als sie Schritte auf der Treppe hörten.

»Ich glaube, das ist wirklich nichts für mich.« Skeptisch schaute Celina zu den Wipfeln der Bäume empor, unter denen sich Hängeleitern, Seilbrücken und andere abenteuerliche Konstruktionen spannten.

Den Jugendlichen schien die Höhe nichts auszumachen, sie tobten dort oben herum wie die Äffchen. Zu Celinas Überraschung hatte keiner freiwillig darauf verzichtet, den Kletterpark auszuprobieren, was bedeutete, dass es niemanden gab, auf den sie hier unten am Boden aufpassen musste.

Sehr zu ihrem Leidwesen.

Bisher war der Tag mehr als harmonisch verlaufen. Sie hatten eine lange und anstrengende Radtour hinter sich, und der Kletterpark war der Höhepunkt des Ausflugs. Alle waren bester Stimmung und vertrugen sich blendend. Bisher konnte man das Schnupper-Aktivwochenende nur als vollen Erfolg bezeichnen. Die Gäste – insgesamt acht Jugendliche zwischen zwölf und sechzehn – schwärmten regelrecht von Marc und davon, wie wohl sie sich hier fühlten.

»Komm schon«, sagte Marc und streckte ihr seine Hand entgegen. »Vertrau mir.«

Celina schluckte schwer. Sie vertraute Marc absolut. Das bedeutete jedoch nicht, dass sie sich unbedingt in die Höhe schwingen wollte. Dabei handelte es sich weniger um eine Sache des Vertrauens als um gesunden Menschenverstand. Allerdings hatte ihr der Betreiber des Kletterparks bei der Buchung zugesichert, dass keinerlei Gefahr für die Teilnehmer bestand. Jeder trug einen Klettergurt, der mit zwei Sicherungsleinen verbunden war. Außerdem musste jeder, der nach oben wollte, Helm, Knie- und Ellbogenschoner sowie Handschuhe tragen.

Sie atmete tief durch, schloss kurz die Augen und nickte dann. »Also gut, aber nur wenn du mir versprichst, dass du mich auf gar keinen Fall allein lässt.«

»Versprochen«, entgegnete er feierlich und gab Celina einen Kuss auf die Wange. Dann zog er sie mit sich in Richtung »Aufzug« – ein Holzkäfig, der über eine Seilkonstruktion in die Höhe gezogen wurde.

Die Fahrt nach oben war weniger wackelig, als Celina befürchtet hatte, trotzdem hielt sie sich die ganze Zeit an Marcs Hand fest wie an einem rettenden Anker. Auf dem ersten Absatz angekommen, klopfte Celina das Herz bis zum Hals. Nur nicht runtersehen, sagte sie zu sich selbst. Doch das war leichter gesagt als getan. Wie von selbst wanderte ihr Blick nach unten, und sie schnappte erschrocken nach Luft. Von unten hatte es nicht so hoch ausgesehen!

Marc spürte offensichtlich, wie nervös sie war, denn er legte seinen freien Arm um sie und drückte sie an sich. »Keine Angst«, sagte er, und seine Stimme wirkte tatsächlich ungemein beruhigend auf Celina. »Ich werde die ganze Zeit über direkt hinter dir sein und auf dich aufpassen. Dir kann überhaupt nichts passieren, okay?«

Sie nickte. »Okay«, stieß sie heiser hervor.

Der erste Abschnitt war eine vergleichsweise harmlos aussehende Brücke aus Holzplanken, die mit Seilen miteinander verbunden waren. Doch als Celina einen Fuß daraufsetzte, wurde ihr klar, wie sehr der Eindruck getäuscht hatte. Die gesamte Konstruktion war furchtbar wacklig und schwang bei der geringsten Gewichtsverlagerung hin und her.

Niemals, dachte sie entsetzt. Ihr Puls raste und ihr Mund war trocken. Niemals würde sie es da hinüberschaffen!

Aber dann lag Marcs Hand auf ihrer Schulter, und sie entspannte sich wieder ein wenig. Vorsichtig, ganz vorsichtig, wagte sie einen Schritt. Wohl fühlte sie sich hier oben zwar nicht gerade, aber es half, dass er bei ihr war. Sie wusste einfach, dass sie sich auf Marc verlassen konnte. Er würde nicht zulassen, dass ihr etwas passierte.

Langsam setzte sie einen Fuß vor den anderen und konzentrierte sich ausschließlich darauf, sicher auf die andere Seite zu gelangen. Als sie schließlich wieder festen Boden, in Form der nächsten Plattform, unter den Füßen hatte, war sie fast ein bisschen überrascht, und mehr als ein wenig stolz auf sich selbst.

»Das war gar nicht so schrecklich«, verkündete sie strahlend.

»Freut mich, dass es dir gefallen hat«, entgegnete Marc und deutete auf den nächsten Abschnitt der Strecke, der ganz offenbar aus einer kurzen Schussfahrt mit einer Handrolle bestand.

Celina erbleichte.

»Nein«, stieß sie atemlos hervor. »Auf gar keinen Fall ...«

Anderthalb Stunden später war Marc zusammen mit Celina an der letzten Station des Parcours angelangt. Die Jugendlichen waren bereits wieder am Boden und warteten auf die beiden. Ein Angestellter des Kletterparks hatte sich freundlicherweise bereit erklärt, ein Auge auf sie zu haben, während Marc sich um Celina kümmerte.

»Komm schon«, trieb er sie breit grinsend an. Nach anfänglichen Schwierigkeiten hatte Celina sich zu einem echten Kletteräffchen gemausert. Das finale Stück mit der Hängeleiter aber verlangte ihr offenbar ihre letzten Kräfte ab. »Nur noch ein paar Meter, dann hast du's geschafft!«

»Das sagt sich so leicht«, ächzte sie, kämpfte sich aber tapfer weiter voran. »Du hängst ja auch nicht in der Luft wie ein nasser Sack. Bei dir sieht das alles so schrecklich leicht und elegant aus. Daneben komme ich mir richtig plump und unbeholfen vor.«

»Bist du aber nicht«, sagte er. »Dafür, dass du das hier zum ersten Mal machst, stellst du dich sogar ziemlich geschickt an.«

Sie spürte, wie ihre Wangen zu glühen anfingen. »Wirklich?«

Er lächelte. Es war vermutlich offensichtlich, wie sehr sein Kompliment sie freute. »Wirklich. Und nun komm, das letzte Stück schaffst du auch noch. Wenn wir oben sind, das verspreche ich dir, wirst du mit einer sagenhaften Aussicht belohnt.«

Er hatte nicht zu viel versprochen. Zwar brauchte Celina ein paar Minuten, um wieder zu Atem zu kommen, aber der Ausblick, der sich ihr von der höchsten Plattform bot, war einfach spektakulär.

Sie befanden sich weit über den Wipfeln der meisten Bäume, und so konnten sie ungehindert ins Tal hinuntersehen, wo sich die Elbe durch die Wiesen und Auen schlängelte. Auch Meißen war von hier aus gut zu erkennen. Die Türme des Meißner Doms ragten imposant in den strahlend blauen Himmel empor.

Eindrucksvoll.

Marc ergriff ihre Hand, und Celina spürte, wie ihr Herz heftiger zu klopfen anfing. Wie stellte er das bloß an? Die harmloseste Berührung reichte bereits aus, um ihr Blut in Wallung zu bringen.

Ob es daran lag, dass sie zum ersten Mal in ihrem Leben *wirklich* verliebt war? Denn sie war sich ziemlich sicher, dass es so war. Wie für Marc hatte sie bislang für keinen Mann empfunden. Sie genoss es, mit ihm zusammen zu sein. Allein der Gedanke, dass sie schon bald wieder nach Leipzig zurückkehren musste, stimmte sie traurig.

Aber musste sie das wirklich? Was hielt sie denn schon dort? Ihre Großeltern liebten sie, aber sie brauchten sie nicht. Und so weit war Leipzig gar nicht entfernt. Wenn sie wollte, konnte sie die beiden jederzeit besuchen. Kein Problem. Warum also nicht einfach die Gelegenheit beim Schopfe packen und hier in Meißen noch einmal ganz von vorn anfangen? Hotels gab es hier schließlich genügend, und kompetente Kräfte würden immer gesucht. Vielleicht würde Marc ihr sogar bei der Jobsuche helfen – aber zuvor musste sie unbedingt noch eine Sache erledigen.

Sie hatte den eigentlichen Grund ihrer Reise fast aus den Augen verloren. Sie wollte doch eigentlich ihren leiblichen Großvater ausfindig machen. Und damit musste sie jetzt so schnell wie möglich anfangen. Zuvor allerdings stand heute Abend noch das Treffen mit Marcs Familie auf dem Plan – ein Gedanke, der sie ziemlich nervös machte.

Unauffällig schaute sie auf ihre Uhr. Es war bereits später Nachmittag, in ein paar Stunden sollte es losgehen, und sie wusste nicht einmal, was sie anziehen sollte. Aber das war auch nicht wirklich von Bedeutung. Viel wichtiger war die Frage, ob seine Familie sie mögen würde. Es waren schon viele Beziehungen daran gescheitert, dass die Eltern die Freundin des Sohnes nicht akzeptierten.

Offenbar standen ihr die Gedanken deutlich auf die Stirn geschrieben, denn Marc bedachte sie mit einem forschenden Blick. »Du weißt, dass ich von dir nicht verlange, dass du mich heute Abend begleitest, oder? Ich freue mich zwar, dass du mitkommen willst, aber du sollst dich auf keinen Fall verpflichtet fühlen. Wenn du lieber …«

»Nein«, entgegnete Celina energisch. »Ich komme auf jeden Fall mit.« Seufzend hob sie die Schultern. »Ich bin einfach nur ein kleines bisschen nervös.«

»Ein kleines bisschen?«, hakte er schmunzelnd nach.

Sie lachte leise. »Also schön, dann eben ein *großes* bisschen. Aber ich werde mich schon durchboxen. Nun, können wir dann jetzt los? Ich muss mich noch präsentabel herrichten, damit ich deine Familie heute Abend beeindrucken kann.«

Er schloss sie in die Arme und küsste sie sanft auf die Lippen. »Na also«, sagte er lächelnd. »Das ist die richtige Einstellung.«

Celina war so aufgeregt wie sonst nur vor einem Vorstellungsgespräch – und wegen denen machte sie sich immer vollkommen verrückt. Sie hatte sich für eine schlichte dunkelblaue Jeans, eine weiße Bluse und einen ebenfalls dunkelblauen Blazer entschieden. Dazu trug sie flache Schuhe, und das Haar fiel ihr offen über die Schultern.

»Du siehst bezaubernd aus«, sagte Marc bewundernd, als sie zu ihm in den Wagen stieg. »Es gibt keinerlei Grund, sich Sorgen zu machen.«

Doch das war leichter gesagt als getan.

Das Haus seiner Familie lag in einem hübschen Randbezirk von Meißen, mit gepflegten Eigenheimen und schön bepflanzten Vorgärten. Die Gegend erinnerte Celina an die Nachbarschaft, in der sie selbst aufgewachsen war.

Vor einem Haus mit eidottergelber Fassade und weiß getünchten Fensterrahmen fuhr Marc an den Straßenrand und parkte den Wagen. Er beugte sich hinter Celinas Sitz und holte einen bunten Blumenstrauß hervor, den er ihr überreichte. »Hier. Meine Mutter liebt Blumen.« Und mit einem entschuldigenden Lächeln fügte er hinzu: »Der nächste Strauß, den ich besorge, ist garantiert für dich.«

266

Celina war gerührt. Ihm lag offenbar wirklich viel daran, dass seine Eltern sie mochten. Ihre Knie waren ein wenig zittrig, als sie den kurzen Weg durch den Vorgarten zur Haustür hinaufgingen, doch sie hoffte, dass man es ihr nicht allzu sehr anmerkte. Marc ergriff ihre Hand und drückte sie sanft, was ihr zusätzliches Selbstvertrauen verlieh.

Verdammt, Celina, jetzt stell dich nicht so an, schimpfte sie mit sich. *Du bist doch sonst nicht so gehemmt.*

Das stimmte wirklich – aber es kam auch nicht gerade häufig vor, dass man den Eltern des Mannes vorgestellt werden sollte, mit dem man den Rest seines Lebens verbringen wollte. Sie wollte einen perfekten ersten Eindruck hinterlassen – und aus Erfahrung wusste sie, dass ihr genau dann die gröbsten Schnitzer unterliefen.

Nachdem Marc geklingelt hatte, dauerte es nicht lange, bis die Tür geöffnet wurde. Die Frau, die vor ihnen stand, war ein wenig untersetzt, doch die Ähnlichkeit mit Marc war unverkennbar.

»Mama«, sagte er und umarmte sie herzlich. »Darf ich dir Celina vorstellen?«

Marcs Mutter löste sich von ihrem Sohn und wandte sich mit einem aufrichtigen Lächeln Celina zu. »Liebes Kind, es ist so schön, dass wir uns kennenlernen. Der Junge hat am Telefon so viel von Ihnen erzählt, dass ich das Gefühl habe, Sie schon ewig zu kennen.«

Celina errötete. Sie hatte ja nicht geahnt, dass Marc bereits mit seinen Eltern über sie gesprochen hatte. »Ich freue mich auch sehr«, sagte sie und wollte Frau Heidenkamp die Hand reichen, doch diese machte einfach einen Schritt auf sie zu und schloss sie in ihre Arme.

»Herzlich willkommen in unserem Haus. Ach, da kommt ja auch schon das Geburtstagskind!«

Das war also Marcs Vater. Celina lächelte. Wenn Marc in dreißig Jahren immer noch so gut aussah, brauchte sie sich wirklich keine Gedanken zu machen.

»Marc, Junge!« Seine Augen strahlten, als er seinem Sohn die Hand schüttelte.

»Herzlichen Glückwunsch, Papa!«

»Von mir auch herzlichen Glückwunsch zum Geburtstag, Herr Heidenkamp«, meldete sich Celina ein wenig schüchtern zu Wort.

»Ach, Kinder, jetzt steht doch nicht so im Eingang herum, sonst glauben die Nachbarn noch, wir haben heute Tag der offenen Tür.« Herr Heidenkamp klopfte ihr auf die Schulter. »Und wollen wir die Förmlichkeiten nicht einfach weglassen? Wir sind doch jetzt eine große Familie, oder etwa nicht? Also, ich bin Harald und meine Frau heißt Lydia.«

Celina strahlte. »Sehr gern«, sagte sie und folgte Marc und seinen Eltern ins Haus.

»Sind wir die Ersten?«, fragte Marc, als sie ins Wohnzimmer getreten waren, in dem der Esstisch hübsch gedeckt war, mit weißem Tischtuch, Platzdeckchen und – natürlich! – dem guten Meißner Porzellan. »Wie? Nur sechs Gedecke?«

»Ja«, erwiderte seine Mutter. »Tante Ulrike und Onkel Hans können leider nicht kommen. Aber Opa und Oma müssten jeden Moment da sein.« Es klingelte an der Tür und sie lachte auf. »Na, so was. Wenn man vom Teufel spricht ...«

Marcs Vater, Marc und Celina nahmen am Tisch Platz, während Frau Heidenkamp – Lydia, korrigierte Celina sich in Gedanken – wieder zur Tür ging. Im Korridor erklangen Stimmen, im nächsten Moment betrat ein älteres Paar den Raum und begrüßte alle mit einem freundlichen Lächeln.

Celina und Marc erhoben sich. Als Celina den Mann erblickte, runzelte sie die Stirn. Etwas an ihm kam ihr unheimlich bekannt vor, ohne dass sie genau sagen konnte, um was es sich handelte. Da war einfach nur dieses Gefühl, ihn schon einmal irgendwo gesehen zu haben.

Ob es daran lag, dass er Marcs Großvater war? Sie schaute die beiden Männer abwechselnd an. Nein, das war ganz sicher

nicht der Grund. Sie sahen sich nicht einmal ähnlich. Aber ...
was war es dann?

Eine leise, aber beharrliche Stimme in ihrem Kopf sagte ihr,
dass hier etwas nicht stimmte.

»Celina, darf ich dir meine Großeltern vorstellen?« Marc
schenkte ihr ein strahlendes Lächeln. »Maria und Laurenz
Allerfeld ...«

Er sprach noch weiter, doch das bekam Celina nur am Rande
mit. *Laurenz* Allerfeld?

Das merkwürdige Gefühl im Bauch verstärkte sich. Es wird
nur ein dummer Zufall sein, sagte sie zu sich selbst. Der Name
Laurenz mochte nicht so schrecklich häufig sein, aber das bedeutete nicht, dass es in Meißen und Umgebung nur einen
Mann gab, der so hieß.

Aber dieses Gefühl, ihn schon einmal gesehen zu haben ...

»Sie erinnern mich an jemanden, den ich früher einmal gut
gekannt habe«, sagte Marcs Großvater nun mit einem verson-
nenen Lächeln. »Meine erste große Liebe. Ihr Name war Christiane Tannert ...«

Celinas Mund wurde trocken, als sie an das Bild dachte, dass
sie nun schon seit ihrer Ankunft in Meißen praktisch jedem
unter die Nase gehalten hatte. Jedem – außer Marc. Und die
Ähnlichkeit ließ sich nicht leugnen. Natürlich war der Mann,
der hier vor ihr stand, wesentlich älter als auf dem Foto ihrer
Großmutter. Die scharfen Züge wirkten ein wenig weicher, das
Gesicht ein bisschen voller. Und dennoch ...

Aber wenn dieser Mann ihr Großvater war ...

Und wenn er außerdem auch Marcs Großvater war ...

Eine überwältigende Woge von Übelkeit rollte über sie hinweg. Nein, das konnte – *durfte!* – einfach nicht wahr sein!
Nicht ausgerechnet er!

Sie spürte Marcs fragenden Blick und konnte den gequälten
Aufschrei, der sich in ihrer Kehle formte, nur mit Mühe unterdrücken. Ohne ein Wort der Erklärung stürmte sie an den
beiden Neuankömmlingen vorbei in den Korridor, schnappte

sich ihre Jacke vom Garderobenhaken, riss die Tür auf und flüchtete ins Freie.

Schon nach wenigen Sekunden hörte sie Schritte, die ihr eilig folgten und rasch zu ihr aufschlossen. Es war Marc. Natürlich war es Marc.

»Celina!« Er klang ein wenig atemlos und vor allem sehr, sehr irritiert. »Was ist passiert? Warum läufst du einfach so davon?«

»Es geht nicht«, stieß sie schluchzend hervor. Erst jetzt bemerkte sie, dass ihr Tränen über die Wangen strömten. »Es kann nicht funktionieren, Marc, okay? Lass mich einfach gehen, bevor wir noch einen Fehler machen, den wir beide unser ganzes Leben lang bereuen werden.«

»Aber ...« Er versuchte, sie am Arm festzuhalten, doch sie riss sich los.

»Kein Aber. Ich werde noch heute nach Leipzig zurückfahren. Bitte richte deinen Eltern aus, dass es mir sehr leidtut. Es war nicht meine Absicht, die Geburtstagsfeier deines Vaters zu zerstören.«

Sie sah Marc noch einmal in die Augen, obwohl es ihr schier das Herz brach, ihn so verletzt und verwirrt zu sehen. Doch sie wusste auch, dass ihr keine andere Wahl blieb. Er würde niemals aufgeben, wenn sie ihm nicht direkt ins Gesicht sagte, dass er sie in Ruhe lassen sollte. »Bitte, geh einfach zurück. Ich rufe mir ein Taxi und fahre in die Stadt zurück. Versuch nicht, Kontakt mit mir aufzunehmen. Es ist besser so ...« Obwohl ihre Stimme zu brechen drohte, zwang sie sich, weiterzusprechen. »Das mit uns hat keine Zukunft, Marc ...«

Mit diesen Worten wirbelte sie herum und lief davon. Sie war sich sicher, dass der Schmerz in ihrer Brust niemals vergehen würde. Doch schon als sie sich eine Weile später, nachdem sie minutenlang ziellos umhergelaufen war, mit ihrem Handy ein Taxi rief, fühlte sie nur noch ein dumpfes Gefühl von Taubheit.

11. Kapitel

»Ich verstehe das nicht.« Marc ließ sich auf einen freien Stuhl am Esstisch sinken. Er schüttelte den Kopf. »Ich begreife es einfach nicht! Warum jetzt? Warum so plötzlich?«

Sein Vater und seine Großeltern standen um ihn herum und versuchten vergeblich, ihn zu trösten, während seine Mutter in die Küche gegangen war, um das Essen vom Herd zu nehmen. Nach einem Festmahl war im Augenblick niemandem zumute.

Als Lydia Heidenkamp jetzt ins Wohnzimmer zurückkam, hielt sie eine Fotografie in der Hand. »Laurenz, auf dem Boden in der Diele lag dieses alte Bild von dir. Es hat den Anschein, als sei es Celina aus der Tasche gefallen. Das bist du doch, oder?«

»Was?« Gleichzeitig drehten sich Marc und sein Großvater zu ihr um.

Marc sprang auf und riss seiner Mutter das Foto praktisch aus der Hand. Es handelte sich um eine Schwarzweißaufnahme, und die abgewetzten Ecken und die Flecken deuteten darauf hin, dass es schon ziemlich alt war. Dennoch hatte Marc keine Mühe, seinen Großvater darauf zu erkennen. Jünger, ja, aber unverkennbar er.

»Ja, das bin ich«, bestätigte dieser nun. »Aber ich kann mich gar nicht an dieses Foto erinnern.« Er nahm Marc das Bild ab und drehte es um. Auf der Rückseite waren mit Bleistift ein Datum und ein Name vermerkt.

»Laurenz Meier?« Fragend schaute Marc seinen Opa an. »Wieso Meier?«

»So hieß ich, bevor ich deine Großmutter geheiratet habe. Sie hing so an ihrem Familiennamen, und mir war meiner nicht so wichtig.«

Marc schüttelte den Kopf. »Aber wieso hatte Celina dieses Bild von dir dabei? Ich verstehe nicht … Kennst du sie?«

»Nein«, entgegnete Laurenz, sichtlich verwirrt. »Aber wie ich eben schon sagte, sie erinnert mich an eine Frau, die ich vor langer Zeit gekannt habe.« Er seufzte. »Aber das liegt schon so weit zurück, dass es schon fast nicht mehr wahr ist.«

Verzweifelt versuchte Marc, aus Celinas Verhalten schlau zu werden. Die ganze Zeit war alles ganz normal gewesen, bis zu dem Zeitpunkt, als seine Großeltern den Raum betreten hatten.

Da fiel ihm ein, was Celina ihm über ihren Großvater erzählt hatte. Dass sie nach Meißen gekommen war, um ihn zu suchen. Dass ihre Großmutter damals schwanger von ihm war und er durchgebrannt ist, bevor das Kind geboren wurde.

»Opa, diese Frau von früher, von der du gesprochen hast …«

»Was ist mit ihr?«

Marc wusste nicht, wie er es ansprechen sollte. Doch der Gedanke war da, und er ließ ihn nicht mehr los. »Du … hast nicht zufällig ein Kind mit ihr, oder?«

Laurenz seufzte und rieb sich mit Daumen und Zeigefinger die Nasenwurzel. »Das kommt jetzt vermutlich alles ein wenig überraschend für dich, aber … doch, das habe ich tatsächlich. Ich kann dir allerdings nicht sagen, ob es ein Mädchen oder ein Junge ist. Ich …« Er schüttelte den Kopf. »Ich schäme mich, es eingestehen zu müssen, aber ich habe damals kalte Füße bekommen und bin einfach abgehauen, bevor das Kind zur Welt kam.«

Marc starrte ihn aus großen Augen an. Und so langsam fügte sich ein Puzzleteil zum anderen.

»Das erklärt einiges«, sagte er.

Sein Großvater schüttelte den Kopf. »Inwiefern?«

»Celina ist nach Meißen gekommen, um ihren leiblichen Großvater ausfindig zu machen, den sie nie kennengelernt hat – ebenso wenig wie ihre Mutter. Ihre Großmutter heißt übrigens Christiane, soweit ich weiß. Sie muss dich vorhin erkannt und eins und eins zusammengezählt haben. Denn wenn du ebenso ihr Großvater bist wie meiner …«

Marc hatte das Gefühl, den Boden unter den Füßen zu verlieren. Celina hatte tatsächlich recht gehabt: Für sie beide gab es keine gemeinsame Zukunft, ganz gleich wie sehr sie sich auch liebten.

»Dann sind wir verwandt«, sprach er weiter. »Deshalb ist Celina abgehauen.«

»Das tut mir wirklich leid, mein Junge«, sagte Laurenz. »Wenn sie doch nur einen Moment länger geblieben wäre und mit mir geredet hätte …«

»Was sollte das schon noch für einen Unterschied machen?«

»Es macht sogar einen *großen* Unterschied, Marc«, meldete sich nun seine Großmutter zu Wort, zum ersten Mal, seit das Thema zur Sprache gekommen war. »Nur um eines klarzustellen, ich weiß über Laurenz' Vergangenheit Bescheid. Er ist nicht stolz darauf, wie er sich damals verhalten hat. Kurz nach unserer Heirat hat er ein paarmal versucht, mit Christiane Kontakt aufzunehmen, doch sie war umgezogen und er hat sie nirgends finden können. Aber das ist jetzt auch alles nicht so wichtig.« Sie atmete tief durch. »Von Bedeutung ist nur, dass ihr beide, Celina und du, eben *nicht* miteinander verwandt seid.«

»Nicht?« Jetzt verstand Marc gar nichts mehr. »Aber …«

»Als Laurenz mich damals geheiratet hat, war ich bereits mit deinem Vater schwanger, mein Junge«, erklärte seine Großmutter. »Laurenz hat sich von Anfang an um Harald gekümmert wie um seinen eigenen Sohn.«

Irritiert runzelte Marc die Stirn. »*Wie* um seinen eigenen Sohn? Was soll das heißen?«

»Vor dem Gesetz und nach jedem moralischen Maßstab ist er Haralds Vater, aber er ist nicht sein biologischer Vater.«

»Ich habe es immer gewusst«, sagte nun Marcs Vater und legte seinem Sohn eine Hand auf die Schulter. »Oma und Opa haben nie ein Geheimnis daraus gemacht. Für mich war das immer nur eine bedeutungslose Formalität.«

Marc schüttelte den Kopf. »Ich hatte ja keine Ahnung ... Aber dann ...« Er sprang auf. »Ich muss sofort zu Celina!«

»Geh nur, Junge!« Seine Mutter klopfte ihm auf den Rücken. »Hol dir dein Mädchen und werde glücklich. Du hast es dir verdient.«

Celina war mit den Nerven vollkommen am Ende, als sie ihr Pensionszimmer betrat. Das Herz war ihr so schwer, dass sie sich am liebsten nur noch verkriechen und schlafen wollte, so lange, bis der Schmerz vergangen war. Bis sie wieder frei atmen konnte. Falls das jemals wieder der Fall sein würde.

Doch sie durfte jetzt nicht zusammenbrechen. Bevor sie das zuließ, musste sie Meißen bereits weit hinter sich gelassen haben. Sie wusste nicht, ob sie es ertragen konnte, Marc noch ein einziges Mal wiederzusehen.

Als ihr Handy klingelte, wollte sie es zuerst einfach ignorieren. Doch schließlich siegte ihr Verantwortungsbewusstsein – vielleicht war ja etwas mit ihrer Großmutter.

Zu ihrer Überraschung war es Sandras Nummer, die auf dem Display angezeigt wurde.

»Celina, du glaubst nicht, was hier heute passiert ist«, sprudelte es sogleich aus ihrer Freundin hervor, kaum dass Celina das Gespräch angenommen hatte. »Das blonde Mädchen war wieder hier. Und dieses Mal habe ich die Unterhaltung zwischen Wiesener und der Kleinen mit meinem Handy aufgezeichnet. Daraus geht eindeutig hervor, dass er das Mädchen erpresst hat. Er hat sie gezwungen, deinen Marc anzuzeigen. Ihr könnt die Aufzeichnung der Polizei vorlegen, und ihn somit entlasten. Und wenn sie das nicht akzeptieren, bin ich auch bereit, gegen meinen Chef auszusagen. Verstehst du, Celina? Ihr braucht euch keine Sorgen mehr zu machen.«

Celina spürte, wie ihr schon wieder die Tränen kamen.

Was für eine Ironie des Schicksals. Genau das war es, worauf sie die ganze Zeit gehofft hatte. Natürlich war sie froh, dass Marc nun keine Schwierigkeiten mehr mit der Polizei haben würde. Und mit der Tonaufnahme dürfte es auch kein Problem sein, Wiesener für seine miesen Intrigen zur Rechenschaft zu ziehen. Doch sie selbst würde nicht mehr hier sein, um diesen Moment gemeinsam mit Marc zu genießen.

»Ich reise ab«, sagte Celina traurig. »Noch heute. Aber ich werde Marc wissen lassen, was du für uns getan hast. Ich bin sicher, er wird dir persönlich danken wollen. Und ich danke dir ebenfalls, Sandra. Du bist wirklich eine gute Freundin.«

»Aber ... bist du dir wirklich sicher? Du hast so verliebt gewirkt ...«

»Ich erkläre dir alles, wenn ich wieder in Leipzig bin«, erwiderte sie. »Bis dann, Sandra. Ich melde mich bei dir.«

Celina beendete das Gespräch und presste die Handballen gegen die Schläfen. Dann stand sie auf, nahm den Koffer vom Schrank, öffnete ihn und warf achtlos ihre Sachen hinein. Nach ein paar Minuten war sie fertig mit Packen.

Ein letztes Mal blickte sie sich im Zimmer um. Die Erinnerungen, die über sie hereinbrachen, raubten ihr schier den Atem. Hastig nahm sie den Koffer, trat hinaus auf den Korridor und zog die Tür hinter sich zu.

Nachdem sie alle Formalitäten erledigt hatte, trat sie hinaus auf die Straße. Mareike stand am Straßenrand. Seufzend verstaute Celina ihren Koffer, dann setzte sie sich hinters Steuer.

Sie war so schrecklich müde und unglücklich, doch sie musste sofort zurück nach Leipzig – oder zumindest bis zur nächsten Raststätte. Hier in Meißen konnte sie jedenfalls auf keinen Fall bleiben.

Mit zittrigen Fingern steckte sie den Schlüssel ins Zündschloss und drehte ihn herum. Nichts passierte.

Der Motor blieb stumm.

»Das kann doch nicht wahr sein!« Celina ließ den Kopf aufs Lenkrad fallen. Dieses Mal brachte sie nicht einmal mehr die Energie auf, ihn wieder anzuheben. Was hatte sie nur verbrochen, dass sie im Leben einfach kein Glück hatte?

Tränen strömten ihr über die Wangen, und sie tat nichts, um sie zurückzuhalten. Alle Dämme waren gebrochen. Sie hatte das Gefühl, in ein tiefes schwarzes Loch zu fallen. So ähnlich wie nach Felix' Tod, und irgendwie doch anders.

Würde sich ihr Herz jemals von diesem Schlag erholen?

Ein Klopfen am Fenster ließ sie erschrocken zusammenzucken. Verflixt, konnte man hier nicht einmal in Ruhe in seinem Selbstmitleid versinken? Beschämt wischte sie sich über die Wangen, ehe sie aufschaute – und überrascht blinzelte.

»Marc …«

Ihr Herz schlug bei seinem Anblick einen erfreuten Purzelbaum. Es schien nicht zu wissen, dass das Ende nur aufgeschoben war, nicht aufgehoben. Sie schloss für ein paar Sekunden die Augen, ehe sie die Fensterscheibe hinunterließ.

»Brauchst du vielleicht Hilfe?«, fragte Marc.

Sie seufzte schwer. »Warum bist du mir gefolgt? Habe ich dir nicht klar und deutlich zu verstehen gegeben, dass du mich in Ruhe lassen sollst?« Eine Träne rann ihre Wange hinab bis zum Kinn. Er streckte die Hand aus und strich sie mit dem Daumen weg – die sanfte Berührung war mehr, als Celina im Augenblick ertragen konnte. »Wieso kannst du mich nicht einfach gehen lassen?«

»Weil ich dich liebe«, erklärte er leise.

Und sie liebte ihn auch. So sehr, dass es schon fast wehtat. Doch leider half ihr das auch nicht weiter. Ganz im Gegenteil: Es machte alles nur noch schlimmer.

Sie entzog sich ihm und versuchte erneut, den Motor anzulassen – erfolglos. Schließlich gab sie es auf und schlug mit der flachen Hand aufs Lenkrad. »Ach, verdammt!«

Marc öffnete von außen die Tür und ging neben Celina in die Hocke. Er nahm ihre Hand und drückte sie sanft. »Ich weiß, warum du vorhin davongelaufen bist.«

Blinzelnd schaute sie zu ihm auf. »Was? Aber … wie?«

»Du hast das Foto von deinem Großvater verloren«, antwortete er. »Das Foto von Laurenz.«

»Dann weißt du ja Bescheid, warum ich gehen *musste*«, entgegnete sie bitter. »Du kannst mir glauben, dass ich mir nichts mehr wünsche, als mit dir zusammen zu sein, aber … Es geht ganz einfach nicht.«

»Ich würde dir zustimmen, wenn du mit deinen Vermutungen recht hättest.«

»Willst du damit sagen, dass Laurenz bestreitet, mein Großvater zu sein?«

Er schüttelte den Kopf. »Nein, das nicht. Aber er ist nicht *mein* Großvater. Zumindest nicht in biologischer Hinsicht.«

Celina blinzelte irritiert. »Wie bitte?«

»Laurenz hat meine Großmutter damals kennengelernt, als sie bereits mit meinem Vater schwanger war. Er hat ihn wie seinen eigenen Sohn großgezogen, und sie stehen sich so nah, wie es nur möglich ist. Aber blutsverwandt sind sie nicht.«

»Aber das bedeutet ja …« In Celinas Kopf drehte sich alles wild durcheinander. Und der winzige glühende Hoffnungsschimmer, der mit Marcs Worten in ihr aufgeflackert war, wuchs zu einem gewaltigen Flächenbrand heran. Ihre Tränen versiegten, ein Lächeln umspielte ihre Mundwinkel. »Das bedeutet, wir sind nicht miteinander verwandt?«

»Nein, sind wir nicht«, entgegnete Marc strahlend. Er stand auf und reichte ihr seine Hand, um ihr aus dem Wagen zu helfen. Dann zog er sie zu sich und hielt sie so eng an sich gepresst, als wolle er sie niemals wieder loslassen. »Du bist das Beste, was mir je im Leben passiert ist. Lauf mir nie wieder einfach so davon, hörst du?«

Celina schüttelte den Kopf. »Das würde mir im Traum nicht einfallen«, flüsterte sie, stellte sich auf die Zehenspitzen und küsste ihn voller Hingabe und Leidenschaft.

12. Kapitel

Vier Wochen später

»Nein, ich bin dir nicht mehr böse, Nelly«, sagte Marc und legte dem schüchternen Mädchen eine Hand auf die Schulter. »Ich verstehe, dass Ralf Wiesener dich unter Druck gesetzt hat, und dass du Angst hattest, Schwierigkeiten zu bekommen, nachdem er dich beim Ladendiebstahl erwischt hat. Du hast die Anzeige ja wieder zurückgezogen.«

Nelly seufzte erleichtert. »Es tut mir echt leid, Marc. Beides – das ich zuerst versucht habe, mich an dich ranzuschmeißen«, sie errötete, »und auch die Lüge bei der Polizei. Du kannst mir glauben – ich habe meine Lektion gelernt. Und wenn ich noch mal ein Problem mit jemandem habe, komme ich einfach gleich zu dir.«

»Genau. Du weißt, dass du dich immer auf Celina und mich verlassen kannst, oder?«

Nachdem Nelly als Letzte den Treff verlassen hatte, ließ Marc sich erschöpft auf die Couch fallen. Fünf Minuten später ließ sich Celina neben ihm nieder. Sie ergriff seine Hand und drückte sie sanft.

»Geschafft!« Sie schnaufte erschöpft, aber glücklich.

Zwei Wochen zuvor war die Entscheidung über die Zukunft des Jugendtreffs gefallen. Zwar hatten sie in der vorgegebenen Zeit nicht genug Geld einnehmen können, da die entsprechenden behördlichen Genehmigungen für die gewerbliche Unterbringung von Gästen noch nicht erteilt worden waren. Aber das Schnupperwochenende war perfekt verlaufen und es lagen bereits genügend Reservierungen für Folgetermine vor, um das Gremium davon zu überzeugen, dass das *Camp*

Hideout sich zu einem großen Teil selbst würde finanzieren können.

Der Kauf über den Förderverein war noch am selben Tag genehmigt und unter Dach und Fach gebracht worden. Ralf Wiesener hatte vor Wut geschäumt. Er hatte versucht, den Besitzer des Grundstücks noch in letzter Minute mit einem höheren Angebot davon zu überzeugen, an ihn zu verkaufen. Doch der hatte Wort gehalten und hatte es dem Förderverein überlassen.

Seitdem arbeiteten Celina und Marc nun gemeinsam im Jugendtreff – Celina allerdings nur montags, mittwochs und am Wochenende, da sie die übrige Zeit in ihrem Hauptberuf als Hotelfachfrau tätig war. Trotz der Lücke in ihrem Lebenslauf hatte ihr ein Meißner Hotelier eine Chance gegeben, sich bei ihm zu bewähren – und Celina hatte sie natürlich ergriffen.

»Hast du eigentlich schon mit deiner Großmutter gesprochen?«, fragte Marc, nachdem sie einen Moment lang gemeinsam die Stille genossen hatten. »Du weißt schon ... Wegen Laurenz?«

Christiane und Manfred Tannert waren am Morgen angereist, um den neuen Mann im Leben ihrer Enkelin persönlich kennenzulernen. Celina war das anfangs ein wenig peinlich gewesen, doch Marc hatte nur gelacht. Er fand es schön, dass sie sich um Celina sorgten – aus persönlicher Erfahrung kannte er genug Familien, in denen das nicht der Fall war. Er hatte extra das schönste Zimmer im Schullandheim für sie hergerichtet, damit sie nicht im Hotel übernachten mussten.

Celina ließ sich gegen die Rückenlehne des Sofas sinken und seufzte. »Nein«, sagte sie. »Ich weiß einfach nicht, wie ich ihr das alles erklären soll. Und vorher müsste ich auch mit deinem ... mit Laurenz sprechen. Ich weiß ja nicht einmal, ob er das Amulett überhaupt noch hat und ...«

»Er hat es«, fiel Marc ihr ins Wort. »Ich hoffe, du bist mir nicht böse, aber ich habe mit ihm über dich und deine Groß-

mutter geredet und … Es tut ihm sehr leid, was er damals gemacht hat, aber das würde er dir gern persönlich sagen.« Er
atmete tief durch. »Er wird jeden Moment hier sein.«

Celina starrte Marc mit offenem Mund an. Im ersten Moment war sie sehr irritiert, doch das Gefühl verflog so schnell,
wie es gekommen war. Zurück blieb Nervosität und, ja, Dank-
barkeit. Sie war froh, dass Marc die Zügel in die Hand genommen hatte. Ob sie selbst so bald den Mut dazu gefunden hätte?
Sie glaubte es nicht.

Noch ehe sie eine Chance hatte, sich selbst verrückt zu machen, hörte sie bereits, wie die Eingangstür geöffnet wurde.
Kurz darauf betrat Laurenz Allerfeld den Raum. Er hielt die
Hände hinter dem Rücken verschränkt und wirkte mindestens
ebenso nervös, wie Celina sich fühlte.

»Guten Tag«, sagte er leise.

Celina stand auf und ging auf ihn zu. Das Herz klopfte ihr
bis zum Hals. Sie horchte in sich hinein, um herauszufinden,
was sie für den Mann empfand, der da vor ihr stand. Wirklich
sicher konnte sie es nicht sagen, doch es handelte sich ganz
sicher nicht um Wut. Eher um Neugier. Und um den Wunsch,
ihn besser kennenzulernen.

Einem plötzlichen inneren Impuls folgend, umarmte sie ihn.
Er war erstaunt, zögerte einen Moment, erwiderte ihre Geste
dann aber umso herzlicher. Als sie sich schließlich voneinander
lösten, führte Celina ihn zur Couch, von wo aus Marc die ganze
Szene beobachtet hatte.

»Ich bin hier, um dir zu sagen, dass mir mein Verhalten von
damals ganz furchtbar leidtut. Ich habe es öfter bereut, als ich
in Worte fassen kann. Doch das Einzige, was ich tun konnte,
war, zu versuchen, meine Fehler an Harald wiedergutzumachen.«

Celina lächelte. »Ist schon gut. Es ist nicht an mir, dir zu verzeihen, Laurenz.« Es würde vermutlich noch eine Weile dauern, bis sie ihn Großvater oder gar Opa nennen konnte. Dazu
war er ihr einfach zu fremd, obwohl ein gewisses Gefühl von

Vertraulichkeit bereits vorhanden war. »Darüber wirst du schon mit Oma selbst sprechen müssen, aber ...« Sie kämpfte mit den Tränen. »Ich persönlich bin sehr froh, dich endlich kennenzulernen. Und ich würde mich freuen, wenn wir in Kontakt blieben. Ich ...«

Sie verstummte, als sie Schritte auf der Treppe hörte. Ein wenig erschrocken schaute sie zur Tür, in der in diesem Moment ihre Großmutter erschien. »Celina, hast du vielleicht ...« Sie blinzelte irritiert, dann schüttelte sie den Kopf und riss die Augen auf. »Laurenz? Bist du das wirklich?«

Der alte Mann schluckte hart. »Christiane ...« Er atmete tief durch, dann griff er in seine Hosentasche und holte etwas daraus hervor, ehe er zu der Frau ging, die er vor vielen Jahren so schmählich im Stich gelassen hatte. »Du hast dich überhaupt nicht verändert.« Er sprach so leise, dass es kaum mehr als ein Flüstern war. »Ebenso schön wie früher.«

Celinas Großmutter runzelte die Stirn. »Ich hätte nicht geglaubt, dich in diesem Leben noch einmal wiederzusehen.«

»Ich weiß«, sagte er und senkte den Blick. »Und mir ist klar, dass ich mit ein paar netten Worten nicht wiedergutmachen kann, was ich damals getan habe.«

Christianes Augen füllten sich mit Tränen. »Du hast recht, das kannst du wirklich nicht. Was geschehen ist, ist geschehen.«

»Ich weiß. Ich war damals ein schrecklicher Feigling. Den Gedanken, die Verantwortung für ein Kind zu übernehmen, konnte ich einfach nicht ertragen. Es wurde immer schlimmer, bis ich schließlich völlig den Kopf verlor. Du kannst mir glauben, ich habe es jeden Tag meines Lebens bereut, meine Tochter nicht kennengelernt zu haben. Mein Enkel sagte, sie sei ...«

»Sie starb bei Celinas Geburt, ja«, entgegnete Christiane, und angesichts der ehrlichen Traurigkeit in Laurenz' Blick schmolz ihr innerer Widerstand sichtlich dahin. »Aber deine

Tochter und ich hatten ein glückliches Leben – auch ohne dich. Von daher … Vermutlich sollten wir Vergangenes einfach vergangen sein lassen. Du hast mich damals sehr verletzt, aber ich hätte niemals den Mann meines Lebens kennengelernt, wenn wir zusammengeblieben wären.«

Laurenz nickte. »Ich habe hier übrigens noch etwas für dich. Als Marc mir verriet, dass du hier sein würdest, dachte ich …« Er öffnete seine Faust, und Christiane atmete scharf ein. »Es liegt seit Jahren im Schmuckkästchen meiner Frau, aber weder sie noch ich haben es je getragen.«

»Aber, das ist ja …« Sie nahm Laurenz den Stein aus der Hand und hielt ihn ins Licht. Im Schein der Deckenleuchte funkelte er wie flüssig gewordenes Gold, durchzogen von dunkleren, tiefbraunen Schichten.

Das Bernsteinamulett.

Celina wurde warm ums Herz, als sie ihre Großmutter so glücklich sah.

»Danke«, sagte Christiane, schloss die Finger um das kostbare Schmuckstück und beugte sich vor, um ihrem ehemaligen Geliebten einen Kuss auf die Wange zu geben. »Du hast keine Ahnung, wie viel mir das bedeutet. Jetzt müssen wir nur noch in Erfahrung bringen, was aus Margaretchen und ihrem Teil des Amuletts geworden ist. Ich würde sie und Susanne so gern einmal wiedersehen … «

Nun sprang auch Celina von ihrem Platz auf, um Laurenz zu küssen. Insgeheim nahm sie sich dabei bereits vor, Kontakt mit Niels und Hanna aufzunehmen, um ihnen bei der Suche nach der dritten Freundin im Bunde zu helfen.

»Und was ist mit mir?«, fragte Marc mit gespielter Empörung. »Bekomme ich etwa keinen Kuss?«

»Nein«, erwiderte Celina, und er blinzelte überrascht. Dann lachte sie. »Du bekommst gleich zwei!«

Und sie setzte ihr Vorhaben sogleich in die Tat um. Zuerst hauchte sie ein Küsschen auf Marcs Lippen, um dann all ihre Liebe und Zuneigung in den zweiten Kuss zu legen.

Als sie nach Meißen gekommen war, war sie eine gebrochene Frau gewesen, doch dank Marc konnte sie nun wieder voller Zuversicht in die Zukunft blicken.

Und sie war sicher, dass Felix, wo immer er auch sein mochte, mit einem wohlwollenden Lächeln auf sie hinabblickte und sich für sie freute.

– ENDE –

Lilli Wiemers

Prickelnde Küsse am Nordseestrand

Roman

1. Kapitel

»So, meine Liebe«, sagte Emily zärtlich, stellte die Gießkanne auf dem Boden ab und strich der blauvioletten Clematis, die an der Wand emporrankte, über die Blütenblätter. »Du bist ja wirklich prächtig gediehen. Wenn das so weitergeht, wirst du schon bald ohne Rankhilfe auskommen.«

Als Emily den kleinen Garten hinter Margarete Römers Haus zum ersten Mal gesehen hatte, war dieser kaum mehr als eine mit unansehnlichen Steinen ausgelegte schmale Parzelle gewesen, an deren Rand ein paar vereinzelte Blumen sprossen. Doch sie hatte das Potenzial dieser kleinen Fläche sofort erkannt. Deshalb hatte sie Margarete gebeten, hier ein bisschen werkeln zu dürfen, als sie von der alten Dame als Haushaltshilfe eingestellt worden war.

Stolz ließ sie ihren Blick über den Garten schweifen. In den geschwungenen Beeten blühten rosarote Tulpen und filigrane weiße Brautspieren. Die hässlichen alten ockerfarbenen Terrassenkacheln waren durch Holzdielen ersetzt worden. Darauf standen verschiedene pinkfarbene Kübel, in denen Liebesperlensträucher und Garteneibisch wuchsen. Abgerundet wurde die gesamte Komposition von kugelförmig gestutzten Buchsbäumen und geschwungenen schmiedeeisernen Gartenmöbeln.

Der Garten war zu einer kleinen Oase der Stille und des Friedens geworden. Ein Ort, an dem nicht nur Emily sich wohlfühlen und die Seele baumeln lassen konnte. Auch für Margarete war er trotz ihrer Gehbehinderung problemlos zugänglich. Seit einem Autounfall vor vielen Jahren kam Emilys Arbeitgeberin kaum noch vor die Tür, da sie sich kaum bewegen konnte und auf einen Gehstock angewiesen war. Entsprechend dankbar war sie für das, was ihre Haushaltshilfe hier geschaffen hatte.

287

Emily liebte den Garten über alles. Die Arbeit mit den Pflanzen war etwas, worin sie wirklich aufging. Es war so entspannend und beruhigend. Und sie hatte einen grünen Daumen.

»Na, meine Hübsche.« Lächelnd fuhr sie mit den Fingerspitzen über die Zweige des Liebesperlenstrauchs.

Irgendwo hatte sie einmal gelesen, dass es Pflanzen beim Wachsen und Gedeihen half, wenn man mit ihnen sprach. Es mochte stimmen oder nicht, aber sie hatte das Gefühl, dass ihre Blumen tatsächlich farbenfroher waren und ihre Büsche satter und üppiger wuchsen, seit sie mit ihnen redete.

Zu Anfang war es ihr noch ein bisschen peinlich gewesen, doch der Erfolg gab ihr recht. Inzwischen machte es ihr nichts mehr aus, wenn andere Leute ihr merkwürdige Blicke zuwarfen. Sie hatte zu jeder ihrer Pflanzen eine persönliche Beziehung aufgebaut, und sie hegte und pflegte sie voller Hingabe.

Schon als Kind hatte sie sich am liebsten in der freien Natur aufgehalten. Der Park des Anwesens ihrer Familie war ihr Spielplatz gewesen, und am liebsten hatte sie dem Gärtner Thomas über die Schultern geblickt.

Ihre Mutter hatte dies jedoch gar nicht gern gesehen. Sophie von Thalberg legte großen Wert auf ihre gesellschaftliche Stellung. Und dass ihre Tochter Spaß daran haben sollte, mit den Händen im Schmutz herumzuwühlen, war für sie einfach unvorstellbar.

Sie hatte sich für Emily etwas anderes vorgestellt. Sie sollte studieren oder, besser noch, einen wohlhabenden Mann aus gutem Hause heiraten. Aber Tag für Tag für ihr Geld zu arbeiten, war etwas, das eine von Thalberg einfach nicht machte.

Nun, was das betraf, hatte Emily sie eines Besseren belehrt. Dass sie allerdings eines Tages als Haushaltshilfe arbeiten würde, hätte sie sich selbst nicht träumen lassen.

Von ihrem alten Traum war eigentlich nur eines geblieben: Margaretes Garten. Vielleicht war er ihr deshalb so wichtig. Hier konnte sie das tun, was sie so liebte, und darüber hinaus noch Geld verdienen.

Und außerdem arbeitete sie gern für Margarete.

Über die Jahre war die ältere Dame von ihrer Chefin zu einer guten Freundin, einer großmütterlichen Vertrauten geworden. Wenn sie irgendetwas auf dem Herzen hatte, konnte sie immer zu ihr gehen. Und Margarete wusste stets Rat. Es war ein Glücksfall für Emily, sie getroffen zu haben, damals, als sie am Boden gewesen war.

Nach dem Bruch mit ihrer Familie …

Obwohl es nun schon Jahre zurücklag, fühlte sie den Schmerz noch immer, als wäre es erst gestern geschehen. Doch sie wusste auch, dass sie schon sehr viel früher die Reißleine hätte ziehen müssen. Bevor Unschuldige in diese unschöne Angelegenheit verwickelt wurden.

»Emily?«

Margaretes Stimme riss sie aus ihren düsteren Erinnerungen. Sie hörte das Klopfen des Stocks auf dem Boden, noch ehe die ältere Frau in der Terrassentür erschien.

Emily lächelte ihrer Chefin entgegen und hob die Hand zum Gruß. »Hallo«, rief sie, stand auf und klopfte sich die lose Erde von der Hose. »Brauchst du irgendetwas, Margarete?«

Die ältere Frau sah müde aus. Das grau durchwirkte Haar hatte sie, wie üblich, zu einem lockeren Knoten am Hinterkopf zusammengefasst. Für ihr Alter hatte sie noch immer eine erstaunlich gute Figur, was sie durch eine schmale Hose und eine tailliert geschnittene Bluse betonte. Aufgrund der Tatsache, dass sie schon seit langen Jahren auf einen Stock gestützt ging, war ihre Haltung leicht gebeugt.

Sie schüttelte den Kopf. »Nein, ich habe alles, was ich brauche. Ich dachte nur, wir könnten uns ein bisschen hier draußen zusammensetzen und einen Tee trinken. Was meinst du?«

»Ja, sehr gern«, erwiderte Emily, fuhr glättend über ihre schwarzen Locken und lächelte. »Ich gehe rein und setze schon mal das Wasser auf. Grüner Tee, wie immer?«

»Oh ja«, sagte Margarete. Als Emily an ihr vorbeiging ergriff sie ihre Hand und drückte sie sanft. »Das ist furchtbar lieb von dir. Und ein paar von deinen herrlichen Zitronenplätzchen, wenn du noch welche hast.«

Emily schmunzelte. »Ich sorge dafür, dass immer welche da sind, das weißt du doch. Setz dich schon mal, ich bringe gleich alles nach draußen.«

Ihre Mutter hatte gewollt, dass sie Kunstgeschichte studierte. Emily war froh, dass sie es nicht getan hatte. Sie mochte Kunst, kein Zweifel – sowohl die alten Meister als auch moderne Kunst. Aber wirkliche Erfüllung fand sie nur, wenn sie im Garten herumwerkelte. Und bei der Arbeit für Margarete. Denn hier konnte sie wirklich etwas bewirken.

Sie ging in die Küche und füllte den Wasserkocher. Gerade als das Wasser zu blubbern anfing und sie die Teebeutel aus der Dose nahm, klingelte es an der Tür.

Emily war ein bisschen überrascht. Es kam nicht gerade häufig vor, dass Margarete unangekündigten Besuch bekam. »Erwartest du jemanden?«, rief sie vom Fenster aus in den Garten.

»Nein«, erwiderte Margarete. »Eigentlich nicht. Vielleicht der Postbote?«

»Der war heute Morgen schon da.« Emily zuckte mit den Schultern. »Dann ist es vermutlich irgendein Vertreter. Ich geh ihn rasch abwimmeln.«

Sie gab die Teebeutel in die Tassen und schüttete das kochende Wasser hinein, ehe sie zur Tür ging.

Gerade als sie die Hand nach der Klinke ausstreckte, klingelte es zum zweiten Mal.

»Ja, ist ja schon gut. Ich kann nicht hexen. Was immer Sie auch verkauf…« Sie stutzte, als sie die vier Personen – zwei junge Pärchen – erblickte, die auf der Vortreppe standen. Das sah nicht nach Vertretern aus. »Ja bitte, was kann ich für Sie tun?«

»Entschuldigen Sie die Störung«, sagte eine der beiden Frauen, »aber sind wir hier richtig bei Margarete Römer?«

Emily nickte. »Ja, um was geht es denn?«

»Oh«, sagte nun die andere. »Wir würden gern mit ihr über

ihre Vergangenheit sprechen – und über ihre einzig wahre große Liebe ...«

Alexander rammte die Schaufel in den Boden und wischte sich mit dem Unterarm den Schweiß von der Stirn. Nachdem er in den letzten drei Stunden das gesamte Beet umgegraben hatte, fand er, dass er eine kleine Pause verdiente.

Nicht, dass nicht noch genug Arbeit vor ihm lag. Er blickte sich um und unterdrückte ein Seufzen. Verdammt, es würde noch eine Ewigkeit dauern, bis er ein bisschen Struktur in diesen riesigen Garten gebracht hatte.

Er konnte nur hoffen, dass er bis zum Wettbewerb noch alles schaffte. Aber besonders gut standen die Chancen nicht, wenn er ganz ehrlich war.

Zwei Monate war es nun her, dass er die Stelle bei Gregor Buchstädt angetreten hatte. Zwei Monate, in denen er sich den Buckel krummgeschuftet hatte – ohne sichtbaren Erfolg. Wenn er seinen Vorgänger, diesen nichtsnutzigen Faulpelz, in die Finger bekam ...

Zu dessen Ehrenrettung musste Alexander allerdings sagen, dass es wirklich so gut wie unmöglich war, einer Parkanlage wie dieser als Einzelperson Herr zu werden.

Der Grund dafür, dass Herr Buchstädt sich weigerte, einen zweiten Gärtner einzustellen, war gewiss kein finanzieller. Nein, sein Chef war ein Einsiedler, wie er im Buche stand. Er bekam so gut wie nie Besuch – was Alexander nicht verwunderte. Wenn der Kerl zu allen Leuten so barsch und unfreundlich war wie zu ihm, dann hatte er bestimmt keine Freunde.

»Wallert!«

Wenn man vom Teufel spricht ...

»Wallert«, wiederholte der ältere Mann, der für die warmen Temperaturen viel zu hochgeschlossen gekleidet war, knurrend. »In meinem Arbeitszimmer! In fünf Minuten!«

Damit verschwand er ebenso plötzlich wieder, wie er aufgetaucht war. Alexander verdrehte die Augen. Das war ein Ton wie auf dem Kasernenhof! Nein, dachte er, schlimmer noch. Aber er konnte und wollte sich nicht beschweren. Dieser Job war seine große Chance, endlich wieder auf die Beine zu kommen. Und die würde er nutzen, ganz gleich, wie unausstehlich sein Brötchengeber auch sein mochte.

Er hob die Wasserflasche auf, die am Boden lag, und nahm einen tiefen Schluck, ehe er sich den Rest des Inhalts über den Kopf goss – so wie er es an heißen Tagen oft tat. Tropfen stoben in alle Richtungen davon, als er sein Haar schüttelte. Dann zog er sich sein Shirt über, das er zuvor über die Äste eines Strauchs gehängt hatte, und ging zum Haus hinüber.

Zwei Stufen auf einmal nehmend, eilte er die Treppe zur hinteren Terrasse hinauf. Durch die breite Glastür trat er in das modern eingerichtete Wohnzimmer.

Das Haus von Gregor Buchstädt befand sich in bester Lage. Es war sehr schick, aber für Alexanders Geschmack zu kühl eingerichtet. Fliesen und kalte glatte Hochglanzflächen herrschten vor, auch im Korridor, den er nun durchquerte. Das Arbeitszimmer aber, in das Buchstädt ihn vorhin so überaus freundlich zitiert hatte, war eine vollkommen andere Geschichte.

Alexander klopfte nur kurz an, ehe er den Raum betrat, ohne eine Antwort abzuwarten. Vor den Fenstern hingen schwere Vorhänge, und die Möbel – allen voran der klobige Schreibtisch – bestanden aus massivem dunklem Holz.

Herr Buchstädt saß in seinem Chefsessel, die Miene mürrisch und verkniffen wie immer. Dabei war er im Grunde gar kein übel aussehender Mann – für sein Alter. Alexander schätzte ihn auf Mitte siebzig. Sein Haar war zwar nicht mehr voll, doch er trug auch seine Makel mit einer Selbstverständlichkeit und Grandezza, die Alexander irgendwie bewunderte.

Damit hörte es allerdings auch schon auf. Besonders sympathisch war ihm sein Arbeitgeber nämlich nicht.

»Was kann ich für Sie tun, Chef?«

»Wenn ich mich recht erinnere, hatte ich Sie gebeten, mich

ständig auf dem Laufenden zu halten, was den Wettbewerb betrifft.«

Der Wettbewerb, natürlich. Buchstädt war ebenso daran interessiert wie Alexander selbst, den ersten Platz zu erringen. Genau deshalb hatte er Alexander überhaupt eingestellt. In den vergangenen Jahren war nämlich immer ein Nachbar zum Gewinner gekrönt worden, mit dem Alexanders Chef sich gar nicht grün war. Allerdings verstand er sich mit keinem seiner Nachbarn.

Der Wettbewerb wurde von der Stadtverwaltung veranstaltet. Gekürt wurde der schönste Garten in Privatbesitz, ganz gleich in welcher Größe, ob es sich um einen Vorgarten oder eine Parkanlage handelte. Es gab keinerlei Vorgaben. Steingärten waren ebenso erlaubt wie englische oder chinesische Gärten, die nach Feng Shui angeordnet waren.

Das Preisgeld war im Grunde nicht der Rede wert, dafür war die ganze Sache äußerst prestigeträchtig. Wer immer es schaffte, hier als Gärtner die Nase vorn zu haben, durfte sich über den sprunghaften Anstieg seines Ansehens erfreuen. Und genau das war es, was Alexander im Augenblick am dringendsten brauchte.

Als er gehört hatte, dass Buchstädt, der in den letzten Jahren immer nur knapp unterlegen gewesen war, nach einem neuen Gärtner suchte, hatte er sofort reagiert und sich beworben. Er wusste, dass er somit die größte Chance hatte, den Wettbewerb zu gewinnen. Der Garten verfügte über ein enormes Potenzial, sowohl von der Größe als auch von den Grundlagen her.

Allerdings hatte sein Vorgänger nicht den geringsten Funken von Kreativität gezeigt. Alles hier war nach dem Motto »Dienst nach Vorschrift« aufgebaut. Damit war der Garten zwar ordentlich, aber auch gähnend langweilig.

Alexander nickte. »Stimmt. Allerdings gibt es bisher noch nicht besonders viel zu berichten. Ich habe mit den Arbeiten begonnen, aber es gibt noch viel zu tun. Eigentlich ist das alles kein Job für eine einzelne Person, und das wissen Sie ja selbst.«

Da es nicht am Geld lag, konnte Alexander nur vermuten, dass sein Boss die Zahl seiner Beschäftigten möglichst gering halten wollte.

»Papperlapapp. Das Gejammer konnte ich mir von Ihrem Vorgänger schon ewig anhören. Ich dachte, Sie hätten mehr auf dem Kasten. Aber offenbar habe ich mich getäuscht.«

»Nein, das haben Sie keineswegs.« Alexander steckte die Hände in die Hosentaschen, wo er sie zu Fäusten ballte. »Ich bin gut in meinem Job, und das wissen Sie genau. Aber ich bin nur ein Mensch, und ich habe nur zwei Hände. Sobald ich zaubern gelernt habe, lasse ich es Sie aber gern wissen.«

Buchstädt zog eine Braue hoch. »Jetzt werden Sie mir bloß nicht sarkastisch, Wallert. Also: Wie lange wird es dauern, bis ein sichtbares Ergebnis vorliegt? Und kommen Sie mir jetzt nicht mit irgendwelchen Ausflüchten. Ich ziehe klare Fakten schwammigen Plattitüden vor – selbst wenn die mir aller Wahrscheinlichkeit nach nicht gefallen werden.«

Alexander zuckte mit den Schultern. »Nein, das werden sie tatsächlich nicht. Denn wenn ich weiter in diesem Tempo vorankomme, wird es noch eine ganze Weile dauern, bis ich etwas vorweisen kann.«

Sein Chef klappte die Akte, die vor ihm auf dem Tisch lag, so fest zu, dass es laut knallte. Alexander schaffte es, nach außen hin cool zu bleiben und nicht zusammenzuzucken. Diesen Triumph gönnte er Buchstädt nicht.

»Sie kommen also allein nicht klar, habe ich das richtig verstanden?«

»Ich würde es ein wenig anders formulieren, aber wenn Sie es so ausdrücken möchten … Ja, es stimmt, ich könnte Hilfe gebrauchen.«

»Schön«, entgegnete der ältere Herr.

Nichts weiter.

»Schön«, sagte auch Alexander, und als Buchstädt eine abwinkende Geste machte, zog er sich nach kurzem Zögern zurück.

Er hatte keine Ahnung, was er von diesem Gespräch halten sollte – und was nun auf ihn zukam.

»Es geht um Susanne und Christiane? Du meine Güte, wie lange ist das her …?«

Der wehmütige Klang in Margaretes Stimme entging Emily keineswegs. Sie saßen alle im Wohnzimmer zusammen – sie alle, das waren neben ihr und Margarete auch die vier jungen Leute, die vorhin unerwartet vor der Tür gestanden hatten. Emily hatte für alle Kaffee gekocht, während die ersten Begrüßungsfloskeln ausgetauscht worden waren.

Nun war Emily gespannt zu erfahren, um was genau es eigentlich ging.

»Etwa sechzig Jahre«, beantwortete Margarete sich ihre Frage nach kurzem Nachdenken selbst. »Wir haben uns jahrelang in den Sommerferien auf Rügen getroffen.«

Sie lachte leise. »Manchmal wollten meine Eltern lieber woanders hinfahren. In die Berge. Aber ich habe immer darauf bestanden, nach Rügen zu fahren. Wir waren die besten Freundinnen – doch dann zogen meine Eltern mit mir um, nach Sankt Peter-Ording. Kurz vorher gerieten wir Mädchen in Streit wegen einer Nichtigkeit, die im Nachhinein kaum der Rede wert war. Doch er entzweite uns. Und als die DDR dann später die Grenzen dichtmachte, war an Versöhnung nicht mehr zu denken.«

Fragend schaute sie ihre Besucher an. »Wie kommt es, dass Sie mit mir Kontakt aufnehmen? Und wieso ausgerechnet jetzt?«

»Oh, ich denke, das habe wohl mehr oder weniger ich alles ins Rollen gebracht«, erklärte Hanna, die händchenhaltend mit ihrem Begleiter Niels auf dem Sofa rechts von Emily und Margarete saß.

»Meine Großmutter hatte einen Haushaltsunfall und musste ins Krankenhaus. Der ganze Zwischenfall hat sie wohl irgendwie mit ihrer eigenen Sterblichkeit konfrontiert. Und ihr wurde klar, dass sie einen ganz bestimmten Menschen unbedingt noch einmal sehen wollte. Ihre einzig wahre große Liebe. Einen Mann, den sie seit der Teilung Deutschlands nicht mehr gesehen hatte und dem sie unbedingt noch ein gewisses Schmuckstück geben wollte ...«

»Das Bernsteinamulett«, fiel Margarete ihr ins Wort und ließ ihren Blick in die Ferne wandern. »Es war im Sommer 1956, kurz vor dem Ende der Ferien. Susanne, Christiane und ich waren am Strand unterwegs, als wir diesen großen honig-goldfarbenen Stein fanden. Einen Bernstein. Wir haben ihn von einem Juwelier im Ort zu einem Herz formen und in drei Teile schneiden lassen. Es war Susannes Idee, dass wir diese so lange tragen sollten, bis wir unserer großen Liebe begegneten. Um ihr dann den Anhänger zu geben ...«

»Stimmt«, sagte Celina, die sich gemütlich in den Arm ihres Begleiters Marc kuschelte, den er ihr um die Schulter gelegt hatte. »So hat es mir meine Großmutter auch erzählt. Leider hatte sie ihr Amulett bereits fortgegeben, als sie erkennen musste, dass der Mann, der es bekommen hat, es nicht verdiente. Dieser Mann war mein leiblicher Großvater, den ich nie kennengelernt hatte. Ich habe mich auf die Suche gemacht und ihn schließlich auch gefunden – ebenso wie die große Liebe *meines* Lebens.« Sie tätschelte Marcs Knie.

»Das ist ja alles sehr rührend«, verschaffte sich nun zum ersten Mal Emily Gehör. »Aber was hat das alles mit Margarete zu tun?«

»Nun, zunächst einmal würden Susanne und Christiane gern wissen, wie es ihrer alten Freundin ergangen ist. Und davon abgesehen, interessiert uns, was mit Ihrem Teil des Amuletts geschehen ist, Margarete. Haben Sie es der großen Liebe Ihres Lebens gegeben?«

Emilys großmütterliche Freundin erhob sich seufzend und ging, auf ihren Stock gestützt, zu dem Sekretär aus dunklem Holz, der an der Wand stand. Sie öffnete eine Schublade und holte ihre Schmuckschatulle hervor. Mit einer Kette, an der ein Anhänger aus Bernstein baumelte, kehrte sie zu der kleinen Versammlung zurück. »Beantwortet das Ihre Frage?«

Emily neigte den Kopf ein wenig zur Seite und betrachtete das Schmuckstück versonnen. Das Sonnenlicht, das durch die bodentiefen Fenster fiel, ließ den Stein geheimnisvoll funkeln und schimmern. Er war tatsächlich in Herzform geschnitten, von Gold eingefasst und besaß eine warme Honigfarbe. Einige Einschlüsse konnte Emily selbst von Weitem erkennen. Er war wunderschön, fast ein bisschen magisch.

»Gab es in deinem Leben denn nie jemanden, dem du das Amulett hättest geben wollen?«, fragte sie Margarete.

»Doch natürlich«, erwiderte die ältere Frau, aber es hatte den Anschein, als wolle sie nicht so recht mit der Sprache herausrücken. »Aber das ist eine lange Geschichte, und seitdem ist sehr viel Zeit verstrichen. Ich glaube nicht, dass es sinnvoll ist, überhaupt noch darüber zu reden.«

»Oh, mich würde es aber interessieren.« Emily blieb hartnäckig. Sie lachte leise. »Was für ein Mann muss das gewesen sein, der dir den Kopf verdreht hat, Margarete? Ich kann mir das gar nicht so richtig vorstellen.«

»Wie gesagt, das ist schon lange her.«

Doch so leicht ließ sie sich nicht entmutigen. »Na und?«, sagte sie. »Ich liebe alte Geschichten. Die sind immer so schön romantisch. Na, komm schon, erzähl mir davon. Bitte!«

Ihre Arbeitgeberin seufzte. »Also schön, wenn du darauf bestehst … Sein Name war Gregor, und wir waren zusammen, noch bevor ich den Unfall hatte. Danach … haben wir uns … aus den Augen verloren. Ende der Geschichte.«

Skeptisch schaute Emily sie an. Das konnte unmöglich alles gewesen sein. Ganz bestimmt nicht. Garantiert steckte noch viel mehr dahinter, und in diesem Moment fasste sie den Entschluss, genau das in Erfahrung zu bringen. Nicht für sich selbst, sondern für Margarete. Um die Traurigkeit aus ihren Augen zu vertreiben.

Und um dafür zu sorgen, dass das Bernsteinamulett in die richtigen Hände kam.

2. Kapitel

Emily staunte nicht schlecht, als sie ihren Wagen vor dem riesigen Anwesen abstellte. Hier sollte dieser Gregor wohnen? In diesem Palast? Sie konnte es kaum glauben.

Nach dem Besuch der beiden Pärchen hatte sie sich noch einmal ausgiebig mit Margarete unterhalten. Ihre Freundin hatte ihr zunächst widerstrebend, dann immer bereitwilliger von der Vergangenheit erzählt.

Davon, dass sie diesen Mann, in den sie verliebt gewesen war, nach ihrem Unfall von sich gestoßen hatte. Weil sie nicht wollte, dass er sich unter solchen Umständen an sie band. Damals hatte sie noch geglaubt, für immer im Rollstuhl sitzen zu müssen. Und als sich später herausstellte, dass sie doch größere Fortschritte machte als zunächst erwartet, war es zu spät gewesen.

Obwohl inzwischen so viele Jahre vergangen waren, hatte sie Gregor doch nie vergessen können.

Bis heute nicht.

»Warum hast du denn nicht versucht, Kontakt mit ihm aufzunehmen?«, hatte Emily gefragt. »Ich meine, wenn du ihn doch so geliebt hast …«

»Ja, geliebt habe ich ihn wirklich. Aber Gregor ist ein sehr stolzer Mann. Und ich habe ihn zutiefst verletzt. Ich denke nicht, dass er auch nur annähernd bereit gewesen wäre, mich anzuhören. Von Verzeihen kann gar nicht die Rede sein.«

Nun, daran würde Emily erst glauben, wenn sie alles Menschenmögliche versucht hatte. Und genau deshalb war sie jetzt hier – in Sankt Peter-Ording.

Übers Internet hatte sie herausbekommen, dass Gregor noch immer hier wohnte. Davon abgesehen gab es allerdings kaum Informationen über ihn. Er schien früher einmal eine große Firma geleitet zu haben und lebte sehr zurückgezogen – das war alles, was sie über ihn in Erfahrung bringen konnte.

Jetzt wollte sie versuchen, mit ihm zu sprechen. So schwer konnte das ja wohl kaum sein.

Margarete wusste selbstverständlich nicht, dass sie hier war. Emily hatte ihren Jahresurlaub eingereicht und behauptet, mit einer Freundin nach Sylt zu fahren. Eine kleine Notlüge, die der liebe Gott ihr unter den gegebenen Umständen sicher verzeihen würde.

Wenn es ihr erst einmal gelungen war, Gregor und Margarete wieder miteinander auszusöhnen, interessierte sich doch niemand mehr dafür, wie sie dieses Ziel erreicht hatte.

Das zumindest war es, was sie sich erhoffte. Und dabei verließ sie sich ganz und gar auf ihren Charme und ihre Menschenkenntnis.

Durch das schmiedeeiserne Tor konnte sie durch die Bäume einen Teil des Hauses sehen – und es war *riesig*. Die Fassade erstrahlte in einem hellen Gelb, während die Fenster- und Türrahmen in Weiß gehalten waren. Der Eingang lag hinter einer Wegbiegung und war deshalb von der Straße aus nicht zu sehen.

Nett …

Offenbar hatte Margaretes große Liebe es zu etwas gebracht. Ansonsten könnte er sich eine so imposante Hütte wohl kaum leisten. Der Garten allerdings …

Das, was sie von hier aus davon sehen konnte, war nicht besonders eindrucksvoll. Sicher, die schiere Größe war ein Traum. Aber davon abgesehen waren weite Teile einfach nur ziemlich verwildert. Andere hingegen …

Sie stieg aus und trat an das Tor heran. Erst jetzt fiel ihr auf, dass es nirgendwo eine Klingel oder einen sichtbaren Öffnungsmechanismus gab. Irritiert runzelte sie die Stirn. So hatte sie sich das eigentlich nicht vorgestellt. Wobei – viel überlegt hatte sie vorher nicht. Es war typisch für sie, dass sie einfach impulsiv handelte. Das hatte sie schon häufig in Schwierigkeiten gebracht, ihr aber auch schon öfter geholfen.

Sie war gespannt, was wohl dieses Mal passieren würde.

Als sie direkt vor dem Tor stand und die Hände um die Gitterstäbe legte, glitt es so überraschend zur Seite, dass Emily beinahe stolperte. Nanu! Da hatte offenbar jemand nicht richtig abgesperrt.

»Hallo?« Sie streckte ihren Kopf durch das einen Spaltweit offen stehende Tor. »Ist da jemand? Ich komme jetzt rein!«

Sie erhielt keine Antwort und schob das Tor ein Stück weiter auf. Es quietschte ein wenig in den Angeln, ließ sich aber ansonsten problemlos öffnen. In dem ausgedehnten Garten war keine Menschenseele zu sehen. Alles wirkte leer, wie ausgestorben.

»Herr Buchstädt?«

Wieder nichts.

Entweder es war überhaupt niemand da, oder ihre Stimme trug einfach nicht weit genug. Zum Glück konnte man da Abhilfe schaffen. Sie machte das Tor weit genug auf, dass sie hindurchtreten konnte, und ging mit selbstbewussten Schritten auf das Haus zu.

Sie würde einfach an der Tür klopfen, sich vorstellen und ihr Anliegen vortragen. Vielleicht wäre die ganze Sache damit auch schon erledigt. Sie hätte nichts dagegen, den Rest ihrer Urlaubswoche faul am Strand zu liegen. Allerdings ... Natürlich wollte sie auch dabei sein, wenn Margarete ihren Gregor wiedersah.

Emily hatte schon immer eine Schwäche für romantische Liebesgeschichten mit Happy End gehabt. Und diese hier wollte sie sich auf gar keinen Fall entgehen lassen.

In Gedanken versunken, ging sie einfach immer weiter. Erst als ihr jemand den Weg versperrte, merkte sie, dass sie nicht mehr allein war.

Und was für ein Jemand war das!

Noch größer als ihre Schwäche für Lovestorys war möglicherweise die für sonnengebräunte, durchtrainierte Männer in Arbeitskleidung. Und dieser hier war ein prachtvolles Exemplar dieser Spezies!

Anerkennend ließ sie den Blick über ihn gleiten. Die schmutzigen dunkelgrünen Latzhosen konnten nicht verbergen, dass sich unter ihnen der Körper eines Adonis verbarg. Da er kein T-Shirt trug, hatte sie freien Blick auf seinen breiten, tief gebräunten Brustkorb. Eine dünne Schicht Schweiß ließ seine Haut verführerisch im Sonnenlicht schimmern.

Sein Gesicht hielt, was der Rest von ihm versprach. Ein kraftvolles kantiges Kinn, eine prägnante Nase und so scharfe Wangenknochen, das man sich daran schneiden konnte. Und dann diese Augen! Tiefblau mit goldenen Sprenkeln, die Emily unwillkürlich an Margaretes Bernsteinamulett denken ließ. Die Iris war von einem dunkleren Ring umschlossen, was sie wirklich faszinierend fand.

Einzig sein wütender Gesichtsausdruck machte alles zunichte.

Sie runzelte die Stirn. Nein, nicht bloß wütend. *Außer sich vor Wut.*

»Was, zum Teufel, tun Sie hier? Das ist ein Privatgrundstück, Himmelherrgott! Wie sind Sie überhaupt hier reingekommen? Wissen Sie, das Tor vorn an der Einfahrt wurde nicht zum Spaß dort hingestellt!«

Emily runzelte die Stirn. Das war ja wohl eine Frechheit! Es war kaum ihre Schuld, dass jemand das Tor offen gelassen hatte. Dafür würde sie ganz bestimmt nicht die Verantwortung übernehmen.

»Nun kommen Sie mal runter, ja? Sind Sie allen Besuchern gegenüber so unfreundlich?«

»Nur solchen, die unbefugt und unangekündigt hier hereinschneien.«

Sie funkelte ihn böse an. »Ich hätte mich ja gern angekündigt. Dummerweise muss wohl jemand vergessen haben, eine Klingel draußen am Tor anzubringen. Ich habe gerufen, doch niemand hat geantwortet.«

»Und das gibt Ihnen das Recht, in Privatbesitz einzudringen?«

»Ich bin hier, um mit Herrn Gregor Buchstädt zu sprechen«, fauchte sie. »Da ich annehme, dass Sie das nicht sind, wäre ich Ihnen sehr dankbar, wenn Sie ihn über mein Kommen informieren würden.«

»Vergessen Sie es«, sagte er mit einem unverschämten Grinsen. »Er wird Sie nicht empfangen.«

»Und warum nicht, wenn ich fragen darf?«, gab sie bissig zurück.

»Weil er in diesem Haus wie ein verdammter Einsiedler lebt, deshalb!«

»Und warum?«

»Warum, warum? Warum ist die Banane krumm?« Er schüttelte den Kopf. »Sie fangen an, sich zu wiederholen. Wenn Sie jetzt bitte die Freundlichkeit besäßen, das Grundstück zu verlassen und sich niemals wieder hier blicken zu lassen ...?«

Ungläubig starrte Emily ihn an. »Also, das ist doch ...«

»Mein gutes Recht – in Vertretung des Grundstücksinhabers. Wenn Sie also jetzt so gütig wären.«

Er drängte sie praktisch zurück zum Tor. Jeder Versuch, ihm auszuweichen, wurde prompt pariert, und kurz darauf fand sie sich neben ihrem Auto wieder und hörte, wie das Tor ins Schloss geworfen wurde.

Sie sah ihm hinterher – trotz allem ein überaus attraktiver Anblick –, wie er wieder in Richtung Haus verschwand.

Emily war so geschockt, dass sie ausnahmsweise einmal wirklich ohne Worte war. Dabei verschlug ihr sonst nichts so schnell die Sprache. Aber dieser Mann war in puncto Unverschämtheit wirklich eine ganz neue Liga!

»So ein Mist!« Für den Augenblick blieb ihr nichts anderes

übrig, als sich ihre Niederlage einzugestehen. Also öffnete sie die Fahrertür und setzte sich hinters Steuer.

»Na warte«, murmelte sie, während sie auf der schmalen Zufahrtsstraße wendete. »Diese Schlacht magst du gewonnen haben, aber den Krieg werde ich für mich entscheiden!«

Aus sicherer Entfernung sah Alexander zu, wie die junge Frau in ihren Wagen stieg, wendete und schließlich davonfuhr. Erst danach atmete er erleichtert auf.

Was für eine unverschämte Person! Spazierte einfach so auf ein Privatgrundstück und erwartete, dass alles nach ihrer Pfeife tanzte.

Aber nicht mit ihm!

Hatte sie wirklich geglaubt, dass ihm entgangen war, wie neugierig sie sich im Garten umgesehen hatte? Das war nicht einfach nur der Blick irgendeiner x-beliebigen Besucherin gewesen. Nein, diese Frau kannte sich aus, dass hatte er sofort gemerkt. Und das konnte nur eins bedeuten: Sie war hier, um sein Konzept für den Wettbewerb auszuspionieren!

Was für eine andere Erklärung sollte es sonst geben? Herr Buchstädt empfing so gut wie nie Besucher. Und wenn, dann kündigte er sie an. Die Vorstellung, dass er unangemeldeten Besuch empfing, war einfach lachhaft. So etwas würde sein Chef ganz sicher nicht tun. Dafür war er ganz einfach nicht der Typ.

Dennoch … Wie sie sich aufgeregt hatte, war schon irgendwie niedlich gewesen. Und es kam auch nicht gerade häufig vor, dass ihm jemand Paroli bot. Normalerweise ließen die Leute sich von seinem finsteren Blick doch recht schnell einschüchtern. Sie aber war nur einen kurzen Moment perplex gewesen, um sich dann sofort zur Wehr zu setzen.

Die Kleine hatte wirklich Feuer in ihrem süßen kleinen Hintern, das musste er ihr lassen. Und das imponierte ihm in gewisser Weise. Außerdem war sie heiß gewesen.

Er blinzelte irritiert. Was war denn *das* für ein Gedanke?

Es war schon ziemlich lange her, dass er eine Frau auf *diese* Weise angesehen hatte. Doch er musste zugeben, dass sie durchaus sein Typ war.

Was nicht bedeutete, dass er irgendetwas in dieser Richtung unternehmen würde. Nein, ganz bestimmt nicht.

Vermutlich würde er sie ohnehin nie wiedersehen. Nach seiner heftigen Abfuhr war es mehr als unwahrscheinlich, dass sie sich hier noch einmal blicken ließ. Andererseits schien es ihr ja wirklich wichtig zu sein.

Nun, man würde sehen …

Jetzt musste er sich erst einmal um andere Dinge kümmern. Die Lieferung der Spezialblumenerde, die er extra in Hamburg bestellt hatte, war bisher noch nicht eingetroffen. Dabei hatte er sie schon vor zwei Tagen erwartet!

Er zückte sein Handy und wählte die Nummer des Lieferanten. Es dauerte nicht lange, bis sich am anderen Ende der Leitung jemand meldete.

»Ich rufe an, um mich über den Verbleib einer Bestellung zu erkundigen«, sagte er ohne lange Vorrede. »Eigentlich sollte die Ware schon längst eingetroffen sein, aber ich habe bislang nicht einmal einen Anruf mit einer Erklärung erhalten und … ja, natürlich. Die Bestellung läuft auf den Namen meines Arbeitgebers, Gregor Buchstädt … Okay, ich warte …«

Er runzelte die Stirn. »Was soll das heißen, die Order wurde storniert? Da muss ein Irrtum vorliegen, ich … Was? Ihnen liegt eine schriftliche Stornierung vor? Der Name des Unterzeichnenden ist unleserlich, sagen Sie? Nein, vielen Dank, eine Kopie wird nicht notwendig sein, ich kann mir schon denken, wer das war. Würden Sie die Bestellung noch einmal neu aufnehmen – dieses Mal bitte mit dem Vermerk, dass eine Stornierung zuvor telefonisch von mir bestätigt werden muss, ja? Vielen Dank.«

Fluchend steckte er das Handy zurück in die Hosentasche und fuhr sich mit der Hand durchs Haar. Verdammt, das hatte ihm wirklich gerade noch gefehlt! Er kam ohnehin nur schleppend voran, und wenn ihm jetzt auch noch die Materialien fehlten ...

Aber er konnte sich schon denken, wer dahintersteckte. Und derjenige würde es noch bereuen, sich mit ihm angelegt zu haben.

Schon *wieder*!

Wütend ballte er die Hände. Dummerweise wusste er genau, dass er nicht viel tun konnte. Nicht, solange er seinen Ruf nicht wiederhergestellt hatte – und das ging nur, indem er den Wettbewerb gewann. Erst dann würde man ihm überhaupt wieder zuhören. Vorher konnte er sich jede Beschwerde sparen. Es würde sich ohnehin niemand dafür interessieren.

Mit einer Bitterkeit, die ihn jedes Mal aufs Neue erfüllte, wenn er daran dachte, wie er in diese Lage geraten war, nahm er die Schaufel auf und machte sich daran, ein Loch zu graben. Ein *tiefes* Loch. Breit und lang genug, um darin die beiden Personen zu verscharren, die ihm das Leben zur Hölle gemacht hatten.

Bedauerlicherweise waren die Wurzeln einer halb ausgewachsenen Konifere alles, was er in Wahrheit unter einer meterdicken Schicht Erde begraben würde. Die Menschen, die ihn ins Unglück gestürzt hatten, konnte er auf diese Weise ebenso wenig hinter sich lassen wie seine Vergangenheit.

Auf halbem Weg zurück zum Ort fuhr Emily rechts ran, stellte den Motor ab und ließ die Hände aufs Lenkrad niedersausen. *Verdammt, verdammt, verdammt!*

Sie hatte sich das Ganze irgendwie leichter vorgestellt. Nach Sankt Peter-Ording fahren, Gregor Buchstädt ausfindig machen, zu ihm gehen und ihm alles erklären. Was danach passieren würde, hätte sie nicht mehr in der Hand gehabt, doch im Grunde war sie von Anfang an davon ausgegangen, dass ihre Mühen von Erfolg gekrönt sein würden. Gregor würde seine immerwährende Liebe zu Margarete erkennen und Emily zurück nach Bremen folgen, wo es dann endlich zum so lange überfälligen Happy End käme.

So zumindest der Plan.

Doch unglücklicherweise war bisher nichts so gelaufen, wie sie es sich ausgemalt hatte. Rein gar nichts. Und nun musste sie sich etwas einfallen lassen, wie sie an Gregor herankam, ohne dass sich seine *Bulldogge* ihr wieder in den Weg stellte – eine äußerst attraktive Bulldogge zwar, aber nichtsdestotrotz.

Emily legte ihre Arme aufs Steuer und stützte den Kopf darauf. Einen Moment lang einfach nur Ruhe und Frieden genießen, das würde ja wohl erlaubt sein. Doch kaum hatte sie die Augen geschlossen, da sah sie auch schon wieder das Gesicht des unverschämten Gärtners vor sich.

Und nicht nur sein Gesicht ...

Was war bloß mit ihr los? Dieser Typ hatte es ihr ja anscheinend ganz schön angetan. Und das trotz seines unausstehlichen Verhaltens und der Tatsache, dass sie ihn nur ein paar Minuten lang gesehen hatte.

Im Grunde war ein solches Verhalten für sie vollkommen untypisch. Sie gehörte nicht zu den Frauen, die sich schnell in einen Mann verguckten. Auch dann nicht, wenn er geradezu unanständig gut aussah.

Warum nur bekam sie diesen Typen dann trotzdem nicht aus dem Kopf?

Um sich abzulenken, setzte sie sich wieder auf, drehte den Schlüssel im Zündschloss und fuhr los. Heute würde sie mit ihrem Plan ganz sicher keinen Schritt mehr vorankommen. Da konnte sie sich ebenso gut auf ihr Zimmer in der kleinen Pension zurückziehen, in der sie sich eingemietet hatte, sich einen neuen Schlachtplan überlegen und zu alter Stärke zurückfinden.

Während die Landschaft an ihr vorüberflog – grüne Wiesen wechselten sich ab mit Dünen und kleinen Wäldchen –, ließ langsam die Anspannung nach, die von ihr Besitz ergriffen hatte. Sie sang den Sommerhit mit, der im Radio gespielt wurde, und ließ durch das halb heruntergelassene Seitenfenster den Fahrtwind hinein, der ihr durchs Haar wehte.

Es war ein herrlicher Tag – eigentlich viel zu schade, um ihn drinnen zu verbringen. Und wer sagte, dass sie sich ihre neue Strategie nicht auch unter freiem Himmel zurechtlegen konnte?

Also schlug sie, statt zur Pension zurückzufahren, den Weg in Richtung Strand ein. Das Meer war ihr vertraut. Von Bremen aus war es nicht weit bis zur Nordsee, und mit der Schule hatten sie häufig Ausflüge dorthin unternommen – um Muscheln zu suchen oder eine Robbenaufzuchtstation zu besichtigen.

Mit ihren Eltern war sie jedoch kein einziges Mal an die Nordsee gefahren. Ein solches Reiseziel war für die von Thalbergs zu schlicht, zu *profan*.

Obwohl die Familie nicht mehr über das Geld oder das Land verfügte, das früher einmal mit dem Namen verbunden gewesen war, unternahmen sie stattdessen Reisen nach Rimini, Monaco oder Marbella – dorthin, wo sich die Reichen und Schönen tummelten, in deren Glanz sich Emilys Eltern so gern sonnten.

Dass das alte Herrenhaus, in dem sie lebten, ihnen beinahe unter dem Hintern wegrottete, schien sie dabei ebenso wenig zu interessieren wie die Kredite und Hypotheken, deren Raten sie schon kaum noch stemmen konnten, als Emily noch zu Hause gelebt hatte.

Sie wollte gar nicht wissen, wie es heute aussah. Sie konnte ja nicht einmal mit Sicherheit sagen, dass sich das Haus und das Grundstück überhaupt noch in Familienbesitz befanden. Vermutlich war beides längst an irgendeine Bank gefallen. Wundern würde es Emily jedenfalls nicht. Seit Jahren hatte sie keinen Kontakt mehr zu ihren Eltern. Sie war praktisch aus der Familie verstoßen worden, nachdem …

Nein …

Heftig schüttelte sie den Kopf. Das gehörte der Vergangenheit an, und mit der hatte sie endgültig abgeschlossen. Soweit es sie betraf, hatte sie keine Familie mehr. Wenn ihr Sophie und

Robert von Thalberg unbedingt die kalte Schulter zeigen wollten, dann bitte sehr – deren Problem, nicht ihres.

In Margarete hatte sie so etwas wie eine Ersatzfamilie gefunden. Die ältere Dame hatte sie sofort mit offenen Armen willkommen geheißen und nie auch nur ansatzweise versucht, sie in irgendeine Richtung zu drängen.

Und genau deshalb wollte Emily jetzt auch das hier für Margarete tun. Um ihr zu danken. Dafür, dass sie immer für sie da war, wenn sie jemanden zum Reden brauchte. Ganz anders als ihre Eltern, die sich nie dafür interessiert hatten, was sie dachte oder sagte.

Margarete verdiente es einfach, glücklich zu sein, fand Emily. Und wenn es irgendetwas gab, was sie dazu beitragen konnte, dann war sie nur zu gerne bereit, es zu tun.

Sie erreichte den Strand.

Das Wetter war einfach herrlich, und natürlich war sie nicht die Einzige, die es an einem so wunderschönen Tag ans Meer gelockt hatte. Pärchen und Familien flanierten über die Promenade, vorbei an den Dünen, auf denen das Riedgras wuchs, saßen am Strand auf Picknickdecken und aßen oder aalten sich einfach in der Sonne.

Auf hohen Pfahlkonstruktionen, die zum Teil ins tiefblaue Wasser ragten, waren Holzbuden errichtet, bei denen es sich offenbar um Restaurants oder Cafés handelte, die bei den Strandgängern sehr beliebt zu sein schienen.

Nach kurzem Zögern zog Emily Schuhe und Strümpfe aus, krempelte ihre Hose bis zu den Waden hoch und lief ein Stück in die Brandung hinein.

Trotz der hochsommerlichen Temperaturen war das Wasser, das ihre Knöchel umspülte, doch recht frisch, und sie zog scharf den Atem ein. Doch dann legte sie den Kopf in den Nacken, schloss die Augen und lachte. Sie liebte das Meer. Nirgendwo sonst fühlte sie sich so frei und ungezwungen. Seine unvorstellbare Weite ließ ihr Herz höher schlagen und sie selbst einen Moment lang all ihre Sorgen und Probleme vergessen.

Als sie schließlich an den Strand zurückkehrte, setzte sie sich in den Sand und überlegte, wie sie weiter vorgehen sollte. Einfach noch einmal zum Haus zu fahren, in der Hoffnung, dass das Tor erneut offen stand und dieses Mal *kein* wütender Gärtner auf sie wartete, erschien ihr nicht besonders sinnvoll.

Vielleicht sollte sie zunächst versuchen, mehr über Gregor in Erfahrung zu bringen? Wenn sie seine Gewohnheiten kannte, konnte sie vielleicht auf andere Weise mit ihm Kontakt aufnehmen. Womöglich hatte ja sogar jemand seine Telefonnummer. Schließlich besaß doch heutzutage *jeder* ein Telefon.

Als sie schließlich zu ihrem Auto zurückkehrte, dämmerte es bereits, und ihr Magen meldete sich lautstark. Heute würde sie ohnehin nichts mehr unternehmen, deshalb wollte sie gleich im Restaurant ihrer Pension einen Happen essen und danach früh ins Bett gehen, damit sie am nächsten Tag frisch und ausgeruht war.

Als sie etwa eine Dreiviertelstunde später den Gastraum betrat, war dieser bereits gut gefüllt. Die meisten Leute hielten sich jedoch rund um die Theke auf, wo ein Bier nach dem anderen die rauen Kehlen hinunterrann. Das Stimmengewirr und das Klirren von Gläsern erschienen in dem relativ engen Raum so laut, als würden dreimal so viele Menschen auf einmal reden.

Im hinteren Bereich gab es zum Glück einige kleine Nischen, in die man sich zurückziehen konnte, wenn man etwas ungestörter sein wollte. Und genau dorthin zog Emily sich jetzt zurück. Sich unters Volk mischen, um mehr über Gregor Buchstädt in Erfahrung zu bringen, konnte sie später immer noch. Jetzt wollte sie erst einmal in Ruhe essen.

Die Karte war einfach gehalten – Hausmannskost mit einem großen Anteil an Fischgerichten. Schließlich lag die Nordsee ja direkt vor der Haustür. Emily entschied sich für eine Scheibe Brot mit frisch gepulten Krabben, einen frischen Salat und ein Glas Bier.

Sie trat an die Theke, um ihre Bestellung aufzugeben, als ihr ein Stimmenpaar auffiel, das die Hintergrundgeräusche sogar noch übertönte. Und eine der Stimmen kam ihr auf Anhieb unglaublich bekannt vor.

Emily drehte sich um, und da war er – der Mann, der sie vom Grundstück des alten Buchstädt verscheucht hatte.

Oh nein, dachte sie und unterdrückte ein gequältes Stöhnen. Nicht der schon wieder!

3. Kapitel

Natürlich war *er* es. Noch nie zuvor hatte Emily jemanden getroffen, der sich so energisch über etwas aufregen konnte!

»Verdammt, Keller«, polterte er jetzt, »wagen Sie es nicht, mir in die Quere zu kommen! Mag sein, dass Sie damit oft durchkommen, aber ich lasse mir von Ihnen ganz bestimmt nicht die Butter vom Brot nehmen, so wahr ich Alexander Wallert heiße!«

Der Mann, der ihm gegenübersaß, hob lediglich eine Braue – dennoch war ihm deutlich anzumerken, wie wütend er war und dass er sich nur mühsam zurückhielt.

Was mochte da zwischen den beiden Männern vorgehen? Sie sahen sich so hasserfüllt und erbost an, dass die Luft zwischen ihnen regelrecht knisterte. Emily war normalerweise niemand, der einfach so fremde Gespräche belauschte. Aber sie stritten so laut, dass unwillkürlich jeder im Raum alles mithören *musste*. Da konnte von Belauschen nun wirklich keine Rede sein!

»Als ob Sie auch nur die geringste Chance hätten, den Wettbewerb zu gewinnen, Wallert«, gab dieser Keller eisig zurück. »Was haben Sie denn schon vorzuweisen – abgesehen von dem Ruf, dass jeder Weiberrock Sie dazu bringt, alle Vernunft fahren zu lassen?«

Damit hatte er ganz offensichtlich einen wunden Punkt berührt, denn Gregor Buchstädts Gärtner – Alexander Wallert – sah aus, als wolle er sein Gegenüber am Kragen packen und schütteln. Doch er blieb sitzen, die Hände zu Fäusten geballt, und lächelte beherrscht. »Nun, wenigstens habe *ich* es nicht nötig, zum Erreichen meiner Ziele zu unlauteren Mitteln zu greifen.«

»Ich habe nicht die geringste Ahnung, wovon Sie sprechen.«

»Das würde ich an Ihrer Stelle auch behaupten. Aber nur dass Sie es wissen: Ich werde mich von Ihnen ganz gewiss nicht einschüchtern lassen. Herr Buchstädt hat den besten Mann für diesen Job engagiert. Wir werden den Wettbewerb für uns entscheiden, so wahr ich hier sitze!«

»Ach, mit Ihnen kann man doch nicht vernünftig reden. Und Ihre Unterstellungen können Sie sich auch sparen, Wallert. Jeder hier im Ort weiß, dass ich es nicht nötig habe, mich zu irgendwelchen Tricksereien herabzulassen. Den Pokal habe ich so gut wie in der Tasche – so wie übrigens auch schon in den vergangenen acht Jahren.«

»Nun, dazu kann ich nur eines sagen: Es wird Zeit, dass jemand Ihre Siegesserie unterbricht. Und genau das werde ich in diesem Jahr tun, darauf können Sie sich verlassen, Keller!«

Keller stand auf und bedachte Alexander mit einem letzten, fast schon mitleidigen Blick. »Sie haben nicht die geringste Chance gegen mich, und das wissen Sie auch. Wenn Sie wirklich glauben, dass Sie die Trophäe nach Hause holen können, sind Sie verrückter, als ich dachte.«

Mit diesen Worten wandte er sich ab und stolzierte aus dem Lokal.

Obwohl es keinerlei Grund dafür gab, trat Emily zu Alexander Wallert an den Tisch. Sofort erkannte er sie wieder. Er schnaubte. »Na, hat Ihnen die Vorstellung gefallen? Das muss doch eine Genugtuung für Sie gewesen sein, was?«

Emily beschloss, den letzten Kommentar zu ignorieren. »Wer war der Mann?«, fragte sie. »Und worüber haben Sie gestritten?«

Natürlich wusste sie, dass sie das eigentlich überhaupt nichts anging. Verdammt, es sollte sie nicht einmal interessieren – sie war schließlich nur nach Sankt Peter-Ording gekommen, um Gregor Buchstädt ausfindig zu machen und ihn dazu zu bewegen, sich mit Margarete auszusprechen. Nichts anderes sollte sie beschäftigen.

Doch sie konnte sich einfach nicht zurückhalten. Etwas an diesem Alexander faszinierte sie.

Er fuhr sich mit einer Hand durchs Haar. »Ich weiß ehrlich gesagt nicht, warum ich mit Ihnen darüber reden sollte, aber ... Das gerade war Armin Keller. Er betreibt ein Gartencenter hier in der Gegend und kümmert sich außerdem um die Parkanlagen einiger der betuchteren Leute in der Region. Das ist auch einer der Gründe, warum er den regionalen Gartenwettbewerb nun schon acht Jahre in Folge gewonnen hat.«

»Aber in diesem Jahr wollen Sie ihn vom Thron stoßen«, schlussfolgerte Emily. »Nun, nach allem, was ich heute Vormittag gesehen habe, dürften Sie gute Chancen haben.«

Er runzelte die Stirn. »Ihnen gefällt meine Arbeit? Kennen Sie sich auf dem Gebiet denn aus?«

»Nun, ich bin kein Profi, aber ich gärtnere selbst gern ein bisschen, und die Anlage von Herrn Buchstädt zeigt großes Potenzial.« Sie lächelte verlegen und streckte ihm die Hand entgegen. »Ich darf mich vorstellen? Emily von Thalberg.«

»Alexander Wallert«, entgegnete er. »Und das Buchstädt'sche Anwesen ist der Wahnsinn.«

Zum ersten Mal sah sie ihn nun lächeln, und es war, als würde ihr jemand den Boden unter den Füßen wegziehen. Verdammt, es sollte verboten sein, so gut auszusehen und gleichzeitig ein solches Mordslächeln zu besitzen!

Vermutlich gingen die Frauen reihenweise vor ihm in die Knie. Mit Ausnahme von ihr selbst natürlich. Sie war solchen Äußerlichkeiten gegenüber vollkommen immun ...

»Der Park ist ein echtes Juwel«, sprach Alexander weiter. »Allerdings wurde er über Jahre ziemlich vernachlässigt. Kein Wunder, wenn man bedenkt, dass ein einziger Gärtner sich um das ganze Grundstück kümmern muss.«

Emily blinzelte überrascht. »*Ein* Gärtner? Für das ganze Grundstück? Aber das ist ja ... Und wann ist dieser Wettbewerb, von dem Sie sprachen, wenn ich fragen darf?«

Seine Miene verfinsterte sich. »In acht Wochen.«

»Acht Wochen?«, echote sie gedehnt. »Oje, das klingt, als hätten Sie bis dahin noch mehr als alle Hände voll zu tun. Warum stellt Ihr Chef denn nicht übergangsweise wenigstens noch ein oder zwei Helfer ein? Will er den Wettbewerb denn nicht gewinnen?«

Alexander schnaubte. »Oh doch, das will er sehr wohl! Er hasst Armin Keller mindestens ebenso sehr wie ich. Und er ist wie besessen von diesem Wettbewerb. Aber das bedeutet nicht, dass er mir noch jemanden an die Seite stellen wird.« Er schüttelte den Kopf. »Ich habe schon mehr als ein Dutzend Mal versucht, ihn zur Vernunft zu bringen. Aber der alte Sturkopf lässt ja nicht mit sich reden.«

»Aber warum denn nicht?«

»Weil er keine fremden Menschen um sich haben will – zumindest nicht mehr als unbedingt notwendig. Das scheint bei ihm mehr als nur ein Spleen zu sein. Mich hat er letztlich auch nur aus der Not heraus eingestellt, weil ihm sein vorheriger Gärtner abgesprungen ist – kein Wunder, so wie er mit seinen Angestellten umspringt. Leicht macht er es mir nicht gerade. Vermutlich würden wir nicht einmal einen Hilfsgärtner finden, falls er wie durch ein Wunder seine Meinung doch noch ändert.«

Das war überraschend für Emily. So hatte sie Gregor Buchstädt gar nicht eingeschätzt. Margarete hatte zwar nicht viel von ihm erzählt, aber sie war ganz offensichtlich bis über beide Ohren in ihn verliebt gewesen. So sehr, dass sie ihn bis heute nicht hatte vergessen können. Dann konnte er doch gar nicht so schlimm sein.

Aber der Mann, von dem Alexander sprach, wollte so gar nicht in das Bild passen, das sich Emily von Gregor gemacht hatte.

War er am Ende etwa gar nicht der, den sie suchte?

Nun, das konnte sie nur herausfinden, wenn sie ihm endlich selbst begegnete. Alexanders Meinung über ihn war vermutlich von einer persönlichen Antipathie beeinflusst. Das zumindest würde einiges erklären …

»Wie lange arbeiten Sie jetzt für ihn?«

»Gerade mal zwei Monate«, entgegnete er. »Aber mir kommt es ehrlich gesagt eher vor wie zwei Jahre. Ständig zitiert er mich zu sich, und dann muss ich ihm Rede und Antwort stehen – und wehe, ihm gefällt nicht, was ich zu sagen habe.« Er schüttelte den Kopf. »Der Mann ist ein echter Tyrann. Ich begreife wirklich nicht, warum Sie so erpicht darauf sind, ihn zu treffen.«

»Das ist eine lange und ziemlich komplizierte Geschichte«, erwiderte Emily ausweichend. »Haben Sie irgendeine Idee, wie ich an ihn herankommen kann?«

Alexander lachte auf. »Na, Sie sind mir ja eine. Wollen mir nicht sagen, worum es geht, aber helfen darf ich Ihnen ruhig, wie?«

»Es geht um eine sehr private Angelegenheit«, erklärte Emily mit einem verlegenen Lächeln. »Und da sie mich nicht direkt betrifft, sondern eine gute Freundin von mir, wäre es nicht richtig, einfach so mit Ihnen darüber zu sprechen.«

»Verstehe.« Er nickte. »Aber ich fürchte, ich kann Ihnen leider auch nicht weiterhelfen. Gregor Buchstädt ist ein übellauniger alter Griesgram, der so gut wie keinen Menschen an sich heranlässt. Ich kann mir nicht vorstellen, dass er ausgerechnet für Sie eine Ausnahme machen wird.«

Emilys Hoffnung sank. Was sollte sie tun, wenn Alexander tatsächlich recht hatte und Gregor sich einfach weigerte, mit ihr zu sprechen?

Doch so einfach dürfte sie nicht die Flinte ins Korn werfen. Es ging hier immerhin um Margarete. Aufgeben kam nicht infrage. Emily musste sich etwas einfallen lassen – und zwar schnell.

»Irgendwie werde ich ihn doch dazu bringen können, mit mir zu sprechen«, murmelte sie nachdenklich.

»Das Einzige, wofür der sich interessiert, ist der Gartenwettbewerb. Davon ist er regelrecht besessen. Er hat sich in den Kopf gesetzt, Armin Keller und dessen Auftraggeber in diesem Jahr zu schlagen.« Alexander seufzte. »Allerdings sind die Voraussetzungen dafür alles andere als gut.«

»Weil Sie vor lauter Arbeit nicht wissen, wo Ihnen der Kopf steht?«

Er lachte leise. »Das können Sie laut sagen. Aber das hilft Ihnen auch nicht wirklich weiter, oder?«

Nein, tat es nicht. Sie konnte schließlich schlecht dabei helfen, dass Gregor seinen Dauerkonkurrenten besiegte ... Oder etwa doch?

Plötzlich nistete sich eine Idee in ihrem Kopf ein und ließ sie nicht mehr los. Vielleicht gab es ja doch eine Chance, zu Gregor vorzudringen. Sie war sich allerdings nicht sicher, ob Alexander das besonders gefallen würde.

»Was ist los?«, fragte er prompt, als hätte er ihre Gedanken gelesen. »Sie wirken plötzlich so grüblerisch. Raus mit der Sprache: Was führen Sie im Schilde?«

Seine Wortwahl machte ihr klar, dass sie mit ihrer Vermutung voll ins Schwarze getroffen hatte. Sie war froh, nicht gleich herausposaunt zu haben, was ihr durch den Kopf gegangen war.

»Gar nichts«, entgegnete sie rasch. »Ich ... ich bin einfach nur müde. Es war nett, sich mit Ihnen zu unterhalten. Ich werde dann jetzt besser mal ins Bett gehen.«

Er beäugte sie mit einem gewissen Misstrauen, ehe schließlich ein Lächeln seine Miene erhellte, das Emilys Herz heftig klopfen ließ.

Verdammt, dieser Mann würde sie noch um den Verstand bringen! Allerdings dürfte sie ihre Chancen bei ihm völlig verspielen, wenn sie ihren Plan tatsächlich in die Tat umsetzte.

Als Emily am nächsten Morgen die Pension verließ, hatte sie eine unruhige Nacht hinter sich. Was ihr anfangs wie ein narrensicherer Plan vorgekommen war, erschien ihr nun mehr und mehr wie eine Schnapsidee.

Offensichtlich war der Gartenwettbewerb das Einzige, wofür sich der ältere Herr wirklich interessierte. Und somit war er auch ihre beste Chance, mit ihm in Kontakt zu treten.

Der Weg zu Gregor Buchstädt führte also durch seinen Garten!

Kurz darauf fuhr Emily mit ihrem Wagen vor dem Grundstück von Margaretes einzig wahrer Liebe vor – wobei sie sich immer noch fragte, wie ihre Freundin ausgerechnet ihm verfallen sein konnte, wenn er wirklich so schlimm war, wie Alexander behauptete.

Heute hatte sie kein Glück; das Tor war fest verschlossen – und eine Klingel konnte sie noch immer nirgends entdecken.

Und nun? Entschlossen straffte sie die Schultern. Zur Not musste sie halt über dieses verdammte Tor klettern. Ihr würde vermutlich gar nichts anderes übrig bleiben, wenn kein Wunder geschah.

Sie konnte es fast nicht glauben, als sich plötzlich ein Lieferwagen näherte. Der Fahrer blieb direkt vor dem Tor stehen, stellte den Motor ab und zückte sein Telefon. Emily beobachtete, wie er ein kurzes Gespräch führte. Im nächsten Moment schwang das Tor auf.

Nur mit Mühe gelang es ihr, einen Laut des Triumphs zu unterdrücken. Was für ein unglaubliches Timing!

Jetzt galt es, schnell und entschlossen zu handeln. Der Fahrer des Lieferwagens schaltete den Motor wieder ein, und das Fahrzeug rollte an. Emily lief los und hielt sich im Schatten des Lkw, während sie durch das Tor huschte, das sich unmittelbar hinter ihr wieder schloss.

Mit heftig klopfendem Herzen eilte sie auf das Haus zu und sah sich dabei nervös nach allen Seiten hin um. Zum Glück war Alexander nirgends zu sehen. Als sie die Eingangstür erreichte, zögerte sie kurz. Doch dann gab sie sich einen Ruck. Das hier war vermutlich ihre einzige Chance, und die würde sie jetzt auch nutzen.

Sie mochte nur eine Hobbygärtnerin sein, doch wer sich auf

dem Grundstück umsah, konnte deutlich sehen, dass hier eine helfende Hand dringend benötigt wurde.

Und genau diese helfende Hand wollte sie Gregor Buchstädt anbieten. Und wenn sie dann erst einmal Kontakt mit ihm aufgenommen hatte, brauchte sie ihn eigentlich nur noch auf Margarete anzusprechen. Alles Weitere würde sich von selbst ergeben.

Zum Glück befand sich hier die Türklingel genau dort, wo sie hingehörte. Emily hatte den Knopf gerade gedrückt, als sie eine aufgebrachte Stimme hinter sich hörte.

»Was zum Teufel …? Was haben Sie schon wieder hier zu suchen? Ihretwegen kriege ich noch die größten Schwierigkeiten. Wenn mein Chef Sie …« Er brach ab, als die Haustür aufgerissen wurde, und murmelte: »Wenn man vom Teufel spricht …«

»Dürfte ich wohl erfahren, was dieser Aufruhr vor meiner Tür zu bedeuten hat?«

Als Emily sich umdrehte, sah sie sich einem finster dreinblickenden, aber für sein Alter von sicherlich gut siebzig Jahren noch sehr attraktiven Mann gegenüber.

Sie holte tief Luft. »Herr Buchstädt?«

Er zog die Augenbrauen in die Höhe. »Ja, allerdings. Und mit wem habe ich bitte das Vergnügen?«

Die Art und Weise, wie er das letzte Wort betonte, machte deutlich, dass er über ihren Besuch alles andere als erfreut war. Emily wollte sich davon nicht abschrecken lassen. Sie war hier, um Margarete zu helfen, und deshalb musste sie diesem Mann die Stirn bieten – koste es, was es wolle.

»Ähm …«, begann sie stockend. »Mein Name ist Emily von Thalberg und ich bin hier, um …« Die Blicke *beider* Männer schienen sie zu durchbohren wie glühende Speere. »Könnten wir das vielleicht … drinnen besprechen?«

Alexander setzte ein gezwungenes Lächeln auf. »Wozu der Aufwand? Haben Sie etwas zu verbergen?«

Hastig – vielleicht ein bisschen *zu* hastig – schüttelte Emily den Kopf. »Nein, nein, gar nicht. Ich …« Sie brach ab und schaute Gregor flehend an.

Der schien allerdings nicht so leicht zu erweichen zu sein. »Ich wüsste ehrlich gesagt nicht, was ich mit Ihnen zu besprechen haben sollte, junges Fräulein.« Seine Stirn lag in Falten, und er musterte Emily aus eisblauen Augen. »Ich kenne Sie nicht, und kann mich auch nicht erinnern, Sie eingeladen zu haben.«

Er wandte sich an Alexander. »Habe ich Ihnen das zu verdanken, Wallert?«

Der jüngere Mann sah Emily an, als wolle er sie am liebsten erwürgen. »Nein«, entgegnete er kühl. »Keineswegs. Sie muss sich hereingeschlichen haben, als ich das Tor für den Lieferanten geöffnet habe.«

»Sie verschaffen sich also unerlaubt Zutritt zu meinem Grundstück und erwarten von mir, dass ich Sie auch noch ins Haus bitte? Darf ich Ihnen vielleicht noch das Silberbesteck meiner Großmutter einpacken?«

»Ich … nein, ich …« Sie war ganz durcheinander und fuhr sich frustriert mit einer Hand durchs Haar. Zum Teufel, das lief ganz und gar nicht so, wie sie es sich erhofft hatte. »Es tut mir sehr leid, aber ich muss wirklich in einer dringenden Angelegenheit mit Ihnen sprechen und sah keinen anderen Weg, mit Ihnen Kontakt aufzunehmen. Sie machen es einem wirklich nicht gerade leicht, wissen Sie?«

Er hob eine Braue. »Und sind Sie vielleicht schon einmal auf den Gedanken gekommen, dass das seine Gründe haben könnte?«

»Durchaus.« Sie zwang sich, nicht die Nerven zu verlieren. Doch Gregor Buchstädt machte sie nervös. Sie war nicht mehr so verunsichert gewesen, seit sie in einem weißen Brautkleid …

Stopp!

Sie schob die Erinnerung in den dunklen Winkel ihres Gedächtnisses zurück, aus dem sie hervorgekrochen war. Das war nichts, worüber sie jetzt nachdenken wollte – oder überhaupt!

Emily holte tief Luft und straffte die Schultern. »Hören Sie, Herr Buchstädt, ich weiß, dass ich mich mit meinem Auftritt hier nicht unbedingt beliebt gemacht habe. Aber Sie müssen mir einfach nur fünf Minuten Ihrer Zeit schenken. Bitte. Mehr verlange ich gar nicht. Fünf Minuten.«

Er wirkte alles andere als begeistert, zuckte aber schließlich mit den Achseln. »Na schön, kommen Sie herein.« Er wandte sich an Alexander. »Was ist mit Ihnen, Wallert? Nichts zu tun?«

Der jüngere Mann murmelte etwas, doch es war zu leise, um es zu verstehen – was vermutlich auch besser war. Gregor Buchstädt ignorierte ihn einfach und trat zur Seite, um Emily ins Haus zu lassen.

»Fünf Minuten«, wiederholte er ihre Worte. »Ihre Zeit läuft.«

Emily war klar, dass er nicht zögern würde, sie am Ende dieser Frist vor die Tür zu setzen.

Sie sollte die Zeit also sehr gut nutzen.

Alexander hatte das Gefühl, gleich zu explodieren.

Was bildete sich dieses Frauenzimmer eigentlich ein? Hatte er ihr nicht klar und deutlich zu verstehen gegeben, dass sein Boss keinen Besuch empfing? Wenn er ihretwegen nun Schwierigkeiten mit Buchstädt bekam, würde er ... ja, was?

Überhaupt nichts wirst du – abgesehen von brav zu allem Ja und Amen zu sagen, was Buchstädt von dir verlangt. Großer Gott, was bist du bloß für ein Waschlappen geworden? Vielleicht solltest du dir ein Beispiel an ihr nehmen. Zumindest kämpft sie entschlossen für das, was sie will ...

Leise fluchend kehrte Alexander zum Lieferwagen zurück, wo der Fahrer gerade fertig damit war, die Paletten mit der bestellten Blumenerde abzuladen. Alexander überprüfte die Lieferung und atmete erleichtert auf. Dieses Mal schien tatsächlich alles glattgegangen zu sein.

Aber er zweifelte nicht daran, dass Armin Keller weiterhin versuchen würde, seine Arbeit zu torpedieren, wo er nur konnte. Das Gespräch im Gasthof am Vorabend hatte jedenfalls nicht darauf hingedeutet, dass er vorhatte, die Flinte ins Korn zu werfen. Leider.

Und nun musste Alexander sich auch noch wegen dieser Emily Gedanken machen. Schon als er sich gestern Abend kurz mit ihr unterhalten hatte, war er das Gefühl nicht losgeworden, dass sie irgendetwas plante. Und nun tauchte sie einfach so hier auf, und sein Chef ließ sie auch herein. Er fragte sich, was sie im Schilde führen mochte, doch das würde er wohl erst dann herausfinden, wenn sie ihren Plan – um was immer es sich dabei auch handelte – in die Tat umsetzte.

Er konnte nur hoffen, dass sie ihn nicht in Schwierigkeiten brachte. Doch irgendwie glaubte er nicht so recht, dass ihm das Glück in dieser Hinsicht hold sein würde.

Es war ja eh nicht unbedingt auf seiner Seite.

Emily hielt sich nervös hinter Gregor Buchstädt, der durch einen lang gestreckten Korridor in einen Raum trat, der von einer riesigen Sitzgarnitur dominiert wurde.

»Bitte«, sagte er und wies auf das Sofa. »Setzen Sie sich und kommen Sie bitte gleich zum Punkt. Ich habe meine Zeit nicht gestohlen, wissen Sie!«

Mit einem letzten Durchatmen sammelte Emily noch einmal ihre Gedanken, ehe sie zu sprechen anfing: »Es geht um meine Arbeitgeberin und Freundin – ich nehme an, dass Sie sie kennen: Margarete Römer.«

Im ersten Moment wirkte der alte Mann irritiert, dann legte sich seine Stirn in Falten, und seine Augen verengten sich zu schmalen Schlitzen. »Margarete schickt Sie also, so so. Und was erwarten Sie jetzt von mir? Dass ich in Begeisterungsstürme ausbreche?«

Wenn Emily ehrlich war, hatte sie schon mit etwas in der Richtung gerechnet, ja. Immerhin war er der Mann, den Margarete seit nunmehr fast sechzig Jahren nicht vergessen konnte.

Aber wie es schien, war er völlig anderer Meinung. Wobei – vergessen schien er sie auch nicht zu haben. Allerdings hatte er sie offenbar nicht in besonders guter Erinnerung behalten, und Emily fragte sich, woran das wohl liegen mochte.

Sie kannte Margarete. Und es fiel ihr schwer, sich vorzustellen, was die alte Dame getan haben könnte, um eine solche Reaktion zu rechtfertigen.

»Haben Sie vor, den Rest Ihrer fünf Minuten schweigend zu verbringen?«, fragte Gregor Buchstädt nach einer Weile. »Denn wenn dem so ist, würde ich es vorziehen, nicht weiterhin meine Zeit mit Ihnen verschwenden zu müssen.«

»Nein, nein«, beeilte Emily sich, ihm zu versichern. »Ich … also …« Sie musste sich schnell etwas einfallen lassen – mit der Tür ins Haus zu fallen, schien in der vorliegenden Situation überhaupt nicht zu helfen. Ganz im Gegenteil.

Da blieb eigentlich nur noch eines: »Ihr Garten sieht wirklich vielversprechend aus, und Ihr Gärtner hat Ahnung von dem, was er tut. Aber wenn Sie wirklich den Wettbewerb Ende nächsten Monats gewinnen wollen, wird er Hilfe brauchen.«

Die Erwähnung des Gartenwettbewerbs überraschte Buchstädt offenbar. »Ich denke, Herr Wallert kommt schon zurecht.«

»Nun«, sie zuckte mit den Achseln, »wenn Ihnen der Wettbewerb nicht so wichtig ist …«

Er horchte auf. »Worauf wollen Sie hinaus, junge Frau?«

»Nun, ich weiß, dass Sie es vorziehen, so wenig Menschen wie möglich um sich zu haben. Aber da ich nun schon einmal hier bin … Rein zufällig kenne ich mich auch ein bisschen mit der Gärtnerei aus. Ich könnte Herrn Wallert unter die Arme greifen.«

»Oder seinen Job übernehmen«, schlug Buchstädt vor. »Warum nicht gleich das volle Programm, wenn sich die Gelegenheit bietet?« Er musterte sie beinahe lauernd, als wartete er darauf, dass sie etwas Falsches sagte.

Aber was war richtig, was falsch?

Ihr blieb nichts anderes übrig, als es auf einen Versuch ankommen zu lassen. »Ich denke, das wäre nicht besonders fair – zumindest nicht ohne zunächst mein Können unter Beweis gestellt zu haben.«

Seine Mundwinkel zuckten. »Junge Dame, Sie überraschen mich – und zwar durchaus im positiven Sinne. Sie haben es schon ganz richtig erkannt: Ich mag keine Menschen. Wenn es mir möglich ist, halte ich mich von meinen Mitmenschen fern. Deshalb gebe ich auch nicht viel auf soziales Verhalten. Auf die meisten Leute wirke ich mit meiner Art wohl einschüchternd und bedrohlich, aber Sie, Sie haben sich davon nicht beeindrucken lassen. Von daher sind Sie eigentlich schon prädestiniert für den Job. Und wenn Sie als Gärtnerin was taugen ... Sie sollen also Ihre Chance bekommen.«

Emily blinzelte irritiert. Mit einer solchen Rede hatte sie nicht gerechnet – und noch viel weniger damit, dass Gregor anscheinend ausgerechnet in ihr einen akzeptablen Zeitgenossen sah.

»Sie sagten, Sie mögen keine Menschen. Haben Sie deshalb keinen weiteren Gärtner eingestellt?«

Er hob eine Braue und bedachte sie mit einem warnenden Blick. Vermutlich sollte sie aufpassen, was sie sagte, doch was würde sie damit schon gewinnen? Wie es schien, kam man bei Gregor Buchstädt mit vorsichtigem Taktieren nicht weiter. Wenn sie etwas von ihm wissen wollte, dann musste sie es direkt ansprechen.

»Sie haben es erfasst«, entgegnete er schroff. »Nun, wenn man davon absieht, dass ich es ja nun offenbar *doch* getan habe.«

»Getan? Was?«

»Einen zweiten Gärtner engagiert.« Ein spöttisches Lächeln umspielte seine Lippen. Und als Emily noch immer nicht zu begreifen schien, schnaubte er abfällig. »Sie, Himmelherrgott. Aber wenn Sie weiter so begriffsstutzig sind, muss ich mir das vielleicht noch mal überlegen.«

»Nein, nein!« Sie konnte sich ein Grinsen nicht verkneifen, obwohl ihr klar war, wie dümmlich es vermutlich wirkte. »Ich ... vielen Dank! Für die Chance und ...« Doch dann wurde sie schlagartig wieder ernst. »Aber ich kann nur unter einer Bedingung annehmen.«

Fast wirkte er ein bisschen amüsiert. »Und die wäre?«

»Wenn es mir gelingt, Sie zu überzeugen und Ihnen dabei zu helfen, den Gartenwettbewerb zu gewinnen, müssen Sie sich mit Margarete treffen.«

Schlagartig verfinsterte sich seine Miene. »Nein«, stieß er heiser hervor. »Kommt überhaupt nicht infrage. Sie haben keine Ahnung, was damals zwischen Margarete und mir vorgefallen ist. Lassen Sie die Vergangenheit ruhen.«

»Nun, dann ...« Emily beschloss, alles auf eine Karte zu setzen, auch wenn ihr das Herz bis zum Hals klopfte. Sie stand auf und nickte Gregor zu. »Es war nett, Sie kennengelernt zu haben.«

Er erhob sich ebenfalls und führte sie ohne ein weiteres Wort zur Tür. Emilys Hoffnung sank. Sie hatte alles riskiert – und offensichtlich verloren.

Nun, wenigstens wusste Margarete nicht, dass sie hier war. Ihre Freundin glaubte ja, dass sie sich auf einer Urlaubsreise befand. Somit wäre sie also nicht enttäuscht, wenn Emily mit leeren Händen nach Hause käme.

Dennoch ... Emily selbst wusste nun mal, dass sie versagt hatte, und das würde sie sich nie verzeihen. Was sollte sie tun? Es musste doch irgendeinen Weg geben, Gregor zu überzeugen.

Doch sosehr sie sich auf dem kurzen Weg zurück zur Haustür auch das Hirn zermarterte, ihr wollte einfach auf die Schnelle keine Lösung einfallen.

Ihr blieb wohl nichts anderes übrig, als sich ihre Niederlage einzugestehen, so schwer es ihr auch fallen mochte.

Doch da blieb Buchstädt plötzlich in der offenen Tür stehen und sagte: »Also schön, einverstanden.«

Emily stolperte beinahe über ihre eigenen Füße. Hatte sie sich gerade verhört? »Ich ... Sie ...?«

»Ja, ich bin einverstanden, mich mit Margarete zu treffen, wenn Sie es schaffen, mich von Ihrem Können in puncto Gartenarbeit zu überzeugen. Ich erwarte, dass Sie morgen früh um Punkt acht hier auf der Matte stehen, verstanden?«

Im ersten Moment begriff Emily nicht, was gerade passiert war. Hatte Gregor gesagt, dass er bereit war, ihr eine Chance zu geben – *und* sich im Fall ihres Erfolgs mit Margarete zu treffen?

Wunderbar! Besser hätte es ja kaum laufen können.

Es gab nur einen, der ihr jetzt noch einen Strich durch die Rechnung machen konnte.

Und der ließ natürlich nicht lange auf sich warten.

»Wie bitte?«, erklang bedrohlich Alexanders Stimme von draußen. Vermutlich hatte er die ganze Zeit dort gestanden und versucht, etwas von ihrem Gespräch mit Gregor aufzuschnappen. »Ich habe mich wohl verhört. Sie können unmöglich von mir erwarten, dass ich mit einer unerfahrenen Hobbygärtnerin zusammenarbeite!«

Nervös blickte sie zwischen ihm und Buchstädt hin und her. Letzterer schien von Alexanders Einmischung alles andere als begeistert zu sein.

Der ältere Mann runzelte die Stirn. »Sie liegen mir doch schon seit Wochen in den Ohren, dass Sie Unterstützung brauchen. Nun stelle ich jemanden ein, und Sie sind immer noch nicht zufrieden?«

»Nein ... ich meine, ja ...« Alexander wusste nicht, was er sagen sollte. »Ach verdammt, diese Frau ist doch nicht mal Gärtnergehilfin! Sie hat keine Ahnung von dem, was sie tut.«

»Und woher wollen Sie das wissen? Haben Sie Ihre Arbeit denn schon einmal gesehen?«

»Nein«, gab Alexander zu. »Das nicht, aber ...«

»Vergessen Sie's, ich habe es mir sowieso anders überlegt.«

»Wie bitte?«, fragten Alexander und Emily wie aus einem Munde.

Gregor Buchstädt zuckte mit den Achseln. »Fräulein von Thalberg, Sie werden nicht mit Alexander zusammenarbeiten – sondern *gegen* ihn«, verkündete er.

Emily machte große Augen, und Alexander blieb vor Erstaunen der Mund offen stehen. »Wie bitte? Wie darf ich das denn jetzt verstehen?«

»Ganz einfach«, erklärte Buchstädt. »Sie bekommen beide dieselbe Chance. Wem es bis zum Ende der Woche gelingt, mich von seinem Konzept zu überzeugen, wird das Projekt leiten.«

4. Kapitel

Am nächsten Morgen erwachte Emily schon sehr früh. Sie war nervös wie selten zuvor in ihrem Leben und hatte eine sehr unruhige Nacht hinter sich. Am Ende gab sie den Versuch endgültig auf, noch einmal die Augen zuzubekommen, machte sich fertig und setzte sich in ihren Wagen.

Zu ihrer Überraschung war Alexander bereits bei der Arbeit, als sie Gregor Buchstädts Anwesen erreichte. Das Tor stand ein Stück offen, und sie schob es ganz auf, damit sie durchfahren konnte.

Weit kam sie allerdings nicht, denn ein Hänger mit Gartenabfällen stand mitten auf dem Weg, und ein Teil der Ladung hatte sich über die gesamte Breite ergossen. Fluchend trat sie auf die Bremse, stieß die Fahrertür auf und stieg aus.

Was für eine nette Begrüßung, dachte sie und verschränkte die Arme vor der Brust. Sie wusste ja bereits, dass Alexander nicht besonders begeistert darüber war, dass sie ihm als zweite Gärtnerin einfach vor die Nase gesetzt wurde.

Aber er sollte doch zufrieden sein, dass er überhaupt Unterstützung bekam. Nur zu gut erinnerte sie sich daran, wie er ihr sein Leid geklagt hatte, dass er mit der Arbeit nicht hinterherkam. Und nun beschwerte er sich, dass sie eingestellt worden war, um ihn zu unterstützen?

Das war doch vollkommen absurd. Und diese Spielchen, die er offenbar spielen wollte. Schlimmer als im Kindergarten. Aber wenn er es darauf anlegte – bei dieser Art von Kräftemessen konnte sie ganz sicher mithalten.

Sie ließ ihren Wagen einfach stehen, wo er war, und ging das letzte Stück bis zum Haus zu Fuß weiter. Dort wurde sie bereits von Buchstädt erwartet.

»Sie sind spät dran«, kommentierte er.

Sie zuckte mit den Achseln. »Tut mir leid, aber ich wurde ... aufgehalten.« Kurz hatte sie mit dem Gedanken gespielt, Alexander bei seinem Arbeitgeber anzuschwärzen, sich dann aber dagegen entschieden.

Obwohl sie durchaus bereit war, Alexander die Stirn zu bieten – sie würde sich nicht auf sein Niveau herablassen.

»Womit soll ich anfangen?«

»Genau das ist die falsche Frage. Noch einmal: Es ist absolut Ihnen überlassen, was Sie nun tun. Für mich zählt nur, wer von Ihnen beiden am Ende der Woche das bessere Konzept vorlegt. Der- oder diejenige wird die weitere Zusammenarbeit leiten. Und sollten wir dann den ersten Preis erringen, löse ich meinen Teil der Vereinbarung ein. Es geht also nur darum, den Wettbewerb zu gewinnen – dafür sollten Sie alles tun. Verstanden?«

Emily nickte ernst.

»Gut. Ihr Bereich erstreckt sich über den östlichen Teil des Gartens, entsprechend liegt der von Herrn Wallert im Westen. Die Zufahrt bildet sozusagen die Grenze zwischen den beiden Arealen. Sie erhalten beide ein Budget, das möglichst nicht überschritten werden soll. In Ausnahmefällen würde ich eine Erhöhung genehmigen – allerdings nur, wenn mir der betreffende Anwärter einen wirklich plausiblen Grund für seine Mehraufwendungen nennen kann. Und wie schon gesagt: Derjenige, der mir das bessere Konzept samt Kalkulation vorlegt und zudem einige praktische Beispiele vorführen kann, wird das Projekt leiten.«

Dieser Mann war wirklich knallhart. Man merkte deutlich, dass er früher einmal ein hohes Tier als Unternehmer gewesen sein musste. Seine Angestellten hatten unter ihm vermutlich nicht sehr viel zu lachen gehabt. Ebenso wenig wie Alexander und sie jetzt.

Beim Gedanken an Alexander wurde sie nachdenklich. Eigentlich wollte sie nicht gegen ihn arbeiten, aber nun war sie dazu gezwungen. Denn nur wenn es ihr gelang, dass Buchstädt ihr Konzept akzeptierte, hätte sie bei der anschließenden Zusammenarbeit das Sagen.

Und das war wichtig, denn sie war sicher, dass sie den Wettbewerb nicht gewinnen würden, wenn Alexander nur seine ganz eigenen Vorstellungen durchsetzte. Zwar schien er ein fähiger Gärtner zu sein, aber ihrer Meinung nach ging er viel zu verbissen an die ganze Sache heran.

Woran das wohl liegen mochte?

Nachdem Buchstädt ihr alle notwendigen Details mitgeteilt hatte – sie hielt eine Mappe mit einer Aufstellung aller bisherigen Lieferanten samt Kontaktdaten und Preislisten in der Hand –, inspizierte Emily ihren Teil des Grundstücks.

Die schiere Größe des Anwesens ließ ihre Hoffnung rasch sinken. Sie hatte bisher immer nur in kleinen Gärten gearbeitet. Was ein so riesiges Projekt betraf, war sie wirklich vollkommen unerfahren. Wie sollte sie das alles bloß stemmen? Sie wusste nicht einmal, wo sie anfangen sollte. Hatte sie sich da vielleicht doch etwas zu viel zugemutet?

»Sie sehen aus, als würden Ihnen jeden Moment die Tränen kommen.«

Emily wirbelte herum.

Alexander! Natürlich, wer auch sonst.

Sofort regte sich Widerstand in ihr. »Oh, mir geht's wunderbar, keine Sorge. Und wenn ich mit Ihnen fertig bin, werden Sie es sein, der weint.«

Er nickte spöttisch. »Große Worte. Ich kann für Sie nur hoffen, dass Sie den Sprüchen auch Taten folgen lassen, ansonsten wird es ziemlich blamabel für Sie. Haben Sie überhaupt schon einmal so ein großes Grundstück bepflanzt? Ich wette, Sie wissen nicht einmal, womit Sie anfangen sollen.«

Dummerweise traf er damit den Nagel geradewegs auf den Kopf, doch das konnte sie ihm gegenüber schlecht zugeben.

Nein, das wäre einfach zu peinlich. Vor allem, nachdem sie gerade wirklich den Mund ziemlich weit aufgerissen hatte.

Aber sie stand tatsächlich vollkommen auf dem Schlauch und konnte Hilfe gebrauchen.

Von Alexander jedoch konnte sie die wohl kaum erwarten. Sie waren Konkurrenten. Punkt. Und er würde ganz gewiss den Teufel tun und sie unterstützen.

Sie atmete tief durch. »Also schön, ich gebe zu, dass mich die Größe des Grundstücks schon ein bisschen verunsichert, aber ...«

Er grinste triumphierend. »Wusste ich's doch!«

»Wie schön, dass ich Ihnen eine Freude machen konnte«, giftete sie. War ja klar, dass er das kleinste Anzeichen von Schwäche ihrerseits gleich feiern würde.

Sie wandte sich ab, um ihm die kalte Schulter zu zeigen und sich gleichzeitig einen Überblick über die Gegebenheiten zu verschaffen. Wenn sie das Grundstück in Gedanken in verschiedene kleinere Areale einteilte, würde es ihr auf diese Weise vielleicht leichter fallen ...

Nein, nicht wirklich.

Verdrossen ließ sie die Schultern hängen. Sie hatte keine Ahnung, wie sie das alles hinkriegen sollte. Was sollte sie mit dem Budget anfangen, das Buchstädt ihr zur Verfügung stellte? Sie hatte nicht die geringste Ahnung, in welchen Dimensionen sie einkaufen musste, und bezweifelte ernsthaft, dass sie das auf die Schnelle herausfinden konnte. Sie brauchte Unterstützung – und zwar ganz dringend. Aber wen sollte sie fragen?

Erschrocken zuckte sie zusammen, als sich plötzlich von hinten eine Hand auf ihre Schulter legte. Sie hatte ganz vergessen, dass Alexander noch da war.

»Es tut mir leid.«

Was? Sie blinzelte irritiert. Hatte sie richtig gehört? Hatte er sich etwa gerade bei ihr entschuldigt? Damit hatte sie nun wirklich nicht gerechnet.

Langsam drehte sie sich um und musterte ihn argwöhnisch. »Und was genau tut Ihnen leid? Dass ich überhaupt hier aufgetaucht bin, oder dass ich nicht die geringste Chance gegen Sie als Profi habe?«

Er schüttelte den Kopf. Ein Lächeln umspielte seine Lippen, doch dieses Mal wirkte es eindeutig zerknirscht. »Wir hatten einen ziemlich schlechten Start miteinander, und ich finde, wir sollten noch mal ganz von vorn anfangen. Deshalb schlage ich vor, dass wir dieses förmliche Sie direkt mal lassen – was meinen S… meinst *du*?«

Einen Moment dachte Emily darüber nach, schließlich nickte sie. Warum eigentlich nicht? Vielleicht war er ja doch gar nicht so übel. Und wie sie ja bereits festgestellt hatte, brauchte sie wirklich *dringend* Hilfe.

»Schön, fangen wir also noch mal von vorn an«, sagte sie. »Und als Zeichen deines guten Willens könntest du mir ein paar Tipps geben, wie ich das alles hier bewältigen soll. Ich weiß, wir sind Konkurrenten, aber … letztlich sitzen wir doch beide im selben Boot, oder? Du willst den Wettbewerb ebenso gewinnen wie ich. Und wenn Herr Buchstädt sich für ein Konzept entschieden hat, müssen wir ohnehin zusammenarbeiten.«

Einen Augenblick lang schaute er sie einfach nur an, dann zuckten seine Mundwinkel, und schließlich lachte er lauthals. »Ja, da hast du vermutlich recht. Natürlich habe ich keinen Zweifel, dass der Alte sich für mein Konzept entscheiden wird. Aber ich will mir nicht nachsagen lassen, mit unfairen Mitteln gewonnen zu haben.«

Er zeigte mit dem Kopf auf ein kleines Gartenhäuschen. »Am besten zeige ich dir, wie ich an die Sache herangehe, dann sehen wir weiter – einverstanden?«

Als er ihr die Hand entgegenstreckte, ergriff Emily sie resolut. Zum ersten Mal an diesem Morgen war ihr nach einem ehrlichen Lächeln zumute.

»Was um alles in der Welt tust du da?«

Als hätte man sie bei etwas Verbotenem ertappt, zuckte

Emily zusammen. Sie war gerade dabei, einen besonders hübschen Buchsbaum in Form zu stutzen, und war so in Gedanken und ihre Arbeit versunken, dass sie angefangen hatte, mit der Pflanze zu sprechen. Daran, dass ihr Verhalten auf andere ein wenig verschroben wirken könnte, dachte sie nicht.

Eigentlich war ihr auch gar nicht so richtig bewusst gewesen, dass sie nicht allein war. Kein Wunder – schließlich gärtnerte sie in Margaretes Garten für gewöhnlich ganz allein vor sich hin. Und in den zwei Tagen, die sie nun für Gregor Buchstädt arbeitete, hatte sie noch keine Gelegenheit gehabt, sich an die Veränderung zu gewöhnen.

Als sie sich nun herumdrehte, bemerkte sie ein amüsiertes Schmunzeln, das Alexanders Lippen umspielte.

»Bitte sag mir nicht, dass du das immer machst. Du sprichst mit Pflanzen?«

Obwohl ihr gleichzeitig das Blut in die Wangen schoss, stemmte sie die Hände in die Seiten. »Na und? Ich habe damit stets gute Erfahrungen gemacht. Blumen mögen es, wenn man ihnen Aufmerksamkeit schenkt.«

Er hob eine Braue. »Natürlich ...«

»Du glaubst mir nicht?«

Sein Lächeln wurde eine Spur spöttischer. »Ich persönlich halte das alles ja für faulen Zauber, aber wie heißt es so schön: Jedem Tierchen sein Pläsierchen.«

Sein herablassendes Lächeln ärgerte sie. Er machte sich über sie lustig. Normalerweise stand sie über solchen Dingen. Wenn jemand sie nicht ernst nehmen wollte – bitte sehr.

Aber seltsamerweise brachte Alexander, den sie gerade erst so kurz kannte, eine vollkommen neue Seite in ihr hervor. Bei ihm konnte sie einfach nicht gelassen bleiben.

»Es funktioniert aber«, entgegnete sie kühl. »Und wissenschaftliche Studien belegen, dass ...«

Er lachte. »Du bist unglaublich süß, wenn du dich so aufregst, hat dir das schon mal jemand gesagt?«

Nun war sie hin- und hergerissen, ob sie empört sein oder

sich geschmeichelt fühlen sollte. So etwas hatte noch nie jemand zu ihr gesagt.

»Und hat dir schon mal jemand gesagt, dass du ganz schön eingebildet bist?« Sie funkelte ihn an und griff nach seiner Hand – eine Entscheidung, die sie sofort bereute, da ihr Herz aus irgendeinem Grund anfing, Purzelbäume zu schlagen. »Komm, ich zeige dir etwas.«

Sie zog ihn mit sich zu einem Rosenstock, den sie am Vortag entdeckt hatte. Es handelte sich um ein seltenes Exemplar der Ophelia, einer Sorte, die viel Pflege und besondere Zuwendung brauchte, um zu gedeihen. Etwas, das sie ganz offensichtlich bisher nicht erhalten hatte, denn sie machte einen ziemlich traurigen Eindruck.

»Schau dir diese Rose an«, bat sie. »Was sagst du dazu?«

»Dass wir uns eine Schaufel nehmen und sie rauswerfen sollten«, entgegnete Alexander achselzuckend. »Es ist schade drum, aber ihre Tage sind ganz offensichtlich gezählt.«

Herausfordernd schaute Emily zu ihm auf. »Und wenn ich es schaffe, sie zu neuem Leben zu erwecken? Einfach nur, indem ich sie pflege und mit ihr spreche? Wirst du dann zugeben, dass es doch funktionieren kann?«

Er lachte. »Deal. Und wenn du das wirklich schaffst, fresse ich obendrein noch eine Laubharke.«

Emily lächelte still vor sich hin.

Na warte, dachte sie, du wirst noch dein blaues Wunder erleben …

»Alexander, hättest du vielleicht kurz Zeit, dir meinen Entwurf anzusehen?«

Emilys Stimme riss Alexander aus seinen Gedanken. Seit ein paar Tagen arbeiteten sie nun schon mehr oder weniger friedlich nebeneinander her. Es war beinahe angenehm – und genau das machte ihn nervös.

Sie waren nach wie vor Konkurrenten, das durfte er nicht aus den Augen verlieren. Denn was brachte es ihm, wenn sie den

Wettbewerb gewannen und Emily am Ende die Lorbeeren dafür erntete, weil die Arbeit auf ihrem Konzept beruhte?

Bist du verrückt? Als ob diese Frau – eine Hobbygärtnerin! – auch nur die geringste Chance gegen dich hätte! Oh Mann, sie spricht ja sogar mit ihren Pflanzen! Welcher Mensch, der irgendetwas von diesem Job versteht, tut denn so was? Soll sie doch ruhig versuchen, sich zu beweisen. Am Ende kann nur einer als Sieger aus diesem kleinen Wettkampf hervorgehen – und das bist du!

Für den Fall, dass sie den großen Gartenwettbewerb gewannen, hatte Buchstädt ihm versprochen, dass er das öffentliche Interesse gern voll und ganz für sich in Anspruch nehmen könnte.

Der alte Griesgram war nicht erpicht darauf, in der Öffentlichkeit zu stehen. Ihm ging es nur darum, die Trophäe einzuheimsen und seinem alten Intimfeind eins auszuwischen. Alles andere interessierte ihn nicht.

Für Alexander hingegen war es ungemein wichtig, dass sein Name eine gewisse Bekanntheit erlangte. Denn nur auf diese Weise konnte er es der Person heimzahlen, die ihn damals eiskalt ruiniert hatte.

Miriam.

Allein der Name ließ ihm einen eisigen Schauer den Rücken hinunterrieseln. Er hatte sie bei einer Gartenausstellung kennengelernt. Sie war ihm sofort aufgefallen mit ihrem glatten schwarzen Haar, der weiblichen Figur und den endlos langen Beinen, die sie nicht unter Hosen zu verstecken versuchte.

Sie hatte sich ihm als Miriam Kellermann vorgestellt – eine arbeitslose Gärtnereifachverkäuferin, die dringend nach einer neuen Stelle suchte. Und zwar ausgerechnet in Sankt Peter-Ording und Umgebung.

Zwar hatte Alexander damals nicht wirklich eine Hilfe im Verkauf benötigt, doch sein Betrieb lief gut genug, um problemlos noch eine weitere Kraft tragen zu können. Und so hatte er sie eingestellt.

Das war natürlich nur der Anfang gewesen. Sie hatte ihm schöne Augen gemacht, und er hatte sich geschmeichelt gefühlt. Vermutlich war er auch gleich ein bisschen verliebt gewesen in sie.

Auf jeden Fall war er auf ihre Avancen eingegangen, und keine sechs Monate später war bereits die Rede vom Heiraten und Kinderkriegen.

Normalerweise war Alexander kein Freund von voreiligen Entschlüssen, doch für Miriam hätte er alles getan. Er war so unglaublich vernarrt gewesen in diese Frau, mit der er den Rest seines Lebens verbringen wollte.

Er hatte ja nicht ahnen können, dass sie ganz andere Pläne verfolgte ...

Genau deshalb aber stand eins für ihn fest: Niemals wieder würde er sich von einer Frau den Kopf verdrehen lassen.

Aber warum hatte er dann zugestimmt, Emily trotz der Konkurrenzsituation bei ihren Startschwierigkeiten zu helfen?

Dafür gab es mehrere gute Gründe. Zum einen stimmte es ja nun mal, dass sie nach der Entscheidung für ein Projekt zwangsläufig zusammenarbeiten mussten. Und Alexander hatte keine Lust, während der kommenden zwei Monate ständig Schwierigkeiten zu bekommen, weil sie nicht miteinander klarkamen.

Zum anderen hoffte er aber auch, einschreiten zu können, sollte sich ihr Projekt am Ende doch als das bessere erweisen. Dann musste er irgendetwas unternehmen, denn sie durfte einfach nicht den Zuschlag für die Leitung der Arbeiten bekommen. Er wollte schließlich seine Vorstellungen umsetzen und nicht die irgendeiner Fremden!

Aber das würde auch nicht geschehen, da war er sicher. Emily war schließlich nicht mal eine gelernte Gärtnerin!

Seufzend fuhr er sich mit der Hand durchs Haar und nickte Emily zu. »Zeig mal her«, sagte er. Dabei spürte er, dass sein Herz sofort schneller zu schlagen begann. Es war ihm schon aufgefallen, dass das jedes Mal passierte, wenn sie in seiner Nähe war.

Das muss dringend aufhören! Diese Frau ist nicht gut für dich. Keine Frau ist das! Denk an Miriam ...

Aber irgendwie hatte er das Gefühl, dass Emily anders war. Ihr schien es gar nicht so sehr darum zu gehen, den Wettbewerb zu gewinnen. Sie wollte etwas anderes von Buchstädt, und obwohl er nicht wusste, worum es sich handelte, hatte er das Gefühl, dass es ihr wirklich ungemein wichtig war.

Doch das alles konnte ihm egal sein. Er war hier, um seinen Job zu erledigen, nicht mehr und nicht weniger. Trotzdem konnte er es nicht leugnen: Emilys Nähe ließ ein Gefühl in ihm aufkommen, als würde ein ganzer Bienenschwarm in seinem Bauch herumsummen.

Er nahm das Blatt, das sie ihm hinhielt, und strich es vor sich auf dem Tisch glatt. Zu seiner Überraschung musste er zugeben, dass sie keine schlechte Arbeit geleistet hatte. Es handelte sich ganz offensichtlich nicht um das Werk eines Profis, aber nichtsdestotrotz war der Entwurf in seinen Grundzügen ziemlich ausgereift.

Das grundlegende Konzept war ein chinesischer Garten, mit kleinen Teichen und Bachläufen und den entsprechenden Pflanzen. Dazwischen gab es Bereiche mit kunstvoll angelegten Blumenbeeten, kleinen Pagoden und Brücken im asiatischen Stil. Insgesamt eine runde Sache – die allerdings auch einen Haken hatte.

»Gefällt mir ausgesprochen gut, Emily«, sagte er und hätte sich im selben Moment am liebsten auf die Zunge gebissen. Warum war er bloß so freundlich zu dieser Frau? Er atmete tief durch. »Allerdings bereitet mir ein Punkt Bauchschmerzen.«

»Die Kosten«, vermutete sie ein wenig zerknirscht.

Er nickte. »Und der Zeitfaktor. Wasser ist grundsätzlich ja keine schlechte Idee, aber in solchen Dimensionen sollte es hier schwer zu realisieren sein.«

Sie nickte, wirkte dabei aber so bedrückt und enttäuscht, dass es ihn unwillkürlich anrührte. Er legte ihr eine Hand auf die Schulter. »Wenn du willst, können wir den Entwurf ja nachher beim Abendessen noch mal durchgehen.«

Lächelnd blickte sie zu ihm auf. »Ich wusste gar nicht, dass wir zum Essen verabredet sind.«

»Dann weißt du es jetzt«, entgegnete er nüchtern. »Es sei denn, du bist nicht an meinen Vorschlägen interessiert. Dann steht es dir selbstverständlich frei, den Abend einsam und allein in deinem verstaubten Pensionszimmer zu verbringen ...«

»Nein, nein«, erwiderte sie rasch und hob den Blick. Bei diesem Augenaufschlag musste er sich wirklich zusammenreißen, um sich nicht anmerken zu lassen, wie unglaublich sie auf ihn wirkte.

Emily schluckte hart.

Wenn Alexander sie so anschaute, wurden ihre Knie ganz weich. Das war etwas, an das sie ganz und gar nicht gewöhnt war. Ihre Vergangenheit mit Männern war eher unrühmlich. Und sie war nie einem begegnet, dem es gelungen war, die Schmetterlinge in ihrem Bauch zum Flattern zu bringen.

Bis jetzt.

»Dann ist es also abgemacht«, sagte er. »Ich habe um halb sechs noch ein Gespräch mit dem alten Griesgram, aber danach wäre ich frei. Was ist mit dir?«

Sie hatte nichts zu tun. Was auch? Er hielt das Konzept in der Hand, an dem sie die letzten beiden Tage gesessen hatte. Bis er Zeit hatte, es mit ihr durchzusprechen, war sie praktisch arbeitslos. Doch das musste er ja nicht unbedingt wissen.

Sie zückte ihren Terminplaner – leer für die kommenden Tage, natürlich! – und blätterte geschäftig darin, ehe sie schließlich nickte. »Ja, das passt mir gut. Wollen wir in dem kleinen Restaurant, das zu meiner Pension gehört ...?«

Er schüttelte den Kopf. »Nein, ich weiß etwas Besseres. Was hältst du davon, wenn ich dich um kurz nach sechs abhole?«

»Ja, warum nicht? Darf ich mir deinen Entwurf eigentlich auch mal ansehen?«

Ihm war deutlich anzusehen, wie unbehaglich er sich fühlte. Ganz offensichtlich war er nicht erpicht darauf, seine Ideen mit ihr zu teilen.

Warum wunderte sie das eigentlich? Nur weil sie anfing, Gefühle für ihn zu entwickeln, die sie sich selbst nicht erklären konnte, bedeutete das noch lange nicht, dass es ihm ebenso ging.

Im Grunde war es bereits mehr als erstaunlich, dass er überhaupt so weit über seinen Schatten sprang, ihr bei ihrem Entwurf zu helfen. Doch das tat er vermutlich nur, weil er in ihr ohnehin keine Konkurrenz sah. Und damit lag er bedauerlicherweise wohl auch nicht ganz falsch.

Von Stunde zu Stunde wurde ihr schmerzlicher bewusst, dass sie nur eine armselige Laiengärtnerin war, die von den Feinheiten der Materie überhaupt keine Ahnung hatte.

Es war eine Sache, in Margaretes Hinterhof herumzugärtnern. Das hier aber war eine vollkommen andere Dimension. Und sie fürchtete, dass sie auf ganzer Linie versagen würde, wenn Alexander ihr nicht half.

Das Problem war, dass sie nicht einfach so aufgeben *durfte*. Es ging hier immerhin um Margarete und deren großen Traum. Aufgeben war keine Option.

Auf gar keinen Fall.

Sie war nicht so weit gekommen, um jetzt einen Rückzieher zu machen.

»Ungern«, gestand er schließlich, und sie schluckte den bissigen Kommentar hinunter, der ihr auf der Zunge lag. Sie konnte von ihm nicht erwarten, dass er ihr vertraute. Welchen Anlass hatte er schon dazu?

»Schon gut«, entgegnete sie knapp. »Wir sehen uns dann heute Abend.«

Er nickte abwesend, mit den Gedanken offensichtlich wieder ganz woanders.

Sie ging ohne ein weiteres Wort. Die widersprüchlichen Signale, die Alexander aussandte, irritierten sie. Aber sie hatte weder Lust noch Zeit, sich darüber jetzt den Kopf zu zerbrechen.

5. Kapitel

»So, meine Liebe«, sagte Emily und streichelte die Rose, die sie Roswitha getauft hatte, zärtlich über die Blütenblätter. »Es ist jetzt halb fünf – Feierabend. Ich bin dann morgen früh wieder da und erzähle dir, wie es mit Alexander gelaufen ist.«

Bildete sie es sich nur ein, oder war Roswitha tatsächlich schon etwas kräftiger geworden? Sie war sich nicht sicher, zweifelte aber nicht an ihrer Fähigkeit, die Blume wieder aufpäppeln zu können.

Sie schenkte Roswitha noch ein letztes aufmunterndes Lächeln, dann machte sie sich auf den Weg zu ihrem Wagen. Dabei ließ sie den Blick darüber schweifen, was Alexander und sie bisher auf die Beine gestellt hatten. Jeder von ihnen hatte eine Miniaturversion seiner Ideen gezaubert.

In Emilys Fall handelte es sich um eine Blumeninsel mitten im Garten, die leicht anstieg und in deren Zentrum sie als Blickfang eine fünfeckige schmiedeeiserne Pergola aufgestellt hatte. Diese stammte aus einem Schuppen hinter dem Haus und war ziemlich alt und rostig, was ihr jedoch in Emilys Augen nur zusätzlichen Charme verlieh.

Da es eine Weile dauern konnte, bis die Kletterrosen, die sie neu gekauft hatte, an der Konstruktion emporranken würden, hatte sie kurzerhand einige eingesetzt, die im hinteren Bereich des Gartens an einer Mauer hochgewachsen waren.

Ringsum hatte sie mit farbenfrohen Stauden und Bodendeckern gearbeitet, die innerhalb kürzester Zeit einen üppigen Teppich bilden würden. Diese bildeten einen hübschen Rahmen für das Arrangement.

Es war noch nicht perfekt, aber man konnte bereits sehen, wohin die Reise gehen sollte.

Knapp eine halbe Stunde später stand sie in ihrem Pensionszimmer vor dem Spiegel und musterte sich stirnrunzelnd.

Sie war durchschnittlich groß, hatte graublaue Augen und schwarze Locken, die sich nur schwer bändigen ließen. Leider hatte sie nicht die elegante gerade Nase ihrer Mutter geerbt, sondern besaß eine kleine mädchenhafte Stupsnase.

Aus irgendeinem Grund war sie mit ihrem Aussehen heute nicht einmal halb so zufrieden wie mit ihren Fortschritten in Buchstädts Garten.

Warum interessierte es sie überhaupt, wie sie aussah? Normalerweise war sie der uneitelste Mensch auf der Welt.

Sie fühlte sich in Jeans und Sweatshirt und im Sommer in weit geschnittenen, luftigen Kleidern am wohlsten. Make-up trug sie nur sehr selten, Accessoires sogar noch seltener. Es war nicht so, dass ihr ihr Aussehen egal war. Natürlich wollte sie nicht schlampig oder ungepflegt wirken. Aber warum sollte sie sich für andere Leute herrichten? Das hatte sie überhaupt nicht nötig.

Vermutlich war diese Einstellung eine Nachwirkung ihrer Kindheit und Jugend. Für ihre Eltern war nichts wichtiger gewesen als der äußere Eindruck. Als kleines Mädchen hatte ihre Mutter sie in schöne teure Kleidung gesteckt, in der sie mehr oder weniger nur still sitzen und hübsch aussehen durfte.

Herumtoben? Spielen im Garten? Derlei Dinge waren selbstverständlich nicht infrage gekommen. Wahrscheinlich wühlte sie auch deshalb heute so gern mit den Händen im Dreck herum.

Beinahe wäre ihr ganzes Leben nach diesem Muster verlaufen. Sie hätte den Mann geheiratet, den ihre Eltern für sie ausgesucht hatten, und wäre zu einer braven Vorzeigefrau geworden, die ihre Zeit damit verschwendete, Tanztees und Cocktailpartys zu organisieren.

Zum Glück hatte sie noch in der letzten Sekunde den Absprung geschafft. Und zwar im wahrsten Sinne des Wortes.

Sie hatte ihren damaligen Verlobten Richard vor dem Traualtar stehen lassen und mit flatterndem Hochzeitskleid und wehendem Schleier die Flucht ergriffen.

Ein ganz schöner Schlamassel, in den sie sich da gebracht hatte. Doch sie bereute ihre Entscheidung, im letzten Moment die Reißleine gezogen zu haben, keinen Augenblick. Bitter bereute sie dagegen, dass sie ihr Leben so lange von ihren Eltern hatte bestimmen lassen.

Rückblickend war das ihr größter Fehler gewesen. Doch es war nicht so leicht, sich freizustrampeln, wenn man es nie anders gekannt hat. Sie war wohlbehütet aufgewachsen und auf ein angesehenes Mädcheninternat gegangen. Die meisten ihrer Freundinnen waren von ihren Familien ebenso vom Rest der Welt abgeschirmt worden wie sie selbst.

Emily atmete tief durch und schüttelte den Gedanken an die Vergangenheit ab. Was geschehen war, mochte sie noch heute in gewisser Weise beeinflussen. Dennoch war sie ziemlich sicher, dass ihr Verhalten Alexander gegenüber andere Gründe hatte.

Zum Glück ließ der Inhalt ihres Koffers keine Extravaganzen zu. Sie hatte ihre übliche Garderobe dabei, die mehr oder weniger nur aus praktischen Sachen bestand. Das bedeutete allerdings nicht, dass sie sich heute darin sonderlich wohlfühlte.

Verflixt – sie wollte Alexander also wirklich beeindrucken.

Na prima!

Ruckartig wandte sie sich vom Spiegel ab und schüttelte den Kopf. Schluss mit dem Blödsinn! Sie würde sich weder für Alexander noch für irgendeinen anderen Mann verbiegen. Diesen Fehler wollte sie auf gar keinen Fall noch einmal begehen. Das kam überhaupt nicht infrage.

Rasch zog sie noch ihre Turnschuhe an und verließ das Zimmer. Zwei Stufen auf einmal nehmend, eilte sie die Treppe hinunter und dann zur Tür hinaus – geradewegs in Alexanders Arme.

»Hoppla! Nicht so stürmisch!«

Als sie sich an seiner breiten Brust wiederfand, schien ihr Herz einen Schlag auszusetzen, nur um im nächsten Moment mit voller Wucht loszuhämmern. Wow, das war ... Sie konnte gar keine passenden Worte für das finden, was in ihr vorging.

Sie hob den Blick und stellte erneut fest, wie unglaublich faszinierend seine Augen waren. Diese goldenen Sprenkel wirkten wie sprühende Funken vor dem tiefblauen Hintergrund. Daran konnte sie sich gar nicht sattsehen. Erst als es zu spät war, merkte sie, dass sie ihn anstarrte.

Er schmunzelte, als sie hastig wegschaute. »Hat dir gefallen, was du gesehen hast?«

»Du weißt verdammt genau, dass du nicht übel aussiehst«, knurrte sie unwillig. »Ich wette, die Frauen liegen dir reihenweise zu Füßen. Aber bei mir zieht diese Prinz-Charming-Nummer nicht, dass wir uns da richtig verstehen.«

Er hob eine Braue. »Die ... bitte was?« Leise lachend schüttelte er den Kopf. »So was hat noch nie jemand zu mir gesagt. Wie kommst du darauf, dass das eine Masche ist? Ich bin einfach nur ein freundlicher Mensch, der gerne lächelt. Dagegen ist doch wohl nichts einzuwenden, oder?«

Nun war sie es, die lachte. »Freundlich? Also, den Eindruck hast du bei unserer ersten Begegnung nicht unbedingt auf mich gemacht. Aber, schön, ich muss zugeben, dass du diesen Fauxpas inzwischen ziemlich ausgebügelt hast. Trotzdem lasse ich mich von dir nicht einwickeln. Du willst doch nur verhindern, dass Herr Buchstädt die Leitung des Projekts am Ende mir überlässt.«

Sie hatte es scherzhaft gemeint, doch sein Gesichtsausdruck machte deutlich, dass er ihre Äußerung ganz anders auffasste. Es kam nicht gerade häufig vor, dass sie ihre Worte bereute, aber dieses Mal hätte sie sie liebend gern zurückgenommen.

»Wir sollten dann auch wirklich aufbrechen«, sagte er knapp. »Bist du so weit?«

Emily nickte, folgte ihm zu seinem Wagen und stieg ein, als er die Beifahrertür für sie öffnete. Sie fühlte sich unbehaglich, und die Anspannung stieg sogar noch, als Alexander sich neben ihr ans Steuer setzte.

Die Fahrt verlief schweigend, und Emily fühlte sich von Minute zu Minute unwohler. Auch wenn sie bisher so getan hatte, als ob es ihr gleichgültig wäre – sie war heilfroh darüber, dass zwischen Alexander und ihr kein Krieg herrschte, obwohl sie Konkurrenten waren.

Doch wie es schien, hatte sie nun mit einem unbedachten Kommentar alles kaputt gemacht.

Verdammt!

»Tut mir leid«, platzte es irgendwann aus ihr heraus. »Ich habe das vorhin nicht so gemeint. Mir sind einfach die Pferde durchgegangen. Ich habe nicht nachgedacht und ...«

»... das gesagt, was du wirklich denkst?«, unterbrach er sie. »So ist es doch, oder? Du glaubst, dass ich nur freundlich zu dir bin, weil ich nach einem Weg suche, dich auszubooten, ja? Weshalb, denkst du, bin ich bereit, deinen Entwurf mit dir durchzusprechen? Aus Berechnung?«

Sie schüttelte den Kopf. »Nein – wie ich schon sagte, bedaure ich sehr, was ich da gerade von mir gegeben habe. Es sollte ein Scherz sein. Aber mir ist schon klar, wie das für dich geklungen haben muss, und das wollte ich nicht. Nimmst du meine Entschuldigung an?«

Er zögerte, und Emily war beinahe sicher, dass er Nein sagen würde. Doch schließlich nickte er.

»Natürlich – wir machen schließlich alle mal Fehler.« Er lachte leise. »Davon kann ich mich auch nicht freisprechen. Es wäre wohl ziemlich vermessen, so zu tun, als wäre ich unfehlbar.«

Sie schaute ihn an. »Danke. Und ... wo fahren wir jetzt eigentlich hin?«

»Lass dich überraschen. Aber ich versichere dir, es wird dir gefallen. Wir sind auch praktisch schon da.« In diesem Moment bog er von der Landstraße ab, und kurz darauf erreichten sie ein kleines, mit Reet gedecktes Häuschen, vor dem auf einer Terrasse mehrere Tische und Stühle standen. Im Hintergrund war das Meer zu sehen, endlos und blau, bis zum Horizont.

»Ist das ein Restaurant?«, fragte sie verzückt.

»Das beste Fischrestaurant in der Gegend«, behauptete er. »Ich hoffe, du magst Fisch.«

»Sehr sogar. Vor allem, wenn er frisch vom Fischerboot direkt auf den Tisch kommt.«

Alexander lachte. »Hier *springt* er dir förmlich auf den Teller«, erwiderte er. »Aber im Ernst, der Koch ist ein echtes Genie. Ich habe noch nirgendwo anders so guten Fisch gegessen wie hier. Und günstig ist es auch noch.«

Sie betraten das Lokal und wurden sofort freundlich von einem Kellner in Empfang genommen, der Alexander zu kennen schien.

»Herr Wallert«, rief er. »Wie schön, dass wir Sie mal wieder hier begrüßen dürfen. Ich dachte schon, Sie wären uns untreu geworden.«

»Nein, nein, Henrik, keineswegs. Das könnte ich überhaupt nicht. Ich bin sozusagen süchtig nach Ihren Gerichten. Wenn es nach mir ginge, würde ich jeden Abend hier essen.«

Der Kellner winkte lachend ab. »Schon gut, Ihnen soll verziehen sein«, gab er scherzhaft zurück. »Ein Tisch für zwei?«

»Ja, bitte. Ist draußen auf der Terrasse noch etwas frei?«

»Eigentlich nicht, aber ich denke, wir werden das schon hinbekommen. Für einen so langjährigen Gast ...«

Alexander lächelte. »Vielen Dank, ich weiß das wirklich zu schätzen.«

Der Mann führte sie durch eine Hintertür hinaus auf eine Loggia, und Emily stockte der Atem.

Was für ein Ausblick!

Die Sonne stand bereits recht tief am Himmel, der eine feurige Rotfärbung angenommen hatte, und am Horizont zeichnete sich die Silhouette eines Bootes ab, das in den Sonnenuntergang segelte.

Es war mit Abstand das romantischste Panorama, das Emily je gesehen hatte. Dieser Ort war wie geschaffen für frisch verliebte Pärchen. Und dass der Kellner sie genau dafür hielt, machten die rote Rose und die Kerze deutlich, die er auf den Tisch stellte, kaum dass sie sich gesetzt hatten.

Emily war drauf und dran, die Angelegenheit klarzustellen,

überlegte es sich dann aber doch anders. Warum sich die Mühe machen? Sie würde ohnehin nicht allzu lange in Sankt Peter-Ording bleiben und dieses Restaurant vermutlich nie wieder besuchen.

Außerdem gab es wirklich weitaus Schlimmeres, als mit einem gut aussehenden Mann wie Alexander in Verbindung gebracht zu werden.

»Und? Wie gefällt es dir?«, fragte er und holte sie wieder in die Realität zurück.

»Unglaublich. Einfach fantastisch. Beinahe ein bisschen schade, dass wir nicht ...« Sie biss sich auf die Zunge, ehe sie etwas furchtbar Dummes sagen konnte.

Fragend schaute er sie an. »Was findest du schade?«

»Ach, nichts.« Sie senkte den Blick und schüttelte den Kopf. »Vergiss es einfach, okay?«

Er hob eine Braue, hakte aber nicht weiter nach, wofür sie ihm dankbar war. Wie sollte sie ihm auch erklären, dass sie anstelle eines geschäftlichen Abendessens die romantische Variante bevorzugt hätte?

Sei nicht albern, Emily. Alexander ist hier verwurzelt, und du wirst schon bald zu Margarete nach Bremen zurückkehren. Selbst wenn sich zwischen euch etwas entwickeln würde – du bist nicht der Typ für eine Fernbeziehung.

Doch das war nicht ganz richtig. Sie war nämlich *überhaupt* kein Typ für *irgendeine* Beziehung.

Wieder musste sie an Richard denken. Daran, wie ihre Eltern sie auf einer Cocktailparty miteinander bekannt gemacht hatten, nur um ihr hinterher zu verkünden, dass er ihr zukünftiger Ehemann sein sollte.

Zuerst hatte sie die Sache für einen Scherz gehalten. Ihre Eltern waren schreckliche Snobs, und sie dachten in längst überholten Mustern – aber eine arrangierte Ehe? Nein, das ging selbst für die von Thalbergs zu weit.

Dachte Emily zumindest.

Bald sollte sie jedoch feststellen, dass es ihren Eltern sogar sehr ernst damit war. Aber anstatt sich auf die Hinterbeine zu stellen und ihnen zu sagen, dass sie bei diesem vorsintflutlichen Arrangement nicht mitspielen würde, hatte sie brav und folgsam getan, was man von ihr verlangte.

Alles.

Nun, beinahe alles.

Sie schüttelte den Gedanken ab und kehrte in die Gegenwart zurück – just in dem Moment, als der Kellner mit der Speisekarte an ihrem Tisch erschien.

»Was können Sie uns heute besonders empfehlen?«, fragte Alexander.

»Den Rotbarsch mit Bratkartoffeln und hausgemachter Remoulade«, verkündete der Kellner. Und dann fügte er leise hinzu, als ob er ein Geheimnis verriete: »Es ist die absolute Spezialität unseres Kochs. Sie werden nicht enttäuscht sein, das verspreche ich Ihnen.«

Alexander klappte seine Karte zu. »Dann habe ich mich bereits entschieden«, sagte er. »Für mich bitte den Rotbarsch.«

Emily nickte. »Das klingt wunderbar – für mich bitte auch.«

»Ein Glas Wein dazu?«

Fragend schaute Alexander sie an. »Ich würde ein Glas Weißwein dazu nehmen – und du?«

Wieder nickte sie, und Alexander bestellte den Wein dazu.

Als sie wieder allein waren, fühlte Emily sich zunehmend nervöser. Und als sie ihren Wein vor sich stehen hatte, ertappte sie sich dabei, dass sie immer wieder daran nippte. Dabei vertrug sie Alkohol nicht besonders gut.

»Wollen wir uns dann jetzt über meinen Entwurf unterhalten?«, fragte sie nach einer Weile, das Weinglas fest umklammernd.

Alexander lachte. »Warum bist du plötzlich so schrecklich angespannt?«

Zu ihrem Entsetzen erhob er sich von seinem Platz, ging um den Tisch herum, stellte sich hinter sie und legte ihr die Hände auf die Schultern. »Man sagt mir nach, dass ich heilende Hände besitze. Ich bin gern bereit, das unter Beweis zu stellen.«

Ohne ihre Antwort abzuwarten, fing er an, ihre Schultern zu massieren. Und obwohl Emily sicher war, dass sie dem besser sofort ein Ende setzen sollte, brachte sie genau das einfach nicht über sich. Stattdessen schloss sie die Augen, ließ das Kinn auf die Brust sinken und genoss.

Alexander hatte keineswegs übertrieben, was seine Fähigkeiten betraf. Normalerweise hätte sie sich jetzt Gedanken darüber gemacht, wie ihr Verhalten in der Öffentlichkeit wohl wirken mochte. Das hatten ihre Eltern ihr so lange eingetrichtert, dass es ihr in Fleisch und Blut übergegangen war.

Aber seltsamerweise kümmerte es sie in diesem Moment überhaupt nicht, ob die anderen Gäste im Lokal über sie redeten. Sollten sie doch – ausnahmsweise stellte sie einmal ihr eigenes Wohlbefinden an erste Stelle. Und sie musste zugeben, dass an Alexander wirklich ein grandioser Masseur verloren gegangen war.

»Gott, das war großartig«, stieß sie verzückt hervor, als er die »Behandlung« schließlich mit einem leichten Klopfen auf die Schultern beendete und sich wieder hinsetzte. »Ich fühle mich relaxt und entspannt wie schon lange nicht mehr. Wo hast du das bloß gelernt?«

»In einem buddhistischen Tempel in Tibet, in dem ich drei Monate fastend, schweigend und betend verbracht habe«, erwiderte er, ohne eine Miene zu verziehen.

Erstaunt zog Emily die Brauen hoch, und seine ernste Fassade brach in sich zusammen. Er prustete los.

»Nein, natürlich nicht. Ich bin halt einfach ein Naturtalent.«

»Also, wenn du ein Massagestudio eröffnen würdest ...«

»Ja?«

»Die Frauen würden dir bestimmt die Tür einrennen.«

»Nur die Frauen?«, fragte er und musterte sie mit einem leichten Lächeln.

Sie schluckte hart. Was hatte sie sich nun dabei wieder gedacht? Es war ihr einfach so rausgerutscht, ohne dass sie darüber nachgedacht hatte. Sie sollte langsam mal ihr Gehirn einschalten, wenn sie mit Alexander zusammen war.

»Nein ... natürlich nicht nur die Frauen. Die Männer auch ... also ... alle ...« Aufstöhnend fuhr sie sich durchs Haar. »Großer Gott, was fasele ich da eigentlich?«

»Keine Ahnung«, entgegnete er. »Aber ich finde es ziemlich charmant.«

»Lass uns lieber über meinen Entwurf sprechen.« Sie fischte die Mappe aus ihrer Tasche und reichte sie ihm über den Tisch. »Ich habe noch ein paar Änderungen vorgenommen. Du hattest recht, die großen Wasserflächen lassen sich unmöglich auf die Schnelle realisieren. Stattdessen habe ich ein kleines Biotop und einen Bach mit Wasserfall integriert. Was hältst du davon?«

Nervös rutschte sie auf ihrem Stuhl hin und her, während er aufmerksam ihr Konzept studierte. Sie konnte es kaum abwarten, seine Meinung zu hören. Und das, wo sie normalerweise selbst ihre schärfste Kritikerin war. Doch aus irgendeinem Grund war ihr ganz besonders wichtig, was er von ihrer Arbeit hielt. Vielleicht, weil er ein professioneller Gärtner war?

Das ist wohl kaum der Grund, Emily, und das weißt du auch. Mach dir doch nichts vor – du findest ihn attraktiv. Deshalb willst du ihn beeindrucken – wenn schon nicht mit deiner umwerfenden Schönheit, dann doch zumindest mit deinem Können.

Sie war nicht dumm, natürlich wusste sie, dass es hübschere Frauen gab als sie. Das machte ihr eigentlich auch gar nichts aus. Sie war niemand, der sich immerzu Gedanken über sein Aussehen machte.

Außer wenn sie mit Alexander zusammen war. Da schien es ihr ganz plötzlich sogar *unglaublich* wichtig zu sein.

Als er schließlich anerkennend nickte, war ihr, als würde eine riesige Last von ihren Schultern fallen.

»Gefällt mir gut«, sagte er. »Echt beeindruckend. Und das sage ich nicht nur aus Mitleid oder weil ich dich mag. Hast du schon mal überlegt, dich zur Landschaftsgärtnerin ausbilden zu lassen? Was machst du überhaupt beruflich?«

»Ich arbeite als Haushaltshilfe«, entgegnete sie ein wenig verlegen, obwohl sie sich für ihre Arbeit wahrlich nicht zu schämen brauchte. Doch sie hatte schon häufig erlebt, dass Menschen auf sie herabblickten, wenn sie auf ihren Job zu sprechen kam. Dabei war es doch nun wirklich nichts Verwerfliches, jemanden im Haushalt zu unterstützen, der dazu selbst nicht mehr in der Lage war.

Zu ihrer Erleichterung schien Alexander ihre Meinung zu teilen. »Das kann ebenso harte körperliche Arbeit sein wie die Gärtnerei. Ich finde immer, Berufe wie unsere werden gnadenlos unterschätzt.«

Sie nickte nachdrücklich. »Ganz genau. Wobei ich sagen muss, dass ich es wirklich gut getroffen habe. Margarete – die Frau, für die ich arbeite – ist ein echter Schatz. Sie erleichtert mir die Arbeit, wo sie nur kann. Manchmal glaube ich, sie hat meine Hilfe gar nicht wirklich nötig. Sie freut sich einfach darüber, dass ich ihr Gesellschaft leiste und mich um ihren Garten kümmere.«

»Ach, das war also deine Übungsfläche.« Er lachte leise. »Ich wette, dass die ganze Nachbarschaft sie um ihren Garten beneidet, stimmt's?«

»Allerdings«, entgegnete Emily nicht ohne Stolz. »Dabei handelt es sich nur um einen kleinen Hinterhof. Warte ...« Sie zückte ihr Handy. »Ich habe Fotos dabei.« Zögernd blickte sie auf. »Natürlich nur, wenn du dich dafür interessierst.«

»Aber auf jeden Fall.« Er nahm ihr das Smartphone aus der Hand, das sie ihm hinhielt, und wischte zwischen den einzelnen Fotos hin und her. Lächelnd nickte er. »Das ist wirklich gut. Wie du das Platzproblem gelöst hast, gefällt mir. Ich nehme an, dass alles sehr viel enger und kleiner ist, als es aussieht.«

Sie fachsimpelten noch eine Weile über Margaretes Garten, und Emily taute immer mehr auf, bis sie sich in seiner Gesellschaft wie in der eines alten Freundes fühlte. Das Essen wurde gebracht, und sie mussten ihre Diskussion über Gärten generell und Margaretes und Gregor Buchstädts im Besonderen kurz unterbrechen.

»Oh mein Gott!« Emily konnte das verzückte Seufzen nicht zurückhalten, als sie die erste Gabel von ihrem Rotbarsch gekostet hatte. Er war zart, locker und einfach perfekt gewürzt. »Das schmeckt himmlisch. Du hast wirklich nicht zu viel versprochen.«

Er lächelte. »Freut mich, dass es dir schmeckt. Ich weiß zwar, dass der Koch hier sein Handwerk wirklich versteht, aber Geschmäcker sind ja bekanntlich unterschiedlich, nicht wahr?«

Energisch schüttelte sie den Kopf. »Ich kann mir beim besten Willen nicht vorstellen, dass irgendjemand bei diesem Gericht nicht ins Schwärmen gerät.«

Genussvoll spülte sie den nächsten Bissen mit einem weiteren Schluck Wein herunter. Dabei stellte sie fest, dass sie sich mittlerweile ein bisschen beschwipst fühlte – auf eine äußerst angenehme, warme und wohlige Weise.

Es dauerte nicht lange, da waren ihre Teller leer geputzt, und die Flasche Weißwein hatten sie ebenfalls geleert.

Fragend schaute Alexander sie an. »Möchtest du noch ein Dessert?«

Stöhnend rieb sie sich den Bauch. »Um Himmels willen, ich kriege keinen Bissen mehr runter.«

»Dann schlage ich einen Verdauungsspaziergang vor«, entgegnete er. »Den kann ich auch gut gebrauchen, muss ich zugeben. Wenn es mir so gut schmeckt, kann ich mich einfach nicht zügeln, bis auch der letzte Krümel vom Teller verschwunden ist.«

»Geht mir ähnlich«, sagte sie lächelnd.

Er winkte den Kellner heran, dem er neben einem Kompliment für die Küche noch ein großzügiges Trinkgeld zukommen ließ. Galant hielt er dann Emily eine Hand hin, um ihr beim Aufstehen behilflich zu sein. Ohne zu überlegen ergriff sie sie sofort.

Als sie Seite an Seite hinaustraten in die laue Abendluft,

atmete Emily tief durch. Es fühlte sich gut an, denn obwohl sie auf der Terrasse gesessen hatte, war es beinahe ein bisschen stickig gewesen.

Die Sonne war längst untergegangen und das Meer ging nahtlos in den tiefschwarzen Nachthimmel über. Fernab vom Licht der Ortschaft leuchteten die Sterne wie Diamantensplitter in der Dunkelheit.

Emily war sich überdeutlich bewusst, dass Alexander und sie sich noch immer an den Händen hielten. Es war beinahe so, als wollte er sie gar nicht mehr loslassen – das hoffte sie zumindest, denn so empfand sie gerade.

Ihr Herz klopfte heftig, so wie vorhin, als er sie massiert hatte – wenn nicht sogar noch schneller. In ihrem Kopf drehte sich alles, und sie war sich ziemlich sicher, dass nicht allein der Alkohol dafür verantwortlich war, obwohl er sicher seinen Teil dazu beitrug.

Sie schauten zum Himmel hinauf, und Emily schwankte bedrohlich, bis Alexander ihr einen Arm um die Schulter legte. Einen Moment lang war sie stocksteif, doch dann schmiegte sie sich an ihn und lehnte den Kopf gegen seine Brust.

Ihr Ohr lag auf seinem Herzen, und sie konnte es laut und deutlich pochen hören. Es war beruhigend und aufregend zugleich. Sie wollte am liebsten einfach ewig dastehen und seine Nähe genießen. Doch da war noch diese nervige innere Stimme, die sie ermahnte, ihr eigentliches Ziel nicht aus den Augen zu verlieren.

Gregor Buchstädt hatte ihr versprochen, mit Margarete zu sprechen, wenn sie ihm dabei half, den Gartenwettbewerb zu gewinnen. Und im Augenblick war es nicht die Konkurrenz der anderen Teams, die ihr Sorgen machte. Denn Alexander war ein ausgebildeter Landschaftsgärtner, der sein Handwerk verstand.

Aber wer war sie? Welche Qualifikationen hatte sie vorzuweisen? Die Antwort lautete, zu ihrem eigenen Verdruss: gar keine.

Alles, was sie wusste, hatte sie sich selbst beigebracht. So manchen Nachmittag hatte sie damit verbracht, Gartenratgeber und Pflanzenfibeln zu studieren. Was die Gestaltung betraf, hatte sie Online-Ratgeber konsultiert und bei ihren Urlaubsreisen stets alle Parks und öffentliche Gärten besucht, um sich dort inspirieren zu lassen.

»Wo bist du mit deinen Gedanken?«

Sie lachte leise, als ihr bewusst wurde, dass sie in den Armen eines attraktiven Mannes lag und dabei über die Arbeit und ihre diesbezüglichen Sorgen und Ängste nachdachte.

»Ach, eigentlich nirgendwo«, sagte sie und winkte ab. »Ist nicht so wichtig.«

Alexander schaute sie eindringlich an. »Mich interessiert aber, was in deinem hübschen Kopf so vorgeht«, sagte er, legte ihr einen Finger unters Kinn und hob ihr Gesicht an.

Ihre Knie wurden zittrig, ihre Haut kribbelte, und in ihrem Bauch flatterte ein ganzer Schwarm Schmetterlinge auf. War das der Wein oder ...?

Ihr Atem ging schneller, sie schaffte es nicht, den Blick von seinen Augen abzuwenden. Sie war wie gebannt. Ihr Herz hämmerte. Und als er sich langsam zu ihr herunterbeugte und seine Lippen hauchzart ihren Mund streiften, schlossen sich flatternd ihre Lider.

Fehler oder nicht – sie wünschte sich, dass dieser Moment für immer andauerte. Ihre freie Hand suchte Alexanders, und sie verschränkten die Finger miteinander, ohne den Kuss zu unterbrechen.

Emily öffnete die Lippen ein wenig, und als seine Zungenspitze ihre berührte, vermeinte sie, einen Blitzschlag zu spüren, der durch ihren ganzen Körper fuhr.

Es war nur eine winzige, hauchzarte Berührung, doch sie erschütterte Emily bis in die Tiefen ihrer Seele. Sehnsuchtsvoll schlang sie die Arme um Alexanders Nacken und stöhnte heiser auf.

Im Mondschein küssten sie sich, als ob es kein Morgen

gäbe. Und für einen Moment empfand Emily auch genauso.

Irgendwann lösten sie sich voneinander und lauschten schweigend dem Rauschen der Wellen. Alexanders Finger fuhren durch ihr Haar und strichen es zärtlich zurück hinter ihr Ohr.

»Ich sollte dich vielleicht besser zur Pension zurückfahren ...«

Sie nickte, obwohl sie eigentlich überhaupt kein Interesse daran hatte. Sie fühlte sich zwar ein wenig schläfrig, aber sie bezweifelte, auch nur ein Auge zutun zu können.

Andererseits war ihr bewusst, dass es wohl das Beste war – sie war vielleicht nicht betrunken, aber doch leicht beschwipst. Und sie rechnete es ihm hoch an, dass er ihren Zustand nicht ausnutzen wollte.

Hand in Hand gingen sie zum Wagen. Die Fahrt verging für Emilys Geschmack viel zu schnell. Schon fuhren sie vor der Pension vor, dabei wollte sie am liebsten noch bei ihm bleiben.

Alexander stieg aus und ging um den Wagen herum, um ihr die Beifahrertür zu öffnen. Wieder streckte er ihr die Hand entgegen und als sie sie ergriff, zog er Emily zu sich heran und schaute ihr tief in die Augen.

Mit dem Daumen zeichnete er zärtlich die Konturen ihrer Lippen nach. »Ich wünsche dir eine gute Nacht«, flüsterte er. »Schlaf gut und träum was Schönes.«

Alexander stand auf dem Bürgersteig und sah zu, wie Emily im Haus verschwand. Erst als die Tür hinter ihr zufiel, erwachte er blinzelnd aus seinem tranceartigen Zustand.

Er stieg wieder in sein Auto, ließ den Kopf gegen die Kopfstütze sinken und schloss die Augen. Sein Herz klopfte wie nach einem Hundertmeterlauf, und er wusste nicht, wo ihm der Kopf stand.

War das gerade wirklich passiert? Hatte er Emily tatsächlich geküsst? Du lieber Himmel, wie hatte das passieren können?

Zwar hatte er sich von Anfang an zu ihr hingezogen gefühlt, doch dass aus dieser Anziehungskraft irgendetwas entstehen könnte – noch dazu so schnell –, hätte er niemals für möglich gehalten.

War es vernünftig, sie so nah an sich heranzulassen?

Auf diese Frage konnte es nur eine Antwort geben: nein. Das bedeutete allerdings nicht, dass er es deshalb sein lassen wollte.

Zu seiner eigenen Überraschung war er neugierig darauf, was sich zwischen ihnen entwickeln würde. Er wollte Emily küssen und an sich ziehen und …

Aber wie ließ sich das mit seinem Plan vereinbaren, in der Branche wieder Fuß zu fassen?

Auch hier war die Antwort nicht schwer zu finden: überhaupt nicht.

Er verstand selbst nicht, was mit ihm los war. Bevor er Emily begegnet war, hatte es für ihn nur ein Ziel gegeben. Nun aber fiel es ihm zunehmend schwer, seinen Fokus darauf zu richten. Stattdessen schlich sich Emily immer öfter in seine Gedanken.

Die süße, wunderschöne, talentierte …

Um Himmels willen, hör endlich auf! Da kann einem ja ganz übel werden!

Er fuhr sich mit der Hand über die Augen, steckte den Schlüssel ins Zündschloss und startete den Motor. Er musste jetzt dringend nach Hause und in Ruhe darüber nachdenken, was ihm wirklich wichtig war.

Alexander wohnte auf Gregor Buchstädts Grundstück in einem kleinen Gartenhaus, das hinter dem Hauptgebäude in einem kleinen Buchenwäldchen versteckt lag. Dort fuhr er etwas später mit seinem Wagen vor. Als er ausstieg, bemerkte er ein merkwürdiges Licht im Geräteschuppen, der sich in unmittelbarer Nähe seiner Behausung befand.

Sofort alarmiert, lief er los. »Hallo?«

Sofort stürmten zwei dunkel gekleidete Gestalten aus dem Schuppen und rannten fort, als sei der Leibhaftige hinter ihnen her. Fluchend nahm Alexander die Verfolgung auf. Vor allem verfluchte er sich selbst dafür, überhaupt gerufen zu haben – auf diese Weise hatte er die Eindringlinge nur gewarnt.

»Stehen bleiben!«, rief er ihnen hinterher. »Das ist Privatbesitz!«

Der Abstand zwischen ihm und den Einbrechern wurde zu seiner Frustration immer größer. Zwar war er durchaus fit und ausdauernd, aber das gute Essen und die halbe Flasche Weißwein waren seiner Kondition nicht zuträglich, was er nun zu spüren bekam. Er war sich nicht mal sicher, ob er überhaupt noch hätte fahren dürfen.

Schließlich waren die Eindringlinge im Schutze der Dunkelheit verschwunden und vermutlich längst über alle Berge. Alexander gab auf. Keuchend beugte er sich vor und stützte die Hände auf die Knie. Als er wieder einigermaßen durchatmen konnte, richtete er sich auf und joggte zum Schuppen zurück.

Die Tür stand sperrangelweit offen, im Inneren war es aber so dunkel, dass man die Hand vor Augen nicht erkennen konnte. Da es in dem Bretterverschlag kein Licht gab, musste Alexander erst zum Gartenhaus, um eine Taschenlampe zu holen.

Als er diese dann später einschaltete, sah er die Bescherung.

»Ach du Schande!«

Von den Geräten, die sich im Schuppen befanden, war keines mehr an seinem Platz. Alles lag auf dem Boden verstreut, offensichtlich hatte jemand aus purer Zerstörungswut darauf herumgetreten. Nicht wenige Werkzeuge waren zerstört oder zumindest beschädigt. Nur die allerwenigsten waren heil davongekommen.

Er zückte sein Handy und wählte die Nummer der Polizei. Doch ehe er den Rufknopf drückte, besann er sich und rief stattdessen Gregor Buchstädts persönliche Handynummer an. Er war sich nämlich nicht sicher, ob er sich bei seinem Boss sonderlich beliebt machen würde, wenn er ihm einfach so die Polizei ins Haus holte.

Jeder andere würde vermutlich genau darauf bestehen, doch Buchstädt war nun mal ein bisschen anders gestrickt. Es läutete viermal, ehe am anderen Ende der Leitung abgenommen wurde. Alexander fasste kurz zusammen, was geschehen war – und seine Überraschung hielt sich in Grenzen, als sein Boss lieber darauf verzichten wollte, die Behörden einzuschalten.

So ein komischer Kauz.

Sie kamen überein, sich das Malheur am nächsten Morgen gemeinsam anzusehen und zu entscheiden, wie sie weiter verfahren sollten.

Wer hinter dieser Aktion steckte, war ihnen beiden klar. Da bestand für sie kein Zweifel. So eine sinnlose Zerstörung trug ganz eindeutig die Handschrift ihres größten Konkurrenten.

Armin Keller.

Dass der sich in den Vorjahren nie zu derartigen Maßnahmen hatte hinreißen lassen, lag vermutlich daran, dass er seine Siegchancen nie ernsthaft gefährdet gesehen hatte. Mit Alexander an Buchstädts Seite hatte sich das offenbar geändert, und er sah in ihnen nun doch eine ernst zu nehmende Konkurrenz.

Angesichts dieser radikalen Maßnahmen hätte sich Alexander beinahe ein wenig geschmeichelt fühlen können. Aber wirklich nur beinahe – die Tatsache, dass Keller jemanden geschickt hatte, um ihnen Steine in den Weg zu legen, machte ihm diesen Kerl immer unerträglicher.

Alexander rief also nicht die Polizei. Stattdessen verriegelte er den Schuppen wieder und zog sich ins Gartenhaus zurück. Als er kurz darauf im Bett lag und silbernes Mondlicht durch sein Fenster drang, konnte er einfach nicht einschlafen, obwohl er wirklich müde war.

Doch der Grund dafür waren nicht die Einbrecher oder die Befürchtung, dass sie vielleicht zurückkehren könnten. Und auch nicht die Tatsache, dass er nun bald sein Konzept für die Gestaltung des Gartens vorlegen musste.

Das Einzige, woran Alexander denken konnte, war .... Emily.

6. Kapitel

»Zu meiner Überraschung gefallen mir beide Entwürfe«, erklärte Buchstädt. Es war Ende der Woche, und Emily und Alexander hatten ihm ihre Skizzen vorgelegt.

Emilys Herz machte einen erfreuten Satz. Noch war zwar nichts gewonnen – aber auch nicht verloren.

»Und was bedeutet das jetzt?«, wollte Alexander wissen. Seine Stirn hatte sich in Falten gelegt.

»Ganz einfach – ich werde, anders als ursprünglich beabsichtigt, die Leitung des Projekts nicht einem von Ihnen, sondern Ihnen *beiden* zusammen überlassen. Natürlich nur wenn Sie glauben, dass Sie dazu in der Lage sind, produktiv zusammenzuarbeiten. Und um weiteren Fragen vorzugreifen: Ich wünsche mir eine Mischung aus Ihren Ideen. Der spielerische Wasserlauf und die kleinen Biotope aus Frau von Thalbergs Skizze gefallen mir ausnehmend gut – diese möchte ich gern übernommen wissen. Das Konzept des Steingartens aus Ihrem Entwurf, Herr Wallert, und die Wildblumenwiesen sollten sich damit doch wunderbar kombinieren lassen, finden Sie nicht auch?«

Entgeistert starrte Emily ihn an, und auch Alexander schien es mit einem Mal die Sprache verschlagen zu haben.

»Sie meinen …«, setzte Emily an.

»Dass ich der Meinung bin, Sie beide geben ein wirklich gutes Team ab, ja. Also – sind Sie bereit, es miteinander zu versuchen?«

Seine Wortwahl trieb Emily die Röte ins Gesicht. Es klang, als würde es hier um mehr gehen als nur ein berufliches Arrangement. Und genau genommen traf das ja auch zu.

Doch ganz sicher war sie sich da nicht. Im Moment hatte sie

das Gefühl, vollkommen in der Luft zu hängen. Alexander und sie vermieden es beide, über den Kuss zu sprechen, und Emily fragte sich, ob er vielleicht annahm, dass sie zu angetrunken gewesen war, um sich daran zu erinnern.

Oder wollte er es einfach nur vergessen und hoffte, dass sie es ebenso sah?

Aus irgendeinem Grund machte sie diese Vorstellung traurig, obwohl es vermutlich sogar das Beste wäre – für beide Beteiligten. Immerhin waren sie ja Konkurrenten und …

Nein, Moment! Das stimmte überhaupt nicht mehr! Herr Buchstädt wollte ja, dass sie ab jetzt zusammenarbeiteten und ein gemeinsames Konzept entwickelten. Wie aufregend! Sofort fühlte sie sich wieder ganz kribbelig.

In der Hoffnung, von seinem Gesicht ablesen zu können, wie er darüber dachte, sah sie Alexander an. Freute er sich, weil sie auf diese Weise am Ende beide gewinnen konnten? Oder war er entsetzt über die Vorstellung, sich seine Position mit einer Hobbygärtnerin teilen zu müssen?

Zu ihrer Enttäuschung war ihm seine Reaktion nicht anzusehen. Oder richtiger gesagt, konnte sie sie nicht recht einordnen. Er wirkte einfach vollkommen perplex und überrumpelt. Ganz offensichtlich war der Vorschlag auch für ihn aus heiterem Himmel gekommen.

»Ich …« Sie räusperte sich angestrengt. »Also, von mir aus sehr gern. Es wäre mir eine Ehre.«

Wieder wanderte ihr Blick zu Alexander – und ihr fiel ein riesiger Stein vom Herzen, als er schließlich nickte. »Ja natürlich, warum eigentlich nicht? Das könnte funktionieren – allerdings …«

Gregor Buchstädt hob eine Braue. »Irgendwelche Einwände?«

»Nicht direkt. Aber wie sollen wir damit umgehen, wenn Keller uns weiterhin Schwierigkeiten macht? Ich meine, wir wissen doch alle, dass er es ist, der hinter der Verwüstung des Geräteschuppens steckt, oder nicht? Und da Sie ja offensichtlich die Polizei raushalten wollen, Boss – was ich, ehrlich gesagt, noch immer für einen Fehler halte …«

»Sie werden hier nicht für Ihre Meinung bezahlt«, entgegnete der ältere Herr. »Ich handhabe solche Dinge, wie ich es für richtig halte. Haben wir uns verstanden?«

Alexander verdrehte die Augen, als Buchstädt ihm den Rücken zuwandte, sagte aber nichts mehr. Nur mit Mühe konnte Emily sich ein Kichern verkneifen. Zu Anfang hatte der griesgrämige Mann sie ziemlich eingeschüchtert. Doch die Art und Weise, wie Alexander mit ihm umging, ließ auch sie entspannter werden.

»Was schlägst du vor, wie wir jetzt vorgehen?«, fragte Emily, als Alexander und sie das Haus verließen.

»Na, wir nehmen uns das Konzept noch einmal gemeinsam vor. Aber dazu würde ich mich gern irgendwo mit dir zusammensetzen, wo es ein bisschen gemütlicher ist als im Geräteschuppen. Was meinst du? Wollen wir uns irgendwo am Strand ein freies Plätzchen suchen?«

Emily nickte sofort. »Ja, sehr gern.« Und das war nicht gelogen. Sie freute sich darauf, Zeit mit ihm zu verbringen, auch wenn es nur aus beruflichen Gründen war. Vielleicht freute sie sich sogar ein bisschen zu sehr, wenn man bedachte … ja, was eigentlich? Jetzt sprach doch nichts mehr dagegen, dass sie sich ein bisschen näherkamen. Immerhin saßen sie nun im selben Boot.

Dennoch … vermutlich war es einfach deshalb keine besonders gute Idee, weil sie nicht mehr allzu lange in Sankt Peter-Ording bleiben würde.

Oder vielleicht doch?

Ach, verdammt! Sie wusste langsam wirklich nicht mehr, wie sie das alles koordinieren sollte. Ursprünglich hatte sie nur Urlaub bei Margarete genommen. Nun hatte sie die ältere Dame am Vorabend angerufen und darum gebeten, um zwei Wochen verlängern zu können. Aber was war nach diesen zwei Wochen?

Sie hing an Margarete und an ihrem Job in Bremen, aber die Zusammenarbeit mit Alexander machte ihr auch viel Freude. Dummerweise gab es keinen Weg, beides unter einen Hut zu bekommen, sosehr sie sich das auch wünschte.

Aber mit diesem Problem konnte sie sich auch später noch befassen. Im Augenblick gab es Wichtigeres zu tun.

»Ich muss noch schnell nach Roswitha sehen …«

»Roswitha?« Irritiert zog er die Brauen nach oben. »Eine Bekannte von dir?«

Ihre Wangen glühten, als sie den Kopf schüttelte. »Nun … nicht direkt, ich … es ist die Rose.«

»Die Rose?« Er neigte den Kopf ein Stück zur Seite. »Du meinst *die* Rose?«

Emily nickte hastig. »Ich hatte heute noch keine Gelegenheit, nach ihr zu schauen.«

Es war offensichtlich, dass er sich das Lachen nur mit Mühe verkneifen konnte. »Natürlich. Gut, dann werde ich dich begleiten. Ich wollte mich ohnehin schon längst erkundigen, wie unsere Wette so läuft. Macht … Roswitha … Fortschritte?«

»Du nimmst mich auf den Arm«, sagte sie schmollend.

»Nein … na ja, vielleicht ein bisschen. Aber was ist jetzt? Zeigst du mir deine Fortschritte?«

Sie nickte in Richtung Rosenstock. »Klar, warum nicht?«

Als er die Rose sah, weiteten sich Alexanders Augen vor Erstaunen, und Emily reckte sich voller Stolz. Roswitha sah aber auch wirklich schon sehr viel gesünder und kräftiger aus. Kein Vergleich mehr zu der Pflanze, die sie erst vor ein paar Tagen zusammen betrachtet hatten.

»Das kann unmöglich dieselbe Rose sein.«

Emily hob eine Braue. »Es ist eine Ophelia – was glaubst du, wo ich die auf die Schnelle herbekommen haben soll?«

»Unglaublich«, sagte er und schüttelte den Kopf. Doch er verspottete sie nicht mehr, während sie sich Roswitha zuwandte, um ihr ihre tägliche Pflege zukommen zu lassen.

Sie fuhren mit Alexanders Wagen – einem blassgrünen Kombi, der schon bessere Tage gesehen hatte und auf dessen Ladefläche sich Gartengeräte, schmutzige Overalls und noch schmutzigere Gummistiefel stapelten. Doch obwohl sie Unordnung normalerweise gar nicht ausstehen konnte, machte ihr das Chaos nichts aus.

Am Strand herrschte viel Betrieb – natürlich, schließlich war das Wetter einfach nur traumhaft. Die Sonne stand hoch am Himmel, ließ das tiefblaue Meer funkeln und den Schaum auf den Wellenkämmen glitzern.

Kinder liefen barfuß im Sand, lachten und tobten. Sie bauten Sandburgen, während ihre Eltern sich in der Sonne aalten oder im Schatten von Sonnenschirmen Bücher lasen.

Die ganze Atmosphäre versprach Urlaub und Erholung pur, und Emily dachte fast ein bisschen sehnsüchtig daran, dass sie selbst ja eigentlich auch gerade im Urlaub war. Und doch wieder nicht. Aber egal. Hier ging es um Margaretes Glück, und das war bedeutender als alles andere.

Doch natürlich war Alexander nicht entgangen, dass sie ein wenig nachdenklich geworden war. »Was ist los? Hast du keine Lust, das herrliche Wetter zu genießen?«

Sie zuckte die Achseln. »Doch schon, aber ich habe hier schließlich einen Job zu erledigen.«

»Na, der verbietet uns aber nicht, unsere Mittagspause so zu verbringen, wie es uns gefällt.« Er blieb stehen und zog sich die Schuhe aus.

Verblüfft sah Emily ihm dabei zu.

»Was ist?«, fragte er schließlich und hob amüsiert eine Braue. »Hast du noch nie die nackten Füße eines Mannes gesehen?«

»Ich …« Sie spürte, wie ihr das Blut ins Gesicht schoss. »Doch, natürlich! Ich meine …«

»Na los, worauf wartest du denn noch?« Mit diesen Worten ließ er sie einfach stehen und lief zum Wasser.

»Ach, was soll's?« Schnell schlüpfte Emily aus ihren Turnschuhen, die sie achtlos neben seinen im Sand zurückließ. Dann folgte sie ihm.

Halb laufend, halb stolpernd krempelte sie ihre Jeans bis über die Waden hoch. Sie hatte keine Lust darauf, den Rest des Tages in nassen Hosen zu verbringen – ein Gedanke, der Alexander gar nicht zu kommen schien. Er lief einfach so in die Brandung hinein und rief ihr mit einem breiten Grinsen zu: »Komm schon, das Wasser ist herrlich!«

»Oh Gott, ist das kalt!«, kreischte sie, als die erste Welle ihre Füße umspülte.

Alexander lachte. »Was hast du erwartet? Wir sind hier an der Nordsee, nicht in der Karibik. Aber du bist vermutlich nur an Badewannentemperaturen gewöhnt, was?«

Empört stemmte Emily die Hände in die Seiten. »Na hör mal!«, protestierte sie, obwohl er mit seiner Vermutung gar nicht so danebenlag. Sie *hasste* kaltes Wasser. Alles unterhalb von dreißig Grad war für sie unerträglich. Normalerweise. In Alexanders Gesellschaft erschien es ihr jedoch gar nicht mehr so furchtbar schrecklich.

»Was?« Er grinste herausfordernd. »Ich will dich ja nicht beleidigen, aber du bist einfach nicht der Typ für die raueren Seiten der Natur, Emily. Ein hübscher warmer Whirlpool, eine Spa-Behandlung, Massagen … Das scheint mir einfach besser zu dir zu passen.«

Alexander konnte nicht ahnen, dass er damit einen Aspekt ansprach, auf den sie äußerst empfindlich reagierte. All die Dinge, die er aufgezählt hatte, gehörten zu den liebsten Freizeitbeschäftigungen ihrer Mutter. Sophie von Thalberg hatte nie gearbeitet und sich stattdessen einen wohlhabenden Mann gesucht, der in der Lage war, sowohl sie als auch den Familienstammsitz zu finanzieren.

Als das Geld dann schließlich aber doch knapp wurde, hatten die beiden einfach über Emilys Kopf hinweg entschieden, dass nun sie, die Tochter, dafür verantwortlich war, den Unterhalt der Familie zu sichern. Und das sollte sie tun, indem sie einen Mann heiratete, den ihre Mutter auf irgendeiner Cocktailparty kennengelernt hatte.

Richard Brandner.

Richard war im Grunde kein so übler Typ gewesen. Nur hatte Emily einfach nicht das für ihn empfunden, was ihrer Meinung nach für eine funktionierende Ehe notwendig war.

Liebe.

Ihre Mutter war in diesem Punkt allerdings gänzlich anderer Meinung gewesen. Für sie stand fest, dass ihre Tochter tat, was von ihr erwartet wurde. Und Emily war so daran gewöhnt, zu gehorchen, dass sie zu Anfang nicht einmal zögerte.

Doch mit jedem Tag, den die geplante Hochzeit näher rückte, waren ihre Zweifel größer geworden. Wollte sie Richard wirklich aus rein materiellen Gründen heiraten? Einen Mann, für den sie allenfalls freundschaftliche Gefühle hegte – wenn überhaupt?

Nein, natürlich wollte sie das nicht! Auf gar keinen Fall!

Aber war sie es ihren Eltern nicht schuldig, ihnen etwas von dem zurückzugeben, was sie all die Jahre für sie getan hatten?

Die Antwort auf diese Frage, das wusste sie heute, konnte nur Nein lauten. Damals jedoch war sie viel zu verblendet gewesen, um das zu erkennen. Sie hatte versucht, es jedem recht zu machen – außer sich selbst.

Und nun sah Alexander in ihr das kleine verwöhnte Mädchen – und das traf sie tiefer, als sie für möglich gehalten hätte.

Wütend runzelte sie die Stirn, zog sich das Shirt über den Kopf und warf es in den Sand. Ihre Jeans flogen hinterher, sodass sie nur noch in Unterwäsche dastand. Dann nahm sie Anlauf und lief an ihm vorbei geradewegs ins Wasser hinein, bis sie schließlich absprang und der Länge nach untertauchte.

Für einen Moment blieb ihr die Luft weg, und sie war wie gelähmt, doch dann fing sie an, wild mit den Armen zu paddeln, und kam wieder an die Wasseroberfläche.

Im selben Augenblick erreichte Alexander sie, der offenbar

keine Sekunde gezögert hatte, sich ebenfalls in die Fluten zu stürzen, falls sie Hilfe benötigte.

Dies war natürlich keineswegs der Fall. Sie konnte hervorragend schwimmen, und außerdem reichte ihr das Wasser gerade einmal bis zur Taille – ihm nicht einmal bis zu den Hüften. Aber trotzdem fand sie es irgendwie süß, dass er sich so für sie ins Zeug legte.

Entgeistert schaute er sie an. »Was, zum Teufel, hatte das denn zu bedeuten?«

»Ich habe den Beweis angetreten, dass ich kein verweichlichtes Luxusweibchen bin!«

Einen Moment lang wirkte er irritiert, fing sich aber rasch wieder. »Das habe ich doch nur im Scherz gesagt«, protestierte er. »Mir war nicht klar, dass du das so ernst nimmst. Gibt es da etwas, worüber du reden willst?«

Sie tat so, als würde sie nicht verstehen, wovon er sprach – dabei war es ziemlich deutlich. Und im Grunde brauchte sie auch wirklich jemanden, dem sie ihr Herz ausschütten konnte. Aber sie war sich nicht sicher, ob Alexander dieser Jemand war.

Bisher hatte sie nur mit Margarete über ihre Vergangenheit gesprochen. Und selbst ihr hatte sie sich nicht von heute auf morgen geöffnet. Emily war nicht in der Lage, schnell Vertrauen zu jemandem zu fassen.

Umso mehr überraschte es sie, dass sie bei Alexander wirklich bereits kurz davor stand, diesen Punkt zu erreichen.

Aber wieso nur? Wieso bei ihm und bei keinem anderen Menschen seit Margarete?

»Später vielleicht«, entgegnete sie schließlich und trat aus dem Wasser. »Jetzt gibt es wichtigere Dinge zu besprechen, findest du nicht?«

Sie suchten sich ein ruhiges Plätzchen hinter einer Düne, ganz in der Nähe einer der Pfahlbauten, für die Sankt Peter-Ording bekannt war. Bei Flut standen sie mitten in der Brandung und waren über lange Stege mit dem Strand verbunden.

»Was sind das eigentlich für Buden auf den Pfählen?«, erkundigte sich Emily, während Alexander seine Jeans auszog, um sie in der Sonne trocknen zu lassen.

»Oh, das sind Restaurants und Cafés. Die Pfahlbauten sind für die Versorgung des leiblichen Wohls der Strandgäste errichtet worden. Der erste aus dem Jahr 1911 wurde allerdings schon ein paar Jahre später bei einer Sturmflut zerstört.« Er neigte den Kopf. »Wenn du willst, können wir auch …«

»Nein, ein anderes Mal vielleicht.« Sie grinste schief. »Trockne du erst einmal deine Hose. Außerdem sind wir nicht zum Sightseeing hier, sondern um zu arbeiten. Also, wie wollen wir unsere beiden Konzepte miteinander verknüpfen?«

»Du hast ja gehört, was der Boss gesagt hat. Er will die Wasserelemente aus deinem Vorschlag behalten, ebenso wie den Steingarten, den ich angeregt habe. Und ansonsten sollten wir uns an den Gewinnergärten der vergangenen Jahre orientieren. Warte …« Er holte etwas aus seiner Dokumentenmappe, die er vorhin am Strand in seiner Umhängetasche zurückgelassen hatte. »Ich habe ein paar Bilder dabei. Hier.«

Emily betrachtete die Fotos eingehend, und je länger sie sie anschaute, umso unbehaglicher wurde ihr zumute. »Oh Mann, die sind wirklich gut«, sagte sie schließlich kleinlaut. »Bist du sicher, dass wir das toppen können?«

Er runzelte die Stirn. »Selbstverständlich können wir das! Ich verstehe, dass du beeindruckt bist, aber unser Konzept hat das Zeug, zu einer echten Konkurrenz für den Vorjahressieger zu werden. Wir dürfen uns nur nicht entmutigen lassen. Selbstvertrauen ist der erste Schritt zum Triumph.«

»Na, wenn du das sagst«, entgegnete sie schmunzelnd.

»Also, was hast du auf den Bildern gesehen – jetzt einmal abgesehen von einschüchterndem Fachkönnen?«

»Blumen«, entgegnete sie. »Jede Menge Blumen. Nichts Exotisches, würde ich sagen – mir scheint, die Jury bevorzugt einheimische Pflanzen und stimmige Farbkonzepte. Es geht nicht um die Menge der Farben, sondern vielmehr darum, sie zu einem harmonischen und stilvollen Miteinander zu arrangieren.«

Er nickte. »Sehr gut. Und weiter? Was siehst du noch?«

Konzentriert wandte sie sich wieder den Bildern zu. »Nichts«, sagte sie schließlich, ein wenig enttäuscht darüber, dass sie offenbar etwas übersehen hatte. »Da ist nichts wirklich Besonderes. Die Gärten sehen einfach schön und lebendig aus, das ist alles.«

»Ganz genau«, stimmte Alexander ihr zu ihrer Überraschung zu. »Und einen hübschen Garten anlegen kann eigentlich jeder, der ein bisschen vom Handwerk versteht. Alles, was es dazu braucht, ist ein Auge für Farben, Formen und Räume. Und genau deshalb kann bei uns eigentlich gar nichts schiefgehen.«

Er grinste triumphierend. »Ich besitze das Fachwissen, und du verfügst über ein grandioses Gespür für Kunst und Ästhetik. Ich weiß, ich war anfangs nicht gerade begeistert davon, mit dir zusammenzuarbeiten – aber du hast mir gezeigt, dass du wirklich etwas draufhast. Und ich kann mir inzwischen gut vorstellen, dass es uns gemeinsam gelingt, etwas wirklich Großartiges zu erschaffen.«

Bei dieser Vorstellung klopfte Emilys Herz schneller vor Aufregung und Vorfreude. Ja, sie konnte sich das auch vorstellen. Sehr gut sogar. Trotz ihrer Anfangsschwierigkeiten waren Alexander und sie auf einer Wellenlänge, und Emily war davon überzeugt, dass sie alles in die Tat umsetzen konnten, was immer sie sich vornahmen.

Sie wusste selbst nicht so genau, was in sie fuhr, als sie plötzlich nach Alexanders Hand griff und sie drückte. Im ersten Moment wirkte er perplex, dann erwiderte er die Geste, rückte dichter an sie heran und sah ihr tief in die Augen.

Sie konnten ihre Blicke nicht voneinander abwenden, und Emily stockte der Atem. Ihr Kopf schien mit einem Mal wie leer gefegt. Das Einzige, was sie noch denken konnte, war, wie sehr sie sich danach sehnte, von ihm berührt zu werden. Und das war etwas, das sie sich schon sehr lange nicht mehr gewünscht hatte.

Das Herz klopfte ihr bis zum Hals, ihr war heiß und kalt zugleich und die Schmetterlinge in ihrem Bauch erwachten zu neuem Leben. Ohne sich dessen bewusst zu sein, beugte sie sich vor, legte den Kopf ein wenig zurück und sah beinahe flehend zu Alexander auf.

Er schluckte sichtbar, hielt ihren Blick fest. »Ich will dich küssen«, sagte er heiser. »Ich kann an nichts anderes mehr denken. Du machst mich vollkommen verrückt, Emily ...«

Sie wusste nicht recht, woher sie den Mut nahm, doch im nächsten Augenblick saß Emily rittlings auf Alexanders Oberschenkeln und küsste ihn voller Leidenschaft.

Aufstöhnend vergrub er die Hände in ihrem Haar, während sie mit zittrigen Fingern die Knöpfe seines Hemds öffnete und ungeduldig die beiden Stoffhälften zur Seite strich. Seine Haut fühlte sich kühl und glatt an unter ihren Fingerspitzen, als sie an den Konturen seiner Brustmuskulatur entlangstrich.

Die harte und anstrengende Gartenarbeit hatte seinen Körper in den eines griechischen Gottes verwandelt – und das war keineswegs übertrieben.

Seine Schultern waren breit und muskulös, und um seine Bauchmuskeln würde ihn vermutlich so mancher Bodybuilder beneiden. Zum ersten Mal bemerkte sie, dass er ein Tattoo hatte: einen Drachen, von dem sie nur den schuppigen Schwanz und das weit aufgerissene, feuerspeiende Maul sehen konnte. Ersterer wand sich an seiner Seite hinauf, während sich der Kopf über seine Schulter bis zum Schlüsselbein zog.

Fasziniert zeichnete sie mit den Fingerkuppen die feinen Linien nach. »Wow. Hat dieser Drache eine Bedeutung?«

Einen Moment lang wirkte Alexander, als ob er sich nicht wohlfühlte, doch er fing sich rasch wieder. »Er erinnert mich daran, für das zu kämpfen, was mir im Leben wichtig ist«, antwortete er, legte ihr eine Hand hinter den Nacken und zog

Emily zu sich herunter. »Komm, küss mich. Ich glaube, ich bin jetzt schon süchtig nach deinen Lippen.«

Sie mochten schrecklich klischeehaft und abgedroschen klingen, doch seine Worte rührten etwas in ihr an, das sie selbst nicht genau beschreiben konnte. Es war wie ein zartes Flattern in ihrer Brust, kaum spürbar und gleichzeitig unmöglich zu ignorieren.

Ihre Lippen schienen miteinander zu verschmelzen, und sie drängte sich ihm entgegen. Tiefe Röte überzog ihre Wangen, als sich etwas unbestreitbar Männliches gegen ihre Schenkel presste.

Es machte sie auf der einen Seite schrecklich unsicher, aber gleichzeitig gab es ihr Selbstbewusstsein – das klang absurd und widersprüchlich, doch genau so fühlte es sich an.

War es falsch, so zu empfinden? Ja, dessen war sie sich sogar ziemlich sicher. Es würde nur zu Problemen führen. Am Ende ihres Aufenthaltes hier würde sie zu Margarete zurückkehren – mit Gregor Buchstädt oder ohne ihn.

Alexander war nie Bestandteil ihrer Planung gewesen. Er passte nicht in ihr Leben, und, da war sie sich ziemlich sicher, sie nicht in seines.

Dass sie sich trotzdem so stark zu ihm hingezogen fühlte, war nicht gerade hilfreich. Nun mit ihm zu schlafen und womöglich auch noch tiefere Gefühle für ihn zu entwickeln, konnte sich als katastrophal erweisen.

Und trotzdem konnte sie sich nicht davon abbringen, genau das herbeizusehnen.

Verdammt, sie *wollte* ihn! Mehr als je einen Mann vor ihm. Sie schob alle rationalen Bedenken beiseite – mit den Konsequenzen konnte sie sich immer noch befassen, wenn es so weit war –, und ließ ihre Hand tiefer wandern.

Alexander atmete scharf ein und schloss die Augen. Emily war wie berauscht von dem Gefühl der Macht, das in diesem Augenblick Besitz von ihr ergriff. Was war es bloß, das dieser Mann mit ihr anstellte? Sie hatte sich noch nie so gefühlt. In ihrem ganzen Leben nicht.

Ihr Herz hämmerte wie verrückt.

Sie küssten sich wieder, und für Emily versank der Rest der Welt in Bedeutungslosigkeit. Das Rauschen der Wellen, der Wind – das alles nahm sie nur noch am Rande wahr.

Am liebsten wollte sie gleich hier und jetzt mit Alexander schlafen. Doch die Welt war noch nicht ganz versunken, sodass ihr gerade noch rechtzeitig bewusst wurde, dass sie sich inmitten vieler Leute befanden.

Sich in aller Öffentlichkeit am Strand von Sankt Peter-Ording zu lieben, war wahrscheinlich keine besonders gute Idee.

Die Story wäre vermutlich auch für die lokalen Zeitungen interessant gewesen, wenn bekannt würde, dass sie beide für Gregor Buchstädt am Gartenwettbewerb teilnahmen. Und das war nun wirklich nicht die Art von Publicity, die sie gebrauchen konnten.

Sie legte Alexander eine Hand auf die Brust und stieß sich von ihm ab. »Nicht hier«, flüsterte sie heiser.

Er nickte, rappelte sich auf und zog schnell seine Jeans an, ehe er ihr aufhalf. »Komm«, sagte er, als er ihre Hand nahm.

In Rekordzeit hatten sie ihre Sachen zusammengesammelt, alles ordentlich zugeknöpft und waren bei seinem Wagen angelangt. »Zu mir oder zu dir?«

Kurz überlegte Emily, ob sie in die Pension fahren sollten, entschied sich aber dagegen. Die Besitzerin war für ihren Geschmack viel zu neugierig, und außerdem war das Bett klein und quietschte.

»Zu dir.«

Obwohl sie nun schon eine Weile für Buchstädt arbeitete, hatte Emily das Gartenhaus noch nie von innen gesehen. Es war schließlich Alexanders privates Domizil. Als sie es nun betrat, war sie angenehm überrascht, wie gemütlich es eingerichtet war.

Eine bequeme Couch und rustikale Möbel. Eine ganze Wand

wurde von bodentiefen Fenstern eingenommen, durch die das goldene Licht der Nachmittagssonne in den Raum schien.

Doch sie kam nicht dazu, sich den Wohnraum eingehender anzusehen, denn Alexander führte sie auf direktem Wege in sein Schlafzimmer. Hier waren die Jalousien halb heruntergelassen und das Bett sowie der helle Teppichboden in ein Streifenmuster aus Licht und Schatten getaucht.

Alexander legte die Hände auf ihren Po und hob sie hoch. Sie schlang die Beine um seine Taille, und gemeinsam ließen sie sich auf das Bett fallen, das mindestens doppelt so groß war wie ihres in der Pension.

Er nahm ihr Kinn zwischen Daumen und Zeigefinger und schaute ihr tief in die Augen. Dann küsste er sie wieder – und dieses Mal gab es keinen Grund mehr, die Notbremse zu ziehen, ehe die Dinge sich weiterentwickelten.

Sie wollte ja, dass sie das taten.

Sie wollte mehr, als ihn nur küssen.

Sie wollte ihn berühren, ihn spüren – mit ihm schlafen.

All ihre Bedanken und Zweifel rückten weit in den Hintergrund. Jetzt, in diesem Augenblick gab es nichts, was sie noch zurückhalten konnte. Alle Dämme waren gebrochen, und sie versuchte nicht einmal mehr, gegen die Fluten der Leidenschaft anzukämpfen, die sie mit sich rissen.

»Bitte …«, stieß sie hervor und erkannte ihre eigene Stimme kaum wieder. Sie klang wie eine Verdurstende, die um einen kühlen Schluck Wasser bettelte. Und zu ihrer eigenen Überraschung machte es ihr nicht das Geringste aus.

Wieder schaute er sie eindringlich an, und diesmal hatte sie das Gefühl, er könne geradewegs in ihre Seele blicken. Ihr Herz klopfte jetzt so heftig, dass sie sicher war, es müsse drüben im Haupthaus zu hören sein.

Alexander stand auf und zog sich das Hemd über den Kopf. Als er sich umdrehte, um es auf einen Sessel in der Ecke des Zimmers zu werfen, konnte Emily zum ersten Mal einen Blick auf seinen Rücken und den Rest seines Tattoos erhaschen.

Es war atemberaubend schön.

Sie musste es aus der Nähe betrachten, es anfassen.

Also stand sie auf, trat hinter ihn und strich beinahe ehrfürchtig über seinen Rücken. Das Drachenmotiv nahm einen großen Teil der linken Seite bis zur Wirbelsäule ein, ehe es sich über die Schulter nach vorne wand. Die Farben waren gleichzeitig gedeckt und doch irgendwie schillernd. Die Schuppen der Drachenhaut folgten den Bewegungen von Alexanders Muskeln – es sah so aus, als würden sie fließen. Wer immer dieses Tattoo gestochen hatte, war ein echter Meister seines Fachs.

Mit einem neckenden Schmunzeln drehte er sich um. »Hast du dich jetzt sattgesehen?«

Sie schüttelte den Kopf. »Ich glaube nicht, dass ich davon jemals genug bekommen kann.«

Sein Gesichtsausdruck wechselte abrupt von amüsiert zu ungläubig. Er zog Emily in seine Arme und verschloss ihren Mund mit seinen Lippen.

Es war ein langsamer, sehnsuchtsvoller Kuss, der Emilys Knie weich und die Schmetterlinge in ihrem Bauch erneut lebendig werden ließ.

So küsste man niemanden, zu dem man sich einfach nur hingezogen fühlte. So küsste man jemanden, den man …

Unsinn! Es ist noch viel zu früh, um von tieferen Gefühlen zu sprechen. Und an Liebe auf den ersten Blick – oder in diesem Fall auf den zweiten oder dritten – hast du doch noch nie geglaubt, oder?

Dieser Gedanke huschte durch ihren Kopf, war aber sogleich wieder vergessen, als Alexanders Lippen weiter nach unten wanderten, über ihren Hals bis zu ihrem Dekolleté. Gleichzeitig öffnete er geschickt die Knöpfe ihrer Bluse, und schließlich schlossen sich seine Lippen durch den Stoff ihres BHs hindurch um ihre harten Brustwarzen. Erstickt stöhnte sie auf.

Sie spürte ein erregendes Pulsieren zwischen ihren Schenkeln. In ihrem Kopf hingegen drehte sich alles. Sie konnte nicht mehr denken, nur noch fühlen. Ihre Fingernägel gruben sich in seinen Rücken, bis er den Kopf in den Nacken warf und einen heiseren Laut ausstieß.

Seine Augen funkelten wie die eines Raubtieres, und seinen Mund umspielte ein herausforderndes Lächeln. Langsam beugte er sich wieder über sie und zog eine Spur heißer Küsse zwischen ihren Brüsten hindurch und über ihren Bauch, der unter der Berührung seiner Lippen erzitterte. Als er den Bund ihrer Hose erreichte, blickte er zu ihr auf und öffnete quälend langsam die restlichen Knöpfe, einen nach dem anderen.

Um es ihm zu erleichtern, hob sie die Hüften an, und er streifte ihr die Hose zusammen mit dem Slip vom Körper. Beides ließ er achtlos neben dem Bett zu Boden fallen. Dann drückte er sanft, aber bestimmt ihre Knie auseinander und setzte in aller Seelenruhe die Reise seiner Lippen über ihren Körper fort.

Emily erbebte am ganzen Körper und sog scharf den Atem ein, als er ihre empfindsamste Stelle erreichte. Flüssiges Feuer schien durch ihre Adern zu pulsieren, und sie glaubte, jeden Augenblick vor Lust vergehen zu müssen.

»Alexander …«

Sie krallte ihre Finger in sein Haar und verspürte gleichzeitig den heftigen Drang, seinen Kopf fortzuziehen und ihn niederzudrücken. Eines stand für sie fest: Wenn er so weitermachte, würde sie noch den Verstand verlieren.

»Mhhhh … Alexander!«

Er schien zu verstehen, was sie wollte, auch wenn sie selbst es nicht tat, denn er ließ kurz von ihr ab, um sich aufzusetzen und seine Hose auszuziehen. Sie landete ebenso auf dem kleinen Kleiderhaufen neben dem Bett wie auch ihre Bluse und ihr BH.

Einen Moment lang hockte er zwischen ihren Schenkeln und betrachtete sie mit einem Blick, den sie nur als besitzergreifend beschreiben konnte. Und das allein reichte aus, um ihre Erregung ins Unendliche zu steigern.

Sie konnte nicht länger warten.

Und sehr zu ihrer Erleichterung schien es ihm nicht anders zu gehen, denn er beugte sich nun über sie, stützte sich mit beiden Händen neben ihrem Kopf auf und kam mit einer einzigen geschmeidigen Bewegung zu ihr.

Emilys Mund öffnete sich zu einem stummen Schrei, den er mit einem tiefen, leidenschaftlichen Kuss auffing. Er war nicht der erste Mann, mit dem sie intim war – doch er hätte es sein können. Denn solche Empfindungen hatte sie noch nie zuvor erlebt.

Sie konnte nicht sagen, woran es lag. Eigentlich tat er nichts Außergewöhnliches, trotzdem brachte sie jede seiner Bewegungen beinahe um den Verstand.

Wie eine Ertrinkende klammerte sie sich an ihn, ohne zu wissen, wie ihr geschah.

So überwältigt war sie von ihren intensiven Gefühlen, dass sich ihre Augen mit Tränen füllten. Sie liefen seitlich über ihre Schläfen hinab, und als er die salzigen Spuren wegküsste, wurde das Sehnen in ihrer Brust für einen Moment so stark, dass sie glaubte, vergehen zu müssen.

Ganz natürlich fanden sie einen gemeinsamen Rhythmus und sie spürte, wie sich tief in ihrem Inneren etwas zusammenzog.

Ihr Herz hämmerte, ihr Atem ging schnell und stoßweise, ihr Körper spannte sich an wie eine Bogensehne, bis sich der Druck in einem unglaublichen Höhepunkt entlud, wie Emily ihn noch nie zuvor erlebt hatte.

Schwer atmend lagen sie nebeneinander, und Emily konnte nicht aufhören, Alexander anzusehen. Das schweißnasse Haar, das ihm in die Stirn hing, die leichte Röte, die seine Wangen überzogen hatte, der erschöpfte und doch enthusiastische Ausdruck in seinen Augen …

»Das war einfach …«, setzte sie an.

»Ich weiß«, fiel er ihr grinsend ins Wort. »Unglaublich, oder?«

»Eingebildeter Kerl!« Spielerisch knuffte sie ihm in die Seite. »Vielleicht wollte ich ja auch schrecklich sagen. Woher willst du wissen, dass es mir gefallen hat?«

»Nun, ich würde sagen, das war ziemlich offensichtlich.«

Streng zog sie eine Braue nach oben, und er fing an zu lachen. Bald konnte Emily das Kichern auch nicht mehr zurückhalten. Es war ungewohnt und ungemein befreiend. Für die Männer, mit denen sie bisher zusammen gewesen war, war Sex stets eine ernste Angelegenheit gewesen. Dass man hinterher miteinander scherzte und sich neckte, kannte sie überhaupt nicht.

Doch es gefiel ihr sehr, und mit Alexander kam es ihr absolut natürlich vor.

Schlagartig wurde sie ernst, als ihr klar wurde, was das bedeutete: Das hier war mehr als nur eine belanglose Affäre.

Verflixt, seit wann war sie zu so etwas überhaupt in der Lage? Doch wahrscheinlich hatte sie sich nur eingeredet, dass sie beziehungsunfähig sei. Dass zwischen ihr und Alexander nichts lief und keine tieferen Gefühle involviert waren.

Sie wusste nicht, wie es um ihn stand – aber auf sie traf das spätestens jetzt sicherlich nicht mehr zu.

Oh Gott, du hast dich in ihn verliebt ... Du hast dich tatsächlich in ihn verliebt.

Allein der Gedanke ließ ein Gefühl von Panik in ihr aufsteigen, das sie selbst irritierte. Warum fürchtete sie sich so davor, einem anderen Menschen nahezukommen?

Sie hatte keine schlechten Erfahrungen in dieser Hinsicht gemacht, daran lag es also nicht. Vielleicht war es einfach die Tatsache, dass aus etwas Leichtem und Unbeschwertem plötzlich eine ernste Angelegenheit geworden zu sein schien.

Und außerdem wusste sie nicht, wie es mit ihnen weitergehen sollte. Hätte ihre Beziehung eine Zukunft? Immerhin wollte sie nach ihrem Aufenthalt in Sankt Peter-Ording zu Margarete zurückkehren. Oder etwa nicht?

So weit hatte sie bisher noch nicht gedacht, und mit einem Mal fühlte sie sich ängstlich und beklommen.

Nach dem Eklat mit Richard war es nicht leicht gewesen, ein neues Leben anzufangen. Emily war vollkommen unbedarft gewesen, und die reale Welt hatte so manchen Schock für sie bereitgehalten. Man konnte nicht gerade behaupten, dass ihre Eltern sich besonders viel Mühe gegeben hätten, sie zur Eigenständigkeit zu erziehen.

Zu Beginn war es schrecklich für sie gewesen. Sie hatte sich als junge Erwachsene gefühlt wie ein kleines Mädchen, das von nichts eine Ahnung hatte. Angefangen beim Kochen über finanzielle Angelegenheiten bis hin zu ganz banalen Dingen wie Flurputzen – sie hatte wirklich mit allem bei null anfangen müssen.

Es hatte sie einiges an Kraft gekostet, nicht schwach zu werden und mit hängendem Kopf zu ihren Eltern zurückzukehren – oder schlimmer noch zu Richard. Mit eisernem Willen hatte sie sich durchgeboxt, sich alles, was sie heute wusste, selbst beigebracht, und darauf war sie stolz.

Sollte sie das alles nun für einen Mann aufgeben? Noch dazu einen, den sie kaum kannte?

Sie zuckte zusammen, als Alexander ihr eine Hand auf die Wange legte. Einen Moment lang war sie wohl regelrecht abwesend gewesen – und das war ihm natürlich nicht entgangen.

»Ist alles in Ordnung mit dir?« Die ehrliche Besorgnis, die in seiner Stimme mitschwang, berührte sie.

Sie war ihm sicherlich nicht gleichgültig. So verhielt sich kein Mann gegenüber einer Frau, die für ihn nur eine unbedeutende Bettgeschichte war. Und dennoch. Wie konnte sie sicher sein, dass das zwischen ihnen nicht nur ein Buschfeuer war, das kurz aufloderte und dann ebenso plötzlich wieder verlosch?

Genau da lag das Problem: Sie konnte eben *nicht* sicher sein. Die Zukunft ließ sich nun mal nicht vorhersagen, sosehr Emily es sich auch wünschen mochte. Und mehr als alles andere fürchtete sie, die falsche Entscheidung zu treffen – und diese am Ende bitter zu bereuen.

Zu hart hatte sie dafür geschuftet, sich das Leben aufzubauen, das sie in Bremen mit Margarete führte.

»Ich weiß nicht«, sagte sie leise und setzte sich auf. »Vielleicht ist es besser, wenn ich jetzt gehe.«

Er schaute sie fragend an, schwieg aber, wofür sie ihm dankbar war. Sie war im Augenblick wirklich nicht in der Verfassung, Fragen zu beantworten.

Still kleidete sie sich an, und als sie sich zu ihm umdrehte, stellte sie überrascht fest, dass auch er bereits angezogen war. Als sie irritiert die Brauen hob, sah er ihr fest in die Augen. »Ich fahre dich natürlich zur Pension.«

»Das ist nicht nötig. Mein Wagen steht doch hier auf dem Grundstück.«

Alexander schüttelte den Kopf. »Tut mir leid, ich glaube nicht, dass du im Augenblick in der Verfassung bist, dich hinters Steuer zu setzen …«

Ihr erster Impuls war Protest – sie war schließlich eine erwachsene Frau –, doch dann wurde ihr klar, dass er sich nicht umstimmen lassen würde. Weil er merkte, wie aufgewühlt sie war, weil er sich Sorgen um sie machte.

Das war eine der Eigenschaften, die sie so sehr an ihm schätzte … liebte?

»Also schön«, sagte sie. »Wenn du meinst.«

7. Kapitel

Auch eine unruhige Nacht später wusste Emily noch nicht, wie sie sich weiter verhalten sollte. Ihr Herz und ihr Verstand wollten vollkommen unterschiedliche Dinge, und das war mehr als irritierend.

So etwas war ihr noch nie passiert. Üblicherweise traf sie Entscheidungen nach rein rationalen Gesichtspunkten, ohne sich von Gefühlen beeinflussen zu lassen. Das hatte sie gelernt, nachdem ihre Eltern sie praktisch von heute auf morgen vor die Tür gesetzt hatten.

Damals hatte sie ihre Gefühle ausschalten müssen, um allein zurechtzukommen. Angst vor der Zukunft, ein kümmerlich ausgebildetes Selbstbewusstsein und die scheinbare Unüberwindbarkeit von Problemen, die sich wie ein Berg vor ihr aufgetürmt hatten. Am liebsten wäre sie sofort zurückgekrochen in den vorgeblich sicheren Schoß der Familie.

Doch jetzt war sie nicht mehr in dieser Situation, und die Gefühle, die nun über sie hereinbrachen, waren völlig anderer Natur. Sie waren so überwältigend und irritierend, so intensiv und unerwartet. Und – verdammt! – sie wusste einfach nicht, wie sie damit umgehen sollte.

Als sie gegen sieben die Pension verließ, fiel ihr ein, dass sie ihren Wagen am vergangenen Abend vor Gregors Gartenhaus stehen gelassen hatte. Doch das war vielleicht gar nicht so schlecht. Frische Luft würde ihr womöglich dabei helfen, einen klaren Kopf zu bekommen.

Leider war dies nicht der Fall. Als sie ihren Arbeitsplatz erreichte, war sie der Lösung ihres Problems noch keinen Schritt nähergekommen.

Das große Tor stand offen, und Alexander war nirgends zu

sehen, worüber sie sich wunderte. Dafür schlich eine junge blonde Frau im Garten herum, die sie noch nie zuvor gesehen hatte.

»Entschuldigung?« Sie eilte auf die Fremde zu, die stehen geblieben war und Emily ein strahlendes Lächeln schenkte, das ungefähr so echt wirkte wie das Grinsen eines Haifischs.

»Oh, Verzeihung«, sagte sie, »ich dachte, es wäre niemand da.«

Emily hob eine Braue. »Und diese Vermutung hat Sie dazu veranlasst, auf einem umzäunten Privatgrundstück herumzuschleichen?«

Es war beinahe amüsant, wie sehr diese Situation ihrer ersten Begegnung mit Alexander glich. Und es überraschte sie, wie stark ihr Bedürfnis geworden war, Gregor Buchstädts Privatsphäre zu schützen.

»Nun, ich kam zufällig hier vorbei, und das Tor stand offen …«

Das war natürlich blanker Unfug. Niemand kam *zufällig* hier vorbei. Das Grundstück lag vollkommen abgeschieden am Ende einer Privatstraße. Emily verschränkte die Arme vor der Brust und musterte ihr Gegenüber eindringlich.

Das blonde Haar der Fremden schimmerte im Sonnenlicht beinah golden, doch ihre dunklen Brauen ließen vermuten, dass sie bei der Farbe nachgeholfen hatte. Ihre Augen waren von einem hellen Blau, das durch ihr dezentes Make-up noch betont wurde. Sie hatte hohe Wangenknochen, eine schmale, gerade Nase und fein geschwungene Lippen.

Genau der Typ Frau, dem die Männer auf der Straße hinterherstarrten – und praktisch das genaue Gegenteil von Emily mit ihren schwarzen Locken und der etwas zu breiten Stupsnase. Sie wusste, dass sie nicht unattraktiv war, aber in Gegenwart von schönen, eleganten Frauen fühlte sie sich immer wie das hässliche Entlein.

Sie ließ ihren Blick weiter wandern zu dem perfekt geschnittenen Einteiler, den die Unbekannte an der Taille mit einem schmalen Gürtel zusammengefasst hatte. Die langen Beine, die frauliche Figur und ... Moment, warum hielt sie eine Kamera in der Hand? Hatte sie etwa Fotos vom Garten gemacht? Was sollte das?

»Dürfte ich mir bitte mal Ihre Kamera ansehen?«

»Ich wüsste nicht, wieso ich Ihnen das erlauben sollte«, entgegnete die Blondine kühl.

»Weil ich ansonsten die Polizei verständigen muss, um Sie wegen Hausfriedensbruchs anzuzeigen.«

»Ihnen gehört das Grundstück doch gar nicht«, verteidigte sich die Unbekannte – wirkte dabei aber längst nicht mehr so selbstsicher wie zuvor.

»Ach, interessant. Nun, wenn Ihnen das bekannt ist, dann wissen Sie ja sicher auch, dass der tatsächliche Eigentümer kein großer Freund von unangekündigten Besuchern ist.« Sie streckte die Hand nach der Kamera aus. »Also?«

Die andere wollte ihr tatsächlich gerade widerwillig das Gerät überreichen, als plötzlich eine aufgebrachte Stimme die morgendliche Stille durchriss.

»Miriam?«

Sofort zog sie die Hand mit dem Fotoapparat wieder zurück und wandte sich Alexander zu, der wutschnaubend auf die beiden Frauen zugeeilt kam.

»Alex, wie schön, dich wiederzusehen«, säuselte sie. »Wie lange ist es her?«

»Für meinen Geschmack längst nicht lange genug«, entgegnete er scharf. »Was, zum Teufel, willst du hier?«

»Nun sei doch nicht so unfreundlich! Ich wollte mir einfach mal ansehen, was du so treibst.«

Alexander runzelte die Stirn. »Natürlich. Nach über zwei Jahren. Du hältst mich doch nicht wirklich für so dumm, oder?« Er wandte sich an Emily. »Was genau hat sie hier gemacht, als du sie entdeckt hast?«

»Sie lief hier herum. Aber sie hat eine Kamera dabei und weigert sich, mir zu zeigen, was sie fotografiert hat.«

»Miriam!« Fordernd streckte Alexander die Hand aus, und die Frau überreichte ihm den Apparat, begleitet von einem theatralischen Seufzen. Emily stellte sich neben ihn, und gemeinsam schauten sie sich die letzten Bilder an, die geknipst worden waren.

Sie alle zeigten den Garten, manche als Panoramaaufnahme, andere stark auf einzelne Details herangezoomt. Alexander betätigte die Löschfunktion, und ein raschelndes Geräusch erklang.

Miriams Augen weiteten sich. »Hey, was machst du da?«

»Das Ergebnis deiner kleinen Spionagetour löschen, ist doch klar.« Er warf ihr die Kamera zu, die sie hastig schnappte. »Wenn ich dich noch einmal hier auf dem Grundstück erwische, wirst du nicht so glimpflich davonkommen, haben wir uns verstanden? Ich wünsche nicht, dass du mir noch einmal unter die Augen trittst.«

»Das wird sich vermutlich nicht vermeiden lassen«, entgegnete Miriam, ihr Tonfall abfällig. »Ich arbeite für Armin Keller. Der Name sagt dir doch sicherlich etwas, oder?«

»Na, das ist ja wunderbar ...«

Alexander war deutlich anzusehen, wie geschockt er über diese Nachricht war, was Emily irritierte. Sie wusste nicht, woher er diese Frau kannte, aber ganz offensichtlich teilten sie eine gemeinsame Geschichte – und seiner Reaktion nach zu urteilen, keine besonders positive.

»Mein Chef will sichergehen, dass wir auch dieses Jahr wieder den ersten Platz belegen.« Sie lächelte herablassend. »Jetzt, wo ich weiß, wer für Gregor Buchstädt arbeitet, kann ich ihm versichern, dass er sich keine Sorgen zu machen braucht. Was soll ein abgehalfterter Möchtegern wie du schon erreichen?«

»Verschwinde!« Auf Alexanders Stirn hatte sich eine tiefe, v-förmige Falte gebildet. »Hau ab, Miriam, ehe ich mich vergesse!«

»Sie sollten jetzt wirklich lieber gehen«, sagte Emily, schob die Frau zum Tor hinaus und schloss es hinter ihr. Als sie zu

Alexander zurückkehrte, war dieser noch immer kreidebleich und zitterte vor Wut.

»Wer war das?«, fragte sie stirnrunzelnd.

»Miriam Timmermann«, erwiderte er, als sei das bereits Antwort genug.

Emily reichte das natürlich nicht – nicht einmal ansatzweise. »Und woher kennst du sie?«

»Wir waren mal … zusammen.« Das letzte Wort spie er aus wie ein widerliches Insekt, das er am liebsten unter dem Absatz seiner Arbeitsschuhe zermalmen wollte. »Ich hatte früher mal eine eigene Gärtnerei. Als ich Miriam kennenlernte, war sie arbeitslose Gärtnereifachverkäuferin auf der Suche nach einer Stelle. Ich stellte sie ein – in erster Linie, weil sie mir gefiel. Sie machte mir schöne Augen und es dauerte nicht lange, bis wir ein Paar waren. Ich war so vernarrt in sie, dass ich ihr schon ein halbes Jahr später einen Heiratsantrag gemacht habe. Vor der Hochzeit bat sie mich allerdings noch, einige Dokumente zu unterschreiben, um sie für den Fall der Fälle abzusichern.« Er lachte bitter. »Ich war so blind, dass ich alles unterzeichnete, ohne mir vorher das Kleingedruckte durchzulesen.«

»Und? Was passierte dann?«

»Kannst du dir das nicht denken? Sie hat mich über den Tisch gezogen. Ich habe ihr meine Gärtnerei quasi zum Nulltarif überlassen. Mein Anwalt hat die Papiere hinterher überprüft – nichts zu machen. Wäre es eine Schenkung gewesen, hätte ich meinen Besitz aufgrund groben Undanks – so schimpft sich das wohl – zurückbekommen können. Aber sie hat sichergestellt, dass alles hieb- und stichfest ist. Die Hochzeit fand natürlich nie statt. Sie hatte überhaupt nie vor, mich zu heiraten. Und ich war vor Liebe so verblendet, dass ich nicht sah, mit was für einer Schlange ich es zu tun hatte.«

»Ist es dir deshalb so wichtig, den Wettbewerb zu gewinnen?«

Er schien einen Moment zu überlegen, bevor er nickte. »Ich brauche das jetzt, wenn du verstehst, was ich meine. Die Sache damals hat meinem Selbstwertgefühl einen ganz schönen Dämpfer versetzt. Mehr als das – es war eigentlich nicht mehr existent. Allein der Gedanke, es Miriam und dem Typen zu zeigen, mit dem sie damals zusammengearbeitet hat, hielt mich aufrecht.«

Emily warf ihm einen mitfühlenden Blick zu. Was sie da gerade gehört hatte, berührte sie. Aber sie konnte sich gut vorstellen, dass er ihr Mitleid nicht wollte. Sie erinnerte sich noch gut daran, wie es nach der Sache mit Richard gewesen war.

Ein paar ihrer sogenannten Freundinnen hatten sie damals aufgesucht, um sie zu trösten. Sie waren davon ausgegangen, dass Richard etwas getan hatte, das ihre heftige Reaktion rechtfertigte. Als sie erfuhren, dass sie ihn einfach nur nicht hatte heiraten wollen, war die Stimmung ganz schnell umgeschlagen.

Seitdem reagierte Emily auf Mitleidsbekundungen überaus allergisch.

Sie legte Alexander eine Hand auf den Arm. »Gemeinsam werden wir es dieser Miriam schon zeigen.«

»Wirklich?« Er schaute sie mit einer rührenden Mischung aus Selbstzweifeln, Wut und Hoffnung an.

»Natürlich«, sagte sie, stellte sich auf die Zehenspitzen und küsste ihn.

Es war ein sanfter, süßer Kuss, und als ihre Lippen aufeinandertrafen, fürchtete sie, dass er genau fühlen konnte, was sie für ihn empfand.

Hastig ließ sie von ihm ab und musste sich zusammenreißen, um sich nicht mit der Zunge über die Lippen zu fahren. Schon jetzt sehnte sie sich wieder nach ihm. Nach seiner Umarmung, seinem Geruch, seinem Geschmack ...

Zärtlich strich er ihr eine Strähne aus dem Gesicht. »Miriam hat meinen Ruf in der Branche damals ruiniert. Irreparabel!«, erklärte er.

»Nein.« Sie schüttelte den Kopf. »Nicht irreparabel. Wenn du den Wettbewerb gewinnst, kann niemand mehr irgendetwas gegen deine Fähigkeiten als Gärtner sagen. Dein guter Ruf wird wiederhergestellt sein. Und vielleicht kannst du ja sogar wieder eine eigene Gärtnerei eröffnen. Dein Vertrag sieht doch sicherlich eine Beteiligung am Preisgeld vor.«

»Ja, schon«, erwiderte er und fuhr sich durchs Haar. »Ich bekomme die Publicity und einen Teil des Gewinns, falls wir den ersten Platz belegen. Bei jeder anderen Platzierung gehe ich – abgesehen von meinem monatlichen Gehalt – leer aus. Aber selbst das ganze Preisgeld würde bei Weitem nicht ausreichen, um eine neue Gärtnerei aufzumachen. Trotzdem ist das natürlich mein Ziel. Ich habe in der letzten Zeit einiges zur Seite gelegt, und mit einem erfolgreichen Abschluss des Wettbewerbs stehen meine Chancen, dass die Bank mir ein Darlehen gewährt, gar nicht so schlecht. Aber Miriam …«

»Wird noch staunen, was wir hier gemeinsam auf die Beine stellen«, sagte Emily und zwang sich zu einem aufmunternden Lächeln. »Du wirst schon sehen …«

Sie sah, dass er noch immer zweifelte, und auch sie war längst nicht so selbstsicher, wie sie zu sein vorgab. Ihr geisterte diese andere Frau im Kopf herum. Und sie fragte sich, wie Alexander irgendetwas für sie, Emily, empfinden konnte, wo er, wie er doch selbst sagte, Hals über Kopf in diese Miriam verliebt gewesen war. Immerhin waren sie beide so unterschiedlich wie zwei Menschen nur sein konnten!

Hör auf, dir darüber Gedanken zu machen … Dass Alexander an dir interessiert ist, kannst du ja wohl kaum anzweifeln. Immerhin hat er mit dir geschlafen!

Trotzdem …

Die leise, aber beharrlich-nagende Stimme in ihrem Hinterkopf war nicht so leicht zum Schweigen zu bringen. Und sie begleitete sie den ganzen Tag und stellte jedes von Alexanders Worten, jede Geste und jede kleine Zärtlichkeit infrage.

Als Emily an diesem Abend in die Pension zurückkehrte, hatte es angefangen zu stürmen. Sie wollte gerade klitschnass die Treppe hinaufeilen, als die Besitzerin sie noch einmal zurückrief.

»Hier«, sagte sie und drückte ihr einen Briefumschlag in die Hand. »Der ist heute Vormittag für Sie abgegeben worden.«

Es stand kein Absender darauf – nur ihr Name in fetten Lettern.

»Wissen Sie, von wem er stammt?«

Die ältere Dame zuckte mit den Schultern. »Mein Sohn war heute Morgen da, weil ich einen Arzttermin wahrnehmen musste. Ich kann Ihnen also leider nicht mehr dazu sagen.«

Emily nahm den Brief mit in ihr Zimmer, wo sie sich aufs Bett setzte und den Umschlag stirnrunzelnd betrachtete. Von wem der wohl sein mochte? Sie kannte hier niemanden außer Gregor Buchstädt und Alexander – und sonst wusste auch niemand, dass sie in Sankt Peter-Ording war.

Nun, das wirst du wohl am ehesten herausfinden, wenn du ihn öffnest.

Sie riss den Umschlag auf und holte ein einzelnes Blatt Papier daraus hervor, auf dem in klarer und gut leserlicher Handschrift nur ein Satz stand:

Treffen Sie mich morgen um neun im Café Krämer.

Kein Name, keine weitere Erklärung – nichts.

Was, zum Teufel, hatte das zu bedeuten? Wer wollte sich da mit ihr treffen? Vielleicht Buchstädt, um in aller Ruhe und an einem neutralen Ort mit ihr über Margarete zu sprechen?

Dass er sich allerdings ausgerechnet in einem öffentlichen Café mit ihr zusammensetzen wollte, erschien absurd, wo er doch fremde Menschen in seiner Umgebung mied.

Aber wenn nicht er – wer dann?

Alexander?

Nein, wohl kaum. Ganz davon abgesehen, dass er keinen Grund hatte, auf diese Weise mit ihr zu kommunizieren – über das Sie waren sie mittlerweile nun wirklich längst hinaus.

Ihr fielen eigentlich nur zwei Personen ein, die hinter diesem Brief stecken könnten: Armin Keller oder diese Miriam Timmermann. Und bei beiden wusste sie nicht, was sie von einer solchen Einladung halten sollte.

Wäre es besser, die Aufforderung einfach zu ignorieren?

Vermutlich – aber jetzt, wo Emilys Neugier einmal geweckt war, konnte sie sie nicht einfach so abstellen. Und was war schon dabei, zur angegebenen Zeit in dem Café zu erscheinen? Es bedeutete ja nicht, dass sie auch bleiben musste, wenn es ihr unangenehm wurde.

Sie zog sich gleich um und legte sich ins Bett, doch es dauerte eine ganze Weile, bis sie tatsächlich zur Ruhe kam. Und selbst dann schlief sie schlecht und wälzte sich die meiste Zeit rastlos hin und her.

Entsprechend gerädert fühlte sie sich am nächsten Morgen. Nachdem sie sich geduscht und angezogen hatte, rief sie als Erstes bei Gregor Buchstädt an, um anzukündigen, dass sie sich ein wenig verspäten würde. Es meldete sich der Anrufbeantworter. Emily entschied, dass es ausreichte, eine Nachricht zu hinterlassen. Danach ging sie, ohne zu frühstücken, aus dem Haus und machte sich auf den Weg zum Café Krämer.

»Verdammt!«

Alexander stand vor dem Rosenstock, den Emily mit so viel Liebe gehegt und gepflegt hatte, und raufte sich das Haar. In der vergangenen Nacht hatte es heftig gestürmt – und dem starken Wind waren einige Pflanzen zum Opfer gefallen.

Unter anderem auch Roswitha.

Emily würde untröstlich sein ...

Seufzend holte er eine Rosenschere und eine Schaufel aus dem Geräteschuppen und machte sich an die traurige Arbeit. Er hatte gerade gut die Hälfte geschafft, als sein Handy summte. Eine SMS. Er legte das Werkzeug beiseite und holte das Telefon hervor.

Die Nummer des Absenders war ihm unbekannt – und dieser unbekannte Teilnehmer bestellte ihn für heute zehn nach neun in ein kleines Café im Ortsteil Bad.

Was hatte das denn zu bedeuten?

Wer wollte sich da mit ihm treffen, und warum tat diese Person so geheimnisvoll? Das kam ihm alles reichlich suspekt vor.

Er wählte die unbekannte Nummer, doch niemand ging ans Telefon, und es war auch keine Mailbox angeschlossen.

Dennoch war seine Neugier geweckt, und so hinterließ er lediglich eine Nachricht für Emily an der Tür des Gartenhauses und stieg in seinen Wagen.

Auf dem Weg in den Ort dachte er erneut darüber nach, was zwischen Emily und ihm vorgefallen war und welche Konsequenzen es für sie beide haben würde. Was seine eigenen Gefühle betraf, wusste er nur, dass es ihm seit der Sache mit Miriam schwerfiel, auf die Stimme seines Herzens zu hören, die ihn damals so in die Irre geleitet hatte.

Ein Teil von ihm wollte Emily vertrauen, wollte mit ihr zusammen sein und ihr zeigen, wie viel sie ihm bedeutete. Doch sein Verstand riet ihm zur Vorsicht. Vor allem nach seinem unverhofften und vor allem unerwünschten Wiedersehen mit Miriam.

Die Tatsache, dass ausgerechnet sie nun für seinen direkten Konkurrenten arbeitete, war irritierend, konnte ihm aber letzten Endes egal sein. Sie war nur eine Verkäuferin, die ihr hübsches Gesicht und ihren skrupellosen Charakter dazu genutzt hatte, sich ihren eigenen Betrieb zu ergaunern.

Alexander wusste, dass sie ihm nicht annähernd das Wasser reichen konnte, was fachliches Können betraf. Sie brauchte also jemanden, der sie in dieser Hinsicht unterstützte. Die Frage war, wen sie wohl um Hilfe gebeten hatte oder noch bitten würde. Die meisten Gärtner und Landschaftsarchitekten von Rang und Namen waren bereits auf irgendeine Weise in den Wettbewerb involviert – entweder als Gestalter oder Berater.

Dennoch konnte er sich nicht vorstellen, dass Miriam einfach irgendeinen x-beliebigen Wald- und Wiesengärtner beauftragte. Und irgendwie wurde er das Gefühl nicht los, dass ihm diesbezüglich noch eine weitere unerfreuliche Überraschung bevorstand.

Immer die Ruhe bewahren. Das Konzept, dass du mit Emily entworfen hast, ist verdammt gut. Wen auch immer Miriam aus dem Hut zaubert – das muss er euch erst einmal nachmachen. Es gibt keinerlei Grund zur Besorgnis.

Alexander erreichte den Ortskern und stellte seinen Wagen in einer ruhigeren Seitenstraße ab. Das Café, von dem in der SMS die Rede gewesen war, lag nur einen Steinwurf entfernt. Entschlossenen Schrittes machte er sich auf den Weg dorthin, bereit, es mit allem und jedem aufzunehmen. Doch als er um die Ecke bog, gefror er schier zur Salzsäule.

Auf der Terrasse vor dem Café saßen zwei Frauen unter einem gelb-weiß gestreiften Sonnenschirm. Die eine hatte langes blondes Haar und besaß ein verführerisches Lächeln, von dem er heute wusste, dass es falsch und berechnend war – Miriam Timmermann.

Und ihr gegenüber saß, an einer Tasse Kaffee nippend und scheinbar interessiert lauschend, Emily.

So war das also.

Die Frage, wen seine Ex engagieren wollte, um gemeinsam mit ihr Armin Kellers Garten für den Wettbewerb den letzten entscheidenden Schliff zu verleihen, konnte er sich jetzt wohl selbst beantworten.

Bitterkeit stieg in ihm auf und schnürte ihm schier die Kehle zu. Offenbar war er längst nicht so vorsichtig gewesen, wie er angenommen hatte, denn er musste sich eingestehen, dass er Emily einen solchen Verrat niemals zugetraut hätte.

Doch die Tatsache, dass sie sich hinter seinem Rücken mit Miriam traf, ließ keinen anderen Schluss zu. Was war er nur für ein Narr gewesen, ihr zu vertrauen?

Mit zu Fäusten geballten Händen wandte er sich ab und kehrte zu seinem Wagen zurück.

Er hatte genug gesehen.

Es wurde Zeit, dass er ein eindringliches Gespräch mit seinem Chef führte.

8. Kapitel

»Ich soll bitte *was*?«

Ungläubig starrte Emily die Blondine an, die ihr gegenübersaß. »Das kommt überhaupt nicht infrage! Das werde ich ganz gewiss *nicht* tun. Wie kommen Sie überhaupt auf den Gedanken, mich so etwas zu fragen?«

Miriam Timmermann lächelte, ohne auch nur einen Funken Freundlichkeit dabei auszustrahlen. Emily fragte sich ernsthaft, wie Alexander jemals auf diese Frau hatte hereinfallen können. Aber vermutlich war es tatsächlich so, wie der Volksmund behauptete, und Liebe machte einfach blind.

»Überlegen Sie es sich noch einmal in Ruhe«, schlug Miriam vollkommen gelassen vor. »Das ist keine Entscheidung, die man übers Knie brechen sollte. Ich verstehe ja, dass Sie sich nicht recht wohl dabei fühlen, meinen Vorschlag anzunehmen. Vermutlich haben Sie sich mit Alexander angefreundet, und möchten außerdem ihrem aktuellen Arbeitgeber gegenüber absolut loyal bleiben ...«

Energisch schüttelte Emily den Kopf. »Nein, da brauche ich gar nicht lange zu überlegen. Sie verlangen von mir, dass ich Ihnen die Entwürfe für Gregor Buchstädts Garten zuspiele, aber das werde ich auf gar keinen Fall tun. Und ehe Sie fragen – an meiner Entscheidung ändert sich auch dann nichts, wenn Sie mit Ihrem Angebot noch weiter hochgehen. Für kein Geld der Welt bin ich bereit, mich zu verkaufen. Ihnen mag so etwas ja egal sein, aber mir ist es schon wichtig, dass ich mir selbst im Spiegel noch in die Augen sehen kann.«

Miriam schien für einen kurzen Moment abgelenkt. Sie schaute über Emilys Schulter hinweg und nickte schließlich knapp. »Also schön«, sagte sie dann. »Das ist natürlich ganz allein Ihre Entscheidung. Wenn Sie nicht wollen, dann lassen Sie es eben.«

Irritiert runzelte Emily die Stirn. Obwohl sie natürlich nicht vorhatte, sich von ihrem Entschluss abbringen zu lassen, überraschte es sie schon ein wenig, dass Miriam plötzlich so schnell bereit war, sie vom Haken zu lassen. Sie hatte die andere Frau anders eingeschätzt. Hartnäckiger.

Es kam ihr beinahe so vor, als hätte die andere erreicht, was sie wollte. Aber wie?

Miriam winkte den Kellner heran und orderte die Rechnung. »Ihr Kaffee geht auf mich«, sagte sie mit demselben falschen Lächeln, das Emily vorhin schon so beunruhigt hatte, und legte ein paar Münzen auf den Tisch. Dann stand sie auf und stolzierte aus dem Lokal.

Nachdenklich blieb Emily zurück. Das Gefühl, dass hier irgendetwas nicht stimmte, verstärkte sich, aber sie konnte es nicht recht greifen. Es war unterschwellig, wie eine Vorahnung von drohendem Unheil. Aber warum? Sie hatte Miriam Timmermann doch klipp und klar zu verstehen gegeben, dass sie an ihrem Stellenangebot nicht interessiert war.

Noch immer in Gedanken versunken, kehrte sie zu ihrem Wagen zurück und stieg ein. Auf dem ganzen Weg zum Buchstädt'schen Anwesen ging ihr dieses merkwürdige Aufeinandertreffen nicht aus dem Sinn.

Was wollte diese Frau von ihr? Warum hatte sie sich überhaupt an sie gewandt? Es gab doch sicherlich geeignetere Kandidaten als ausgerechnet Emily.

Nun, vermutlich ging es ihr vor allem darum, aus erster Hand zu erfahren, was Alexander plante. Und Emily war die Einzige, die ihr dabei helfen konnte. Denn von Alexander selbst hatte sie ganz gewiss nichts zu erwarten.

Als Emily endlich Gregor Buchstädts Haus erreichte, war sie überrascht, dass sie Alexander draußen nirgends entdecken konnte. Vielleicht war er hinter dem Haus oder im Schuppen, um irgendwelche Geräte zu holen.

Vermutlich war es ohnehin besser, wenn sie zuerst mit Buchstädt redete. Das Thema Miriam war für Alexander mit zu vielen negativen Emotionen beladen – mit ihm würde man sicher nicht vernünftig darüber sprechen können.

Emily parkte ihr Auto, stieg aus und ging gerade die Vortreppe hinauf, als die Haustür aufgerissen wurde und Alexander hinausstürmte. Ohne sie auch nur eines Blickes zu würdigen, drängte er sich an ihr vorbei und rannte förmlich davon, während er unverständliche Dinge vor sich hin brummte.

Irritiert schaute Emily ihm nach, ehe sie den Kopf schüttelte und das Haus betrat. Sie hatte kaum einen Fuß durch die Tür gesetzt, da erschien ihr Auftraggeber auch schon in der Eingangshalle.

»Was zum Teufel haben Sie sich dabei gedacht?«

Emily blinzelte irritiert. »Ich fürchte, ich verstehe nicht. Was habe ich mir wobei gedacht?«

»Sie haben sich mit der Landschaftsgärtnerin meines Konkurrenten getroffen«, erklärte Buchstädt und verschränkte die Arme vor der Brust. »Warum?«

Ungläubig starrte sie ihn an. »Woher …?«

»Können Sie sich das nicht denken?« Er hob eine Braue und deutete mit dem Kopf in die Richtung, in die Alexander eben verschwunden war. »Er hat Sie mit dieser Frau Timmermann gesehen. In einem Café. Offensichtlich haben Sie sich angeregt mit dieser Dame unterhalten.«

»Aber …« Emily schüttelte den Kopf, brachte jedoch kein weiteres Wort heraus.

»Was nun? Stimmt es, oder stimmt es nicht?«

»Ich habe mich mit ihr getroffen, ja. Allerdings wusste ich vorher nicht, dass sie es ist. Die Nachricht, in der ich um das Treffen gebeten wurde, war anonym. Ich war neugierig und wollte wissen, worum es geht. Deshalb bin ich hingegangen.«

»Und was wollte Frau Timmermann?«

»Mich kaufen«, erklärte Emily geradeheraus. Es war ja sinnlos, um den heißen Brei herumzureden. »Sie wollte, dass ich für sie arbeite. Warum, das können Sie sich wohl denken. Es ging ihr vermutlich vor allem darum, mehr über Alexanders Pläne für den Wettbewerb in Erfahrung zu bringen.«

Er bedachte sie mit einem scharfen Blick. »Und? Sind Sie auf das Angebot eingegangen?«

Empört stemmte Emily die Hände in die Seiten. »Was für eine Frage! Natürlich nicht! Was denken Sie denn?«

Eindringlich musterte er sie. »Soll ich Ihnen sagen, was Herr Wallert denkt?«

Ehe sie antworten konnte, sprach er weiter. »Er glaubt, dass wir Ihnen nicht mehr vertrauen können. Dass Sie sich mit Miriam Timmermann verbündet haben, um gegen uns zu arbeiten.« Er neigte den Kopf ein Stück zur Seite. »Hat er recht?«

»Nein!« Ihre Stimme klang fest und bestimmt, doch in ihr sah es ganz anders aus. Sie verstand nicht, warum Alexander gleich so hart über sie urteilte, ohne wenigstens vorher mit ihr gesprochen zu haben. Das war nicht fair.

Und es zeigte ihr mehr als deutlich, wie seine wahren Gefühle für sie aussahen. Wer gleich beim kleinsten Anlass Zweifel an der Ehrlichkeit des anderen bekam, der konnte keine Liebe empfinden.

Die Erkenntnis schmerzte, als hätte ihr jemand eine Klinge zwischen die Rippen gebohrt. Dabei sollte sie eigentlich froh sein. Nun wusste sie zumindest, woran sie war, und musste sich nicht länger den Kopf zerbrechen.

»Ich habe dieser Dame erklärt, dass ich für ihre Pläne nicht zur Verfügung stehe«, sagte sie leise. »Ihre Reaktion hat mich dann allerdings ein wenig überrascht. Ich hatte mit einem Wutanfall gerechnet, da sie anfangs ziemlich heftig auf mich eingeredet hat, aber nichts dergleichen passierte. Sie hat sich einfach für mein Kommen bedankt, ist aufgestanden und gegangen.«

»Das ist in der Tat ungewöhnlich. Nach allem, was Alexa... was Herr Wallert mir über diese Frau berichtet hat, ist sie mit allen Wassern gewaschen. Ich kann mir nicht vorstellen, dass sie Sie ohne einen wirklich guten Grund zu dieser Verabredung gebeten hat – noch dazu, ohne vorher ihren Namen preiszugeben.«

Emily blickte zum Fenster hinaus. Draußen sah sie Alexander, der schweißüberströmt und mit bloßem Oberkörper Findlinge für seinen Steingarten wuchtete. Obwohl sie enttäuscht war über sein mangelndes Vertrauen, sie konnte keine Wut und keinen Hass empfingen – noch nicht einmal ein ganz kleines bisschen.

»Geht es Alexander gut?«

Buchstädts Lippen verzogen sich zu einem kaum merklichen Lächeln. »Wissen Sie, wäre ich bis jetzt noch unsicher gewesen, spätestens mit dieser Frage hätten Sie mich überzeugt«, sagte er. »Sie mögen ihn sehr, nicht wahr?«

Im ersten Moment wollte Emily nicken – stattdessen straffte sie die Schultern und reckte das Kinn. »Was macht das jetzt noch für einen Unterschied? Er vertraut mir nicht, so viel ist offensichtlich. Ganz gleich, wie ich auch für ihn empfinden mag, ohne gegenseitiges Vertrauen ist jede Beziehung zum Scheitern verurteilt.«

Sie musste an ihre großmütterliche Freundin daheim in Bremen denken. »War es das, was Margarete und Sie auseinandergebracht hat? Mangelndes Vertrauen?«

Gregor Buchstädt zögerte, und Emily war sich beinahe sicher, dass er sie für ihre Neugier zurechtweisen würde.

Doch das tat er nicht.

Stattdessen seufzte er. »So etwas in der Art«, entgegnete er ausweichend. »Zumindest zu Anfang. Als Margarete nach ihrem Unfall erfuhr, dass sie vermutlich nie wieder laufen könnte, war sie am Boden zerstört. Sie flehte mich regelrecht an, sie zu verlassen. Sie wollte auf gar keinen Fall, dass ich mich nur aus Pflichtgefühl an sie binde. Dass ich bei ihr bleiben wollte, weil ich sie liebte, schien ihr gar nicht in den Sinn zu kommen.«

»Und Sie haben es einfach getan? Sie verlassen, meine ich? Einfach so?«

Er runzelte die Stirn. »Einfach so? Nein, wohl kaum.«

Emily merkte ihm an, dass er lieber nicht darüber sprechen wollte. Aber er schien überhaupt ein Mensch zu sein, der stets alles in sich hineinfraß. Vielleicht täte es ihm ja sogar ganz gut, sich endlich einmal jemandem zu öffnen.

Außerdem hoffte sie, dass es ihr dabei helfen würde, ihn davon zu überzeugen, sich mit Margarete zu treffen. Nun, wo sie wusste, dass Alexander ihre Gefühle offenbar nicht erwiderte, sollte sie sich wieder auf ihr eigentliches Vorhaben konzentrieren.

Sie hakte also nach. »Sondern?«

»Das ist eine lange, unerquickliche Geschichte.«

Sie trat an ihm vorbei ins Wohnzimmer, setzte sich ungebeten auf die Couch, lehnte sich zurück und schlug die Beine übereinander. »Also, ich weiß ja nicht, wie es Ihnen geht, aber ich hätte gerade ein bisschen Zeit.«

Er seufzte, und sie rechnete damit, dass er ihr jeden Moment sagen würde, sie solle wieder an die Arbeit gehen. Doch stattdessen nahm er neben ihr Platz.

»Also schön, wenn Sie es denn unbedingt hören wollen. Aber sagen Sie nicht, ich hätte Sie nicht gewarnt. Ihre feine Freundin Margarete kommt in dieser Geschichte nämlich alles andere als gut weg.«

»Ich bin ganz Ohr«, entgegnete Emily. Sie konnte sich beim besten Willen nicht vorstellen, dass das, was er zu sagen hatte, irgendetwas an ihren freundschaftlichen Gefühlen zu Margarete ändern könnte. »Was ist damals geschehen, das einen Keil zwischen Sie beide getrieben hat?«

Begleitet von einem erneuten tiefen Seufzer fuhr er sich durchs Haar. »Wir waren sehr verliebt, Margarete und ich. Zumindest glaubte ich das damals. Ich für meinen Teil habe, das kann ich ehrlich behaupten, niemals wieder so stark für eine Frau empfunden. Als sie diesen schrecklichen Unfall hatte und ich fürchten musste, sie zu verlieren, fiel ich in ein tiefes Loch. Doch sie überlebte, wenn die Ärzte auch prognostizierten, dass sie für den Rest ihres Lebens an den Rollstuhl gefesselt sein würde. Mir war das egal. Ich liebte sie, ob sie nun laufen konnte oder nicht. Und ich wollte sie noch immer heiraten – vielleicht mehr als jemals zuvor. Doch davon wollte Margarete nichts wissen.«

»Sie wollte nicht, dass Sie sich an sie gebunden fühlen«, vermutete Emily. Es war typisch für Margarete, zuerst an einen geliebten Menschen zu denken und danach erst an sich selbst.

Buchstädt zuckte mit den Schultern. »Das dachte ich zunächst auch«, entgegnete er. »Also ließ ich nicht locker und versuchte, sie davon zu überzeugen, dass ich sie nach wie vor liebte. Doch Margarete wurde immer kühler und abweisender. Tja, und ein paar Wochen später wusste ich dann auch, warum.«

Fragend schaute Emily ihn an. »Ja?«

»Sie hatte sich während der Reha in einen anderen Mann verliebt. Ich habe sie praktisch in flagranti mit ihm erwischt. Es war der Schock meines Lebens, das können Sie mir glauben. Als ich sie so sah … ich wollte am liebsten sterben. Doch stattdessen stürzte ich mich in meine Arbeit, um mich von meinem Kummer abzulenken – mit großem Erfolg.

Ich gründete meine eigene Firma, expandierte, kaufte kleinere Unternehmen auf. Am Ende war ich der Eigentümer eines kleinen Konzerns, doch der Rest meines Lebens ist einfach so an mir vorübergezogen. Ich war nie besonders gut darin, Kontakte zu knüpfen, und nach Margaretes Verrat fiel es mir noch schwerer. Als ich schließlich in den Ruhestand ging, stellte ich fest, dass es keinen Menschen gab, der mir wirklich nahestand – und dass es mir so gefiel.«

Emily legte die Stirn in Falten. »Sie wollen mir wirklich weismachen, dass dieses Einsiedlerleben nach Ihrem Geschmack ist?«

»Das will ich – weil es der Wahrheit entspricht. Ich brauche niemanden um mich herum. Ich bin zufrieden.«

»Sind Sie nicht«, behauptete Emily. »Sie fürchten nur, dass Sie wieder enttäuscht werden könnten. Das geht fast allen Menschen so, glauben Sie mir. Aber die meisten sind irgendwann dazu gezwungen, sich wieder in die Gesellschaft einzugliedern. Da Sie stets Ihr eigener Chef waren, konnten Sie alle unangenehmen Aufgaben an Ihre Mitarbeiter delegieren, aber ich wage zu behaupten, dass Ihnen das mehr geschadet als genutzt hat.«

Gregor machte eine wegwerfende Handbewegung. »Das ist doch jetzt kaum noch von Bedeutung.«

»Sagen Sie das nicht«, entgegnete Emily mit einem feinen Lächeln. »Rein zufällig weiß ich nämlich, dass Margarete Sie niemals vergessen konnte.«

»Dann hatte sie definitiv eine merkwürdige Art, mir das zu zeigen«, konterte er kühl. »Wenn ich ihr so viel bedeutet habe, warum ist sie dann fremdgegangen?«

»Sind Sie ganz sicher, dass es wirklich so war?«

»Natürlich, verdammt!« Er schlug mit der flachen Hand auf den Couchtisch. »Ich habe die beiden doch mit eigenen Augen gesehen!«

»Aber könnte es nicht auch sein, dass Margarete genau das wollte? Dass sie das alles bloß eingefädelt hat, damit Sie sich von ihr lossagen?«

Er stutzte und ließ sich ächzend gegen die Rückenlehne sinken. Mit einem Mal war er ganz bleich geworden.

»Haben Sie darüber etwa noch gar nicht nachgedacht?«

Langsam schüttelte er den Kopf. »Nein, ehrlich gesagt nicht – aber jetzt, wo Sie es so sagen … das könnte durchaus Sinn ergeben.«

»Ich habe gehört, wie Margarete über Sie gesprochen hat. Sie bereut, was damals passiert ist. Übrigens sitzt sie inzwischen nicht mehr im Rollstuhl.«

»Nein?« Sofort setzte er sich wieder auf und sah erfreut aus. »Haben die Ärzte sich geirrt?«

»Das nicht – aber Margaretes Unfall liegt schon eine kleine Ewigkeit zurück. In der Zwischenzeit wurden neue Behandlungsmethoden gefunden, mit denen ihr geholfen werden konnte.«

»Aber dann verstehe ich nicht …« Gregor Buchstädt schüttelte den Kopf. »Warum hat sie nicht schon längst mit mir Kontakt aufgenommen? All die Jahre habe ich geglaubt, dass sie mich nicht geliebt hat. Wieso …?«

»Nun, wenn sie sich diese kleine Scharade damals wirklich ausgedacht hat, dann hat sie sich vermutlich geschämt.« Emily lächelte. »Können Sie sich das nicht vorstellen? Sie hat Ihnen immerhin vorgespielt, einen anderen zu lieben. Hätten Sie ihr geglaubt, wenn sie plötzlich bei Ihnen aufgetaucht wäre und Ihnen die Wahrheit gesagt hätte?«

Er dachte kurz darüber nach und schüttelte schließlich den Kopf. »Nein, vermutlich hätte ich sie vor die Tür gesetzt«, gestand er. »Und das, ehe sie auch nur eine Silbe gesagt hätte.«

Fragend schaute er Emily an. »Glauben Sie denn wirklich, dass es so gewesen sein könnte? Sie … sie spricht also immer noch von mir?«

»Und ihre Augen leuchten, wenn sie es tut«, entgegnete Emily. »Ich habe gleich gewusst, dass sie Sie noch immer liebt. Und dann diese Geschichte um das Bernsteinamulett …«

»Sie hat Ihnen davon erzählt?«

Emily nickte. »Sie hat es noch immer. Und es gibt nur einen einzigen Menschen, dem sie es geben will. Ihnen.«

Er atmete tief durch, und Emily sah, dass er mit den Tränen kämpfte. Um vom Thema abzulenken, sagte er schließlich: »Sie sollten noch einmal mit Alexander sprechen. Er war unglaublich wütend und verlangte, dass ich Sie auf der Stelle vor die Tür setze. Täte ich es nicht, drohte er, selbst zu kündigen.«

»Das würde er nicht tun«, entgegnete Emily erschrocken. »Oder?«

»Ich wäre mir da nicht so sicher. Der Wettbewerb bedeutet ihm ganz offensichtlich viel. Es ist seine Chance, sich neu zu beweisen. Aber ebenso offensichtlich reagiert er auch allergisch auf jede Form von Unehrlichkeit und …«

»Ich werde mit ihm reden«, unterbrach ihn Emily. »Und ich werde ihm sagen, dass ich gekündigt habe – freiwillig. Dass er mich nicht wiedersehen muss, wenn er es nicht will.«

Buchstädt legte den Kopf zur Seite. »Vielleicht sollten Sie ihm die Wahrheit sagen.«

»Was hätte das für einen Sinn?« Ein trauriges Lächeln umspielte ihre Lippen. »Er würde mir ja ohnehin nicht glauben.«

»Vielleicht ja doch. Sie sollten es zumindest versuchen.«

Emily schwieg eine Weile, bevor sie fragte: »Werden Sie Margarete besuchen?«

»Ich glaube, ich kann gar nicht anders«, antwortete Buchstädt. »Selbst wenn ich es wollte. Ich fürchte nämlich, ich liebe sie noch immer wie am ersten Tag.«

Alexander war so unglaublich wütend, dass er die Findlinge am liebsten durch den Garten geschleudert hätte. Doch er hielt sich zurück. Es war ja seine eigene Schuld. Niemand hatte ihn gezwungen, Gefühle für eine Frau zu entwickeln, die er kaum kannte.

Es war dumm von ihm gewesen. Er hatte geglaubt, aus den Fehlern seiner Vergangenheit gelernt zu haben. Doch das war ganz offensichtlich nicht der Fall. Und das hatte er nun davon!

Aber dieses Mal würde er nicht zulassen, dass eine Frau sein Leben zerstörte.

Nein, dieses Mal nicht!

Wenn Emily glaubte, dass er sich noch einmal so leicht um den Finger wickeln lassen würde, dann hatte sie sich geschnitten.

Wenn man vom Teufel spricht …

»Was willst du?«, knurrte er, als sie auf ihn zukam. »Ich hoffe doch sehr, dass Buchstädt dich achtkantig rausgeschmissen hat. In dem Fall brauchst du dich bei mir nicht auszuweinen. Und irgendwelche Erklärungen kannst du dir ebenfalls sparen. Ich habe dich mit Miriam in dem Café gesehen. Ich weiß, dass ihr zusammenarbeitet.«

Sie hob eine Braue und verschränkte die Arme vor der Brust.

Dass sie die Frechheit besaß, selbst jetzt noch so überheblich und von oben herab zu agieren ...

Obwohl ... Hatte sie ihm je einen Anlass gegeben, so über sie zu denken? War sie je eingebildet oder eitel gewesen? Nicht dass er sich erinnern konnte. Doch selbst das war vermutlich nur eine ausgeklügelte Taktik, um ihn weichzuklopfen. Er durfte sich davon nicht verwirren lassen.

»Ich verstehe, dass du an mir zweifelst. Ich würde mir wünschen, dass es nicht so wäre, aber ich verstehe es. Du hast in der Vergangenheit ein paar Dinge erlebt, die dich zu einem skeptischen Menschen haben werden lassen. Und deshalb wirst du mir vermutlich auch nicht glauben, wenn ich dir jetzt sage, dass du dich täuschst.«

Er lachte bitter auf. »Ganz recht, ich glaube dir kein Wort!«

»Nun, dann werde ich das wohl oder übel akzeptieren müssen. Aber ich will dir trotzdem erklären, wie ...«

»Nein!« In einer abwehrenden Geste hob er die Hand. Er durfte sie gar nicht erst beginnen lassen. Am Ende würde sie es doch noch schaffen, ihn zu überzeugen.

»Spar dir deine Worte, es ist zwecklos. Ich will nur noch, dass du mir aus den Augen gehst.«

Sie nickte. »Gut, dann werde ich das tun.«

Waren es Tränen, die ihr da über die Wangen kullerten? Wenn ja, dann musste sie eine verdammt gute Schauspielerin sein. Aber das sollte ihn nicht wundern. Miriam arbeitete schließlich nicht mit Amateuren ...

»Er hat dich also gefeuert?«, hakte er mit einem knappen Nicken in Richtung Haus nach.

»Nein«, erwiderte Emily. »Ich habe selbst gekündigt. Weil ich wusste, dass du unter den gegebenen Umständen nicht mehr mit mir zusammenarbeiten wollen würdest.«

»Wie äußerst umsichtig von dir«, höhnte er, obwohl es ihm zunehmend schwerfiel. Sie anzusehen verursachte ihm ein seltsames Gefühl in der Magengrube.

Er *glaubte* nicht, dass sie ihm nur etwas vorspielte.

Aber sich auf sein Bauchgefühl zu verlassen, hatte ihn schon einmal mächtig in Schwierigkeiten gebracht.

Diesen Fehler wollte er kein zweites Mal begehen. Die Erfahrung mit Miriam hatte ihm gereicht. Es stand wirklich zu viel auf dem Spiel.

»Also gut«, sagte sie traurig. Verdammt, ihre gesamte Körperhaltung drückte Niedergeschlagenheit aus. Aber er wollte, er *konnte* nicht daran glauben, dass sie die Wahrheit sagte.

Langsam ging sie zu ihrem Wagen zurück, während Alexander mit sich kämpfte.

Sollte er ihr nachgehen?

Irgendetwas sagen?

Nein, entschied er. Nichts dergleichen. Er schuldete ihr nichts – im Gegenteil. Er hatte ihr schon viel zu viel von sich preisgegeben. Und er konnte nur hoffen, dass er es nicht noch mehr bereuen würde, als er es ohnehin bereits tat.

Emily war schon fast bei ihrem Auto, als ihr plötzlich noch etwas einfiel. Wenn sie schon ging, dann wollte sie sich wenigstens von ihrem Rosenzögling Roswitha verabschieden.

Sie drehte also um und ging den inzwischen so vertrauten Weg zum Rosenstock entlang. Als sie ihr Ziel erreicht hatte, atmete sie scharf ein.

Was um Himmels willen …?

Tränen traten ihr in die Augen, als sie das Erdloch sah, wo gestern noch die inzwischen wieder fast zu voller Pracht zurückgekehrte Rose gestanden hatte.

Dafür gab es nur eine Erklärung: In seiner Wut musste Alexander sich an der unschuldigen Pflanze ausgetobt haben.

Was für ein kleinlicher, billiger Racheakt.

Sie schluckte hart. So sehr hasste er sie also? So sehr, dass er etwas zerstörte, an dem ihr Herz hing?

Mit hängenden Schultern kehrte sie zum Tor zurück. Ohne sich noch einmal umzublicken, stieg sie ins Auto und fuhr davon.

9. Kapitel

Emily hatte ihr Ziel erreicht. Gregor würde nach Bremen kommen und mit Margarete sprechen. Doch trotz ihres Erfolgs konnte sie keine wirkliche Freude empfinden.

Wie sollte sie auch, wo Alexander sie für eine hinterhältige Verräterin hielt?

Sie kehrte in die Pension zurück und packte rasch ihre Sachen zusammen. Je eher sie von hier fortkam, desto besser. Wenn sie erst einmal zu Hause war, konnte sie sich in ihre Arbeit stürzen. Und die würde sie vielleicht davon ablenken, was in den vergangenen Wochen in ihrem Leben alles schiefgegangen war.

Alexander ...

Es war ein riesiger Fehler gewesen, Gefühle für ihn zu entwickeln. Und das Schlimmste war, dass sie es eigentlich die ganze Zeit über gewusst und dennoch zugelassen hatte.

Aber vielleicht war das auch nur ihre gerechte Strafe. Nachdem sie Richard vor dem Traualtar hatte stehen lassen, war es vermutlich nur fair, dass sie nun eine ähnlich schmerzliche Erfahrung machen musste.

Wobei sie sich ziemlich sicher war, dass Richard nie auch annähernd so viel für sie empfunden hatte wie sie für Alexander.

Hör auf, dir deswegen den Kopf zu zerbrechen, verdammt! Er liebt dich ganz offensichtlich nicht, von daher ist es besser, an dieser Stelle einen Schlussstrich zu ziehen. Wie heißt es so schön? Lieber ein Ende mit Schrecken als ein Schrecken ohne Ende.

Sie bezahlte ihre Rechnung und bedankte sich bei der Pensionswirtin für den angenehmen Aufenthalt. Dann ging sie hinaus, schnurstracks zu ihrem Wagen.

Oh nein ... auch das noch!

Sie hatte einen Platten!

Zum Glück war sie technisch nicht vollkommen unbedarft – ein Rad zu wechseln, sollte auch ohne Hilfe möglich sein. Nun ... zumindest dann, wenn sich unter all den Sachen in ihrem Kofferraum auch ein Wagenheber befunden hätte.

Oder ein Ersatzrad.

Sie fuhr sich mit beiden Händen durchs Haar.

War das zu glauben? Wie konnte ein Mensch nur so viel Pech haben? Was hatte sie in ihrem vorherigen Leben bloß verbrochen, um so bestraft zu werden?

Sie ging zurück in die Pension, um von dort aus den Pannendienst zu rufen.

Das hatte ihr wirklich gerade noch gefehlt ...

Alexander versuchte, sich auf die Arbeit zu konzentrieren. Er versuchte es wirklich. Doch ganz gleich, was er auch tat, er konnte nicht aufhören, an Emily zu denken.

Zornig holte er mit dem Fuß aus und trat mit voller Wucht gegen den Sack Erde, den er eben aus dem Schuppen zu dem Beet herübergetragen hatte, an dem er gerade arbeitete.

Dem Beet, das nach Emilys Entwurf gestaltet werden sollte.

Er schloss die Augen und fuhr sich mit dem Handrücken über die Stirn. Das war alles zu viel. Er brauchte dringend eine Auszeit, aber die konnte er sich einfach nicht erlauben. Ohne Emily, die ihm zur Hand ging, noch weniger als zuvor.

»Alles in Ordnung mit Ihnen, Wallert?«

Überrascht drehte Alexander sich um. Es kam nicht gerade häufig vor, dass sein Boss sich dazu herabließ, das Haus zu verlassen. Obwohl – inzwischen war er sich gar nicht mehr sicher, ob Gregor Buchstädts Einsiedlerdasein wirklich so selbst gewählt war, wie sein Chef ihn und alle Welt glauben lassen wollte.

Vermutlich war eine Frau im Spiel.

Irgendwie lief es am Ende doch immer darauf hinaus.

»Was soll mit mir nicht in Ordnung sein?«, gab er ein wenig zu bissig zurück. »Es geht mir wunderbar. Geradezu *fantastisch*!«

Der ältere Herr lächelte milde, was Alexander überraschte. Er konnte sich nicht erinnern, ihn jemals zuvor lächeln gesehen zu haben – und schon gar nicht *milde*. Ein herablassendes Grinsen vielleicht, aber sonst …

»Sie verzeihen hoffentlich, dass ich Ihnen das nicht abkaufe«, sagte Buchstädt. »Wissen Sie, normalerweise ist es nicht meine Art, mich in die Angelegenheiten meiner Angestellten einzumischen, aber …«

»Dann sollten Sie nicht ausgerechnet jetzt damit anfangen«, fiel Alexander ihm ins Wort, der schon ahnte, worauf sein Chef hinauswollte. »Ich denke gar nicht daran, mich mit Fräulein von Thalberg auszusprechen, wenn es das ist, worauf Sie hinauswollen. Sie wusste von meiner Geschichte mit Miriam Timmermann, und sie hat sich trotzdem mit ihr getroffen. Das ist für mich Beweis genug dafür, dass man ihr nicht vertrauen kann.«

»Sind Sie sich da wirklich sicher?«

War er sich sicher?

Noch vor einer Stunde hätte er die Frage mit einem klaren Ja beantwortet. Doch Emily so niedergeschlagen zu sehen, hatte etwas in ihm angerührt. Und ihn zweifeln lassen.

Das war doch alles nur Teil ihrer Show! Sie hat versucht, dich wieder einzuwickeln, merkst du das denn nicht?

Er schüttelte den Kopf.

Nein, das passte einfach nicht zu der Emily, die er kennengelernt hatte. Der Frau, die mit Pflanzen redete und bereit war, für das Glück einer Freundin die ganze Welt auf den Kopf zu stellen.

So war Emily einfach nicht.

Und wenn Miriam die ganze Sache eingefädelt hatte?

Er ballte die Hände zu Fäusten, als er an die Durchtriebenheit und Hinterhältigkeit seiner Ex dachte. Dass mit dem anonymen Hinweis war schon irgendwie merkwürdig, jetzt, wo er darüber nachdachte.

Bisher war er einfach zu wütend gewesen, um überhaupt einen klaren Gedanken zu fassen. Aber jetzt musste er zugeben, dass das alles mehr und mehr danach klang, als hätte Miriam ihre Finger im Spiel.

Sie und Armin Keller waren die einzigen Menschen, die ein Interesse daran haben könnten, einen Keil zwischen Emily und ihn zu treiben. Und da er seine Handynummer seit mindestens zehn Jahren nicht geändert hatte, bestand die Chance, dass Miriam sie nach ihrer Trennung nicht gleich aus ihrem Adressverzeichnis gelöscht hatte.

Aber wenn sie tatsächlich unschuldig war – wieso hatte Emily dann einfach das Handtuch geworfen? Sie hatte ja nicht einmal *versucht* zu kämpfen.

Warum nicht?

Wenn sie doch nichts falsch gemacht hatte, warum hatte sie dann nicht wenigstens versucht, alles aufzuklären?

Weil du ihr keine Chance dazu gelassen hast, schon vergessen? Und selbst wenn sie es getan hätte – wärst du bereit gewesen, ihr auch nur ein einziges Wort zu glauben?

Nein, beantwortete er sich seine Frage selbst, das hätte ich nicht. Als sie zu ihm kam, hatte er schon längst sein Herz vor ihr verschlossen, und nichts, was sie sagte oder tat, hätte daran etwas geändert.

Die Frage war nur: Was bedeutete das jetzt?

War er nun doch bereit, ihr zuzuhören?

Es war Buchstädts Stimme, die ihn aus seinen Gedanken riss. »Das sah gerade so aus, als hätten Sie in Ihrem Kopf eine rege Unterhaltung mit sich selbst geführt. Zu welchem Schluss sind Sie gekommen?«

»Danke«, sagte Alexander nach kurzem Zögern und stand auf, um seinem Chef die Hand zu schütteln.

Der ältere Mann blinzelte verdutzt. »Wofür?«

»Dafür, dass Sie mich zum Nachdenken gebracht haben.«

Buchstädt lächelte. »Dann geben Sie ihr also doch noch eine Chance?«

»Die Frage ist vielmehr, ob *sie* bereit ist, mir noch eine Chance zu geben ...«

Alexander wollte gerade in sein Auto steigen, als ihm etwas Wichtiges einfiel. Er ging noch einmal zum Gartenhaus. Knapp eine halbe Stunde später machte er sich dann auf den Weg zu Emilys Pension.

Zwei Stunden waren vergangen, seit Emily den Pannendienst gerufen hatte. Sie konnte nicht glauben, dass sie noch immer hier festsaß. Dabei wollte sie doch einfach nur nach Hause. Zurück zu Margarete, wo sie hoffentlich vergessen konnte, was sie in Sankt Peter-Ording erlebt hatte.

Nicht dass sie grundsätzlich nur schlechte Erinnerungen an ihren Aufenthalt hier hatte – ganz im Gegenteil. Doch sie alle waren in irgendeiner Weise mit Alexander verknüpft. Und allein der Gedanke an ihn schmerzte tief in ihrem Herzen.

Erleichtert atmete sie auf, als sie endlich einen Wagen über die kiesgestreute Zufahrt zur Pension rollen hörte. Erst als sie sich umdrehte, und Alexander hinterm Steuer sitzen sah, wandelte sich ihre Erleichterung zu Ernüchterung.

Was wollte er? Sich davon überzeugen, dass sie wirklich abreiste? Nun, das konnte er haben. Sie hatte nicht vor, auch nur eine Minute länger zu bleiben als unbedingt nötig. Und wenn er ihre Abreise beschleunigen wollte, dann konnte er ihr gern dabei behilflich sein, ein Ersatzrad und einen Wagenheber zu besorgen.

Sie schaute ihn nicht an, als er aus seinem Auto stieg. Vielleicht würde er ja verschwinden, wenn sie ihn einfach ignorierte.

Doch natürlich hatte sie nicht so viel Glück.

»Emily ...«

Beim Klang seiner Stimme fing ihr Herz unwillkürlich an, schneller zu schlagen. Verflixt, sie musste sich zusammenreißen. Er durfte auf keinen Fall merken, was wirklich in ihr vorging. Dass sie ihn noch immer liebte. Es wäre zu demütigend ...

»Was willst du?«, fragte sie leise. »Du hast gewonnen, Alexander. Ich gehe, du hast Buchstädts Garten wieder ganz für dich allein und kannst dich im Glanz des Ruhmes sonnen, wenn ihr den Wettbewerb gewinnt.«

Er ignorierte ihren beißenden Spott und suchte ihren Blick. »Ich will mit dir reden.«

Sie wandte sich ab. »Ich aber nicht mit dir«, entgegnete sie kühl und trat mit der Fußspitze gegen das verräterische Rad. »Wenn diese dämliche Reifenpanne nicht dazwischengekommen wäre, wäre ich schon längst unterwegs, und du bräuchtest mich nie wieder zu sehen. Ich ...«

»Vielleicht will ich das aber«, fiel er ihr ins Wort. »Dich wiedersehen. Herr Buchstädt hat mir ins Gewissen geredet ... oder vielmehr ... er hat mir einen Denkanstoß gegeben – den Rest habe ich dann wie durch ein Wunder selbst fertiggebracht.« Er trat auf sie zu, legte ihr eine Hand unters Kinn und hob ihr Gesicht an, sodass sie gezwungen war, ihn anzuschauen. »Sag mir bitte die Wahrheit, Emily. Was war da mit Miriam und dir?«

»Nichts«, entgegnete sie knapp. »Ich habe eine anonyme Einladung erhalten und war neugierig. Vermutlich hätte ich mir denken können, dass irgendetwas nicht stimmte, als ich diese Miriam in dem Café sitzen sah. Sie bot mir an, mit ihr zusammenzuarbeiten, doch ich lehnte ab. Ich ... ich bin keine Verräterin.«

»Ich weiß«, flüsterte er, und sie lachte höhnisch auf.

»Danach sah es allerdings nicht unbedingt aus«, gab sie bitter zurück. »Du warst ziemlich schnell Feuer und Flamme für den Gedanken, dass ich bereit wäre, Buchstädt und dir einen Dolch in den Rücken zu stoßen.«

Betreten senkte er den Kopf. »Ich weiß, und ich schäme mich dafür. Meine Vergangenheit hat mich blind die falschen Schlussfolgerungen ziehen lassen. Als ich dich und Miriam zusammen sah, sind mir einfach sämtliche Sicherungen durchgebrannt. Ich war mir so sicher, dass ihr unter einer Decke steckt.«

»Und das glaubst du jetzt nicht mehr?«

Er schüttelte den Kopf. »Du bist nicht wie Miriam, das hätte ich wissen müssen. Verdammt, mein Herz hat die ganze Zeit an dich geglaubt, doch mein Kopf konnte es sich einfach nicht eingestehen. Ich wollte am Ende nicht schon wieder der liebeskranke Idiot sein, auf den alle mit dem Finger zeigen. Aber es war nicht fair, dich mit Miriam über einen Kamm zu scheren. Du bist nicht wie sie. Sonst hätte ich mich wohl kaum in dich …«

Emily riss die Augen auf. Ihr Herz pochte. Ihre Handflächen wurden feucht. »Sonst hättest du dich nicht in mich – was?«

»Du musst es wirklich hören?«

Mit einem Mal fühlte sie sich ganz leicht, und in ihrem Bauch flatterte es heftig. Sie nickte. »Ja, ich muss es hören«, entgegnete sie ernst. »Damit ich es wirklich glauben kann, muss ich es aus deinem Mund hören.«

Zärtlich strich er mit dem Daumen über ihre Unterlippe, und sie spürte, dass seine Hand leicht zitterte.

»Ich liebe dich«, sagte er schließlich mit heiserer Stimme. »Es ist wahr, auch wenn ich eine Weile gebraucht habe, es zu begreifen. Ich liebe dich, und ich weiß, dass du mich nie hintergehen würdest. Ich war einfach nur so … geschockt, dich mit Miriam zu sehen. All die Erinnerungen kamen wieder hoch und ich konnte nichts anderes denken als: Nicht noch einmal! Nicht noch einmal!«

Emily legte die Hände an seine Wangen und zog ihn zu sich herab. »Ich liebe dich auch, du Dummkopf«, sagte sie lächelnd.

Es gab keine Worte, die auch nur annähernd beschreiben konnten, wie glücklich sie war. Gerade als sie glaubte, dass sie den absoluten Tiefpunkt erreicht hatte, tauchte er auf und riss sie aus der Dunkelheit empor. »Aber trau mir bitte nie wieder so etwas zu.«

»Das würde mir im Traum nicht einfallen«, antwortete er und küsste sie zärtlich.

Ganz selbstverständlich öffnete sie die Lippen, als er mit der Zungenspitze darüberfuhr. Das warme Gefühl, dass nun Besitz von ihr ergriff und alle Zweifel und Sorgen auslöschte, war überwältigend.

»Aber eines muss ich sagen – dass du deine Frustration an meiner Roswitha ausgelassen hast, nehme ich dir übel.«

»Ach ja.« Ein Lächeln erhellte seine Züge. »Da war ja noch etwas.« Er ging zu seinem Wagen, öffnete die Beifahrertür und beugte sich in den Innenraum. Als er wieder zurückkehrte, hielt er den Steckling einer Rose in der Hand.

»Ist das …?«

»Ich fürchte, der Sturm hat ihr übel mitgespielt. Ich sah keinen anderen Weg, als zu versuchen, einen neuen Ableger für dich zu ziehen.«

»Du hast …« Vor Rührung traten ihr Tränen in die Augen.

»Natürlich. Ich habe doch gesehen, wie sehr du diese Blume liebst. Und außerdem bist du die Frau, mit der ich den Rest meines Lebens verbringen will.«

Sie schluckte mühsam. »Soll das … ein Antrag sein?«

Er lächelte. »Warum eigentlich nicht?«

Ohne auch nur eine weitere Sekunde zu verschwenden, kniete er sich vor sie hin. »Emily von Thalberg, willst du meine Frau werden?«

Emily ergriff seine Hände und zog ihn zu sich hoch.

»Ja«, stieß sie atemlos hervor, überwältigt vor Glück. »Ja, ja – JA!«

Epilog

Der Himmel über der Ostsee war in helles Lila und zartes Rosé getaucht, das mit dem Weiß der Wolken verschmolz. Die Szenerie erinnerte an ein Aquarellgemälde.

Das Brückenhaus auf der Selliner Seebrücke bot einen prächtigen Anblick. Weiß mit Akzenten in Schwarz und Hellblau. Hohe Bogenfenster, alles im verspielten Stil der Bäderarchitektur gehalten.

Es war Hannas Idee gewesen, hier zu heiraten. Streng genommen war es auch ihre Idee gewesen, eine Dreierhochzeit zu veranstalten.

Drei Paare.

Drei Freundinnen.

Drei Teile eines Amuletts.

Susanne und Joachim waren ebenso anwesend wie Margarete und Gregor, die lange Gespräche miteinander geführt hatten, und sich auf dem besten Wege befanden, wieder zusammenzukommen. Christiane war mit ihrem Mann angereist, aber auch Laurenz und seine Frau hatten es sich nicht nehmen lassen.

Alle hatten ihre eher unglückliche gemeinsame Vergangenheit hinter sich gelassen.

»Wie sehe ich aus?«, fragte Celina, die zuerst aus der schneeweißen Limousine stieg – dicht gefolgt von Hanna und Emily. Sie drehte sich in ihrem knielangen, cremefarbenen Etuikleid, das ihr auf den Leib geschneidert worden war. Dazu trug sie ebenfalls cremefarbene High Heels und eine Perlenkette. Es sah schlicht und elegant aus – genau, wie es zu Celina passte.

»Hätte Marc dir nicht schon längst einen Antrag gemacht,

dann würde er spätestens bei dem Anblick vor dir niederknien«, entgegnete Emily, die sich für einen hellbeigen Hosenanzug entschieden hatte, in dem sie sich einfach wohler fühlte als in einem Kleid. Ebenso wie mit flachen Schuhen und einer unauffälligen, goldenen Kette.

Hanna wiederum hatte sich für ein luftiges weißes Kleid entschieden, das in der leichten Brise flatterte. Es sah hinreißend an ihr aus. »Unsere Jungs können sich alle drei glücklich schätzen, uns ergattert zu haben«, erklärte sie lachend. »Immerhin sind wir kein schlechter Fang, oder?«

Seite an Seite schritten Hanna, Celina und Emily die lange Treppe hinunter, die zur Seebrücke führte. An der Eingangstür des Brückenhauses wurden sie von Joachim, Gregor und Celinas Opa Manni in Empfang genommen, die sie in den Saal führen würden, in dem die Trauungen stattfinden sollten.

Alles war herrlich geschmückt – mit roten und weißen Blumen aus Gregors Garten.

Preisgekrönten Blumen – denn sie hatten es geschafft, den Gartenwettbewerb souverän für sich zu entscheiden. Armin Keller und Miriam Timmermann hatten sich am Ende mit dem enttäuschenden vierten Rang bescheiden müssen. Eine Platzierung, mit der die beiden ganz offensichtlich nicht zufrieden gewesen waren, wenn man die lautstarke Auseinandersetzung hinter den Kulissen als Hinweis werten wollte.

Gregor hatte Wort gehalten – in jeglicher Hinsicht. Er war zu Margarete gefahren und hatte Alexander sämtlichen Ruhm, der mit dem Sieg einherging, überlassen.

Da er nun endlich wieder einen guten Ruf in der Branche besaß, war es Alexander nicht schwergefallen, einen Kredit zu bekommen und eine neue Gärtnerei aufzumachen.

Was Margarete betraf – sie brauchte Emily jetzt nicht mehr, und außerdem wollte sie ebenfalls bald nach Sankt Peter-Ording ziehen, zu Gregor.

»Sie ... *du* siehst wunderschön aus«, sagte dieser, als Emily sich nun bei ihm unterhakte. »Bereit, den Bund fürs Leben einzugehen?«

Sie nickte. »Ich glaube, ich war mir in meinem ganzen Leben noch niemals einer Sache so sicher.«

Hanna blinzelte gegen die Tränen an, als sie mit Joachim auf ihren Zukünftigen zuging. Niels trug, wie die beiden anderen Bräutigame, einen dunklen Anzug, in dem er so unglaublich gut aussah, dass sie am liebsten sofort zu ihm gerannt wäre. Doch sie musste sich in Geduld üben.

Sie liebte diesen Mann mehr als ihr Leben. Und sie sehnte sich danach, endlich für alle Zeiten mit ihm verbunden zu werden. Er war ihr Licht, ihre Heimat, ihr Herz – und vom heutigen Tag an würde sie endlich auch ganz offiziell zu ihm gehören.

»Alles in Ordnung?«, fragte Joachim, der stolz Susannes Teil des Bernsteinamuletts über seinem blütenweißen Hemd trug.

»Ich bin einfach nur glücklich«, stieß sie strahlend hervor, und das war die reine Wahrheit. Niels hatte nie versucht, sie in irgendeiner Weise klein zu halten, im Gegenteil. Er unterstützte sie, wo er nur konnte – ebenso wie sie ihn. Weil sie sich liebten und einfach nur das Glück des anderen im Sinn hatten.

Celinas Herz klopfte vor Aufregung, als sie nun alle gemeinsam auf das große Panoramafenster zutraten, vor dem der wuchtige Nussbaumschreibtisch der Standesbeamtin stand.

»Wie geht es dir?« Marc musterte sie besorgt und drückte sanft ihre Hand. »Du siehst schon wieder ein wenig blass um die Nase aus. Willst du dich vielleicht lieber setzen?«

Sie schüttelte den Kopf. Es stimmte – in den vergangenen Tagen hatte Celina mit den Folgen einer kleinen Magenverstimmung zu kämpfen gehabt. Das zumindest war ihre Vermutung gewesen, bis sie hier im Ort zur Sicherheit einen Arzt aufgesucht hatte, der ihr von Hanna empfohlen worden war.

Ihre Überraschung war unbeschreiblich gewesen, als sie erfuhr, dass sie tatsächlich schwanger sein sollte.

»Aber das kann nicht sein!«, war ihre erste Reaktion gewesen. »Mein Mann ist zeugungsunfähig.«

»Manchmal kommt es vor, dass die Natur am Ende doch einen Weg findet, auch uns Mediziner zu überraschen. Auf jeden Fall besteht an Ihrem Zustand kein Zweifel.«

Sie hatte Marc die frohe Botschaft natürlich sofort überbracht, und sie beide waren außer sich gewesen vor Glück. Vorerst würde ihre Schwangerschaft noch Marcs und ihr kleines Geheimnis bleiben – doch der Start in ihr Eheleben konnte unter keinem besseren Stern stehen.

Die Zeremonie begann, und die Gäste – Familienmitglieder und Freunde – lauschten ebenso andächtig wie die Brautpaare den Ausführungen der Standesbeamtin.

»Betrachten Sie Ihre Ehe wie das weite Meer. Manchmal gibt es Strömungen, die Sie davontreiben und aus den Augen verlieren lassen, was wirklich wichtig ist. Doch von der Liebe geleitet, wird Ihr Boot immer wieder in den sicheren Hafen zurückkehren.« Sie drehte sich um und öffnete das Fenster, sodass der Wind den Klang einer Glocke zu ihnen in den Saal trug. »Und mit dieser Glocke, mit der einst die Schiffe im Hafen begrüßt wurden, heiße ich Sie, Hanna und Niels, Celina und Marc, Emily und Alexander, im Hafen der Ehe willkommen.« Sie lächelte fröhlich angesichts so vieler glücklicher Brautpaare. »Ich brauche dann noch einige Unterschriften, um alles rechtskräftig zu machen, aber vielleicht möchten die frisch angetrauten Paare zunächst die Gelegenheit für einen Kuss nutzen?«

»Oh ja«, sagten sie alle im Einklang.

Drei Teile eines Amuletts.
Drei Freundinnen.
Drei Paare.
Zwei Generationen.

Ein paar Stunden später schlichen sich Margarete, Susanne und Christiane von der Feier weg, die in einem Pavillon direkt am Strand stattfand, und gingen zum Ufer hinunter.

Die Luft roch nach Salz und Tang, würzig und verheißungsvoll nach fremden Ländern und Abenteuern. Und als sie sich bei den Händen fassten und die Sterne und den Mond über der stillen See glitzern sahen, war ihnen für einen Moment, als hätte irgendeine Macht sie sechzig Jahre in die Vergangenheit zurückversetzt.

Als wären sie wieder drei Mädchen, die gemeinsam im Wind tanzten.

– ENDE –

Informationen zu unserem Verlagsprogramm, Anmeldung zum Newsletter und vieles mehr finden Sie unter:

www.harpercollins.de

Anne Barns
Drei Schwestern am Meer

Eine Insel, drei Frauen, ein
altes Familiengeheimnis

Das Weiß der Kreidefelsen
und das Grün der Bäume
spiegeln sich türkis im Meer
– Rügen! Viel zu selten fährt
Rina ihre Oma auf der Insel
besuchen. Jetzt endlich liegen wieder einmal zwei ru-
hige Wochen voller Sonne,
Strand und Karamellbonbons
vor ihr. Doch dann bricht
Oma bewusstlos zusammen
und Rina muss sie ins Krankenhaus begleiten. Plötzlich
scheint nichts mehr, wie es war,
und Rinas ganzes Leben steht auf dem Kopf.

ISBN: 978-3-95649-792-6
9,99 € (D)

Anne Barns
Apfelkuchen am Meer

Durch Zufall findet Hob-
by-Tortendekorateurin Merle
im Blog einer Unbekann-
ten ein Rezept für Töwer-
land-Torte. Genau dieses
Rezept für die leckere Ap-
felbuttertorte wird seit jeher vertrauensvoll in ihrer
Familie weitergegeben, von
Generation zu Generation.
Merle macht sich im Auftrag
ihrer Mutter auf den Weg
nach Juist, um die Bäckerin
der Torte zu suchen. Auf der
zauberhaften Insel findet sie
heraus, dass es noch mehr

ISBN: 978-3-95649-710-0

9,99 € (D)

Gehemnisse gibt, die in der Familie gehütet werden.